Gertrud Fussenegger

Zeit des Raben, Zeit der Taube

Gertrud Fussenegger

Zeit des Raben, Zeit der Taube

Roman

F. H. KERLE
FREIBURG · HEIDELBERG

-Neuausgabe-
Mit Genehmigung der Deutschen Verlags-Anstalt GmbH,
Stuttgart, © 1974
Printed in Germany
Herstellung: Freiburger Graphische Betriebe 1980
ISBN 3-600-30068-7

MEINEN KINDERN

Laßt uns Anker auswerfen,
denn das Steuer ist zerbrochen, das Steuer unserer kleinen Arche,
in die wir alles Leben unserer Erde mit hereingenommen haben,
auch das Vergangene, jedes Von-jeher.
Aus den Falten des Gestern: zwei Leben,
Schlüsselfiguren,
zueinander im Widerspruch.
Zwei Leben:
das eine schlug Kurs ein zu fernen Küsten (und das Steuer zerbrach)
das andere hielt Wache am Spill (laßt uns Anker auswerfen, den schweren Anker, der den Grund erreicht, Grund im Abgrund)
Ihr wißt:
Von der Arche wurde der Rabe auf Kundschaft geschickt, ob die Nacht schon weiche. Aber der Rabe kehrte zurück und krächzte: Finsternis.
Doch als die Taube ausflog, brachte sie Botschaft: Der Morgen dämmert, dämmert für alle, die in der Arche sind. – Und in der Ferne Himmelslicht, das den farbigen Bogen in das Gewölk schrieb: Hoffnung setze den Fuß auf neues Land.

I

Heiß sind die Sommernächte im Périgord. Wenn die Luft von der westlichen Küste herüberstreicht, hängt der dunstige Himmel schwer wie eine Decke aus Filz über dem schlafenden Land. Die Bauern im Tal der Isle haben ihr Vieh in den Auwald getrieben und es auch abends nicht heimgeholt. Man hört die Rinder stampfen und schnauben, und dann und wann ertönt ein dumpfes Brüllen in der Finsternis.

Im Haus Fenestreau wandern Lichter durch alle Stockwerke. Gelblicher Schein blinzelt zwischen den Schlitzen der Jalousien hervor, rote Helligkeit wankt hinter den vergitterten Fensterluken des Treppenturmes. Einmal öffnet sich das Haustor, ein Schritt schlurrt zur Pumpe, der Schwengel ächzt, der Tonkrug klirrt, stoßweise schießt das Wasser aus dem Rohr. Nun ist der Krug gefüllt, die Pumpe steht still, der Schritt kehrt zurück, knarrend schließt sich das Haustor hinter der Magd.

Im obersten Stockwerk erscheint ein Mann, beugt sich über das Geländer: „He, Catherine, ist es soweit?"

Die Magd murrt etwas von Ungeduld und Nicht-erwarten-Können.

„Also immer noch nichts?"

Die Magd setzt den Krug nieder: „Nein. Und es kann noch lange dauern. Sie täten besser dran, Herr, schlafen zu gehen."

Unwillig murmelnd zieht der Mann den Kopf zurück.

In seinem Zimmer – es ist das beste des Hauses, ein hübscher, geräumig heller Raum – steht die brennende Petroleumlampe neben einem aufgeschlagenen Buch. Ein paar Bilder hängen an den Wänden, grüne, dicht gefältelte Vorhänge an den Fenstern. Der Boden aus weichem Holz ist blitzblank gescheuert. Auf einem wackligen Vertiko – Mahagoni mit kupfernen Beschlägen – steht ein spielzeugkleines Burgenmodell aus Pappmaché: ein Mauerrechteck mit vier halbrunden Türmen. Ein paar winzige, buntgekleidete Figürchen sind dabei, die Zinnen zu erklettern. Auf einem schwarzen Schildchen prangt in goldenen Lettern: Erstürmung der Bastille – Frankreichs glorwürdigster Sieg wird ewig dauern.

Jean-Baptiste Bloy kehrt zu seinem Buch zurück. Die Pendule zeigt elf. Es ist wahr, was die Magd gesagt hat, er könnte gemütlich schlafen gehen, aber er hat es sich in den Kopf gesetzt zu wachen, bis das Kind geboren ist. Sein zweites Kind, wird es wieder ein Sohn sein? Marie könnte sich ruhig ein bißchen beeilen, sie liegt schon seit Mittag in den Wehen, zwölf Stunden bald. Die Katze macht es in zwei. Ist die Katze vollkommener ausgestattet als der Mensch, von der Natur geschickter eingerichtet als die Frau, die sich so lange peinigen muß? Ein Betriebsfehler in der Schöpfung? Gewisse Leute haben gewisse Erklärungen dafür, Erbfluch und Sünde, und sie dürfen diese Erklärungen immer noch verzapfen, leider; nicht mehr lange, wie Jean-Baptiste Bloy hofft. Eines Tages wird es mit dieser Art Aberglauben zu Ende sein. ‚Frankreichs glorwürdigster Sieg wird ewig dauern', der Sieg der gesunden Menschenvernunft. Dort stehen ihre Kronzeugen versammelt:

Jean-Baptiste wendet sich, die Fäuste in den Taschen seines Rockes vergraben, gegen die Längswand des Zimmers. Hinter den geschliffenen Scheiben des großen Schrankes reihen sich dort die Bücher, grüne, rote, braune Lederrücken, in Gold gepreßte Titel, ihres Besitzers Stolz, das unentbehrliche Rüstzeug seiner Bildung: Voltaire, Rousseau, Plutarch und der römische Schulmann Cornelius Nepos: De viris illustribus, das Licht des menschlichen Geistes leuchtet durch die Jahrhunderte. De libertate et de mente sana, wir haben nicht vergeblich unsere Revolutionen gemacht. De beatitudine terrestri, unser Sieg schafft das Paradies auf Erden.

Jean-Baptiste ist Beamter der Behörde für öffentliche Arbeiten, Straßen und Brückenbau, Eisenbahnen. Sein Vater war noch Schneider, sein Großvater Metzger. Er, Jean-Baptiste, hat es zu etwas gebracht und er weiß seine Sache im Kommen. Man wird Périgueux durch eine Bahn mit Orléans verbinden, man wird eine Chaussee durch die Kreideklippen von Champcevinel legen, wird neue Brücken schlagen und Sümpfe austrocknen. Die Welt ist in Bewegung geraten. Es müßte doch eine Lust sein, Kinder in diese neue, sich täglich vervollkommnende Welt hineinzuzeugen.

Es geht auf zwölf. Wie lange das da unten dauert! Will es kein Ende nehmen? Jetzt schlagen Türen auf und zu. Jean-Baptiste läuft hinunter. Er liebt seine Frau – jedenfalls ängstigt er sich um sie und ist voll Ärger, daß sie ihm Ängste verursacht.
Sie liegt auf ihrem Bett und leidet. Die Hebamme hantiert in der Küche nebenan, dort brodelt Wasser im Kessel. Die Windeln sind zurechtgelegt, die Wiege steht bereit, aber das Kind, das in die Wiege gelegt werden soll, hat sich noch immer nicht entschließen können, seinen Weg zu nehmen.
Neben Marie sitzt des Gatten Schwester, Eugenie, ein ältliches Mädchen von dreißig Jahren, hager und eckig wie ein Brett; ein Pferdegesicht von gewaltiger Häßlichkeit. Sie hält Mariens Hand in der ihren und zwischen den Fingern die schwarzen Perlen eines Rosenkranzes. Sie murmelt Gebete, uralte Worte, erinnernde, beschwörende Formeln, geduldige Wiederholungen süßer und schmerzlicher Geheimnisse: . . . Den du, o Jungfrau, zu Bethlehem geboren hast . . .
Jean-Baptiste tritt ein, sofort verschwindet der Rosenkranz in Eugenies Schürzentasche. Das Mädchen hebt den Kopf und winkt dem Bruder ab: „Was willst du? Geh weg! Wir brauchen dich hier nicht."
Aber der Mann läßt sich nicht wieder abweisen. Er beugt sich über die Frau und fordert ihren Blick, ihr Blick ist gläsern und leer, die helle Iris spiegelnde Gallerte, nicht mehr. Der Mann erschrickt.
Das Bett steht frei im Raum, unter den weißen Laken zeichnet sich die kurze breite, in der Mitte aufgewölbte Gestalt deutlich ab. Die Beine liegen gespreizt, die Brust arbeitet schwer. Mariens Gesicht ist rot mit einem Schein ins Bläuliche. Der Schweiß steht auf ihrer Stirn. Von Zeit zu Zeit rollt ein großer Tropfen über Wange und Schläfe und versickert in dem dunklen durchnäßten, strähnig verwirrten Haar.
„Marie", murmelt der Mann, „kennst du mich nicht?"
„Laß sie! Sie schläft. Sie schläft zwischen jeder Wehe, auch wenn sie die Augen offen hat."
Wie ein Hase, denkt der Mann, und ein Widerwillen rührt sich in ihm gegen den Stumpfsinn dieser Leiden und auch gegen die Frau, als wäre es ihre Schuld, daß sie so leidet. – „Und wie sie schwitzt! Muß denn das sein?"

Auf der Kommode dem Bett gegenüber brennt, hitzestrahlend, ein Dutzend Kerzen vor einem dunklen Madonnenbild. Die Flammen können das Wachs kaum verzehren, das unter ihnen von den Dochten schmilzt und wie ein Bach von Tränen niederrinnt. Die Lichter krümmen sich in der eigenen Glut, als wären sie begierig, ineinanderzustürzen und auf einmal zu verlodern.
„Was soll das?" mault der Mann. „Verfluchtes Zeug! Ist's nicht heiß genug dahier, wollt ihr ersticken?", und er beugt sich vor, die Kerzen auszublasen.
Da ruft die Frau aus dem Bett: „Jean!"
„Ja?"
„Laß die Kerzen brennen, laß sie brennen!" Die Frau ist erwacht, sie richtet sich empor, es sieht fast aus, als wollte sie sich erheben. In diesem Augenblick geschieht etwas, der Mann begreift nicht ganz was, er sieht nur, daß die Frau innehält, unter sich greift, zugleich verändert sich der Ausdruck ihres Gesichts, es war rot, jetzt wird es blaß, Eugenie springt auf, die Hebamme läuft herbei, irgend jemand ergreift Jean-Baptiste an den Schultern und schiebt ihn hinaus.
Die Kerzen brennen wie zuvor.
Marie, die schon einmal geboren hat, weiß: *Jetzt –!* Was bisher war, ist nur Vorspiel gewesen, was schlimm ist, kommt jetzt. Jetzt kommt das Schlimmste.
Die Wände weichen zurück, der Boden schlingert, das Bett kippt unter ihr weg und wirft sie aus. Oben und Unten wogt schrecklich ineinander. Sie ist allein, losgerissen, weggeschwemmt, weggeschwemmt von allem, was sie kennt, von allen, die sie kennt. Es hebt sie empor, es taucht sie hinab, von Brechern geschleudert stürzt sie durch finstere Räume. Ihr Gehör ist ertaubt in einem wüsten Gedröhn, ihr Gesicht ist erblindet vom Salz des Schweißes, vom schwarzen Salz der Tränen.
Aber vor ihr, unverrückbar, wie festgenagelt in der kreisenden Nacht, steht das Flammenbündel vor dem Madonnenbild. (Marie weiß, sie selbst hat die Kerzen gekauft und der Muttergottes von Saragossa entzündet, ihre eigene Mutter hat es ihr geraten, die Saragossanerin: ‚Zwanzig Wachslichter, wenn die schwere Stunde kommt, Unserer Lieben Frau und einen Truthahn dem Pfarrer von Saint Etienne.') Doch diese Flammen sind nicht wie andere Flammen, sie brennen nicht einzeln aus den gedrehten Dochten, sie breiten sich

aus, sie fächern sich, sie verschmelzen ineinander. Sie bilden eine Figur, ein Tetragramm, allmächtig schwebt das Tetragramm, und in seiner Mitte ein Auge, ein furchtbares, herrliches, wunderweckendes, lebenspendendes Auge, heller, immer heller, Strahlenbündel, Strahlenflügel, es saugt sie empor, die Frau schreit auf, es schlägt in sie ein.
Und in der Stille danach, jähe Stille, selig-selige Stille, ganz fern ein schmelzender Funke, ein Regenbogenlicht wie von jenseits, von einem neuen Gestade wiedererlangten Lebens, ach, so winzig, so schwach, ein Wimmern: das Kind.

Das Kind war ich, Léon Bloy.
Unser Haus Fenestreau, eine Viertelstunde vor Périgueux gelegen, ein in die Reste eines verfallenen Adelssitzes eingenistetes Landhaus: in der Jugend meines Vaters, in den Jahrzehnten nach dem Kaiserreich hatte man eine Meierei darin betrieben, sie war aufgelassen, die Tenne in eine Remise verwandelt, die Ställe standen leer und dienten zur Aufbewahrung alten Gerümpels. Der Wassergraben war zur Hälfte zugeschüttet, und die Umfassungsmauern, die noch aus der Zeit des heiligen Ludwig stammen mochten, zum größten Teil zerbröckelt, eingesunken, unter Efeu begraben. Neben dem Staketentor ragte der schartige Stumpf eines Turmes auf, das Reich der Fledermäuse und Eidechsen. Wenn es heiß war und die Sonne über dem Gemäuer briet, schlüpften diese aus den Fugen hervor, glitzernd wie mit Smaragdstaub bepudert. Unter der hundertjährigen Ulme spazierte der Pfau herum und schleifte die königliche Pracht seiner Federnschleppe hinter sich her durch den Staub. In einem Pferch hinter dem Haus quieckten ein paar Schweine. Tante Eugenie bestand darauf, den Fleischbedarf der Familie aus eigener Zucht zu decken. Auch zur Trüffelsuche zog man die Grunzer heran. Man trieb ein Tier aus den Koben, mit Schlägen und Schreien jagte man es in den nahen Wald. Wenn es die Trüffeln unter dem Moder witterte und mit dem Rüssel zu wühlen begann, stieß man es beiseite, grub die Trüffeln hervor und sammelte sie in einen Korb. Hatte man genug, hetzte man das Schwein zurück, es schrie empört und wollte ausbrechen, sein Blick schien rot vor Gier und Zorn.
Unsere Großeltern wohnten in Périgueux. Die Mutter meines

Vaters war gestorben, aber die Eltern meiner Mutter lebten noch beide, wir besuchten sie gern. Sie wohnten in einem Haus, das uns viel schöner schien als unser eigenes. „Nur hereinspaziert, meine Bäuerlein, meine kleinen Wilden", sagte die Großmutter. „Setzt euch auf das Sofa, ich will gleich mal sehen, ob noch Zucker in der Dose ist. Aber macht mir nichts schmutzig mit euren schwarzen Fingern, reißt mir die Decke nicht vom Tisch! Komm her, Léon, wie siehst du aus? Hat zu Hause niemand Zeit, dich zu kämmen? Und dein Gesicht ist ganz verschmiert." Die kleine flinke Spanierin holte ein weißes Spitzentuch aus ihrem Rock, benetzte es mit Speichel und putzte mir Nase und Mund. Ich hielt ihre Hand fest und lehnte mich an ihre Brust. Ihre Wangen waren weich, elfenbeinblaß und voll kleiner Knitterfalten. Sie fütterte uns Enkel mit Süßigkeiten; meine Brüder stritten sich darum, ich aber wollte am liebsten, daß sie mit mir sprach und mich auf dem Schoß hielt.
Ihr Mann, Großvater Careau, war ein wortkarger breitschultriger Mensch mit runden, sehr blauen Augen – (sie sagten, ich hätte sie von ihm geerbt). Er war als Regimentsschuster mit der Armee des Kaisers durch Italien, Preußen und Sachsen gezogen. Auch als Saragossa belagert wurde, war er dabei. Mitten in dem entsetzlichen Blutbad, in dem die Belagerung und Erstürmung der Stadt zu Ende ging, begegnete er seiner späteren Frau. Sie war französischer Abkunft und deshalb in Gefahr, von ihren eigenen Landsleuten umgebracht zu werden. Careau heiratete sie vom Fleck weg. Nach dem Krieg richtete er sich eine Schusterei in Périgueux ein. Damit machte er sich einiges Geld. Jetzt hatte er das Geschäft verkauft und die Werkstätte aufgelassen, aber noch immer duftete das ganze Haus nach Lohe und Leder.
Das Périgord ist uraltes Land, man hat in meiner Jugend nicht gewußt wie alt. Erst viel später hat man die Höhlen entdeckt und die in ihnen in die Kreidewände eingeritzten blutfarbenen Bilder, von denen die Gelehrten sagen, daß sie älter seien als die ersten Mumiengräber der Ägypter, älter als die Fundamente von Tyros und Ur.
Das Land verbarg die Bilder. Es spiegelt seine weißen Klippen sprachlos in den trägen Flüssen, die so langsam ziehen, als tasteten sie sich nur im Traum zwischen ihren grünen Ufern dahin, vom silbrigen Haar der Weiden gestreift, zwischen den schwankenden

Polstern aus Wassermoosen gewiegt. Das Land ist geduldig, ein unergründliches Geheimnis, aus dem sich viele Völkerschaften ernährten und das auszuschöpfen keine von ihnen imstande war.

Die Stadt Périgueux ist von den Römern gegründet oder wiedergegründet worden auf den Ruinen einer noch älteren Siedlung. Sie ist durch die Isle in zwei Teile geteilt, die durch den grauen Steinbogen der Brücke von Tournepiche miteinander verbunden sind. Stromauf und stromab blicken einander über den Fluß hinweg die Reihen der Häuser an, grotesk gegiebelter Häuser aus Stein oder aus Holz und Kleiberlehm, ihre Fundamente sind vom Wasser bespült. Viele von ihnen stützen sich auf die Reste der ehemaligen Stadtmauern, eines hängt am andern, als würde es, wollte man es seiner Nachbarn berauben, samt seinen Erkern, Kragsteinen und Kaminen in den Fluß versinken. Da und dort ein windschiefes Pfahlwerk, auf dem ein Abtritt hockt. Unter bröckligen Schwibbogen wagen sich schmale Treppchen hervor und klettern über schlüpfrige Stufen in die Isle hinab: hier werden Kähne beladen und gelöscht, Wäsche geklopft und gespült, die dann, zu bunten Wimpeln gereiht, vor den Fenstern oder auf winzigen Dachterrassen im lauen Winde flattern.

Wenn mein Vater in die Stadt ging, liebte er es, auf der Brücke von Tournepiche stehenzubleiben und das Treiben auf dem Fluß zu beobachten. Er kannte die Hafenarbeiter und die Schiffsknechte, denn sein Freund, der Sozialist Lavertujon, hatte viele Anhänger unter ihnen. So rief er ihnen zu, wenn sie ihre mit Kohle oder anderen Waren beladenen Kähne unter dem Brückenbogen hindurchsteuerten. Die Männer riefen und winkten zurück. Da wir Kinder noch zu klein waren, um über die gemauerte Brüstung hinwegzuschauen, setzte uns der Vater hinauf und hieß uns nicht ängstlich sein. Meine Brüder waren mutig, sie konnten sich nicht weit genug vorbeugen, ich aber fürchtete mich und schrie. Mein Vater ärgerte sich über meine Angst, er packte mich am Gürtel und hielt mich frei hinaus. Ein großer schwarzer Kohlenkahn glitt heran, ein Mann in einem roten Hemd stand an einen Schaufelstiel gelehnt auf dem schwarzen, stumpf glitzernden Berg. „He", rief der Vater, „du, soll ich dir was hinunterwerfen?" – Der Mann blickte auf. „Was soll ich damit?" „Was du willst", rief der Vater. – „Na, dann gib her", rief der Mann, „ich schmeiß ihn zu den Kohlen – zum Verheizen."

Er ließ die Schaufel fahren und öffnete die Arme, als wollte er mich fangen. Dabei lachte er. Ich sah sein weißes wölfisches Gebiß in dem mohrenschwarzen Gesicht. Ich glaubte zu stürzen, kopfüber, ich sah die Pfeiler der Brücke vorübersausen, ich sah das schreckliche böse Gesicht seinen Rachen öffnen. Das Weiß in seinem Auge blitzte –

Da stellte mich der Vater neben sich auf den Boden, gab mir einen Puff in den Rücken und sagte: „Feigling! Was hast du? Es war doch nur ein Spaß!" Ich fiel nieder auf Knie und Hände und erbrach mich. Später begann ich zu weinen.

Ich weinte. Ich weinte. Seltsam zu sagen, daß die größte Seligkeit meiner Kindheit darin bestand, bei meiner Mutter zu liegen und zu weinen. Die Tränen rannen wie eine Quelle; wenn sie rinnen durften, war alles gut.

Ich war der zweite Sohn meiner Eltern. Nach mir bekamen sie noch fünf Söhne.

Ich habe aus jenen Jahren kein anderes Erinnerungsbild an meine Mutter als das, daß sie gesegneten Leibes war: eine Frau, die von Natur aus zur Schwerfälligkeit neigte, klein und breithüftig, mit rundlichen Armen und zarten Händen, mit einer vollen schönen, aber leisen Stimme, frühzeitig von Atemnot heimgesucht, frühzeitig unbeweglich geworden, ein Opfer ihrer beinahe alljährlich erneuerten Mutterschaft. Sie war entweder schwanger oder eben aus den Wochen erstanden, sie trug ein Kind unter dem Gürtel oder eins auf dem Arm, sie saß an der Wiege und legte das schreiende Würmchen an die Brust oder säumte Windeln oder versuchte ächzend, Schweiß auf der Stirn und Verzweiflung im Blick, zwei oder drei miteinander balgende Wildfänge zu trennen.

Ich liebte meine Brüder nicht sehr, es waren ihrer wahrscheinlich zu viele, als daß ich sie zu lieben imstande gewesen wäre. War ich mit einem gut Freund, mischte sich ein anderer ein und spielte uns einen Schabernack. Wollte ich für mich allein sein, überfiel mich ein Schwarm und zerstörte meine Kreise. Hatte ich etwas geschenkt erhalten, was mich freute und woran ich mein Herz hängen wollte, schlich in einem unbewachten Augenblick die Bosheit heran und richtete alles zugrunde. Hatte ich Sehnsucht, mit meiner Mutter allein zu sein, mußte ich dulden, daß sie doch zumindest das

Jüngste bei sich hatte, sie mußte es wiegen, nähren, hätscheln, und ich mußte daneben stehen und fühlte mich schließlich vergessen.
Unser Vater reagierte auf unsere wachsende Anzahl mit wachsender Strenge. Dem Fiasko mündlicher Erziehungsversuche folgte die nahezu absolute Regentschaft des Knotenstockes. Möglich, daß sieben Knaben nicht ohne Schläge aufgezogen werden können; möglich auch, daß unser Vater uns liebte – auf seine Weise. (Warum hätte er sich sonst mit Sorgen um unser Fortkommen abgequält?) Aber unglücklicherweise verbot es sich der arme Mann, seinen Söhnen etwas von dieser Neigung zu zeigen. Hatte er uns verprügelt, wurden wir aus seinen Augen verbannt, und es wurde uns schwer, ja unmöglich gemacht, ihm unsere Reue oder unseren Willen zur Besserung kundzutun. Strafe folgte auf Strafe und wurde auf diese Weise unfruchtbar. Die vergebliche Hoffnung, die Würde des Vaters auf alle Fälle zu wahren, würgte das Herz des Vaters in ihm ab.

Léon war fünf oder sechs Jahre alt, als Véronique seinen Weg kreuzte.
Véronique war ein kleines zerlumptes Mädchen, das jeden Tag unter den Mauern von Fenestreau vorüberkam, um seinem Vater, der als Taglöhner in den nahen Weinbergen des reichen Bamboucheur arbeitete, das Essen zu bringen. Léon liebte es, auf dem verfallenen Steinwall zu liegen und sich in der Mittagssonne braten zu lassen. Das kleine Mädchen kam den begrasten Pfad herauf, sie war barfuß und hatte nichts am Leib als einen verschossenen blauen Leinenkittel. In der Hand trug sie einen Korb und in diesem Korb einen irdenen Topf, dessen Schnauze und Henkel abgebrochen waren und in dem die Suppe ihres Vaters schwappte. Léon sah sie kommen und vorübergehen. Ihr Haar war kupferfarben, über dem Nacken gescheitelt und hing ihr in einem Gewirr, das selten geflochten und nie gekämmt schien, zu beiden Seiten über die Schläfen hinab. Ihr Kleid klaffte unter dem Hals offen bis fast zum Gürtel und ließ die milchweiße Haut unter einem sonnigen Schimmer weißblonder Härchen sehen.
Léon schaute ihr nach, wie sie den flachen Hügel erstieg, der das Gelände von Fenestreau von Bamboucheurs Weingärten schied. Ihre kleine Gestalt trat über den Hügelrand und schien schließlich vom gleißenden Licht des mittäglichen Himmels verschluckt.

Die Kinder hatten noch kein Wort miteinander gewechselt. Sie tat, als habe sie Léon nicht einmal bemerkt. Aber eines Tages blieb sie unter seinem Liegeplatz stehen, hob die Augen zu ihm auf und lächelte ihn an.
„Du bist Léon“, sagte sie. „Ich heiße Véronique.“
Von nun an hielt sie sich immer bei ihm auf, wurde zutraulich, stellte den Korb mit der Armensuppe und dem Trockenbrot ins Gras, kletterte den Steinwall hinauf, legte Arme und Kopf neben den Kopf und die Arme des Knaben und redete mit ihm.
Sie wußten einander nicht viel zu sagen: Léon erfuhr, wieviel Geschwister sie hatte, sie erfuhr, daß er im nächsten Jahr zur Schule gehen werde. Léon fing eine Eidechse und wollte, daß Véronique sie anfaßte. Véronique verbarg ihre Hand hinter dem Rücken und sagte: „Du willst bloß, daß sie mich beißt.“
So ging es eine Weile fort. Täglich wartete Léon, bis Véronique kam, er fragte sie auch, wann sie, wenn sie ihrem Vater das Essen gebracht hätte, zurückkehre. Aber das wollte sie ihm nicht sagen, ihren Rückweg hüllte sie in ein Geheimnis.
Eines Tages – es ging schon dem Herbst zu – wußte Véronique etwas Aufregendes zu berichten: „In der Stadt ist Jahrmarkt. Sie haben ein großes Zelt gebaut, dort zeigen sie Tiger und Schlangen, die Tiger müssen durch brennende Reifen springen, und die Schlangen sind zahm und tanzen.“
„Das gibt es doch nicht“, sagte Léon. „Du lügst.“
„Es ist aber so“, sagte Véronique, „ich habe die Leute davon reden hören, ich möchte die springenden Tiger sehen und die zahmen Schlangen.“
Léon schwieg.
„Möchtest du sie nicht auch sehen?“ fragte Véronique. „Aber man muß einen Sou zahlen, damit man hinein darf.“
Als Léon nach Hause zurückkehrte, fragte er Tante Eugenie, ob man in der Stadt wirklich Tiger und Schlangen sehen könne. Gleich mischte sich Bruder Paul ins Gespräch. „Freilich“, sagte dieser, „seit vorgestern ist ein Zelt beim Turm von Vésone aufgebaut, es ist groß wie eine Kirche mit lauter Scharlach rings herum. Wer einen Sou bezahlt, darf hinein.“
„Ich möchte hingehen, Tante Eugenie“, sagte Léon, „ich möchte auch die Tiger sehen.“

Tante Eugenie war gutherzig, dann und wann steckte sie den Neffen ein paar Centimes zu, damit sie sich Bärendreck oder türkischen Honig kaufen könnten. Doch: einen ganzen Sou, nur um die Bestien zu sehen, das war zu viel. „Nein, Léon“, sagte sie, „wenn du sie sehen willst, dann wollen deine Brüder auch, Paul, George und Marc – macht mit dir vier Sous. Nein, keinesfalls, der Vater würde es auch nicht erlauben.“
Also versuchte Léon sein Glück bei der Mutter. Sie aber zeigte sich ängstlich: „Allein zum Zirkus – ihr Kinder – niemals, niemals. Denk, wenn ein Tiger freikommt oder wenn eine Schlange aus dem Gefängnis flieht, das ist schon oft geschehen, und dann fallen sie an, was ihnen in den Weg kommt, sie sind wild von der langen Gefangenschaft, wilder noch als in der freien Natur; es ist ja wohl überhaupt eine Sünde, die Tiere in Käfige zu sperren, nur, damit man sie herzeigen und anschauen kann.“
Am anderen Tag erwartete Léon Véronique wieder an der Mauer. „Hast du das Geld?“ war ihr erstes Wort, als sie seiner ansichtig wurde.
Léon errötete. „Nein, ich habe es nicht, aber morgen“, log er, „morgen werde ich es bekommen.“
„Ist das auch wahr?“
Am nächsten Tag hatte er das Geld noch immer nicht. Véronique zuckte verächtlich die Achseln, als er ihr versicherte, morgen werde er die zwei Sous bestimmt erhalten haben. „Morgen ist der letzte Tag“, sagte sie, „dann brechen sie das Zelt ab und ziehen weiter.“
Der Knabe blickte sie verzweifelt an. Sie stand vor ihm und machte keine Anstalten, das Körbchen abzustellen wie sonst. Würde sie heute nicht zu ihm auf den Steinwall hinaufsteigen? Eigensinnig hielt sie den Kopf gesenkt und blickte beharrlich vor sich nieder auf ihren nackten Fuß, mit dem sie in einem Büschel dürren Grases bohrte. Léon beugte sich vor, um ihr Gesicht zu sehen: Noch nie waren ihm ihre Lippen so rot erschienen, so rot, als wären sie mit Purpurfarbe gepinselt; noch nie hatte er bemerkt, daß ihre kleine weiße Nase ganz von winzigen Sonnenflecken gesprenkelt war. „Morgen“, wiederholte er, „morgen werde ich das Geld haben, dann gehen wir hin, und ich nehme dich mit.“
Am Abend dieses Tages stahl Léon seinem Vater zwei Sous aus der Rocktasche.

Am anderen Mittag ließ Véronique auf sich warten, sie kam so spät, wie sie noch nie gekommen war. Léon rannte ihr entgegen. „Siehst du", sagte er, „ich habe das Geld!" Und er hielt ihr die Hand mit den Münzen hin.
Véronique beugte sich vor, als wollte sie ihren Augen nicht trauen. Sie tippte mit dem Zeigefinger auf die beiden Sous, dann stellte sie das Körbchen nieder mit dem irdenen Krug und dem Brot des Vaters, sie stellte es einfach an den Wegrand hin und sagte: „Gut, dann gehen wir." Und sie folgte Léon, *als habe er sie mit dem Geld gekauft.*

Niemand wußte nachher zu sagen, wie es geschehen war und woran es eigentlich gelegen hatte, denn die Leute, die zu der Zeit im Zelt gewesen, und der letzten Fütterung beigewohnt hatten, zerstreuten sich sehr rasch, vielleicht, weil sie sich schämten, daß sie sich durch ein Nichts so sehr hatten erschrecken lassen, vielleicht auch, weil sie sich fürchteten, zur Verantwortung gezogen zu werden. Denn, obgleich man das Kind erst später fand, mußte sich vermutlich doch in den meisten die Empfindung festgehakt haben, daß während der plötzlichen Panik in dem rasenden Gedränge irgendein Unglück geschehen sei.
Die Tierwärter beteuerten, daß sie keine Schuld trügen, daß alles wie immer gewesen sei, wenn man die Leute in den Teil des Zeltes einließ, in dem die Fütterung stattfand. Die Gitter waren nach vorne geschlossen und eine Schranke trennte, wie vorgeschrieben, Beschauer und Käfige. Wie immer hatten die Wärter die Leute ermahnt, die Barriere nicht zu übersteigen oder gar die Hand zu den Bestien hineinzustrecken.
Man habe, gaben sie zu, die Tiere ein wenig gereizt, das sei nun einmal Brauch, die Leute wollten ja etwas für ihr Geld sehen, sie kamen ja her, um ein Schauspiel zu haben; man mußte die faulen Katzen aus ihrer Ruhe scheuchen und die Schlangen veranlassen, um ihre Nahrung zu kämpfen.
Doch das war, wie gesagt, Brauch, und niemand hatte bislang etwas dabei gefunden.
Vielleicht, sagten einige, sei der Andrang ein wenig größer gewesen als sonst, doch pflegte es in allen Städten am letzten Tag das gleiche zu sein.

Das Unglück war, daß die Kette der großen Petroleumlampe riß, die vor der Barriere an einer eisernen Stange hing. Hatte sie jemand in Schwingung versetzt oder gar an ihr gezerrt? Die Lampe schlug herunter, und in das Klirren und Splittern und in die jäh eintretende Dunkelheit erscholl das Gebrüll des großen Tigers Jussuf. Ein Glück im Unglück war, daß die Lampe erlosch, ehe sich das Petroleum entzündete, das ganze Zelt wäre sonst leicht in Flammen aufgegangen.
Im Kampf um den Ausgang war eine Frau niedergestoßen und eine der roten Tuchportieren abgerissen und sogar der Tisch mit der Kasse umgestürzt worden, so daß die ganze Tageslosung in den Staub rollte. Nachher fand man auf dem Platz die Spuren des Kampfes: Zwischen den Kupfer- und Silbermünzen lagen abgerissene Knöpfe, abgetretene Litzen und Rocksäume, ein zersplittertes Binocle und ein zerbeulter Hut. Eine Frau war zu Fall gekommen, aber sie hatte sich schließlich noch selbst erheben und aus eigener Kraft, wenn auch in zerrissener Bluse und aus gequetschten Lippen blutend, nach Hause begeben können. Das kleine Mädchen fand man erst später unter einer umgestürzten Bank, platt am Boden liegend, regungslos.

Es ist Nacht geworden in Périgueux, und die Straßen sind fremd, und die Häuser sind fremd, alles ist fremd für das Kind, das herumirrt und nicht weiß, wohin.
Irgendwo ist Fenestreau, sind Vater, Mutter, die gute Tante Eugenie, irgendwo ist das weiße weiche Bett im Winkel, die kleinen Brüder, Wärme, Sattheit und Schlaf.
Hier ist Nichts, schreckliches Nichts, leere, grausig leere finstere Gassen. Die Häuser stehen hinter den verriegelten Läden stumm und feindlich und wie versiegelt.
Eine Gasse hinter der anderen, und der eigene stolpernde, rennende Schritt hallt schrecklich laut durch das finstere Labyrinth. Das Kind denkt: Wo bin ich? Ist das Périgueux? Hier bin ich noch nie gewesen, hier nicht und auch hier nicht, Großvater und Großmutter wohnen in einer anderen Stadt. Im Käfig brüllen die Tiere, sie schlagen mit ihren Tatzen, sie springen gegen die Stäbe, sie kommen frei. Véronique haben sie verschlungen, mich werden sie verschlingen, sie kommen mir nach.

Niemand ist auf der Gasse, die Menschen haben sich in ihre Häuser geflüchtet, haben die Türen hinter sich versperrt und die Lichter gelöscht, damit die Tiere nicht wissen, wo sie wohnen. Die Menschen stehen hinter den Fenstern und spähen durch die Spalten, spähen, ob sie schon kommen, die Tiger, die Affen, die Schlangen, die hinter mir her sind, hinter mir – hinter mir, dort duckt sich der Tiger zum Sprung.
Und niemand wird mir auftun, wenn er heran ist.
Das Kind keucht eine Gasse hinauf, eine Gasse hinab, es setzt um die Ecken, es rennt im Kreis, eine Treppe hinauf, einen Graben entlang. Da, mit einem Male wird es hell, die Häuser treten auseinander, ein großen Platz liegt vor ihm, aus leichten Wolkenschleiern tritt der Mond und überschwemmt den Raum mit seinem zarten Licht. Dort, in der Mitte des Platzes, von den verschatteten Häusern durch eine helle Bahn getrennt, erhebt sich groß und feierlich ein Riesenbau mit Türmen, Kuppeln, breiten Treppen: der Dom. Das Kind erkennt: hier bin ich schon einmal gewesen.
Hier war es – irgendwann, die Mutter trug mich. Ich saß auf ihrem Arm, die Arme dicht um ihren Hals, ich spürte ihr Gesicht, sie redete zu mir. Sie trug mich dort hinüber und hinein.
Etwas Süßes, Kühles wehte mir entgegen, es kam aus dem offenen Tor, eine tönende Woge, ein wogender Duft, ein duftender wogender Wind. „Horch, die Orgel", sagte die Mutter. Ich lag an ihrer Schulter, wohlig an sie geschmiegt, und der duftende wogende Wind trug mich und sie die Stufen empor. Dort stellte sie mich nieder und tauchte ihre Hand in Wasser und berührte mit dem befeuchteten Finger meine Stirn, meinen Mund, meine Brust.
Die Tiere sind vergessen, hinten geblieben, von der schwarzen, bösen, stinkenden Stadt verschluckt. Hier ist nur Mondlicht – rings um den Dom ein silberschuppiges Flimmern, das weite gepflasterte Rund, über dem tausend Lichtzungen raunen. Das Kind sieht seinen eigenen Schatten wandern, er wandert geradeswegs zum Tor von Saint Front hinauf.
Ach, jetzt erkennt es das in die Wand versenkte Portal, die Bogen, die Giebel, die Nischen, und auf zwei steinernen Löwen stehen zwei Säulen auf und tragen ein hohes, mit funkelnden Spitzen besetztes Dach.
Der Knabe bleibt stehen und schaut hinauf. Irgend etwas durch-

schaudert ihn, süßer und zarter noch als damals, als die Mutter ihn trug und die Orgel erbrauste. Er sieht: ein großes Auge tut sich über ihm auf.
Das Auge ist tief wie die Welt und schaurig schön wie die gestirnte Nacht, und unter seiner Braue haust das *Herrliche*: ein Mann sitzt auf einem Thron, hält ein Kreuz im Arm und in der Hand eine Waage.
Könige sind sein Gefolge, Engel seine Trabanten, alle Nischen sind von ihnen erfüllt; einer steht auf des anderen Schultern, wie Trauben drängen sie aus dem Gewände, wie ein ungeheurer steinerner Rebstock rankt sich ihr Chor um das Bild des Gerichts.
Die Löwen unten, die die Säulen tragen, wie liegen sie friedlich mit gekreuzten Tatzen, weiß und glänzend, glattgeschliffener Marmor, die Locken der Mähnen zu schönen Ringen gelegt. Sie scheinen zu lächeln, ihre Mäuler klaffen, furchtlos schiebt Léon seine Hand zwischen ihr Gebiß.

Frankreich gleicht in jenen Jahrzehnten einer Frau, die nicht weiß, wie sie sich tragen soll. Es ist ein halbes Jahrhundert her, daß sie sich den pompösen Reifrock und die Puderperücke des Ancien Régime, diesen Ornat einer bis ins Solare gesteigerten Selbstverherrlichung abgerissen und die phrygische Mütze des Aufruhrs auf das wild flatternde Haar gesetzt hat. Sie hat, von der Idee der Brüderlichkeit in Trance versetzt, die Guillotine umtanzt und ist davon erwacht, daß ihr der korsische Riese Säbel und Gewehr in die Hand drückte und sie zwang, für ihn bis an die Enden der Welt zu marschieren. Als das Abenteuer zu Ende, der Säbel schartig geworden, die Patronentasche leergeschossen war, kehrte sie nach Hause zurück, müde, verwirrt, gerne bereit, sich die bourbonische Schürze umzubinden und züchtige Hausfrau zu spielen. Nicht lange! Sie kann die Losgebundenheit und flackernden Freuden der Revolution nicht vergessen: Marianne trägt die rote Mütze immer bei sich.
1830, 1848, 1850. Kampf auf den Barrikaden. Bourbon und Orléans werden weggefegt. Ein neuer Napoléon verspricht goldene Tage. Aber er ist kein Riese, er ist nur ein Kaufmann, und Marianne nimmt seine Besitzergreifung mit dem kalt-irisierenden Lächeln der Allzuerfahrenen hin; in diesem Lächeln flimmern schon die

Infamien künftiger Treubrüche. Mit gekreuzten Armen sieht sie zu, wie sich dieses neue Kaisertum mit den Pfauenfedern gewagter Eitelkeiten ausstaffiert; sie ist entschlossen, dem dritten Napoléon keinen Fehler durchgehen zu lassen, ihm keinen zu verzeihen.
Dabei nagt die Unruhe in ihr: sie fürchtet, im Ensemble der europäischen Oper vom Platz der Primadonna verdrängt zu werden. Jahrhundertelang hat nur sie die großen Arien singen, nur sie den höchsten Ton, das zweimal gestrichene E glanzvoller Extravaganzen in die atemlos staunende Stille der Welt schmettern dürfen. Jetzt drängt sich Schwester Albion hervor, deren wettergegerbte Altjüngferlichkeit Marianne so gern verlacht hat. Ja, sogar der unbetamte Küchendragoner Germania möchte dazwischenbrummen; Italien, Spanien, Rußland – alle ihre Anbeter von einst – kriechen aus der dunklen Versenkung des Proszeniums hervor, alle wollen plötzlich die eigenen Weisen singen.
Mariannes Herz ist verdüstert. Sie zählt ihre Kinder – die Zahl bleibt immer die gleiche, während die Länder ringsum vor Fruchtbarkeit bersten. Sie sieht ihr Hauswesen, ihre Wirtschaft von einer sonderbaren Lähmung befallen. Frankreichs Erde und Handwerk, die früher so reichliche Zinsen trugen – genügen sie nicht mehr, um alle zu sättigen? Man gräbt nach Kohle und Eisen. Indessen: andere fördern mehr. Man baut Schiffe und schickt sie aus, aber andere sind flinker, heimsen die Güter der neuerschlossenen Länder geschickter ein. Man hortet Gold, doch auf einen Barren in den Kellern der Banque nationale kommen jenseits des Kanals deren drei, und das Spiel auf der Börse verrät weniger den Wagemut zielbewußt rechnender Kaltblütigkeit als Fieber der Angst vor dem stets erwarteten, stets zu gewärtigenden Gespenst des Ruins.
Das ist Frankreich und sein Volk, das mit seiner Gegenwart nicht viel anzufangen weiß. Die einen blicken in die Zukunft und erwarten alles von einem Umsturz der Dinge. Die anderen weiden sich an der Vergangenheit: Königszeit, Kaiserzeit.
Zu diesen gehört Großvater Careau.
Zu jenen – mehr oder weniger – Vater Bloy.
Sein Mißbehagen wird gedämpft durch seine Arbeit im Amt für Brücken- und Straßenbau. Es ist nicht zu leugnen, daß es in diesem Sektor des öffentlichen Lebens vorwärts geht. Jean-Baptiste ist nicht nur Freidenker, er ist auch Freimaurer und gehört der Loge

der ‚Beständigen Freunde des Orients' an. Zwei- oder dreimal im Jahr versammeln sich die périgordischen Maurer im Hinterzimmer eines kleinen Wirtshauses, begrüßen einander mit den feststehenden Formeln und hören sich einen Exkurs über Humanität, Menschenliebe und Gewaltlosigkeit an, was Jean-Baptiste natürlich nicht hindert, seine Söhne weiterhin mit dem Knotenstock zu traktieren.

Jean-Baptistes Zugehörigkeit zu den ‚Beständigen Freunden des Orients' verursacht der frommen Marie nicht wenig Kummer. Sie quittiert seine Spötteleien über die Kirche, seine beißenden Bemerkungen über die dicken Bäuche der Priester, über deren heimliche Laster und offene Habsucht mit verdoppeltem Eifer im Gebet. Der Mann weiß das, es setzt ihm zu, er spürt die sich zwischen ihm und der Frau ausbreitende Entfremdung mit schmerzlichem Groll. Marie ist ein gutes, demütiges Weib, immer bereit zu gehorchen, nachgiebig und dienstbar zu sein. Nur in diesem einen Punkt ist sie unbeugsam.

Nun, sie gebiert ihm jedes oder doch jedes zweite Jahr einen Sohn. Er nimmt es hin, daß die Kinder getauft, sogar, daß sie, zur Schule geschickt, etwas wie einen Religionsunterricht genießen. Mit Befriedigung stellt er fest, daß sie in diesem Fach durchaus keine Leuchten sind, nicht einmal dieser Léon. Léon, der erklärte Liebling seiner Mutter, ist in des Vaters Augen das größte Sorgenkind, eine undurchschaubare, zur Unordnung neigende Natur. Warum heult er nur immer? Ist er überhaupt ein richtiger Junge? Doch – dem Himmel sei Dank – den Pfaffen wenigstens scheint er nicht verfallen. Er zeigt sich beim gemeinsamen Abendgebet der Brüder ebenso unaufmerksam wie alle anderen, kichert, verdreht die Augen, macht Faxen wie alle anderen. Der sonst so gestrenge Vater nimmt es befriedigt schmunzelnd zur Kenntnis.

Werden sehen, was wir aus ihm machen können, auch aus diesem Léon; wenn er nur mal erst sein Einmaleins gelernt hat, dann werden wir ihn schon in eine gehörige Kur nehmen. Das Amt für Brücken- und Straßenbau kann tüchtige Ingenieure gebrauchen.

Indessen ist längst anderes, Unaufhebbares geschehen.

Jenseits der Isle, an einen schroffen Kreidefelsen gelehnt, steht ein altes, halb zerfallenes Gebäude, die ehemalige Leproserie von Périgueux. Der Zugang ist ein holpriger Pfad, mit Brennesseln verwuchert; über ein paar Staffeln aus verfaultem Holz führt er durch die Reste eines Tores in einen kleinen sonnigen Hof, dessen oberer Teil vom Blätterdach einer mageren Weinlaube mit grünlichgoldenen Schatten gesprenkelt ist. Hier stehen ein Tisch, eine niedrige wacklige Bank, auf der sich eine Katze sonnt; eine uralte Steinmühle daneben mit verrostetem Griff. Tigerfleckig schwarz und gelb geflammtes Maiskorn hängt an einem Gerüst; darunter liegen Mohnkapseln, Bohnen und Schwämme zum Trocknen aus.

Das Haus ist gemieden. Nur ein einziger Mann hat dem freilich schon dumpf gewordenen Schrecken widerstanden, der diesem Ort anhaftet. Dreihundert Jahre lang hat man alle Bewohner der Stadt, die von einer Seuche befallen worden waren, hier eingeschlossen: Pestkranke, Aussätzige, von der spanischen Krankheit Angefressene. Man hatte wenig Mitleid mit den Geschlagenen, man sonderte sie aus und ab und überließ sie ihrem Schicksal. Neben dem Haus lag ein Stück Feld, dort mochten die Noch-Lebenden ihre Toten begraben. Aus dem Fels tröpfelte eine Quelle, so mußten sie nicht verdursten. Lebensmittel schiffte man über den Fluß und warf sie über die Mauer. Dann und wann kam ein Priester und spendete das Sakrament.

Jetzt ist der Bau verfallen, die Leproserie als unmenschliche und auch unnotwendig gewordene Institution aufgehoben. Der Mann, der sie bewohnt, ein ausgedienter Soldat, eine alte Kriegsgurgel, hat irgendwann einmal in der napoleonischen Zeit mit Großvater Careau im selben Korps gedient. Großvater Careau liebt es, den Mann zu besuchen – er nennt ihn Jean-le-Gabarier. Dann und wann nimmt er auch seine Enkel mit.

Sie lassen sich über die Isle rudern, denn anders ist die Leproserie nicht zu erreichen. Großvater Careau ermahnt die Enkel zu anständigem Betragen, er hätte ebensogut einem Rudel junger Wölfe das Stillesitzen und Ruhegeben gebieten können. Den Hof betreten und sich auf die Katze stürzen, ist für sie eins. Ein weißer, federnder Strich verschwindet das Tier in den Büschen, die Bande johlend hinterdrein.

Jean-le-Gabarier schüttelt dem Bürger Careau die Hand. Er ist ein großer Kerl mit struppigem Kopf in dreckstarrenden, mit Lederflecken benähten Kleidern; Großvater Careau neben ihm ein vornehmer Herr im glänzend gebürsteten Rock, im fein gefältelten

Hemd, Manschetten an den Gelenken, ein goldenes Knöpfchen im linken Ohr. Man weiß nicht recht, wovon Jean-le-Gabarier lebt: vom Fischfang, vom Fallenstellen, von den wenigen Früchten, die er in seinem verrotteten Garten zieht. Doch immer ist seine Flasche gefüllt – er schleppt den in Stroh gefaßten Glasbauch aus seiner Wohnhöhle hervor, stellt die irdenen Becher auf den Tisch, dann sitzen die beiden Alten beisammen, lassen sich die Sonne auf die Rücken scheinen und reden.
Léon ist von der Katzenjagd zurückgekommen. Die Brüder durchstöbern indessen das Grundstück nach anderem Wild. Man hört ihr Schreien, Pfeifen und Lachen bald näher, bald ferner irrlichternd unter den Felsen. Léon hat sich den beiden Alten zugesellt, doch da sie ihm keine Beachtung schenken, kriecht er die Leiter hinauf, die neben der Laube lehnt, kriecht auf die hölzerne Altane, die nur noch aus ein paar morschen Sparren besteht, dort liegt er bäuchlings hingestreckt und schaut und träumt.
Da ist die krumme Ringmauer der Leproserie, und zwischen Baumwipfeln gleißt die Fläche des Flusses und jenseits der Turm von Saint Front, aus drei Quadersteinwürfeln gefügt, der vierte mit einem Umgang aus Säulen, der die Kuppel trägt. Der Knabe sieht den Turm im Fluß gespiegelt, größer, glänzender als den wirklichen Turm. Geheimnisvoller auch die Tiefe des Himmels im Spiegelbild, das Schweben und Schäumen der Wolken, selige Überwirklichkeit.
Die Alten drunten füllen die Becher nach und sprechen von einst.
Léon versteht nicht viel von dem, was sie reden, manchmal sind ihre Stimmen nur ein Gemurmel, das undeutlich zu ihm empordringt. Doch dann und wann fällt ein Name, an den sich Léon zu erinnern glaubt: Wagram, Saragossa, Beresina. Sie sind wie Leuchtpunkte auf einer ungeheuren Scheibe, die sich langsam, schräg geneigt wie das Bild eines fremden Gestirns unter dem träumenden Blick des Kindes heraufdreht: eine blau fließende Landschaft, von Meeren umkränzt, in denen sich ferne Brände dahinziehen, feurige Inseln schwimmen und perlenschimmernde Ungeheuer ihre Schlangenleiber bäumen. Auf den Wolken reiten Heere, gebären sich Heere, Völker ziehen aus dunstigen Höhlen hervor, ein Gewimmel bedeckt die Länder, Speere, Standarten, Kanonen. Städte tauchen auf und versinken, schwarz und böse die einen, licht und herrlich

die anderen. Eisgebirge drängen ihre funkelnden Grate empor, Ströme stürzen und verschwinden in nächtigen Abgründen. Aus goldener Posaune tönt ein Name – Sturmesrauschen ergreift ihn, Blitze zucken aus ihm hervor: heißt er Napoléon? heißt er Jahve?

Als Léon zwölf Jahre alt war, starb Großvater Careau. Léon beschloß, sich nun allein auf den Weg zu machen und Jean-le-Gabarier auf eigene Faust zu besuchen. Er strich die Isle entlang und spähte nach einem Fahrzeug, das ihn hinüberbringen könnte. Aber er hatte nicht den Mut, jemand zu bitten, und natürlich auch kein Geld, einen Fährdienst zu bezahlen. So lungerte er stundenlang am Ufer herum und paßte darauf, daß Jean sich zeigte. Endlich kam der Alte aus der Leproserie hervor, begab sich mit seiner Angelrute an das Wasser und warf aus. Der Junge rief und schrie, der Alte gab nicht Obacht. Der Junge riß Zweige von den Büschen und peitschte damit den Boden, der Alte blickte nicht auf. Er stand unbeweglich und rührte sich nur, um die Schnur zu schleudern, den Fang vom Haken zu nehmen und neu anzuködern. Léon verfiel auf den Gedanken, Purzelbäume zu schlagen, auf den Händen zu gehen und endlich, durch Steinwürfe die Aufmerksamkeit des Alten zu erregen. Die Steine klatschten ins Wasser, der Mann drohte mit der Faust herüber und wich flußabwärts aus, wo die Isle eine Bucht zog. Léon stampfte vor Zorn. Dann gab er es auf und versuchte von der anderen Seite an sein Ziel zu gelangen.

Der Weg war mühsam und nicht ungefährlich. Léon mußte den Kreidefelsen erklettern und sich durch eine mit Gestrüpp verwucherte Kluft hinablassen. Mit zerschundenen Händen und zerkratzten Wangen kam er an. An seinen Kleidern häkelten dornige Ranken.

Noch immer stand der Fischer drunten am Fluß. Léon näherte sich ihm. Der Mann wendete nur flüchtig den Kopf, Léon wagte nicht, ihn anzureden. Er kauerte sich hinter ihm ins Gras und wartete.

Endlich kehrte sich der Alte um. „Wo kommst du her, Schlingel? Bist du es, der vorhin die Steine geworfen hat?"

Léon antwortete nicht. Er streckte seine zerschundenen Hände vor und lächelte den Mann schüchtern an. Dieser war wieder mit seiner Angel beschäftigt. Die Zeit verrann, das Lägel füllte sich mit Fischen.

Endlich wickelte der Alte die Schnur ein. Er nahm sein Gerät und kehrte zur Leproserie zurück. Léon trabte hinter ihm her. Vor der Tür blieb der Fischer stehen: „Bist du nicht der Enkel des alten Careau?"
Léon nickte strahlend. Endlich war er erkannt –
„Ach so. Dann komm herein."
Zum erstenmal betrat der Knabe das alte Haus. Es war nur mehr eine Ruine, ein einziger Raum im Erdgeschoß bewohnbar: die Fensterluke mit Brettern verschlagen, nur die Tür gab Licht und Luft. War sie geschlossen, war es drinnen so finster wie im Bauch einer Kuh.
Da stand das Bett des Mannes, ein Schragen aus ungehobelten Brettern, mit Laub oder Stroh gefüllt; das einzige Kissen flach zerlegen und so schmutzig, als wäre es nicht mit Leinen, sondern mit dunkelspeckigem Leder bezogen. Ein paar Decken wüst durcheinandergeworfen, ein paar Fetzen an Nägeln hängend, Wände und Boden aus Stein, feuchtem Stein, der den kalten Geruch des Felsens ausströmte.
Der Alte scharrte in der Asche des offenen Herdes, er blies in die Glut und entfachte die hüpfende Flamme. Mit wenigen Griffen hatte er zwei, drei Fische ausgeweidet und entschuppt, hatte sie an einen Spieß gesteckt und begann sie zu braten. Er lud den Knaben zu der Mahlzeit ein.
Sie kauten schweigend, die Tür war geschlossen, der Feuerschein malte regsame Schatten auf das alte Gesicht. Mit den Fingern riß der Mann das mürbe Fleisch auseinander – dann und wann fiel ein Blick aus seinen dunkel dämmernden Augen auf das Kind.
„Dein Großvater war ein guter Mann", sagte er, „er hat Jean-le-Gabarier nicht vergessen. Die Welt ist schlecht, sie will nichts mehr wissen von denen, die früher einmal gekämpft und ihr Blut für sie vergossen haben. Nichts hat man für uns alte Soldaten übrig als den Tritt in den Arsch. Aber dein Großvater war ein guter Mann. Er wäre es wert gewesen, in der Garde des Kaisers zu dienen. Und Stiefel konnte er machen, mit denen zu marschieren es eine Lust war. Ich bin in seinen Stiefeln bis Erfurt marschiert – dort haben die Könige unserem Kaiser die Füße geleckt. Erfurt – weißt du, du Knirps, wo das liegt?"
Léon schüttelte den Kopf.

„Nichts wißt ihr, ihr Jungen, von dem, was gewesen ist, nichts, gar nichts ..."
Die Mahlzeit war zu Ende. Der Alte fegte die abgenagten Gräten vom Herdrand, mit einem Haken schürte er in der Glut. Dann begann er zu erzählen: „Wie ich so alt war wie du ..."
„Wie ich so alt war wie du, da nahm mich mein Vater mit auf den Markt von Saint Cloud. Damals war das Schloß noch ein königliches Schloß, und es traf sich gerade, daß der Prinz von Rohan dort ein Fest gab. Man sagte, auch die Königin werde kommen und der Dauphin. Mein Vater war zum Markt gefahren, um ein Schwein zu verkaufen, aber er verkaufte es nicht, denn niemand hatte Geld, das Volk war arm, blutarm und ausgehungert. Mein Vater wartete den ganzen Tag. Dann sagte er: Komm, wir wollen zurück nach Hause. Ich sagte etwas von dem Fest und daß die Königin kommen sollte. Er sagte: Was geht mich das verfluchte Fest an? Sie sollen sich mit ihren Diamanthalsbändern erwürgen, sie sollen in ihren Dukaten ersticken, sie sollen am Elend krepieren, in das sie uns gebracht haben. – Aber ich wollte nicht fort, ich wollte die Königin sehen und den Dauphin. –
Die Königin, siehst du, dort drüben ist ihr Bild!"
Über dem elenden Bett des Alten war eine hölzerne Lade angebracht, an ihr hing ein stockfleckiger Kupferstich in einem schwarzen Rahmen und zeigte, kaum erkennbar noch, das Gesicht einer jungen schönen Frau, die ein Diadem im Haar trug. Sie lächelte.
„Nimm das Bild herunter und schau es dir an, ich habe sie gesehen, wie sie auf diesem Bild ist. Sie ritt an mir vorbei, so nah, daß ich die goldenen Spangen an ihren Schuhen blitzen sah. Ich habe nie etwas Schöneres gesehen als sie. Ich war auch dabei, als man ihr den Kopf abschlug. Ehe sie niederkniete und den Hals auf den Block bog, stolperte sie über die Füße des Henkers – es war derselbe, der ihrem Mann, dem König, ein paar Monate zuvor den Kopf abgeschlagen hatte, aber sie sagte: Verzeihung, mein Herr, wenn ich Sie getreten habe ..."
Von nun an kam Léon sehr oft zu Jean-le-Gabarier. Er mußte nicht mehr den Umweg über den Felsen nehmen. Jean wartete auf ihn und horchte auf den vereinbarten Pfiff. Dann kam er, wenn er nicht schon am Ufer stand und fischte, herunter und holte Léon in seinem Kahn hinüber.

Sie waren gut Freund miteinander, der alte Gardist und der Knabe; sie aßen miteinander Fische, sie flickten Netze, sie rebelten das Maiskorn von den Kolben und zerrieben es in der altertümlichen Steinmühle zu dem griesigen Mehl, aus dem sich der Mann die gelblichen Fladen buk. Sie gruben in der schwarzen fetten Erde des Leproseriegartens nach Köderwürmern, sie schnitten und hackten Holz und bündelten Reisig für den Winter. Dann saßen sie wieder nebeneinander am Feuer oder vor der Tür, und der Alte erzählte...
Traumhafte Lebenslandschaft, grenzenlose: wie riesige Feuersäulen wandern die Gestalten der Vergangenheit über sie hin. Ungreifbares umflutet uns und webt eine Aura unendlicher Wirkung über das sichtbare Dasein.
Unter dem Bett verwahrte Jean-le-Gabarier eine eisenbeschlagene Truhe und in ihr die Erinnerungen an seine Jugend: den zerschlissenen Leichnam einer einst weiß gewesenen Uniform, altes Riemenzeug, eine Patronentasche, ein grünliches Bild des Königs von Rom in einer Wiege aus Efeu oder Geißblatt, eine zerbrochene Muschel aus einer Grotte von Malmaison. Zuunterst lag ein großes Buch: Napoléon.
„Du kannst lesen", sagte Jean-le-Gabarier, „lies mir vor!"
Und so saß ich dort und las. Das Buch war die armselige Geschichte von Norvins, von Raffet illustriert. Es erschien mir wie ein Evangelium – ein Evangelium, ja, das war es mir. Mit welchem Fieber, mit welchem Erbeben betrachtete ich die Bilder! Von ihnen geleitet folgte ich meinem Helden, meinem Kaiser überall hin, von Toulon bis nach Sanct Helena. Ich begleitete ihn nach Ägypten und nach Rußland. Immer sah ich ihn allmächtig, unfehlbar, und mir war's, als sei ich der Älteste seiner Garde.
Wozu brauchte ich zu begreifen, was da geschrieben stand? Ich fühlte schon und habe niemals aufgehört, in ihm das Übernatürliche zu fühlen. Die acht Buchstaben seines Namens, die in dicken blutfarbenen Lettern auf das erste Blatt gedruckt waren, schienen mir Strahlen bis zu den äußersten Enden des Universums auszusenden...

Die Freundschaft zwischen Jean-le-Gabarier und Léon dauerte einen Sommer, einen Winter und den Frühling darauf. Dann war sie zu Ende – und nicht ohne Léons Schuld.

Man war im Gemeinderat von Périgueux auf den Einfall gekommen, nach dem Recht zu fragen, auf Grund dessen sich der alte Gardist in der Leproserie eingenistet hatte. Die Leproserie war Gemeindebesitz, konnte man nicht einen Mietzins verlangen?
Man setzte dem Eindringling zu, man wollte ihn erpressen. Doch Jean hatte kein Geld, womit hätte er bezahlen sollen?
Léon wußte nichts davon. Er lag, als man seinen Freund bedrängte, krank, er hatte, viel zu spät für sein Alter und deshalb wohl in einer besonders heftigen Spielart, den Scharlach bekommen. Seine Eltern fürchteten für sein Leben. Rotgeschwollen, von Flecken ganz entstellt, lag er da und phantasierte, warf sich im Bett herum und kämpfte mit unsichtbaren Feinden. Was er sprach, klang den Seinen rätselhaft. Wie kam der Junge zu Soldatenflüchen und -befehlen? Wie kam er dazu: Zieht den linken Flügel vor! – Aus allen Rohren Feuer! – Haltet die Preußen fest! – zu schreien?
„Woher hat er das nur?" fragte der Vater.
Endlich ließ das Fieber nach. Léon schien zu Tode erschöpft. Er lag apathisch da, tagelang mit halbgeschlossenen Augen. Trat der Vater oder einer der Brüder in das Zimmer, drehte er den Kopf weg. Er wollte nur die Mutter oder Tante Eugenie um sich haben. Von ihnen ließ er sich füttern, kämmen, waschen; er war zu schwach, sich aufzusetzen, es war süß, so schwach, so hilflos zu sein.
Die Mutter saß neben ihm und streichelte seine durchsichtig gewordene Hand.
„Du solltest nun doch versuchen aufzustehen", sagte sie leise, „mein kleiner Léon, wir haben in zwei Wochen Pfingsten. Am Pfingstsonntag sollst du deine Erste Heilige Kommunion empfangen! Ein großes Fest, Léon, das schönste Fest deines Lebens. Du wirst es doch nicht versäumen wollen."
„Ich weiß nicht, Mutter –"
„Wenn du dich ein klein wenig bemühen würdest, gesund zu werden – Denk doch, der Heiland wartet auf dich!"
„Ja, ja –"
„Der Herr des Himmels und der Erde, der dich so innig liebt! – Ach Léon, was ist mit dir? Im Fieber wolltest du nur immer schießen und stechen. Wer hat dir das beigebracht?"
Léon öffnet die Augen, blickt die Mutter an: „Der Kaiser!"
„Der Kaiser?"

„Ich habe ihn gesehen, auf seinem Schimmel, über den Wolken. Die ganze Welt war ihm untertan."
„Ach Kind, er war ein Mensch wie du und ich, ein sündhafter Mensch, und Gott hat ihn geschlagen."
Am Abend kommt die Magd herein und meldet, unten sei ein Mann, ein recht abgerissener Halunke, er nenne sich Jean-le-Gabarier und habe nach Léon gefragt.
Nach Léon?
Ja, nach Léon.
Tante Eugenie beugt sich über das Bett. „Kennst du einen Menschen namens Gabarier?"
„Gabarier?" fragt Léon.
„Er möchte dich sprechen. Kennst du ihn?"
Léon schließt die Augen und antwortet nicht.
Tante Eugenie flüstert mit der Mutter und der Magd. „Schick ihn weg, den Menschen! Schick ihn weg!"
Die Magd zieht die Tür hinter sich zu und geht.
Léon hebt den Kopf, er setzt sich auf, will reden –
Noch hört er den Schritt der Magd auf der Treppe.
Dann hört er das Tor sich öffnen und zufallen. Er lauscht, lauscht lange. Im Hof krähen die Hähne.
Er bohrt den Kopf in das Kissen und beginnt wieder zu weinen.

In den Tagen des Scharlachfiebers war seine Kindheit zu Ende gegangen. Als er aufstand, zeigte es sich, daß er fast um Handbreite gewachsen und aufgeschossen war. Der Stimmbruch kündigte sich an.
Am Pfingstsonntag des Jahres 1866 empfing er ohne Lust und Liebe das Sakrament, und es ging ihm damit wie so vielen anderen, die gleich ihm empfangen hatten: sie spien das ungare Brot auf die grünenden Pfade ihrer Vierzehnjährigkeit, auf denen der schweinsköpfige Löwe der Pubertät umherschweifte und seine Opfer verschlang.
Von nun an war Léon für lange Zeit allein. Er fand keine Freunde, er wagte keine mehr zu finden. Der – wie er dumpf empfand – selbstverschuldete Verlust des Gabarier brannte ihn in der Seele. Die Gesellschaft der Gleichaltrigen verursachte ihm Langeweile, er war in der Schule widerborstig, ein Einzelgänger, der es liebte, sich

über die Dummheit der anderen lustig zu machen, doch unglücklicherweise selbst an den von der Schule gestellten Aufgaben versagte. Er haßte alles, was mit der Manipulation von Zahlen zusammenhing. Er hätte vielleicht an den historischen, erdkundlichen, philologischen Fächern Geschmack finden können, doch seine Lehrer waren trockene Gesellen, deren Methode nur auf das Auswendiglernen des Stoffes zielte. Sie schreckten jede Phantasie ab und sperrten sie, wo sie sich etwa hervorwagen wollte, hinter die Gitterstäbe engherziger Verbote. In den Stilübungen durfte keine Wendung erscheinen, die nicht vorgesehen war, wer den Gemeinplatz überschritt, nach unten oder nach oben, verfiel dem gleichen Verdikt.

In der Geschichte hieß es, Jahreszahlen und Schlachtenorte herunterrasseln; wer sich herausnahm, Bewunderung oder Abscheu auszudrücken, gar ein Wort über die Idee eines Zeitalters verlauten zu lassen, wurde als Phantast verlacht. Immer wieder verfiel Léon bei schriftlichen Arbeiten in den gleichen Fehler. War er einmal im Zuge, dann flog seine Feder dahin: statt dürre Fakten aufzuzählen, entwarf er Gemälde, statt Namen und Regierungszeiten anzugeben, überschüttete er seine Lieblinge mit Lorbeer, bewarf deren Feinde mit gröblichen Schmähungen. Der Lehrer lächelte hinterhältig von seinem Katheder herunter, wenn er den Jungen so eifern sah. Ehe die Stunde ablief, näherte er sich leise von hinten und zog Léon, bevor dieser Zeit fand, etwa die glühendsten Epitheta ornantia abzuschwächen, das Heft unter dem Ellenbogen weg, sprang damit zum Pult und schwenkte es im Vorgenuß eines köstlichen Spaßes: „Wollen mal sehen, was er zusammengeschwafelt hat, unser Dichter, unser Träumer, poeta laureatus."

Die Klasse grölte, man bog sich vor Gelächter.

Eines Tages überraschte Léon seine Lehrer und Mitschüler damit, daß er auf keine Frage mehr antwortete, daß er ohne Bleifeder in der Schule erschien und, zum Schreiben aufgefordert, die Hände flach auf die Bank legte, trotzig bleich, zum äußersten Widerstand entschlossen.

„Bloy, warum schreibst du nicht?"

Schweigen.

„Ich frage: warum schreibst du nicht?"

Schweigen.
„Steh auf, Kerl, was soll das?"
Der Lehrer kommt auf ihn zu, faßt ihn an. Léon zuckt zurück, als züngelten Natternköpfe gegen ihn.
„Soll ich dich prügeln?"
Der Lehrer holt mit seinem Rohrstock aus und will, wie er das gewöhnlich tut, dem Buben auf die Hände schlagen. Aber der Stock prallt von der Bank ab und trifft Léon an der Nase. Ein Strahl Blut schießt hervor, Bank, Tisch und Boden sind im Nu besudelt.
Der Lehrer kehrt sich betreten ab. „Geh an den Brunnen und wasch dich."
Auch jetzt rührt sich Léon nicht. Endlich schiebt ihm ein mitleidiger Kamerad ein Schnupftuch zu, dessen er sich dann doch bedient. Ein anderer wischt mit dem nassen Schwamm die Lache ab. So ist die Ordnung leidlich wiederhergestellt. Der Lehrer, rot im Gesicht und schnaubend vor Zorn und Verlegenheit, fährt mit dem Unterricht fort. Er vermeidet es, Léon anzusehen, in seine Nähe zu kommen.
So vergeht die Stunde, so vergeht der Tag.
Léon bleibt bei seinem Entschluß, er spricht nicht mehr, schreibt nicht mehr, sitzt stumm und wie versteinert.
Die Lehrer sind gezwungen, den Vater des jungen Bloy zu rufen. Der Vater schwingt seine Knotenstock und prophezeit dem Sohn ein Ende mit Schrecken. Dieser ahnt nicht, daß der Alte die Lehrer mit Vorwürfen überschüttet, ihnen Unfähigkeit und Stumpfsinn vorgeworfen hat, denn, so wenig er, Jean-Baptiste, auch gerade von diesem Sohn hält, so sehr der Zorn gerade gegen ihn oft an seinem ganzen Inneren rüttelt, gegen Fremde wird der Périgorde sein Nest immer verteidigen.
Léon gibt für dieses Mal nach. Er versucht, sich zu unterwerfen. Ein paarmal kann er seine Natur verleugnen, sich dazu zwingen, die Aufgaben auszuführen, wie sie verlangt sind: steife, hölzerne Sätze, sandtrockene Daten. Dann fällt er wieder in seine eigene Art zurück.
Dieses Mal trifft ihn nicht der Hohn des Lehrers, dieses Mal ist es ein Mitschüler, der ihn herausfordert, ein großer Lümmel, der heute schon darauf brennt, die Schlächterei seines Vaters zu übernehmen.

Er hat Léon das Heft entwendet, die Klasse um sich geschart und gibt, immer wieder in Gewieher ausbrechend, den hochtrabend schwärmerischen Erguß zum besten.
Léon stürzt aus dem Saal. Er rennt den Gang des Seminargebäudes entlang, in das Refektorium, reißt eine Lade heraus, sucht ein Messer, er will es sich ins Herz stoßen.
Während er noch die Klingen mit zitternden Fingern prüft – ach, sie sind alle stumpf –, dringt Lärm durch das Fenster herein. Die Schule ist aus, die Jungen stürmen ins Freie, ihnen voran der Lümmel, der Schlächterssohn; der wütende Gram, der sich eben noch selbst durchbohren wollte, schlägt um, schlägt nach außen. In einem Satz ist Léon durch das offene Fenster und draußen im Hof. Mit geschwungener Klinge stürzt er dem Feind entgegen. Zum Glück geht der Stoß daneben, und da er zum zweiten Male ausholt, ist schon ein Haufen Helfer zur Stelle, die über den Rasenden herfallen, ihn packen, ihm das Messer entwinden. Von zehn Armen umstrickt, zu Boden gerissen und geschleift, schreit er wutschäumend, stolz, glückselig ...

So wurde die Schule den widerspenstigen Schüler und Léon die Schule los, diese, wie ihm vorkam, nur zu seiner Qual erfundene Einrichtung.
Was blieb dem Vater übrig, als zu versuchen, den Jungen selbst zu unterrichten? Aber der Unterricht durch die Eltern scheitert zumeist an der Ungunst der Umstände. Da sie einen Großteil ihres eigenen Schulwissens längst vergessen haben, bevorzugen sie jene Fächer, in denen sie sich noch einigermaßen sattelfest wähnen. Jean-Baptiste Bloy, als Beamter in der Behörde für Brücken- und Straßenbau, fühlte sich, obwohl seine tägliche Arbeit zumeist verwaltungstechnischer Art war, auf dem Feld der mathematischen Wissenschaften noch leidlich zu Hause. Nachdem er mehrere Abende bis lange nach Mitternacht über einem alten Lehrbuch gebrütet hatte, glaubte er anfangen zu können.
Doch er wurde rasch und gründlich enttäuscht. Es zeigte sich, daß Léon absolut unfähig war, den Roman einer Linie an Hand einer Reihe nicht vorhandener Punkte zu erdichten. Die Annahme einer abstrakten Voraussetzung, die gleich einem Basilisk an der Schwelle jeder sogenannten Gesetzeswissenschaft wacht, war dem Jungen un-

möglich. Das schüchterne Flämmchen seiner Neugier, die die Ermunterungen seines Vaters in ihm entzündet hatten, erlosch sofort und verkroch sich in der Asche dumpf-dümmlichen Nichtbegreifens. Hätte der Vater seine Bücherschränke geöffnet und dem Fünfzehnjährigen die Schätze erschlossen, die darin ruhten und in denen er sich doch selbst gerne erging ... doch das wäre ihm, dem mit sich selbst Gestrengen, nur als allzu billige, spielerisch leichte und deshalb verächtliche Unterhaltung erschienen.

So fanden die pädagogischen Bemühungen Vater Bloys sehr bald ein trübseliges Ende.

Trotzdem geriet Léon – von nun an wie ein Brachfeld sich selbst überlassen –, aus Eigenem und beinahe unwillkürlich in die Gefilde der Literatur.

Gedächtnis und Phantasie, die zwei einzigen Gaben seines Geistes, an denen dieser zu fassen war, entzündeten sich an Vergil, Homer, an Cervantes, Montaigne, Balzac. Hier drang er mühelos ein, hier schlug er Wurzel. Er begann selbst zu schreiben. War er es müde, Verse zu schmieden, griff er zur Zeichenfeder und brachte seine wirren Träumereien in vielverschlungenen Oramenten zu Papier.

Damit verbrachte er ungezählte Stunden. Doch seine Eltern, die es nicht leicht hatten, sich mit sieben Kindern, Tante Eugenie und zwei Mägden durchzubringen, ließen sich immer öfter dahin vernehmen, daß Léon endlich daran denken sollte, sein Brot selbst zu verdienen.

„Schickt ihn doch nach Paris", sagte Tante Eugenie, die den ewigen Jammer der Schwägerin und das unaufhörliche Geschimpfe ihres Bruders satt hatte. „Dort wird er seine Hörner abstoßen und ein ordentlicher Mensch werden."

„Damit er ganz verkommt", grollte der Vater.

„Ach wo!" Tante Eugenie glaubte ihren Neffen besser zu kennen. Sie war in der Familie seine einzige Vertraute. Er hatte sich unter dem Dach einen kleinen Verschlag angeeignet, wo er ungestört lesen, schreiben und zeichnen konnte. Tante Eugenie war die einzige, die dann und wann sein Versteck aufsuchte, manchmal, um dort ein wenig Ordnung zu schaffen, manchmal auch, um mit dem Neffen zu plaudern. Der Vater betrat die Kammer nicht, es wäre unter seiner Würde gewesen, in den abgelegenen Winkeln des Hauses

herumzustöbern. Der Mutter waren die Stiegen zu beschwerlich – ihre Beine waren ja immer geschwollen. – Die Tante ging und kam mit einem Paket Papier von oben zurück. „Da, seht euch das an! Ich finde es nicht übel!"
Sie breitete Léons Skizzen vor den Eltern aus – seine Verse hatte sie nicht mitgebracht, sie hielt seine Zeichenkünste für unverfänglicher.
Der Vater prustete verächtlich. „Pah, jetzt soll er gar ein Künstler werden!"
„Wer weiß?" Tante Eugenie hatte einen sehr schattenhaften Begriff von Künstlerschaft. Sie dachte: wer Rosetten und Voluten, Girlanden und dann und wann auch einmal eine menschliche Figur sauber zu Papier bringt, würde auch Bilder und Fresken malen können.
Der Vater blickte mit gerunzelten Brauen auf die Schnörkel nieder. Endlich, mit einem schrägen Blick quer über den Tisch, schob er den Wust seiner Frau zu. „Nun, was sagst du?"
So leitete er – es geschah selten genug – seine Kapitulation in Fragen ein, in denen er sich zuerst als hartnäckiger Neinsager erwiesen hatte.
Marie kannte ihren Jean-Baptiste gut genug. Ihr brach das Herz, aber sie wagte es nicht mehr, sich dem jetzt reifenden Entschluß zu widersetzen.
Würde sie nun abgeraten haben, Léon dem Moloch der Großstadt auszuliefern, Jean-Baptiste wäre wahrscheinlich böse geworden. Sie kam dem unausgesprochenen Befehl des Gatten nach und seiner Kapitulation zuvor. „Ja, gewiß, ich glaube selbst, das wird das Beste sein . . ."
Die Eltern kamen überein, den Sohn nicht ganz unbemittelt zur Stadt zu schicken. Geld konnten sie ihm nicht geben, aber sie sammelten Empfehlungsschreiben für ihn. Er sollte als Zeichner in ein Baugeschäft eintreten können.
Brüder, Kameraden, Freunde beneiden ihn: Du gehst nach Paris! – Auf der Straße sprechen ihn fremde Menschen an: Welch ein Glück – nach Paris! – In der Verwandtschaft nennt man ihn nur mehr Léon, den Pariser! – „Jetzt wirst du ein feiner Hund, bald wirst du auf uns Provinzler spucken. Du schaust uns nicht mehr an, wenn du wiederkommst – *wenn* du wiederkommst. Dann streckst

du uns nur mehr den Hintern hin und sagst: Für euch gut genug: ein Cul de Paris!"

Léon lacht, lacht unbändig, er ist achtzehn Jahre alt. Er freut sich, er kann nachts nicht mehr schlafen. Er blättert in der Geschichte Bonapartes die Seiten auf, die von seiner ersten Ausfahrt aus Korsika berichten, von seiner Ankunft in der Stadt, in der er Napoléon werden sollte, ein Unbekannter, ein armer, unbeachteter junger Mensch, der nichts sein Eigen nannte als sein Herz, und doch – – –

Léon packt sein Köfferchen.

In seiner Vorstellung ist Paris die Stadt Napoléons, die Stadt Balzacs. Er glaubt sie schon zu kennen, sie tausendmal erschaut zu haben: Place de la Concorde, Sainte Chapelle, die Prachtfassaden des Louvre und ringsum in blühende Gärten verstreut die Paläste des Adels. Stadt der Lichter, Stadt der Liebe. Quasimodos dunkle Gestalt ist der einzige Schatten, und auch er lächelt brüderlich vertraut aus dem Juwelenschrein wunderbarer Vergangenheiten.

Aber das Paris dieser Vergangenheiten gibt es nicht mehr.

Léon ist angekommen – und kann es nicht wiederfinden.

Die Stadt ist riesenhaft, fremd, abweisend, der Gestalt entsprungen, die ihr die Dichter gegeben haben, gigantisch und immer noch wachsend, ein Korallenstock, eine Landschaft aus Stein, die sich immer weiter ausbreitet. Das soll Auteuil sein, das Vaugirard? – liebliche Dörfer, wie Balzac sie nannte – längst verschlungen, unter der Steinkruste vergraben, die das Stadtungeheuer in immer neuen Ringen ansetzt, Gassen, Straßen, Häuserburgen, Fabriken, Hallen, Schlote, Backsteinbaracken: dazwischen die schwarzen Saug- und Pumprüssel der Geleise, auf denen neue Backsteine, neugebrochene Tonnenlasten Granit und Schiefer unterwegs sind, Berge verhütteten und unverhütteten Erzes, Berge von Kohle, Öl, Marmor, Nahrung des Ungeheuers, Treibstoff seiner Unruhe, damit es wachse, immer noch weiter- und weiterwachse, mißgestaltete Glieder, Fangarme und Fühler vorstrecke. Aber nicht nur außen, auch innen Unruhe, gigantisch türmendes Wachstum: Am Ende der Champs-Elysées erhebt sich – weißbleckend neu – der Arc de Triomphe. Von ihm aus und zu ihm hin treibt Baron Haussmann die schnurgeraden Bahnen seiner Boulevards, Schneisen durch die Bestände der alten Stadt, die unter den Spitzhackenschlägen seiner Arbeiterheere zu-

sammenknirscht: täglich fällt ein Halbdutzend alter Häuser, wöchentlich eine Kapelle oder Kirche, Schuttstaub wirbelt über den Stätten der Vernichtung, und ein Gewimmel braungebrannter, zerlumpter, mit Mörtel bedeckter Sklaven ist damit beschäftigt, die Leichenreste des gotischen und barocken Paris, des Paris der Capet, Valois und Bourbons zu zerteilen, aufzuladen und wegzuschaffen.
In der Seine schwankt das Spiegelbild von Notre-Dame: die Fluten brodeln unter den Schiffsschrauben der Schlepper, und die Fächer der Kielwasser durchkreuzen einander in unaufhörlicher Bewegung. Weiße Dampfwolken schießen aus den Schloten hervor, durchpeitschen die Lüfte und zerpflücken ihre Oriflammen, wie ein Heer von Dämonen, das seine Feldzeichen in Unsichtbarkeit hüllt, nur um desto sicherer zum Sieg zu gelangen.

Mein erstes Quartier fand ich in einem kleinen Hotel in der Rue Saint Victor. Schon am Gare d'Orléans hatte mich der Laufbursch, ein schmieriger Spitzbub mit betreßter Mütze, gefaßt. Er fragte mich, ob ich ein Zimmer suche. Kaum hatte ich stotternd bejaht, als mich der Kerl unter den Arm faßte und mich verschleppte. Der Portier grinste, als er meinen Aufzug, mein Gepäck, meine Verwirrung bemerkte. Sie stopften mich in eine elende Kammer, wo schon ein anderer schlief. Am nächsten Morgen nahmen sie mir einen beträchtlichen Teil meiner kleinen Barschaft ab und entließen mich in die große Mördergrube ihrer Stadt.
Ich hatte eine Adresse und brach auf, um mich dort vorzustellen. Man überflog meine Empfehlungsschreiben und gewährte mir die Gunst, als Angestellter in die Firma einzutreten, die damit beauftragt war, den Neubau des Bahnhofs in der Avenue Austerlitz herzustellen. Ein Riesenunternehmen. Ich trat ein – o Gott, in welche Hölle!
Man hatte mich ihnen als Zeichner empfohlen, wohl auch meine Geschicklichkeit, die Zartheit und Genauigkeit meines Strichs gelobt. So sollte ich Zahnräder zeichnen, Zahnstangen. Man führte mich in einen Saal, der von reihenweis gestellten Tischen erfüllt war, über jeden Tisch krümmte sich ein Rücken, ein Heer von Zeichnern war hier an der Arbeit. Man gab mir Vorlagen, ich sollte sie in verschiedene Größen übertragen. Am Morgen erhielt ich den Auftrag, am Abend hatte ich abzuliefern. Zehn Stunden stand ich

nun da, vor Verzweiflung schwitzend. Die Feder kleckste, der Zirkel zitterte in meiner Hand. Was mir in einer Stunde gelungen war, verdarb die nächste. Das erste Blatt war ruiniert, das zweite, das dritte. Ich zitterte, wenn der Mächtige, der die Aufsicht führte, sich meinem Platz näherte. Ich versuchte, das Mißlungene zu verbergen, aber der Antreiber ließ sich nicht täuschen, er hieß mich zurücktreten und – da lag meine Schande offenbar. „Hehe! Was machst du da? Was soll das heißen? Das soll ein Zahnrad sein! Schaut euch das an, Jungs!" – Ratsch, er riß das Blatt vom Brett, schwenkte es in der Luft und warf es mir vor die Füße.
„Hast wohl nichts gelernt zu Hause, he? Nur Empfehlungsschreiben geschnorrt, hehe! Ja, die kennen wir, die Provinzler, mit Empfehlungsschreiben ausgestopft kommen sie daher, machen sich mausig, können nichts – Dreck im Hirn, Kuhdreck im Provinzlerhirn, keinen Sou wert der ganze Kerl. Weg da und dorthin – ja, dorthin ins Eck, ins Idioteneck, da bist du aufgehoben, vielleicht kannst du dort lernen, wie man 'ne Gerade zieht, haha, und der wollte Zahnräder zeichnen!"
Und er trieb mich in einen Winkel.
Hier kauerten drei, vier jämmerliche Gestalten über ihren Zeichenbrettern. Sie fuhren hoch wie die Vipern, als sie mich kommen sahen, in ihren Augen war Angst und Haß. Was wollte ich von ihnen? Mich in ihrem Winkel einnisten? Einen von ihnen aus ihrem Winkel verdrängen? Sie waren die niedrigsten Handlanger in diesem Saal, die niedrigsten und am schlechtesten bezahlten Handlanger in der Menge der niedrigen, schlechtbezahlten Zeichenknechte. Sie mußten leisten, was den Geschickteren nicht nur langweilig, sondern geradezu entehrend erschienen wäre: schraffieren, Mauerschnitte mit Tusche ausziehen und Zapfenlöcher zeichnen.
Ich sollte Zapfenlöcher zeichnen.
Zapfenlöcher – den ganzen Tag Zapfenlöcher, von morgens sieben bis mittags zwölf, von mittags eins bis abends sechs: Zapfenlöcher. Dieser verfluchte Bahnhof, dieses minotaurische Labyrinth von einem Bahnhof, bestand er denn nur aus Zapfenlöchern?
Und ich, der ich nach Paris gekommen war, um doch mindestens Maler zu werden (o Goldgrund der Ikonen!), mußte sie zeichnen.
Ich begann die Zapfenlöcher zu hassen, ich träumte von ihnen. Ich mußte nur die Augen schließen, um sie vor mir wimmeln zu sehen.

Zapfenlöcher wimmelten über die Wände, Zapfenlöcher krochen aus Ritzen und Spalten, kletterten über den Rücken meines Vordermannes und schielten hämisch aus seinen Nackenfalten hervor.
Da faßte meine Hand – ich wußte es nicht – faßte wohl die Tuschflasche und schleuderte sie.
(Das Messer aus dem Refektorium – –)
Ich hörte etwas klirren. Da schlug mir jemand ins Gesicht und schrie.
Als ich die Augen wieder aufmachte, sah ich eine schwarze Lache auf dem Boden. Ein Mann hielt mir einen mit Tusche besudelten Rock entgegen (ein dünner grauer, abgeschabter Rock war es aus billigem Lüster), hielt ihn mir entgegen, und ein anderer, der keinen Rock mehr anhatte, kauerte auf einem Schemel und rieb sich den Nacken.
„Ein Verrückter!" schrie jemand, „ein Verrückter! Gebt ihm die Zwangsjacke!"
Ich erkannte den, der auf dem Schemel saß und seinen Nacken rieb. Er war ein alter Mann und tat mir leid. Ich konnte mich nicht erinnern, daß ich ihm hätte etwas tun wollen, konnte mich auch nicht erinnern, daß ich ihm etwas getan hatte. Aber alle schrien auf mich ein und fuchtelten vor meinem Gesicht herum, und endlich packten sie mich an den Armen, ich versuchte mich loszumachen, jemand stülpte mir meinen Hut auf den Kopf, und dann stießen sie mich vor sich her, auf den Flur hinaus und den Flur entlang, ich wollte ihnen etwas erklären, aber sie hörten nicht, vor dem Tor gaben sie mir einen Stoß, einen wie von einem Gewehrkolben zwischen die Schulterblätter, und so fiel ich vorwärts, die Stufen hinab auf das Pflaster und schlug auf.
Die blutige Spur, die blutige Spur die Straße entlang, den Rinnstein entlang die blutige Spur. Im Stadtteil Salpetrière, über den versunkenen Fundamenten der alten Lutetia. Überall, wo ein Mensch hinstürzt auf sein Gesicht, überall, wo er hingestürzt wird, die blutige Spur auf allen Straßen der Welt.
Steh auf, Mensch, der du hingestürzt wurdest, steh auf und geh, ein Tier bliebe liegen, du aber stehst auf und gehst, im Stadtteil Salpetrière und auf allen Straßen der Welt: von Gabbatha zur Schädelstätte.

Ich bin nach Paris gekommen, um hier vor Elend zu sterben. Die große Verführerin, deren Sirenengesang bis an die Enden der Welt ertönt, hat mich in ihre Netze gelockt: wieder einer, der ihr gehorsam folgte, der den Weg ins Verderben antrat. Noch klebte an meinen Schuhen der Staub des Périgord, da hatte sie mich schon an den Haaren erfaßt und ihrer furchtbaren Oberhofmeisterin, der Armut, zum Fraße ausgeliefert.
Mein Fleisch schmilzt unter ihrem Griff, und mein Gebein knackt zwischen ihren Fingern. Mein Herz brät sie am Spieß der langsamen Qualen, den ausgesogenen Rest speit sie aus. Die Armut speit den Armen in die große Düngergrube Paris.
Die Verwesenden füllen die Höhlen, in den Schächten der Hinterhöfe gärt ihr Elend und scheuert sein Fell an den geschwärzten Mauern. Aus den Fensterluken der Keller röchelt die Lungensucht, auf den Schwellen kauert die Verzweiflung, und in den schrecklichen Treppenhäusern, an den schmutzstarrenden Fontänen werden die letzten Lumpen einer Unschuld, die niemand mehr schätzt und der niemand mehr glaubt, für eine Handvoll Kupferlinge verhökert. O diese Bienenkörbe, diese Termitenbauten, in denen sich das Gekreisch der Neugeborenen mit dem Wimmern der Sterbenden vermischt, in denen das Rattern der Maschinen mit dem Geplärr der Streitenden ein höllisches Konzert vollführt. Die dumpfen Schläge, mit denen Särge zugenagelt werden, hallen in die grellen Schreie, unter denen Leben neues Leben gebiert.
Welch ein Glück, in einem dieser Ossarien des Elends Unterkunft zu haben – in einer Dachkammer seine elende Matratze ausbreiten und sich zwischen einem Quadrat räudiger Mauern zum Schlaf niederlegen zu dürfen.
Aber der Obdachlose, dem nicht einmal das zusteht –
Wir sehen ihn durch die Straßen wandern, in einer Garküche aus einer abgestoßenen Blechschüssel seine Suppe löffeln, von Heimweh verzehrt. Wir sehen ihn die Nächte umherschweifen – Nächte, deren jede einzelne dreihundertsechzig Stunden zu dauern scheint –, vor den Halles auf irgendeiner leeren Kiste kauern und mit stumpfen Blicken die Wagen mustern, von denen Fleisch und Früchte, Fässer und Säcke abgeladen werden. Ströme von Waren werden an ihm vorbeigeschafft, gekarrt, gezerrt: Alle verschwinden in diesen riesigen Gebäuden, die Bahnhöfen gleichen, auf denen keine Züge

mehr ankommen, die dafür aber namenlose Prozessionen todgeweihter Tiere verschlingen. Niemand nimmt Anstoß an dem dampfenden Blutfest, das sich allnächtlich.darin abspielt.
Fröhliche Mordsucht, fröhlicher Handel –
Aber dem Obdachlosen, dem keine Tafel gedeckt ist, gerinnt die Seele in Angst.
Er schleppt sich weg, den graudunstenden Fluß entlang, an den Laternen der Quais vorbei, den Boulevard Saint Michel hinauf. Vor dem Musée Cluny läßt er sich auf einer Bank nieder. Sein Rücken schmerzt, sein Kopf dröhnt vor Müdigkeit, aber er fürchtet, sich dem Schlaf für eine Augenblick zu überlassen: der erstbeste Polizist wird ihn aufstöbern, wird ihn zwingen weiterzuwandern. Der Morgen graut. Irgendwann einmal wird die Sonne aufgehen.
Ob die Nacht damit endet, daß ihn ein flanierendes Mädchen aufliest, die, von vergeblicher Suche ermattet, sich zu ihm setzt und ihm, vielleicht aus Mitleid, vielleicht auch nur aus Angst, allein heimkehren zu müssen, ihr Bett ‚für nichts' anbietet –
ob die Nacht damit endet, daß er sich für den letzten Sou einen Becher Kaffee kauft und dann in der Ecke eines Bistros döst –
er könnte vielleicht auch in eine Kirche eintreten, deren Türen doch seit dem ersten Läuten offenstehen; sich dort in einen Winkel verkriechen und schlafen.
Aber eine Kirche betritt er nicht.

Paris! Graues Pflaster, schwarzes Pflaster, Gossen und Rinnsteine, glitschige Stufen, über die schwärzliches Wasser schwappt.
Fosses de Saint Jacques: ein Brückenbogen, unten bemoost, daran ein eiserner Ring, eine Kette und ein leckes, von Pfützen durchseuchtes Boot: ich hab es gefunden, es ist leer, ist mein Bett, meine Zuflucht für diese Nacht. Hier wird mich niemand entdecken, niemand verscheuchen, zusammengekauert lieg ich im Boot in dieser Nacht.
Über mir der Brückenbogen: Erinnere dich, Vater, braver Beamter der Behörde ‚Ponts et Chaussées', erinnere dich an die Brückenbrüstung von Tournepiche und an den Kohlenkahn, den der Wölfische fuhr, du hast mich ihm zugeworfen, zugeworfen, daß er mich verheize, der Wölfisch-Lachende im brandroten Hemd. Verheizt

bin ich längst im Ofen des Elends, zu Asche verbrannt, von den Abwässern weggespült und lieg nun hier neben der triefenden Wassermauer, im lecken Boot, am ‚zärtlichen Herzen von Paris', der babylonischen Hure. Ein zärtliches Herz, von Jauche durchpulst, von Schmutz und Verwesung durchschwärt.

Paris, mit kaltem Todesschweiß betaust du deine Kinder, die du liebst, die du wiegst in den finsteren Kavernen der Armut, die du wärmst in den labyrinthischen Fluchtburgen der Ratten –

Paris, Paris –

Oh, deine Zinnen, wie glänzen sie im Licht!

II

Unaufhörlich bläst der Wind aus dem Osten, Landwind, Sandwind. Er kommt von jenseits der großen Flüsse, er trägt den Atem der Steppen, der Sümpfe, der endlosen Ebenen, einer Welt, die lange schlief und im Traum um sich schlug.

Nun aber will sie erwachen: Aufbruch mit dem Wind im Rücken, mit dem Landwind, mit dem Sandwind. Wo er weht, wandern die Dünen und begraben die Äcker unter sich.

Joseph Sklodowski ist der erste seiner Familie, der das Leben auf dem Dorf mit dem in der Stadt vertauscht hat. Er ist der erste Studierte von allen Sklodowskis, er hat auch wieder eine Studierte geheiratet, ein Mädchen mit bürgerlichem Namen, doch von adeliger Abkunft. Er ist Lehrer, sie ist Lehrerin, sie leben in Warschau und haben vier Kinder: drei Mädchen, einen Jungen. Die Frau, Bronislawa, geborene Boguska, ist lungenkrank, und der Arzt hat ihr nahegelegt, sich vor einer neuen Schwangerschaft zu hüten.

Sklodowskis Eltern leben noch, und die Eheleute fahren so oft als möglich zu ihnen hinaus aufs Land.

Sie brechen früh auf, denn der schöne Herbsttag – vielleicht einer der letzten in diesem Jahr – will genutzt sein. Nach einer Stunde Fahrzeit in dem dumpfen Abteil des Bummelzugs erreichen sie die Station, steigen aus und machen sich auf den Weg. Sie könnten in der Schenke einen Wagen mieten, doch gehen sie lieber zu Fuß. Sie müssen sparen, sie sagen sich, es sei schöner, den Gang durch die Felder zu genießen, sie lieben die Natur. Der Mann hat der Frau den Arm gereicht und bemüht sich, langsam zu gehen, um sie nicht allzusehr anzustrengen. Die Straße ist schlecht, sandig-mulmiger Grund. Wo sie einem Fuhrwerk begegnen, müssen sie beiseite treten und warten, bis sich der Staub gelegt hat.

Endlich tauchen die Dächer des Sklodowskischen Gutshauses hinter einer Bodenschwelle auf. Rings um das Haus zieht sich das Gehege eines Obstgartens. Die Felder des Gutes sind verpachtet. Die alten Sklodowskis leben von dem schmalen Zins der Colonen und von den Erträgnissen des Gartens. Von den beiden Kaminen des Gutshauses weht eine Rauchfahne. Bronislawa bleibt stehen, legt die Hand über die Stirn und blinzelt gegen die Sonne. „Ich glaube, deine Mutter ist schon wieder beim Powidla-Kochen."

„Kannst recht haben." Mit einem kleinen Auflachen setzt sich der Professor wieder in Bewegung. „Ja, die Mutter ist doch unverwüstlich."

Die alte Sklodowska hat in der Waschküche und im Keller einen kleinen Betrieb zur Herstellung eingesottener Früchte eingerichtet. Sie ist – trotz ihren sechzig Jahren und einem mühevollen Leben – eine tüchtige Frau, eine willensstarke, von Arbeitseifer besessene Person. Wenn im Herbst die Pflaumen geerntet sind, werden sie entkernt, in große kupferne Kessel geschüttet und über kleinem Feuer unter unaufhörlichem Rühren zu einem dicken braunvioletten Brei zerkocht. Die alte Sklodowska läßt es sich nicht nehmen, die schwere Masse selbst zu rühren. Sie hält die eiserne Stange, deren unteres Ende in eine scharfe Scharre ausläuft, und bewegt sie ohne Unterlaß durch das zähe Mus. Der Brei blubbert und spritzt, die Spritzer treffen die Faust der Frau und den sehnigen Arm, von dem der Ärmel bis über den Ellenbogen aufgestreift ist. Seine Haut ist von vielen kleinen Narben gezeichnet, die verraten, daß sie dieses Geschäft schon manchen Herbst betreibt. Aber sie gibt nicht nach: je dicker der Brei ist, desto weniger Zucker verlangt er, desto haltbarer wird er, desto zufriedener darf Salome Sklodowska mit ihrer Powidla sein. In braune Tongefäße gefüllt, mit Pergamentpapier verschlossen, wird das Mus zu einer harten Masse erstarren und, nach Warschau geschafft, auf den Markt kommen.

Die Familie weiß, daß es zwecklos wäre, der alten Frau zuzureden, die harte Arbeit einer Magd oder dem Gärtner zu überlassen. Nur wenn das Feuer unter mehreren Kesseln brennt, wenn in mehreren Kesseln Früchte gesotten werden, duldet Salome notgedrungen ein paar Helfer um sich. Am liebsten würde sie alles allein tun. Selbst in der Nacht gönnt sie sich keine Ruhe. Auch heute ist sie seit drei Uhr morgens in der ‚Hexenküche', wie die Ihren den Betrieb nennen, und werkt dort herum.

Der Hausherr schläft noch. Er ist – seit ihn die Russen vor drei

Jahren nach Wilna verschleppten – ein gebrochener Mann. Damals – es war kurz nach dem Ausbruch der Revolution – war Sklodowski verdächtigt worden, polnischen Freischärlern Unterschlupf gewährt zu haben. Den Behörden gelang es niemals, ihm etwas nachzuweisen, so daß sich sogar der baltische Wüterich Berg dazu verstehen mußte, ihn nach einigen Monaten freizulassen. Von der Familie selbst wurde Stillschweigen über den Anlaß der Verhaftung gewahrt, man erging sich höchstens, feierlich raunenden Tones, in halben Andeutungen, die vermuten ließen, die Haft sei zwar ohne Grund verhängt worden, doch *wenn* in der Tat Freischärler im Hause Sklodowski um Unterkunft angesprochen hätten, so wäre sie ihnen unter allen Umständen und auch bei Gefahr für Leib und Leben gewährt worden.
Von der Ankunft der Kinder benachrichtigt, kommt der alte Vater in Morgenrock und Pantoffeln aus seinem Schlafzimmer hervor. Er begrüßt den Sohn und die Schwiegertochter, läßt sofort den Frühstückstisch decken und den kleinen eisernen Ofen anschüren. Wenn Gäste erscheinen, soll es gemütlich werden, erst recht, wenn die Gäste nicht nur lieb und wert, sondern so achtbar sind wie der studierte Sohn und dessen noble Frau.
Der Tee ist aufgegossen, der Speck geschnitten. Vater und Sohn haben sich's in dem tiefen, schon recht zersessenen Ledersofa bequem gemacht. Bronislawa ist in das Kellergeschoß hinuntergestiegen, um die Schwiegermutter zu begrüßen.
„Ah, meine Liebe, willkommen!“ Die alte Salome hält, ohne sich von ihrem Kessel abzuwenden, der Jüngeren die Backe zum Kuß entgegen. „Nimm Platz, wenn du hier irgendwo Platz findest! Wie geht's, wie steht's? Die Kinder gesund – kann ich mir denken, sonst wärst du nicht hier. Und es trifft sich gut, daß ihr gerade heute gekommen seid – ich bin beim letzten Kessel. Die Ernte war heuer ganz besonders reich, die Pflaumen so süß wie noch selten. Koste doch!“
Bronislawa kostet und lobt.
„Die Preise sind gefallen, eben weil die Ernte so gut war. Doch –“ die alte Frau lacht ein wenig, sie lacht auf eine seltsam karge, trokkene Art, „das kränkt mich nicht so sehr. Hauptsache, die Ware ist gut. Schluderzeug verkaufe ich nicht.“
Die schwere eiserne Schaufel geht rundum.

„Bist du denn nicht müde, Mutter?"
„Müde?" – Wieder geistert etwas wie ein Lachen über das Gesicht der Alten – nur die Krähenfüße in den Winkeln ihrer schräggestellten Augen falten sich – „müde kann ich noch nachher sein – genug."
Bronislawa schweigt und denkt an ihre eigene Mutter, eine kleine zänkische und rechthaberische Person, die immer nur klagt, daß man nicht genug Rücksicht auf sie nehme. Diese hier ist so anders, so ganz anders, und genaugenommen ist sie ihr lieber als die eigene Mutter, auf irgendeine vage Art sogar lieber als der eigene Mann, und in diesem Augenblick scheint es ihr, daß Joseph ihr beinahe nur insofern teuer, als er der Sohn dieser Salome ist. Das ihm von der Mutter vererbte Element hat sie, Bronislawa, dem Gatten verbunden.
Leider gleicht keins ihrer Kinder dieser Großmutter.
Vier Kinder, denkt sie, nicht ohne einen Anflug von Bitterkeit; vier – und jedesmal hab ich mein Leben daran gesetzt, und doch ist keines so ganz das, was ich mir wünschte. Zugegeben, es sind hübsche Kinder, gesunde Kinder, kluge Kinder. aber doch nicht, wonach ich mich gesehnt hätte, Wesen, für die zu leben und zu sterben sich gelohnt hätte. Manchmal träumt Bronislawa Sklodowska von einem solchen Kind, von keinem Kind eigentlich, sondern, wie das im Traum ist, von einer schwebenden Helligkeit, die irgendwoher auf sie zuweht, körperhaft und konturlos zugleich, und sie mit stimmhaftem Atem streift; doch es ist weder Zosias noch Helas noch Bronias noch des kleinen Josephs Stimme und Atem, nichts, was Gestalt ist, was sie kennt. Dann will sie das Wesen fassen, aber sie kann nicht, sie liegt wie gefesselt, das Licht weht vorüber, sie streckt die Arme ächzend nach ihm aus und ruft –
Der Gatte weckt sie. „Was hast du? Bist du krank?"
„Nein. Ach nein."
„So hast du nur geträumt?"
Die Frau schweigt. Nur geträumt? Sie legt die Arme um den Hals des Mannes und erzählt ihm ihr Gesicht. Der Mann weiß, was es bedeutet, welcher Wunsch dahinter lebt. Er weiß auch, daß die Frau auf eine rätselhafte und irgendwie unmütterliche Art mit den vieren, die ihr geschenkt sind, nicht zufrieden ist. Unvernünftig nennt er das, er mahnt, sie solle sich nicht versündigen, was hat sie an den Kindern auszusetzen? „Danke Gott, daß sie gesund sind."

Schon recht, schon recht. Ich sage nichts mehr. Und ich weiß ja, ein fünftes darf ich nicht bekommen.
„Schieb Holz unter den Kessel“, sagt Salome Sklodowska, „damit das Feuer nicht ausgeht.“
Neben der gemauerten Brandstätte stapeln sich die leeren Körbe. Ein Fuder Holz ist in den letzten Tagen hier verschürt worden. Bronislawa bückt sich und liest die letzten verstreuten Buchenscheiter zusammen. Das Glutpolster zerfällt knisternd, wie sie die Kloben hineinstößt. Es scheint, als wolle das Feuer erlöschen, dann lecken die Flammen empor und machen sich über die neue Nahrung her.
Eine Weile bleibt es still. Bronislawa kauert vor dem Ofenloch, rotbestrahlt. Ihre Wangen beginnen zu glühen. Dann schlägt sie das eiserne Türchen zu und kehrt zu ihrem Schemel zurück.
Unablässig bewegt die alte Frau die schwere Scharre durch den dicken Brei.
„Ich möchte dich etwas fragen, Mutter“, beginnt Bronislawa, „vielleicht wirst du diese Frage merkwürdig, ja sogar unmöglich finden. Du bist jetzt alt – hat dir das Leben das gebracht, was du von ihm erwartet hast?“
Eine Sekunde setzte das Rühren aus. „Das ist eine allerdings merkwürdige Frage.“ –
„Man sagt, man bekäme, was man wirklich will“, fährt die Jüngere fort, „ich denke nach, ob das wahr ist.“
„Es kommt darauf an“, sagt die alte Frau, über den Kessel gebeugt, „unter ‚Wille‘ versteht man so vielerlei. Der eine will sich's wohl sein lassen, ein bequemes Leben führen. Der andere will etwas tun, etwas erreichen, koste es was es wolle. Er achtet nicht auf sich selbst und gönnt sich keine Ruhe. – Der erste ist ein Nichtsnutz, der im eigenen Fett verfault. Der andere – nun ja –, er muß deshalb noch kein Engel sein. Ich denke, wir Sklodowskis gehören eher zu dieser Sorte. Und auch du. Joseph hätte dich wohl kaum zur Frau genommen, wenn er sie nicht auch in dir gespürt hätte, diese Unruhe, diesen Drang nach oben. – Wir Polen sind ein sonderbares Volk. Es geht uns schlecht, doch wir geben nicht auf. Es ist wahr: viele von uns lassen den Karren laufen, wie er läuft. Aber die anderen sind hellwach und um so mehr auf der Hut. Ihnen sitzt etwas im Nacken und treibt sie an. Vielleicht reiben sie sich

auf, vielleicht gehen sie auch zugrunde: was macht es aus? Sie haben das gehabt, was sie eigentlich wollten: ein mühseliges und darum köstliches Leben. In diesem Sinne, glaube ich, bekommt jeder genau das, was er im Grunde will. In diesem Sinn hab auch ich das Meine bekommen und wäre es nur –" Salome Sklodowska lacht wieder ihr sparsames Lachen, „wäre es nur, daß ich eine gute Powidla gekocht habe, die beste, die es gibt –. – – Ruf jetzt Michael und Anca. Das hier ist fertig. Wir können einfüllen."

Im Spätherbst dieses Jahres erkrankt die alte Salome Sklodowska. Sie will nicht essen, magert ab. Sie wird schweigsam, immer schweigsamer und endlich ganz schwach. Zuletzt gibt sie zu, Schmerzen zu haben. Der aus der nächsten Kreisstadt gerufene Arzt weiß keinen Rat. Auch der Warschauer Doktor, den der Professor hinausbringt, zuckt die Achseln. Es ist klar, das Leiden ist schwer, wahrscheinlich unheilbar, man muß sich auf das Schlimmste gefaßt machen. Im April werden alle Kinder und Enkel benachrichtigt, daß das Ende bevorsteht.

Die Schwiegertochter Bronislawa weicht nicht mehr vom Krankenlager. Obwohl es niemand von ihr verlangen würde, besteht sie darauf, die alte Frau womöglich allein zu pflegen. Sie hebt und bettet die Kranke, sie kämmt ihr das eisengraue, von Schmerzensnächten verwirrte Haar, reicht ihr die Medizinen und die Schale, wenn sie die Medizinen wieder erbricht. Langsam umdunkelt sich der Geist der Sterbenden, sie erkennt die Nächsten nicht mehr, und wenn, bringt sie kaum noch den Namen dessen hervor, der sich zu ihr beugt und sie ruft. Söhne und Töchter drängen sich erschreckt, die einen weinend, die anderen in stummem Gram um den durch den drohenden Verlust der Lebensgefährtin tief erschütterten, fassungslos klagenden greisen Vater.

Nach außen unbewegt, von einem ihr selbst rätselhaften feierlichen Gefühl aufrechterhalten, besteht Bronislawa das düstere Schauspiel dieser qualvollen Agonie.

Der Sterbenden wird die Letzte Ölung gespendet. Sie scheint nichts mehr zu hören, nichts mehr zu fühlen. Flach geht noch ihr Atem. Bronislawa kauert am Bettrand und spricht die Gebete für die Verscheidenden. Der Spiegel, den sie Salome vor den Mund hält, trübt sich kaum mehr. Jetzt bleibt er blank. Bronislawa kniet nieder und tastet nach Salomes Puls. Sie kann ihn nicht mehr fühlen. Bronislawa schluchzt auf, dann legt sie die Hand auf die Brust der alten Frau. Noch regt sich der Herzschlag, leise, mühsam, zögernd, und wie das nachsummende Erz einer Glocke, in der der Klöppel nicht mehr anschlägt, zur Ruhe kommt und die Schwingung erstirbt, wenn eine Hand es berührt, so steht der nachzitternde Herzschlag still und erstirbt unter Bronislawas Berührung; und da ist ihr, als fließe ein Geheimnis in sie ein.

Am Abend fahren der Professor und seine Frau nach Warschau zurück, um sich und den Kindern Trauerkleider zu besorgen.
Ein Frühlingsabend – wie schön unter dem weichen flaumgrauen Himmel! Luft, die nach Regen riecht. Furchen der frisch gepflügten leinwandfarbenen Erde. Hier und da ein Schopf rötlich knospender Büsche, in denen es jetzt noch von Vogelstimmen tiriliert, denn die Gefiederten sind unermüdlich, ihre Nester zu bauen, Hochzeit zu feiern.
Die Kalesche hält an der Station. Nebenan kurbelt der zerlumpte Streckenwärter die Bahnschranken herunter. Über den flachen Horizont windet sich die waagrechte Rauchglocke des sich nähernden Zuges heran.
Der Professor wirft einen besorgten Blick auf das bleich-verzehrte, eulenäugig leuchtende Gesicht seiner Frau. Während die Kalesche wendet und mit tief durch den Staub mahlenden Rädern abfährt, stehen sie Arm in Arm. Mit einem Male flicht die Frau ihre Finger hart zwischen die des Mannes, und indem sie ihr Kinn mit einer verhalten heftigen Bewegung in seine Schulter bohrt, flüstert sie: „Es ist so, Joseph, ist so! Du weißt, was ich meine.“

Im November darauf – 1867 – gebar Bronislawa Sklodowska eine Tochter, ihr jüngstes Kind, Marie.

Manja war ein verwöhntes, von ihren Eltern vergöttertes Kind.
Einen um so tieferen Eindruck machte es auf sie, wenn plötzlich niemand mehr Zeit hatte, sich um sie zu kümmern. Es war Ende Mai, und die Wochen der großen Prüfungen standen bevor. Schon lange war bei Sklodowskis von nichts anderem mehr die Rede: wer würde bestehen, wer versagen? In den Mienen der Pensionäre mal-

ten sich Furcht und Anstrengungen. Manche sahen jämmerlich aus, als wären ihre Gesichter mit Tafelkreide beschmiert. Selbst der Vater war ernst, kurz angebunden und immer in Eile. Manja durfte nicht, wie sonst, in der Wohnung spielen und lärmen. Sei jetzt still, hieß es den ganzen Tag, störe nicht. Beschäftige dich mit dir selbst. Wir müssen uns vorbereiten.

Es fing am Morgen schon an, wenn Zosia in den Speisesaal kam und den Tisch deckte. Manja hatte hier hinter einem Vorhang in einem schmalen Alkoven ihr Bett. Gleich hinter Zosia kamen die Pensionäre herein, jeder hatte ein Buch, ein Heft oder deren mehrere unter den Arm geklemmt. Sie setzten sich an ihre Plätze, und statt wie gewöhnlich zu schwatzen und Allotria zu treiben, begannen sie zu büffeln. Zosia füllte ihnen die Tassen aus dem Samowar und schob ihnen die Brote zu, aber selbst während sie umrührten, schlürften und kauten, hörten sie nicht auf, in ihre Bücher zu schauen und vor sich hin zu murmeln.

Wenn die Uhr auf dreiviertel acht ging, sprangen sie von ihren Plätzen auf und stürzten davon. Der Vater öffnete die Tür und sah nach, ob alle gegangen waren. Dann ging auch er. Jetzt sollte Manja aufstehen. Aber sie kuschelte sich in das Bett zurück und dachte darüber nach, was das wohl sei, die großen Prüfungen.

Sie mußten etwas Herrliches und zugleich Schreckliches sein, das war an der Erregung zu ermessen, die ihnen vorausging, an dem ungeheuren Jubel, wenn sie bestanden, an dem bleichen und hohläugigen Gram, wenn sie nicht bestanden worden waren. Im vergangenen Jahr hatte einer der Jungen, der dicke Konja, versagt. Seine Eltern hatten ihn abgeholt. Sie waren mit blassen, sonderbar starren Gesichtern dagesessen und hatten gewartet, bis Konjas Koffer gepackt waren. Der Vater und die Mutter saßen daneben und versuchten krampfhaft lächelnd ihnen Trost zuzusprechen. Aber Manja verstand: Auch ihnen war schrecklich zumute. Mit Konja war es zu Ende, ganz und für immer zu Ende, warum und wieso, wußte Manja nicht genau, aber es war eine Schmach für ihn, eine Schmach für seine Eltern und auf irgendeine Weise auch für die ihren: vielleicht glaubten sie mitschuldig zu sein an Konjas Sturz, und jedenfalls glaubten es Konjas Eltern: das Haus Sklodowski erzitterte unter dem Anprall dieses Ungemachs.

Manja ging noch nicht zur Schule, aber sie konnte lesen und rechnete bis hundert. Das war ihr zugeflogen, sie wußte selbst nicht wie. Tag für Tag hörte sie die Pensionäre ihre Aufgaben memorieren. Die Wohnung der Sklodowskis umfaßte neben dem Speisesaal und den geräumigen Zimmern der Eltern acht kleine einfenstrige, ziemlich düstere Kabinette. Jn jedem wohnten zwei Knaben. Am Vormittag waren sie in der Schule, aber am Nachmittag oder Abend saßen sie in ihren Zellen und lernten. Man hörte ihre Stimmen auf dem dunklen Korridor: fremde Wörter, Zahlen, fremde Namen, lange Litaneien, die immer wieder von vorne begonnen wurden. Manja schlich von Tür zu Tür und lauschte, sie verstand nichts, beinahe nichts, aber sie wußte, daß sie all das, was hier geplappert, gemurmelt, dann und wann auch geschrien wurde, selbst auch einmal lernen und wissen müsse. Und sie fühlte ihr Herz hart und entschlossen wie eine kleine Faust von innen gegen ihre Rippen pochen.

Dann und wann quietschte eine Tür: Georgi erschien oder Jura oder sogar Hela, die ältere Schwester. Sie trugen ein Buch unter dem Arm oder ein aufgeschlagenes Heft, damit gingen sie vor die Tür des Vaters. Dort standen sie, das Ohr gegen die Ritze geneigt. Endlich klopften sie an, die sonore Stimme des Vaters ertönte: ‚Herein!' Georgi (oder Jura oder Hela) öffnete und sagte leise und betrübt: ‚Verzeihen Sie, Herr Professor (– verzeih Vater), es tut mir leid, da ist etwas, ich habe es nicht verstanden.'

Dann blieben sie drinnen – fünf Minuten – zehn Minuten – manchmal auch eine halbe Stunde. Und wenn sie dann herauskamen, tänzelten sie fröhlich und schlenkerten die Arme.

Nur Wawra blieb jedesmal eine Ewigkeit drinnen, und wenn er dann endlich wieder herausgestolpert kam, war er womöglich noch niedergeschlagener als zuvor. Er tappte zur Fontaine – Manja glaubte ihn wanken zu sehen – drehte den Hahn auf und hielt den Kopf unter den Strahl, als wollte er die dumpfe Glut löschen, die in seinem Schädel tobte. Wenn er dann, in sein Zimmer zurückkehrend, auf Manja stieß, erschrak sie vor seinem Aussehen: es war ganz verwüstet.

Nachts, wenn alle schliefen, saß der arme Wawra immer noch wach, saß im Eßzimmer, denn sein Zimmerkamerad wollte Ruhe haben, und versuchte immer noch, das, was er am Tag nicht erlernt hatte, in diesen verzweifelten Nachtstunden in seinen dummen armen

Kopf zu stopfen. Aber eben hier im Eßzimmer hatte die kleine Manja ihr Bett.

Dann und wann schütterte ein dumpfes Poltern die Straße entlang oder es klackerten die Hufe einer Reiterschwadron heran. Da kehrten die Kosaken von ihren Übungen zurück und die Artillerie von ihren Schießplätzen: die ganze Stadt war ja von Kasernen umgeben, und die Zitadelle voll von russischen Truppen. Tag und Nacht marschierten sie durch die Gassen, Tag und Nacht rollten Lafetten und trieben, wilde kehlige Laute ausstoßend, flinke Reiter klirrend und lanzenschwingend vorüber.

Dann rutschte Wawra von seinem Stuhl und lehnte sich an das Fenster.

Auch Manja erwachte, setzte sich auf und hob den dunkelroten, mit Troddeln besetzten Vorhang, der vor ihrem schmalen Alkoven hing, und spähte hinüber.

Wawra kehrte zu seinem Platz an dem langen, mit blau-weiß gemustertem Wachstuch bedeckten Tisch zurück – manchmal standen noch Teller da und leer getrunkene Teegläser von der Abendmahlzeit. Die Petroleumlampe mit der grünen Kuppel und den dunkelgrünen Perlenfransen beschien Wawras Bücher und Mappen, seine langen gelblichen Hände, sein schwarzes, zerwühltes strähniges Haar. Er bewegte seine dicken Lippen und murmelte, und Manja sah, wie sich der Blick seiner großen schwarzen Kugelaugen matt und kummervoll ins Leere richtete.

Da schlüpfte sie leise aus dem Bett und trippelte auf nackten Füßen zu dem Knaben hinüber.

„Ist es denn so schwer?“ fragte sie.

Er lehnte die Stirn an ihre Schulter und schluchzte trocken. „Ach ja, sehr schwer.“

Manja sucht in Wawras Heft zu lesen: Buchstaben, Zahlen, Linien. Aber, obgleich sie keinerlei Zusammenhang begreift, ist ihr, als könnte es doch gar nicht so unmöglich sein, hier einzudringen.

„Könnte ich's für dich lernen, Wawra“, flüstert sie und streichelt seine Wange.

„Ja, ja Manja, du für mich, das wäre gut.“

Sie lehnen aneinander und schauen, Schläfe an Schläfe, auf die bedruckten, beschriebenen Seiten nieder: Der dumme und verzweifelte Junge und das kleine Mädchen im Hemd, das allmählich vor Kälte zu zittern beginnt. „Ich möchte ja lernen", murmelt er – er schöpft aus Manjas Nähe und Mitleid ein wenig Trost –, „aber ich merke mir nichts, und dann denke ich so viel lieber an ganz andere Sachen und am liebsten an zu Hause: Wir haben einen großen Garten mit vielen Bäumen darin, und ich hab eine Hütte ganz für mich allein. Da kann ich sitzen und höre die Vögel, und wenn ich mich auf den Bauch ins Gras lege, kann ich die Käfer laufen sehen, und manchmal kommt ein Wurm gekrochen oder eine Schnecke, und da ist mir doch, als kennten sie mich und ich kenne sie, und es ist mir genug, wenn ich sie anschauen kann, genug, ich möchte eigentlich gar nicht mehr."

Und wieder das dumpfe Schollern draußen, Marschtritt und Knarren von Leder, Wehrgehängen und Waffen.

Mit gerunzelten Brauen drehen die Kinder die Köpfe und lauschen hinaus.

Manja ist der Haß gegen die fremde Gewalt eingeimpft, es läuft ein Frieseln des Grauens ihren Rücken entlang. Was Wawra soeben erzählt hat: von dem großen Garten, von den Bäumen, den Vögeln, den Käfern im Gras – recht und gut das alles, recht und gut, aber eigentlich: unerlaubt.

Eines Tages war im Hause Sklodowski etwas Schlimmes geschehen. Daß die Frau des Professors irgendwann einmal in ihrer Jugend gefährlich krank gewesen und daß sie seither nie ganz zu Kräften gelangt war, wußten alle. Die Kinder waren es gewöhnt, daß es immer wieder hieß: Nehmt Rücksicht, Mutter ist müde. – Lauf nicht so schnell, Mutter darf sich nicht erhitzen. – Dieser Weg ist zu weit, Mutter darf ihn nicht gehen. –

Dennoch schien Frau Sklodowska munter und energisch. Sie sah gut aus: aufrecht, beweglich, immer mit Sorgfalt gekleidet, das Haar über der breiten Stirn schnurgerade gescheitelt und zu einer kunstvollen Frisur aufgesteckt, die Brauen über den bernsteinfarbenen Eulenaugen schwarz und glänzend wie Kohle. Sie stand täglich erst gegen zehn auf, aber dann war sie den ganzen Tag tätig, griff in der Küche zu, ging zum Markt einkaufen, unterrichtete die Pensionäre –

Daß sie immer allein aß und ihr Geschirr selbst wusch in einem Becken mit kochend heißem Wasser, dem sie immer aus einer sonst sorgsam verwahrten Flasche einige Tropfen einer übelriechenden Flüssigkeit zusetzte, war den Kindern eine Selbstverständlichkeit, über die sie nie nachdachten; auch hatten sie nie von ihrer Mutter einen Kuß bekommen – nicht einmal Manja; sie wußten es nicht, daß die Mutter manchmal nachts, wenn sie schon fest schliefen, ihre Füße abdeckte und sie mit ihren Lippen liebkoste. Eines Tages aber herrschte furchtbare Erregung unter den Erwachsenen: Der Vater war bleich, und Zosia weinte, und die Magd Ludmilla fuhr hin und her: Der Doktor war in den frühen Morgenstunden gerufen worden, weil der Mutter Bettkissen und Hemd und Laken ganz blutig gewesen waren.

Acht Tage durfte Manja ihre Mutter nicht sehen. Dann wurde es ihr erlaubt, für einen Augenblick in der Tür zu erscheinen und der bleich und kraftlos im Bette Liegenden mit einem Veilchensträußchen zuzuwinken.

Später wurde es Manja gestattet, im Zimmer neben Mutters Zimmer zu spielen, wenn sie sich ganz ruhig verhalten wollte.

Damals empfing die Mutter auch schon Besuche, ihrer Eltern Besuch wenigstens, der alten Boguskis.

Manja kannte die Großeltern. Sie lebten zwar nicht in Warschau, sie lebten irgendwo auf dem Land, aber der Großvater kam doch alle Monate hergefahren, um, wie er sagte, die Nase in die große Welt zu stecken. Dann kaufte er ein: Weine, Liköre, Kaffee und russischen Kaviar, ließ sich beim Schneider ein Paar neue Hosen verfertigen, beim Schuster bestellte er neue Stiefeletten. Manchmal gab es dann Disput, denn die alten waren noch nicht bezahlt. Er tauchte auch bei Sklodowskis auf, nahm eines der Kinder mit zu Blikli und bestellte ihm eine Schaumrolle. Er schäkerte, während das Enkelchen aß, mit der Bedienung.

Die Großmutter kam seltener, sie war einstmals ein adeliges Fräulein gewesen, das in einem Augenblick der äußersten Verblendung (so sagte sie selbst) sich hatte von diesem dahergelaufenen Boguski entführen lassen, er war auf dem Gut ihres Vaters Verwalter. Heimliche Hochzeit und Honigmonde in Italien, solange die mitgenommenen Pretiosen reichten. Dann kam das graue Elend –

Es hatte, wenn man der alten Frau glauben wollte, niemals wieder aufgehört. Man versöhnte sich zwar mit den Eltern und bezog auch wieder die Apanagen der Familie, aber das einmal genossene Glück

wollte nicht wiederkommen. Kinder erschienen, mit ihnen die unvermeidlichen Molesten und dann, als jene erwachsen waren, bittere nagende, zerstörerische Enttäuschungen.
Die Söhne – waren sie nicht hübsche kräftige und auch begabte Burschen? – verursachten nichts als Ärger, der eine wollte nur reisen und Bekanntschaften knüpfen, der andere hatte nur brotlose Künste im Kopf, Erfindungen, die Geld kosteten und keinen roten Heller einbrachten; da war die Tochter doch noch ein Trost im Leiden, aber sie hatte wieder diesen langweiligen Sklodowski geheiratet, diesen pedantischen Schulfuchs und armen Teufel, eine Pension mußte er unterhalten, weil man ihm die Stelle am Gymnasium gekündigt hatte – kein Wunder, daß Bronislawa bei diesem Leben immer kränkelte, ach, nun hatte sie gar wieder angefangen Blut zu spucken!
Alle diese Bitterkeiten prägten sich in das Gesicht der alten Frau, – ein spitzes pergamenthäutiges Gesicht, beinahe böse blickte es auf die Kranke in ihrem Bett; Frau Boguska gehörte zu jener Sorte Egoisten, die über jede Krankheit und über jeden Unfall in ihrer Familie empört sind, weil sie davon eine Störung ihres eigenen Wohlbehagens fürchten.
„Ja, liebe Tochter, du hättest eben nicht so viele Kinder haben sollen“, sagte Großvater Boguski, „nicht wahr, Mama?“
„Natürlich nicht. Das hab ich immer gesagt. Und diese Kleine da hat dich vollends ruiniert.“
„Aber, Mutter!“
Manja hebt den Kopf. Sie ist bis jetzt auf der Schwelle des Zimmers gesessen – näher zu gehen hat man ihr bei strenger Strafe verboten –, ist dort auf der roten Teppichbrücke gekauert und hat gespielt. Jetzt blickt sie erschrocken auf. Ruiniert? Das Gedächtnis wiederholt ihr die zuerst nur unklar-geräuschhaft vernommenen Worte. Diese Kleine – war das sie, sie selbst, Manja? Und sie hatte die Mutter ruiniert?
Manja sieht die Großmutter an und dann zur Mutter hinüber. Die hat sich aufgerichtet und den Arm heftig und abwehrend gegen die Großmutter erhoben.
„Wie kannst du so etwas sagen? Und – mein Gott, noch dazu vor ihr?!“
Und das bleiche verzerrte Gesicht über die Kissen wendend: „Geh

hinüber, Manja, in die Küche, zu deinen Geschwistern, und schließe die Tür."
Manja hat sich erhoben, sie steht eine Sekunde lang mit offenem Mund, dann gehorcht sie, weil es unmöglich ist, der Mutter nicht zu gehorchen, und geht. Hinter ihr die Stimme der Großmutter verdrießlich-heuchlerisch und knarrend: „Ach was – sie versteht doch noch nichts! In ihrem Alter –! So ein winziger Fratz."
Manja muß Topflappen säumen; man findet, das ist eine Beschäftigung, die für so ein kleines Mädchen paßt: sie ist gut aufgehoben, verderben kann sie nichts, Topflappen werden aus alten Kleidern hergestellt, ob diese verschenkt oder zum Lumpenhändler gebracht oder zu Topflappen vernäht werden, ist so ziemlich das gleiche.
Manja hat Arrest in der Küche. Die Mutter ist immer noch krank. Der Arzt kommt täglich, er tritt leise ein, gedämpft murmelnd spricht er mit dem Vater. Dann muß Ludmilla eine Schüssel mit heißem Wasser füllen und hineintragen. Wenn sie zurückkommt, erschrickt sie über die geisterhafte Blässe des Kindes, das angstvoll-gepeinigt von ihrem Nähzeug aufblickt: „Was ist?"
„Nichts, nichts", Ludmilla streichelt die Kleine. „Es wird bald besser gehen." Und nach einer Weile. „Wir wollen beten."
Wenn Ludmilla betet, tut sie immer dasselbe. Sie öffnet einen kleinen schwärzlichen Kasten, der in der Ecke der Küche hinter einem Öllichtlein hängt. In dem schwärzlichen Kasten bewahrt Ludmilla vier kleine Heilige auf, fingerlange Bleifigürchen. „Siehst du", sagt sie, „das ist unser Herr Jesus Christ mit seiner Mutter Maria. Das ist der heilige Antonius und das der selige Johann von Nepomuk. Zwei mächtige Heilige, sie können alles, Kranke heilen, Verlorenes wiederfinden. Aber – aus meinem Schränkchen können sie doch nicht raus. Ich hab sie jetzt schon lange drin – an dreißig Jahre, und alle Tage schau ich zu ihnen rein und bete. Drum geben sie mir auch fast alles, was ich will. Wenn ich aber mal nicht mehr beten wollte, und das Schränkchen nicht aufsperrte, so müßten sie für ewig drinnen sitzen, der Antonius, der Nepomuk und sogar unser Herr Jesus Christ und seine Mutter Maria."
„Ja, aber –" sagt Manja, irgend etwas regt sich in ihr: halb Widerspruch, halb Gelächter. Es sind doch nur Bilder, möchte sie sagen – Aber für Ludmilla sind Bilder lebendige Wesen, und die kleinen

häßlich-grauen Klümpchen aus Blei sind für sie wirkliche Götter, die auf irgendeine geheimnisvolle Weise in die Welt wirken können, und doch – unbeschadet ihrer Macht – ihrer Besitzerin, der Magd Ludmilla im Haus Sklodowski, ausgeliefert sind. „Wehe, wenn sie nicht folgen", sagt sie. „Dann geht es ihnen schlecht."
Und Ludmilla fährt fort:
„Wir hatten einen Burschen im Dorf, der wollte ein Mädchen heiraten, sie war reich und hübsch, und er war lange hinter ihr her. Er betete immer zu Sancta Lucia – in unserer Kirche war ein Bild von ihr. Er opferte ihr auch Kerzen – fünf Kopeken das Stück – er mußte hart arbeiten dafür, bei uns auf dem Land verdient niemand sein Brot nur mit Faulenzen wie hier in der Stadt. So hatte Sancta Lucia schon viele Kerzen gekriegt und eine Menge Kopeken eingestrichen. Eines Tages – war ihr ein Auge ausgestochen."
„Wem? dem Mädchen?"
„Aber nein doch, der Lucia, und das nützte dann auch. Aus Angst, daß ihr auch das zweite Auge ausgestochen würde, hat sie es endlich so eingerichtet, daß der Jaro seine Liebe bekam."
Nun graute es Manja doch ein wenig, und sie schielte scheu zu dem Kästchen hinauf. „Erzähl mir doch noch eine Geschichte", bat sie die Magd.

Manjas vier Geschwister – drei Schwestern, ein Bruder – behandelten sie, die Jüngste, mit dem Hochmut, mit dem die Jüngsten immer behandelt werden. In diesen Hochmut mischte sich Liebe, aber auch Grausamkeit. Alle Tage hörte Manja dasselbe Wort, dieselbe Wendung: Du bist noch zu klein, zu dumm, Gott, wenn du nicht so dumm und klein wärst!
Beinahe alle Jahre erschien ein Tag im Hause Sklodowski, an dem es doppelt sinnfällig wurde, wie klein und dumm sie, Manja, noch war. Dieser Tag erschien bald nach Ostern und er erfüllte alle Hausgenossen mit festlicher Erwartung: eines der Kinder – und bis jetzt waren es alle außer Manja – durfte zur Ersten Kommunion gehen. Sonderbares Wort: Kommunion! Sonderbare und geheimnisvolle Sache! Man machte viel Wesens darum, so mußte es auch etwas Wichtiges und Großartiges sein. Joseph, der Bruder, hatte einen neuen schwarzen Anzug bekommen, Lackstiefeletten und einen schwarzen steifen, mit einem Seidenband gezierten Hut. Noch

immer hieß der Anzug – er war längst alt und ausgewachsen – der ‚Heilige-Kommunion-Anzug' und die Schuhe hießen ‚Kommunionschuhe' und der Hut ebenso: ‚Kommunionhut'. Viel herrlicher aber war, was Zosia erhalten hatte: ein weißes Kleid mit Spitzen und einer großen, breiten, lichtblauen Schärpe. Im anderen Jahr hatte Hela dieses herrliche Kleid anziehen dürfen, im dritten Bronia. Da hatte man auch Manja in die Kirche mitgenommen, wo sie viele Mädchen in weißen Kleidern sah. Der Vater, der doch sonst kaum zur Kirche ging, und die Mutter waren anwesend. Er hatte Manja auf den Arm genommen, damit sie über die Köpfe hinwegschauen könne und Bronia sehe – sie aber hatte nichts gesehen als eine wogende Menge und ein Geglitzer von Gold, und die Mutter hatte Tränen in den Augen gehabt! Tränen der Freude, das begriff Manja, Tränen der Freude über Bronias Glück oder was es war, und selbst dem Vater hatte man etwas davon angemerkt: sein Gesicht hatte einen ganz gespannten Ausdruck, und er hielt Manja hoch und schubste sie immer noch höher, als wäre ihm selbst darum zu tun, daß seiner Kleinsten nur ja nichts von dem entging, was da vorn am Altar geschah.

Zu Mittag gab es dann ein festliches Essen: Entenbraten und Kastanientorte, und am Nachmittag fuhr die Familie Sklodowski in einer großen gemieteten Kutsche hinüber nach Praga und von dort auf eine große Wiese, auf der die Kinder ballspielen und schnurspringen durften.

Das Gras war noch ganz kurz und die Knospen an den Bäumen geschlossen: der Wald stand wie ein hohes lichtdurchzittertes Gitter hinter dem grünen Rain, rötlich und silbern. Aber die Sonne schien schon sehr warm und brannte auf Manjas Nacken. Sie hatte noch ein Winterkleid an, und der rauhe Stoff kratzte sie an den Armen, und die dicken gestrickten grauwollenen Strümpfe rutschten aus den Strumpfbändern und ringelten sich, wenn sie lief, lästig um ihre Beine. Bronia hatte sich droben, wo die Büsche einen lichten Schatten warfen, auf ein ausgebreitetes Plaid gesetzt.

„Hüh!" rief sie immer wieder und warf den blauen Ball mit weitem Schwung in die Wiese hinab, und die Wiese war abschüssig, und der Ball hüpfte durch das kurze Büschelgras dahin. „Hüh, Manja! hol ihn mir!"

Und Manja lief und hetzte sich, und der Ball tat immer noch einen

Sprung, und endlich lag er still, und Manja stürzte sich über ihn und brachte ihn keuchend der Schwester zurück.
Bronias Lust, den Ball hinabzuschleudern, war offenbar unersättlich.
Manja lief gehorsam.
Später schlich sie Bronia in den Wald nach. Bronia pflückte Leberblümchen, blaßblau und rosa und fahlviolett blickten sie aus dem bleichverfaulten Buchenlaub hervor.
„Du, Bronia!"
„Hm."
„Bronia, du – ich möchte dich etwas fragen."
„Na?"
„Wie war das heute morgen?"
„Was?"
„Nun, die Kommunion?"
„Du warst doch selbst dabei und hast's gesehen."
„Hm."
Manja hat wenig gesehen, und selbst wenn sie gesehen hätte – sie meint etwas anderes als das Sichtbare, sie meint – sie weiß eigentlich selbst nicht genau, was sie meint, – aber die Frage bohrt in ihr, die Frage nach dem, was *eigentlich* geschehen ist, und wer sollte ihr Auskunft geben können, wenn nicht Bronia, der es geschah?
Bronia hat noch ihr weißes schönes Kleid an. Sie rafft es über die Knie, wenn sie über einen Graben springt. Sie faßt es zusammen, wenn sie bei einem Dornenstrauch vorbeikommt, aber auf die Dauer kann es nicht gut gehen mit der Prachtrobe im Wald, auf einmal hört Manja einen Schreckensruf hinter sich, Bronia kauert bestürzt, breitbeinig, mit rotem Gesicht im Gebüsch und starrt auf einen breiten Riß in dem weißen Taft. Oh, oh, was ist das?
Manja läuft hin und besieht den Schaden.
Eine Weile schweigen die Schwestern, vor Schreck wie versteinert. Dann beginnen sie nach einem Ausweg zu suchen. Niemals darf es geschehen, daß die Mutter den Riß bemerkt. Eher der Vater, eher Ludmilla. Aber wie soll man ihn verhehlen?
Manja beginnt an ihren Strümpfen zu nesteln. Sie hat an ihren Strumpfbändern eine Sicherheitsnadel, die Sicherheitsnadel zieht sie heraus und heftet mit ihr den Riß an Bronias Kleid zusammen. Jetzt ist Bronia nicht mehr die ältere und um so viel erhabenere

Schwester, jetzt ist sie ganz Manjasgleichen, ein kleines, verwirrtes, ungezogenes Mädchen mit schlechtem Gewissen und einem verdorbenen Kleid.
Der Strauß Leberblümchen, den sie gesammelt, liegt zerstreut auf dem Boden.
Langsam kehren die Schwestern zu den Eltern zurück.
„Höre, Bronia, jetzt mußt du es mir aber sagen."
„Was denn?"
„Nun, was das ist mit der Kommunion."
„Das weißt du doch auch."
Ja, ja, Manja weiß, was im Katechismus steht. Aber sie will mehr wissen. Sie will wissen, was sich wirklich begibt. Zum Beispiel, was man fühlt, wenn man das Brot empfängt?
Bronia sagt – sie hat das in einer Erbauungsschrift gelesen, die ihr der Katechet geliehen hat: „Da wird es im Herzen licht."
„Licht?"
„Ja", sagt Bronia, und nun gefällt es ihr, daß die kleine Schwester fragt, und sie macht sich wichtig: „Es ist so, als würde eine ganz helle Lampe angezündet."
„Im Herzen?"
„Freilich."
„Und sieht man etwas in diesem – Licht?"
Bronia zuckt die Achsel. „Natürlich."
Jetzt will Manja wissen, *was* man sieht.
Bronia schweigt einen Augenblick verwundert. Dann fängt sie zu phantasieren an. „Man sieht Gott."
Manja zittert. „Wirklich? Gott?"
„Natürlich."
„Aber Gott ist doch unsichtbar. Wie kann man ihn dann sehen?"
Bronia zögert mit der Antwort, dann holt sie aus: „Darum geht man ja zur heiligen Kommunion, damit man Gott *doch* sehen kann."
Manja schnappt nach Luft und schluckt vor Aufregung. „Und wie – wie sieht er aus?"
„Er ist sehr hell und schön und hat lauter Strahlen um sich –"
„Strahlen? Weiße Strahlen?"
„Weiße und bunte, aber hauptsächlich weiße."
Stille.
Bronia windet sich durch das Unterholz: schon schimmert die

Wiese herein, auf der die Eltern lagern. Haben sie etwa schon den Picknickkorb ausgepackt? Es sieht so aus, ein weißer Fleck blendet herüber, das Tischtuch, das neben der Mutter ausgebreitet liegt; sie hat schon begonnen, die Eier zu verteilen, schönbemalte, bunte Ostereier; Joseph hat das seine schon aufgepickt und –
„Bronia, Bronia, lauf doch nicht so!"
Die Schwester wetzt davon.
„Da seid ihr endlich! Ich wollt euch schon suchen lassen. Maniusi – Jesus, wie siehst du aus? Dein Strumpf hängt bis auf den Schuh herunter!"

Räume, gellend von Licht –
aber wo die Erde ihr Gesicht abwendet, die bleiche dunkle Wange der Nacht zukehrt, irgendwo –
der Strom, der murmelnd seines Weges zieht,
die Stadt mit ihren Gassen und hinter einem der Fenster, auf einer schmalen harten Lagerstätte ein Kind.
Wie durchsichtig ist heute die Glocke des Schlafes über seiner Stirn, wie durchlässig für die pulsenden Schauer der Traumbilder, für Fittichrauschen, Stimmen, Schritte, für den Ruf: Manja, steh auf, es ist Zeit!
Nein, noch nicht, Mitternacht erst. Schlafe, wenn du kannst!
Aber verschlafe die Stunde nicht.
Denn die Unschuld wird gerufen,
sie wird versucht werden; versucht zu werden, wird sie gerufen sein.

Es ist noch sehr früh, im Osten schwimmen die Wolken wie fliederfarbene Inseln, und die Gasse ist lang, doppelt so lang als sonst, wenn die Läden der Kaufleute offen sind und die Verkaufstische auf den Gehsteig geschoben. Ganz lang ist die Lecznogasse und still und leer.
Da ruckt ein eiserner Bart im Schlüsselloch eines Tores, und die Klinke wird von innen niedergedrückt. Ein Kind schiebt sich aus dem Spalt, ein kleines Mädchen, blond, ziemlich zerzaust, mit einer zerknitterten Schleife am Hängezopf. Das Kind sieht blaß und verschlafen aus, und das Jäckchen, das es überzogen hat, ist schief geknöpft.

Leise zieht es das Tor hinter sich ins Schloß, blickt sich sichernd um und rennt die Straße hinab.
Es rennt mit den eckigen und ungeschickten Bewegungen eines Kindes, das sonst zumeist an der Hand eines Erwachsenen geht, es biegt in die Straße ein, die zum Schloß führt –
und hier ist auch schon die Kirche zum Heiligen Kreuz.
Das Tor steht offen, Gott sei Dank, droben im Turm scheppert die Glocke. Frühmesse. Ludmilla hat gesagt, in dieser Kirche werde jeden Tag die früheste Messe von ganz Warschau gefeiert.
Das Kind tritt ein und geht an den Reihen der altersbraunen Bänke vorbei bis nach vorn. Der Priester, in ein feuerrotes Meßkleid gehüllt, tritt vor den Altar.
Manja faltet die Hände und wartet.
Sie versteht noch nicht, was das Hin und Her bedeuten soll, in dem sich der Rotgekleidete vor dem Altar bewegt. Ein Junge bedient ihn dabei, trägt das Buch und bringt Wasser. Dann und wann schüttelt er auch das Glöckchen, das auf den Teppichstufen bereitsteht, es klingelt. Manja erinnert sich: auch gestern hat es so geklingelt, ehe Bronia und die anderen Kinder das Brot empfingen. Ihr Herz beginnt zu klopfen: ‚... und dann wird es innen ganz hell.'
Endlich scheint es soweit zu sein. Ein paar alte Leute, drei Frauen und ein hinkender weißhaariger Mann kommen heran und knien nieder. Ein weißes Tuch wird über die Schranke geworfen, die Leute nehmen den Saum auf und heben ihn unter das Kinn. Der Priester ergreift einen Kelch, von dem er ein weißes Käppchen aus Seide abhebt. Er dreht sich um und zeigt eine Hostie.
Manja kniet, wie die anderen knien. Sie beugt sich vor und sieht: jene legen die Köpfe zurück, öffnen die Münder und empfangen. Jetzt tritt der Priester zu ihr, sie ist die letzte. Er murmelt etwas und legt ihr ein leichtes weißes Blatt auf die Zunge. Manja schließt den Mund, drückt das Ding mit der Zungenspitze gegen den Gaumen, es schmeckt leer und etwas fade. Nachdem es sich durchfeuchtet hat, rollt es sich wie von selber zusammen und läßt sich verschlucken. Manjas Herz klopft schwer. Jetzt wird es geschehen, es wird hell werden, warm und schön, wunderbar –
Manja wartet.
Sie merkt, die anderen sind zu ihren Bänken zurückgekehrt. So geht auch sie. Dabei denkt sie verwirrt: Jetzt – jetzt –

Aber es geschieht nichts, gar nichts. Die Hostie ist in ihr, aber innen bleibt es, wie es war, dunkel, kalt, leer. Nur das Herz pocht. Manja sitzt eine Weile in der Bank, die klammen Hände über dem schiefgeknüpften Jäckchen gefaltet. Keine Strahlenrose, keine Flammenschrift, keine Stimme, nichts, wovon Bronia geredet hat. Ich will, denkt Manja noch einmal, ich will doch! – und in ihr strengt sich alles an, das Wunder wahrzunehmen. Vergeblich.

Wie eine große Höhle tun sich Enttäuschung und Verwunderung auf, ein dunkler Trichter, der sich zu drehen scheint, ein tiefer schwarzer und kreisender Schlund, ein Abgrund, in den der Schwindel zieht. Eine Sekunde lang glaubt Manja kopfüber zu stürzen. Aber ehe ihre Stirn noch das Holz der Bank berührt, kommt sie wieder zu sich. Mit matten Blicken betrachtet sie die alte glattgescheuerte, an den Kanten abgerundete Leiste. Mühsam richtet sie sich auf: vorn am Altar ist das Hin und Her zu Ende. Der Mann im feuerroten Kleid verschwindet mit seinem Diener in einer kleinen Pforte. Nach einer Weile kommt ein Junge und löscht die Lichter; er hat eine Stange, an der ein schwarzes Hütchen steckt, das schwarze Hütchen stülpt er über die Flammen, da dukken sie sich, werden blau und erlöschen.

Endlich darf Manja auch zur Schule gehen. Sie ist sehr stolz auf ihren Ranzen, auf ihre neue Tafel, auf ihre Fibel. Sie hat zwar – im ersten Jahr wenigstens – kaum etwas Neues hinzuzulernen, denn sie kann längst lesen, und das bißchen Rechnen, das die Lehrerin den anderen beizubringen hat, ist überhaupt nicht der Rede wert. Dennoch langweilt sie sich nicht: sie ist glücklich, wenn sie aufgerufen ihre Antwort weiß, und sie weiß sie immer – und immer glüht dieselbe eifrige Freude in ihr auf. Ihre Kameradinnen betrachten sie neidvoll. „Du bist sicher schon einmal sitzen geblieben“, sagen sie, „sonst könntest du nicht schon alles –“

Leider darf Manja längst nicht so oft zur Schule gehen, wie sie möchte. Immer wieder kommen diese Tage, an denen sie zu Hause bleiben muß. Der Vater findet, sie sei erkältet, habe in der Nacht gehustet. Sie soll im Bett bleiben. Im Bett – Manja schläft jetzt in der Mutter Bett, im großen Schlafzimmer der Eltern. Denn die Mutter ist verreist.

Bronislawa Sklodowska hat sich lange dagegen gewehrt, aber sie

hat es schließlich einsehen müssen, daß die Trennung von der Familie unvermeidlich geworden ist; die letzte Hoffnung der Ärzte, sie von ihrem Lungenleiden zu heilen: ein Kuraufenthalt im Süden.
So wohnt die Mutter jetzt in einem fernen und sagenhaft schönen Land, in einer weißen Villa am Meer. Die Postkarten, die sie von dort schreibt, zeigen immer denselben blauen, zärtlich heiteren Himmel: Gärten und Palmen und in der Ferne das blaue Meer. Manja sammelt diese Karten, sie sind ihr größter Schatz, und in Gedanken geht sie mit der Mutter dort auf den schönen Straßen spazieren und leistet ihr Gesellschaft, wenn sie auf der Terrasse der weißen Villa liegt. Auf die Rückseite der Karten sind fremde Marken geklebt, und Manja entziffert Aufschrift und Stempel in einer fremden Sprache: Cannes – Côte d'Azur – République Française.
Wenn Manja nun krank ist und allein bleibt in dem großen Schlafzimmer, denn der Vater geht am Morgen fort, und die Geschwister, die glücklichen, sind in ihren Schulen, und die Bilderbücher sind längst ausgelesen und die meisten ihrer Texte auswendig gelernt, und auch die Betrachtung der Karten aus Cannes gibt nichts mehr her, da werden die Stunden lang, und Manja weiß nicht mehr, was beginnen: die Vorhänge sind geschlossen, denn Ludmilla meint, Manja solle schlafen. Die Sonne steigt in den blassen Winterhimmel und hat den Rand der Feuermauer erreicht, die dem Haus gegenüber aufragt, sie scheint gegen den roten dichten Stoff, der vor dem Fenster niederhängt, und ein einzelner Strahl fällt in das dämmrige Zimmer.
Es ist schön, ihn zu betrachten: diese schmale Lichtbahn, in der es von winzigen Staubflimmerchen wimmelt, sie steigen auf und ab, sie scheinen einander zu umkreisen. Dort, wo der Strahl auftrifft, hüpft ein rundes weißes Lichtfleckchen von der Tuchent – es ist hübsch, wenn man den Finger darauf legt, es wird noch hübscher, wenn man das Wasserglas vorhält, da fächert der Strahl auf und streut schwankende bunte Kringel, die über die Wände krabbeln, hinauf und hinab rieseln und keinen Augenblick stillstehen wollen. Manja denkt nach, was das sei, dieses Licht, und daß es sich so ganz verschieden gebärdet, je nachdem, ob man ein Glas Wasser oder einen Spiegel oder einen Silberlöffel in seine Bahn hält.

Ach, aber ein solcher Vormittag ist wirklich eine ganz unleidlich lange Zeit.
Man hat zwar strikten Befehl, im Bett zu bleiben. Man wagt aber doch einen Sprung hinaus und holt sich etwas herbei, womit man spielen könnte, da ist zum Beispiel Vaters Leselupe.
Mit ihr kann man die sonderbarsten Effekte erzeugen. Der blasse, kühle Lichtstrahl wird, wenn man ihn durch die Linse auf die Hand oder ein Blatt Papier leitet, brennend heiß. Und dann ist da noch der große Globus. Man schleppt ihn heran und stellt ihn neben sich auf das Hockerchen, und nun kann ein wunderschönes Spiel beginnen.
Der Globus dreht sich: er stellt die ganze Erde dar. Manja kennt sich auf ihr schon recht gut aus. Da sind die fünf Kontinente, deren Namen sie längst schon zu nennen weiß, da sind die weißen Eiskappen der Pole und die unermeßlichen Meere mit den kleinen Inseln darin. Wie herrlich ist es, die ganze Erde wirbeln zu lassen und mit den Augen über alle Länder und Küsten zu spazieren. Suchen wir zuerst einmal Polen! Da ist es! der westlichste Zipfel des großen riesigen ausgestreckten russischen Bären, liebes kleines Polen, dir einen Kuß! Und gar nicht weit davon Frankreich, schönes Land, und die Mutter dort in der weißen Villa. Auch ihr einen Kuß! Und Ägypten und das Tote Meer und der Stiefel Italien, wo die Orangen reifen, und das riesige, zu einer Wespentaille zusammengeschnürte Amerika und der dicke Strich in der Mitte, Äquator genannt.
Die Weltreise dauert eine ganze Weile, aber dann erinnert man sich wieder an Vaters Brennglas und man greift danach und sammelt den dünnen flimmernden Strahl in ihm, und nun ist es ein neues Spiel, den kleinen heißen Punkt über Länder und Meere spazieren zu führen.
Es wäre doch gar nicht dumm, könnte man damit etwa die großen Städte nachts erleuchten, oder verirrten Schiffen Signale geben, oder sogar das Eis an den Polen schmelzen. Das wäre ganz herrlich! Die Eisbären schwitzen und die schwimmenden Gletscherberge zergehen im Nu. Unter den Schneefeldern Grönlands tritt braune Erde hervor und beginnt sich zu begrünen, und die armen kleinen Eskimos wissen gar nicht, wie ihnen geschieht, daß nun auch bei ihnen Blumen blühen und Beeren reifen.

Manja träumt von einem neuen Garten Eden, indem sie den warmen Brennglasstrahl um die Pole kreisen läßt. Und wieder dreht sie die große Erdkugel und spaziert über Inseln und Meere.
Da ist Japan und, wie ihr der Vater einmal erzählte, der hohe Berg Fudjijama, der Feuer speit und doch von ewigem Schnee bedeckt ist.
Wie wäre es, auch die Schneekappe des Fudjijama schmelzen zu lassen?
Manja hat sich so sehr in ihr Spiel vertieft, daß sie die Linse einen Augenblick zu lange über Nippon hält. Auf einmal zeigt sich ein winziger brauner, sich schnell schwärzender Punkt, und, gebannt durch das Schauspiel, von einer Neugier gepackt, der sie nicht widerstehen kann, vermag sie das Glas nicht wegzuziehen. Obgleich sie weiß, daß sie etwas Furchtbares tut, läßt sie den Strahl tiefer und tiefer fressen – plötzlich zuckt ein winziges Flämmchen empor.
Manja hat rasch darübergewischt, aber zu spät.
Die glänzende, schön bemalte Erdhaut zeigt den Makel der Verbrennung, einen schwarzen, kreisrunden häßlichen Fleck, Zeichen strafbaren Frevels.
Jetzt ist Manja zumute, als habe sie ein großes Verbrechen begangen. Das Spiel mit der Erdkugel ist ihr gründlich vergällt. Ängstlich lauscht sie hinaus, ob jemand kommt. Alles still. Manja schiebt das Tuchent weg, steigt aus dem Bett und schleppt den Globus an seinen alten Platz. Sie dreht ihn so, daß der Fleck nach hinten kommt, dennoch weiß sie: Eines Tages wird es offenbar werden, was sie getan hat. Sie schleicht in ihr Bett zurück, schiebt das böse Brennglas in sein Futteral und vergräbt sich, von ängstlichen Gefühlen heimgesucht, unter dem Kissen.

Vierzig kleine Mädchen in der Schule, vierzig Mädchen in zwanzig Bänken, in schwarzen Lüsterschürzen und braunen oder blaukarierten Kattunkleidern. Ihre Zöpfe sind steif geflochten, ihre Finger sind tintenfleckig. Sie haben ihre Federn in die flachen Rinnen gelegt, die zwischen den eingesenkten Tintenfässern in die Tische geschnitten sind. Sie haben ihre Bücher zugeklappt und die Arme über der Brust verschränkt. So sitzen sie und blicken ihre Lehrerin an, Fräulein Sikorska, eine ältere Dame. Auf ihrer dicken

Nase sitzt ein Zwicker, er zittert leise und seine Gläser funkeln. Wenn Fräulein Sikorska ihn abnimmt, sieht man die tiefe rote Kerbe, die der Zwicker in die Nasenwurzel gedrückt hat.
Auf dem Stundenplan steht Naturkunde.
Fräulein Sikorska erzählt ihren Schülerinnen von den Kostbarkeiten dieser Erde.
„Da gibt es vor allem die Diamanten", erzählt sie, „seltene strahlende Steine, nur an wenigen Orten auffindbar. Da sind etwa die Felder in Südafrika, Steinhalden, über denen die Sonne brennt, und in der brennenden Sonne kriechen die schwarzen Arbeiter auf den Knien herum und schürfen im Schotter.
Oder da gibt es das Gold, diesen wunderbaren Stoff, um den die Menschen seit Jahrtausenden schreckliche Kriege geführt haben, es wird aus den Flüssen hervorgeholt, es wird aus dem Schlamm herausgewaschen.
Denkt euch einen großen Strom, einen Strom in einer ganz einsamen Gegend, und da kommen die Menschen von fernher, sie bauen Hütten an die Ufer, sie schlagen sich um die Plätze und dann beginnen sie ihr Werk. Sie waten in das Wasser hinaus und schöpfen den Schlamm in große Schüsseln, und dann waschen sie Schlamm und Schotter, waschen und rütteln, immer wieder, immer wieder – sie haben dicke Lederstiefel an und sind doch naß bis an die Brust, und ihre Arme sind müde und schmerzen, und ihre Gelenke schwellen auf von der ewigen Nässe, aber sie waschen und rütteln immer weiter, bis am Ende ein kleines, kleines Körnchen in ihren Sieben bleibt – so klein, wie das Korn einer Weizenähre.
Oder das Silber oder das Kupfer, die aus tiefen Minen hervorgeholt werden! Oder das Blei! Wer in den Bleibergwerken arbeitet, der wird bleich und grau im Gesicht, und das Haar geht ihm büschelweis aus, und er wird mager und hohl und seine Knie zittern. Und endlich brechen Geschwüre an seinen Armen aus und die Nägel fallen von seinen Händen, und dann legt er sich nieder und stirbt.
So teuer läßt sich die Erde ihre Schätze bezahlen. Und doch hört der Mensch nicht auf, nach ihnen zu suchen, nach ihnen zu graben. Versteht ihr das?
Aber was ist denn, Marie Sklodowska, du weinst?"

„Ein sonderbares Kind", sagt Fräulein Sikorska – sie sitzt nach beendetem Unterricht mit ein paar Kolleginnen im Konferenzzimmer –, „ein sonderbares Kind, diese kleine Sklodowska, was hat sie nur? Heute, mitten in der Stunde – ich erzähle eben etwas Gleichgültiges –, beginnt sie zu weinen."
„Komisch!" antwortet eine andere Lehrerin, „vielleicht ist sie nervös."
„Kann leicht sein", mischt sich eine dritte ins Gespräch, „ihre Verhältnisse zu Hause sind auch nicht gerade rosig. Die Mutter krank, Tuberkulose, unheilbar."
„War sie nicht an der Riviera?"
„Das wohl. Aber genutzt hat es ihr offenbar recht wenig, nur einen Haufen Geld verschlungen. Und im vorigen Jahr ist noch die älteste Tochter, die Zosia, gestorben – an Typhus. Das hat der Mutter den Rest gegeben."
„Läßt sich denken. Die armen Eltern."
„Der Professor ist ein tüchtiger Mann – und ehrgeizig. Er war eine Zeitlang Direktor am Nowopolski-Gymnasium. Dann ist er oben mißliebig geworden."
„Natürlich." Fräulein Sikorska seufzt gramvoll. „Alle tüchtigen Polen machen sich mit der Zeit mißliebig. Seien wir nur auf der Hut!"
Die drei Frauen nicken einander verständnisinnig zu. Sie sind Polinnen, alle drei, alle drei in dem Kummer einig, einer Nation anzugehören, die in drei Teile zerrissen, deren Land unter drei mächtige Staaten verteilt ist. Ihre Schule, eine Privatschule, die ausschließlich von polnischen Mädchen besucht wird, hat unter dem Mißtrauen und den Schikanen der Behörden schwer zu leiden.
Unwillkürlich erhebt sich Fräulein Sikorska von ihrem Sessel, öffnet die Tür und schaut in den Flur hinaus, ob die Luft rein sei. Dann kommt sie zurück und nimmt das Gespräch über die Sklodowskis von neuem auf. „Der Professor hätte es – unter anderen Umständen – längst zum Inspektor bringen müssen. Jetzt darf er froh sein, wenn er aushilfsweise unterrichten darf. Dafür hat er diese Pension aufgemacht – ein mühsames Brot, alle die Buben zu beherbergen und zu verköstigen."
„Aber die Kinder sind begabt", meint eine andere. „Wir hatten doch auch die älteren Mädchen bei uns, wie hießen sie nur: Bronia

und Hela, nicht wahr? Doch die jüngste, die Manja, scheint die klügste zu sein."
„Sie ist das gescheiteste Kind, das ich je unterrichtet habe", antwortet die Sikorska, „und ich bin doch weiß Gott lange genug im Fach. Sie gleicht der alten Salome Sklodowska, ihrer Großmutter. Die kannte ich gut. Sie lebte in unserer Nachbarschaft draußen auf dem Land. Eine tüchtige und imposante Person. 1830 – als alle Männer in die Zitadelle kamen oder nach Sibirien verschleppt wurden – hat diese Salome – sie war damals noch nicht verheiratet – das ganze Dorf regiert."
„Ist das möglich?"
„Und wie! Es war in der Zeit der Frühjahrsbestellung, und die Weiber wußten sich nicht zu helfen und machten großen Bahöl, sie könnten nicht anbauen ohne männliche Hilfe. Da machte es ihnen die Salome vor und führte selbst den Pflug über ihre Äcker."
„Bravo!"
„Dann – als die Männer wiederkamen, nur ihr eigener Vater war noch festgehalten, hat sie die Weiber zu einer Wallfahrt gesammelt – diese Wallfahrt hatten sie gemeinsam gelobt – und die Salome bestand nun darauf, daß sie sie nun auch wirklich machten; die Wallfahrt führte dreißig Werst weit bis nach Jasnagora. Nun, ihr könnt euch denken, das war ein weiter Weg für die Frauenzimmer. Aber die Salome ist immer vorneweg marschiert und hat gebetet und gesungen."
„Großartig!"
„Großartig, ja", Fräulein Sikorska schwenkt den Zwicker von der Nase und nimmt sich einen Stoß Hefte zum Korrigieren vor. „Ich sage es immer: solange wir Polen an unserem Glauben festhalten und gute Katholiken sind, wird es uns an Mut und Ausdauer nicht fehlen; solange ist unsere Sache nicht verloren."
Die anderen Fräulein stimmen zu und nehmen sich ihrerseits eine Arbeit vor. Nur eine schweigt.
Im Hintergrund des Zimmers, etwas abgesondert, sitzt Fräulein Piacecka, die jüngste Lehrerin an dem Institut der Sikorska, erst neulich von der Universität gekommen. Sie hat sich nicht an dem Gespräch beteiligt, sie kennt weder die kleine Marie Sklodowska noch deren Familie, noch hat sie überhaupt vor, lange an dieser Anstalt zu bleiben. Sie will, das ist ihr Plan, in das staatliche

Lyzeum versetzt werden, ihr gefällt es in dieser Strickschule nicht, wie sie den Betrieb unter Fräulein Sikorskas gemütvoller Leitung im stillen nennt. Jetzt hebt sie den Kopf und blickt mit einem raschen spöttischen Lächeln zu ihrer Vorgesetzten hinüber:
Was sind das für Narrheiten, vom Glauben Rettung der Nation, vom Glauben überhaupt irgend ein Heil zu erhoffen?
Finsteres Mittelalter. Finstere hirnverbrannte Dummheit. Die Religion hat uns Polen nicht gerettet, hat nichts und niemand in der Welt gerettet, was seid ihr für Leute, daß ihr das immer noch nicht begriffen habt? Eine neue Zeit bricht an, eine große helle, eine strahlende Zeit. Darf ich reden? Noch nicht. Hier nicht. Aber bald.
Und diese kleine Manja, die so wunderklug sein soll – nach der will ich mich doch einmal umsehen.

Bald hat Fräulein Piacecka die kleine Sklodowska an sich gezogen und sie zu ihrem Liebling erkoren.
„Du darfst doch nicht glauben, mein Kleines“, sagt sie und streicht Manja über das glühende Gesicht, „nicht glauben, meine liebe Kleine, daß es einen Gott gibt! Du lieber Himmel, Herzchen, nein! Quäle dich doch nicht mit solchen Gedanken, sie sind doch längst vollständig überholt. Ich würde es ja keiner anderen sagen, keiner deiner Mitschülerinnen, Manja, und nicht einmal Fräulein Sikorska, die ich doch sehr verehre. Aber Fräulein Sikorska ist alt, ist jedenfalls aus der früheren Generation, und diese Menschen hängen noch an alten Vorstellungen und wollen sich nicht lösen von ihnen. Wir aber, wir Jüngeren haben einfach die Pflicht, die Dinge so zu erkennen, wie sie sind.
Nicht jedermann ist für die Wahrheit geschaffen, meine teure Kleine, nicht jedermann, nur der höhere Mensch ist für die Wahrheit geschaffen, nur er hat auch das Bedürfnis nach ihr und er wird auch bereit sein, für sie Opfer zu bringen.
Opfer, sage ich, und da meine ich vor allem das Opfer tröstlicher und angenehmer oder liebgewordener Vorstellungen, die uns vielleicht schon seit Kindestagen eingeimpft worden sind: der liebe Vater im Himmel droben mit dem langen, wohlgepflegten weißen Wattebart und die Heilige Mutter von Czenstochau – und die herzigen hübschen rosabeflügelten Engelchen, die an jedes Kindes Bett-

chen wachen – wir haben doch gelernt, in allen Nöten zu ihnen zu beten und dann zu hoffen, daß unseren Wehwehchen alsbald geholfen werde. Nun, ich brauche dir ja nicht zu sagen, Manja, daß diese Art von Religion eines höheren Menschen absolut unwürdig ist, das weißt du ja selbst, das hast du ja selbst längst gefühlt, und ich bin überzeugt, daß du in deinem Herzen längst von ihr abgerückt bist.

Höre mich an, meine Liebe, und doch war auch diese kindische Torheit eine legitime Vorläuferin höherer Formen, eine notwendige Vorstufe, verstehst du, so wie die einfachen chemischen Stoffe eine Vorform der höheren Verbindungen sind und die Wissenschaft von der anorganischen Chemie eine unerläßliche Bedingung der organischen: stufenweise, nur stufenweise bewegt sich der menschliche Geist von der Phase zur anderen – es ist keine Schande, von Stufe zu Stufe und von unten hinauf zu steigen, aber es ist eine Schande, auf einer Stufe stehenzubleiben, wenn man zu ahnen imstande ist, daß es über dieser erklommenen Stufe eine nächste höhere gibt, und du, meine kleine liebe Manja, bist sehr wohl imstande zu ahnen, das habe ich gleich in der ersten Schulstunde bemerkt, die ich bei euch in der Klasse hielt – ja, eigentlich schon früher, ehe ich dich als Schülerin hatte ... Soll ich es dir erzählen – oder mache ich dich damit zu eingebildet? Nun, man hat im Konferenzzimmer über dich gesprochen und deine außerordentlichen Gaben erwähnt, deine Klugheit, dein Rechentalent, dein Gedächtnis ...

Ich habe dich damals noch nicht einmal vom Sehen gekannt und habe mich selbst auf die Probe gestellt: In der Pause wollte ich dich herausfinden aus deiner Klasse, ein so außerordentlich gescheites Kind müßte doch zu erkennen sein, dachte ich. Und wirklich, als ich euch im Schulhof promenieren sah, da dachte ich: das muß sie sein, und dann fragte ich: wer ist die Kleine da? Die Sklodowska, hieß es.

Aha, dachte ich, so hat mich mein Blick nicht getrogen.

Und dann habe ich am Anfang unseres neuen Schuljahrs um die vierte Klasse gebeten, ich wollte dich als Schülerin haben. Und nicht nur als Schülerin. Schülerinnen hat man viele, aber ... es gibt eben Unterschiede!

Für viele mag es genügen, was ich in der Schule vortragen kann, und es ist selbstverständlich, daß du auch das lernen und dir ein-

verleiben mußt. Aber ich werde dir Bücher leihen, aus denen du noch andere Dinge entnehmen kannst. Ich werde diese Bücher mit dir durchsprechen. Ich werde dich zu besonderen Aufgaben heranziehen und werde immer – darauf kannst du dich verlassen – immer für dich zu sprechen sein.
Klopfe dreimal an das Lehrmittelzimmer, wenn du mit mir zu reden wünschest, oder komm mich in meiner Wohnung besuchen. Ich bin sonst ziemlich wählerisch in meinem Umgang und deshalb zumeist allein. Komm nur und sei nicht zu bescheiden!"
Fräulein Piacecka hat ein Zimmer mit roten Plüschmöbeln und einem unechten Kamin. Auf dem Spiegeltisch stehen kornblumenblaue Vasen, in denen immer, Sommer wie Winter, dieselben strohgelben Stengel mit den lampionroten Judenkirschen stecken. Hinter einem Vorhang hat Fräulein Piacecka eine kleine Küche: auf einem Waschtisch, von dem die Ölfarbe abgeblättert ist, einen Spirituskocher und zwei oder drei alte abgestoßene gußeiserne Töpfe. Neben diesen liegen Haarnadeln, Netze, Papilloten, Kämme und Salbtiegel – Fräulein Piacecka ist nicht so bar aller Eitelkeit, wie man denken könnte, wenn man sie sprechen hört. Wenn man sie sprechen hört, äußert sie sich sehr abfällig über alles Hergebrachte, über Liebe, Ehe, Religion und Kinderkriegen.
Manja ist zu wohlerzogen, einen Blick hinter den Vorhang werfen zu wollen. Wenn Fräulein Piacecka sich bemüßigt fühlt, hinter ihn und in den Verschlag zu schlüpfen, schlägt sie die Augen nieder und wendet das Gesicht weg. An den roten Plüschmöbeln und dem falschen Kamin hat sie nichts auszusetzen, und Fräulein Piaceckas Bücherlade ist ihre ganze Wonne: die Bundeslade ihrer neuen Religion. Weltanschauung nennt sie sie, ein herrliches Wort, ein Wort voll stolzer Zauberkraft: in ihm schwingt ein Ton von Jugend, Freiheit, Selbstbestimmungsrecht. In ihm schwingt der wunderbare, alle Bindung überflügelnde Entschluß, einen freien Standpunkt zu wählen, selbst zwischen Gut und Böse zu unterscheiden.
Nach Urteil verlangt der Mensch, mehr noch als nach Macht, mehr noch als nach Genuß, und die Fünfzehnjährige, in der die Unruhe eines noch gestaltlosen Ehrgeizes pocht, weiß sich – wie erglüht sie vor Freude – darin eins mit den größten Geistern ihres Jahrhunderts. (Sie kennt diese Geister nicht, kaum ein paar Namen, kaum ein paar Phrasen, denn die Bibliothek der angebeteten Piacecka

enthält auch nur einige mangelhafte Broschüren in französischer und einige noch mangelhaftere in polnischer Sprache.) Sie hat den Namen Saint-Simon und Comte notiert und hat etwas vom Drei-Stufen-Gesetz vernommen, von einem nebelhaften Gebäude, Darwinismus genannt, ein ‚on dit' von Haeckel, und wie ein ganz fernes ungenaues Echodröhnen ist ihr von einem Buch namens ‚Das Kapital' Kunde geworden – undeutliche Geräusche einer großen, mehr ahnbaren als faßbaren Bewegung – dem halb metallisch sirrenden, halb hydraulisch rauschenden Ton vergleichbar, der in Frühlingsnächten über die Städte fließt und den Vorüberflug der Wildgänse anzeigt: das Gefühl von weiten Räumen vermählt sich der Empfindung, daß irgendeine Stunde gekommen ist, Stunde des Aufbruchs – Stunde der Verheißung? Und das kleine, hart und eifrig pochende Herz registriert beides wie ein empfindlicher Seismograph.

Diese unruhigen Tage des Vorfrühlings, denkt das junge Mädchen auf dem Weg nach Hause, diese Tage voll Aufbruch und Ferne. Woher diese Wolkenschwärme? Sie jagen heran, sie jagen vorbei, immer neue, immer neue schimmernde Ballen und Flocken, sie haben die Farbe von Porzellan, rosa, grünlich, blau, flüssiges Porzellan, luftiges Porzellan, in dem eine ferne Sonne ihr Versteckspiel treibt.

Ich bin fröhlich, obwohl ich traurig sein sollte. Diese Bäume voll Knospen, die es kaum erwarten können, grün zu werden. Diese schwarze locker geharkte Erde in den Gärten, aus der sich schon die prallen Keimblätter des Krokus drängen. Diese Fenster, die alle offenstehen und ihre gläsernen Flügel dem Wind entgegenstrecken, als lüden sie ihn ein, das Innere der Häuser auszuräumen.

Daß man so fröhlich sein kann, obwohl man traurig ist. Traurig: denn der Weg führt unweigerlich nach Hause. Mit jedem Schritt komme ich näher, und dort – dort fällt der Kummer wieder über mich her.

Wenn ich die Haustür aufgestemmt habe und in den kalten Flur getreten bin, der noch ganz nach Winter riecht, und wenn ich die häßlichen steinernen Staffeln emporsteige und das Butzenscheibenfenster sehe, hinter dem der geblümte Vorhang hängt: dann ist es wieder da – daß die Mutter krank ist und im Sterben liegt.

Ach, wäre es nur endlich vorbei.
Das darf ich nicht denken, ich weiß, und es ist scheußlich von mir, daß dieser Wunsch jetzt so oft und immer wieder aufsteigt, dieser Wunsch, daß endlich etwas eintrete, was von allen für unausbleiblich gehalten wird und vor dem alle doch schaudern. Auch ich, auch ich schaudre davor, aber ich kann mir nicht helfen: Ich habe es mir zu oft vorstellen, zu oft ausdenken müssen.
Damals – vor drei Jahren – als Zosia starb, da dachte ich, das Herz werde mir in Stücken aus dem Leib gerissen. Ich weinte und warf mich zu Boden und schlug um mich.
Doch wenn die Mutter stirbt, ich glaube, ich werde kalt sein und werde keine Träne haben.
Seltsam, daß der Gedanke, daß die Vorstellung etwas vorwegnehmen kann, so sehr vorwegnehmen, daß es dann, wenn es geschieht, nur etwas wie ein Spiegelbild des Gedankens ist.
So kann vielleicht das ganze Leben zu einem Spiegelbild des Gedankens werden, zu einer Art Nachvollzug dessen, was sich längst in uns ereignet hat. Sonderbar: wäre es möglich, daß alles, was ist, nur Nachvollzug wäre? Nachvollzug wessen?
Es gibt etwas, das aller Erscheinung vorausgeht. Fräulein Piacecka nennt es: Das Naturgesetz. –
O mein Gott, dort vorn, an der Ecke der Leczno-Gasse, geht der Vater. Wohin geht er?
Ich weiß es längst, auch meine Geschwister wissen es und vielleicht sogar die Mutter: er kann es nicht länger ertragen. Er kann diese langsam zehrende Qual nicht mehr mit ansehen. Er sieht elend aus, so elend beinahe wie sie selbst, die Mutter, und doch ist er gesund – er macht sich einen Vorwurf daraus, gesund zu sein und die Frau neben sich sterben zu lassen und die Tage und Stunden und Minuten zu zählen, die der Jammer währt und vielleicht noch währen wird.
Er hat es schon allzulange mitmachen müssen.
Und so geht er – immer öfter, unter immer fadenscheinigeren Vorwänden aus dem Haus. Er flüchtet. Und wohin flüchtet er?
Ich weiß es.
Ich weiß es, und es ist bitter, es zu wissen. In einer Durchfahrt der Freta-Gasse ist ein kleines Lokal. Eines von den Lokalen, die er früher niemals betreten hätte, doch in dem er sicher ist, keinen sei-

ner alten Bekannten zu treffen: Dort verkehrt nur niedriges Volk, Kutscher, Schuster, Hausbesorger. Dort läßt er sich nieder an einem der kleinen, runden schmutzstarrenden Tischchen, stützt den Kopf in die Hand, verbirgt das Gesicht unter der Krämpe des Hutes und trinkt.

Er trinkt nicht viel (wahrscheinlich nicht), aber doch mehr, als ihm gut tut, er ist nichts gewöhnt, er hat nie getrunken, er hat nie mehr als einmal sein Glas gefüllt, auch wenn wir Gäste hatten, auch an hohen Feiertagen nicht. Doch jetzt läßt er es sich füllen, einmal, zweimal, dreimal. Und wenn er nach Hause kommt, riecht man es.

Das ist schlimm, denn die Mutter ruft nach ihm. Sie ruft? Ach, sie flüstert nur mehr ihr heißes scharfes qualvolles Flüstern: Joseph, Joseph, wo bleibst du denn? – Und dann muß der Vater erst ins Waschkabinett und sich waschen und den Mund spülen, und dann erst wagt er hineinzugehen: Bronia, mein Herz, wie geht es denn?

Und das Schlimmste: Da kam neulich die Nachbarin, eine einfältige Person, der Vater hat oft über sie gelacht: eine Betschwester sei sie, hat er gesagt, und ihr Verstand nicht einmal fünfzig Kopeken wert –

Diese Nachbarin hat wie alle Besuche, die jetzt kommen, zuerst einmal ein Klagelied über den Zustand der Mutter angestimmt, und dann hat sie angefangen: Sie wüßte aber doch noch ein Mittel, es würde helfen, man müßte nur daran glauben, dann hülfe es ganz bestimmt.

Was es denn sei, hat der Vater wissen wollen.

Wasser von Lourdes, hat die Nachbarin gesagt, das hülfe, und man bekäme es zu kaufen für zwei, drei Rubel.

„Gut", hat der Vater gesagt und seine Börse gezogen, „in Gottes Namen, bring Sie mir von dem Wasser, da hat Sie das Geld."

Ach nein, so nicht, hat die Nachbarin geantwortet, so einfach sei das nicht, der Herr Professor müsse es selbst holen aus Praga, dort halte es ein Kapuziner feil, und wer es hole und mit Nutzen anwenden wolle an einem Kranken, müsse sich zugleich einen vollkommenen Ablaß erwerben.

Der Vater hat die Nachbarin bestürzt und zweifelnd angesehen.

Doch hatte die wieder begonnen: Das Wasser von Lourdes – ein Zauberwasser, ein Wunderwasser, und es habe schon Sterbende wieder zum Leben gebracht.

Und da wurde der Vater ganz erregt und so, als könnte sich ihm wirklich etwas wie eine Hoffnung daran knüpfen, und er sagte: „Also gut, morgen gehe ich hin!"
Das war gestern.
Und jetzt –
Manja sieht den Vater gegen die Weichsel hinabeilen.
Geht er nun wirklich und holt das Wunderwasser von Lourdes?
Manja bleibt stehen und blickt ihm nach. In ihrem Inneren breitet sich etwas wie ein neuer, bis dahin unbekannter Schmerz aus.
Er sollte es nicht tun, denkt sie, er sollte sich nicht nachgeben, auch in der tiefsten Not, auch in der Verzweiflung nicht; er sollte nicht versuchen, sich von den Gesetzen loszukaufen.

Fräulein Piacecka hat ihr Ziel erreicht (eines ihrer Ziele) und ist an das staatliche Lyzeum versetzt worden. Auch Manja Sklodowska ist übergetreten. Nur wer das staatliche Lyzeum absolviert hat, kann später auf einer Universität zugelassen werden.
Obwohl in Fräulein Sikorskas Schule nur mangelhaft vorgebildet, hat das junge Mädchen den Stoff der letzten Klasse spielend bewältigt. An einem Frühsommertag des Jahres 1883 betritt sie das große dreistöckige, auf einem gewaltigen Rustikasockel ruhende Gebäude zum letzten Mal. Ihr wird vom russischen Direktor unter Assistenz des selbstverständlich ebenfalls russischen Inspektors das Certificat Baccalaurea Nr. 342 in einer kleinen Feier überreicht. Die Notenkolonne zeigt von oben bis unten dieselbe, die beste Note: Fünf.
Am Arm ihres stolzen Vaters kehrt Manja nach Hause zurück.
Sie ist siebzehn, eine kleine rundliche Person, ein wenig vollbusig. Jugendspeck! hänselt sie der ältere Bruder, und die beiden Schwestern stimmen mit gutmütigem Gelächter ein. Hela will Lehrerin werden, und Bronia, auch sie hat das Lyzeum absolviert, liebäugelt mit dem Gedanken, nach Paris zu gehen und dort Medizin zu studieren. Auch Joseph studiert. Der Vater tätschelt seiner Jüngsten die Backe: Und was fangen wir mit dir an, Kleine?
Vorläufig sind Ferien, und von der zahlreichen, in ganz Polen verstreuten Verwandtschaft liegen Einladungen vor: Schon immer haben die Sklodowskis die Gelegenheit wahrgenommen, die Kinder im Sommer auf das Land zu schicken. Sie waren einmal da, einmal

dort: der Pole ist gastfrei und führt, wenn möglich, ein großes Haus. Die Verwandten wohnen zumeist auf dem Dorf, und es ist eine schöne und heitere Sitte, in den Ferien die Kinder gegenseitig auszutauschen. Überdies: auch Sklodowskis in Warschau haben sich in all den Jahren gastfreundlich erwiesen. Wer in Warschau zu tun hatte, konnte bei ihnen nächtigen. So ist es nur natürlich, das Mädchen den Einladungen der Onkel und Tanten folgen zu lassen.

So reist Manja ab.

Auch im Herbst ruft der Vater sie nicht zurück.

Sie ist überall ein wohlgelittener Gast. Sie befreundet sich mit Cousins und Cousinen – viele von ihnen kannte sie ja seit Kindheitstagen. Sie spielt und tollt, sie lernt reiten und schwimmen. Man unternimmt Wanderungen, reist nach Galizien und macht Bergtouren in die Tatra. Später, da die kalte Zeit einbricht und ein früher Winter die Teiche und Flüsse gefrieren läßt, läuft man Schlittschuh. Dann kommen die Weihnachtsvorbereitungen. Auf dem Land wird geschlachtet, es gibt große Gesellschaften, man unterhält sich auf deftige und rustikale Weise, und schließlich – man weiß nicht wie – ist man im neuen Jahr. Neuer Spaß und neue, noch nie gekostete Vergnügungen: durchtanzte Nächte, erste Küsse. Aber alles ist Spiel, bleibt Spiel, und die Gefühle, die ein junger lustiger Vetter weckt, sind eher schwesterlicher Natur und nur von jungmädchenhafter Eitelkeit zu etwas wie einer schäkernden Liebelei aufgeheizt.

Zuletzt ist sie bei einer entfernteren Linie Boguski zu Gast. Hier sind zwei Schwestern, die eine Ende zwanzig, die andere erst siebzehn. Hier erlebt Manja etwas wie ein Familiendrama.

Die Jüngere verlobt sich und will heiraten. Da aber erhebt sich ein Sturm im Haus: wenn die Jüngere heiratet, sinken die Aussichten der Älteren, auch noch unter die Haube zu kommen, auf ein Minimum. Es geht gegen die Sitte, daß die kaum der Schulbank Entwachsene zum Traualtar schreitet, während die Ältere immer noch unerlöst nach einem Freier ausblickt. Tränenreiche große Szenen. Die Kleine muß verzichten, sie darf sich jedenfalls nicht öffentlich als Braut ausgeben. Vielleicht stellt sich für die andere bald ein Glücksfall ein, dann mag auch sie, in Gottes Namen, ihr Glück haben. Zuvor: keinesfalls.

Unter dem Eindruck dieser Szenen verläßt Manja das Haus. Auch sie ist eine jüngste Tochter.
Zu Hause trifft sie den Vater, Bronia und Hela an.
Bronia ist einundzwanzig. Wenn sie studieren will, wird es höchste Zeit für sie. In Warschau gibt es eine Universität, aber sie ist russisch und eine Institution, die nur dazu dienen soll, die unglückliche ‚Weichselprovinz' zu russifizieren. Also Paris. Leider kann der Vater Bronias Studium kaum bestreiten; keine Rede davon, daß er auch noch Manja einen Aufenthalt im Ausland zahlen könnte. Die Mädchen müssen sich entscheiden: Bronia oder die Jüngere. Eine muß zurückstehen.
Manjas Entschluß reift im Augenblick. Kann sie daran denken, die Schwester zurückzulassen und selbst zu reisen? Sie ist erst achtzehn.
„Und was willst *du* tun?"
„Ich – oh, ich werde Geld verdienen. Ich werde – werde einfach Erzieherin."
„Aber das ist ein bitteres Brot!"
„Nicht so schlimm. Ich werde, was ich verdiene, zurücklegen, und die Hälfte davon kannst du haben, Bronia. Ja, so machen wir es. Und wenn du fertig bist und eine Praxis eröffnest, nun, dann kannst du mir beistehen. Ja?"
Bronia ist gerührt, sie nimmt an. Sie nimmt selbstverständlich und ohne Bedenken an, auch wenn sie zehnmal beteuert, daß ihr das Opfer der anderen schwer auf dem Gewissen liegen werde. „Denn du bist doch eigentlich viel gescheiter als ich – du mit deinen Auszeichnungen."
„Macht nichts. Für mich kommt noch die Zeit. – Ach, Bronia, freust du dich nicht? – Ich an deiner Stelle, ich würde verrückt vor Glück!"
Also rüstet sich Bronia zum Auszug an die Sorbonne.

Ist es nicht eigentlich sonderbar, daß Professor Sklodowski diese seine Tochter allein in die Fremde und noch dazu in das in aller Welt verrufene Paris ziehen läßt? Bronia ist ein hübsches Mädchen, sehr viel hübscher als ihre Schwester Hela, deren Züge sich schon frühzeitig zu einer gewissen Schärfe charakterisierten; hübscher auch als Manja, die, vorläufig wenigstens, noch ein rührend unfertiges Pummelchen ist. Bronia ist groß, gut gewachsen, und in ihren dunklen, ein wenig vorstehenden Augen irisiert das gewisse Licht.

Müßte der Professor um dieses Mädchen nicht besorgt sein?

Andere Eltern wissen nicht, mit welchen Maßnahmen der Vorsicht sie ihre Töchter umgeben sollen. Sie werden, wo immer es geht, begleitet, abgeholt, durch Tanten, Brüder, Basen beschattet. Auch Frau Sklodowska hatte sich, bei Lebzeiten, in dieser Hinsicht ängstlich gezeigt. Seit sie tot ist, hat sich darin manches geändert. Der Vater ist milde, ist vertrauensselig, gibt seinen Töchtern mehr und mehr Freiheit. Ist er ihrer so sicher? Im Grunde fühlt er sich nur außerstande, die vielen Obliegenheiten, die ihm, dem nun Verwitweten, aufgebürdet sind, zu versehen. So läßt er die Zügel locker, und dann und wann läßt er sie schleifen. Er ist müde; der Kampf um das tägliche Brot, die lange Krankheit der Frau – das alles hat seine Kräfte ermattet. Er möchte sich damit beruhigen, daß die Kinder erwachsen seien. Haben sie nicht von jeher die besten Anlagen gezeigt? Keine Sklodowska wird Schande über die Familie bringen.

Freilich: dann und wann plagen ihn Gewissensbisse. Die Mädchen beginnen sich mitunter gar zu emanzipiert aufzuführen. Sie haben sich die Haare abschneiden lassen. Sie gehen am Sonntag nicht mehr zur Kirche. Und neulich hat der Professor in einer stillen Seitenstraße Manja beim Radfahren ertappt.

„Was soll das heißen?“ fragte er, „woher hast du das Rad?“

Fräulein Piacecka hat es Manja geliehen.

Mit dieser Piacecka hat sich eine ganz dicke Freundschaft entwikkelt. Sie gefällt dem Professor nicht, diese magere, häßliche, überkandidelte Person, die einen so aufdringlichen Hochmut zur Schau trägt und auf Manja offensichtlich einen unbeschränkten Einfluß ausübt. Obwohl der Professor gegen eine gewisse gemäßigte Fortschrittlichkeit nicht das geringste einzuwenden hat, so scheint ihm doch manches an dieser Frau entschieden übertrieben. Sie zieht Manja immer tiefer in ihre Kreise. Sie ist Sozialistin. Können ihre Umtriebe nicht seine und auch Manjas Existenz gefährden? Immer öfter entdeckt der Professor verbotene Bücher in Manjas Besitz. Das Mädchen verschweigt ihm manches, dennoch kommt er ihr auf die Spur: sie kauft von ihrem schmalen Taschengeld Lebensmittel und trägt sie irgendwohin. Zur Rede gestellt, gesteht Manja, unter

Piaceckas Freunden sei eine Art Hilfsdienst organisiert: die Familien Eingesperrter und Deportierter würden unterstützt.

„So. Und da tust du also mit?"

„Ja, Vater."

Der Professor schweigt. Er kann seine Tochter begreifen, aber er hat Angst: überall gibt es Spitzel.

Nach der Mutter Tod sind deren Kleider, deren Wäsche und Schmuck unter die Töchter aufgeteilt worden. Bronia hat sich einiges umschneidern lassen, um sich für Paris auszustatten. Aus Manjas Schrank sind die Dinge verschwunden. Der Vater errät, wohin sie gewandert sind. Ihn möchte etwas wie Unwillen erfassen: der Mutter eigenste Habseligkeiten – unter fremde Leute verstreut! Sind in dieser Generation Respekt und Pietät erstorben? Er will Manja ernstlich zur Rede stellen. Aber dann überlegt er sich's. Diese jungen Leute leben in weitergespannten Bezügen. Was einstmals in die Stille und Tiefe gewirkt hat, auf Besinnung und Bewahrung zielte, es sucht sich jetzt auszubreiten, dahin und dorthin wirksam zu werden. Tatkraft und Erkenntnisse mögen einander wechselweise und glücklich ergänzen.

Manchmal freilich scheint alles nur unausgegorene jugendliche Schwärmerei: Zum Beispiel, wenn Manja auf ein Bild von sich und der Schwester eine Widmung für die Piacecka schreibt: „Zwei idealistische Positivistinnen einer positivistischen Idealistin."

Durch eine billige Stellenvermittlung erhält Manja die Anschrift einer Familie: dort soll sie sich als Erzieherin vorstellen. Morgen ist der große Tag – Manja wird den ersten Schritt ins Leben tun.

Der Vater stattet sie mit guten Ratschlägen aus. „Du bist dir hoffentlich im klaren darüber, liebes Kind, daß du in dieser Stellung – wenn du sie bekommst – anders als bisher auftreten mußt. Du bist gewohnt, deine Meinungen ziemlich frei und – verzeih – auch ziemlich naseweis vorzutragen. Damit mußt du nun Schluß machen. Eine Erzieherin ist nichts als eine bessere Domestique. (Ja, leider.) Es geht nicht an, daß eine Domestique eigene Ansichten hat. Daß du deine Pflicht erfüllen wirst, daran zweifle ich nicht. Aber du mußt die Pflicht auf eine gewisse – unpersönliche Art zu leisten versuchen. Mische dich nie in ein Gespräch deiner Herrschaft. Vermeide jede Intrige. Sei mit deinen Schützlingen freundlich, aber nicht zärtlich. Dulde keine Vertraulichkeiten – von keiner Seite. Aber wenn du sie abwehrst, tu das, ohne irgendeinen Unwillen zu zeigen. Sei nicht überheblich! Du bist klug, das weißt du – vielleicht gar zu genau! Dafür sorgte schon die Piacecka. Aber stell dein Licht lieber unter den Scheffel. Man kann sich durch gar nichts unbeliebter machen als dadurch, daß man seine Überlegenheit zeigt."

„Es ist gut, Vater, ich weiß schon Bescheid!"

„Und frisiere dich so, daß man – wenigstens bei der Vorstellung – nicht schon merkt, daß du kurze Haare hast!"

„Ja, daran hab ich selbst schon gedacht."

Zieh dein Wesen aus und schlüpf in einen grauen Kokon! Laß dein Herz zu Hause, dein Gemüt, deine Launen, deine Lustigkeit, deine Trauer, deine Gedanken. Untersteh dich nicht, unpäßlich zu sein, Zahnschmerzen zu haben, müde zu werden. Sei die Langeweile selbst, ohne jemals Langeweile zu zeigen: Verdiene Geld!

Vierzig Rubel (davon zwanzig für Bronia), Kost und Quartier. Bitteres Brot.

III

Léon hatte in seinem dritten Pariser Jahr einen guten Freund gefunden. Dieser, George Landry, wohnte in der Rue Vaneau und hatte, damit sie einander doch näher wären, für Léon ein Quartier in der Rue Rousselet entdeckt. Hier schob ein Büchertrödler jeden Tag seinen mit Scharteken beladenen Karren vorüber. Léon paßte ihn ab, um seinen Voltaire an ihn zu verscheppern: siebzig schöne Bände, ein Geschenk seines Vaters. Er stellte das Paket auf den Karren und begann die Schnüre zu lösen: da näherte sich eine seltsame Erscheinung: ein hochgewachsener, breitschultriger Mann; über die Schulter geschwungen trug er, zu dichten Faltenkaskaden gerafft, einen spanischen Mantel, in den vielleicht zwölf Meter Tuch verschnitten waren; dazu einen langen, ganz eng auf Taille gearbeiteten Rock mit Aufschlägen aus Moiré, Kniehosen, an denen Goldlitzen blinkten. Léon riß Mund und Augen auf. So etwas! Er dachte an Zirkus und Schaustellerei.
„Sieh da!" sagte der Bouquinist, der sich wie Léon nach dem Mann umdrehte. „Unser großer Barbey ist wieder im Lande."
„Barbey? doch nicht Barbey d'Aurevilly?"
„Kein anderer. Kennen Sie ihn denn nicht? Er ist Ihr Nachbar."
Léon ließ seinen Voltaire fahren. „Warten Sie! Ich komme gleich!"
Er rannte hinter dem Mann her und hatte ihn schnell eingeholt.
Der Mann im Galadreß bewegte sich mit würdevoll-federnden Schritten, mit elegantem Schwung setzte er die Spitze seines Stockes auf das Pflaster auf.
Léon war jetzt auf gleicher Höhe – er wagte einen Blick in d'Aurevillys Gesicht. Dieser steuerte auf ein Haus zu, es war in der Tat dem benachbart, in dem Léon selbst wohnte. Léon, voll Besorgnis, den Mann gleich aus dem Auge zu verlieren, stolperte ihm vor die Füße. Der blieb stehen und musterte seinen Verfolger mit Herablassung.

„Sie wünschen, junger Mann?“
Léon versetzte – er hätte sich eine solche Kühnheit kaum zugetraut: „Oh – nichts weiter. Nur: Sie ansehen.“
Die Augen des Prächtigen – schwarze Korsarenaugen unter breiten Sichelbrauen – belebten sich, Bewunderung tat offenkundig wohl. Ohne ein Wort zu verlieren öffnete er die Haustür und ließ den Unbekannten bei sich eintreten.
D'Aurevilly führte seinen Gast in ein dämmriges Zimmer. Nachdem er in einem gotischen Armlehnstuhl Platz genommen, ein Bein über das andere geschlagen und den dunkellockigen Kopf mit dem ziegelroten Gesicht in die Hand gestützt hat (an jedem Finger glänzt ein Stein), läßt er sich in behaglichem Normannisch vernehmen: „Nun schauen Sie sich mal satt, junger Mann. Aber Sie würden besser daran tun, sich zu diesem Zweck zu setzen.“
Léon – die siebzig Bände Voltaire sind samt dem Trödler vergessen – knickte auf dem ihm angewiesenen Stühlchen zusammen. Er war erschrocken, schockiert und zugleich behext. Sein Gegenüber war mehr als ein gewöhnlicher Mensch, er war ein Begriff, eine Zelebrität; einer von jenen, die – unausdenkbares Glück! – angenommen und ins Ziel gekommen sind. Seine Werke standen in den Fenstern der besten Buchhandlungen im Faubourg Saint Germain, sein Name leuchtete in Goldlettern von den Rücken kostbarer Bände. Zeitungen druckten, was er schrieb; Heroen und Halbgötter wie Flaubert und Maupassant behandelten ihn – in Feindschaft oder Freundschaft – als ihres-, beinah ihresgleichen.
Léon verschlang ihn mit sprachlosen Blicken, sein Innerstes erzitterte, er fühlte sich erhoben wie nie in seinem Leben und zugleich kleiner und armseliger in seiner Armut denn je zuvor. Seine Keckheit verließ ihn, er stotterte etwas, um sich vorzustellen.
„Ein Adept der Kunst, vielleicht sogar der Literatur? O ja, mein Spürsinn trügt nicht. Glückliche Jugend, die das Erhaben-Schöne ehrt, und da Sie, wie ich nicht zweifeln kann, auch meine Bücher gelesen haben . . .“
Eines, würgt Léon mit versagender Stimme hervor, sein Freund George Landry besitze es und habe es ihm geliehen, und die vergangenen Abende hätten sie beide damit verbracht, einander ‚Don Juans schönstes Liebesabenteuer‘ vorzulesen und darüber zu diskutieren.

Der Prächtige verdunkelt sich kurz, aber gleich wiegt er sich wieder in Eitelkeit. Er will erfahren, ob die jungen Leute den Sinn dieser außerordentlichen Novelle erfaßt hätten, den springenden Punkt, die Satanie nämlich, die in dem verbrecherischen Verhältnis der Marquise steckt; die Satanie, in Ravila verkörpert, richtet das schuldlose Kind der Ehebrecherin zugrunde!
Léon nickt benommen. Da legt d'Aurevilly los. Es ist nicht schwer, aber um so genußreicher, einen zwanzigjährigen Dummerjahn aus der Provinz in Verwirrung zu versetzen und ihn durch die Schaustellung der vielfarbig schimmernden Palette ‚Paris spirituel', die zu handhaben für einen homme de lettres selbstverständlich ist, zu blenden. Auf dieser Palette sind Weisheiten und Intrigen amalgamiert, Frivolitäten und Maximen gleich verfügbar, jedes Detail ist mit dem Öl persönlichster Erfahrung versetzt. „Mein guter alter Freund Baudelaire – Sie lieben ihn natürlich auch, wie denn nicht? – er war doch etwas wie eine geheiligte Schlange, eine Schlange, die ihr Gift in unzählige Kehlen träufelte. Ah, jedermann war seines Seimes voll. Halunken und Halunkinnen wetteiferten, sich an ihm zu berauschen. Er selbst – langweilte sich dabei. Er ging an Langeweile zugrunde. Langeweile ist die große Krankheit der Berühmten. Wer seinen eigenen Ruhm nicht langweilig findet, hört im gleichen Augenblick auf, ein großer Mann zu sein.
Oh, mein Kind, Sie fragen, wen ich für den größten Dichter Frankreichs halte – kitzlige Frage – Sie meinen Hugo? Victor Hugo? – das war einmal, damals, als er seinen ‚Glöckner' schrieb – tempi passati, tempi passati! Seit er dort auf seiner grauen Insel sitzt, hat er nichts als wohltönende Gemeinplätze in die Welt geschleudert. Was soll man zu einem Machwerk sagen wie diesen ‚Misérables'? Seit er keine Menschen mehr um sich sieht, außer den Bewunderern, die beklagenswerterweise immer noch zu ihm wallfahrten – hat er die ‚Menschenliebe' entdeckt. Aber die sozialen Ideen verderben die Kunst. Nun, was wollen Sie in dieser erbärmlichen Zeit? Die Akademie ist nichts als eine Suppenküche der nationalen Mittelmäßigkeit! Mehlsuppe kochen sie dort, fade Mehlsuppe, an der sich auch schon die bescheidensten Kostgänger des Geistes sattgegessen haben. Und erst die Politik, in der Leute wie dieser Thiers Einfluß haben! Wissen Sie, wie ich Thiers nenne? Talleyrands Seidenäffchen, haha! und gar unser prächtiger Badinguet, dessen lächerliche Figur

nur dazu dient, die Erinnerung an alle echten Monarchien zu schänden. Jedes Staubkorn aus den geplünderten Grüften von Saint Denis ist verehrungswürdiger als dieser Kaiser, der sich Napoléon nennt und das Herz eines Hasen beherbergt. Frankreich hat seinen letzten König ermordet und sich mit seinem Blut zum Tode gesalbt."

Léon denkt einen Augenblick an die Spielzeugburg aus Pappmaché auf dem Vertiko in seines Vaters Zimmer, ‚Erstürmung der Bastille, Frankreichs glorwürdigster Sieg in Ewigkeit' – und dahinter erscheint ihm das Gesicht des alten Bloy, dieses bleiche knöcherne Gesicht mit den nahebeisammenstehenden Augen, dieses Gesicht, vor dem er, der Sohn, sich so oft vor Furcht gekrümmt hat (war ihm nicht immer gewesen, als würde ihm, Léon, von diesen kalten und verächtlich blickenden Augen das innerste heimliche Lebensrecht abgesprochen?): Freimaurer und Sozialist war dieser Mann, dessen verbitterter Ernst darauf bestand, daß ein Zeitalter allgemeiner Glückseligkeit heraufgeführt werden müsse, Freude mittels Knotenstock, Freiheit mittels Pedanterie...

Doch dieser hier, dieser merkwürdige Fremde, Prächtig-Joviale, er scheint offenkundig nichts von Fortschritt und Freiheit zu halten, nichts von Pedanterie; im Gegenteil. Er wagt es, sich zu einer versunkenen Welt zu bekennen, zur grollenden Trauer um diese versunkene Welt, aber auch zu dem seigneuralen Anspruch, am Adel dieser Vergangenheit teilzuhaben. „Was in Frankreich Bedeutung hat, nährt sich immer noch vom Honig der Valois'schen Lilie. Glauben Sie mir, junger Mann, Frankreichs Größe hat andere Wächter als diese Turcos und Mitrailleure, an deren hirnlosen Paraden sich das Publikum – samt seinem gekrönten Oberhanswurst Napoléon – täglich in den Tuilerien weidet. Die wahren Wächter dieses Landes sind heute noch die verstümmelten Löwen, auf denen der Sarg des heiligen Ludwig ruht.

Sie haben seine Gebeine zerstreuen und seine Kleider zerreißen, aber den Pakt nicht aufheben können, den Gott mit diesem König für dieses Land geschlossen hat. – Mein liebes Kind – ich kenne Sie nicht, aber ich lese in Ihren Blicken, und ich nehme an, Sie haben mich verstanden."

„Ich glaube, ich hoffe", murmelt Léon, und er fühlt, daß ihn ein Zittern ergreift, ein Zittern, das zu fühlen ihm süß und schrecklich

zugleich ist, die alte, wohlbekannte markerschütternde Empfindung, die ihn überkommt, ehe ihm die Tränen quellen.
Barbey d'Aurevilly kann das nicht verborgen bleiben; er liebt es, Eindruck zu machen, und schmeichelt sich, daß er kaum jemals Eindruck zu machen verfehlt, wenn er jungen Leuten begegnet und sie aufs Korn nimmt. Dieser allerdings, dieser kleine, armselig und ziemlich unsauber gekleidete Périgorde mit dem wüsten Haarschopf über den blauen, überweiten und ein wenig vorquellenden Kinderaugen scheint ein Phänomen von Beeindruckbarkeit. Es stimmt beinahe mitleidig, ihn zittern zu sehen. Sollte er etwa – Hunger haben?
Barbey klingelt und gebietet, da sich irgendwo im Hintergrund zwischen Portieren und überladenen Bücherborden ein schmales Türchen öffnet, einen Imbiß und eine Flasche Wein zu bringen.
Gutmütig lächelnd sieht er zu, wie der Junge eine Pastete hinunterschlingt. Es sticht ihn der Hafer, die Unschuld aus der Provinz naszuführen.
„Kennen Sie den Marquis von Preust? Nie gehört? Ach, wie schade. Sie müssen wissen: Dieser Abenteurer hat alle Ehrenkreuze erworben, die auf seinem Rock nur Platz haben können, vom ‚Weißen Elephanten' bis zum Orden des heiligen Stephan von Ungarn, er ist ein Universalist, dieser Marquis, Doktor der Theologie, Doktor der beiden Rechte, Doktor jedweder Fakultät, veritatis sive mendacii. Er hat wie Cagliostro kein Alter, trägt seinen Schnurrbart bis zu den Schläfen dressiert" (Griff nach dem eigenen), „ein Gesicht à la Callot, ein Marodeur in den Gefilden der Liebe, ein Tausendsasa, dieser Marquis de Paff –"
„Paff?" Léon, mit vollen Backen kauend, horcht auf. „Sagten Sie nicht eben Preust?"
„Preust oder Paff oder Pouff, wie Sie wollen, mein Junge, eine Gestalt meiner eigenen Phantasie, meine eigene Gestalt, ich kann derlei nicht immer unterscheiden, und in dieser Ununterschiedenheit liegt die Gewalt der Poesie." Er füllt Léon das Weinglas nach. „Sie trinken doch, nicht wahr? Trinken Sie, mein Kind, dieser Wein verdient es, getrunken zu werden. Auch der Marquis von Peuff liebt den Wein, er nennt ihn seine rosige Geliebte. Leider bricht er ihm dann und wann die Treue mit einer Pfeife Opium, wenn es ihn gelüstet, asiatisch zu träumen."

An diesem Abend saß Léon stumm neben Landry in der billigen Brasserie, wo die Freunde ihre Abendmahlzeit zu verzehren pflegten. George hatte ihn gefragt, ob er seinen Voltaire gut verkauft habe. Léon gab keine oder doch nur eine undeutliche Antwort; er hockte in sich versunken da, die Hände in die ausgebeulten Taschen seiner zerknitterten Hose vergraben, die Beine auseinandergespreizt, die Fußspitzen nach innen gestellt. Das rauhe Haar hing ihm unter der Mütze hervor, die abzunehmen er vergessen hatte oder vielleicht auch nicht für nötig hielt: im Coin fleuris saßen Kutscher und Hausierer auf den wackligen Stühlen vor der Theke. George Landry blickte den Freund ängstlich an: war er krank? war er erzürnt? hatte er schlimme Nachricht erhalten?
George Landry war ein herzensguter Junge: man sah es seinem Gesicht auf eine Meile an. Er war blond, wasserblauäugig, asthenisch und kleingewachsen, beinahe zierlich wie ein Mädchen, mit seinen zweiundzwanzig Jahren noch immer fähig, über einen Witz zu erröten oder vor Schreck zu erbleichen, wenn ihn ein Straßenflittchen ansprach.
Er war kleiner Leute Kind wie Léon, aber, weil er der einzige Sohn und überdies Neffe einer halbwegs begüterten Tante war, so verfügte er dann und wann über ein wenig Geld. Er arbeitete in einer Bibliothek, dort erhielt er freilich nur einen Sündenlohn von fünfundzwanzig Franc im Monat, doch er war gerne bereit, sie mit Léon zu teilen, wenn dieser wieder einmal ganz abgebrannt war. Er bewunderte Léon, damals hätte nicht einmal dieser selbst sagen können, worauf Georges Bewunderung beruhte. Er bewunderte Léon seiner pathetischen Armut wegen, seiner Heftigkeit wegen, mit der er ihn, George, dann und wann zu tadeln wußte, seiner Traurigkeit wegen, in die sich Léon zu stürzen liebte wie in einen See kohlschwarzer Tinte. Er bewunderte Léon, daß er es wagte, in einem schmutzigen Hemd und unrasiert herumzugehen, daß er sich nicht scheute, mit einem Lümmel, der ihn angerempelt hatte, Streit anzufangen, oder auch nur deshalb, weil er beim Essen die Mütze auf dem Kopf behielt, wie eben jetzt. Die finstere Schweigsamkeit des Freundes beunruhigte ihn.
Aus purem Versehen, ohne daran zu denken, daß er schon gespeist hatte (und wie gut gespeist!), verzehrte Léon das vom Freund bestellte Gericht. Er behielt die Gabel in der Hand, als das Schank-

mädchen den Teller abräumte, mit den Gabelzinken bohrte er Löcher in den mit Wachstuch bezogenen Tisch. George äugte ängstlich nach den Wirtsleuten. Wenn sie sahen, was Léon trieb ...
„Wir sollten aufbrechen", murmelte er. „Es ist spät –."
„Es ist spät", nickte Léon, er bedeckte die Stirn mit der Linken, während seine Rechte fortfuhr, mit der Gabel Löcher zu bohren. „Spät, weiß Gott, sehr spät."
Landry begleitete ihn wie täglich in die Rue Rousselet, aber zum erstenmal betrog Léon den Freund. Er ließ ihn gehen, wartete hinter dem geschlossenen Tor, bis die Schritte des anderen sich entfernt hatten. Dann verließ er das Haus. Die Fenster gegenüber waren dunkel. Barbey war ausgegangen, wohin? Vielleicht in die Oper, vielleicht war er zu Prinzessin Mathilde geladen. Undeutlich stellte sich Léon einen Ort jedenfalls des Glanzes vor, ein Palais, wo goldene Arabesken von rosig überstrahlten Wänden schimmerten, wo das sanfte Licht der Kerzen die Kristalle der Lüster zu einem farbigen Erklingen brachte, eine erregte Menge plaudernd, lachend, winkend flutete, wo jedes Wort, das von ihren Lippen kam, aus einer Sprache stammte, die zu verstehen und selbst zu sprechen ein überirdisches Glück bedeuten mußte. Léon knüllte die schmutzige Mütze vor seiner Brust. Er fühlte seinen Leib plump, schwer, ungewaschen, in schlechter Wäsche steckend, seine Füße in groben Schuhen, sein Gesicht rauh, sein Haar ungeschoren und struppig von Kalkstaub (denn er hatte die letzte Woche an einem Bau gearbeitet), ach, und das Schlimmste: seinen Geist ungeschlacht und ungeschliffen in diesem schmählichen Körper eingeschlossen wie einen troglodytischen Waldschratt in einer Höhle. In seiner Brust dröhnte das Herz: ihm war, als habe er heute zum erstenmal ins Freie geschaut.
Am anderen Tag verkaufte Léon seinen Voltaire und erstand um den Erlös d'Aurevillys Werke. In einem Zuge verschlang er ‚Les diaboliques' und ‚Die Rache einer Frau'; er lief auf das Nordufer in die Rue Basse du Rempart, um nach dem Durchgang Ausschau zu halten, in dem ‚der Wind, sobald er nur schwach blies, wie auf einer Flöte spielte', um, wenn möglich, noch das Haus zu finden, in dem die unglückliche Sanzia-Florinda, ‚die Pantherin', ihr schmähliches und verzweifeltes Gewerbe getrieben. Er fand weder den Durchgang noch das Haus, denn längst hatte natürlich auch hier

die Spitzhacke der Haussmannschen Horden gewütet, unter denen die ehrwürdigsten Viertel der alten Stadt zu Schutt zerknirschten. Neue helle, stimmungslose Steinbaukästen hatte man an der Stelle errichtet; verächtlich und beinahe haßerfüllt betrachtete sie Léon: hier machte sich ein fröhliches, selbstsicher geheimnisloses Leben breit, Hygiene und Geschäftsgeist (der Geist, der auch das Amt für Brücken und Straßenbau beherrschte), er hatte den Zug der alten, ehemals winkeligen Gassen begradigt, reguliert, alles, was da entstand, vom alten Grundriß abgehoben. Mit welcher Wehmut hatte Barbey gestern von dem alten Paris gesprochen, das er als junger Mann selbst noch erlebt hatte, ein träumerisch romantisches Paris, das, wie er sagte, über Erinnerungen brütend, kaum die Hand regte, um sich den Traum einer wunderbaren Vergangenheit aus den Augen zu reiben. Damals hatte es geschienen, als würde das Land wieder in die Stadt eindringen, in den Straßen der Vororte begann das Gras zu sprießen, am Montmartre weideten Kühe und Notre-Dame zerbröckelte wie ein antikes Denkmal. –
„Aber es gibt Augenblicke", hatte Barbey gesagt, „die uns über die Gegenwart hinwegheben. Im letzten Herbst, um diese Zeit, war ich in Nevers. Die Stadt war überschwemmt. Immer noch stieg die Loire, immer noch gingen verheerende Wolkenbrüche nieder – man war verzweifelt. Der ganze Tag war düster gewesen, und jetzt ging er zu Ende. Ich trat in die alte Krypta der romanischen Kirche von Saint-Etienne ein. Hier lag eine betende Menge auf den Knien. Man hatte die Reliquien ausgestellt, und die herrliche, geheimnisvolle Kirche – sie hat etwas fast Barbarisches – war nur durch einige Feuerbecken erhellt, deren rotes Licht über die Fliesen flackerte. Es schien aus dem Boden hervorzudringen und zitternd gegen das Kreuzgewölbe emporzusteigen. Noch nie hat ein alter Bau einen solchen Eindruck auf mich gemacht. Ich hatte das Gefühl, in die Zeit der Merowinger zurückversetzt zu sein. Ich begriff, daß nur die Religion und die Dichtung imstande sind, die Jahrhunderte zu überbrücken, Dichtung und Religion haben die Macht, die Despotie der Zeit aufzuheben, Vergangenheit und Zukunft zu vereinen. In ihnen ist alles Gegenwart."
„Alles Gegenwart", fuhr Barbey fort. „Es ist das Geheimnis der Kirche, daß sie diese Gegenwart verwaltet. Sie führt den Schlüssel zu den Schätzen der Geschichte, zu den Schatzhäusern der

Wahrheit. Sie sehen mich erstaunt an, mein Kind: Ja, ich bin Katholik.
Katholik, in der Tat, ein Bewunderer der Una Sancta. Ich weiß, es ist nicht modern für einen Mann von Welt, sich zur Kirche zu bekennen. Trotzdem. Ich glaube – und meine Kunst hat keine andere Wurzel. Ich bin Katholik bis in die Knochen. Freilich, das muß ich wohl kaum versichern, ein streitbarer Katholik, streitbar sogar gegen meine eigenen Glaubensgenossen. Ich meine die Scheinheiligen, die Frömmler, die Tugendschnüffler. Die hasse ich. Ihnen ist alles verdächtig: Jugend, Schönheit, Kunst – sie erbleichen vor der Liebe und erzittern vor dem Gedanken an eine Leidenschaft.
Der wahre Katholik – sehen Sie mich an, junger Mann – liebt die Kunst mit Passion! Er liebt die Schönheit als das goldene Geschenk Gottes an seine Schöpfung. Er liebt auch die Frauen ..."

Léon konnte sich George nicht lange verschweigen.
„Wen, glaubst du, habe ich gestern kennengelernt? Du errätst es nicht, gib dir keine Mühe. Aber wenn du willst, kannst du mich heute begleiten. Ich bin aufgefordert, ich bin eingeladen. Der Mann führt ein offenes Haus und er ist ein Freund junger Leute von Geist und Talent, ich darf dich bei ihm einführen. Zieh dich sorgfältig an! Ich habe Grund anzunehmen, daß wir heute in erlesener Gesellschaft soupieren werden."
Die Gesellschaft war nicht so erlesen, wie Léon es erwartet hatte. Dennoch glaubten die beiden im siebten Himmel zu sein. Barbey, heute womöglich noch prächtiger herausgeputzt als gestern, führte, wie konnte es anders sein, das große Wort. Er redete unaufhörlich und verschlang dabei einen Teller gebackener Schnecken, eine Platte voll Wildbret, ein Gericht gebratener Rebhühner. Die ausgehungerten Burschen, die sich nur von Fall zu Fall an den lieblos zusammengehudelten Gerichten der billigen Garküchen sättigen konnten, hatten sich schnell überessen und schauten nun mit Staunen zu, mit welch ausführlicher Behaglichkeit der Meister den Leckerbissen zusprach. Aber alles an ihm, auch sein gewaltiger Appetit, erfüllte sie mit Bewunderung. Die armen Kerle waren von Barbeys Art, die Schneckenhäuser zu leeren, den Wein zu kosten und sich mit dem silbrig schimmernden Damasttuch Mund und Kinn zu tupfen, hingerissen. Ein Mann von Welt, ein großer Mann! Als Barbey die

Tafel aufhob und seine Gäste an den Kamin bat, in dem ein Holzfeuer flackerte, als die Zigarren rauchten und die vergoldete Pendule auf dem Marmorsims ihr zirpendes Liedchen hören ließ, warfen die Freunde einander vor Glück trunkene Blicke zu. Dem Meister konnte ihr Entzücken nicht verborgen bleiben, er lächelte befriedigt unter seinem kohlschwarzen Schnurrbart: zwei Jünger, zwei Gimpel. Man würde sehen, wozu sie brauchbar waren.

George erwies sich als geduldiger Botengänger, dann und wann auch als braver Zuträger von Paketen, Körben und anderen Lasten; er wurde herbeigezogen, wenn Madame Rosette, die Barbeys Haushalt führte, großes Räumen veranstaltete, wenn im Hause d'Aurevilly gesägt, gehämmert, gemalt und geklebt wurde. An Léon fand Barbey einen Helfer in anderen Belangen. Er ließ ihn seine Bücher ordnen, endlich auch Manuskripte kopieren. Das waren Arbeiten, die, wie der Meister durchblicken ließ, nur auserwählten Lieblingsjüngern anvertraut werden konnten. Léon erstaunte, als er zum erstenmal einen Blick in d'Aurevillys Handschriften werfen durfte. Es waren sorgfältig gebundene Hefte aus teuerem, hellblauem, rosa oder elfenbeinfarbenem Papier, mit grüner, roter, dann wieder violetter Tinte geschrieben. Auf die sauber gradlinigen Ränder waren Wappen, Herzen und Pfeile gezeichnet; Namen, wo sie das erstemal auftauchten, waren durch Majuskeln hervorgehoben.

Ehrfürchtig beugte sich Léon über die Pracht.

Auf dem Grund des hölzernen Köfferchens, das er aus Périgueux mitgebracht hatte, lag ein altes schwarzgebundenes Kontobuch aus dem Amt seines Vaters. Es war durch irgendwelche Umstände in das Haus Bloy verschlagen worden und Léon in die Hände gefallen. Léon hatte die Beute in seine Dachkammer gerettet.

Das Buch war nur zur Hälfte benützt. Er entfernte die beschriebenen Blätter und begann auf den noch leeren zu ‚dichten'.

In der sparsamen Familie Bloy galt jedes Stück leeres Papier für kostbar. Als Léon nun ein Drama über Lukretia verfaßte, schrieb er so eng mit scharf gespitztem Blei, daß es ihm selbst beinahe Mühe bereitete, das Geschriebene nachher wieder zu lesen.

Das Drama zog sich durch sieben Akte. Allein die Strafen, denen der schlimme Tarquinius unterworfen wurde, nahmen vier davon ein.

Léon liebte das Buch, in das er schrieb, beinahe ebensosehr wie die engelhafte Gestalt seiner Lukretia. Er hätte nie gewagt, seine glän-

zenden Seiten etwa durch Radieren zu verunstalten. Wenn ein Akt vollendet war, klebte er eine selbstgezeichnete Vignette darunter. Ängstlich verbarg er vor jedermann sein Werk, am ängstlichsten aber vor seinen jüngeren Geschwistern. Dennoch geschah es, daß es einem seiner Brüder in die Hände fiel, Marc benutzte es ohne jede Pietät als Untersatz für einen Blumentopf. Léon suchte das Buch wie rasend. Als er es endlich entdeckte und erriet, wer es so mißbraucht hatte, fiel er über den Bruder her und schlug wild auf ihn ein.
Léon litt manchmal an sonderbaren Zuständen. Wenn er sich einem Buchladen näherte, konnte er von einem ihm selbst rätselhaften Zittern ergriffen werden. Er fühlte seine Brust hohl und leer und den Herzschlag darin wie den Anschlag einer Glocke. Dasselbe geschah ihm, wenn er in die Auslage eines Papierhändlers schaute. Nichts schien ihm anziehender als die hier ausgebreiteten Waren. Leeres Papier glänzte dem jungen Mann entgegen, als verspräche es ihm geheime, unsägliche Wonnen.
Es kam häufig vor, daß er, wenn er ein Buch oder auch nur ein paar Zeilen aus einer literarischen Gazette las, von einer merkwürdigen Unruhe befallen wurde. Der Rhythmus der zuletzt gelesenen Sätze schwang in ihm fort, das Gefühl wogte in ihm und warf Wellen, irgend etwas stürmte heran, doch, bevor es Gestalt gewann, verschwand es im Unterirdischen und war wie verschluckt. Die Empfindung war quälend und angenehm zugleich, ein Drang ohne Ziel, eine Erwartung ohne Gegenstand –
Diesen Zustand der Erschütterungen hatte Léon noch nie so erfahren wie eben jetzt und hier vor Barbeys Manuskripten. Er saß in seinem Arbeitszimmer, während dieser Besuche machte oder empfing oder im Theater war oder mit Damen soupierte, und schrieb die Werke des Meisters ab. Er drang ganz anders noch als beim Lesen in Barbeys Sprache ein. Léon glaubte bald, daß er niemals einen herrlicheren Stil gelesen habe: Dieser Stil – er ließ an edle, nach spanischer Schule zugerittene Pferde denken –, diese Perioden, die mit melodisch bewegten Gliedern stolze Figuren vollführten, epische Breiten gemessenen Schrittes durchmaßen, in spannungsreichen Paraden kommende Überraschungen verbreiteten und aus der Pirouette spielerisch-koketten Einfalls sich zur brausenden Levade siegreicher Leidenschaft bäumten.
Anfangs vermochte Léon nur zu staunen. Aber sehr schnell begann

er auch zu begreifen. Sein Verstand, der so stumpf und widerstrebend blieb, als man ihm in der Schule eine mathematische Operation oder eine physikalische Formel zugemutet hatte, war hier voll Energie, sich selbst in den Satttel zu schwingen. Das Element, das ihn hier trug, die Sprache, *sein* Element, er spürte es, wie es ihn hob, atmend, lebendig, beseligend: zu Traumritt, zu Traumflug – vorerst noch Ahnung, tastende Gebärde.
Denn er hatte noch nicht gefunden, wohin er getragen sein wollte. Der Vorhang schwankte, aber er war noch nicht zerrissen.

Juni 1870.
Barbey versammelt seine Jünger um sich und kommentiert die Tagesneuigkeiten:
,Noch immer weht die Trikolore von den Tuilerien, das heißt: der Kaiser ist noch in Paris. Ist es nicht schon mächtig heiß? Seit Ende Mai hat es nicht mehr geregnet. Warum ist Badinguet nicht schon nach St. Cloud abgefahren? Es heißt, er sei krank. Trotzdem erscheint er täglich bei der Parade, winkt und lächelt Gnade. Manchmal läßt er auch Lulu Gnade winken – dieses Prinzchen ohne Saft und Kraft, das nach ihm Kaiser werden soll.
Ah, diese Monarchien, die den Volkswillen flattieren! Vor einem Jahrzehnt ist die Thronfolge in einem feierlichen Staatsakt festgelegt worden. Aber man traut der Sache nicht, man ist ihrer so bitter unsicher. (Usurpatoren sind immer unsicher.) Man fürchtet, Einbußen erlitten zu haben. Preußen wächst, und das mexikanische Abenteuer, mit so viel Pomp und Großsprecherei begonnen, endete kläglich wie ein Dummer-Jungen-Streich. Also hat man dieses Mai-Plebiszit veranstaltet, um sich von neuem bestätigen zu lassen. Du lieber Himmel, welch ein Wagnis! Im letzten Augenblick kriegte man's mit der Angst zu tun, Angst vor der eigenen Courage. Helfe, was helfen kann! Man inszenierte Verschwörungen, Mordattentate gegen das geheiligte Haupt des Kaisers, man fand Bomben (o du mein Schreck), hob alle Tage Anarchistennester aus. Meuchelmörder wurden verhaftet – die armen Jungs – ihre sichere Belohnung in der Tasche konnten sie nicht schnell genug unter Tränen, natürlich unter Tränen, gestehen! Na, und so gelang es denn, und Frankreich gab sein Ja. Großsiegelbewahrer Ollivier durfte triumphieren: Jetzt hat Napoléon Sadowa ausgewetzt.

Warum reist der Bursche nicht nach St. Cloud, wo er längst hingehört? Tut sich was in der großen Politik? Sieht nicht so aus.'
In Europa herrscht tiefer Friede. Kaiser und Könige komplimentieren einander. Man möchte meinen, noch nie durfte der Bürger beruhigter schlafen.
Juli.
Barbey ärgert sich: ‚Der Kaiser sitzt noch immer in den Tuilerien. Wann soll der große Exodus der Oberen Zehntausend in die Sommerresidenzen beginnen, wenn der Hof in Paris sitzt wie angeklebt? Aber wahrscheinlich hat sich Badinguet mit Badinguette noch nicht verständigt. Er – heißt es – möchte nach Vichy, nicht nach Saint Cloud. Aber Eugenie haßt Vichy. Sie fürchtet (o wie kaiserlich!), daß ihr Männchen dort in schlechte Gesellschaft geraten könnte.
Oder steckt ein anderer Grund dahinter, daß sich die beiden nicht schon längst getrollt haben?
Am Ende fühlen sie sich von dieser lächerlichen spanischen Affaire beunruhigt? Isabella entsagt dem Thron. Die Cortes sollen einen anderen zum König wählen. Aber – wer wird sich herbeilassen zu kandidieren? Wer wird Lust haben, das unter jahrzehntelanger Mißwirtschaft verrottete Land zu regieren? Wo ist der Prinz, der den Thron besteigen will, den der unersättliche Holzwurm der Korruption und der Rost einer makabren Vergangenheit angefressen hat?
Man hat schon da und dort angeklopft, vergeblich.
Nein, die spanische Komödie kann es nicht sein, die Napoléon an Paris bindet.'
Doch eines Tages platzt die Bombe. Dieser Prim hat den Einfall ausgeheckt, einen Hohenzollern aufzufordern. Dieser Hohenzoller, Katholik, spanisch versippt – sollte er? wollte er? Siehe da, er will.
Die Verhandlungen erfolgten insgeheim. Man hat in Paris nichts davon gewußt. Das ist ärgerlich.
Nein, nicht ärgerlich, es ist erbitternd.
In der Kammer ergreifen Ollivier und Gramont das Wort und toben gegen die preußische Überrumpelung. Plötzlich blasen die Zeitungen Sturm. Man jagt Depeschen hin und her – und dann ist es soweit, daß aus Chamade Fanfare wird.
Der Krieg steht vor der Tür.
„Da haben wir's, was ich immer schon vorausgesehen", sagt Barbey

d'Aurevilly am Abend des 17. Juli zu seinen Gästen, „wir gehen schrecklichen Zeiten entgegen. Eugenie will den Krieg, um Frankreich ihrem Sohn zu erhalten. Und Bismarck will den Krieg, um Preußen groß zu machen. Unser Volk wird verbluten, es wird ein schreckliches Strafgericht über uns niedergehen. Die Welt muß erfahren, daß Gott seiner nicht spotten läßt. Gehen Sie nach Hause, meine Freunde, und lesen Sie die Offenbarung Johannis! Ich höre schon die Posaunen des Gerichts erdröhnen!"

Er verabschiedet alle mit der Miene eines Mannes, der darauf gefaßt ist, keinen seiner Freunde wiederzusehen. Er reist am nächsten Tag in seine Heimat, in die Normandie.

Léon geht als letzter. Nachdem er das Tor hinter sich zuschnappen gehört hat, bleibt er eine Weile unschlüssig vor des Meisters Haus stehen. Er hätte gerne Barbeys Mahnung befolgt und in der Bibel nachgelesen, aber er besitzt keine Bibel. Er hat die seine, die ihm die Mutter beim Abschied aus Périgueux zugesteckt, wie die meisten anderen Bücher verhökert. Jetzt reut es ihn. Barbeys düstere Prophezeiungen bedrücken ihn. Er fühlt sich verlassen: der Meister reist weg. George Landry, der gute Junge, hat einrücken müssen und ist in Richtung Metz oder Nancy abgefahren. Er ist allein. Es graut ihn, sein Zimmer aufzusuchen, dessen kahle Wände er haßt. Er schlendert die Rue Rousselet hinab und überlegt, welchen seiner Bekannten aufzusuchen er zu so später Stunde noch wagen könnte. Es ist zehn vorbei – eine Nacht, deren Atem fieberhaft in den Blättern der Bäume zu lispeln scheint.

Léon gelangt zum Boulevard Saint Germain und schlägt den Weg nach Saint Sulpice ein. Vor der Kirche, deren zu weite Säulenordnung die Brust des Bauwerks mehr aufzureißen als zu panzern scheint, läßt er sich auf einer Bank nieder.

Nachdem er schon eine Weile gesessen hat, sieht er in dem ungewissen Schein, in dem sich das schwimmende Licht des Mondes mit der grünlich-blassen Helligkeit der Gaslaterne mischt, einen Gegenstand, der in Reichweite neben ihm auf der Bank liegt: ein kleines dunkles Buch.

Léon streckt die Hand aus. Noch ehe er es berührt hat, weiß er, was es ist.

Ich will nicht, denkt er undeutlich, will nicht, will nicht.

Aber er hat es schon an sich genommen.

„Wer Ohren hat, der höre, was der Geist zu den Gemeinden spricht.
Ich bin der Erste und der Letzte und der Lebendige. Ich war tot, aber siehe, ich lebe in Ewigkeit.
Dem Sieger soll der zweite Tod nichts anhaben können. Dem Sieger soll von dem verborgenen Manna und der Weiße Stein gereicht werden. Auf dem Stein steht ein neuer Name geschrieben, den nur der kennt, der ihn empfängt."

In dieser Nacht verfinstert die Erde den Mond. Stumm und unaufhaltsam schiebt sich ihr Schatten über seine Scheibe.
In dieser Nacht reiten Ordonnanzen in scharfem Trab durch die Stadt. Ihr Hufschlag donnert von Straße zu Straße.
Hinter der Butte-Chaumont, in Charenton und Ivry-sur-Seine beginnt der Transport der Truppen zur Front.
In den Schreibstuben der Redakteure werden die Brandartikel aufs Papier geworfen, die Paris und ganz Frankreich auffordern, aufzubrechen, über den Rhein zu gehen und den Feind zu zerschmettern.
Der Schatten, den die Erde auf den Mond geworfen hatte, rückt fort und erlischt.
Die Nacht beginnt zu schwinden.
Das Licht der Kerze ertrinkt in dem geschmolzenen Wachs. Auf dem offenen Buch liegt das Gesicht des Mannes, Lider und Wangen von Tränen naß.

(Was heißt es schon: ein Buch auf einer Bank gefunden? Einer Bank vor dem Seminar der Theologen – nichts Wunderbares, daß so ein Buch liegen bleibt nach einem Tag wie diesem; nichts Wunderbares – nur ein nichtiger Zufall.)
Doch wehe über den, den die Gnade erreicht,
sie wird ihn aus dem Land der Menschen vertreiben und in die Wüste hinausjagen.
Sie wird ihn durch die Schlucht der Schrecken schleifen und an Felsen zerschmettern.
Sie wird ihn an der Gurgel fassen und in das Feuerhaus schleppen.
In das Feuerhaus der Herrlichkeit.

Vier Tage nach der Kriegserklärung reiste Léon Bloy nach Périgueux. Was hätte er in Paris noch zu suchen gehabt? Die Kanzlei, in der er zuletzt als Kopist gearbeitet hatte, war geschlossen, der Advokat, Leutnant in der Reserve, war eingerückt.

Auch Léon erwartete einberufen zu werden.

Die Reise war endlos. Auf den Bahnhöfen herrschte ein ungeheures Durcheinander. Da die Geleise verstopft waren und die Züge nicht mehr bis in die Stationen vorgeschoben werden konnten, mußten die Reisenden bis weit hinaus in das Rangiergelände wandern, um dort einzusteigen. Im Nu waren die Wagen bis zum letzten Platz gefüllt. Soldaten, Zivilisten, kleine Kinder, alte Frauen – alles wurde in die stickigen Abteile hineingepfercht. Die Fahrt ging los, aber es gab ungezählte Aufenthalte in den Bahnhöfen und auf freier Strecke. Unter anderen Umständen dauerte die Reise nach Périgueux zehn Stunden, jetzt hatte man in derselben Zeit noch nicht einmal Chartres erreicht. Der Tag neigte sich. Die Sonne, deren Glut seit dem Morgen auf das schmachtende Land niedergebrannt hatte, rückte hinab und färbte sich rot. Ehe sie den bräunlichvioletten Dunst des westlichen Horizonts berührte, lief sie zu einer riesigen zitternden, plattgedrückten Blase auf. Als sie platzte, schlug eine rasche Feuersbrunst den Himmel hinauf, dann kam die Nacht. Der Zug leerte sich, aber in der nächsten Station stürzte ein neuer Menschenschwall herein. Wieder Soldaten, Zivilisten, weinende Frauen, alles mit Sack und Pack beladen. Léon wunderte sich, wie viele Soldaten auf dem Weg nach dem Süden waren, er hatte gedacht, daß alles zur Front ströme. Er erfuhr, daß sie auf dem Weg zu Waffendepots und Ausrüstungslagern waren. Man schimpfte über die Militärverwaltung des Kaiserreichs, die es nicht erlaubte, daß sich eine Truppe aus dem eigenen Bezirk feldmarschmäßig rekrutierte. So fuhr man aus Lille die Soldaten nach Bayonne, und von Nantes nach Brest, einzeln, in Kompanien, in Regimentern, man verlor Zeit, verlor einander, Offiziere suchten ihre Truppen, Truppen suchten ihre Anführer. Niemand wußte Bescheid oder vermochte eine Auskunft zu geben, man lag auf den Bahnen, man kochte auf den Stationen ab und mußte aufbrechen, ehe man gegessen hatte, viele Leute machten einen übermüdeten und abgematteten Eindruck, sie behaupteten, seit Tagen zwischen den Departements umherzuirren – ohne Unterhalt, übernächtig, auf die Barmherzigkeit

derer angewiesen, die ihnen ein Brot reichten oder sie einen Schluck aus der Branntweinflasche tun ließen.
Gegen Mitternacht breitete sich etwas wie Ruhe aus. Der Zug war nur durch die vergitterten Petroleumlämpchen spärlich erleuchtet. Die Wortgefechte erstarben, das Murren verstummte wie das Singen. Die Leute versuchten, so gut sie konnten, eine Mütze Schlaf zu ergattern. Einige hatten sich in die Gepäcknetze geschwungen, andere hatten sich auf dem Boden ausgestreckt. Zu viert und fünft lehnten die Sitzenden aneinander. Ihre von Staub und Schweiß verschmierten Gesichter entspannten sich und erbleichten in der Erschöpfung des ersten Schlummers. Ihre Köpfe schwankten, das Vibrieren des Wagens teilte sich ihren gelockerten Gelenken mit, mancher zuckte, wenn er vornüber kippte, zusammen, stierte eine Sekunde vor sich hin – dann rollte er das Genick gegen die Schulter des Nachbarn, um gleich wieder in Bewußtlosigkeit zurückzusinken.
Léon schlief nicht. Er saß da und betrachtete die Menschen: mit einem Male schienen sie ihm alle einander zu ähneln, die Unterschiede des Alters, der Herkunft und Person verwischten sich. Sie lagen da nicht wie lebende Menschen, sondern wie Tote, Ohnmächtige, die einer ungewissen Zukunft entgegengefrachtet, Opferfleisch, das bereitgestellt wurde, damit es in den Rachen eines unbekannten Molochs hineingeschaufelt würde.
Im ganzen Land fuhren Züge wie dieser Zug, im ganzen Land wurden die Hekatomben zur Schlachtung gesammelt.
Sollte das alles nur dazu dienen, diesem Knaben Lulu den Thron zu erhalten? Nur daher rühren, daß ein Mann namens Prim einem Prinzen namens Ferdinand einen Antrag gestellt hatte, daß Depeschen zur Unzeit in die Presse gejagt worden waren?
Das konnte nicht sein – konnte nicht sein.
Unsinn konnte nicht Sinn, menschliche Dummheit, wahllose Gier konnten nicht das Gesetz dieser Welt, letzte entfesselnde Kräfte konnten das *Wirkliche* nicht sein. Das *Wirkliche* (über alle irdische Wirklichkeit unendlich erhaben): Der Erste und Letzte und Lebendige. Sein Plan, was geschieht, was immer geschehe: Sein Wille, geheimnisvoll aus Ewigkeiten zielender Entschluß. Anbetungswürdig. Alles, was geschieht, anbetungswürdig.

Als Léon in Périgueux eintraf, fand er seine Familie in Aufregung und verstört. Sein Bruder Paul war am Vortag eingerückt, heute sollte George abfahren. Man fand kaum Zeit, den Angekommenen zu umarmen. Man überfiel ihn mit einem Sturzbach von Fragen.
„Was spricht man in Paris? Wann gehen unsere Truppen über den Rhein? Wo wird man die Preußen schlagen? Ist es wahr, daß sie keine Kanonen haben? Daß Österreich uns hilft? Daß Italien den Deutschen den Krieg erklärt? Ist es wahr, daß wir bis Berlin marschieren werden?"
Léon wußte nicht recht, was antworten. Er dachte an Barbey und dessen Weissagungen. Aber niemand wollte ein Wort dieser Art hören. Léon flüchtete sich vor dem Tumult in seine Kammer.
Man wohnte nicht mehr in Fenestreau, man hatte das Haus des Großvaters Bloy geerbt und war in die Stadt gezogen, Rue Seguier 6. Hier war es enger als in dem weitläufigen, wenn auch verfallenen Landsitz: schmale tiefe Zimmer mit einem einzigen Fenster, und keins blickte in einen Garten, nach einem fernen Horizont: eine düstere Gasse drängte unter ihnen vorbei, ein finsterer Hof gähnte zwischen dem vielstöckigen Winkelwerk der Nachbarhäuser.
Léon bezog einen Verschlag, in dem er ungestört zu bleiben hoffte. Er packte sein Köfferchen aus. Es enthielt fast nichts. Das Buch, das er gefunden hatte, trug er bei sich, zwischen Rock und Hemd. Er trennte sich nicht mehr davon. Oft tastete er mit der Hand danach, ihm war manchmal, als sei es mehr als ein Bündel Papier, ein Stück lebendiger Substanz, strahlende Struktur, Erz, das noch glühte, Sternenstoff –
Offenbarung.

Die ersten Tage des Krieges vergingen, und die Nachrichten, die eintrafen, lauteten bestürzend anders, als man sie erwartet hatte. Dörfer- und Städtenamen tauchten auf, Orte, bei denen, um die gekämpft wurde. Seltsamerweise lagen sie alle in Frankreich. Man entrollte Karten – hatte Napoléon seine Armeen nicht gleich über den Rhein führen wollen? Warum zögerte er? Warum war er noch nicht in Mainz? Wieso hieß es, daß Straßburg eingeschlossen sei? Was sollte das heißen, daß Bazaine Metz befestigte?
Wenn Léon nicht zu Hause saß und in der Bibel las, streifte er in der Stadt herum. Da er wenig Geld hatte, konnte er es sich selten

leisten, in eines der Wirtshäuser einzutreten. Aber oft wurde er auf der Straße angesprochen: „Da ist er ja wieder, Léon Bloy, der Pariser! Ah, du mußt uns erzählen. Komm mit. Wir wollen einen heben. Trinken wir auf den Sieg!“

An einem Tag Ende August verbreitete sich plötzlich in ganz Périgueux eine ungeheure Aufregung. Die Zeitungen brachten Nachrichten von Gefechten, in denen die Preußen vernichtend geschlagen worden seien. Der Kronprinz sei verwundet, Bismarck gefangen, der Blutsäufer Steinmetz abgesetzt. Man jubelte, man sang, man umarmte einander. Von allen Häusern flatterten Fahnen. Arm in Arm zogen die Menschen durch die Gassen, die einen sangen die Marseillaise, die anderen ein Tedeum.

Der verzehrende Groll auf den Kaiser war vergessen. Alle Opfer vergessen, aller Zwist zwischen Sozialisten und Klerikalen. Der Feind, der Todfeind war vernichtet. Eine Strohpuppe, an die ein Schild: ‚Das deutsche Schwein‘, geheftet war, wurde auf eine Stange gesteckt, unter frenetischem Applaus vor dem Dom verbrannt.

Mit einem Male hieß es, ein Regiment Turkos marschiere durch die Stadt, eben auf dem Weg zur Front.

Sofort geriet die Menge in Bewegung. Man wollte die Turkos sehen, wollte ihnen ein Vivat ausbringen, wollte sie mit Blumen, Tabak und Lebensmitteln überschütten.

Wo kommen sie her? Welchen Weg? Durch welche Straße?

Der Platz vor dem Dom leerte sich im Augenblick. Jemand rief: Zur Brücke! – Zur Brücke, schallte es aus hundert Mündern. Rennend, stoßend, schiebend ergoß sich die Flut durch die engen Gassen gegen die Isle hinab. Man raste dahin, als gelte es, eben hier und jetzt den Krieg zu gewinnen. – Zur Brücke, zur Brücke! Sie kommen.

Auch Léon raste mit den anderen dahin.

Da sah er einen Mann vor sich stolpern und stürzen, einen älteren Mann, er kannte ihn nicht. Er suchte sich zu halten, ruderte mit den Armen, dann schlug er nieder. Der Hut flog ihm vom Kopf – die Menge überrannte ihn.

Léon hatte den Vorgang nur aus den Augenwinkeln bemerkt, er konnte eben noch wahrnehmen, daß es etwas wie eine ganz kurze Stockung gab, dann wurde er selbst vorwärtsgestoßen und jagte weiter.

Vielleicht war der Mann betrunken, dachte Léon, aber dann: Vielleicht ist er krank. Vielleicht hat er ein Bein gebrochen, sie haben ihn getreten. –
Umkehren, dachte er, umkehren, umkehren!
Aber er raste weiter.
Umkehren, dachte er: Ein Mensch, gestürzt, verletzt, man muß ihm helfen.
Aber er rannte weiter.
Wenn ich nicht umkehre, dachte er, wird alles verloren sein. Der Sieg, das Vaterland, die Welt.
Da schreien die Leute vor ihm: Die Turkos, die Turkos!
Es war kein Regiment, es war nur ein kleines Häuflein, rote Feze, weiße Mäntel, braune Gesichter. Sie lachten mit weißen Zähnen, wölfischen Gebissen.
Als Léon später zu dem Platz zurückkehrte, wo der Mann gestürzt war, fand er alles leer. Die Gasse war wie immer. Das bucklige Pflaster, der Rinnstein mit Unrat verschwemmt.
Hier, dachte er, hat sich alles entschieden, alles entschieden durch unsre Schuld, meine Schuld.

Am Abend dieses Tages überraschte er seine Eltern mit der düsteren Prophezeiung, daß sich die letzte Siegesnachricht sicherlich als trügerisch erweisen werde, daß Frankreich diesen Krieg nicht mehr gewinnen, sondern nur mehr auf jämmerlichste Art und Weise verlieren könne.
„Woher willst du denn das so genau wissen?“ fragte der Vater.
„Weil ich es weiß“, antwortete Léon, „und du wirst sehen, ich irre mich nicht.“
„Aber nach den letzten Nachrichten –“, widersprach der Alte, „scheint es doch –“
„Dieser Schein trügt“, versetzte Léon verstockt, „die Nachrichten sind erlogen oder es werden andere folgen. Nein, keine Hoffnung! Frankreich ist verloren.“
„Es sieht fast aus, als wünschtest du's –“, schrie der Alte. Léon erblaßte und schwieg.
„Ich bitte euch“, mischte sich die Mutter zitternd ein, „gebt Ruhe! Streitet doch nicht!“
„Ich sehe nicht ein, warum uns die Krautfresser besiegen sollen“,

tobte Vater Bloy, „gar jetzt, wo wir dem Fritz eins verpaßt und den Bismarck gefangen haben. Ist dir nicht klar, was das bedeutet? Es wäre so, als wäre MacMahon verwundet und der Kaiser in deutscher Hand."
„Sprich nicht so, um Jesu willen, du malst den Teufel noch an die Wand", jammerte die Mutter.
„*Er* malt den Teufel an die Wand", der Vater drosch mit der Faust auf den Tisch, „er ist ein Nihilist, ein Anarchist –"
Sohn und Mutter tauschten einen Blick.
„Ein Verräter."
Léon sprang auf, es war, als wollte er sich gegen den Vater werfen, dann aber drehte er sich auf dem Absatz um und rannte hinaus.
Marie Bloy lag in dieser Nacht schlaflos, sie weinte. Um den Mann nicht zu wecken, hatte sie das Kissen an ihr Gesicht gedrückt und versuchte ihren Jammer zu verschlucken. Dazwischen lauschte sie hinaus.
Würde Léon nach Hause zurückkehren oder sich die ganze Nacht herumtreiben? Endlich, gegen Morgen schon, glaubte sie einen leisen Schritt zu vernehmen. Sie wartete noch eine halbe Stunde. Dann richtete sie sich auf, schob das Deckbett zurück, schob die Beine aus dem Bett und stand auf. So stand sie eine Weile und lauschte. – Der Atem des Mannes ging regelmäßig, sie konnte es wagen. Ihre Hand tastete im Dunkeln nach der Klinke.
Als sie Léons Kammer betrat, löschte er rasch das Licht. Er hatte auf seinem Bett gelegen, die Arme unter dem Nacken verschränkt, düster vor sich hin grübelnd. Er rührte sich nicht, als sich ihm die Mutter näherte. Der Mond schien durch das Fenster, und die Falten ihres Hemdes schimmerten in seinem Strahl.
„Léon", flüsterte sie.
Sie kam an sein Bett, setzte sich zu ihm und suchte nach seiner Hand.
„Mein Junge!"
Léon schwieg noch immer.
„Du hast den Vater so sehr erzürnt. Warum hast du das getan? Wer sagt dir, daß so viel Unglück über uns kommen muß? Gott ist gut, und wenn wir ihn bitten – Léon, du glaubst doch an Gott? – Du liest in der Bibel, ich habe es bemerkt. Du gehst auch zur Kirche. Am letzten Sonntag – ich habe dich gesehen. Mein lieber Junge, ich

war so glücklich, als ich das bemerkte. Ich wollte es dir sagen. So glücklich! – Du weißt, ich habe mich bemüht, euch zu guten Christen zu erziehen, ich habe euch beten gelehrt, damals, als ihr Kinder wart, ich habe auch immer für euch gebetet, damit ihr im Glauben fest bleibt. Aber – ach, du kennst deine Brüder, deinen Vater, alle die Menschen – sie wissen nichts als sich lustig zu machen über die Kirche, über Gott und die Heiligen. Auch du – du hast dich nicht viel um Katechismus und Messe geschert, als du klein warst, warst immer widerspenstig und trotzig und sogar frech, wenn ich dich ermahnte. Und dann, als du nach Paris gingst, da dachte ich, jetzt ist er verloren, verloren: Er wird als Jakobiner zurückkommen. Und nun –“ Sie nahm seine Hand zwischen ihre beiden Hände, streichelte sie und ließ ihre Tränen darauf rinnen. „Und nun –“

Léon begann zu zittern. „Ja, Mutter“, sagte er, „so ist es . . .“

„Und wenn du also an Gott glaubst“, fuhr die Frau fort und hörte nicht auf, seine Hand zu streicheln, „so mußt du doch auch glauben, daß Gott uns lieb hat und daß er uns retten kann. Denke doch an die vielen braven, unglücklichen Menschen, die jetzt schon für Frankreich gestorben sind in diesem Krieg, die vielleicht auch jetzt in dieser Stunde – ach – sogar in diesem Augenblick sterben.“ Sie seufzte tief und bebend auf (sie hatte zwei Söhne draußen). „Das kann doch nicht alles vergeblich sein, das kann Gottes Güte doch gar nicht zulassen! Und darum – rede mit deinem Vater, versöhne dich mit ihm, sag ihm: Ich habe unrecht, du hast recht, verzeih mir!“

Léon biß die Zähne zusammen. Dann sagte er, sich wegwendend: „Mutter, es nützt nichts. Ich kann nicht. Ich habe ein Zeichen erhalten.“

Die Frau hielt inne. Dann, nach einer Weile, mit fast erlöschender Stimme: „Ein Zeichen?“

Léon nickte im Dunkeln.

„Ein Zeichen? Was für ein Zeichen, Léon?“

„Ich kann es dir nicht erklären, Mutter, nicht erklären, aber es ist so.“ – Er richtete sich auf, auf sein Gesicht trat die weiße Helligkeit des Mondes, und die Mutter erschrak vor seinem beinahe wahnsinnigen Ausdruck. „Frankreich ist verloren, die Welt ist verloren. Wir haben Christus verkauft, verraten, wir haben Ihn stürzen gesehen, und niemand hat Ihn aufgehoben, wir haben Ihn in den Kot

getreten, schlimmer als die Henkersknechte in Jerusalem. Wir - wir – ich – du – wir alle –" Plötzlich weinte er laut.
„Was hast du, Jesus Maria! Was hast du denn? Du bist ja außer dir."
„Außer mir, o ja, Gott sei Dank, denn in mir ist nichts als Finsternis. Nichts als Finsternis ist in der ganzen Welt. Oh, ich habe die Welt kennengelernt, schmutzig, elend, voll Habgier und Grausamkeit. Die Reichen, die Prasser – die Hauswirte, die Büttel, die Huren! Warum sollte Gott diese Welt nicht strafen, nicht Seinen Zorn über sie ausschütten, Mutter, diese Welt, die Seinen Sohn getötet hat – und immer wieder tötet!"
„Ach, Léon, Léon, sprich nicht so!"
„Doch, so spreche ich und werde immer so sprechen und niemals aufhören, so zu sprechen.
Der Vater haßt mich, ich weiß es, und er wird mich noch viel mehr hassen, wenn er erfährt, daß ich bekehrt bin. Für ihn ist der Glaube der Erzfeind. Er nennt mich einen Verräter. Ich bin kein Verräter, nur weil ich weiß . . . weil ich weiß, daß Gott uns nicht anders Gnade erweisen kann, als indem er uns schlägt."
Die Frau schüttelte den Kopf, aber sie widersprach nicht mehr. Ihr Herz ist ermattet, so sehr ermattet wie einst, wenn sie in langen Nächten an den Betten der Kinder gesessen hatte, wenn diese krank waren, da hatte sie gewacht, ihre fiebernden Körper befühlt, ihre schmerzenden Köpfe an ihre Brust gebettet. Sie hatte die glühenden Füße in feuchte Tücher gewickelt, um sie zu kühlen, Lieder gesungen, um die Unruhigen einzuschläfern, und als die Krise kam und die Knaben im Fieber schrien, hatte sie – wie jetzt wieder – ihre Hände gestreichelt und mit Tränen benetzt. Ihr Herz ist müde, ihr Kopf ist müde, sie hat zuviel gewacht, sich zuviel geängstigt, zuviel der stumpfen dumpfen Mutterqual erlitten. Undeutlich steigt die Erinnerung in ihr empor an die Morgendämmerungen, die sie – auf dem Bettrand ihrer kranken Kinder sitzend – erwartet hat, die grauen, sich langsam auflichtenden Stunden, in denen das Fieber wich und der Schlummer kam, der süße Schlummer, der so oft die Genesung brachte. Ach, mein Junge, laß den Morgen kommen, er wird dein Fieber kühlen, er wird dein wildes Herz beruhigen, er wird diese schreckliche Glut in dir löschen, diese kranke Glut, die ich nicht verstehe und die auch dein Vater nicht verstehen kann.

Am anderen Tag – noch flappten die Siegesfahnen in den Straßen von Périgueux – brachten die Zeitungen andere Nachrichten. An der Verwundung des Kronprinzen wurde noch festgehalten, die Absetzung des preußischen Generals Steinmetz wurde bestätigt, doch von Bismarcks Gefangennahme war nicht mehr die Rede. Dafür tauchte der Name Sedan zum erstenmal in den Berichten auf.

Der ‚Siècle' schrieb, daß es den Preußen gelungen sei, über die Maas zu gehen und einen Teil der Armee gegen die belgische Grenze abzudrängen. Leute, die aus dem Norden kamen, berichteten, daß der Kaiser schon zwei- oder dreimal versucht habe, sich vom Feind zu lösen und unter die Mauern der Hauptstadt zu ziehen, daß aber die Regierung, die unter dem Vorsitz der Kaiserin jetzt in Permanenz in den Tuilerien tagte, ihn beschworen habe, sogleich umzukehren und sich dem Feind zu stellen. Es müßte sonst mit dem augenblicklichen Ausbruch der Revolution gerechnet werden. Man hatte den Krieg begonnen, um die Dynastie zu retten; ein endgültiger Rückzug, und wäre er auch strategisch geboten, würde Lulu den Thron kosten. – Es lebe Lulu, es sterbe Frankreich! – Wohin sollte das führen?

Am 3. September hieß es, MacMahon sei bei Sedan eingeschlossen, der Kaiser habe sich nach Belgien retten können.

Am 4. September hieß es, die Preußen verbreiteten die Nachricht, daß Napoléon kapituliert und seinen Degen ausgeliefert habe. Eine unverschämte und himmelschreiende Lüge, mit der sie die Revolution in Paris entfachen wollten.

Am 6. wurde die Katastrophe bestätigt: Napoléon gefangen, die Hauptarmee vernichtet.

Einen Augenblick lang war alles vor Schreck gelähmt, dann aber begann etwas anderes: die Gipsfassade des Kaiserreichs war zerbrochen – jetzt sollte der Monolith Frankreich darunter hervortreten. Badinguet konnte geschlagen werden, das freie Volk – jetzt war es frei! – würde unbesiegbar sein. Man rief von neuem zu den Waffen. Nationalgarde und Freischärler sollten sich mit den Trümmern der Armee zu *einer* Macht vereinigen.

Auch Léon trat in die Nationalgarde ein.

In der Mairie lagen die Listen auf.

Die Leute, die sich hier versammelten und ihre Namen aufnehmen ließen, waren eine bunt gewürfelte Gesellschaft. Während die Stimmung in der Stadt düster und beinahe verzweifelt war, schwatzte man hier munter durcheinander, man lachte und neckte sich, das allgemeine Desastre trat hinter den eigenen Entschluß zurück, Haus und Herd zu verlassen und einem unbekannten Abenteuer entgegenzuziehen. Man war ungeduldig, eingekleidet, bewaffnet und dem Feind entgegengeworfen zu werden. Singend formierte sich ein Trupp und zog in die Vorstadt hinaus: Dort, hieß es, werde man Monturen und Gewehre fassen.

Aber niemand war da, um die Freiwilligen zu empfangen. Man richtete sich in einer Tenne ein, trank aus den mitgebrachten Bouteillen und begann, sich auf eigene Faust mit Stroh und Essen zu versorgen. Das Feuer, das man im Freien anzündete, erhöhte das Gefühl romantischer Losgebundenheit. Man sang, man tanzte, man sprang durch die prasselnden Flammen.

Plötzlich tauchte ein Reiter aus der Nacht, ein Sergeant der Mobilgarde.

Er war im Nu umringt, man schrie nach Waffen.

Der Sergeant winkte Beschwichtigung, er habe Ordre, sagte er, die Leute wieder nach Hause zu schicken, heute könne nichts mehr geschehen, leider habe man augenblicklich Mangel an Monturen und Chassepots, und es genüge, wenn die Leute am nächsten oder übernächsten Tag wiederkämen, dann werde man weitersehen.

Doch davon wollte niemand etwas wissen.

„Wir gehen nicht mehr nach Hause", rief man. „Wir lassen uns nicht vertrösten."

Der Sergeant suchte sich Gehör zu verschaffen.

„Nichts da! Du schickst uns zu Muttern, und unterdessen marschieren die Preußen nach Paris."

„Das werden sie hübsch bleiben lassen", erwiderte der Sergeant, „glaubt ihr, die Preußen sind so dumm? Solange Bazaine in ihrem Rücken steht –"

„Bazaine! Bazaine! Der sitzt wie eine Maus in der Falle."

„Was sagt ihr da?" rief der Sergeant, „Bazaine bricht aus, wann er will!"

„Wann er will", kam das Echo aus der Runde.

„Und haut den Preußen den Buckel voll –"

„Jawohl, jawohl!"

„Oder marschiert hintenherum über den Rhein –"

„Nach Berlin!"
„Jawohl, nach Berlin. He, Sergeant, nach Berlin! Gib uns Gewehre, wir wollen nach Berlin." – –
Der Sergeant wich aus und zurück. „Morgen, Kinder, morgen – laßt mich weg, geht nach Hause!"
„Morgen bekommen wir Gewehre?"
„Jawohl."
„Chassepots?"
„Jawohl."
„Alle?"
„Alle, bestimmt –"
„Lüg nicht! In ganz Périgueux findest du nicht fünf Chassepots!"
„Aber –"
„Nicht fünf, sag ich, ich weiß es."
„Aber Kameraden, man kann auch mit anderen Gewehren schießen."
„Aha!"
„Mit Tabakbüchsen. Da paßt keine Patrone rein."
„Verflucht!"
„Und Mitrailleusen, wir brauchen Mitrailleusen! Hast du Mitrailleusen, Sergeant?"
„Er hat keine, keine einzige."
„Lumpenhund!"
„Man hat uns verraten."
„Verraten und verkauft. Dafür hat man den Generälen Paläste gebaut für zehn Millionen."
„Ja, das ist wahr, in Tours –"
„In Rouen!"
„Sergeant, du hast noch den Kaiservogel auf deinen Knöpfen."
„Pfui, schämst du dich nicht?"
„Herunter mit den Knöpfen von deinem Rock!"
„Pfui, pfui!"
„Wir sind Republikaner."
„Republikaner wollen wir sein."
„Hoch Cremeaux!"
„Hoch Thiers! Die Männer von Belleville!"
„Hoch Gambetta!"
„Wer ist Gambetta?"

„Trottel, das weißt du nicht?"
„Gambetta hoch, hoch, hoch!"
„Es lebe Frankreich. Nach Berlin! Sergeant – gib uns Gewehre! Der feige Hund gibt Fersengeld. So haben sie's alle gemacht ..."

Vier Wochen später exerzierte die Abteilung, der Léon Bloy angehörte, in der Sologne. Der Haufe nannte sich ‚Drittes Bataillon des 22. Marschregiments', aber er war nicht stärker als siebzig Mann, weder war von einem ersten noch von einem zweiten Bataillon, geschweige denn von einem Regiment etwas zu sehen. Man hatte ein paar Gewehre gefaßt – einige davon sogar Chassepots – und man übte sich im Feuern, indem man auf Scheiben, auf Bäume und Vögel schoß. Nur die wenigsten hatten Blusen erhalten, Mützen und einen Gürtel. Wenn es nicht regnete, war es schön, zwischen den sich bräunenden Ginsterbüschen herumzuschweifen, im Heidekraut zu liegen und den Bienen zuzusehen, die schon ein wenig ermattet in den lila Glöckchen hingen. Regnete es, grub man sich in den Strohschobern der wenigen Bauern ein, die hier im Heideland ihre kleinen Höfe betrieben. Man tröstete sich damit, daß der Regen – vielleicht fiel er auch an Seine und Marne – die Vormarschstraßen der Preußen aufweichen und ihren Zug auf Paris aufhalten werde. Die Nächte begannen kühl zu werden, die älteren Männer fingen an, sich über Gliederreißen zu beklagen.
Selten gelangte ein Zeitungsblatt in die Hände der Rekruten. Die Nachrichten lauteten schlimm genug. Paris war zerniert. In Metz wüteten Hunger und Seuchen. Toul und Thionville hielten sich noch. Aber Orléans hatte sich ergeben. Eines Tages trug der Wind ein seltsames, noch nie vernommenes Geräusch über die flachen Hügelbrüste der Sologne: Kanonendonner. Er war so schwach, daß die Männer, die sich soeben in einer Sandgrube niedergelassen hatten, um ihre Mahlzeit einzunehmen, einander zuwinkten, doch still zu sein. Selbst das Knistern des kleinen Feuers am Grund der Grube störte sie. Einer sprang hin und trat es aus – dann stiegen sie, einer nach dem anderen und möglichst sacht auftretend, auf den Rand der Böschung, einige ließen sich auf die Knie nieder, andere standen da, auf ihre Gewehre gestützt. Der Wind stand von Norden, aus der Gegend von Meung.
Léon wußte, daß sein Freund Landry mit der Armee Bazaine

in Metz eingeschlossen war. Von seinen Brüdern hatte er keine Nachricht. Barbey d'Aurevilly, schon vor Ausbruch des Krieges in die Normandie gereist, war sehr wahrscheinlich dort geblieben.

Léon dachte Tag und Nacht an Paris; ihm, dem diese Stadt oft so hassenswert erschienen war, daß er sie die babylonische Hure des neunzehnten Jahrhunderts genannt hatte, krümmte sich das Herz vor Grauen, wenn er dachte, was sich dort begab: Paris, die Stadt seines Elends und seiner Entzückungen, *sein* Paris – vom eisernen Ring der Belagerer umschnürt, den feuerspeienden Mündungen der Kanonen preisgegeben, vom Gespenst des Hungers, der Seuchen, der Verzweiflung umklammert. – „Weh, weh du große Stadt, in einer Stunde kam das Gericht über dich. Die Völker der Erde werden um dich weinen. Die Früchte, die dein Herz erfreuten, sind dir entschwunden. Weh, weh du große Stadt..."

„Höre, Pierre", sagt Dr. Curie zu seinem Sohn, „ich möchte heute mit dir auf die Türme von Notre-Dame steigen. Du warst noch nie oben und, da die Beschießung jeden Augenblick beginnen kann, ist es nicht sicher, ob du noch jemals Gelegenheit dazu haben wirst. Es könnte dir einmal leid tun, das versäumt zu haben."

„Und Jacques? Geht Jacques nicht mit?"

„Nein, wir gehen allein."

Vater und Sohn setzen sich ihre Pelzmützen auf und schlüpfen in ihre Winterröcke. Die Mutter eilt herbei. „Halt, halt, nicht so schnell! Pierre, wo ist dein Tuch? Hast du deine Handschuhe? Ist deine Weste zugeknöpft? Auf Türmen bläst der Wind. Daß du nicht wieder Halsschmerzen bekommst!"

Sie visitiert den Jungen, indem sie ihm den Überrock noch einmal öffnet. Kreuzweise legt sie ihm den Schal aus irischer Wolle über die Brust, schnippt ein Federchen vom Kragen des Zwölfjährigen und streichelt dabei rasch seine Wange. Der Junge läßt sich die mütterlichen Manipulationen ergeben, mit geduldigem Mißmut gefallen.

Die Mutter trägt, wie gewohnt, eine frische weiße Schürze über dem blauen Hauskleid. Die Schürze ist mit kleinen funkelnden Nädelchen vor dem fülligen Busen festgesteckt. Der Junge empfindet – wie immer, wenn er so vor seiner Mutter steht – Lust, die Nädelchen herauszuziehen und sich ihrer zu bemächtigen. Und – wie immer – unterdrückt er diese Lust nur mit Mühe.

„Bleibt mir nur nicht so lange fort", sagt die Mutter, immer noch an dem Knaben nestelnd, „nicht zu lange. Ihr wißt, ich habe keine Ruhe, wenn ihr außer Haus seid, und wenn das Bombardement gerade beginnen sollte – ich verginge vor Angst."

Pierre blickt die Mutter an: sie lächelt bei diesen Worten, und auch ihr Ton war scherzhaft, dennoch weiß der Junge, daß sich die Mutter fürchtet, wirklich fürchtet, alle fürchten sich, auch wenn sie mit ihrer Furcht Spott treiben. Seit drei Wochen warten sie jetzt auf den Beginn des Ungewitters. ‚Ungewitter', pflegt der Vater zu sagen, und er sagt auch, es werde etwa ähnlich wie ein solches beginnen mit fernen Donnerschlägen und schwachen Blitzen, und anfangs würde es auch, wie ein fernes Wetterleuchten, ungefährlich, weil auf den Festungsgürtel beschränkt sein; was dann käme, sei schwer vorherzusagen, und jedenfalls sei es besser vorzusorgen, in jeder Weise. Darum also auch dieser Gang auf die Türme von Notre-Dame.

Die Mutter begleitet Vater und Sohn bis an die Haustür und winkt ihnen nach.

Die Wohnung der Curies lag in einem kleinen, schmalbrüstigen, aber nicht unbehaglichen Haus am Jardin des plantes, mit dem Blick auf die prächtigen Ahorne, Ulmen und Steineichen, die dort wuchsen und im Sommer mächtigen Schatten gaben. Pierre liebte die wohlgepflegten alten Bäume, jeder von ihnen schien ein besonderes Stück seiner Gattung. Im Winter gefielen sie Pierre fast noch besser als im Sommer, dann waren die Laubmassen abgefallen oder eingeschnurrt, so daß die gewaltigen und vielgestaltigen Verästelungen zutage traten, dunkle, dräuende Gerüste von bizarrer Formung.

Die jungen Curies, die beiden Söhne Jacques und Pierre, wuchsen nicht eigentlich wie Großstadtkinder auf. Sie waren nicht nur im Jardin des Plantes wie zu Hause, sie hatten auch einen eigenen kleinen Garten, den sie, darauf bestand der Vater, selbst bearbeiteten und bepflanzten. Jacques war gerne tätig, stach um und breitete den Kompost auf. Er war ein guter Naturbeobachter und wußte seinen Beobachtungen eine praktische Seite abzugewinnen. „Heuer werden wir einen frühen Winter bekommen, die Würmer haben sich schon in die tieferen Schichten davongemacht. Es wird Zeit, daß wir das Mistbeet verwahren."

Pierre stand über die Zwiebeln gebückt, die der Bruder aus dem Humus herausgestochen hatte, und untersuchte die ersten schüchternen Versuche, in denen das neue Keimblatt die trocknnen Hülsen zu durchbrechen sich anschickte. Er wollte wissen, was die rötlichen Kristalle bedeuteten, die die Wurzel der Nessel ausschied. Schwere, rasche, grobe Arbeit liebte er nicht. Aber das Versetzen zarter Pflanzen oder das Pikieren aufgegangener Sämereien besorgte er mit Geduld und großer Geschicklichkeit. „In ihm steckt ein Mädchen", sagte die Mutter.

Vater und Sohn biegen in die Rue des Écoles ein. Dr. Curie schreitet rasch mit dem ein wenig schlenkernden Schritt aus, der dem immer munteren, immer tätigen Mann eigen ist. Pierre folgt ihm, bemüht, gleichen Schritt mit dem Vater zu halten.

Sie heben die schnuppernden Nasen gegen den leichten Wind. Obwohl man erst Anfang November schreibt und der Himmel hoch und zart durchblaut ist, riecht die Luft nach Schnee. Und wirklich schweben ihnen schon ein paar lose leichte Flocken entgegen.

Dr. Curie hat noch einen Krankenbesuch zu machen. Er nimmt den Knaben oft mit sich, wenn er seine Patienten aufsucht. In den meisten Fällen läßt er ihn vor der Türe warten. Alleingelassen, langweilt sich Pierre niemals. Er findet immer irgend etwas, was sein Interesse erweckt – manchmal wundert sich der Vater, woran der Junge seine Unterhaltung findet. Nachher stellt er Fragen und verlangt Erklärungen von Dingen, über die sich der Doktor selbst noch nie Gedanken gemacht hat. Aber Dr. Curie gesteht immer freimütig, wenn er im Augenblick und auf Anhieb keine Antwort weiß. Er versucht sich dann die Antwort zu erarbeiten, manchmal bringt ihn auch das Zwiegespräch mit Pierre auf etwas wie eine Lösung. Seltsamerweise beruhigt sich der Knabe nicht bei irgendeinem nur beiläufigen Bescheid. Dann durchstöbert er die kleine wissenschaftliche Bibliothek, die Dr. Curie besitzt, und läßt nicht ab, bis er seine und des Vaters Vermutungen bestätigt oder widerlegt findet. Dabei stößt er aber auf neue Fragen, dasselbe Fragespiel beginnt von neuem.

Manchmal wird der Vater ungeduldig. „Du mußt mich jetzt in Ruhe lassen“, sagt er. „Ich habe zu tun. Wärest du in die Schule gegangen, mein lieber Pierre, dann wüßtest du es.“

Denn, in der Tat, der Junge hat, von einer Elementarklasse abgesehen, keine Schule besucht.

Er wollte nicht oder – er konnte nicht. Er haßte den Betrieb, schwänzte, störte den Unterricht und behauptete, zur Rede gestellt, er könne nicht verstehen, was der Lehrer erzähle. Seine Gedanken schweiften immer in eine andere Richtung als die, in die der Unterricht sie lenken wollte. Der Vater dachte, der Junge sei nicht reif, und gewährte ihm ein Jahr Aufschub. Doch in diesem Jahr hatte er von selbst lesen und schreiben gelernt. Die Mutter fand, er könne gerne noch ein zweites zu Hause bleiben. Es gefiel ihr, den Jüngsten bei sich zu haben. Endlich drang der Vater auf einen neuen Versuch. Er schlug fehl wie der erste. Jetzt war Pierre zwölf Jahre alt, er wußte mehr als die meisten Knaben seines Alters, aber sein Wissen war ungeordnet, abenteuerlich aufgetürmte Fragmente aus Naturwissenschaft, Geschichte, Mathematik. Er konnte Gleichungen lösen, hatte aber keinen Begriff von den Dezimalzahlen. Er kannte das Altertum aus der Lektüre der Ilias und Cäsars Gallischen Kriegen, vom Zeitalter der Kreuzzüge aber hatte er kaum mehr als den Namen gehört. Er hatte über die Entdeckungsfahrten Magellans und Marco Polos gelesen, aber nie auch nur eine Silbe über das päpstliche Exil in Avignon vernommen. Als der Vater ihm heute gesagt hatte, er werde ihn auf die Türme von Notre-Dame mitnehmen, bedeutete das für Pierre nichts anderes, als daß er einen Punkt ersteigen werde, von dem er einen umfassenden Blick auf die Landschaft Paris gewinnen werde. Die Kathedrale war für ihn nichts als eine Art Felsriff, Teil eines versunkenen und nicht mehr feststellbaren Urweltgebirges.

Der Patient, den Dr. Curie heute noch aufsuchen mußte, wohnte in der Rue Dauphine nahe dem Pont-Neuf. Als der Doktor mit dem Jungen um die Ecke bog, blieb er für ein paar Sekunden mißmutig zögernd stehen. In dem betreffenden Hause (daß er nicht mehr daran gedacht hatte!) befand sich ein obskurer Fleischerladen, und vor ihm drängte sich – eine seit Beginn der Belagerung alltäglich gewordene Erscheinung – eine Schlange wartender Kundschaft. Die Leute, zumeist elend gekleidete Frauen, grindige, rotzige Kinder, standen zu einer dichten Traube gedrängt vor der schmalen Tür, sie zitterten im kalten Wind, zankten und stießen sich. Es war an der Tagesordnung, daß Streitigkeiten zwischen den Wartenden ausbrachen, ja, daß es zu rohen Exzessen und Schlägereien kam. Ein Blick bestätigte dem Doktor, daß sich hier – dem zweifelhaften Viertel entsprechend – eine besonders ordinäre Meute zusammengefunden hatte. Er fand, sie sei kein geeigneter Anblick für kindliche Augen.

„Willst du warten?“ fragte er, „oder vorausgehen? Wir könnten uns bei Notre-Dame treffen?“

Pierre streifte die Menge mit einem gleichgültigen Blick. „Wie du willst, Papa.“

„Nun, ich werde mich beeilen.“

Er läutete, der Concierge öffnete die Tür.

Dr. Curie lief die Treppen hinauf. Er blieb auch nicht lange. Der Fall war einfach, die Verordnung schnell durchgeführt. Nach zehn Minuten kam er aus dem Haus.

Indessen hatte sich, wie Dr. Curie befürchtet hatte, ein häßlicher Streit zwischen den wartenden Weibern erhoben. Zwei alte Vetteln beschimpften einander mit den wüstesten Ausdrücken. Schon hatte sich ein Kreis Schadenfroh-Neugieriger um sie gesammelt, die die Erbosten mit Zurufen anfeuerten. Dr. Curie durchbrach das Gedränge und suchte Pierre. Von Pierre nichts zu sehen.

Er wird nach Notre-Dame gegangen sein, dachte der Doktor erleichtert, faßte seine Tasche unter den Arm und schlenkerte den Quai des Grands Augustins entlang.

Vor der Kathedrale war kein Pierre zu erblicken. Das Tor stand offen, sollte der Junge eingetreten sein?

Der Doktor nahm seine Mütze vom Kopf und eilte durch die halbdunkle Halle.

Er hatte schon lange keine Kirche mehr betreten. Er war Freidenker; protestantisch erzogen, hatte er jeder religiösen Gemeinschaft längst abgesagt; auch seine Ehe war nur vor dem Standesbeamten geschlossen worden, ja, er hatte nicht einmal seine Söhne taufen lassen, er wollte ihnen die inneren Kämpfe ersparen, die, wie er glaubte, ihre Jugend nur unnötigerweise belastet hätten. Sollten sie selbst später irgendwelche Neigungen solcher Art entwickeln (wie unwahrscheinlich!), nun, so mochten sie dann frei entscheiden! Mit

einem zwiespältigen Gefühl und, wie er sich selbst zugab, in fast unanständiger Eile schritt der Doktor die Kathedrale ab.
Der hohe, düstere, nur durch das gedämpfte Rosettenlicht spärlich erleuchtete Raum machte den Eindruck einer dumpf in sich selbst ruhenden, mürrisch-schweigsamen Welt. Vorn am Hochaltar brannten einige Lichter, aber sie erschienen Dr. Curie, dessen Augen durch das kräftige Tageslicht geblendet waren, sonderbar ohnmächtig und armselig. Ein paar Andächtige, die auf den strohgeflochtenen Betschemeln knieten oder kauerten, erweckten in ihm die Vorstellung schlafender oder lauernder Lemuren. Der Geruch von kaltem Stein und altem Weihrauch wehte ihm widrig in die Nase.
Nein, auch hier war Pierre nicht. Wo konnte er sein? Sollte er schon den Turm bestiegen haben? Kaum glaublich, und der Wärter, der den Aufgang kontrollierte, verneinte es auch: Hier war in letzter Zeit kein Junge durchgekommen.
Zurück zum Pont-Neuf, zur Menschenschlange in der Rue Dauphine.
Der Streit hat sich beruhigt. Jetzt stehen die Leute stumm und ergeben und warten, bis ihnen der Metzger ihr Pfund Pferdefleisch aushändigt.
Von Pierre keine Spur.
Schon will der Doktor verärgert nach Hause zurückkehren, da hält er überrascht inne: jenseits der Kreuzung von Quai und Brücke kauert Pierre am Randstein, gebückt, den Kopf spähend vorgestreckt, und blickt über das rauhe Pflaster hin, das sich hier zum Brückenjoch aufwölbt und über das die Räder schwerer Fuhrwerke rollen: hochaufgepackte Frachtwagen fahren hier fast ununterbrochen vorbei, Fuhrwerke der Kohlen- und Lebensmittelhändler, Fuhrwerke der Militärverwaltung: die Hufe der keuchenden Pferde setzen hart und stampfend auf, die Räder knirschen und donnern, als wollten sie die schwarzen gebuckelten Pflastersteine zu Staub zermahlen. Dazwischen stampfen die Stiefel der Fuhrleute, die die Tiere mit kehligen Lauten und Peitschenhieben antreiben. Ein leiser Schneefall hat eingesetzt, die Flocken setzen sich, einen ersten hinfällig zarten Flaum bildend, auf den Boden; wo ein Rad über sie hinweggeht, zergehen sie im Augenblick zu einer ölig glänzenden Feuchte.
Der Vater tritt neben den Sohn, er wartet ein paar Sekunden, bis

er sich ihm bemerkbar macht. „Hier bist du also! Ich habe dich gesucht, ich dachte, du seist zur Notre-Dame vorausgegangen."
Der Junge antwortet nicht. Er steht auf, streift über Knie und Hosen, ohne aufzuhören nach den Rädern, den Hufen, dem Pflaster zu starren.
„Ist dir nicht kalt geworden?" sagt der Vater. „Du bist ganz blaß."
„Oh, mir ist ganz gut", antwortet Pierre einsilbig, abwesend und fast wie in einem Traum befangen.
Der Doktor blickt den Jungen von der Seite an. „Wirklich?" Dem Vater ist nicht ganz wohl zumute. Er hat den Knaben vorhin übersehen, er ist schuld daran, daß das Kind jetzt fast eine Stunde hier warten mußte.
„War dir die Zeit nicht lang?"
„Ich weiß nicht' –"
„Sollen wir nach Hause gehen?"
„Nein."
Schweigend trabt Pierre neben dem Vater her. – Ist der Junge gekränkt? So sieht er nicht aus. Es ist etwas anderes.
„Du hättest dich nicht auf das Pflaster setzen sollen."
„Hm."
„Dort am Pont-Neuf ist eine harte Steigung für die Pferde – und erst, wenn die Fahrbahn vereist ist! Die Wagen sind auch meist viel zu schwer beladen."
„Hm."
Nichts zu machen. Pierre schweigt in sich hinein.
Mit einem Male fürchtet sich der Doktor vor dem Gang auf den Turm. Der Junge, der abgetrennt von anderen Altersgenossen aufwächst, hat noch nie danach gefragt, warum er nie zur Kirche geht, warum es im Hause Curie weder ein Kreuz noch ein Heiligenbild gibt. Noch nie hat Pierre, so nimmersatt er ist, Neues, Gründliches, Unwiderlegbares zu erfahren, die Frage gestellt: Und was ist das – mit Gott? – Jetzt soll er Notre-Dame besteigen – Warum? Hält er, Dr. Curie, die Kathedrale für so viel wichtiger als etwa den Bau des Pantheon, von dessen Kuppel man Paris, das noch unzerstörte Paris, doch wohl genauso gut hätte besehen können? Dummer Einfall, denkt der Vater, und es geschähe mir recht, wenn Pierre jetzt mit lästigen Fragen aufsässig würde.
Da sind sie: Noch steht das Tor der Kathedrale offen. Nun, hof-

fentlich verlangt Pierre nicht, einzutreten. Er war, soviel Dr. Curie weiß, noch nie in einer Kirche. Man würde ihn dazu verhalten müssen, die Mütze vom Kopf zu nehmen – Torheit überlieferter Gesten; Torheit, dieser Brauch, den Vorurteilen der Vergangenheit Respekt zu erweisen.
Aber Pierre verlangt nicht, einzutreten. Er ist's zufrieden, sofort den Turm zu besteigen.
Die Pforte führt in den Nordturm, die Treppe ist steil, eine Wendeltreppe wie in allen gotischen Türmen, ein enger finsterer Schluff, der nur hie und da durch eine enge Scharte Licht empfängt.
Durch diese Scharten gewinnt man wechselnde Aussicht auf die Häuser, auf die Straßen, auf die immer tiefer absinkenden Dächer der Cité. Dr. Curie erinnert sich seiner eigenen Jugend. Hier war er mit neunzehn oder zwanzig Jahren und hat, wie Tausende vor ihm, wie Tausende nach ihm, seinen Namen und den Namen des Mädchens, seiner damaligen Flamme, an die Wand gekritzelt.
Pierre will wissen, aus welchem Material die Türme erbaut sind.
„Aus Kalkstein, soviel ich weiß."
„Aber hier ist Sandstein."
„Du hast recht."
Pierre zählt nach Kinderart die Stufen.
Jetzt haben sie den ersten Austritt erreicht und stehen auf der Plattform hoch über der Galerie der Könige. Von hier haben die Bilderstürmer in der Revolution Dutzende von Figuren in die Tiefe gestürzt, weil sie in den gekrönten Gestalten die verhaßten Kapetinger vermuteten. Hier hat Viktor Hugo einen Teil der romantischen Tragödie Quasimodos angesiedelt. Der Junge hat das Buch, wenn nicht gelesen, so doch von ihm gehört. Wird er danach fragen? Er streckt den Kopf über die Balustrade und ermißt die Tiefe mit einem Blick. „Wie hoch sind wir jetzt?" „Schätze einmal!" Pierre nennt eine Zahl. „Das könnte stimmen." „Kommen wir noch höher?" „Wenn du willst."
Aber Dr. Curie bliebe gerne hier auf der Brücke zwischen den Türmen. Er ist etwas außer Atem, und irgend etwas rührt an sein Herz. Ist es die Erinnerung an damals, als er mit neunzehn hier oben war? Ist es etwas anderes? Mit einem Male fühlt er, daß dieses Bauwerk nicht so ganz grundlos mystische Verehrung genießt.
Die beiden Türme, riesig und doch zart gegliedert und von den

Krabben wie mit kostbaren Perlenschnüren besetzt, dahinter das Dach der Kathedrale, eine vorweltlich anmutende Landschaft mit ihren großen Schrägen, ihren Zwickeln und Verschneidungen, den Streben und Pfeilern, die sich gegen den Schub des Gewölbes stemmen und zwischen denen der schwindelnde Blick in die Tiefe taucht; es dünkt den Doktor ein ungeheuerlicher Gedanke, daß Menschensinn diesen Bau erklügelt, daß schwache Menschenhände ihn aufgerichtet haben, von einem rasenden Eigensinn angetrieben, das Unmöglichste zu leisten und über der Welt, die sie selbst bewohnten – ach, und wie elend bewohnten – eine andere, eine *Gegenwelt* aufzurichten. Über der Vierung von Lang- und Querschiff erhebt sich die elegant gespitzte Flèche, die Pfeilspitze, die in den Himmel weist, der steingewordene Finger der Erde, der nach dem Unendlichen zielt.

Der Doktor denkt: Waren die Menschen damals blind gegen die eigene Natur, gegen Behagen und Glück, gegen die einfachen Gesetze des Daseins, das sich an der Brust der Erde entfalten, blühen und gedeihen will?

Und hier die Meute der Wasserspeier, von Viollet-le-Duc den mittelalterlichen Vorbildern nachgestaltet, geflügelte Affen, gehörnte Pferde, geierköpfige Hunde, die auf den Balustraden hocken, aus Streben und Verkröpfungen schnellen, mit offenen Schnäbeln gegen den Wind fauchen, Nacht und Grauen, Wut und Aufruhr auszuspeien scheinen, Vorreiter eines dämonischen Ausbruchs ...

Den Mann weht etwas Unheimliches an. Aber den Jungen scheint nichts davon anzufechten.

Sie haben nun den Nordturm erstiegen, sind allein auf der Plattform. Nun liegt die Stadt in weiter Runde unter ihnen. Der böige Wolkenfetzen, aus dem der Schnee, der erste dieses Jahres, ein flüchtiges Weiß niederstäubte, ist vorbeigezogen; doch der Himmel, der am frühen Nachmittag noch fast blau gewesen, trübt nun an allen Horizonten ein. Seine Ränder senken sich auf die flachen Höhenzüge, die Paris umsäumen, auf die Forts: Mont Valérien, Mont Avron, Fort d'Issy, eines neben dem anderen in weitem, nach Nord und Ost ausgebuchteten Kreis. Und innerhalb des steinernen, mit Eisen und Pulver bespickten Ringes die ungeheure, tausendgliedrige, in sich selbst zusammengeduckte Stadt. Sie liegt da wie ein Tier, das sich bedroht fühlt und gegen die erwarteten Streiche

den Nacken steift, die Stacheln sträubt. Wann und wohin werden die ersten reißenden Schläge fallen? Wird sie sich ergeben, ehe sie tödlich getroffen ist? Wird sie sich aus Ermattung dem Feind überlassen oder zum Gegenangriff ausholen und erst dann, mit entsetzlichen Wunden bedeckt, verenden?
Oder wird ihr von außen Hilfe kommen? Dort drunten im Süden formiert sich, so wird behauptet, eine neue Armee. Auch im Norden und selbst im Osten sind Kräfte am Werk und unterwegs, Paris zu entsetzen. Wird irgend eine Unternehmung gelingen oder werden zuvor Hunger und Seuchen das Ende herbeiführen?
Der Doktor möchte Pierre auf diese Überlegungen lenken; er hält nichts davon, Kinder in Sicherheiten einzulullen, die keine sind. Er hält es für richtiger, auch den Zwölfjährigen auf die Gefahren vorzubereiten, die von Tag zu Tag wachsen, und die kindliche Seele daran zu gewöhnen, auch äußersten Schrecknissen mit Fassung entgegenzusehen.
Aber Pierre setzt den Versuchen des Vaters, ihn in ein solches Gespräch zu ziehen, immer gleiches Schweigen entgegen.
Er lehnt an der steinernen Balustrade und blickt zur Seine hinab. In der einfallenden Dämmerung, in der kaum ein schüchtern blinkendes Licht aufflimmert, sieht man, allmählich zu Schatten verschwimmend, die Gespanne über die Brücken ziehen.
Der Vater bemerkt, daß die Augen des Jungen nach wie vor am Pont-Neuf hängen. Und nun fällt auch die erste Frage: „Vater, für wie schwer hältst du ein solches Lastfuhrwerk?"
Im Vater zuckt Ungeduld auf. Weiß der Junge nichts anderes zu fragen, hier, auf dem Turm Notre-Dame im Angesicht des belagerten Paris, als nach dem Gewicht dieser Fuhrwerke, die er vorhin beobachtet hat? Aber so ist er, dieser Pierre, grüblerisch-schwerfällig, unfähig, sich von einem Eindruck zu trennen, unempfindlich und überempfindlich zugleich – ach, es war wohl vergeblich, ihn da heraufzuschleppen; er, der Doktor, hätte sich die Mühe sparen können. „Warum fragst du mich danach?" erwidert er ungeduldig. „Was hast du denn mit diesen Lastfuhrwerken?"
Pierre schweigt. Er geht einmal um das Viereck des Turmes herum, als erriete er die Gedanken des Vaters, als wollte er ihm den Gefallen tun, sich nach anderen Dingen umzuschauen als nach den winzigen kriechenden Schatten da unten in der Tiefe. Aber bald

steht er wieder am gleichen Platz, und sein Blick sucht abermals zwischen den Baumwipfeln und Dachschrägen des Quai des Orfèvres das dunkle Brückenjoch. Nun antwortet er mit der farblosen und ein wenig mißtönigen Stimme eines gekränkten Kindes: „Ich habe im ‚Constitutionel' gelesen, daß ein Mann unter so ein Lastfuhrwerk gekommen ist und daß ein Rad über seinen Brustkorb ging. Und ich wollte wissen: muß man da sterben?"
„Ich denke, ja", sagt der Doktor und denkt: er ist doch kindischer, als ich glaubte.
„Und kann man sich nicht retten – zwischen den Rädern durchkriechen? oder sich einfach zwischen die Räder legen? Ist das nicht möglich?"
„Der Schreck macht den Menschen starr und nimmt ihm die Besinnung", antwortet der Vater.
„Und dann zerdrückt ihn das Rad." Der Junge spricht zu sich selbst, wie aus einem schweren Alptraum heraus.
„Wahrscheinlich."
„Und dann –"
„Dann ist er eben tot. Denn das Lastfuhrwerk wiegt viele Tonnen, und der menschliche Körper kann vielleicht mehrere hundert Kilo, aber niemals ein Tonnengewicht aushalten."
„Aha."
Wieder geht der Junge rund um die Turmplattform, dann beginnt er von neuem: „Es kommt wohl auch darauf an, ob die Straße gepflastert ist oder nicht – Vater, was ist das für ein Stein, aus dem man Pflaster schlägt?"
„Granit." „Granit – immer Granit?"
„Zumeist."
„Aha."
In dem Kopf des Kindes scheint sich ein schweres, düsteres Bild zu regen. Und plötzlich ist eine neue Frage da: „Du hast einmal gesagt, Vater, nach dem Tod sei Nichts. Ist das wahr?"
„Ja."
„Weiß man das sicher?"
„Mit Wahrscheinlichkeit."
„Also nicht ganz sicher?"
„Die Wahrscheinlichkeit ist so groß, daß sie das Gegenteil beinahe ausschließt."

„Ist dieses Nichts gut?"
„Da es nichts ist, ist es weder gut noch schlecht, darum ist es ja eben: Nichts."
„Bist du einmal traurig gewesen, daß es so ist?"
„Traurig?" Der Doktor blickt den Jungen an. „Ja, vielleicht – früher einmal, aber das ist schon lange her. Und ich wüßte jetzt keinen Grund mehr, darüber traurig zu sein."
„Nein?"
„Nein."
Stille. Der Knabe lehnt neben dem Vater, hat die Ellenbogen auf das Geländer gestützt, seine Augen sind weit, doch gleichsam blicklos geöffnet. „Also –", wiederholt er, „keinen Grund."
Dem Doktor wird so merkwürdig, als schlüge ihm das eigene Wort in den Mund zurück: der ganze weite Raum, die unter ihm ausgebreitete Stadt, die sich mit ihren zehntausendfach ineinander gestockten Dächern, ineinander gebackenen Häusermassen von allen Horizonten heranschiebt; die Öffnungen der Kamine mit den vielen schwarzverrußten Röhren, die an durchschnittene Lymphgefäße erinnern, dazwischen die finsteren Rachen der Höfe, das knochenbleiche Starren der Türme von St. Germain d'Auxerrois, dort die bleichen bläulichen Blasen der Kuppeln, Invalides und Pantheon, und tief eingegraben zwischen den Quais das bleichgrüne Blinken des schleichenden Flusses, das da und dort ins Gelbliche spielt, um sich daneben ins Tintige zu verfinstern: große, herrliche, grausame Stadt, Stadt der Verhängnisse und der Verheißungen, der Verherrlichung der Vergänglichkeit: alles vergänglich und deshalb nichtig, ganz nichtig – aber die Trauer weggelogen ...
Das Kind glaubt der Lüge, will ihr glauben, weil es dem Vater glaubt.
Da aber geschieht etwas anderes: In der Gegend der Champs-Elysées flammt ein greller Halbmond auf, er leuchtet kurz, dann erlischt er, um gleich von neuem aufzuflammen.
Fünf-, sechsmal zuckt sein Licht aus verengtem Schlitz, dann blinkt er lange aus vollem Rund. Lange? Drei, vier Atemzüge lang. Jetzt antwortet von weither aus Nordost ein anderer Mond.
Strahl und Dunkel, Strahl, Strahl, wieder Dunkel –
Eine Weile nichts.
Es sind die Lichtmaschinen, die seit Paris belagert ist, auf den

höchsten Punkten der Stadt postiert, einander Nachrichten signalisieren. Auf dem Arc de Triomphe ist eine aufgebaut, eine zweite auf dem Mont Valérien, eine dritte am Fort d'Issy, eine vierte auf dem Montmartre. Nachts, wenn die Stadt in Finsternis versunken ist (die Gasbeleuchtung ist bis auf kleinste Reste abgeschaltet), werfen die kreisenden Reflektoren gespensternde Helligkeit –. Jetzt setzen auch die anderen Maschinen ein: blau, rötlich und violett kreuzen sich die Lichtkegel im Raum.
Einmal steigen sie hoch, der tief hängende Himmel scheint unter ihrem Anprall zu zerreißen, Nebelschwaden wanken und fliehen dahin. Dann wieder spielen sie fächernd über den Häusermassen, dunkel, hell, hell, dunkel, Türme und Kuppeln springen auf, eine tiefe Straßenschlucht schneidet taghell hervor, auch die Doppeltürme von Notre-Dame glänzen blendend wie Prismen, riesenhaft, in denen sich für Sekunden der Strahl zu brechen und zu zerlegen scheint: ins Nebelmeer zeichnen Kreuze, Pfeiler und Chimären ihr gigantisch vergrößertes Schattenbild.
Unwillkürlich haben sich Vater und Sohn unter dem Strahl geduckt, dann aber: „Vater!“
„Ja, Pierre.“
„Das ist schön. Warum tun sie das?“
„Sie geben einander Signale und erleuchten zugleich die Stadt.“
„Signale sind das?“
„Ja, Pierre.“
„Das heißt, daß die Lichter einen besonderen Sinn haben?“
„Ja.“
„Kennst du den Sinn?“
„Nein, Pierre.“
„Warum nicht?“
„Weil sie nach einem Geheimkode signalisieren.“
„Damit die Deutschen sie nicht verstehen?“
„Richtig.“
„Aha –“
Das Lichterspiel dauert fort.
„Komm, Pierre, wir müssen jetzt gehen.“
„Noch nicht, bitte, noch nicht.“
„Es wird kalt.“
„Ach nein.“

„Die Mutter wartet.“ Schweigen.
„Vater, ich möchte den Kode herausbringen.“
„Das kannst du doch nicht.“
„Meinst du, es sei sehr schwierig?“
„Nicht nur schwierig. Unmöglich.“
„Aber man müßte doch – –“
Das Kind steht schweigend, wie gebannt.
„Komm, Pierre, wir sind schon lange hier, es wird Zeit –“
Das Kind rührt sich nicht. Es hat sich an das Geländer festgeklammert. Dann, plötzlich lebhaft: „Jetzt hat der Mont Valérien viermal hintereinander dasselbe Zeichen gegeben, das muß etwas Besonderes heißen.“
„Es heißt gar nichts anderes, als daß wir jetzt hinuntermüssen –“
Sie kommen spät nach Hause. Die Mutter erwartet sie schon aufgeregt. „Habt ihr euch nicht erkältet? Warum seid ihr denn so lange geblieben?“ Sie trägt heißen Tee und gebratene Kartoffeln auf. Um neun muß Pierre ins Bett. Bruder Jacques darf bis zehn lesen. Der Doktor hat noch eine Visite zu machen. Da er zurückkommt, findet er seine Frau im Salon bei einer Näharbeit.
Der Doktor macht es sich bequem und schlägt die Zeitung auf.
Nach einer Weile läßt er sie sinken.
Die Frau ergreift die Gelegenheit. „Nun, wie war es mit Pierre auf Notre-Dame?“
„Sonderbar.“ Dr. Curie späht aus zusammengekniffenen Augen über den Brillenrand und die grüne Lampenkugel ins Leere. „Die Kathedrale schien ihm keinen Eindruck zu machen, auch nicht die Stadt, die er doch, soviel ich weiß, noch nie von oben gesehen hat. Aber die Blinkzeichen aus den Lichtmaschinen brachten ihn rein aus dem Häuschen. Er wollte durchaus herausfinden, was sie bedeuten, er wollte den Kode enträtseln –“
„Ach, das arme Kind!“
„– und war nicht wegzubringen. Erst, als ich ihm versprach, zu erzählen, wie mein alter Freund Fizeau mittels ähnlicher Blinkzeichen die Lichtgeschwindigkeit berechnete – er stellte eine Lichtquelle in Suresne und eine am Montmartre auf –, da ging er endlich.“
Eine Weile stichelt Frau Curie schweigend an ihrer Arbeit. „Was wohl aus ihm wird – aus unserem kleinen Pierre?“

Der Doktor hat sich wieder in seine Zeitung vertieft. Jetzt hebt er den Kopf und faltet das Blatt zusammen. „Ja–a“, antwortet er gedehnt, „das frage ich mich auch – und öfter, als du vielleicht meinst. Um Jacques mache ich mir keine Sorgen, bei ihm geht alles seinen Gang. Aber Pierre –“ und mehr zu sich selbst als zur Mutter vollendet er: „Aus Pierre wird etwas Großes – oder gar nichts.“
Der Junge hört es durch die schlecht schließende Tür.
Etwas Großes oder gar nichts.
Blinkzeichen, Lichtsignale: Arc de Triomphe, Porte d'Issy, dreihunderttausend Kilometer, während ich einundzwanzig sage, achtmal um den Erdäquator, sechsunddreißigtausendmal von Suresne nach Montmartre, aber das Zahnrad war schneller, Fizeaus kleines schnurrendes Zahnrad war so schnell, daß es die Dreihunderttausend messen konnte.
Schwer rollen die Räder über den Pont-Neuf, große Räder, tonnenschwere Lasten – weißer Flockenwirbel auf dem Pflaster, zarter Flaum der Kristalle: wo ein Rad über sie weggeht, schwarze Spur, schmierig-schwarze Spur ins Nichts. Nichts: kein Grund traurig zu sein.
Aus Pierre wird etwas Großes: Räder rollen. Eine ferne Stimme schreit: Gib acht! Nirgendwo ein Licht.

Sie marschieren, sie marschieren: aus der Sologne nach Vendôme, von Vendôme nach Chateaudun, von Chateaudun nach Outardville. Wohin sie kommen, heißt es: Fort von hier und weiter! Oder: Fort von hier und zurück! Ehe sie Nogent-le-Rotron erreichen, hören sie, daß die Deutschen ihnen dort zuvorgekommen sind. In Le Mans sagt man ihnen, die Loiretruppen ziehen sich nach Süden zurück. Also folgen sie dem Lauf der Sarthe und versuchen die Lair zu gewinnen. Unterdessen verbreitet sich die Hiobspost, Orléans sei zum zweitenmal in preußischer Hand. Kehrtwendung in die Sologne, Gewaltmarsch gegen Bourges.
Den Feind bekommen sie kaum zu Gesicht. Wo ist er, dieser allmächtige Feind? Die Landschaft verbirgt ihn, der Nebel verbirgt ihn, der über Niederungen und Hügel braut und den feindlichen Kolonnen erlaubt, sich unbemerkt und tiefer in das Land hineinzuwühlen.

Seltene Male hebt sich die Wolkendecke, die Nebelwände weichen. Dann taucht der Blick, schwindlig geworden von der sich öffnenden Ferne, in unermeßlichblaue oder abendgelbe Klarheit. Unter den jagenden, vom Wind getrimmten Wolkenherden liegt das Land gegen die Horizonte hinaus, schweigend, geduldig, in die uralten Faltungen seiner Hügel gelegt, Frankreichs Erde, und verrät nichts von dem, was ihr jetzt geschieht.

Das sind die Augenblicke, in denen die Seele erstaunt, daß Krieg ist.

Die Männer machen halt. Sie sind heute zwanzig Meilen marschiert, zwanzig Meilen durch Sumpf und Ackerschollen, in Schuhwerk, an dem sich der Kot ballt, in schmutzstarrenden Kleidern, die seit dem Regen vor fünf Tagen noch nicht getrocknet sind, aufgescheuert von Riemen, Nähten und verklumpten Fußlappen. Und hungrig, daß das Mark in den Knochen gluckert.

Sie werfen sich nieder – hat vorne jemand Rast gerufen? Die Tornister scheppern von den Buckeln, die zitternden Hände beginnen an den Verschnürungen zu fingern.

Der hat noch einen Kanten Brot, jener noch einen Schluck in der Flasche. Einer schiebt sich eine Handvoll roher glasharter Reiskörner zwischen die Zähne: besser als nichts, alles besser als nichts.

Stumpfes, dumpfes Dasitzen, Kauen; die Augen voll Himmel, voll Landschaft, brauner Weite: das Grün gerinnt mählich zu Blau, das Ocker zu Umbra, man denkt es nicht, man sieht es nur: abendlich dämmerndes Land.

Kein Haus, kein Dorf. Wo sind deine Städte, Frankreich, deine Schlösser, deine Kathedralen? Man möchte vergessen, daß Zeit ist, Menschenzeit, Notzeit, Kriegszeit, man möchte alles vergessen, das Woher, das Wohin. Wer sind wir eigentlich, ein Haufen Verzweifelter, Versprengter, wer hat uns hierher getrieben? Sind wir die ersten Menschen oder die letzten, Übriggebliebene aus einer großen Sintflut, die alles Leben verschlang? Flüchtlinge, vorwärts in eine Zeit ohne Namen?

Ohne Namen: uralt die Erde, uralt der Himmel und namenlos. Man möchte den Kopf betten, wo es dunkel und weich ist, man möchte sich krümmen und zusammenkauern, wie man einst in der Mutter Schoß lag, unwissend, traumlos.

Aber dort? was ist das?

Ein Punkt, sehr fern, sehr klein, eine rote Nadelspitze, ein roter glühender Nadelkopf, ein fremdes ruhloses Licht in der eindunkelnden Landschaft: wer zwingt uns, den Kopf zu wenden, zu sehen, die stumpfen glasigen Blicke daran zu heften? Wer? Und wie von selbst hebt sich der Arm und weist in die Richtung. Und wie von selbst löst sich die lallende Zunge, und die eigne Stimme, von der man dachte, sie sei für immer verstummt, fällt rauh und fremd, aber deutlich ins Ohr: „Dort! Schaut dorthin! Was ist das?"
Es ist Feuer; Brand in der Landschaft aus Taubengrau und Blau; Feuer: Krieg und Kriegszeit. Der Feind. Rückkehr zu Hier und Jetzt.
Auf, vorwärts, marsch!

Müdigkeit, Hunger und Elend sind sonderbare Zustände. Sie machen mutlos und verzagt, solange sie ein gewisses Maß nicht überstiegen haben. Dann aber machen sie trunken.
Man will ein Held sein. Jeder Franzose, jeder Périgorde will ein Held sein, ha! und wofür hat man seinen Napoléon gelesen? Wofür hat man als grüner Junge Jean-le-Gabariers Erzählungen gelauscht?
Zugegeben: es ist nicht leicht, ein Held zu werden in einem schon verspielten Krieg, nicht leicht, wenn man einem verlorenen Haufen angehört, der hinter dem Feind herrennt und doch die Berührung mit ihm scheuen muß wie der Teufel den Weihsegen, denn die Berührung müßte unfehlbar tödlich sein. Man ist nichts: Zusammengefegter Kehricht aus Frankreichs Niederlage, zwei Dutzend Nationalgardisten, eine Handvoll Freischärler, eine Rotte unmöglicher Pompiers, und unser Anführer ein alter Schwachkopf, er nennt sich Kapitän, Kapitän ohne Patent, von eigenen und des Krieges Gnaden, ein dünner Kerl mit krummen Beinen und einer hohen, quengelnden Fistelstimme. Er treibt uns wie das liebe Vieh zum Markt, treibt uns kreuz und quer durch die Departements Loire und Orléans, immer auf der Suche nach einer Truppe (angeblich), zu der er (angeblich) detachiert ist; vielleicht gibt es diese Truppe gar nicht oder sie ist durch die Krautfresser längst zermalmt worden, und wir suchen sie vergeblich wie die berühmte Stecknadel im Heuhaufen.
Wenn uns die Deutschen erwischen, so stellen sie uns an die Wand

oder verschicken uns für zehn Jahre Zwangsarbeit in ihre wölfischen Ostprovinzen. Sie sind wütend, weil sich Frankreich trotz Sedan nicht ergeben hat, und ihr Oberjunker, der Bismarck, hat zu Thiers gesagt: Wenn Sie weiterkämpfen, werden Sie es mit einer Armee tun, die keine ist, unter Offizieren, die keine sind, die nicht die Ehre haben, Offiziere genannt werden zu können ...
Und doch werden wir weiterkämpfen – darauf können sich die Preußen verlassen – und Elend und Hunger und Müdigkeit unter unseren Tornistern weiterschleppen, und sei es auch nur, um für eine Weile davon zu *träumen*, es könne noch einmal geschehen, wovon Jean-le-Gabarier erzählt hat.

„Ah, da sind sie, die Mordbrenner, eine ganze Rotte. Hörst du sie schreien?" – „Und wie ich sie höre." – „Sie haben das Dorf in Brand gesteckt." – „Gottes Strafe treffe sie." – „Sie tanzen um die brennenden Häuser, sie braten Ochsen, ersäufen sich in Wein." – „Ein Pferd! Gebt mir ein Pferd!" Da ist es schon. Ungesattelt, ungezäumt. Hinauf und die Sporen gegeben. Gott mit dir, junger Held.
Und er sprengt heran, von Funken umsprüht, eine Fackel in der Hand (woher die Fackel? Sie fiel vom Himmel!), Schüsse peitschen auf. Der Säbel blitzt, getroffene Feinde sinken nieder.
Da: ein Gespann, ein Pulverwagen. Auf ihn zu!
Die Preußen schießen aus allen Rohren, ein Regen aus Blei durchsiebt die Luft. Schießt nur, ja schießt, es ist mir eine Lust, euch Ketzern soviel gutes Blei zu kosten.
Die Fackel braust mir voran und immer voran wie ein rächender Stern, ein Stern der Vernichtung mitten ins Pulver hinein.
Aber die Pferde! Die Pferde sollen gerettet sein.
Mit einem Messer so scharf wie ein Strahl durchtrenne ich ihre Sielen. *Unfehlbar* mach ich sie frei.
Es ist die letzte, allerletzte Sekunde.
Denn jetzt: der Feuerschlag. Die Erde wankt. Die Hügel erbeben. *Unverletzlich* wie unter Cherubsfittichen braus ich davon, mit Blut überschüttet, von einer Trombe menschlicher Glieder umwirbelt.
Sechzig Feinde, sechzig auf einen Streich, und Frankreich um keine Kugel ärmer gemacht!
„Ihr kennt ihn doch, den Périgorden, Léon Bloy – kennt ihr ihn

nicht? Sein Name in aller Mund, die größte Heldentat des Krieges hat er vollbracht ...“

Am 28. Januar, dem Tag der Kapitulation von Paris, hatte er die einzige, erste und zugleich letzte Gelegenheit, die Waffe zu gebrauchen.

Seine Truppe war indessen in die Bretagne verschlagen worden. Man suchte die vorgeschobenen Flanken des deutschen Westflügels zu beunruhigen, freilich: die hier gelieferten Scharmützel waren nur etwas wie blutige Neckereien, als sollte in dem Gegner, der in keiner Weise und nirgends zu besiegen war, nur das Bewußtsein aufrechterhalten bleiben, daß er sich in einem zu finsterem Haß entschlossenen Land befand.

Wohin der Krieg sich wälzte, fraß er die Gegend leer. Die Bauern trieben ihr Vieh, wo sie noch welches besaßen, in Wälder, Sandgruben oder andere Verstecke, um es sowohl berittenen Streifen der Deutschen als auch den eigenen mehr marodierenden als operierenden Truppen zu entziehen. Hier in den kahlgefegten, weithin einsehbaren Gefilden der Finisterre taten sie sich schwer, die Reste ihrer Herden zu verbergen.

Das Wetter war kalt und stürmisch. Léons Kompanie zog einige Meilen küsteneinwärts über kahle steinige Hochflächen. Man glaubte in den Lüften das dunkle Heranbrüllen des Ozeans zu hören. In einer Nacht begann es zu schneien. Man lag am Rand eines Wacholdergehölzes, hatte eine Straße zu bewachen, von der es hieß, sie sei im Laufe des gestrigen Tages von Ulanen berührt worden.

Léon hatte sich ein paar der rauhen stachligen Machandelzweige abgeschlagen, um nicht im Schnee liegen zu müssen. Das Stöbern hörte auf, doch das flache Tal vor ihm war eine einzige weiße Fläche, auf der das Auge keinen Maßstab fand: sie konnte fünfhundert Schritt, aber ebensogut fünf Meilen breit sein, sie war öde und leer, man konnte sie für eine Meereswoge halten, die ganz mit bleichem Schaum bedeckt, für eine Ewigkeit erstarrt war. Es geschah nichts, gar nichts –

Bis die Reiter auftauchten.

Es waren diese Ulanen – sie kamen über den Hügelkamm gegenüber geritten und hielten die Richtung schräg an dem Wacholderbusch vorbei. Zwischen ihren im trüben Schneelicht schwarz er-

scheinenden Gestalten wogte etwas Graues, Dichtes, eine Masse hoppelnder Leiber, eine Herde von Schafen.
Die Reiter – es waren nicht mehr als acht oder neun – ritten beinahe im Schritt, immer bemüht, das Gewimmel zwischen sich beisammenzuhalten und in die Richtung zu drücken, in der sie selbst sich bewegten.
Léon riß seine Büchse hoch – in diesem Augenblick fielen Schüsse aus dem Gehölz hinter ihm, auch Léon feuerte, einmal, zweimal, dreimal – eine Minute lang war ein ungeheures Geknall, daß Léon glaubte, die Reiter in der Luft zerblasen zu sehen. Doch zu seiner Verwunderung stürzte keiner vom Pferd, auch kein Pferd stürzte, der Reiterschwarm schwenkte nur ein wenig ab. Er stob nicht einmal davon, beschrieb einen Viertelkreis nach außen und trieb die Beute ungerührt weiter; als durch die Wendung ein paar Schafe abgesprengt wurden, wagten zwei der Kerle sogar umzukehren, sie holten die Tiere mit geschwungenen Lanzen zurück.
Darüber geriet Léon in solche Wut, daß er aufsprang und hinter ihnen herlief, hinauslief in die ungedeckte Fläche und hinter ihnen herschoß.
Aber da verschwanden sie schon wie vom Erdboden verschluckt – in der Mitte des Tales mußte sich eine tiefere Mulde öffnen, die sich dem Auge nicht verraten hatte, und durch diese Mulde entkamen die Reiter und hatten nicht einmal ein Stück ihrer Beute verloren.
Das Geknall hinten aus den Machandeln verstummte, und irgendwo erscholl der Pfiff zur Vergatterung, der Hauptmann rief seine Leute zusammen, und es erhob sich nun ein großes Palaver, wie immer nach einer ergebnislosen Handlung, jeder schrie und fuchtelte und jeder wollte sein Bestes getan und als erster geschossen und genau gezielt haben, daß, wenn es mit rechten Dingen zugegangen wäre, keiner der Feinde hätte entkommen können. Der Hauptmann überschrie sie alle: er mußte nun Entschlüsse fassen, denn man hatte sich den Deutschen jetzt verraten und mußte sich entweder verschanzen (aber wie?) oder den Standort wechseln.
Léon hatte den Pfiff nicht gehört, nicht hören wollen, er war hinter dem Reitertrupp hergerannt, sinnlos und als könnte er nicht begreifen, daß dieser wirklich unbeschädigt davongekommen war. Da aber sah er etwas, das Etwas regte sich.
Er dachte im ersten Augenblick: Ah, so haben wir doch einen er-

wischt, doch wenigstens einen – und er wollte mit geschwungenem Gewehr auf den Feind losstürzen, nicht um ihn zu töten, nein, das dachte er nicht, aber doch um sich *ein*mal am Anblick eines zu Boden geworfenen Siegers ersättigen zu können.
Gleich darauf merkte er: das, was dalag, war kein Mensch, konnte kein Mensch sein, es war zu klein, viel zu klein, lichtgrau, wollig, ein verwundetes Lamm.
Und dann hörte er es auch schreien.
Eine blutige Spur schleifte zu ihm hin.
Die blutige Spur im schneeweißen Feld, und dort in einer blutigen Kuhle das kleine getroffene, zappelnde Tier.
Er kniete nieder: es zitterte am ganzen Leib. Als er es aufhob, schrie es einmal auf, kurz und schrecklich, dann hielt es still, ließ Kopf und Läufe hängen, als stürbe es eben.
Dem Mann fuhren die Worte der Liturgie durch den Kopf, mit denen die Kirche den Gottessohn in der täglichen Messe für ihre Gläubigen hinopfert: Agnus dei, qui tollis peccata mundi ...
Als er mit dem Tier an das Machandelgebüsch zurückkehrte, fand er niemand mehr da. Wo waren die anderen? Er rannte hin und her, da sah er den Trupp, schon entfernt, hastig davonmarschieren. Er folgte ihm nach, immer das Lamm im Arm.
Das Blut näßte seinen Rock und drang ihm bis an die Haut. Er fühlte die klebrige Wärme an seiner Brust, sie rieselte an ihm hinab, als blutete er selbst aus dem Herzen.
Das Tier lebte noch, als er die anderen erreichte. Er fürchtete sich vor dem, was nun geschehen mußte, aber er war auch außerstande, das Geschöpf hinzulegen, seinen Qualen, seinem Schicksal zu überlassen. Einer der Männer war zurückgeblieben und hatte ausgemacht, was Léon da trug. Er rief den anderen zu: die drehten sich um und drängten heran. Sie witterten Nahrung. Nach einem kurzen Wortwechsel rissen sie ihm das Lamm aus den Armen, ein Kolbenschlag zerschmetterte dem Tier den Schädel.
Eine Stunde später fanden sie einen geeigneten Platz: Mit ein paar Griffen hatten sie es abgehäutet, zerwirkt und auf einem rasch entfachten Feuer gebraten.
Auch Léon empfing sein Teil.

So ging der Krieg zu Ende und war auch für Léon verloren.
Er war fünfundzwanzig Jahre alt und hatte, alles in allem genommen, seine Jugend vergeudet.
Er hatte Maler werden wollen und keine Bilder gemalt.
Er hatte ein Dichter werden wollen und nichts geschrieben als ein paar verdorbene Akte, ein paar Verse, die niemand zu lesen wünschte, und eine Lobeshymne auf Barbey d'Aurevilly, die sogar dieser zu eintönig und schwülstig fand. Er hatte ein paar Freunde gefunden, auf die er sich verlassen zu können glaubte, aber der Krieg hatte sie zerstreut, und er wußte nicht, ob er sie jemals wiedersehen würde. Er hatte keine anderen Verbindungen, keine Braut, keine Frau und nicht einmal eine Geliebte, die in Betracht kam. Seine Erfahrungen hatte er bei käuflichen Mädchen gemacht, von sogenannten ehrbaren Frauenspersonen war er nur gefoppt und genasführt worden. Er hatte kein Geld, keinen Beruf, keine Aussichten. So rüstete er ab, und dieser Krieg, in den er gezogen war, um glühende Heldentaten zu vollbringen, endete für ihn damit, daß er seinen Hauptmann bat, ihm ein Zeugnis über gute Führung zu schreiben.
Er kehrte nach Périgueux zurück (für wie lange?) – um zuerst einmal die an seinem Leib halbverfaulten Uniformlumpen wegzuwerfen, sich neu zu bekleiden, seine zu Klauen verwucherten Nägel und sein zu einer borstigen Mähne verwildertes Haar abzuschneiden, sich satt zu essen und in einem Bett auszuschlafen. Seine Eltern, die niemals mit großen Glücksgütern gesegnet waren, würden jetzt nach dem verlorenen Krieg und unter dem Druck neu ausgeschriebener unerhörter Steuern an ihn, Léon, nicht mehr viel zu vergeben haben. Waren nicht noch ein paar jüngere Brüder da, die das Brot der Eltern aßen? Die Mutter war krank, der Vater erschöpft, nur Tante Eugenie, zwar noch ausgemergelter als zuvor, aber unentwegt, von nie erlahmender Energie besessen, hielt das Hauswesen aufrecht.
Léon hatte die Absicht, bald wieder sein Bündel zu schnüren. Dennoch blieb er. Mutter und Tante, deren Liebling er immer schon gewesen, machten ihm das Bleiben nicht schwer. Schwieriger war der Alte, aber auch er hatte Léon mit jener rauhen Zärtlichkeit begrüßt, die dem halb verhungerten Heimkehrer gebührte. Bald schmiedete er Pläne, den Sohn irgendwo unterzubringen. Eine

Schreiberstelle wurde gefunden; Léon hatte in Paris oft genug als Kopist seinen Lebensunterhalt verdient. Nun sah es aus, als sollte er in einer dieser licht- und freudlosen Stuben festwachsen, sein Dasein verbringen, altern und verkümmern.
Périgueux schien jetzt nach dem Krieg noch düsterer, noch beengter als zuvor. Die wenigen Häuser, in denen unter dem Kaiserreich etwas wie eine Geselligkeit gepflogen worden war, galten jetzt für verfemt. Niemand getraute sich gastfreundlich hervorzutreten; man fürchtete die in den unsicheren Verhältnissen lauernden Zufälle; die Schreckensherrschaft der Pariser Kommune saß allen in den Gliedern. Wer konnte wissen, ob er nicht durch seine Lebensgewohnheiten den Neid des Pöbels erregen und die Rachsucht gegen sich aufstacheln würde? So schloß sich jeder gegen außen ab, und das einst doch heiter-gemütliche Leben der Bürgerschaft versank in einer Art ängstlichen Halbschlafs.
In dieser Umgebung fiel es Léon nicht schwer, sich ganz auf sich und das Seine zurückzuziehen.
Sein ganzes Besitztum, alles, was ihn erfüllte, war sein Glaube, das heißt die damals erst kurze Erfahrung dieses Glaubens: eine Kette merkwürdiger, schreckhafter und zugleich unendlich süßer Erlebnisse: von jener ersten Nacht in Paris angefangen, die er mit der Lektüre der Offenbarung Johannis zugebracht; dann ein paar Messen, die er während des Krieges zu hören Gelegenheit gehabt hatte, eine Kommunion in einer halbzerstörten Kirche, die als Lazarett diente und in der Kranken und Sterbenden und allen, die es verlangten, das Sakrament gespendet wurde; zwei oder drei Nächte bei schwerverletzten Kameraden verwacht, denen er, Léon, Worte des Gebets und der Tröstung zugesprochen hatte, als spräche er zu sich selbst, zu seiner eigenen in Todesschauern ringenden Seele; blitzartige Erleuchtungen, die er im Anblick brennender Häuser, zerstörter Friedhöfe, zerschmetterter Pferdekadaver empfangen hatte; eine Stunde zu Füßen eines Feldkreuzes, von dem der Corpus frevlerisch herabgeschlagen und nur mehr die abgebrochenen Arme – als jammervolles Bild der göttlichen Ohnmacht – niederbaumelten. Endlich: das blutige Lamm dort auf dem Felde.
Diese Bilder verließen Leon nicht mehr, sie fügten sich in ihm zu wachsenden Figuren zusammen, in denen der Krieg, die Schicksale Frankreichs und seine eigenen gleichsam nur Muster waren, Punkte,

an denen das Sichtbare aufleuchtete und Kunde von Unsichtbarem gab: alles hing miteinander zusammen und war Botschaft, unerhörte Botschaft, Botschaft aus dem Unendlichen, die Bibel mit eingeschlossen, sie vor allem, Alpha und Omega aller denkbaren Erleuchtung, doch wer erahnte die Deutbarkeit dieses Alphabets, wer durchmaß die Abgründe der Wahrheiten, die in ihm schlummerten und die zu enthüllen nur dem Auserwählten erlaubt ist?

Léon war nach Erlebnisse solcher Art süchtig geworden.

Die nervöse Überanstrengung in den Kriegsmonaten wirkte sich aus, die Augenblicke des Entsetzens kehrten ihm zurück!

‚Eines Abends fühlte ich, wie alles in mir in Zerfall geriet. Wie soll ich es beschreiben? Eine Art schrecklicher Leere breitete sich in meiner Seele aus. – Ich war eben am Nachhauseweg durch die mir seit meiner Kindheit vertrauten Gassen. Doch plötzlich – so schien mir – war ich in eine fremde Stadt versetzt, ich kannte die Häuser nicht mehr, sie schienen mir Totenhäuser zu sein, Särge vielmehr, ungeheure Särge, dicht aneinandergereiht, übereinander getürmt. Wo ein Tor aufging, wehte mich der Hauch der Verwesung an. Ich konnte nicht glauben, daß die Gestalten, die sich da bewegten, Lebende waren: es waren Tote, längst Verstorbene, aber, was noch viel schrecklicher war, längst Verdammte. Sie gingen in Kleidern, die in jedem Augenblick wie Zunder von ihren Gerippen fallen konnten. Ich wich ihnen aus und begann wie ein Wahnsinniger von Mauer zu Mauer zu schwanken. Da war eine Kirche, ich trat ein, unwiderstehlich hineingetrieben – hier war ich allein. Die Dunkelheit tat mir wohl. Ich suchte einen versteckten Winkel auf und sank in die Knie, ich preßte meine glühende Stirn auf die eisige Schwelle eines marmornen Betstuhls. Die Besessenheit verließ mich, doch nur für Augenblicke ...‘

Nachts kann er nicht schlafen und wandert im Hause herum. Tante Eugenie sieht ihn, zu ihrem Entsetzen, in der Fensternische des Treppenhauses kauern, ein Buch in der Hand, als läse er. Am anderen Morgen weiß er nichts mehr davon.

Ein solches Gebaren kann dem Vater nicht verborgen bleiben. Der alte Bloy ärgert sich wütend über des Sohnes ‚Marotten‘, vor allem über seine ‚verrückte Frömmigkeit‘. Sieht er den Sohn über einem Buch sitzen, gleich vermutet er, es sei ein Andachtsbuch. Ließe er den jungen Mann laufen und tun, was ihm gefällt! Aber eine Art

merkwürdiger Eifersucht treibt ihn dazu, hinter Léon zu spionieren, seine Lektüre zu überwachen, seine Bekanntschaften zu prüfen.
Eines Tages kommt Besuch: es ist George Landry. Er ist heil aus dem Krieg zurück und zu Léon geeilt, der treue gute Junge. Die Freunde fallen einander jubelnd um den Hals. Auch die Mutter, die Tante, selbst Léons Brüder sind über den Gast erfreut, nehmen ihn mit offenen Armen auf. Nur dem Alten ist er schon am anderen Tag über; er hat bemerkt, daß die jungen Männer in aller Frühe das Haus verließen, er errät, daß sie miteinander zur Messe gingen. Der Umstand, daß sie erst später frühstücken, verfinstert seine Laune vollends: sie haben gemeinsam die Sakramente empfangen.
Landry bringt Grüße von Barbey d'Aurevilly. Der Meister lebt wieder in Paris, arbeitet an einem neuen großen Werk. Seine Freunde glauben, es werde alles übertreffen, was er bis dahin geschrieben hat.
Léon verstummt bei diesen Nachrichten. Barbey wieder in Paris, Barbey wieder an der Arbeit. Hat nicht auch er, Léon, etwas zu sagen? Hat nicht auch er wieder – heimlich – zu schreiben begonnen? In ihm rührt sich die alte unnennbare Sehnsucht – in ihm rumort das Verlangen, sich auszudrücken, sich im Wort dahinzugeben. Ist er in den letzten Jahren nicht älter, reifer, wissender geworden? Sollte nicht auch er seine Stimme erheben können? Daß bis jetzt niemand auf sie gehört hatte, sollte das bedeuten, daß es in alle Zukunft so bleiben würde? Nimmermehr! Doch hier, in Périgueux? Unmöglich! Unmöglich, noch länger zu bleiben.
Zum zweitenmal bricht Léon Bloy nach Paris auf.
In der Rue Rousselet empfängt ihn zunächst eine Enttäuschung. Meister Barbey ist wieder einmal in seine geliebte Normandie gefahren. Aber Léon hat – noch zu Hause – eine andere Bekanntschaft geknüpft. Durch Edouard Veyri, den ersten Studienmeister der Domschule, war er dem Philosophen Saint-Bonnet aus Lyon vorgestellt worden. Dieser hatte sich während der Unruhen dort, aus Furcht vor den Nachstellungen der Kommune, in das stille Périgord geflüchtet.
Saint-Bonnet war ein ruhiger, bescheidener Mann, Kleriker, der vom Ertrag seiner Bücher lebte. Bereitwillig verlieh er sie, und

Léon verschlang sie mit Entzücken. In Saint-Bonnet ist, anders als in Barbey d'Aurevilly, der den Glauben für ein Vorrecht des höheren Menschen und das Christentum für ein Schatzhaus poetischen Spiritualismus hält, ein demütiger, strenger, dennoch liebevoller Geist lebendig. Er ist um eine christliche Gesellschaftslehre bemüht, die, jenseits der Errungenschaften der Revolution, die Antinomien der Zeit im Sinne des Glaubens versöhnen soll. „Gott hat die Menschen im Hinblick auf Freiheit und Glück geschaffen. Dennoch kann für das Auge, das niemals Einsicht in die unendlichen Ordnungen nahm, nichts verwirrender sein als der offene Gegensatz zwischen Autorität und Freiheit. Und in der Tat: wer die Notwendigkeiten der Gesellschaften betrachtet, wird entschlossener Absolutist sein. Wer aber den Menschen betrachtet, wird sich für die Freiheit entscheiden. Die Menschen sollten sich nicht zusammenschließen, nur um mehr zu erzeugen, damit sie mehr genießen könnten. Sie sollten sich zusammenschließen, um einander mehr zu lieben. Wenn Liebe in ihnen ist, werden sie das große Geheimnis der Freiheit verstehen. Gott erwartet den Tag, da die unendliche Menge der Menschheit wie eine Woge gegen Ihn emporsteigt."

Die beiden Männer, der schon bejahrte Kleriker und der junge Périgorde, haben viele weite gesprächige Spaziergänge die Isle entlang und durch die klippige Hügellandschaft von Champcevinel gemacht.

Auf einem solchen Spaziergang hat Saint-Bonnet zu Léon gesagt: „Ich hielte es für richtig, wenn ein Mann wie Sie zum Priester geweiht würde."

Léon antwortete darauf nicht.

Als er Périgueux verließ, bat er Saint-Bonnet, ihm ein Empfehlungsschreiben mitzugeben. Saint-Bonnet tat es. „Aber denken Sie daran, was ich Ihnen gesagt habe. Paris wird Sie verschlingen. Warum suchen Sie den Streit und nicht den Frieden in Gott?"

In Paris angekommen, nahm Léon wieder seine alte Stelle in der Anwaltskanzlei auf. Doch gleich darauf begab er sich in die Redaktion des ‚Univers'. Der mächtige Veuillot geruhte ihn zu empfangen. Voll Erregung trat Léon bei ihm ein. Freilich: dieser Mann sah ganz anders aus, als er erwartet hatte, er ähnelte mehr einem Metzger als einem Geistesmenschen. Unwillkürlich erinnerte sich Léon, daß er sogar bei seinen Parteigängern als pedantischer Schulmeister und Schlimmeres verschrien war. Veuillot las das Billett, er zeigte sich nicht geneigt, Saint-Bonnets lobende Worte über Léons Talente besonders ernst zu nehmen. Die kleine Arbeit, die Léon ihm mit Zittern und Zagen reichte, schob er ungelesen in den Schreibtisch. „Ist gut", sagte er, „ich werde sie bringen, um meinem Freund einen Gefallen zu tun. Wenn Ihr Geschreibsel gefällt, können Sie wiederkommen."

Der Artikel erschien, und als Léon mit einem neuen anrückte, wurde auch dieser angenommen. Léon schwebte im siebenten Himmel. Welch ein Glück, welch ein rascher und vollkommener Sieg! Veuillot riet ihm, seine Stelle in der Kanzlei zu kündigen. Schnurstracks lief Léon hin und tat es. Dann eilte er zu seinem Freund George.

Dieser arbeitete jetzt als Buchhalter im Büro einer renommierten Chemiserie. Die beste Gelegenheit für Léon, sich hier für den neuen Stand herauszustaffieren. Der frischgebackene Literat warf die steifen Bauernhemden weg, die ihm Tante Eugenie eigenhändig genäht hatte. Er bestellt eine modische Weste, legt sich eine seidene Krawatte um. In der Rue Rousselet nimmt er seine alte Karte von der Tür, hinter der er in Untermiete wieder dieselbe bescheidene Mansarde bewohnt wie vor dem Krieg. Er malt ‚Schriftsteller und Journalist' in umständlich kalligraphischer Handschrift unter seinen Namen. Dann gibt er Nachricht nach Hause: „Meine Lieben, jetzt endlich habe ich mein Schicksal in die Hand genommen. Nichts steht mir mehr im Wege. Es wird alles anders werden. Heute schon würdet Ihr Euren Léon kaum wiedererkennen. Ich habe mich in Schale geworfen und bin daran, ein echter Elegant zu werden ..."

Auch Meister Barbey wird Bescheid getan:

„Wann werden Sie Ihr großes neues Werk vollendet haben? Ich brenne darauf, es kennenzulernen. Obgleich Sie unendlich erhaben sind sowohl über Lob als auch über Tadel, so darf ich Ihnen doch die glückliche Versicherung geben, daß Ihr Roman im ‚L'Univers' eine enthusiastische Aufnahme finden wird. Ich selbst will mich zum Bannerträger Ihres Ruhmes machen!"

Barbeys Antwort lautet sonderbar trocken:

„Viel Glück zu Ihrem Debüt und vor allem zu Ihrem neuen Chef. Ich kenne ihn, diesen frömmelnden Tartüffe. Es sollte mich wun-

dern, wenn er an meinem ‚Prêtre marié' Gefallen fände. Es wird ein Buch des Anstoßes, des Anstoßes für alle Weihwasserwedel vom Schlag Ihres Veuillot, denen noch die Reinheit verdächtig, die Natur ein Greuel und die Liebe das Laster kat'exochen ist."
Barbey kennt seine Splitterrichter nur allzugut. Sein Roman ist die Geschichte eines entsprungenen Priesters. Das würde Monsieur Veuillot vielleicht noch hingehen lassen, wäre dieser Priester ein Trunkenbold, ein platter Wüstling, eine abscheuliche Kreatur. Aber er ist ein Mann von Geist und Größe. Dieser Umstand eben soll, Barbeys Plan gemäß, seinen Abfall um so schrecklicher machen und ihn zu einem der leuchtenden Siege Satans stempeln. Die Große Kunst, die Hohe Literatur lebt davon, die Schönheit Luzifers erstrahlen zu lassen. Das weiß Léon – soviel hat er seinem Meister abgelernt – und wagt es jetzt auch auszusprechen: „Der Roman ist, man kann es nicht oft genug betonen, das bewußte oder unbewußte Experiment, in dem die Tiefe der menschlichen Seele ausgelotet werden soll. Was die Theologie in einer unendlich höheren Ordnung längst formuliert hat, ist hier dargestellt: die Tragödie des Menschen in den Banden des Bösen. Von nichts anderem als davon hat Shakespeare, hat Balzac geschrieben. Wollte man nun d'Aurevillys ‚Prêtre marié' verdammen, müßte man auch Shakespeare und Balzac verdammen. Die Offenbarung des Teufels ist in der Kunst ebenso unerläßlich wie im Leben. Hört man auf, Satan ernst zu nehmen, fängt man an, ihn totzuschweigen, wird man bald dahin gelangen, sich auch über Gott lustig zu machen."
Mit solchen Thesen will Léon allen Einwänden des ‚frömmelnden Tartüffe' zuvorkommen.
Er hat seinen Artikel abgeliefert, er hält ihn für das Beste, was er bis jetzt geschrieben hat, und nun erwartet er dessen Erscheinen.
Doch der Artikel erscheint nicht. ‚L'Univers' nimmt von dem neuen Buch keine Notiz.
Erbittert sucht Léon den Chef auf.
„Sagen Sie, um Himmels willen, was paßt Ihnen nicht?"
Veuillot zuckt die Achseln.
„Antworten Sie mir. Ich habe ein Recht darauf zu erfahren, was Sie gegen dieses Buch einzuwenden haben."
„Schweinereien", murmelt Veuillot, „nichts als Schweinereien."
„Herr!"

„Ein schlechtes Buch, ein Machwerk, nichts fürs Volk. Mit so was ist keine Propaganda zu treiben."
„Propaganda? Ich denke, wir sprechen über Kunst."
„Was heißt Kunst? Pfeif drauf! Kunst! – Sehen Sie, dieses Papier! Seine Eminenz haben ein Gutachten schicken lassen. Hier ist es: Vernichtend! – Und im übrigen, Bloy, haben wir einander nichts mehr zu sagen."
Einander nichts mehr zu sagen? Das hieß doch wohl: Aus. Aus. Ein für allemal aus.
Die Pforte des ‚L'Univers' fiel hinter Léon ins Schloß.
‚Endlich habe ich mein Schicksal in die Hand genommen. Nichts steht mir mehr im Wege' – nichts im Wege auf meiner Rückkehr ins Elend.
Und wieder beginnt die Suche nach Arbeit, gleichgültig nach welcher.

Die Freunde nennen ihn den kleinen Sakristan, ‚homme de messes', den Kirchenläufer. Selbst Barbey, der ihn bekehrt hat, zieht ihn auf.
Ja, es ist wahr: Zittert nicht sein Herz vor Liebe zu Gott? Fühlt er sich nicht im Anblick der Abgründe göttlicher Herrlichkeit durchgraut? Beugt er sich nicht täglich über die tiefen Geheimnisse, die ihm wie von Engelshänden dargeboten werden: die Messe am Morgen, oft schon vor Tagesanbruch – er hat sich anfangs beinahe nur mit Gewalt aufgerafft hinzugehen – jetzt ist sie ihm schon zur unentbehrlichen Gewohnheit geworden. Die Finsternis und Kälte der winterlichen Kirchen umfängt ihn mit ahnungsvollen Schauern. So leer ist die Halle, für so wenige wird hier das große Opfer, die neue Menschwerdung gefeiert. Die Stille, in der die Messe vor sich geht, umhaucht ihn mit einer Innigkeit, die kein Gesang, kein Orgelspiel in ihm erwecken könnte. Er verzichtet darauf, die sogenannt *schönen* Kirchen aufzusuchen. Eine arme Kapelle ist ihm genauso lieb wie die prachtvolle Kathedrale. Was sind Prunk und Pomp, was ist selbst Schönheit vor dem unausdenklich Herrlichen der Brot- und Weinverwandlung? Er, der Allmächtige, der wie Moses in der Wüste das Wasser aus dem Fels, die Welt aus dem Nichts hervorschlug, die wirbelnden Scharen der Sonnen, das Strömen der Milchstraßen – ER ist zugegen, den Händen des Priesters

anvertraut, unsagbar bereit, in das Herz auch des ärmsten Knechtes einzugehen. Wie wagte dieser Knecht, sich IHM zu verweigern? Wenn Léon sich würdig glaubte, empfing er täglich die Kommunion.

Wenn er sich würdig glaubte.

Denn trotz allem: der Dämon.

Der Dämon: der schweinsköpfige Löwe seiner grünen Jugendjahre hatte nie aufgehört, ihn zu verfolgen. Freilich: verwandelt. Diese Stadt Paris, die sich stolz das Heerlager der Liebe nennt, belagerte ihn, der in ihr wohnte, mit tausend Versuchungen.

Er erinnerte sich: immer schon, auch vor seiner Bekehrung hatte er jede Lust mit dunklen Gewissensqualen gebüßt. Ja, noch ehe er wußte, was Sünde ist, war er ihren Schrecknissen zum Opfer gefallen. Wenn er als Kind mit den Brüdern gespielt hatte und wenn diese Spiele in einer bestimmten Weise entartet waren; wenn sie sich an die Kammerfenster der Mägde gepirscht und die Mädchen beim Auskleiden belauert hatten und wenn seine Brüder dieses Schauspiel nur ergötzlich und überaus komisch fanden, ihn hatte es anders, tiefer, verwirrender getroffen. Bis ins Innerste verstört nahm er nachher Zuflucht zur Mutter oder zur Tante, dann fiel ihm ein, daß ja auch sie Frauen und unter ihren Kleidern nackt waren, und schaudernd zog er sich von ihnen zurück.

Damals war er noch nicht einmal zur Schule gegangen und hatte noch nichts von den Geboten gehört, deren Übertretungen mit Höllenqualen bestraft werden.

Diese Höllenqualen: er glaubte sie zu kennen.

In seinen ersten Pariser Jahren, Jahren des Unglaubens und der Auflehnung; doch wenn er – es war oft genug geschehen – irgendwo bei einer Leichtfertigen eine Stunde der Lust genossen hatte, womit hatte er sie nicht bezahlt? In Eile brach er auf, machte sich davon. Oder er versuchte, sich dem fremden Mädchen zu erklären. Aber das Wesen, das noch eine Stunde zuvor die engste Gemeinschaft geboten und gewährt hatte, begriff nichts, argwöhnte oder verlachte ihn einfach.

Verstört und zerschlagen schleppte er sich nach Hause. Jedes Kind, das ihm auf der Straße begegnete, erneuerte in ihm das Gefühl des Beflecktseins.

Aber nach ein paar Stunden Schlaf, nach einem Tag oder zweien, rührte sich die neue Versuchung, unerbittlich, der Dämon, der ihm die Ruhe raubte, der ihn mit süßen und schrecklichen Bildern umgaukelte, der ihn hinaustrieb auf die Straßen, der ihn die Viertel aufsuchen ließ, in denen sich das Laster breitmacht. Er widerstand, ließ das Geflüster der Mädchen an sich vorüberstreifen, er blickte mit gespielter Gleichgültigkeit in ihre Gesichter, doch offenbar spielte er schlecht: sie hefteten sich an seine Fersen.

Er schlug eine rasche Gangart ein, tat, als sei er in Geschäften unterwegs, pfiff vor sich hin und schüttelte die Frechsten ab; er wollte nicht, wollte nicht – so trug er seine Begierde nach Hause zurück, um von dort nach kurzer Zeit, nach vergeblicher Gegenwehr von neuem aufzubrechen.

So war es damals schon.

Jetzt war die Pein verzehnfacht.

Jetzt war das blinde, nur dunkel umgetriebene Gewissen in das Licht des Glaubens getreten und gleißte darin wie ein Cherub, der über und über mit Augen bedeckt, strafende Ruten in beiden Händen schwingt: Du sollst nicht Unkeuschheit treiben!

Es war nicht leicht zu verstehen, daß, wie es manchmal schien, nur *er* den Ruf so unerbittlich vernahm.

Da war etwa Barbey, dem, wie Léon glaubte, wie keinem anderen die Tiefe und Weisheit des Glaubens offenbar geworden war. Wer konnte wohl auch schöner von der Kirche sprechen, wer urteilte bitterer über den Verfall der Zeit, der doch vor allem ein Verfall der Religion und der Sitten war?

Barbey hatte Léon dafür den Star gestochen.

Aber wie er lebte, das schien im Hinblick eben darauf rätselhaft. Er lebte, wie es ihm gefiel, wie er bei allen Gelegenheiten zu betonen nicht unterließ, als ‚ein Mann von Welt', höchst weltlich also; ein alter Mann, sechzig vorbei – und daß sich sein Haar immer noch in fülligem Schwarz lockte, verdankte er den Künsten seines Friseurs –: er unterhielt eine Freundin und verschmähte es keineswegs, wenn er weitere Eroberungen gemacht hatte, sie auch weidlich zu genießen. Dann schwärmte er, ohne die Gebote der Diskretion allzu eindeutig zu verletzen, von den Reizen, die er jeweils genossen. „Gott segne den kleinen Engel! Er hat mich erquickt. Ah, was wäre die Welt, wenn sie der gütige Schöpfer nicht mit den Rosen der Liebe geziert hätte!"

Léon begriff das nicht, und der Widerspruch türmte sich vor ihm wie ein Berg auf.
„Verstehst du das?" fragte er George, wenn sie nach einem mit vielen Anekdoten gewürzten Souper ihren Meister verließen. „Kannst du ihn begreifen? Fühlt er's denn nicht? Er muß es doch wissen, mein Gott, daß diese Art Liebe eine himmelschreiende Sünde ist."
George zuckte die Achseln. Ihn, den Fischblütigen, beunruhigte Barbeys Lebenswandel nicht besonders.
Immer wieder erschienen diese Sonntagvormittage, an denen Léon nicht wagte, in irgend eine Kirche zu gehen. Aber um dreiviertel auf elf fuhr das Coupé vor Barbeys Haus vor, in dem dieser nach einem Umweg über die Champs-Elysées zum Großen Hochamt nach Notre-Dame rollte. Noch prächtiger gekleidet als sonst erschien der Meister, von George begleitet, der, blondlockig wie ein Page, à la manière d'Aurevilly herausgeputzt, jenem das in roten Saffian gebundene Meßbuch nachtrug. Barbey hätte keine andere Messe besucht als das feierliche Hochamt in der Kathedrale, von einem hohen Würdenträger unter Orgelklängen und Chorgesängen zelebriert; was in Paris aristokratisch und konservativ war, nahm an diesem Gepränge teil.
Aus seinem Fenster gebeugt, blickte Léon dem Wagen nach, von Trauer, Scham und Hunger zerfressen.
Die Freunde rieten ihm, in einen Orden einzutreten. „Wie wäre es mit den Trappisten? Für deine Art Frömmigkeit ist nur ein Orden strengster Observanz geboten. Jeder nach seinem Geschmack! Du bist begierig nach dem Absoluten – ein Appetit, um den dich niemand beneidet."

IV

Manja Sklodowska an eine ihrer Cousinen:

10. Dezember 1885

Liebe Henriette, seit wir uns getrennt haben, habe ich das Leben einer Gefangenen geführt. Wie Du weißt, habe ich eine Stellung in der Familie des Rechtsanwalts B. angenommen. Ein solches Höllenleben wünsche ich nicht meinem schlimmsten Feind.

Dieses Haus ist eines jener reichen Häuser, wo man vor Gästen Französisch spricht – ein erbärmliches Französisch –, Rechnungen ein halbes Jahr nicht bezahlt, dafür das Geld aus dem Fenster hinauswirft und am Petroleum für die Lampen spart. Es gibt hier fünf Dienstboten, ich bin der sechste, man posiert auf Liberalismus, aber in Wirklichkeit herrscht finsterste Dummheit. In süßem Ton wird bösartiger Klatsch getrieben – ein Klatsch, der an niemand ein gutes Haar läßt.

Meine Kenntnis der Gattung Mensch hat sich hier sehr erweitert. Ich habe gelernt, daß es die Personen, die in den Romanen beschrieben werden, wirklich gibt, und daß man mit Leuten, die der Reichtum moralisch heruntergebracht hat, nichts zu tun haben darf.

Mein Verkehr mit Frau B. nahm schließlich so starre Formen an, daß ich es nicht mehr ertrug und ihr alles ins Gesicht sagte. Da sie mich ungefähr genauso wenig leiden kann wie ich sie, haben wir uns vorzüglich verstanden.

Damit ist nun auch der Schlußpunkt unter diese Episode meines Lebens gesetzt (sie dauerte lange genug, wahrhaftig, zwei Jahre!). Ich habe gekündigt, und mir ist auch eine andere Stelle angeboten, und zwar auf dem Lande. Halte mir den Daumen (so sagt man doch, nicht wahr?), daß ich es dieses Mal besser treffe . . .

Erinnerst du dich noch an unsere Schlittenfahrten, besonders an jene in der Dreikönigsnacht, als wir uns einbildeten, die Wölfe heulen zu hören?! (Dabei jaulten nur ein paar Köter im nächsten

Dorf!) Ich glaube, so glücklich wie damals werde ich in meinem ganzen Leben nicht mehr sein.

Die Z.s waren eine große Familie, reiche Leute, aber keineswegs hochmütig. Sie betrieben eine Zuckerfabrik bei Szczuki par Przannysz. Die Bäume im Garten ihres Landhauses sind die einzigen weit und breit in der Gegend: alles andere Zuckerrübenfelder, vier, fünf Kilometer im Geviert. Dann erst ein Streifen Kiefernwald, dahinter das winzige schmutzige Dörfchen Krasiniec. Dorther kommen die meisten Arbeiter und Kolonen, die in der Z.schen Zuckerfabrik arbeiten und die Felder bebauen. Staubige Wege im Sommer, lehmig-grundlose im Herbst und Frühling. Von der Fabrik läuft ein Schmalspurgeleise zum nächsten Bahnhof. Kohlen und Zuckerkisten werden auf Loren befördert, auch Rüben, sofern die eigene Ernte nicht ausreicht. Eine uralte Spielzeuglokomotive ist vorgespannt.
Auf ihr kam Manja angefahren, als sie die Stelle einer Gouvernante im Hause Z. antrat.
Man hatte vergessen, sie mit dem Wagen von der Station abzuholen. Als sie ratlos auf dem Bahnhof herumstand, hatte ihr der Heizer der kleinen Lokomotive zugerufen, sie solle bei ihm einsteigen. Er hatte die Einladung scherzhaft gemeint und nicht gedacht, das fremde Stadtfräulein werde wirklich ihren Koffer packen und zu ihm in den Führerstand klettern. Aber Manja besann sich nicht lange. Sie war rußschwarz, als sie ankam.
Manja ließ sich einen Schuß heißen Dampfes aus dem Probehahn auf das Taschentuch blasen. Damit reinigte sie sich das Gesicht. Undenkbar eine Gouvernante, die schwarz wie ein Kaminkehrer ihre Stellung antritt.
Bei Z.s hätte es dieser Zimperlichkeit kaum bedurft.
Man fand es ‚äußerst fesch' von Manja, daß sie mit der Lokomotive herausgefahren war. Man applaudierte ihrer Entschlossenheit und fand es kaum nötig, sich zu entschuldigen, daß man vergessen hatte, die Kalesche zu schicken. Besonders Julka, die achtzehnjährige Tochter des Hauses, schien entzückt. Sie hatte Manjas Gepäck ergriffen und sagte: „Kommen Sie, ich zeige Ihnen Ihr Zimmer. Wir schlafen zusammen, fein, nicht wahr?"
Über eine steile, mit etwas schadhaftem Linoleum belegte Treppe

stiegen die Mädchen in das zweite Stockwerk hinauf. Julka öffnete die Tür: Der Raum war klein, winkelig, mit Möbeln verstellt, ziemlich unordentlich, aber anheimelnd. Julka öffnete einen Schrank, gab den Kleidern, die darin eins neben dem anderen hingen, einen Schubs: „Hier haben Sie Platz", sagte sie, sie sagte es beinahe zärtlich und offenbar überzeugt, daß sich Manja darüber freuen werde, Zimmer und Schrank – aber auch Waschbecken und Spiegel – kurz, sozusagen alles mit ihr zu teilen.

Gottlob, dachte Manja, ein Bett hab ich doch für mich allein.

Nebenan, nur durch einen Vorhang von ihrem Zimmer getrennt, war Anzias Mansarde. Anzia war das Kind, zu dessen Erziehung Manja vor allem berufen worden war.

Aber Anzia war augenblicklich nicht da, sie war bei einer Tante zu Besuch, sie würde erst in acht oder zehn Tagen wiederkommen, man hatte auch das vergessen, Fräulein Sklodowska mitzuteilen. Nun, was machte es aus? Fräulein Sklodowska konnte sich unterdessen sicher anderweitig beschäftigen.

Manja warf einen Blick in Anzias Bereich. Dieselbe Enge hier wie dort, auf dem unordentlich zersessenen Bett eine Kompanie Puppen, große Puppen, kleine Puppen, Puppen ohne Perücken. Ein kläglich grinsender Hampelmann, dem Arme und Beine fehlten. Aha, dachte Manja, hier wird es nicht leicht sein zu unterrichten. Aber die Leute sind gemütlich.

Ja, sie waren gemütlich, die Z.s. Die Dame des Hauses war eine kleine füllige Person, unter deren lebhaft gemustertem Seidenkleid sich die Verschnürungen ihres Korsetts deutlich abzeichneten. Der Herr des Hauses – er kam etwas später –, ein dicker großer Mann mit großem, glänzend-kahlen Schädel und buschigen rotblonden Brauen. Julka, die ihm glich – nur war sie dunkel –, ein hübsches, lebhaftes, etwas zu üppiges Mädchen. Anzia, den Bildern nach zu schließen, ein reizendes Kind; dann: Ladis, ein fünfzehnjähriger Bengel mit riesigen roten Ohren, und endlich Kasimir, der Älteste. Auch er vorläufig unsichtbar: er war gerade daran, Abschied zu nehmen, um für ein Jahr ins Ausland zu reisen. Er war in die Nachbarschaft gefahren; wenn man Julka glauben wollte, war Kasimir seit Wochen unterwegs, um bei allen Freunden und Verwandten im Umkreis von zwanzig Werst seine Abreise ins Ausland zu feiern. Man hatte offenbar eine Unmenge Bekannter in der Gegend; keiner durfte ausgelassen, alle mußten besucht werden, und alle rechneten es sich, wie es schien, zur Ehre an, Kasimir Z. ein Abschiedsgastmahl zu geben.

Julka wollte sich vor Lachen darüber ausschütten. „Sie verstehen, Manja, Kusy ist – nach unserem Vater – hier die Hauptperson, und überall, in allen diesen Häusern, gibt es Töchter. Alle möchten sich ihn kapern, diese Mädchen, ah! und erst die Mütter! Aber ich weiß, Kusy macht sich aus keiner was: Diese Gänse. Er lacht sie alle aus. Kusy ist ein sehr lustiger Junge – und sehr gebildet, sehr gescheit!"

„Ach ja?"

Manja fragte sich, was Julka wohl unter Bildung verstand. Sie hatte einen Blick in den Bücherschrank der Familie geworfen: da war eine alte Bibel, ein paar Andachtsbücher, ein paar Liebesromane und ein illustriertes Werk: Französische Sittengeschichte.

Sie blätterte auch flüchtig in den Noten, die auf dem augenscheinlich viel benützten Pianino lagen: Walzer von Strauß, Potpourris von Offenbach und einige polnische Tänze.

„Darf ich fragen, wer spielt?"

„Oh – wir alle, die ganze Familie. Vater hat früher auch gegeigt, jetzt ist er etwas aus der Übung, aber im Fasching, wenn wir unseren Hausball geben, spielt er immer auch selbst auf."

„Das ist aber sehr hübsch", sagt Manja höflich.

Manja ist nicht sehr musikalisch, aber sie liebt gute Musik, das heißt: sie verachtet schlechte. Die primitive Abwandlung primitiver Tonfiguren ist ihr peinlich, für sie ist musikalischer Geschmack eine Sache der Intelligenz. Nur wenn sie tanzt, ist ihr alles recht, und der gewöhnlichste Tschimbum kann sie hinreißen. Mein Gott, sie hat lange nicht mehr getanzt. Sollte es möglich sein, daß sie hier wieder tanzen wird?

Das Abendessen ist vorüber. Es war ziemlich üppig. Manja hilft den Tisch abräumen. Dann werden die Karten gemischt –. Plötzlich schlagen die Hunde an, es läutet. Das ist Kasimir, denkt Manja. Aber es ist nicht Kasimir, es sind andere Leute. Laute Rufe, Gelächter, Getrampel von vielen Stiefeln. Die Setter toben. Ein Onkel mit vier Söhnen – sie sind auf der Jagd gewesen und haben sich auf dem Heimweg verspätet. Jetzt sprechen sie bei Z.s um einen Imbiß an. Im Flur wird die Beute – Hasen, Rebhühner und

Enten – abgeladen, hergezeigt, begutachtet. Die Ankömmlinge haben einen Bärenhunger.

Frau Z. und Julka lassen sich das nicht zweimal sagen. Die Köchin wird aus der Kammer geklopft, man schürt das Feuer erneut an. Frau Z. besteht darauf, man muß in Eile Koteletten braten. Die Jäger wollen lieber Rebhühner. Gut, Rebhühner nach den Koteletten. Aber was sind Koteletten ohne grüne Bohnen?

Der Onkel will kein Fleisch essen, wenn es nicht grüne Bohnen dazu gibt.

Julka und Manja binden sich Schürzen um und laufen in den Garten, um welche zu pflücken.

Im Schein von zwei Windlichtern kauern die Mädchen im blätterdichten Dickicht der Stangenfisolen. Sie lachen und kichern dabei, denn Julka erzählt lustige Geschichten über den Jäger-Onkel. Die laue Septembernacht ist still, finster und sternelos, der Himmel bedeckt, so daß kein Tau fällt. Die Flammen zittern kaum in den Laternen. Ihr Schein fällt in rhombischen Vierecken durch die Fensterchen, aber zerfällt, im Blattwerk gefangen, in schattendurchstreiftes, smaragdgrün flimmerndes, geheimnisvoll regsames Geleucht. Da zittern die grünen Herzen der Blätter, da drängen sich Stengel und Ranken mit dem Ausdruck schwelgerischer Zärtlichkeit ineinander, da schimmern die saftiggelben Schoten neben den weißen und roten Rüssellippen der Blüten. Eilig pflücken die Mädchen, im Nu füllt sich die mitgebrachte Schwinge, die Mädchen bedauern es fast, daß sie schon fertig sind.

Das Jägermahl dauert bis weit nach Mitternacht. Jetzt, erklärt man den Gästen, könnten sie doch nicht mehr weiterfahren. Man lädt sie ein, im Hause zu schlafen.

Nach einigem Hin und Her wird die Einladung angenommen. Manja und Julka breiten Leintücher über improvisierte Lagerstätten. Die zwei jüngsten Gäste, zwei Buben von zwölf und dreizehn, werden den Mädchen übergeben. Der eine schläft in Anzias Bett, der andere wird in das von Julka verfrachtet. „Und ich schlafe einfach bei dir", sagt Julka und drückt Manjas Arm an sich.

Manja schläft schlecht in dieser Nacht. Sie liegt die meiste Zeit wach neben der anderen, die ruhig und behaglich atmet. Manja stützt den Kopf in die Hand und versucht nachzudenken.

Sie denkt: eine seltsame erste Nacht in diesem seltsamen Haus. Seltsame Leute. Aber irgend etwas ist liebenswert an ihnen, rührend – Manja lächelt –, wie wenn sie alle Kinder wären, Julka, Ladis, selbst Vater und Mutter. Auch Kasimir?
Kasimir ist, hat Julka ihr erzählt, der anderen Geschwister Halbbruder. Über Herrn Z.s Schreibtisch hängt das Bild einer Dame: sie war seine erste Frau, eine sehr schöne Person mit einem schmalen edlen, allerdings in einem etwas künstlichen Lächeln erstarrten Gesicht. Auf ihrem Schoß sitzt ein kleiner Junge, der ihr gleicht. Kasimirs Mutter starb, als er vier Jahre alt war. Herr Z. muß sogleich wieder geheiratet haben. Die jetzige Frau Z. ist alles andere als hübsch. Nun, vielleicht war sie reich, denkt Manja, und irgend etwas in ihr ergreift Partei für die Tote.
Julka wälzt sich im Schlaf herum, murmelt etwas und bohrt ihren Ellenbogen in Manjas Seite.
Manja rückt noch ein paar Zentimeter gegen den Rand. Jetzt hängt sie schon zur Hälfte aus dem Bett. Nach einer Weile wird ihr diese Stellung zu unbequem. Eine Sekunde lang denkt sie daran, sich auf das andere Bett zu dem kleinen Jungen zu legen. Aber nein, das geht nicht. Das könnte mißdeutet werden. Sie steht auf, gähnt und streckt sich, tritt in ihre Pantoffel und schleicht hinaus.
Im Flur kleidet sie sich an. Der Morgen dämmert. In den Bäumen tschilpen schon die Spatzen.
Manja tappt die Treppe hinunter. Auf dem Pflaster im Flur liegen die Beutetiere der Gäste, eine Blutlache hat sich unter ihnen gebildet, es riecht wie in einem Wildbretladen, beizend herb und ein wenig widerlich. Manja streichelt einem Häschen das Fell, doch das blinde, bläulich verschleierte Starren des gebrochenen Auges schreckt sie ab.
Sie betritt die Küche. Lieber Himmel, wie sieht es hier aus! Die Unordnung ist fürchterlich. Schüsseln, Teller, Töpfe stehen in wildem Durcheinander herum, in den Pfannen angekohlte Reste, auf den Servierbrettern die abgenagten Knochen. Manja runzelt die Stirn. Sie denkt an zu Hause: wenn Sklodowskis Gäste haben – es kommt selten genug vor – und wenn die Gäste gegangen sind, ist es ungeschriebenes Gesetz, daß das Geschirr gewaschen und die Küche in Ordnung gebracht wird. Ist kein dienstbarer Geist im Hause, besorgen es die Töchter. Sklodowskis verabscheuen jede Art von

Schlamperei. ‚Polen besteht durch Unordnung' – dieses böse Wort sitzt wie ein Stachel in ihnen und treibt sie an, sich anzustrengen. ‚In dieser Hinsicht sind wir keine Polen', pflegt der Vater zu sagen, und immer zuckt es wie Bitterkeit und schmerzlicher Zorn dabei in seinen Mienen.

Manja horcht hinaus. Steht denn noch niemand auf in diesem Hause, um dieses schmutzige Tohuwabohu hier wegzuwaschen? Wo bleibt die Köchin? Wo bleibt die Magd? Manja denkt: ich kann sie doch nicht wecken gehen, wo ich erst gestern hierhergekommen bin.

Ohne sich zu besinnen, beginnt sie mit der Arbeit. Sie macht ein Feuer an, setzt einen Wasserkessel auf. Dann sucht sie nach Besen und Eimer. Sie weiß: was sie tut, ist gegen jeden Brauch, eine Dummheit wahrscheinlich und nur dazu geeignet, sie in den Augen der Hausgenossen herabzusetzen. Trotzdem: das Krachen der Flammen in den trockenen Kieferscheiten, das Klappern des Geschirrs, das zarte Klirren der Gläser erfüllt sie mit einer unbestimmten Fröhlichkeit. Es hat vorhin geregnet. Jetzt stiehlt sich ein blasser, feucht-blinzelnder Sonnenstrahl durch das Laubgewölk des Gartens in die Küche.

Manja hat das Geschirr in das Abwaschschaff gestellt und schüttet das heiße Wasser über die Teller.

Da ist ihr, als habe ein kühler Hauch ihren Nacken berührt. Sie dreht sich um, in der offenen Tür steht ein junger Mann und blickt sie aus lustigen, neugierig funkelnden Augen an. „Guten Morgen", sagte er und schlägt seine nasse Kappe an seiner Reithose aus. „Wer bist du denn?"

Manja erschrickt. Kasimir, denkt sie, das kann nur Kasimir sein. Er hält mich für einen Dienstboten, natürlich! das muß er doch, da er mich hier an der Arbeit findet. Meinetwegen! Ich kann die Rolle spielen, das macht Spaß!

Sie deutet einen Knicks an und antwortet, indem sie sich bemüht, töricht und demütig zu lächeln: „Guten Morgen, der junge Herr. Ich bin das Küchenmädchen. Die gnädige Frau hat mich gestern aufgenommen."

Das letzte ist sogar wahr, denkt Manja und beginnt zu lachen.

„Und weil abends noch so viele Gäste gekommen sind, so habe ich hier aufzuräumen, denn die Köchin und die andere schlafen noch.

Verzeihung, der junge Herr, möchten der junge Herr vielleicht einen Kaffee haben?"
Kasimir ist hereingekommen und hat seine Mütze irgendwohin geschleudert (Polen besteht durch Unordnung) und sich achtlos auf die Kante des noch unsauberen Tisches gesetzt. Er beugt sich vor und mustert Manja von oben bis unten, und seine Augen werden immer lustiger, und dann bricht er in ein herzhaftes Gelächter aus.
„Nein, Mädchen", sagt er, „erzähle mir keine Geschichten, du bist kein Küchentrampel, das ist sicher. Du bist die neue Gouvernante, he, gestern aus Warschau gekommen. Stimmt's oder hab' ich recht?"
Manja wendet sich weg. Jetzt ist es ihr peinlich, das Spiel gespielt zu haben, sie kommt sich lächerlich und sogar blamiert vor. Wie soll sie jetzt zurück und auf Würde machen, Gouvernantenwürde? ‚Vergib dir nie das geringste!' hat der Vater gesagt.
Aber der junge Mann ist gar nicht gewillt, aus dem Scherz auszusteigen. Er beugt sich vor und streckt den Arm nach Manja aus und umfaßt sie, halb lässig, halb verlangend, und biegt ihr Gesicht herüber unter das seine. „Du könntest mir aber trotzdem einen Kuß geben."
Manja weicht zurück. Sie stammelt: „Aber – nein doch!" und denkt: Wofür muß er mich halten? und: Ist er immer so?
Trotzdem kann sie es nicht verhindern, daß seine Lippen ihre Wange erreichen, daß seine Schläfe ihre Schläfe streift.
Die Berührung ist süß, sehr flüchtig, beinahe zu flüchtig. Manja denkt an den Kuß des Vetters vor drei, vier Jahren, sie hat damals weiß Gott was gedacht, aber das hier ist, als wenn Feuer sie berührte, Feuer des Himmels, das in die Baumkrone einschlägt. Sie fühlt sich erzittern. Bis in die Kniekehlen geht das markdurchzuckende Gefühl einer süßen Versehrung. Doch zugleich löst sich wie ein Läutwerk in ihr das Warnsignal aus: Flucht! nichts als Flucht! Fort von hier!
Manja eilt zur Tür und reißt sie auf.
Doch da hat der Mann sie schon eingeholt.
Auf der Schwelle, Manja gegen den Türstock gepreßt, stehen sie einander gegenüber.
Der Mann betrachtet das Mädchen, als sähe er sie erst jetzt. Ihr Gesicht ist schön, schön in seiner Strenge, und auf ihrer Stirn erscheint eine Falte, steil eingekerbt zwischen den dunklen gegenein-

ander strebenden Brauen: ihm ist, als habe er noch niemals eine so strenge Falte auf einer Mädchenstirn gesehen. Ihre Augen sind von den Lidern verhüllt, und mit einem Male wagt er es nicht mehr zu wünschen, daß sie sich enthüllen und daß der Mund, den er eben noch zu küssen versuchte, ein Wort zu ihm spricht. Er schämt sich und er weiß nicht, wie er sich entschuldigen soll.
„Verzeihen Sie", murmelt er, „ich habe es nicht so gemeint!"
Und wie ein über eine begangene Untat verwirrter Knabe ergreift er Manjas Hand (die noch feucht ist von dem Geschirrwasser und ein wenig schwarz vom Ruß des Herdes), zieht sie heftig empor und drückt seine Lippen darauf.

Am nächsten Morgen – es ist Samstag – großer Abschied. Kasimir fährt nach Warschau, wo er sich mit einem Freund treffen soll, der gleichfalls ins Ausland geht.
Das ganze Haus wogt vor Aufregung. Im letzten Augenblick gibt es noch eine Menge zu tun. Hemden und Anzüge werden gebügelt, Schuhe gebürstet, tausend Dinge werden gesucht, nicht gefunden, endlich irgendwo aufgelesen, dann wieder verlegt und abermals gesucht. Die Mutter (nein, sie ist keine Stiefmutter im bösen Sinn des Wortes) läuft hinter dem Burschen her, als wäre er nicht vierundzwanzig, sondern sechs. „Und daß du immer Obacht gibst auf dich, Kusy, und laß dich nicht von schlechten Freunden zu Dummheiten verleiten und laß dir neue Riemen an den großen Koffer machen, die alten sind zu schwach, sie platzen auf, du hast ihn ja so übermenschlich vollgestopft!"
Übermenschlich vollgestopft – in der Tat – waren Kasimirs Koffer, die endlich unter dem Gegacker und Geschrei der ganzen Familie in die Kalesche verladen wurden. Auch die Mutter nimmt in ihr Platz. Vater und Sohn (der es nicht anders will) reiten, von den blaffenden Hunden umkreist, zur Station. Geschwister und Dienstboten geben das Geleit bis zur Fabrik, dann traben die Pferde los, und der Aufzug verschwindet hinter der Palisade.
Manja hat ihm, vorsichtig die Gardine zurückschiebend, aus einem kleinen Fenster nachgespäht.
Sie ist seit gestern morgen in einem ihr unbekannten Zustand der Erregung. In dem wilden Hin und Her hat sie sich, so gut sie konnte, nützlich zu machen versucht. Dem jungen Mann ist sie

ausgewichen, aber immer hat sie gewußt: Jetzt ist er nebenan. Jetzt geht er über die Treppe. Jetzt ist er im Büro des Vaters. Jetzt ist er da, jetzt ist er dort.
Sie hat seine Blicke auf sich gefühlt, wenn sie bei den Mahlzeiten zusammentrafen. Sie hat seine Blicke gefühlt, wenn sie das Zimmer verließ. Sie hat gewußt, daß er durch die Wände nach ihrer Stimme lauschte, daß er ihre Schritte zählte, wenn sie an seiner Tür vorbeilief.
Der Abschied war rasch und gleichsam, als gelte er nicht. Sonderbar, Kasimir fuhr doch für ein ganzes Jahr davon.
Sie denkt: Irgendein Zeichen hätte er mir doch geben können.

Am nächsten Tag – Sonntag, gegen Abend, beginnt Julka über Leibschmerzen zu klagen. Sie legt sich nieder und bittet Manja, ihr eine heiße Bettflasche zu bringen. Sie wimmert leise in sich hinein.
Plötzlich – es geht gegen acht – setzt sie sich mit allen Zeichen der Bestürzung in ihrem Bett auf. „Ich bitte dich, Manja“, ruft sie, „sieh doch nach, ob mein Meßbuch da ist?“
„Dein Meßbuch?“
„Ja, das große schwarze mit dem Saffianeinband und der goldenen Schließe.“
„Ich sehe es nicht.“
„Ach herrje, ich habe es in der Kirche vergessen.“
„Ist das möglich? Ich habe mich in der Bank umgeschaut.“
„Doch, ganz bestimmt. O lieber Himmel, wenn Mutter das merkt –“
Julka wimmert noch erbärmlicher, als ob der Verlust des Meßbuchs ihre Leibschmerzen verdoppelt hätte. „Das Meßbuch ist ein Familienerbstück!“
„Das ist schlimm. Aber wenn du es wirklich vergessen hast, Julka, wird es der Küster an sich genommen haben.“
„Der Küster, ha, der schert sich um nichts, der ist schlampig wie ein Zigeuner.“
„Hm.“
„Und wenn es noch in der Kirche liegt – morgen – in der Frühmesse kommen immer so alte Betschwestern, die stehlen wie die Elstern.“
„Wirklich, Julka?! Was ist da nur zu machen?“

„Manja –. Wenn ich nur nicht solche Schmerzen hätte! Ich ginge hin und sähe nach."
„Die Kirche ist sicher geschlossen."
„Ach wo."
Stille. Manja denkt: jetzt weiß ich, was du willst.
„Manja –" „Ja?"
„Du wärst der größte Goldschatz auf der Welt, wenn ..."
„Wenn ich jetzt noch zur Kirche ginge –"
„Du mein Engel, du mein Täubchen!" – „Na, na –"
Fünf Minuten später eilt Manja auf der schmalen schnurgeraden Straße gegen Krasiniec. Es ist schon Nacht, über den endlosen Rübenfeldern blinkt das Mondlicht. Ihr Schritt der einzige Laut – und auch er kaum vernehmlich in dem feuchten, weichen, nachgiebigen Erdreich. Der blauschwarze Streifen des Waldes rückt näher und näher. Manja ist nicht ganz geheuer zumute, sie hat sich zu rasch erweichen lassen, diesen einsamen Gang zu tun und das liegengebliebene Meßbuch (ist es denn wirklich liegengeblieben?) aus der Kirche zu holen.
Der Wald ist dort, wo die Straße durchtritt, nur schmal, lichtes Gehölz. Trotzdem. Manja denkt an Überfälle und herumstreichendes Gesindel. Hinter dem Wald ist es nicht mehr weit. Da ist der Judenfriedhof hinter einer verfallenen Mauer. Dann eine Hütte oder zwei – endlich die Kirche. Wenn ich das Meßbuch gefunden habe, werde ich den Küster bitten, mit mir zu gehen oder mir jemand mitzugeben.
Diesen Weg mache ich nicht noch einmal allein.
Da – ihr bleibt das Herz beinah im Leibe stehen – löst sich eine Gestalt vom Waldrand ab und kommt die helle Bahn der Straße auf sie zu.
Manja möchte sich am liebsten in den Graben werfen oder querfeldein davonlaufen. Dann aber denkt sie: er hat mich sicher schon gesehen, und es ist am besten, ich gehe gerade auf ihn zu und schau ihm ins Gesicht.
Aber – wenige Schritte vor der vom Mondlicht umspielten Gestalt – bleibt sie wie angewurzelt stehen und flüstert: „Kasimir!"

Eine kleine halbe Stunde später kehrt sie nach Hause zurück. Da sie Julkas und ihr Zimmer betritt, scheint jene zu schlafen. Manja

wirft einen flüchtigen Blick nach ihr und läßt sich auf ihrem Bett nieder. Nach einer Weile merkt sie, daß jene langsam den Kopf wendet und aus dem Dickicht ihres aufgelösten dunkellockigen Haars mit einem Auge nach Manja späht.
Dann bricht sie in ein glucksendes Gelächter aus.
„Du bist schlimm, Julka", sagt Manja.
Sie erhebt sich mit einer energischen Gebärde und beginnt ihre Kleider abzuwerfen. Auf ihrem Nachttisch liegt – o Hohn und Spott – das schwarze saffiangebundene Meßbuch mit den goldenen Schließen. Sie nimmt es und wirft es auf Julkas Tisch.
Dann schlüpft sie unter die Decke, zieht sie über Nase und Ohren und vergräbt das Gesicht, zitternd vor Seligkeit, in den Kissen.

Nun lebt Manja Sklodowska im Hause Z., als hätte sie niemals anderswo gelebt. Ihre Pflichten sind mannigfaltig und lassen sie kaum zu Atem kommen. Sie unterrichtet Anzia, sie arbeitet mit Julka.
Sie hört Ladis, der in der benachbarten Kreisstadt eine höhere Schule besucht und allsonntäglich nach Hause kommt, die Aufgaben ab. Mit Anzia ist es nicht leicht: sie ist ein herziges Frätzchen, aber sehr verwöhnt und undiszipliniert. Sie ist so erfinderisch, sich Manjas Zucht zu entziehen, abzulenken und vom Gegenstand abzuschweifen, daß die Erzieherin manchmal verzweifeln möchte. Dann hilft nur noch Schmeichelei: „Geh, ich dachte, du hast mich lieb, willst mir eine Freude machen?" Dann sitzt die Kleine ihr Pensum ab und schreibt und rechnet und lernt auch wohl ein Dutzend Vokabeln.
Mit Julka ist es leichter. Manja liest mit ihr die Atala von Chateaubriand und den Cid von Corneille und bringt ihr bei, was Zins und Rentenrechnungen und was konkave und konvexe Linsen sind. Das Mädchen ist begabt – nicht nur für kleine, gutgemeinte kupplerische Intrigen –, aber sie hat ihre Begabung nie geübt und ist auch gar nicht willens, sich anzustrengen. Doch was ihr mühelos zufliegt, setzt sie mit Geschick ein. Als echte Polin lebt sie sich rasch in fremde Sprachen ein, und die Übersetzungen schreiten fleißig fort. Manja muß zugeben, daß ihr die poetischen Passagen Chateaubriands geradezu erstaunlich gelingen: sie selbst stößt sich an mancher unlogischen Verquickung (die doch so herrlich klingt), an manchen allzu kühnen Metaphern, die etwas wie Unbehagen in ihr auslösen: doch

Julka findet sie nur angemessen und sie findet auch das angemessene polnische Wort dafür.
Auch der Haushalt stellt Ansprüche an Manjas Mithilfe. Nicht, daß sie sich noch einmal der groben Arbeit unterzöge, das hat sie sich selbst ein für allemal verboten. Aber nur allzuoft brechen unangemeldete Gäste ein, und nun müssen die Bücher weggeräumt und in irgendeinen Winkel verstaut werden, statt dessen flattert das bunte Kaffeetuch über den Tisch und werden Tassen und Teegläser verteilt und Brötchen gestrichen und Kuchen glasiert. Dann ist wieder die Störnäherin im Haus, man hat eine neue Nähmaschine, doch wer kommt zurecht mit dem Teufelszeug? Der Faden reißt, die Spulen stocken, wer wird gerufen? Manja. Manja dreht an den Schrauben und möchte erklären, was man falsch gemacht hat: „Sehen Sie, dieser Hebel reguliert den Fadenzug, und diese Öse nimmt ihn auf." – „Ach, Manja, das wollen wir so genau nicht wissen, wir glauben es Ihnen schon, daß Sie ein gescheites Mädchen sind, ein so gescheites Mädchen gibt es nicht wieder. Sie sind gescheit wie ein Mann, geradezu schwindelerregend!"
Schwindelerregend? Nur weil ich das Allereinfachste begreife?
Manchmal denkt Manja: Die anderen verstellen sich, wenn sie tun, als wäre ihnen das und jenes unverständlich. Sie denkt: Warum machen sie denn nicht die Augen auf, sie müßten doch nur mal hinsehen und einen einzigen kleinen Gedanken darauf verwenden?!
Aber gerade das ist es, was sie nicht wollen: einen Gedanken denken. Rätselhaft.
Freilich: auch Manja beginnt allmählich ihrem Denkvermögen zu mißtrauen. Irgend etwas schiebt sich zwischen sie, so wie sie jetzt ist und lebt, und jene Manja, als die sie sich selbst bis vor kurzem gekannt hat. Jene Manja – damals im Haus des Rechtsanwalts B. unseligen Angedenkens – jene Manja brannte darauf, abends Schluß zu machen und sich zurückzuziehen in ihre Kammer. Dort hatte sie ihre Bücher, eigene und geliehene, Bücher aus Vaters wissenschaftlicher Bibliothek, Broschüren aus dem Besitz der Piacecka, Schriften, die von Hand zu Hand gingen, weil sie verboten waren. Da saß sie dann im Bett und las, und wenn ihr das Gelesene bedeutend schien, so machte sie Notizen und versuchte, nach Beendigung der Lektüre, den wesentlichen Inhalt des Buches in einer kleinen Darstellung festzuhalten.

Dazu brannte die Lampe, bis Frau B. spitze Bemerkungen machte, daß sie zuviel Petroleum verbrauche.
Dann kaufte sie sich Kerzen vom eigenen Geld und studierte im Kerzenschein, und als auch das bemerkt und bespöttelt und bemäkelt wurde, spannte sie einen Regenschirm über dem Kopfende des Bettes auf und rückte die Flamme darunter (ein Wunder, daß es nie einen Brand abgab) und rettete sich so ihr Stückchen Paradies.
Hier im Hause Z. hätte ihr jedermann eine Lampe, wenn es sein mußte, die ganze Nacht hindurch gestattet. Selbst Julka; die ihr, wenn sie abends Briefe schrieb, versicherte, sie fühle sich keineswegs durch das Licht gestört und sie könne brennen, solange sie wolle: „Ich schlafe doch wie ein Murmeltier."
Trotzdem: es freute Manja plötzlich nicht mehr zu lesen. War Julkas Nähe daran schuld?
Oder lag es am Haus? Lag es an der Landschaft, die sich ringsum ausbreitete, eben, endlos, leinwandgraue schollige Flächen (denn die Ernte war nun vorbei), da und dort die flache Schwelle eines aus zusammengeworfenen Steinen und niedrigem Gestrüpp gebildeten Rains: polnische Erde. Arme und gute, reiche und sanfte, selige polnische Erde!
Lehr mich dein Schweigen, deine Geduld, dein Leiden, deine Freuden, deinen Winter, deinen Sommer, alle deine Jahreszeiten! Lehr mich dein blickloses Aufschauen in die Himmelstiefe, die dich segnet mit Tau und Regen, die dich schlägt mit Blitzen, die dich peitscht mit Stürmen, die dich vergoldet mit der Fülle ihrer Sonne!
Lehr mich lauschen auf das Flüstern der Quellen, die deine Brunnen füllen, lauschen auf die wortlosen Gespräche, die deine Bäume mit dem Wind führen, auf das Seufzen der Äcker, wenn die Egge nach der Saat über sie hingeht und den Samen in ihnen birgt!
Lehr mich vergessen: Türme, Masten, Städte! Lehr mich vergessen die Eile der Eisenbahnen, das ungeduldige Summen der Telegraphen, lehr mich vergessen, lehr mich vergessen, daß du Grenzen hast und daß jenseits von ihnen Grenzenloses beginnt!

Das einzige (*manchmal* schien es Manja das einzige), was ihr an den Z.s unverständlich und unerträglich war: ihre Gleichgültigkeit gegen den Zustand der Leute, die für sie in der Fabrik und auf den

Rübenfeldern arbeiteten. Herr Z. hatte sie einmal in die Raffinerie mitgenommen, und Manja hatte sich entsetzt über die Bedingungen, unter denen die Leute hier ihr Tagewerk vollbringen mußten. Ebenso entsetzte sie sich über das offenkundige Elend, das in Krasiniec herrschte, über das verhungerte Aussehen der Kinder, über die Verhärmtheit der Frauen, über den grauen Stumpfsinn der von Trunk und Lastern zerrütteten Männer. Durch einen Zufall hatte sie Einblick erhalten, welche Löhne den Leuten ausgezahlt wurden, und sie mußte sich sagen, daß sie halsabschneiderisch und schändlich waren.

Das versetzte sie in einen schwer zu verhehlenden Zustand der Verwirrung.

Sie hütete sich, ein Wort zu verlauten. Aber sie blickte von nun an mit anderen Augen auf die im Haus Z. geführte verschwenderische Wirtschaft. Es gab ihr einen Stich ins Herz, wenn sie Frau Z. darüber klagen hörte, daß ihr Mantel aus Persianer schon drei Jahre alt sei und daß sie ihn nicht mehr für besser tragen könne. Es erschreckte sie, daß Julka, die liebe gute Julka, die keiner Fliege ein Leid tun konnte, ihre hübschen Schuhe in den Eimer warf und nichts dabei fand, daß andere auch winters barfuß liefen, und daß Ladis Summen als wöchentliches Taschengeld erhielt, von denen drüben in Krasiniec eine ganze Familie einen Monat leben sollte. Und der Bengel zuckte die Achseln und maulte noch hinter den Eltern her: „Damit soll ich ein Auslangen haben? Dem Kusy werft ihr die Tausender nach!"

Herr Z. war im Hause ein gemütlicher Mann, der bei allem und jedem durch die Finger sah. Aber Manja hatte einmal seine Stimme gehört, als sie an dem Palisadenzaun der Fabrik vorbeikam. Er hatte gebrüllt – und seine Rede war mit den gemeinsten Schimpfwörtern gespickt gewesen.

Ganz leise und sacht versuchte sie wenigstens auf Julka einzuwirken. Und das Mädchen war wie immer bereit, auf sie zu hören. „Unser Volk lebt in Armut, aber das Schlimmste ist doch, daß es so ganz unwissend ist. Die Schulen sind russisch, und die Kinder verlassen sie als Analphabeten. Sollten wir uns nicht doch ein wenig bemühen, daß unsere Kinder wenigstens lesen und schreiben lernen?"

Julka stimmte – rasch begeistert – zu.

Sie besprach sich mit den Eltern: wöchentlich zweimal sollten ein paar Kinder aus Krasiniec herüberkommen und von ihr und Manja unterrichtet werden.
Das Unternehmen war nicht ungefährlich. Aber Herr Z. duldete es. Er verstand sich darauf, sich die russischen Landjäger, die die Gegend beaufsichtigten, durch gelegentliche Zuckerzuwendungen gefügig zu machen.
Also: Taferlklasse im Gärtnerhaus. Da war ein leerer Raum, zur Not auch heizbar. (Es war selbstverständlich, daß die ungewaschenen und zerlumpten Fratzen nicht ins Herrschaftshaus gelassen wurden.)
Doch die Sache nahm ein rasches Ende. Julka entdeckte schon nach acht Tagen, daß sie verlaust war. Manja machte Jagd auf die Tiere und klaubte ihr die Nissen aus dem Haar. Doch als sich auch Anzia bei Tisch zu kratzen begann, konnte das Unglück nicht mehr geheimgehalten werden. Frau Z. veranstaltete eine Szene, die improvisierte Volksbildungsstätte wurde raschestens aufgelöst.

Oft und immer öfter sprechen die Mädchen über Kasimir.
Er schreibt den Eltern, er schreibt auch der Schwester, und ihr besonders oft. Manja schreibt er nicht, wieso sollte er? Sie hat es ihm nicht gestattet. Aber sie weiß, daß jeder Brief an Julka auch an sie, ja, eigentlich nur an sie gerichtet ist.
Und er versteht es, seine Absicht deutlich zu machen. Nie spricht er Julka mit dem Namen an, er schreibt immer nur: Meine liebe Kleine! oder: Chérie! Er schwärmt von den Gegenden, die er durchreist, läßt jedoch durchblicken, daß seine Gedanken anderswo sind. Er schickt Ansichtskarten zumeist von der Art, wie sie unter Liebenden gewechselt werden. Etwa: eine hübsche Gärtnerin hat einen Blumenkorb im Arm. Unter dem Blumenkorb ist eine Ziehharmonika kleiner Bilder versteckt. „Tausend Grüße aus dem wunderbaren Paris."
Manja betrachtet diese Karten mit gemischten Gefühlen. Sie kennt auch die ordinärere Spielart dieser Sorte von Galanteriekarten, und irgend etwas verletzt sie daran; sie mag sich Kasimir nicht vorstellen, wie er die Blumenbinderin aus den übrigen hervorsuchte.
Doch: was bedeutet das? Er ist jung, rührend jung (obwohl vier Jahre älter als sie) und er will sie grüßen!

„Der arme Junge, tut er dir nicht leid? Du hast ihn ganz hübsch toll in dich verliebt gemacht. Wie hast du das eigentlich angestellt? Gib mir dein Rezept!"
„Ach, Julka, du redest Unsinn."
„Tu nicht so, Manja, sei nicht unmodern. Das steht dir nicht. Ich weiß es doch: du liebst ihn auch. Und wenn er zu Ostern kommt –"
„Er kommt nicht zu Ostern, deine Eltern sagen ..."
„Die Eltern! Die Eltern! Die wissen gar nichts. Aber ich – ich weiß –"
„Was weißt du?"
„Na, sieh her!" Julka nimmt die Karte und zeigt sie Manja: sie hat die Marke gelöst, zur Hälfte abgehoben. Da steht in winziger Schrift: ‚Im April.' „Das ist unser Geheimnis."
In Manja erzittert etwas. Sie wendet sich weg. „Dann fahr ich zu Ostern nach Hause."
„Nein." „Doch, das tu ich. Es hat keinen Zweck –"
„Ach – du!"
„Nein, keinen Zweck. Und es ist – ist auch ganz unmöglich. Was soll das alles? Nimm doch Vernunft an. Kasimir und ich – gesetzten Falles – es wäre so wie du glaubst, er" – Manja schluckt – „er denkt an mich, er – – nun ja, du weißt schon! – Wer bin ich? Wer ist er? Vergißt du das? Mein Vater –"
„– ist immerhin Professor!"
„Aber er hat kein Geld. Wir sind arm, Julka, richtig arm, du kannst dir das gar nicht vorstellen."
„Du bist langweilig."
„Nein, ich sag nur die Wahrheit. Deine Eltern würden niemals zustimmen."
„Sie haben dich gern."
„Ach, Julka. Gern! Wie man eine Gouvernante schon ‚gern' hat. Das Gernhaben wäre schnell dahin, weggeblasen. Kasimir erbt die Fabrik ..."
„Na, wenn schon!"
„– – oder meinst du vielleicht, ich soll nur seine Geliebte werden?"
Julka schweigt eine Weile. Dann sagt sie etwas kläglich: „Ich hätte dich so schrecklich gern als Schwägerin."
Und unbeirrt verfolgt das Mädchen seine Ziele.
„Weißt du, wovon ich heute geträumt habe, Manja? Es war ein so schöner Traum. Erlaubst du, daß ich ihn dir erzähle?"

Es ist Sonntagmorgen, eine schläfrige Stille im ganzen Haus. Draußen schneit es. Es wird vielleicht der letzte Schnee dieses Winters sein, denn die Fastenzeit neigt sich schon ihrer zweiten Hälfte zu. Der Flockenvorhang hängt dicht vor dem Fenster nieder, und das fast unhörbare Geflüster, mit dem er gegen die Scheiben weht, verdichtet die Stille im Haus zu einer beinahe greifbaren Substanz. Manja liegt still auf dem Rücken, gespannt, ausgestreckt, die Hände unter dem Nacken verschränkt, und blickt zur Decke empor. Sie antwortet nicht.

„Ich habe geträumt", fährt Julka fort und stützt sich, das federnpralle Kissen mit ihrem braunen Arm umfassend, halb auf, „geträumt, du wärst Kusys Frau."

Ach. Manja löst die Hände unter ihrem Nacken, wendet den Kopf zur Wand und zieht sich die Decke bis ans Kinn empor.

„Es war Sommer, schönes Wetter und ein großes Fest – Fronleichnam – ja, Fronleichnam, das wird mir erst jetzt ganz klar, ich sah ja die Prozession durch die Felder kommen, und du gingst mit Kasimir gleich hinter dem Baldachin –"

„Hör auf, Julka. Anzia kann dich hören."

„– – gleich hinter dem Baldachin, so wie Vater und Mutter jetzt immer hinter dem Baldachin gehen, du verstehst –"

„Rede keinen Unfug, Liebste!"

„Du hattest deinen Arm in Kasimirs Arm gelegt, hattest ein weißes Kleid an und einen großen rosengeputzten Hut auf dem Kopf –"

„Nein, Julka . . ."

„Doch, doch, ich habe euch ganz genau gesehen. Aber zugleich, das war das Merkwürdige, standet ihr am Gartenzaun, dort vorne, weißt du, wo die Stachelbeersträucher sind, und ein kleines Kind stand zwischen euch und schaute zwischen den Planken hindurch. Es war ein Junge. Ein Junge, wenn ich mich nicht irre, und sicher dein Kind."

„Hör auf, Anzia ist sicher schon wach, sie plaudert alles aus."

„Ach, sie schläft noch ganz fest, und überdies rede ich ja leise. Hör nur weiter zu, es war äußerst sonderbar. – Die Prozession ging vorüber, der Hochwürdige schwitzte unter der Monstranz, und die weißblaue Maria schwankte ganz komisch über den Köpfen. Und dann sah ich die Straße, die Straße nach Krasiniec, und auf der lag

– ein Stück neben dem anderen – weißes Leinen, schöne weiße, reine Leinwand, so wie sie zum Bleichen ausgelegt wird im Sommer auf der Wiese, aber, wie gesagt, sie lag auf der Straße und war triefend naß. In jeder kleinen Falte stand das Wasser, und du gingst mit einer Kanne in der Hand und gossest immer noch mehr Wasser darüber aus.
Ich dachte: Mein Gott, den ganzen Weg hinaus hat sie das Leinen ausgebreitet.
Die Prozession kam dir nach, und alle Füße traten darauf, aber das Leinen war weiß wie zuvor, als könnte es nie beschmutzt werden. – – War das nicht ein schöner Traum?"
„Und dann?" fragte Manja.
„Dann nichts mehr. Dann bin ich aufgewacht."

April, grüner April, Osterfest, Sonnenfest:
Manja kauert auf der Schwelle des Hühnerhauses in Szczuki und streut den Küken Futter aus. Es ist warm, die Luft ist blau und zittert in feurigen Funken. Die alten rissigen Balken glänzen wie Seide, und aus den Sandkuhlen, die sich die Hühner gegraben haben, steigt die Hitze in kleinen Wirbeln. Die Glucke hat die frisch ausgeschlüpften gelben Flaumbällchen zu sich in das junge Gras gelockt, das büschelweise hervorsprießt, aber Manjas geduldige Rufe haben ihre Scheu überwunden: sie nähert sich plusternd und aufgeregt mit unaufhörlich ruckendem Hals, und die Kücken wimmeln um sie und stolpern hinter ihr drein und tschiepen verlangend aus winzigkleinen aufgerissenen Schnäbeln. Manja streut gehacktes Ei und Körner im flachen Wurf; da ist die Glucke heran und vollführt den zornigen Locktanz der Vögelmütter: mit hängenden Flügeln trippelt sie zwischen den Jungen, pickt, ohne zu fressen, immer spähend, immer voll Abwehr, immer voll wütenden Mißtrauens, auch gegen die Hand, die streut, immer besorgt, daß ihr keines der Jungen entkomme.
Manja werden die Augen feucht: Kinder, denkt sie, Kinder! Auch ich werde Kinder haben, auch ich ...

Lieber Junge, du hast mich gewählt, mich gewählt, Liebster! Diese Sonne auf meinem Haar, auf meinen Händen, auf meinem Schoß: unsere Sonne. Diese Erde: unsere Erde. Jedes sprießende Hälmchen: unser. Unser der Flug der Vögel, unser der Hahnenschrei; unser die rote wogende Dämmerung, die, wenn ich die Lider schließe, meine Sehkraft verhüllt.

‚Ich kenne deinen Schritt. Ich erkenne deinen Schatten.'

‚Mein Mund kennt deinen Mund.'

‚Meine Hand hat die deine schon auswendig gelernt.'

‚Deine Augen sind hell.'

‚Deine Brauen sind weich.'

‚Deine Schläfe ist tief gehöhlt und süß.'

‚Deine Stimme ist dunkel und verlockend.'

‚Du riechst so gut wie Heu und Honig.'

‚Wenn du eintrittst in das Zimmer (wie es gestern geschah und heute und morgen geschehen wird), durchzuckt mich ein Strahl.'

‚Wenn du vor mir über die Treppe läufst und deine Kleider rauschen und der Saum deines Rockes wippt, ich weiß nicht, wie mir geschieht.'

‚Ich liebe dich. Werden wir glücklich miteinander sein?'

‚Solange du mich liebst: unsäglich.'

‚Sag mir, warum du mich liebst?'

‚Warum? Ich weiß nicht: darum. *Darum* eben, Manja. Ist das nicht genug?'

Kasimir Z. hatte tatsächlich beschlossen, Manja Sklodowska zu heiraten, und zwar je eher, desto lieber.

Seine Eltern waren einigermaßen erstaunt gewesen, daß der Sohn, der für ein Jahr ins Ausland gegangen war, unerwartet plötzlich zurückkehrte. Obwohl er allerlei Gründe dafür angab, konnte er sie doch nicht ganz über den wahren Beweggrund täuschen. Wie begreiflich, fühlten sie sich beunruhigt. Nach einer kurzen Beratung mit seiner Frau fragte Herr Z. schon zwei Tage nach Kasimirs Ankunft, welches Datum er für seine Abreise in Erwägung zöge. – Kasimir gab ausweichende Antworten. Was sollte man tun? Das Osterfest stand vor der Tür, und es ging wohl nicht an, den Jungen vorher wegzuschicken. Sollte man Manja entfernen? Das brachte Unbequemlichkeiten mit sich. Vor allem sollte sie ja Ladis, dessen Zeugnisse viel zu wünschen übrig ließen, in den Ferientagen in ihre Kur nehmen. Also drückte man ein Auge zu und tröstete sich damit, daß der Flirt mit der Gouvernante doch wohl nicht mehr als im schlimmsten Fall ein flüchtiges Abenteuer sein werde.

Julka hatte die ersten Zusammenkünfte der Liebenden schlau gedeckt. So konnten die Eltern nicht ahnen, wie weit die Dinge gediehen waren und daß sich die jungen Leute schon damit beschäftigten, endgültige Entscheidungen zu treffen.
Manja schwindelte es, wenn sie Kasimir davon reden hörte, daß sie im Sommer heiraten wollten.
„Was werden deine Eltern sagen? Du weißt doch, daß ich eine sehr schlechte Partie bin?"
„Die beste von der Welt", erwiderte er. „Laß doch die Alten! Sie werden Kopf stehen! Sollen sie. Ich habe noch alles bei ihnen durchgesetzt, was ich wirklich wollte!"
„Bist du so sicher?"
„Ganz sicher."
„Gut, ich will dir glauben, ich will dir glauben, alles glauben!" Manja lachte leise und trunken. „Ich habe nie gedacht, daß ich einmal so blind vertrauen könnte wie dir." Sie lachte wieder: „Ohne Beweise! – Unser Vater sagt: ‚Nichts ist glaubhaft, wenn nicht Beweise vorliegen.'"
„Wie schrecklich!" Kasimir sitzt mit Manja auf der Dachbodentreppe. Er hat einen Strohhalm im Mund und versucht damit Manjas Ohr zu kitzeln. „Ist dein Vater Kaufmann, daß er so mißtrauisch ist?"
„Kaufmann? Nein. Weißt du denn nicht? Mein Vater ist Gelehrter."
„Noch schlimmer!" Kasimirs Augen lachen. „Wie kann ein Mensch nur *Gelehrter* sein!"
Manja schweigt. Sie hat den Strohhalm erwischt und zwischen ihre eigenen Lippen geschoben. Jetzt nimmt sie ihn und knickt ihn ab. Dann sagt sie: „Denk dir, Liebster, ich wollte auch einmal etwas Ähnliches werden."
„Das ist nicht wahr, Manja."
„Doch, doch, bestimmt."
„Eine Gelehrte?"
„Ja."
„Gräßlich!" flüstert er. „Da warst du noch ein ganz dummes kleines Mädchen."
Manja zögert mit der Antwort. Der Strohhalm verschwindet in ihrer Faust. „Ja – vielleicht."

„Ich habe einmal so eine Person gekannt", fährt er fort, „sie war in Warschau Lehrerin und hatte es mit allen möglichen Wissenschaften. Sie soll sogar in Paris gewesen sein und dort studiert haben. Wir nannten sie nur ‚die Gehirntrompete'."
„Oh, wie häßlich. Übrigens: ich habe eine Schwester in Paris, auch sie studiert dort."
„Wirklich?"
„Hab ich dir das noch nicht erzählt?"
„Nein."
„Nein? Mein Gott, ich glaube, du weißt noch *gar nichts* von mir."

Wozu wissen? Mein Mund kennt den deinen.
Meine Hand hat die deine schon auswendig gelernt.
Deine Stimme ist dunkel und süß.
Du riechst so gut wie Heu und Honig.
Ich liebe dich. Werden wir glücklich miteinander sein?
Solang du mich liebst: unsäglich.
Sag mir, warum du mich liebst?
Fremder Stern, fremdes Licht. Meine Stube ist dunkel. Leuchte mir.

Und wieder eine dieser heimlichen Zusammenkünfte auf der Bodentreppe: Lauschen nach unten, lauschen nach außen, immer auf dem Sprung, sich voneinander zu lösen, wenn ein Schritt knarrt, wenn eine Tür sich aufspreizt. Dann wischt Manja in ihr Zimmer, dann verschwindet Kasimir im Gerümpel der Mansarden. Süße Minuten zärtlicher Begegnung, um so süßer, je bedrängter das Herz schlägt.
„Du, Kusy, ich muß dir etwas sagen. Es ist – ist – aber verrat mich nicht! wegen Julka!"
„Wegen Julka?"
„Ja. Sie ist so anders seit gestern, nein, genau: seit vorgestern. Ich glaube, sie ist böse."
„Auf dich?"
„Ja."
„Sie soll sich unterstehen –"
„Irgend etwas muß sie verärgert haben."
„Ach, du mein –"

„Und ich vermute: weil –"
Kasimir lacht auf. „Oh, ich verstehe! Eifersucht. Eifersucht, weil wir einander nun *wirklich* gefunden haben. So sind die Mädchen, so sind die Frauen, erst spielen sie mit dem Feuer und kuppeln und dann –"
„Dann ärgern sie sich, wenn es brennt."
„Brennt es?"
„Ich weiß nicht, Kusy, es kommt mir so vor."
„Liebste! Ich kann es kaum mehr erwarten. Wenn du wüßtest, wie ungeduldig ich bin!"
„Gib acht, ich hör was."
„Es ist nichts! Manja, Maniuska, so geht es nicht mehr weiter."
„Nein?"
„Es muß etwas geschehen, und zwar sogleich – sogleich –. Warte! Ich werde es mir überlegen."

Drei Stunden später.
„Jetzt hab ich's, mein Engel, mein Schätzchen, meine kleine dumme Maniusi. Ich habe mir einen Plan zurechtgelegt, einen geradezu glanzvollen Schlachtplan, hör nur zu! Es ist absolut notwendig, daß wir uns richtig verloben, und zwar so bald als möglich. Ich mache das nicht mehr mit: diese Rendezvous für fünf Minuten und immer: Gib acht, es kommt wer. Und: Julka ärgert sich über uns! Was geht uns diese verdammte Julka an und daß sie plötzlich verrückt geworden ist.
Wir müssen nach Warschau fahren, zusammen, Maniusi, und zu deinem Vater gehen, und ich werde in aller Form und mit gebotener Feierlichkeit um deine Hand anhalten.
Und wenn dein Vater zugestimmt hat (und ich zweifle nicht daran, daß er zustimmen wird, wieso denn auch nicht?), dann wird es bei meinen Eltern viel leichter sein, ja, geradezu ein Kinderspiel."
Ach, denkt Manja, und ihr stockt der Atem dabei, also doch! Er fürchtet sich vor seinen Eltern, und da wählt er fürs erste den Weg, den er für den leichteren hält. Er will der Schwierigkeit sozusagen von hinten beikommen –
„Du darfst nicht denken", fängt Kasimir zu schwadronieren an, „daß ich vor meinen Alten Angst habe. Schließlich: ich bin großjährig und könnte dich morgen heiraten, ohne irgendwen zu fra-

gen. Niemand hat mir etwas dreinzureden. Aber –“, er hält inne und lacht ein wenig. „Wozu? Man soll nicht mit dem Kopf durch die Wand rennen, wenn es daneben Türen gibt. Die beiden Alten – sie waren doch immer recht anständig gegen mich –“

Ja, denkt Manja, das waren sie, und ihr fällt Ladis’ Wort ein von den nachgeschmissenen Tausendern. Und diese Tausender kämen jetzt vielleicht in Gefahr –

„Ich will sie nicht kränken, verstehst du, Manja. Nun – kurz und gut: Wir müssen zusammen nach Warschau fahren, und zwar morgen schon.“

„Aber das geht doch nicht!“

„Und wie es geht. Hör mich an! Ich habe es schon eingefädelt eben erst beim Frühstück. Hast du nichts gemerkt, als ich von Bogusch sprach – nein? Ich habe dir doch zugeblinzelt dabei, daran hättest du schon erkennen können, daß ich was drehen will, meine Goldene – nein, so gescheit, wie du glaubst, bist du doch wirklich nicht.“

„Was ist mit diesem Bogusch?“

„Bogusch ist ein Freund von mir, er wohnt in Radom, ein fideles Haus. Nun, und ich sagte doch, ich wolle ihn besuchen.“

„Ja, das hab ich gehört!“

„Und hast es geglaubt, Dummerchen?“

„Aber natürlich –“

„Keine Rede davon, das hieße doch, dich verlassen.“

„Allerdings. Für zwei Tage –“

„Du hast Fischblut. Nein, ich fahre nur *offiziell* nach Radom. In Wirklichkeit fahre ich nach Warschau – und zwar mit dir.“

„Aber –“

„Kein Aber jetzt. Du wirst heute einen Brief aus Warschau bekommen. Sagst du nicht, dein Vater schreibe dir jeden Sonntag? – Na also, wunderbar. Gleich wird der Briefträger eintrudeln, und in dem Brief aus Warschau kann dann allerlei stehen, zum Beispiel, daß dein lieber Vater krank ist, daß er dich braucht, daß er –“

„Nein!“

„Doch, durchaus – warum denn nicht? Niemand wird von dir verlangen, daß du den Brief auch vorlegst, oder?“

Manja beginnt zu lachen. „Ich glaube“, sagt sie und legt ihren Zeigefinger auf Kasimirs Nase (es ist eine hübsche, vielleicht um eine Spur zu kleine, zu stumpfe Nase, die dem Gesicht etwas Kind-

liches verleiht und zugleich ganz von ferne, ganz andeutungsweise an die feuchte weiche Schnauze eines jungen Stiers erinnert), „ich glaube jetzt wirklich, daß du Julkas Bruder bist."
„Wieso? – Nein, keine Abschweifungen. Du wirst es doch zuwege bringen, das bißchen Komödie zu spielen, töchterliche Besorgnis und liebendes Kindesherz. Und morgen um sieben geht dein Zug –"
„Kasimir, ich lüge nicht gern."
„Weiß schon, weiß schon. Aber mir zuliebe! Mir zuliebe wirf mal die Prinzipien deiner höheren Moralität über Bord. Um sieben geht dein Zug, um sechs der meine, und wir treffen uns auf der Umsteigstation – es wird ein herrlicher Tag werden, unser erster gemeinsamer Tag. Freust du dich nicht? Wir werden im ‚Europe' essen, und dann gehst du nach Hause und sprichst erst mal mit deinem alten Herrn, damit er nicht gleich in Ohnmacht fällt, wenn ich dann erscheine und meinen Antrag mache: Ich habe die Ehre, Sie um die Hand Ihrer Tochter Marie zu bitten ..."
Manja neigt den Kopf und blickt zu Boden und schweigt. Unvorstellbar, denkt sie, *unvorstellbar!*

Und richtig: sie entkommen. Kasimir ist mit dem ersten Zug abgefahren, Manja hat den zweiten genommen. In der Umsteigstation steht der Zug nach Warschau schon unter Dampf. Manja geht ihn suchend entlang. Da öffnet sich eine Coupétür erster Klasse vor ihr, und Kasimirs jungenhaft lachendes Gesicht beugt sich ihr entgegen.
Das Mädchen schwingt sich über das Trittbrett hinauf, die Tür schlägt hinter ihr zu, lachend fallen sie – einander gegenüber – auf die roten Polsterbänke.
Da der Zug anrollt – endlich haben sie keine Überraschungen mehr zu fürchten – liegen sie einander in den Armen. Küsse, Küsse. Diese Augenblicke sind nichts als Seligkeit, Seligkeit, in der der Übermut pulst, Übermut über den gelungenen Streich, über die gewonnene Freiheit, über das Abenteuer dieser heimlich gemeinsamen Fahrt.
Draußen das grüne Land, österliches Land: wie große weiße Blumensträuße treiben die Wolken über ihm dahin, so niedrig unter dem hellen Seidenblau des Himmels, daß sie den Schornstein der kleinen schwarzen Lokomotive zu streifen scheinen. Pfauchend eilt

sie dahin, die kurzen rüttelnden Wagen hinter ihr drein, in Kurven zieht sich die Strecke die buschigen Hügel entlang. Dann ein Damm durch planes glitzerndes Grün: Bäche durcheilen das Wiesenland, Sonne spiegelt herüber, weidende Gänseherden tüpfeln die Auen, Frauen und kleine Mädchen stehen, mit den Zipfeln ihrer Kopftücher winkend, auf gebrechlichen Stegen.
Kasimir und Manja haben die Fenster heruntergelassen und winken zurück.
Wie schön ist die Welt, wie herrlich dieser sonnige polnische Morgen. Kusy und Manja laufen vom linken zum rechten Fenster und wieder zurück: sie halten einander umschlungen, ihre Haare flattern im Fahrtwind, kleine glühende Kohlenstücke regnen zu ihnen hinein.
„Manja, meine liebste Liebe!"
„Kusy, mein guter einziger Junge!"

Als sie sich Warschau-Praga näherten, wurde der Himmel grau. Ein kalter Nordwind fegte ihnen entgegen, als sie den Bahnhof verließen. Unwillkürlich blieben sie stehen, duckten sich in ihren Mänteln und schlugen die Krägen auf. Was nun?
Ja, was nun? Manja war mit einem Male hohl und bang zumute. Hier, wo sie alles kannte, jedes Haus, jedes Eck, jeden der schwarzen, schrecklich verschnörkelten gußeisernen Laternenpfähle und wo sie auch jeden Moment einem ihr bekannten Gesicht zu begegnen meinte, war der Rausch dieser Fahrt verflogen, und der Mann neben ihr schien ihr mit einem Male beinahe fremd. Sie blickte ihn scheu von der Seite an –; doch nie, glaubte sie, hatte sie ihn mehr geliebt als eben jetzt, hatte sie ein heftigeres, ja gleichsam so blutiges Verlangen empfunden, sich ohne Rücksicht auf irgendwen und irgend etwas in seine Arme zu werfen und ihren Kopf an seiner Brust zu verbergen. Doch sie weiß: das alles gilt jetzt nicht, nichts gilt als das eine, daß sie in ein, zwei Stunden nach Hause gehen soll und sich bekennen muß. Sie hat gewählt und muß einstehen für diese Wahl.
Noch hat sie eine Frist, eine Galgenfrist: Kasimir führt sie ins ‚Europe' zum Dinner.
Sie hat dieses Lokal nie betreten, weiß nur von Großvater Dluski, daß er von der hier servierten Gänseleber schwärmte. Und auch

Kasimir schwärmt jetzt von ihr: „Du wirst sehen, etwas so Delikates hast du noch nie gegessen."
Er bestellt ein solennes Festmahl, und er tut sich etwas darauf zugute, daß er zu wählen weiß: zur Vorspeise diesen Wein und nach dem Braten jenen (Manja kennt nicht einmal die Namen), und zum Kellner gewandt: „Was fällt dir ein, Jura: einen Bordeaux zum Hummer! Du bist ja ein Barbar!" Und dann zu Manja: „In feiner Küche kenn' ich mich aus, da kannst du dich auf mich verlassen."
– – Er ist eben ein sehr gescheiter Junge, hochgebildet. – Dieses, Julkas Wort, fällt Manja dabei ein, und es durchfährt sie wie ein kurzer scharfer Strahl, Säure, die aus einer winzigen Düse spritzt, ein rascher Stich ins Herz, gleich vorbei; aber jetzt wartet sie mit Ungeduld darauf, daß der Kellner die Gläser füllt, und sie hebt das ihre beinah gierig an die Lippen: „Ah, wie gut. Du hast recht: ein herrlicher Tropfen, und du wirst sehen: gleich werd' ich mutig sein. Auf unsere Liebe, Kasimir, auf deine Liebe, meine Liebe, ah, ich wollte, ich wäre schon deine Frau!"
Sie essen und trinken ausführlich. Der Mann hat einem zerlumpten Kind, das Blumen anbietet, einen Strauß Rosen abgekauft. Jetzt schlägt es zwei. Es ist soweit.
„Wollen wir gehen, oder willst du noch einen Mokka?"
„Ich habe doch schon zwei getrunken."
„Nun, ich dachte nur. Allons! – Allons, enfants de la patrie, le jour de gloire est arrivé . . ."
Je mehr sie sich der Sklodowskischen Wohnung nähern, desto unsicherer wird Manjas Schritt. Sie hält inne, sie fühlt sich durch die Rosen, die sie im Arm trägt, sehr geniert. „Höre, es ist besser, ich gehe die letzten zweihundert Meter allein."
„Warum?"
„Es könnte sein, daß Vater oder sonst jemand von zu Hause des Weges kommt."
„Na, und?"
„Ich möchte nicht um alles in der Welt euch auf der Straße bekannt machen müssen."
„Ach so!"
„Verstehst du das?"
„Hm. Ja. Nur –"
„Dann also leb wohl!"

„Ich warte hier!"
„Hier?"
„Freilich. Es kann doch nicht so lange dauern."
„Oh, das würde ich nicht so ohne weiteres behaupten."
„Aber warum denn, Maniusi?"
„Du kennst Vater nicht –" Manja beginnt sich zu winden. Ihr wird die Szene zur Qual. Und diese Rosen! Wenn doch wenigstens diese verräterischen Rosen nicht wären, sie schreien ja förmlich die ganze Straße entlang.
Kasimir blickt Manja niedergeschlagen an. „Also um vier –"
„Sagen wir um fünf."

„Hier an dieser Ecke. Mach's gut, Maniusi. Sei mutig!"
Mutig. Ja. Mutig.

Die Sklodowskis wohnen längst nicht mehr in der Lesznogasse, sie haben unterdessen einige Male die Wohnung gewechselt, haben auch keine Pensionäre mehr und deshalb nur einen bescheidenen Halbstock in der Nowopolskistraße.
Manja fand, als sie ankam, die Tür halb offen; ein Handwerker, der irgend etwas an der Gasleitung in Ordnung brachte, hatte eine Leiter in das Vorzimmer gesetzt und hantierte oben herum.
Manja schlüpfte an ihm vorüber.
So war sie drinnen und hatte nicht einmal läuten müssen. Eine Sekunde fühlte sie sich erleichtert, so erleichtert, daß sie daran erst merkte, wie sehr sie sich fürchtete, dem Vater zu begegnen, ihm erklären zu müssen, warum sie nach Warschau gekommen war. Nein, sie war nicht fähig, sofort mit dem wahren Grund herauszurücken. Jetzt hatte sie einen Aufschub gewonnen. Hier: das Zimmer der Töchter, Bronias und Helas und ihr eigenes – es war leer, Gott sei Dank. Manja schloß hinter sich ab. Eine Minute Ruhe, eine Minute Aufenthalt – sie warf Hut und Mantel ab und wandte sich dem Spiegel zu: Ach, das also bin ich –
Ich, Manja: eine fremde Manja, eine neue, von noch nie wahrgenommenen Zeichen geprägte Person, Kasimir Z.s Braut, bin ich's denn wirklich? Die Wangen rot wie geschminkt, die Augen überwacht und fiebrig glänzend, das Haar verwirrt, die Kontur der Lippen von Küssen zerstört, konnte sie sich den Ihren in diesem Zustand zeigen?

Manja versicherte sich, daß die Tür geschlossen war. Sie löste ihre Frisur und begann sich zu kämmen, füllte das Waschbecken mit Wasser und kühlte sich das Gesicht. Jeden Augenblick konnte wer kommen: würde sich wundern, daß das Zimmer versperrt war, würde wohl rufen und klopfen. Im Flur eilten Schritte hin und her, der Handwerker sprach mit der Magd, aber auch der Vater schien zu Hause zu sein, man hörte ihn in seinem Zimmer auf und ab gehen, einmal knarrte die Schublade seines Schreibtisches, der wohlbekannte Ton geht Manja durch und durch.

Jetzt ist sie fertig, jetzt muß sie hinüber. Sie hat Kasimirs Rosen in den Waschkrug gestellt und ihn hinter den Vorhang in die Fensterlaibung geschoben.

Einen Augenblick hält sie noch inne, schaut suchend um sich, als hoffte sie von irgendeiner Seite Hilfe zu erhalten. Dort über Bronias Bett hängt das Bild der Mutter: eulenäugig blickt sie unter ihrem streng gescheitelten Haar ernst ins Leere.

Ich bin töricht, denkt Manja, töricht, warum fürchte ich mich? Kasimir ist ein lieber guter Mensch, Sohn reicher Eltern. Wenn ich seine Frau bin, ist alles gut, und ich kann sogar Bronia und Joseph und Hela unterstützen. Mein Glück ist ein Glück auch für die Meinen. Warum bin ich feige? Es sollte mir nicht schwerfallen, Vater diese Nachricht zu bringen. Heißt es denn nicht: Du sollst Vater und Mutter verlassen und dem Mann anhangen, so heißt es doch, nicht wahr, so ist es vorbestimmt von Gott oder doch von der Natur (da es so ganz unwahrscheinlich ist, daß es einen Gott gibt), dem Manne anhangen und Kinder gebären. Polen braucht Kinder, Polens Erde braucht Menschen, unser Land, Vater, die geduldigen Äcker, die schlafenden Ebenen; laß mich ein Stück dieses Landes sein und alles andere vergessen –

Professor Sklodowski schlug das Buch zu, als Manja bei ihm eintrat, über den Rand der Lesebrille äugt er freudig-überrascht nach seiner Jüngsten. „Du bist es!? Ja, das nenne ich eine Überraschung!"

Kuß und Umarmung. „Hast du Urlaub, Kleine? Das trifft sich gut. In einer Viertelstunde erwarte ich Mendelejew zu Besuch."

„Ach –"

„Du weißt doch, Manja, den berühmten Mendelejew, den Petersburger Chemiker. Er wird morgen abend einen Vortrag halten. Kannst du so lange bleiben?"

„Ich – hoffe."
„Es wäre wunderbar für dich, ihn zu hören. – Du siehst aber alles andere als entzückt aus. Es ist wahr, er ist Russe, indessen –"
Es klopft. Die Haushälterin fragt, ob sie den Tee vorbereiten soll.
„Oh, das Fräulein ist da! Ich habe das Fräulein gar nicht kommen sehen."
Sklodowski: „Nein, den Tee bereitet jetzt Fräulein Manja selbst. Sie kann auch servieren." – Und zu Manja: „Dann siehst du Mendelejew wenigstens, Kind. Daß du gerade in diesem Augenblick kommst, das ist fast etwas wie eine Fügung!"
Neben des Professors Arbeitszimmer (es dient zugleich als Salon) liegt das Wohnzimmer der Familie, die beiden Räume sind durch eine Flügeltür verbunden. Sie steht offen. Der Professor rät Manja, sich dort aufzuhalten: „Dann hörst du doch, was Mendelejew spricht. Ich weiß ja nicht, ob es ihm recht ist, wenn du an unserer Unterhaltung teilnimmst, immerhin kann ich dich ihm vorstellen, ich kann ihm auch sagen, mit welchem Erfolg du absolviert hast, er soll nur wissen, daß ich eine kluge Tochter habe, der alte Magier!"
Professor Sklodowski ist erwartungsvoll erregt. Er geht hin und her, rückt an den Stühlen, fingert an der Lampe, er wechselt ein Buch mit einem anderen aus: er hat einen Stoß gewichtiger Schwarten auf seinem Schreibtisch aufgebaut und so gedreht, daß ihre Rückentitel dem Gast in die Augen fallen müssen, es sind allesamt vorzügliche hochwissenschaftliche Werke. Mendelejew soll nur sehen, daß Professor Sklodowski nicht ein gewöhnlicher Schulmann, daß er auf der Höhe der zeitgenössischen Forschung ist: Man ist ja doch nicht auf der Brennsuppe dahergeschwommen!
„Und mach mir den Tee vorzüglich, Kleine! Sieh nach, ob die Anna die Sandwichs anständig angerichtet hat, anständig, aber ohne viel Schnickschnack, ich gebe kein Damenkränzchen. Wenn du hereinkommst, stelle ich dich vor, aber ich fordere dich nicht auf, Platz zu nehmen, vielleicht tut er es selbst, was ich zwar kaum glaube. Schließlich bist du noch ein junges Mädchen, das nicht erwarten kann, daß man es zu einem solchen Gespräch hinzuzieht."
„Gut, gut, Vater, du hast es mir schon gesagt." Manja eilt hin und her. Ihr Herz klopft. Sie hat eine nur ungenaue Vorstellung von Mendelejews Ruf und von der wissenschaftlichen Richtung, der er angehört, von den Forschungsergebnissen, die er bis jetzt erreicht

hat. Aber *Kasimir*! Wieviel Uhr ist es jetzt? Gegen vier. Um fünf wartet er auf mich, auf Vaters Antwort.
Unmöglich, jetzt zu sprechen.
Um halb fünf schellt es. Anna führt den Gast herein. Manja wohnt der Begrüßung im Nebenzimmer bei. Der Vater eilt dem Gast entgegen. Er spricht Russisch: Dank für den Besuch, Dank für die hohe Ehre. „Darf ich nun bitten, Herr Professor!“
Der Gast scheint ein alter, mürrischer, vielleicht auch schon gebrechlicher Mann zu sein. Seine Antworten sind unbeträchtlich, in den Bart gemurmelt. Sein Schritt ist schlurfend, man hört ihn leise und mißmutig ächzen, wie er sich jetzt in dem tiefen, mit rotem Plüsch ausgeschlagenen Polsterstuhl niederläßt.
Sklodowski versucht das Gespräch sofort auf das Thema des für morgen angesetzten Vortrags zu bringen.
Mendelejew antwortet zurückhaltend.
Sklodowski spricht über die Verhältnisse im Warschauer Schulwesen unter ängstlicher Aussparung aller wunden Punkte, und deren gibt es, weiß Gott, genug!
Mendelejew antwortet, indem er sich über die schlechten Warschauer Hotels und über die Frechheit der Bettler beklagt.
Ein Räuspern des Vaters gibt Manja das Zeichen, sie klopft an einen der längst sperrangelweit geöffneten Türflügel und tritt mit dem Servierbrett ein.
„Das ist meine Tochter Marie.“
Im roten Plüschstuhl sitzt eine zusammengesunkene, bärtige, graue Gestalt. Von einem am Wirbel gelichteten Scheitel hängen lange bleiche Strähnen auf hochgezogene und gekrümmte Schultern nieder. Der schwarze Frack läßt eine gelbe, fleckige Weste sehen.
„Marie, das ist Professor Mendelejew.“
Marie ergreift eine kalte Altmännerhand, sie knickst und murmelt eine artige Begrüßung. Dann darf sie den Samowar holen, Tee einschenken, Sandwichs vorlegen. Mendelejew schweigt und hüstelt, während sie, etwas verwirrt durch seine ablehnende Haltung, mit den Gläsern hantiert.
„Meine Tochter hat das Lyzeum mit vorzüglichem Erfolg beendet“, kommentiert der Vater, „jetzt ist sie leider gezwungen auf dem Land zu leben. Sie hat eine Stelle als Erzieherin und leidet sehr darunter, daß sie bei zwar gutmütigen, aber ganz unbedeutenden

Menschen leben muß. Die Unbildung dieser Leute ist beklagenswert, nicht wahr, Manja? Es gibt nicht *ein* gutes Buch in diesem Haus ..."

„Ach, Vater!" murmelt Manja, tief errötet.

„Kein Wunder, daß sie die Tage zählt, die sie dort verbringen muß", fährt der Vater fort, „es ist doch zu beschämend, auf welcher Stufe diese Art von Leuten lebt. Sie verfügen über Geld, das ist auch alles. Geistig Minderbemittelte, man kann es nicht anders sagen."

Manja hat eingeschenkt und vorgelegt. Jetzt flüchtet sie nebenan und von dort über den Flur in das Zimmer der Töchter. Dort steht sie still, zitternd, das Gesicht in den Händen vergrabend. Ihr Urteil! Ihr eigenes Urteil über die Familie Z.!

Hat sie wirklich einmal ein solches Urteil gefällt?

Ihre Briefe im Winter, lange, traurige, von der Ödenei tauber Wintertage diktierte Briefe (und Kasimir war weit fort und in Paris): ‚Diese Armen im Geiste – nichts als Klatsch aus der Nachbarschaft – keine Interessen und, wenn sie Musik machen: Walzer und Krakowiak; Herrn Z.s zweifelhafte Witze, sein Gebrüll in der Fabrik und das Elend in Krasiniec, eine Schande für alle, doch niemand denkt daran, auch nur den Finger zu rühren.'

Kasimir, hab ich dich verraten? verraten, ehe ich recht wußte, daß ich dich liebe?

Das kann nicht gelten. Manja richtet sich auf. Sei mutig, hast du gesagt, mein Junge, lieber Junge. Warum eigentlich mutig, wo ich nur glücklich sein sollte?

Glücklich war ich heute morgen: grünfunkelnde Wiesen und glitzernde Bäche, weidende Gänseherden und die niedrig fliehenden Wolken, weiß und duftig – wie Chrysanthemen. Unsägliches Glück, flüchtig blitzendes Sekundenglück, da war der Sprung gelungen, der Sprung hinüber, Salto über Spiegel und Schatten, über das eigene Ich, Salto mortale ...

Sie werden die ersten Gläser ausgetrunken haben, ich muß hinüber und nachservieren.

Manja löst die Hände vom Gesicht. Schlapp machen gibt es nicht, und Gefühl ist Privatsache. Aber die Uhr zeigt auf fünf, und um fünf wartet Kasimir auf mich.

Manja hat den Herren das zweite- und drittemal Tee nachgeschenkt. Überraschenderweise hat der Gast nach den Sandwiches gegriffen. Leise wie ein Geist hat Manja die geleerte Platte durch eine volle ersetzt. Mendelejew ist nicht mehr so schweigsam wie vorher. Die klug vorausbedacht gestellten Fragen des Professors haben seine Zunge gelöst, er beginnt zu dozieren: Was ihn bewegt, ist die Idee, ein System der chemischen Elemente aufzustellen, eine vollständige Tabelle aller bekannten Stoffe auf Grund eines Vergleichs ihrer Eigenschaften. Müßte sich nicht eine Reihe neuer Erkenntnisse aus einer solchen Ordnung ergeben?

„Das Problem des Menschen ist weder seine Vermehrung noch seine Organisation, sind schon gar nicht die sogenannten Politica. Das Problem des Menschen ist ganz allein die Berührung der Materie durch seinen Geist. Fünfzigtausend Jahre lebt der Mensch, ohne die geringste Ahnung zu haben, was ihn umgibt. Endlich eröffnet sich einige Sicht in die verborgenen Strukturen. Ein auf Vergleichen beruhendes System der Elemente könnte etwas wie einen Überblick gewähren. Es ist schon öfter versucht worden, solche Systeme aufzustellen, die Mittel waren unzureichend, zum Teil geradezu kindlich. Dennoch haben sie den Fortschritt eingeleitet."

Manja hält den Atem an. Es ist fünf Uhr zehn.

„Alles in der Welt ist nach Maß, Zahl und Gewicht geordnet. Es kommt nur darauf an, die legitimsten dieser Größen zu finden und ihre Beziehungen zueinander zu erkennen, dann können wir vom Ziel der Forschung nicht mehr weit entfernt sein – –"

Fünf Uhr zwanzig. Manja steht wie gebannt.

„Dobereiner und Newlands hatten die Idee, das primitive Ordnungsprinzip der Elemente auf der Grundlage des spezifischen Gewichts durch ein feineres, genaueres zu ersetzen. Sie sagten sich, wenn es gelänge, die Gewichte der Atome zu finden, würde viel, wenn nicht schon alles gewonnen sein. Dobereiner entwickelte seine Triadenlehre: er ging in Analogie mit philosophischen und theologischen Begriffen mittels der Dreierzahl vor. Newlands war ein passionierter Musiker und dachte, die Figur des Achtklanges werde durch die ihr innewohnenden Harmonien den Schlüssel liefern. Man sieht, daß der menschliche Geist immer versucht ist, seine eigenen Voraussetzungen an alles heranzutragen, was er betrachtet –. Es gibt Leute, die behaupten, in der einfachsten mathematischen Operation stecke nicht nur die ganze Logik, sondern sogar die ganze Metaphysik."

Halb sechs. Armer Kusy. Ich muß gehen. Einen Satz noch –
„Das ist natürlich Unsinn, mindestens, was die Metaphysik betrifft. Es wäre schlimm um uns bestellt, wenn wir uns von ihr nicht losmachen, wenn wir das alte zähe Schlinggewächs dieser sogenannten Wissenschaft nicht von uns abreißen könnten. Ich für meinen Teil –", Mendelejew stößt eine Art spöttischen Lachens aus, „habe mir nie erlaubt, anders als nach den nüchternsten Gesichtspunkten zu verfahren."
Einen Satz noch – nur noch einen!
Aber Mendelejew läßt sich Zeit. Das Teeglas klirrt, er trinkt schlürfend, setzt ab, rührt um, trinkt noch einmal. „Nachdem ich mich aller unwissenschaftlichen Gesichtspunkte begeben habe, ist es mir in der Tat gelungen, das Atomgewicht vieler bekannter Elemente festzustellen. Wie erwartet, zeichnet sich etwas wie ein periodischer Aufbau ab, eine fortlaufende Stufung vom Leichten zum Schweren. Doch will ich nicht verhehlen" – abermaliges Hüsteln, Schlürfen, Rühren, Wiederschlürfen – „nicht verhehlen, daß sich im Aufbau Lücken zeigen, Lücken, die vermuten lassen, daß es noch eine Anzahl unbekannter Elemente gibt, daß uns die Erde noch etliche ihrer Grundbaustoffe verbirgt und daß die künftige Forschung zu tun haben wird, ihr diese zu entlocken."
Es ist sechs. Manja fliegt aus der Tür, ohne Mantel, ohne Hut, im Kleid fliegt sie die Gasse hinab. Schon brennen die Laternen, schon flirrt in den Schaufenstern unruhiges Licht. Kasimir – wo ist Kasimir?
Da sie zurückkehrt, ist Mendelejew gegangen.
„Du hast dich nicht verabschiedet", rügt der Vater, „wo bist du denn gewesen? – Er schien dich zu vermissen. – Du bist so blaß. Bist du nicht wohl?"
Der Vater schreitet auf und ab. Er ist gedankenvoll bewegt, die Unterredung hat ihn aufgewühlt. Es ist wahr, er, Professor Sklodowski ist ein Schulmann und kein Forscher, ein Nutznießer und Bewunderer der Wissenschaft, kein Wissenschaftler. Er kann im besten Fall in Gedanken nachvollziehen, was andere ihm vorgedacht, kann wiedergeben, was andere vor ihm gefunden haben. In ihm zittert ein unklares Gefühl – Freude, Neid, vage Sehnsucht –, wenn er daran denkt, was dieser Mensch, dieser hüstelnde, graubärtige Jude aus Tobolsk (saß er nicht da wie ein alter fanatischer Rabbi

in Peies und Kaftan?) von seiner Arbeit erzählte. Welch ein Geist! Welche Glut in den tiefliegenden schwarzen, gleichsam mit Kohlenfunken vollgesogenen Augen!
„Hast du gehört, Manja? Ein System der Elemente auf Grund ihrer Atomgewichte! Wer hätte gedacht, daß es je gelingen würde, Atome zu wiegen!"
Manja schweigt erschöpft. Sie hat Kasimir nicht gefunden, sie hat Mendelejews letzte Ausführungen versäumt, sie ist verstört: erschrokken über sich selbst, daß sie es zuwege brachte, den Geliebten warten zu lassen; böse darüber, daß sie Mendelejew nicht bis zum Ende angehört hat, erbittert, weil sie nun dasteht, ohnmächtig, nicht wissend, was tun; daß ihr nun noch das einzige übrigbleibt: die leergetrunkenen Gläser abzuräumen, die abgegessenen Teller hinauszutragen.
Der Boden ist mit Krümeln bestreut. Manja geht und holt den Kehrwisch, kniet nieder und fegt den Abfall zusammen.

In einem Wagen dritter Klasse fährt sie am anderen Morgen nach Szczuki zurück.
Sie hat sich am Abend Hela eröffnet, und Hela hat es übernommen, mit dem Vater zu reden. Kasimirs Rosen, die das Zimmer mit ihrem Duft erfüllt hatten, haben ihr den Absprung erleichtert und zum Geständnis verholfen.
Das Wiedersehen mit Kasimir war trübe genug. Er war tief gekränkt und konnte sich nicht darüber beruhigen, daß sie sich durch die Gegenwart dieses alten Bücherwurms hatte von ihrem Vorhaben abhalten lassen. „Wenn du mich liebtest, wie ich dich liebe, hättest du mich nicht so warten lassen!"
Auf ihre Frage, was er dann den ganzen Abend getrieben habe, gab er ihr keine Antwort. Er blickte sie nur düster und voll Vorwurf an.
Zwei Tage später traf ein Brief des Professors ein. Hela hatte ihn unterrichtet. „Ich bin zwar äußerst überrascht", schrieb er, „daß Du Dich mit Herrn K. Z. verloben willst. Doch da ich überzeugt bin, daß Du Deine Wahl keinem Unwürdigen zuwenden kannst, so magst Du nach Deinem Herzen handeln. Ich achte Deine Entscheidung, da ich Deinen Verstand und Deinen Charakter kenne."

Kasimir runzelte die Brauen, als er diese Zeilen las. „Dein Vater“, sagte er, „tut geradezu, als wäre ich ein Bauer.“
„Aber nein, Kasimir.“
„Doch, doch! und ich merke schon: hochmütig seid ihr, verdammt hochmütig, ihr Studierten!“
„Ich bin gar keine Studierte“, versetzte Manja traurig, „und – “, fügte sie ein wenig scheinheilig hinzu, „wie sollten wir hochmütig sein? Ich hab dir schon tausendmal gesagt, daß wir gar kein Geld haben.“
„Ach – Geld!“ sagte Kasimir, „ihr könntet so arm sein wie die Kirchenmäuse. Euer Hochmut beruht auf ganz anderen Dingen, ich weiß nicht, worauf. Ich bin wohl zu dumm, um das zu verstehen. Doch in gewisser Weise fühlt ihr euch alle wie die regierenden Fürsten.“
Manja schwieg eine Weile. Dann lachte sie. Sie streckte ihre Hand nach dem Gesicht des Mannes aus und strich leise darüber. „Ja, das ist wohl wahr, mein Guter.“
Jetzt, da des Professors grundsätzliche Einwilligung vorlag, hätte Kasimir mit seinen Eltern sprechen können. Auf einmal hatte er keine solche Eile mehr damit. Der Osterurlaub war vorüber, man erwartete nun, daß er seine Auslandsreise fortsetzen werde. Er verschob sie von Tag zu Tag, er verschob auch die Aussprache mit seinem Vater.
Erst am letzten Abend rückte er damit heraus.
„So, so, verlobt hast du dich, und du meinst, du habest dich mit ihr verloben müssen, denn du liebst sie, diese Manja –“, Vater Z. drehte seine Zigarre am Rand des Aschenbechers hin und her, als wollte er den Glutkopf der dicken Brasil von aller anhängenden Asche befreien, dabei lächelte er mit seinen ein wenig wulstigen, stark gekerbten und immer etwas feuchten Lippen so, daß sein Lächeln nicht leicht zu deuten war, es konnte Spott bedeuten, aber auch Trauer oder etwas wie abwartende Sanftmut, „so sehr liebst du diese Manja, daß du ohne sie nicht leben kannst, sehr schön, ich verstehe, ich ehre deine Gefühle; Manja ist in der Tat ein außergewöhnlich ernstzunehmendes Mädchen, solide, ohne trocken zu sein, pflichttreu ohne lederne Pedanterie, eine Gouvernante zwar, das mußt du mir schon zu erwähnen gestatten, trotzdem beinahe eine Dame, sofern man eine Dame sein kann ohne einen Rubel in der Tasche –“

„Das spielt doch keine Rolle", stieß Kasimir dumpf hervor.
„Keine Rolle? Nun, erlaube, da bin ich ziemlich anderer Meinung! Ich habe mir eingebildet, dich zur richtigen Einschätzung der Dinge erzogen zu haben. Geld ist kein Dreck, und man findet es nicht auf der Straße. Ich habe immer gedacht, du würdest einmal ein paar Hunderttausend für unsere Fabrik erheiraten, sie hätte es nötig, weiß der Teufel, woanders haben sie schon ganz andere Maschinen, und wir müssen uns immer noch mit dem alten Pofel fretten." Herr Z. begann plötzlich tief und zitternd zu schnaufen. Doch er bezwang sich. „Schwamm drüber, mein Junge, ich bin an Enttäuschungen gewöhnt, und vielleicht bringt Julka herein, was du verspielt hast, oder Ladis. Aber du bist dir doch klar darüber, daß, wenn eins deiner Geschwister dem Werk Geld zuschießt, dein Verfügungsrecht dadurch geschmälert sein wird. Oder?"
„Doch, Vater", stottert Kasimir, „natürlich!" (obwohl ihm derlei nie vorher in den Sinn gekommen).
Vater Z. hat seiner Zigarre den Garaus gemacht, jetzt beschäftigen sich seine Hände mit einem anderen Spiel. Er räumte den Inhalt seiner Taschen hervor und baut ihn vor sich auf: das Schlüsselbund, die Börse, die diamantenbesetzte Uhr, den goldenen Zahnstocher. Diesen zieht er aus seiner Hülse und beginnt mit ihm seine unteren Schneidezähne zu bearbeiten. „Noch eine Frage, mein Sohn! Du bist dir doch sicher, daß die Kleine dich liebt?"
„Vollkommen."
„Vollkommen? In der Tat: vollkommen? Ach, sieh nur an!"
Kasimir ist dunkelrot geworden. „Nein!" stottert er, „nein, nicht in diesem Sinn, nicht so, wie du vielleicht meinst. So ist Manja nicht, und ich hätte es auch gar nicht gewollt."
„Was? nicht mal gewollt?"
„Nein. Keinesfalls. Denn – so, wie ich sie liebe, will ich sie zu meiner Frau machen, nicht zu meinem – Verhältnis. Von der Sorte hab ich genug. Und wäre so etwas geschehen, Vater, das schwöre ich dir: eine solche *könnte* ich nicht mehr heiraten."
Herr Z. hat die goldene Nadel wieder in ihrer Hülse verwahrt. Er sitzt eine Weile stumm, den mächtigen Schädel gegen die Brust geneigt. Unheilbar, denkt er. Hoffnungslos. Dann steckt er Schlüsselbund und Börse wieder ein, er schiebt die diamantenbesetzte Uhr in sein Gilet zurück. „Es ist gut", sagt er laut, „meinetwegen. Dein

Fräulein Manja werde ich als Gouvernante entlassen, sie kann als Gast hier wohnen, wenn sie will, wenn sie es" – leise meckerndes Lachen – „in ihrer Tadellosigkeit nicht vorzieht, in das Haus ihres Vaters zurückzukehren und dort zu bleiben bis – hm – bis zur Hochzeit. Und wann, wenn es gefällig ist, soll das große Glück in Szene gesetzt werden?"
„Ich weiß nicht – im Juli – wir dachten: etwa Juli oder August –"
Gottlob, denkt der Vater, noch ein paar Monate. Wenigstens nicht schon übermorgen.

Nicht morgen, nicht übermorgen. Manja ist nach Warschau zurückgekehrt und hat dort die Hausgemeinschaft mit Vater und Schwester wieder aufgenommen. Anfang des Sommers soll Bronia aus Paris kommen, sie hat Ferien. Manja mag nicht daran denken, was Bronia ihr von ihrem Studium erzählen wird. Manja lernt jetzt Kochen und macht einen Nähkurs mit. Wenn sie schon keine Mitgift in die Ehe bringt, will sie doch wenigstens die Kenntnisse einer guten Hausfrau mitbringen. Kasimir ist augenblicklich in Deutschland und studiert – wie er ihr schreibt – ganz ernsthaft in einem kleinen Ort bei Magdeburg die neuesten Methoden der Zuckeraufbereitung.
Trotz Näh- und Kochschule hat Manja Zeit genug zu lesen und ihre früheren Studien fortzusetzen. Sie hat sich in der Wohnstube an dem langen Tisch, der früher im Speisesaal der Pensionäre stand, einen Platz eingerichtet: da stapeln sich Bücher und Hefte; und nachts leuchtet ihr eine Lampe, dieselbe alte Petroleumlampe mit dem grünlichen Kugelschirm und den dunkelgrünen Perlenfransen, unter der sich einst der arme Wawra vergeblich gequält hat. Und wie damals reiten die Kosaken durch die nächtlichen Straßen, von ihren Übungen heimkehrend, und die bespannte Artillerie rattert in Richtung der Zitadelle durch die schlafende Stadt. Manja blickt nicht von ihren Büchern auf. Sie ist glücklich. Der kleine Lichtkreis der Lampe umschließt alles, was sie in diesen Stunden begehrt und ersehnt, Einkehr in Fremdes, Einkehr in Eigenes: kaum berührt, verwandelt sich Unbekanntes in gleichsam Längst-Gewußtes, hier öffnet sich Dasein und offenbart Gesetz.
Manchmal, wenn sie die Augen von der Druckschrift hebt und eine Weile vor sich hin sinniert, fällt ihr ein: Bin ich erst Frau Z., kann

ich mir alle Bücher kaufen, die ich will. Dann werde ich die Abende verbringen, wie ich sie jetzt verbringe, und Kasimir wird dabeisitzen und seine Zeitung lesen, und vielleicht wird er auch einmal eines meiner Bücher lesen, vielleicht – und ich kann ihm manche Erklärung geben, und möglicherweise wird auch er Freude daran haben. Doch, während sie das denkt, weiß sie schon, daß sie sich selbst betrügt, und in ihr zieht sich etwas zusammen, etwas Kaltes, Hartes, Peinigend-Mißächtliches, sie will es niederschlagen, aber es breitet sich in ihr aus und vergällt ihr alles.

Magdeburg ist von Warschau keine ganze Tagereise entfernt. Kasimir kommt auf Besuch: zu Pfingsten hat er sich dem Professor vorgestellt. Marie will es sich nicht gestehen, warum ihr die Szene dieser ersten Begegnung zwischen Kasimir und dem Vater so qualvoll war. Sie flieht die Erinnerung an diesen Tag, an diesen ersten Abend, der doch – in gewisser Weise – ganz gemütlich verlief: Kasimir verhielt sich nett und bescheiden, und der Professor war voll Höflichkeit, doch gerade diese Höflichkeit, die so milde, geduldig und unpersönlich war, hatte ihr gezeigt, wie und weshalb der Vater enttäuscht war.

Als Kasimir gegangen war, verkroch sie sich, sie hätte nicht ertragen, des Vaters Urteil anzuhören. „Ein wirklich netter, hübscher, freundlicher junger Mann."

Am anderen Tag ist alles wieder gut: sie und er im Lazienki-Park, Pläne schmiedend: Wo werden wir wohnen? wie werden wir uns einrichten? Kinder? o ja – je mehr, desto besser, aber mindestens vier. – Ein kleiner Junge spielt vor ihnen im Sand. Kasimir zieht sein Taschentuch, schlägt Knoten in die Zipfel und stülpt sie über seine Finger. Er lockt das fremde Kind an sich und spielt ihm vor: Kasperl auf der Reise, Kasperl einsam und traurig, Kasperl bekommt ein Bonbon geschenkt und schenkt es weiter. Der kleine Junge steht gebannt, lacht aus vollem Halse und kräht vor Vergnügen.

Abendliche Heimkehr im Mondschein. Die Liebenden stehen, Hand in Hand, auf der Weichselbrücke. Über ihnen die helle runde Scheibe zwischen flockigen Wolken, in einer romantischen Anwandlung fängt Kasimir zu schwärmen an: „Schau, wie er gutmütig grinst! ist er nicht wie ein alter Kutscher vom Wollmarkt, der sich's zwischen den Wollballen bequem gemacht hat, um seinen Festtagsrausch auszuschlafen?"

Juni, Juli und vierzehn Tage des August. Die Verlobten sind übereingekommen, am Vorabend von Mariä Himmelfahrt zu heiraten.

Dann aber geschieht etwas:
Professor Sklodowski, der in den letzten Jahren immer nur aushilfsweise und in niedrigen Klassen unterrichten durfte, erhält in der ‚Junkerschule', dem Unterrichtsministerium, die Zusage, daß er im kommenden Schuljahr an einigen höheren Klassen des Gymnasiums die mathematischen und naturwissenschaftlichen Fächer übernehmen darf. Es wird ihm zugleich bedeutet, daß sich der Stoff in den letzten Jahren erweitert habe, daß auch Integral- und Differentialrechnungen durchzunehmen seien. Das bedeutet, daß Professor Sklodowski sich auch in diesen entlegeneren Gebieten wieder ganz heimisch zu machen habe.
Professor Sklodowski kauft sich ein neues Lehrbuch und beschäftigt sich damit.
„Ich weiß nicht, was das ist", klagt er abends seinen Töchtern. „Habe ich mich dieser Art von Denkvorgängen so entwöhnt, oder bin ich wirklich schon zu alt geworden, es ist mir schwierig, mich darin zurechtzufinden."
„Laß doch sehen, Vater!"
„Ach – wozu, Manja? Ihr seid im Lyzeum doch nie über die Trigonometrie hinausgelangt, es wird dir ein spanisches Dorf sein, Kind!"
„Gib mir das Buch trotzdem! Ich werde es heute abend durchschauen."
Und dann kommt die Stunde, da Manja, die Broschüre auf den Knien, unter der blaßgrünen Kugellampe sitzt.
Obwohl ihr der eigene Zustand beinahe entrückt ist – ihre Augen eilen die Zeilen entlang, und ihre Gedanken stürmen dahin –, fühlt sie doch etwas wie einen Ring aus Licht um ihre Stirn gezogen, eine weiße, prickelnde, kühle und süße Glut, von der eine nie gefühlte unendliche Wollust ausgeht. Die Zeichen, die sie liest und verschlingt, strömen dieses Entzücken in sie aus. Wie ein Vogel, der lange in Gefangenschaft gesessen, zum erstenmal wieder seine Flügel braucht und sich mit einem schwankenden zitternden Jubelschrei in den freien Raum schwingt, folgt sie den Figuren der Gleichungen als einem Element, das sie höher und höher hebt. Das Entzücken der

Einsicht durchbohrt sie – sich diesem entgegenzuwerfen, sich von ihm durchdringen, durchfeuern, durchglühen zu lassen – ihr ist, als habe sie darauf gewartet, gewartet seit Jahren.
Obwohl diese Gleichungen nichts sind als reine Gedanklichkeit, ein Spiel, eine Musik logischer Figuren (die einzige Musik, die keines Instrumentes, keiner ausübenden Hand, keiner schalltragenden Luft und keines irdischen Ohres bedarf, Musik, frei wie das Ätherlicht, ganz aus dem menschlichen Geist und in den menschlichen Geist hineingeboren), steigen doch Bilder dahinter auf:
Kreisende und strahlende Konfigurationen, die sich öffnen, verwandeln, neue entlassen, wieder einfangen, miteinander spielen. Das Geheimnis dieser Konfigurationen (mathematische Ausdrücke genannt) ist ihre Verwandelbarkeit, die, je verschlüsselter sie erschien, desto zarteren, desto ätherischeren Gesetzen gehorcht, verborgenere Verwandtschaften, geheimnisvollere Symmetrien enthüllt. Formeln, die in abgelegenen dämmrigen Winkeln zu hausen scheinen, eilen wie an Silberfäden geleitet herbei, um Geschlossenes aufzulösen, Dunkles zu erhellen und aus undurchdringlich Verschränktem Funken zu schlagen, die neue Lösungen, künftige Verwandlungen versprechen und erahnen lassen.

„Der Engel brachte Maria die Botschaft –
und sie empfing vom Heiligen Geiste.
Gegrüßt seist du, voll der Gnaden –“

Das dumpfe Murmeln des englischen Grußes drang aus den vergitterten Fensterluken des Basilianerklosters auf die sommermittagsstille Straße hinaus. Die Straße lag unter dem grellen Licht leer und öde da, eine Schlucht, die, durch das dunkelzackige Erz der Warschauer Altstadt gegraben, schattenlos dem Ansturm des zum Scheitel gestiegenen Gestirns preisgegeben war. Ein paar klägliche Baumwipfel streckten ihre papierdünn ausgebrannten Silhouetten über die Speerspitzen eines schmiedeeisernen Tores, und der wimmernde Ton der Glocke irrte, mit matten Flügeln schlagend, durch die glühende Luft, bis er – nach einem mißtönigen Anzinken – verschmachtete und erstarb.
Manja wanderte das kurze Stück zwischen dem Klostertor der Basilianer und dem Podwale auf und ab.

Sie schwitzte, und die Kleider klebten ihr am Leib. Sie wartete auf Kasimir, um ihn das letztemal zu sehen.
Sie hatte ihm gestern ihren unumstößlichen Entschluß mitgeteilt, ihr Verlöbnis mit ihm aufzulösen.
Die zwei vergangenen Monate waren eine lange Zeit unerträglicher Pein gewesen.
Als er vor acht Tagen das letztemal nach Warschau gekommen war, hatte sie es ihm gesagt: Kasimir, ich glaube, wir taugen nicht füreinander. Er verstand sie nicht, und als sie es ihm zu erklären versuchte, hatte er nur geschrien und getobt: „Du bist mir untreu geworden. Welcher Mann ist es? Wer hat dir den Kopf so verdreht?"

– – „Siehe, ich bin eine Magd des Herrn –
und mir geschehe nach deinem Worte –"

Manja seufzte und lehnte sich, die Stirn mit der Hand bedeckend, an die Klostermauer.
„Es ist kein Mann, es ist niemand", hatte sie gesagt. „Kannst du mich nicht begreifen?"
„Nein, niemals."
„Ich liebe dich, liebe dich noch immer. Aber ich kann nicht mit dir leben, weil ich weiß, daß ich mich selbst nicht verlassen kann. Ich bin in mich eingesperrt wie eine Gefangene –"
„Hör auf, hör auf!"
Und so – unter solchen Reden – war eine Stunde vergangen, ein halber Tag, ein ganzer Tag: vergebliche Erklärungsversuche, Vorwürfe, Ausbrüche, Klagen. Endlich hatte Manja, erschöpft und ausgehöhlt und von Verzweiflung gepackt, zugegeben: „Du hast recht: es ist Hochmut, nichts als gottverdammter Hochmut. – Gut, wenn es denn sein soll –! Aber dann nimm mich noch heut zu dir, heut, in dieser Nacht, und laß mich ein Kind von dir empfangen!"
Da war der Sprung getan – nein, nicht getan, aber angeboten, der Sprung über Spiegel und Schatten, der tödliche Sprung über das eigene Ich.
Doch der Mann war entsetzt. „Was? Wie? Wie meinst du das?"
„Aber ja, ja, Kasimir, dann sind die Würfel gefallen –"
„Das – verstehe – ich – nicht."

„Dann ist alles entschieden und dieser Zustand beendet!"
„Nein, Manja, nein."
„Du willst nicht?"
„Ich will nicht, weil – weil ich dich für immer wollte. Und wäre das geschehen – ich glaube, ich könnte dich nicht mehr achten."
„Aber Kasimir!" Sie lachte auf.
Der Mann erschrak vor diesem Lachen, das ihm frevelhaft schien und unverständlich. Sein Begriff von dem, was dieses Mädchen war, das er angebetet und wie eine reine Lilie zu empfangen gedacht hatte (denn der Begriff der Ehe war für ihn unlösbar mit der Vorstellung unberührter Jungfräulichkeit verbunden), wankte in ihm. Er wich zurück, und als er sie wieder ansah, sah er sie mit Augen an, mit denen er sie nie vorher anzuschauen gewagt hätte: seine Augen waren leer, flach, entzaubert.

– „Und das Wort ist Fleisch geworden –
und hat unter uns gewohnt."

Um das Eck der Senatorskaja bog eine Gestalt: ein Dienstmann in blau-weiß gestreiftem Drillich, mit roter Mütze, eine Dreizehn auf dem Messingschild, näherte sich und kam auf Manja zu. „Fräulein Sklodowska –?"
Sie schrak zusammen. „Ja –"
„Ich komme im Auftrag eines jungen Herrn. Er läßt sagen, er bedaure sehr, aber er könne nicht kommen." „Ach."
„Er sagte, ich solle Ihnen das hier geben –." In der schwarzen Pranke erschien ein verschnürtes Paketchen. „Und er läßt bitten um das, was Sie ihm versprachen."
Manja zittert am ganzen Leib. Sie öffnet die Ledertasche, die sie bei sich trägt, und zieht ein ähnliches Päckchen hervor. Es enthält Briefe, Bilder, einen Ring.
„Es ist gut, Fräulein. Sie müssen mir nichts geben. Ich werde schon bezahlt."

– – „Gegrüßt seist du, Königin, Mutter der Barmherzigkeit,
zu dir rufen wir elende Kinder Evas aus diesem Tale der Tränen."

Es ist genug. Ich war sechs Jahre Gouvernante. Es ist genug. Meine Geschwister haben in dieser Zeit studiert, ich habe Geld verdient. Es ist genug.
Ich hasse, was mich umgibt, ich hasse mich selbst, mich, Manja Sklodowska, die es zu nichts gebracht hat, die sich selbst alles schuldig geblieben ist.
Wozu dieses Leben? Klägliches Einerlei: Essen, Schlafen, Schwatzen; idiotische Wiederkehr derselben sinnlosen Tätigkeiten: Nun laßt uns beginnen, Kinder. Öffnet eure Bücher, wir lesen auf Seite 10 – – – Deine Aussprache, René, ist immer noch sehr schlecht, und du, Bebé, hast noch immer nicht dividieren gelernt – – – Es schlägt elf, jetzt gehen wir spazieren. Regenmäntel, Schirme, Schuhe, habt ihr alles? Kind, ich bitte dich, weich doch den Pfützen aus! Eine Geschichte? Ich soll euch eine Geschichte erzählen? Ich weiß keine Geschichte, ein bitteres Gefühl füllt meinen Mund, meine Lippen verschließt der Mißmut, meine Gedanken irren hin und her und finden nichts, was sie ergreifen möchten.
Seit sechs Jahren ist Bronia in Paris, Bronia, nicht ich. Bronia hat sich verlobt und wird in acht Tagen heiraten, nicht ich. Wozu in aller Welt mußte *sie* nach Paris?
Die gute liebe Bronia, ich kenne sie doch. Mit Feuereifer hat sie ihr Studium begonnen. Aber dann? – Was hat sie denn bis jetzt erreicht? Die Hebammenprüfung hat sie abgelegt und sich verlobt.
Sie hätte auch in Warschau Hebamme werden und sich verloben können.
Ihretwegen war ich sechs Jahre Gouvernante.
Das Leben ist öd, das Leben ist leer. Die Meinen haben sich längst daran gewöhnt, daß ich Gouvernante bin. Sie haben angefangen, es selbstverständlich zu finden, daß ich im Monat vierzig Rubel verdiene und zwanzig davon meinen Geschwistern gebe, damit sie studieren, damit sie ihre Ziele erreichen können. ‚Oh, Manja ist gut, Manja gibt. Manja soll bleiben, was sie ist: die Jüngste, das Schaf, das geschoren wird. Gib Wolle, Manja, und bleib hübsch im Stall!‘
‚Manja unzufrieden? Warum sollte sie unzufrieden sein? Hat sie nicht alles, was sie braucht? Essen, Kleider, Arbeit und Ärger? Ohne Ärger geht es im Leben nicht ab. Merk dir's, Kleine!‘

Selbst der Vater, selbst er, der mich immer verstand, versteht mich nicht mehr.
Er wird alt, ein alter müder Mann, sein Haarkranz ergraut.
Sie haben ihm die Stellung am Gymnasium, für die er sich damals vor drei Jahren vorbereiten wollte (mit dem Studium von Integral und Differential), nicht gegeben. Sie haben ihn an eine andere Anstalt abgeschoben, deren Leitung und Aufsicht niemand anderer übernehmen wollte: Es ist eine Anstalt für verwahrloste Kinder und Jugendliche, die sich etwas zuschulden kommen ließen: junge Diebe und Schlimmeres.
Das zehrt an des Vaters Kräften und verdüstert ihn. Es gibt keinen traurigeren Umgang als diesen, der täglich und stündlich den Abgrund der Welt entblößt: Leben, kaum begonnen, schon zerstört.
Was Wunder, daß er das meine nicht nur erträglich, sondern sogar – nach Maßgabe der Dinge – recht befriedigend findet?
Wenn ich am Sonntag frei habe, gehe ich nach Hause – für Vater eine Selbstverständlichkeit, daß ich meine Freizeit bei ihm verbringe. Doch seine Freude ist mäßig, wie jede Freude mäßig ist, die etwas Altgewohntes geworden ist. Er sitzt beim Frühstück und liest die Sonntagszeitung. ‚Sieh da, Manja!' Er schaut kaum auf. ‚Wie geht es immer?'
Zu Mittag gibt es fetten Braten, fette Knödel und Kraut. Und dann: ‚Koch mir jetzt ein Kaffeechen, du machst es besser als Anna, sie brüht ihn viel zu schnell.' Nachmittags sitzen wir im Salon und warten, ob Besuch kommt. Im Käfig hüpft der Kanarienvogel hin und her. ‚Na, Hänschen, warum singst du nicht?' Dann, nach einer Weile in klagendem Ton: ‚Ich weiß nicht, was er hat. Früher war er ein so eifriger Sänger.' – ‚Deck ihn zu. Im Finstern singen die Vögel.' – ‚Meinst du? Ich finde das grausam.' – ‚Ja. Darum haben die alten Römer den Nachtigallen die Augen ausgestochen.' Darauf gibt der Vater keine Antwort.
Schließlich – jetzt ist kein Besuch mehr zu erwarten – steht er auf, reckt sich gravitätisch und schlüpft in seinen Ausgehrock. ‚Kommst du mit?' ‚Wohin?' ‚Ich dachte eine kleine Runde zu machen.' ‚Nein, ich möchte eigentlich nicht.' ‚Na, ist auch gut.' Im Flur setzt der Vater den Hut auf, dann steckt er noch einmal den Kopf zum Türspalt herein. ‚Bist du noch da, wenn ich zurückkomme?' ‚Ich glaube nicht.' ‚Hm, dann werde ich wohl zu Krakauer gehen.'

‚Ja, geh zu Krakauer.' Dort spielen sie Whist. Darauf freut er sich die ganze Woche. ‚Also: adio!' ‚Adio, Vater!'
Ein alter Mann, ein müder Mann.
Eines Tages – Manja führt ihre beiden Zöglinge eben im Schloßpark spazieren – kommt ein junger Mensch auf sie zu. „Irre ich mich? Nein – Sie sind – du bist es, Manja Sklodowska!"
„Vetter Boguski?"
„Richtig. Schön, daß du mich noch erkennst."
„Du warst lange fort."
„Ja, bei Gott. Du hast dich gar nicht verändert."
„Sag das nicht. Mir kommt vor, es seien hundert Jahre her –"
„Nur zehn –"
„Wir waren damals noch Kinder. Und jetzt bist du wohlbestallter Beamter. Hab's in der Zeitung gelesen. Ich gratuliere."
Josef, ein Vetter zweiten oder dritten Grades (es gibt deren unzählige in der weitverzweigten Familie Sklodowski-Boguski), hat Chemie und Physik studiert, er war in Berlin und London (der Glückliche!) und ist nun am Museum für Industrie und Landwirtschaft als Kustos angestellt. Das Museum, ein alter einstöckiger Kasten mit hohem Walmdach und kleinen Fenstern, eines der armseligen Gebäude, die vom Gouverneur für wissenschaftliche Zwecke zur Verfügung gestellt wurden, weil sie für sonst nichts mehr zu gebrauchen sind. Ein Wust alten Gerümpels ist hineinverfrachtet, ihn soll Joseph Boguski sichten, ordnen, katalogisieren. Dann kann – bei etwaigen Beschwerden – von der Regierung darauf verwiesen werden, mit welchem Großmut die kulturelle Entwicklung auch der ‚Weichselprovinz' gefördert wird.
„Komm doch einmal hin und sieh dir meine Höhle an!"
„Ja, gerne."
„Vorausgesetzt, daß du Spaß daran hast."
„O doch, doch."
Manja blickt sich nach ihren Zöglingen um, die dastehen und mit offenen Mündern und runden Augen herüberstarren, verwundert über den ihnen ungewohnten Anblick: noch nie hat ihre Gouvernante auf offener Straße so freundschaftlich mit einem fremden jungen Mann geplaudert.
„Wann kann ich kommen?"
„Wann du willst, ich bin immer da."

„Immer –? Dann – halt mich nicht für verrückt – dann komme ich gleich morgen."

Am nächsten Tag bittet Manja ihre Dienstgeberin, die mondäne Frau F., um einen freien Abend.

„Aber wieso denn, meine Liebe? Gibt es heute etwas so Besonderes im Theater?"

„Ich gehe nicht ins Theater, gnädige Frau. Ich möchte das Museum besuchen. Mein Vetter ist dort Kustos –"

„Ach nein, wirklich Ihr *Vetter* –?"

„Allerdings."

Frau F. lächelt in den Spiegel hinein, vor dem sie sitzt, sie streift die Bracelets an ihre berühmt schönen Arme, dann beugt sie sich vor, um die Puderauflage auf ihrem Gesicht zu prüfen. „Sie müssen doch *mir* keine Märchen erzählen, Manja. Sie können mir ruhig die Wahrheit sagen. Kennen Sie mich so wenig, daß Sie glauben, ich mißgönnte Ihnen ein Vergnügen?"

Manja steht stumm.

„Also gut!" Madame erhebt sich, ihr Kleid rauscht Ungnade. „Wie Sie wünschen. Der Hausschlüssel steht zu Ihrer Verfügung." Sie entläßt Manja mit der Miene: Diese Domestiquen! Sie belügen einen immer, auch wenn sie zu lügen nicht einmal nötig hätten.

„Ah, Manja! Komm herein. Aber gibt acht – die ganze Bude liegt voll Krimskrams – daß du nicht stolperst oder hängen bleibst. Sie haben hier seit Jahren alle Erfindungen und Entdeckungen abgelagert: Brauchbares, Unbrauchbares, Verrücktes, Vernünftiges, alles, was zwei drei Generationen in Polen gebastelt, konstruiert und nie verwertet haben. Nie verwertet –. Da wäre ein Pflug, der die Furchen viel tiefer zieht und eine intensivere Auswertung des Bodens ermöglichte. Hier liegt er –. Unsere Bauern pflügen noch immer wie vor dreihundert Jahren. Diese Maschine – mit ihr könnten Steine gebrochen und zerkleinert werden; diese da könnte den Bauarbeitern das Ziegelschleppen abnehmen. Aber kein Mensch weiß etwas davon oder will etwas wissen. Manchmal entsetze ich mich über den Aufwand an Geist, an Erfindungsgabe und Mühe, der nur vertan und vergeudet wird. Nicht ein Hundertstel von allen diesen Dingen wird jemals in Gebrauch genommen. Und doch läge so viel bereit, um den Menschen die schlimmste Mühsal abzunehmen. Es nützt nichts. Die Glasbläser sterben nach wie vor wie die Fliegen dahin, die Steinklopfer krepieren im Staub, die Baraber schwitzen unter ihren Lasten. Und hier ist ein Modell für eine Maschine – sie sollte zum Schnitzeln von Zuckerrüben dienen, sie wäre billig herzustellen und gut, aber nein: die Rüben werden immer noch von Hand gerieben – für einen Hungerlohn."

Manja runzelt die Brauen. Sie dreht den Hebel an der Maschine, dann aber zuckt sie zurück. „Für einen Hungerlohn", wiederholt sie. „Ja, ich weiß."

Vetter Boguski lotst Manja von Raum zu Raum.

„Und hier –", zuletzt öffnet er eine verhältnismäßig leere und geräumige Stube, „hier ist nun *mein* Bereich: ein Laboratorium. – Aber, Manja, was ist mit dir? Ist dir nicht gut?"

Das Mädchen ist – plötzlich erblaßt – gegen den Türstock getaumelt. Sie hält sich daran fest, ist sofort wieder Herr ihrer selbst. Ein noch unsicheres, um Nachsicht bittendes Lächeln erscheint auf ihrem Gesicht. „Verzeih! es ist nichts – nichts weiter. Ich glaube, ich habe mich von meiner letzten Influenza noch nicht ganz erholt."

„Setz dich doch!"

„Nein, danke vielmals."

„Ich bringe dir etwas zum Trinken."

„Laß doch! Ich will nicht!"

„Ein Glas Wasser wenigstens!"

Vetter Boguski öffnet einen Schrank und sucht – endlich ergreift er ein Glas, geht zum Leitungshahn, öffnet ihn, spült das Glas, spült noch einmal. „Du darfst es ruhig trinken. Wir haben hier ein gutes Brunnenwasser, rein und quellfrisch, das beste von ganz Warschau." Er reicht Manja das Gefäß, es ist ein Halb-Liter-Reagenzglas. „Entschuldige, bitte, ich habe kein anderes."

Manja lächelt, nickt, ergreift das Glas und trinkt gierig. Sie leert das ganze Glas in einem Zug.

„Du hattest aber einen tüchtigen Durst."

„Das hatte ich – Und nun –", sie schnellt von ihrem Sitz auf, „jetzt zeig mir – zeig mir dein Laboratorium! Alles, was du hier hast!"

Zehn Minuten später haben sie die Vorbereitungen für einen einfachen Versuch getroffen, einen der Versuche, die auch in Schulen angestellt werden, um den Kindern einen ersten Begriff von chemischen Prozessen zu geben. Manja entsinnt sich der Stunden bei der Piacecka, als die schwarzen Wachstuchvorhänge in der Klasse herabgelassen, das große Licht gelöscht wurde und die Lehrerin auf ihrem Pult im Schein eines winzigen Lämpchens hantierte: Manja war damals oft von ihrem Platz nach vorn geschlichen und hatte sich zu einer Kameradin in die Bank gedrückt, um nur nichts von dem Vorgang zu verlieren. Das Gesicht der Lehrerin schien ihr durch das schwache, von unten strahlende Licht geheimnisvoll verschönt, und ihre Hände arbeiteten wie selbsttätige Wesen, die Wunderbares hervorbrachten. Das leise Klirren von Glas und Metall begleitete den Vorgang wie erregende, synkopisch pulsende Musik.

Jetzt hat der Vetter eine Messerspitze Kaliumchlorat und Braunstein in eine eiserne Proberöhre gestäubt und sie über einer Flamme erhitzt; Manja darf ein Stückchen Holzkohle, das sie an einem Eisendraht glühend gemacht hat, in das kommunizierende Glasrohr einführen, die Holzkohle flammt auf, die Abscheidung von Sauerstoff ist erwiesen. – Dann träufelt der Vetter einen Tropfen blaßgelber Gummiguttlösung auf eine Glasscheibe und schiebt ihn unter das Mikroskop: Ruhloses Gewimmel und kein Ende der Bewegung. Woher die Energie, die diese kleine Welt erschüttert? – Manja fragt: „Was ist das, was sich hier bewegt?“ – Der Vetter zuckt die Achseln. – „Wann wird es zur Ruhe kommen?“ – Der Vetter antwortet: „Ich weiß es nicht. Ich habe für diese Versuche nie so viel Zeit aufwenden können; vorausgesetzt, daß es dir gelänge, die Temperatur immer auf gleichem Stand zu halten, könntest du sicher sein, daß sich die Bewegung noch morgen in der Früh und vielleicht auch noch länger und vielleicht für immer in derselben Lebhaftigkeit erhielte.“ – „Aber das ist doch unmöglich!“ sagt Manja. – „Ich kann es mir auch nicht erklären“, sagt der Vetter, „aber es gibt so viel, was unerklärlich ist.“

„Ach!“ Manja sinkt auf ihren hölzernen Schemel und blickt starr vor sich hin.

Was wissen wir von dem, was uns umgibt, von der Substanz, von der Materie? Einige Reaktionen und daß sie den Raum erfüllt. Nicht mehr.

Was wissen wir von dem, was unsere Sinne überschwemmt? von

Wärme, Schall, Helligkeit? Einige Phänomene. Nicht mehr. Einige Gesetze sind wie Leuchtschiffe ausgesetzt in die Nacht der Erscheinung. Doch wie weit reicht ihr Licht? Wenn es sich über die Wasserwüste vortastet, so bricht es sich schnell an den finsteren Klippen unbekannter Küsten. Dahinter: Niemandsland.
Niemandsland –
Millionen leben, ohne jemals an die Kontinente zu denken, die sich jenseits ihrer alleralltäglichsten Erfahrung rings um sie in ungemessene Fernen erstrecken. Sie leben auf ihrem Streifchen Küste, auf dem flachen Streifchen Sandbucht, an das die Wellen schlagen und zu dem die ragenden Riffe niederdrohen; hier haben sie ihr Dasein, hier treiben sie ihre Liebesspiele, suchen ihre Nahrung, zeugen sich fort und sterben, und ihr Herz ist ruhig und zittert nicht. Dann und wann lauscht eines auf, wenn eine stärkere Welle ans Ufer spült, wenn aus dem Gebirge ein Steinschlag poltert und dröhnend aufschlägt. Aber gleich ist's vergessen, weggespült von Leichtsinn, Suche nach Nahrung, von Liebesgier und -lust; blinde, arme, preisgegebene Tiere!
Wer aber die Witterung hat für das Niemandsland: für den Abgrund der Meere, aus dem die Wogen heranrollen, für die Gebirge und Vorländer, die hinter den Klippen beginnen – sie reichen so weit wie der fernste Glanz der Sternennebel, wer diese Witterung hat für das Unbekannte, in dem sich das *wahre* Sein verbirgt:
Sie ist in ihm wie ein Trieb, unauslöschlicher als der Trieb des Geschlechts, bohrender als Hunger, quälender als Durst, unerschrockener als die liebende Sorge um die eigene Brut: ihn trifft das kleinste Zeichen, ihn durchzittert der zarteste Laut, der aus dem Unerkannten zu ihm herandringt, und atemloser ist sein Aufhorchen, Aufhorchen mit dem Ohr, das dazu geschaffen scheint, das *Flügelrauschen* des Geistes zu vernehmen, das immerwährende Brausen, das vom Himmel kommt, wie wenn ein gewaltiger Sturm daherführe und feurige Zungen niederstiebte auf die Häupter der Erwählten.

Am nächsten Sonntag ist Vetter Boguski bei Sklodowskis zu Gast. Manja hat ihn eingeladen, hat ihm – beinahe stürmisch – das Versprechen abgenötigt, auf jeden Fall zu kommen.
Der Professor hat sich nach dem Mittagessen für eine Weile lang-

gelegt. Das Läuten des Gastes hat er überhört. Wie er, ein wenig schläfrig noch, aus seinem Zimmer in den Salon tritt, findet er die Tochter und den jungen Boguski in eifrigem Gespräch.
Manja ist wie verwandelt. Ihre Augen glänzen, ihre Wangen glühen. Sieht sie nicht aus – wie eine Verliebte, denkt der Professor. Und nun greift sie gar nach des jungen Mannes Arm –. Weiß sie denn nicht, daß er verheiratet ist?
„Hör dir das an", sagt sie, kaum daß die Männer einander die Hände gereicht und die flüchtigsten Begrüßungsworte getauscht haben, „hör dir das an, Vater, was Joseph erzählt. Er hat in London bei Crookes gehört!"
„Ja – und?" Der Professor nimmt umständlich Platz. Mit einem Blick nach dem Samowar stellt er fest, daß keinerlei Anstalten für eine Bewirtung des Gastes getroffen worden sind. Nicht einmal den obligaten Kaffee zu brauen hat sich Manja heute herbeigelassen. – Crookes – Crookes? Wer ist das? Dem Professor klingt der Name nicht ganz fremd, doch er kann sich nicht erinnern: er hat in letzter Zeit wenig wissenschaftliche Literatur gelesen, er ist nicht auf dem laufenden, es tauchen so viele neue Namen auf. „Was ist mit diesem – hm – Crookes?"
„Er hat die Kathodenstrahlen entdeckt", erklärt Manja, „Strahlen, die in einer Ampulle entstehen, wenn zwei elektrische Pole eingeführt sind, die Ampulle beginnt zu fluoreszieren –"
„Und die Strahlen haben eine außerordentliche Kraft", fährt Boguski fort, „ich hatte Gelegenheit, Crookes bei diesen Versuchen etliche Handreichungen zu leisten, so konnte ich alles ganz genau beobachten. Die Strahlen durchdrangen Aluminium. Aber das Merkwürdigste schien es mir doch, als Crookes ein kleines Rädchen, das auf Schienen lief und mit ganz winzigen Glimmerschäufelchen versehen war, in die Strahlenbahn brachte: Das Rädchen begann sich zu bewegen, die Strahlen trieben es vor sich her."
„Was?" fragte der Professor, „wer trieb das Rädchen?"
„Nun, die Strahlen, diese Kathodenstrahlen –"
Der Professor blickt vor sich nieder. Seine dünnen Lider zucken ein wenig. Er räuspert sich, dann beginnt er an seinem Siegelring zu drehen. „Hm. Hm. Sag mal, Joseph, hast du diese Strahlen auch gesehen?"
„Gesehen? Aber nein. Kathodenstrahlen sind unsichtbar."

„Und du glaubst wirklich, daß sie das Rädchen mit – wie sagtest du doch – mit den Glimmerschäufelchen antrieben?“
„Ja, natürlich.“
Der Professor sitzt schweigend. Er dreht den Siegelring – immer noch. Manja weiß, was das zu bedeuten hat. Wenn Vater seinen Siegelring dreht, ist ihm etwas unverständlich, unwahrscheinlich, im Grunde widerwärtig. Immer, wenn früher – wie so oft – die Pensionäre allerlei Lügengeschichten auftischten, um sich nach einem Streich herauszureden; immer, wenn die diebischen Haushälterinnen ihre Unterschleife zu vertuschen versuchten, immer auch, wenn jetzt dieser Pater Evarist auf Besuch kommt und seine salbungsvollen Sprüchlein zum besten gibt, immer hört der Vater zuerst schweigend zu und dreht seinen Siegelring, hält die blassen und ein wenig geröteten Augen gesenkt, zeigt diesen Ausdruck gelangweilten Überdrusses. Und endlich kommt die Antwort: „Sehr nett, was du da erzählst, mein lieber Joseph! Aber ich muß schon sagen, daß mir die Geschichte etwas kurios klingt. Dieser Engländer Crookes hat sich da offenbar einen ganz netten Trick ausgedacht. Die Nation hat eben Sinn für Humor.“

Am Abend kehrt Manja wie jeden Sonntag in das Haus ihres Dienstherrn zurück. Vetter Boguski begleitet sie bis vor die Tür.
„Ich glaube gar, du bist deinem Vater böse, weil er meinen Bericht über die Kathodenstrahlen für Kohl hielt“, sagte er. „Ich kenne doch die alten Herrschaften. Sie sind nun mal so. Trotzdem ist dein Vater ein prächtiger Mensch, gebildet – er hat sich immer bemüht, sein Wissen zu ergänzen. Wenn er mit dem Neuesten nichts mehr anzufangen weiß, lieber Himmel, wer will ihm das verdenken? – Siehst du, meinen Eltern ist alles Teufelsspuk und Greuel; denen wäre es am liebsten gewesen, ich hätte Theologie studiert und wäre ein Pfaff geworden.“
Manja lacht kurz und tonlos auf. Ihre Gedanken sind ganz woanders.
„Kommst du wieder einmal in mein Labor?“
„Ja.“
„Bald? Ich werde versuchen, selbst so etwas wie eine Crookessche Röhre herzustellen. Dann können wir sehen, ob auch mir ‚der Trick‘ gelingt.“

„Das wäre herrlich!"
„Du bist ein wunderbares Mädchen."
„Ach, herrje, nein."
Sie gehen ein paar Schritte stumm nebeneinander hin – und in diesen wenigen Augenblicken – Manja fühlt es deutlich, mit einem Anflug von Unbehagen – ändert sich etwas zwischen ihnen. Eine Energie, die geschlummert hatte, die gebunden war, wird frei, und mit einem Male ist es nicht mehr gleichgültig, ob sie schneller oder langsamer gehen, ob sich der Abstand zwischen ihnen vergrößert oder verkleinert, ob Manjas Ellenbogen Josephs Ärmel streift. Und in des Vetters Stimme schwingt ein neuer Ton: „Ein wunderbares Mädchen, wirklich! – Ich hätte nie gedacht, daß ich mit einer Frau so sprechen könnte wie mit dir."
„Du hast doch Natascha –"
„Natascha –", Boguskis junge Gattin –, „ach, Natascha, du kennst sie nicht, ihr solltet euch kennenlernen. Sie ist sehr lieb, sehr gut. Aber –"
„Du brauchst mir nichts zu sagen."
„Warum nicht? Ich dachte damals, als ich sie heiratete, jetzt habe ich einen Menschen gefunden, mit dem ich mein *ganzes* Leben teilen kann."
„Da warst du sehr unklug, Joseph, das gibt es nicht."
Joseph seufzt. „Vielleicht hast du recht. Doch ich gab mich nun einmal diesem Irrtum hin. Jetzt spüre ich: da ist eine Wand, und durch diese Wand gibt es keine Tür. In allem, was meinen Beruf ausmacht, bin ich auf mich gestellt und allein geblieben."
„Das hättest du erwarten müssen", antwortete Manja, es klingt ziemlich unbarmherzig. Sie beginnt ihren Schritt zu beschleunigen, Gott sei Dank ist es nicht mehr weit bis zum F.schen Hause.
Der Vetter sucht sie zurückzuhalten. „Ich denke oft darüber nach, ob es so sein muß – und nun, seit ich dir begegnet bin, sehe ich, es könnte alles auch ganz anders gekommen sein."
Nun sind sie da: Das Palais F. steht abseits von der Straße. Eine kurze Sackgasse, eben so breit, daß eine Kutsche wenden kann, führt darauf zu. Sie wird von zwei hohen Mauern gebildet, hinter ihnen liegt der große F.sche Garten. Hier ist es ziemlich dunkel, denn die beiden Laternen, die die Auffahrt erhellen sollen, stecken im Laub der Bäume, die ihre Äste über die Mauerkronen neigen.

Über Manjas Gesicht flattern die Schattenflecken, da sie, an den Stufen der gewölbten Portalnische angekommen, dem Vetter die Hand zum Abschied entgegenstreckt. „Leb wohl, und danke für die Begleitung."
„Ach, Manja, du sagst das so, als wärest du froh, daß dieser Tag zu Ende ist."
– – –
„Warum willst du mich nicht anhören, Manja? Ich möchte nicht, daß du mich mißverstehst. Doch du bist wirklich – wirklich wie ein Wunder für mich."
„Laß, Joseph, bitte!"
„Du könntest mir einen Kuß geben, einen einzigen kleinen Kuß, der für dich nichts bedeuten soll – aber mich würde er glücklich machen. Maniusi!"
Manja kann das Gesicht des Vetters im Dunkeln nicht erkennen, aber sie errät seinen Ausdruck: den Ausdruck eines ehrlichen, braven und betrübten Jungen, der, obwohl er nichts Böses meint, doch eben dabei ist, ein unabsehbares Unglück in Gang zu setzen. Sie beugt sich flüchtig zu ihm hinab und duldet, während ihre Rechte schon nach dem Bronzegriff des Tores tastet – duldet, daß Boguskis bärtiger Mund ihre Wange berührt, dann reißt sie sich heftig los und geht –
In dieser Nacht hat sie sich entschlossen.

Einmal, vor vielen Jahren war Manja in der Tatra. Ein Onkel hat sie und ein paar andere Kinder aus der Verwandtschaft mitgenommen. Sie sind gewandert, auf die Berge gestiegen.
Es war sehr heiß, und der Himel wie ein riesiger weißglühender Stein, und eines Abends kam dann das Gewitter.
Sie wohnten in einer kleinen Jagdhütte neben einem ausgetrockneten Bachbett, und zwischen der Hütte und dem mit riesigen Trümmern erfüllten Riß war ein Damm.
Als Manja nachts erwachte, sah sie, daß die anderen von ihren Betten heruntersprangen. Der Onkel hatte die Tür aufgerissen und schrie etwas Unverständliches, und im hellen Mondlicht, das in einem breiten Streifen hereinfiel, lief etwas glitzernd Lebendiges über die Schwelle.
Irgend jemand riß sie von ihrer Pritsche herunter, und dann rann-

ten sie alle hinaus – und Manja spürte, wie sie mit beiden Füßen ins kalte Wasser sprang.

Es war ein schreckliches, dumpfes Dröhnen in der Luft, ein Aufruhr, der um so unbegreiflicher war, als der Mond schien, hell und hart, wenn auch, das sah Manja, als sie hinausrannte, von Wolkensäulen umbrandet.

Sie patschten durch das Wasser, wo kam das Wasser nur her? und liefen von der Hütte weg einen hohen steilen Hang hinauf.

Droben hielten sie inne und schauten zurück, und da wußte Manja nun, woher das Dröhnen kam:

Das Bachbett, das gestern so leer und dürr dagelegen, war von einer weißen, wilden, schäumenden Masse erfüllt, sie setzte in riesigen Sprüngen daher, brüllend wie ein empörtes Tier, Baumstämme schossen aus dem Gischt hervor, torkelten durch die Luft und tauchten wieder ein – und andere, immer wieder andere folgten ihnen, als strudelte ein ganzer Wald in dem Wildstrom herab.

Onkel Zdislav hatte die Kinder um sich geschart, und nun rief er und zeigte auf etwas dort bei der Hütte: aus dem langen, steinigen Damm kam da und dort ein Rinnsal hervor, und die Hütte war jetzt schon ganz von Wasser umspült.

Nun aber geschah etwas ganz Unerhörtes:

Es war, als würde der Damm lebendig, der lange weit übermannshohe Steindamm, auf dem sie, die Kinder, noch gestern gelegen und ihre Spiele getrieben hatten, er krümmte sich, krümmte sich wie ein plötzlich zum Leben erwachter Wurm und mit einem entsetzlichen Poltern gab er nach, brach entzwei, und das weiße Gischten schlug siegreich über ihm zusammen.

Manja an Bronia in Paris: September 91

Du hast mir einmal geschrieben, ich könnte, wenn ich wollte, bei Dir wohnen. Ich habe jetzt Geld genug beisammen, um ein oder zwei Jahre in Paris studieren zu können.

Jetzt verlange ich von Dir eine letzte Antwort.

Schreib mir, ob Du mich aufnehmen kannst.

Ich will jetzt kommen.

Ihr könnt mich unterbringen, wie und wo Ihr wollt. Ich bin mit dem Schlechtesten zufrieden. Ich werde Euch nicht zur Last fallen, ich werde Euch weder Sorgen noch Unordnung machen.

Ich werde alles –. Nur um eins flehe ich Dich an:
Antworte mir sofort.

Bronias Zusage ist gekommen, die Fahrkarte dritter Klasse nach Paris ist gekauft. Die Koffer und Reisetaschen und ein Pappkarton sind gepackt. Der letzte Abend.

Manja fühlt sich vor Freude und Aufregung ganz ausgehöhlt. Es gibt Freuden, die so groß sind, daß sie das Innere des Menschen gleichsam verwüsten können. In solchen Augenblicken wirkt es besänftigend, sich der Kümmernisse vergangener Jahre zu erinnern: was bitter gewesen ist, schmeckt jetzt süß; alle Dunkelheiten haben sich in milde perlfarbene Dämmerungen aufgelöst, die schmerzlichsten Bilder verlieren ihre Kontur, dehnen sich wie Wasserringe ins Helle und Besonnte aus. Auch der Schmerz – und immerhin ist es ein Schmerz –, den Vater verlassen zu müssen, wirkt wohltätig. Das alte ungetrübte Verhältnis scheint sich in diesen Tagen wiederherzustellen. Manja begreift, daß die resignierte und dann und wann sogar ein wenig gereizte Stimmung des Vaters, die er in den vergangenen Jahren gegen sie an den Tag legte, von der Enttäuschung kam, die sie ihm bis jetzt bereitet hatte. Er ist ein Mann, der von seinen Kindern Größeres erwartet als sich im Gewöhnlichsten zu bewähren. Und gerade von ihr, seiner Jüngsten, auf die er doch, bewußt oder unbewußt, seine lebhaftesten Hoffnungen gesetzt hat. Warum? Warum gerade auf sie?

Das hatte wohl tiefere und verzweigtere Gründe als etwa nur den, daß sie sich von allen ihren insgesamt tüchtigen und lerneifrigen Geschwistern in der Schulzeit als die Tüchtigste und Eifrigste erwiesen hatte, die die besten Zeugnisse brachte, die, um derentwillen er so manche Schmeichelei hatte einheimsen können. Nein, diese Gründe reichten weiter und tiefer zurück, in jene Zeit vor Manjas Erinnerung, in jene Nächte (von denen sie nie erfahren wird und die doch schon zu ihrer Lebenslandschaft gehören), in die Nächte, in denen Bronislawa Sklodowska träumte und, von ihrem Mann aus dem unruhigen, schluchzenden Schlummer geweckt, wirre Worte des Verlangens und der Sehnsucht an seinem Ohr stammelte. Dazu gehörte auch der Preis, den sie beide, die Gatten, für die Geburt dieses jüngsten Kindes zahlten, von dem ihnen die Ärzte gesagt hatten, daß es der Mutter den Rest ihrer ohnehin schwankenden

Gesundheit kosten würde; dazu gehörten auch die bitteren Jahre der Sorge und Leiden, die Zeit der Trennung, die sich als vergeblich erwies, das langsame schmerzliche Erlöschen der Frau. Ganz am Ende streckte sie ihm, dem Mann, die Hand entgegen, die fünf Finger ausgespreizt – sie konnte nicht mehr sprechen; aber er wußte, sie meinte: ‚Fünf Kinder!' und sie versuchte ein Lächeln und nickte ihm zu; dieses arme Lächeln meinte: ‚Es ist doch gut, trotz allem gut, und das eine, jüngste, Maniusi: das beste von allen.'

Diese Erinnerungen lebten wieder auf in den Tagen vor Manjas Abreise; nicht, als ob der Vater ein Wort darüber verloren, nicht als ob sich Manja klargemacht hätte, was ihr Verhältnis zu ihm getrübt und nun wieder aufgelichtet hatte. Es schwang nur wie ein Unterton durch ihre Gespräche, schwang mit, wenn sie sich mit ihm über die Umstände der Abreise beriet, wenn sie die Bücher miteinander auswählten, die sie mitnehmen sollte, wenn sie die Züge und Verbindungen zusammenstellten, wenn der alternde Mann dem Mädchen zusah, wie es seine Koffer füllte.

Am letzten Abend brach der Vater einer Flasche den Hals und bestand darauf, mit der Tochter ein Glas zu trinken.

Nun steigen, wie es sich gehört, wehmütige Gedanken auf.

„Wer weiß, Manja, vielleicht gehst du für immer fort –"

„Wie das, Vater?"

„Oh, wäre das so undenkbar? Nimm Bronia als Beispiel. Sie hat in Paris geheiratet. Ihr Mann ist Pole, das ist wahr, aber er darf nicht mehr zurück, er steht auf der Liste der Polizei – – Auch du könntest dort einem Mann begegnen, vielleicht einem Franzosen oder einem anderen Ausländer, und dann –"

„Niemals!"

„Das kannst du nicht wissen."

„Doch, Vater. Ich weiß es. Wenn ich jetzt nach Paris gehe, so tu ich das aus einem bestimmten Grund, zu einem bestimmten Zweck, der dir so gut bekannt ist wie mir. Ich will dort so rasch als möglich mein Studium beenden, um dann nach Polen zurückzukehren und polnische Kinder zu unterrichten. Ich gehe nicht dorthin, um mir einen Mann zu suchen oder –" Manja hält inne. Ihre Augen werden feucht. „Ich werde meinem Land nicht untreu. Dieses arme Land – es braucht jeden von uns, das vergesse ich nie."

„So denkst du heute. Wart es ab – – !"

„Nein, nein, nein, nein! Vater, ich war drei Jahre alt, als mir ein russischer Soldat mit der Peitsche über die Beine hieb und mich anschrie: Aus dem Weg, du polnischer Dreck! Und ich war sechs, als sie unseren Nachbarn, damals in der Lesznostraße, du kannst dich erinnern, abführten, die Arme auf den Rücken gefesselt –. Und sieben und acht und zehn: und immer wieder hab ich es gesehen, wenn sie unsere Leute durch die Straße trieben hinüber nach Praga, um sie nach Sibirien zu verfrachten. Mag sein, es waren auch Verbrecher darunter, ich gebe es zu. Aber das macht die Sache nicht viel besser. Ich glaube, deine jetzige Stellung zeigt es dir deutlich genug, daß es bei uns nicht mehr so weitergehen kann."
Der Professor nickt. „Ja, es ist nur zu wahr."
„Wieviele von deinen Kindern dort können nicht lesen noch schreiben? Auch ihre Eltern können es nicht. Wie oft hast du selbst gesagt, daß die Unwissenheit – eine zum Himmel schreiende Unwissenheit – das schlimmste Übel der Polen ist. Ein Volk, das zur Hälfte aus Analphabeten besteht, kann sich nicht aus dem Elend erheben. Wir sind zu schwach, um uns mit Gewalt befreien zu können. So bleibt uns nur eine Hoffnung, Vater, eine – die letzte –. Wissen ist Macht, so heißt es doch. Also –", Manja ballt die Hände, „also wollen wir durch Wissen zur Macht gelangen. – Und ein wenig von diesem Wissen mitzuteilen, ist mein Ziel. – – Ich habe einmal", fährt Manja mit Anstrengung fort, „einmal daran gedacht, auf dieses Ziel zu verzichten. Du weißt, wie das kam. Wir haben nie darüber geredet, niemals, seit – ich mich damals von Z. trennte. Ich hatte mich in jener Zeit in Szczuki überreden wollen, daß es vielleicht doch genug sei, einfach in diesem Land zu leben, es zu lieben, ihm Kinder zu schenken. Ich dachte: Vielleicht werden sie einmal mehr erreichen und ihm mehr geben können. Nein. Ich konnte nicht über meinen eigenen Schatten springen. Ich erfuhr damals, wie sehr ich deine Tochter bin, Vater, wie sehr eines Schulmeisters Kind. – Und nun glaubst du, ich könnte nach alledem ausbrechen und auf der Strecke bleiben? Nie."

V

Mademoiselle Kermarec war eine der frömmsten Damen in Rouen. Darum hatte sie sich durch den Rat ihres Beichtvaters bestimmen lassen, für einige arme, elternlose oder der öffentlichen Fürsorge preisgegebene Kinder Pate zu stehen. Das würde, hatte ihr der Abbé vorgestellt, doch ein besonders verdienstvolles Werk sein. Mademoiselle nahm ihre Patenschaft auch durchaus ernst. Sie kümmerte sich um die Kinder, so gut ihr das bei ihren zahlreichen gesellschaftlichen Verpflichtungen möglich war. Sie sorgte dafür, daß sie in Pflege kamen, solange sie klein waren, und brachte sie später auf Lehrplätzen unter. Da diese Wesen meist von zweifelhaften Eltern stammten, erlebte Mademoiselle Kermarec manche Enttäuschung und nicht wenig Ärger durch sie. Da war etwa die kleine Annemarie Roulé –. Ihre Mutter sollte eine ganz verkommene Person und irgendwo im Hafen in einer schmutzigen Schenke beschäftigt sein. Der Vater unbekannt.

Mademoiselle hatte das drei Wochen alte Würmchen zu einer Bäuerin bringen lassen, wo es sich auch ganz prächtig herausmachte. Aber die Bäuerin starb, als Annemarie drei Jahre alt war. Mademoiselle mußte sich um einen neuen Kostplatz umsehen. Mit diesem hatte sie noch weniger Glück als mit dem ersten: der Mann der Pflegemutter wollte das fremde Kind nicht im Haus. So wurde Annemarie an einen dritten Platz geschafft. Auch hier war ihres Bleibens nicht lange. Endlich war das Mädchen vierzehn, und Mademoiselle schickte es zu einer Schneiderin in die Lehre.

Diese, Madame Lachêne, war ihre eigene Schneiderin, und obwohl Fräulein Kermarec schon ziemlich alt und häßlich war, kam sie doch sehr häufig als Kundschaft in deren Werkstätte. Dieser Umstand hätte einen großen Vorteil für die Kleine darstellen können insofern, als sie nun auf diese Weise gleichsam unter den Augen ihrer Wohltäterin lebte. Leider mußte Mademoiselle feststellen, daß sie sich dieses Glückes durchaus nicht würdig erwies. Die Meisterin hatte bald allerlei Klagen gegen sie vorzubringen. Annemarie war ungeschickt und auch ziemlich faul. Nie konnte man ihr eine selbständige Arbeit anvertrauen: ihre Säume zipfelten, Knopflöcher fransten aus. Wenn sie Weißzeug zu nähen hatte, sah es immer gleich schmuddelig aus, sie schwitzte an den Händen. Endlich begann sie auch zu lügen.

„Denken Sie", klagte Madame Lachêne, „was mir dieses Mädchen aufführt! Als jüngster Lehrling hat sie am Abend das Atelier aufzuräumen und Holz und Kohle für den nächsten Tag zu bringen. Dann darf sie schlafen gehen. Neulich sehe ich noch um zehn Uhr Licht brennen. Ich laufe aus meiner Wohnung hinüber und hinauf, um Annemarie zur Rede zu stellen. Da erzählt sie mir, daß eben eine Dame bei ihr gewesen sei, eine sehr schöne, vornehme Dame, die nach mir gefragt und dann ein Kleid bestellt habe, ein Kleid aus rotem Samt, mit Goldspitzen besetzt. Ich sage: Wer war denn diese Dame? – Ich habe sie nicht gekannt, sagt Annemarie, aber sie ist in einer prächtigen Kutsche vorgefahren, vier Schimmel waren angespannt. Ich denke: Vier Schimmel? Das ist doch sonderbar! Wer fährt heutzutage noch vierspännig? Vielleicht kann mir der Concierge Näheres sagen. Ich lasse ihn rufen. Natürlich hat er niemand gesehen und von einer Kutsche keine Spur. – Ich sage: Annemarie, du lügst mich an, es ist gar niemand hier gewesen, und niemand hat ein Kleid bestellt. – Da fängt sie zu weinen an und schwört: Hier sei die Dame gestanden – hier, vor ihren Augen, und sei so schön und vornehm gewesen und habe so gütig mit ihr gesprochen. – Ich gebe ihr eine Maulschelle, das kann nie schaden, und jage sie ins Bett. Aber am nächsten Tag tischt sie ihr Märchen auch den anderen Mädchen auf, und jetzt warten sie alle, daß jene Dame wieder erscheint."

„Eine sonderbare Geschichte", sagt Mademoiselle, „schicken Sie mir die Kleine herüber. Ich werde ihr den Kopf waschen."

Am Nachmittag erscheint das Mädchen, zitternd wie ein verprügelter Hund; aber sie bleibt bei ihrer Erzählung: Die Dame, die Schimmel, das mit Goldspitzen besetzte Kleid.

Achselzuckend schickt Mademoiselle Annemarie zu Madame Lachêne zurück.

Natürlich alles Phantasterei. Die geheimnisvolle Kundin bleibt aus.

Madame Lachêne hat – für alle Fälle – doch einen roten Samt und ein Karton Goldspitzen besorgt, daß, wenn wider Erwarten die Fremde doch erschiene, wenigstens das Material bereit läge. Die Tage verstreichen. Jetzt glaubt niemand mehr an Annemaries Dame. Die anderen Lehrmädchen hänseln sie. Da – gestern abends – kommt sie atemlos zu Madame Lachêne gerannt. Jetzt sei die Dame wieder da und sei sehr böse, weil das Kleid nicht fertig ist.
Madame Lachêne stürzt in die Werkstätte. Die Lichter brennen, die Tür steht sperrangelweit offen. Niemand da. Aber auf dem Zuschneidetisch liegt ein Handschuh, ein fremder Handschuh aus feinstem Leder, pelzbesetzt, parfümiert.
Annemarie stürzt auf ihn zu und schwenkt ihn vor Madames Augen. „Sie ist schon fortgegangen", ruft sie, „fortgegangen – aber sehen Sie! Den Handschuh da hat sie liegen gelassen."
Die Meisterin ist für den Augenblick düpiert. Sie verflucht ihr eigenes Mißtrauen, nun ist ihr ein Geschäft mit einer vielleicht sehr zahlungskräftigen Kundschaft entgangen. Nicht lange – so steigen ihr neue Bedenken auf. Auch dieses Mal will der Portier niemand gesehen haben.
Mademoiselle Kermarec läßt Annemarie wieder zu sich kommen.
„Sag mir die Wahrheit!" dringt sie in sie. „Woher hast du den Handschuh?"
Annemarie schweigt.
„Hast du ihn gefunden? Hast du ihn gestohlen?"
„Nein."
„Wer hat ihn dir gegeben?"
Nach langem Verhör kommt die stockende Antwort: „Die heilige Maria hat ihn mir gegeben."
„Wer? Was? Die heilige Maria?"
„Ja, die Muttergottes."
Mademoiselle beißt sich auf die Lippen. Plötzlich erinnert sie sich: In der Kirche Saint Jacques steht in einer Nische eine Marienstatue, sie ist in ein altes verschossenes Samtkleid gehüllt, erst neulich war die Rede davon in der Kongregation: man sollte das Kleid erneuern, eine Sünde und Schande, die Königin des Himmels in diesen Lumpen zu lassen. Sollte es möglich sein, daß dieses Kind einen Hinweis erhalten habe?
Mademoiselle entläßt Annemarie diesmal ungescholten. Sie trägt

den Fall dem Abbé vor. Dieser meint, man solle ihm das Mädchen vorführen.
Es geschieht. Das Kind äußert den Wunsch, man möge es aus der Schneiderwerkstätte nehmen und ihm erlauben, als Laienschwester in den Orden der Augustinerinnen einzutreten.
Der Abbé meint, das wäre der schlechteste Ausweg nicht, doch findet er, Annemarie sei sehr schwächlich, und im Kloster brauche man kräftige Personen, die schwer arbeiten können, und nicht solche Krispel, wie Annemarie eins ist.
„Oh, ich bin kräftig!“ ruft das Mädchen und streift den Ärmel an ihrem mageren Arm hinauf. „Sehen Sie, Hochwürden, wie kräftig ich bin!“
Der Abbé winkt ab. Da aber fällt ihm etwas Sonderbares auf: in die milchweiße Haut ist eine Schlange tätowiert.
Er fragt: „Was hast du da?“
Annemarie streift, sichtlich betroffen, den Ärmel schnell hinunter. Nichts! Nichts! Und sie verbirgt ihren Arm unter dem anderen.
Aber der Abbé beginnt sie auszufragen. Der gewiegte Menschenkenner errät aus wenigen widerwillig gestotterten Antworten die ganze Geschichte: Einer der Kostplätze, in denen Annemarie aufwuchs, war in der Nähe des Hafens. Die Mutter erkennt die Zwölfjährige: ‚Bist du nicht ein Patchen von der Kermarec?‘ – und lockt sie an sich. Sie führt sie in ihre Gesellschaft ein. Matrosen, Hafenarbeiter; aber der erste war der Wirt, bei dem die Mutter in Arbeit stand. Erlebnisse, die schrecklichen Träumen glichen, durchweinte Nächte und Tage, in denen sich das Kind auf Dachböden, in Kellern hinter Kisten und Ölfässern verbarg. Ja, auch die Schlange ... ein Schmerz auf der Haut, aber nicht der allerschlimmste.
Dann: Kostplatzwechsel, und alles war vorbei. Draußen auf dem Land harte Arbeit, Aufstehen im Morgengrauen, Schelte und dann und wann auch Schläge: aber alles besser als jenes. Nur: die blaue Schlange war nicht mehr abzuwaschen.
Der Abbé wiegt das schwere Haupt.
„Gut, es ist gut, mein Kind, du kannst gehen.“
Annemarie kam nicht ins Kloster. Annemarie blieb nur noch kurze Zeit bei Madame Lachêne. Madame fand, sie könne das Mädchen nicht mehr beschäftigen, und riet ihr, nach Paris zu gehen. Dort werde sie gewiß Arbeit finden.

Mademoiselle Kermarec stimmte dem zu.
In Annemaries Gepäck – es war ein winziges Bündel, aus ein paar abgelegten Kleidern der Patin bestehend – steckte auch der Handschuh der fremden Dame, ein Handschuh aus feinem Leder, mit Schwan besetzt und parfümiert.

Diese Geschichte erfuhr Léon, als er Annemarie zum fünften- oder sechstenmal besuchte.
Sie hatte ein Treppenzimmer im Haus Nummer 8 der Rue Mirbel. Weil der ihr zugewiesene Standort das Marschall-Ney-Denkmal am Carrefour de l'Observatoire war, hatte sie immer Mühe, ihre Kundschaft bis zu ihrer Wohnung mitzulocken. Den meisten war der Weg zu weit. Sie schwenkten vorher ab, ließen sich von anderen Mädchen mitnehmen, deren Quartiere bequemer gelegen waren. Dann kehrte Annemarie zu ihrem Platz zurück und nahm ihre Wanderung rund um den Marschall wieder auf. Gleich daneben war eine kleine Schankwirtschaft ‚Au coin fleuris', in der Léon Bloy manchmal seine Mahlzeiten einnahm. Er war damals als kleiner Angestellter bei der Eisenbahn untergekommen und verdiente so viel, daß er zur Not davon leben konnte.
Manchmal gab es in der Bude eine solche Menge zu tun, daß die Wirtsleute, die selbst kochten und bedienten, nicht zurecht kommen konnten. Die Frau war schon etwas gebrechlich und schlecht zu Fuß. Dann ging der Wirt und klopfte mit dem Fingerknöchel an das Fenster. Der wandernde Schatten draußen hielt inne, kam näher. Der Wirt winkte: Komm herein. Die Tür ging auf, Annemarie trat ein. Hinter dem Schanktisch entledigte sie sich ihres Hutes, der schillernden Federboa, ihres schwarzen mit Pailletten bestickten Pompadours. Die Wirtin warf ihr eine Schürze zu, sie band sie vor und begann mit der Arbeit. Sie wusch Gläser und Teller und trug auf. Sie war nicht sehr flink, sie getraute sich auch nicht, mehrere Platten auf einmal zu tragen, aber sie lief geduldig und ließ sich schicken und, wenn jemand quengelte und fand, sie habe schon wieder etwas vergessen, so muckste sie nicht auf und trippelte nur um so schneller in ihren schwarzen hochgeknöpfelten Schuhen, deren Hacken sie draußen auf ihrem Standplatz schon schiefgetreten und abgelaufen hatte.
Das Mädchen war nicht schön, dazu war sie zu mager, aber sie

hatte eine hohe Brust und herrliches dunkelkupferfarbenes Haar. Ihr Teint war wie bläuliches Porzellan. Ihre vollen und herzförmig gekerbten Lippen waren rot wie getuscht, ihre Augen groß, grau, mit beinah unnatürlich geweiteten Sternen.

Léon saß in seinem Winkel allein, er ließ den Blick nicht von ihr. Als sie ihm die Suppe hinstellte und den Wein eingoß, murmelte er ihr zu: „Schau, daß du hier fertig wirst. Dann gehe ich mit dir."

Doch während er aß, drängte ein neuer Schub Gäste herein. In der Küche wurde von neuem angeschürt, der Gäste wurden immer mehr, das schmutzige Geschirr stapelte sich auf dem Abwaschtisch. Das Mädchen mußte sich sputen und kam nicht los. Léon reizte es, daß die Dirne keine Zeit für ihn hatte. Er unterdrückte sein Verlangen, warf sein Geld auf die Theke und ging. Er war froh, die Tür hinter sich zuschlagen zu können.

Als er sie wiedersah, begrüßte sie ihn mit einem Lächeln, als wären sie schon alte Bekannte. Das ärgerte ihn, denn er war nicht allein. George war mit ihm. Mit einem Male war ihm die Andeutung einer Vertraulichkeit, die sich das Mädchen erlaubt hatte, unerträglich. Plötzlich schien sie ihm häßlich, frech und schamlos, die frechste und schamloseste aller Nutten, die sich in Paris herumtrieben. „Schau dir den Blutegel an", murmelte er. „Nicht genug, daß sie die Straße unsicher macht, jetzt muß sie sich sogar hier herumdrücken."

Annemarie legte den beiden die Gedecke auf.

„Aber sie ist schön", sagte George, als sie den Tisch verlassen hatte, „ihr Haar ist herrlich!"

„Puh!"

„Und überhaupt – sieht sie nicht wie ein Engel aus? Warte, laß mich nachdenken, woran sie mich erinnert – an einen Ghirlandajo."

„Ghirlandajo!" Léon lachte höhnisch. „Seit wann schwärmst du für Huren?"

George schwieg, er war errötet; er errötete immer noch. Léon wußte, er hatte noch keine Frau berührt und hielt einer kleinen Lothringerin die Treue, die er, ohne sich ihr je erklärt zu haben, als seinen Schutzengel verehrte.

Wenige Tage später entdeckte Léon Annemarie mit einem Kunden nachts auf der Straße. Der große abscheuliche Kerl – sein Gesicht war von Blatternarben verwüstet – schien angetrunken, über irgend etwas erbittert und belferte auf das Mädchen ein. Léon blieb eine Straßenbreite entfernt stehen, er wollte hören, was der Mann gegen die Kleine vorzubringen hatte, aber da tauchten aus dem Schatten eines finsteren Torflurs zwei andere Gestalten auf, ein anderer Mann, ein anderes Mädchen, und gleich darauf eine dritte, abermals eine Weibsperson. Sie stürzten gegen Annemarie los, nahmen die Vorwürfe des Blatternarbigen gegen sie auf und suchten diesen zu veranlassen, sich von Annemarie zu trennen. Annemaries Stimme, die bis dahin leise und kaum vernehmlich gewesen war, erhob sich zu einem schrillen Geschrei. Sie hielt den großen Kerl fest und suchte eine der Weibspersonen von ihm wegzudrängen. Aber die anderen hatten schon die Übermacht, die Mädchen hakten den Blatternarbigen unter und schleppten ihn ab, der zweite Mann hielt Annemarie in Schach. Als jene im Torflur verschwunden waren, machte sich auch dieser davon, nicht ohne der Unterlegenen ein paar gemeine Schimpfworte nachzurufen. Annemarie duckte sich und setzte sich in Trab. Stolpernd und schwankend, zusammengeduckt wie ein kleiner, von Steinwürfen verfolgter Hund rannte sie die Gasse hinab.

Léon folgte ihr. Er wußte nicht, was er vorhatte, und im Augenblick fühlte er nichts als Wut gegen sie: sie hatte geschrien, um den anderen zu bekommen, so geschrien, wie es nicht einmal der schlechtesten Dirne erlaubt ist zu schreien, um ihr Geschäft mit dem Teufel zu machen; den Teufel, so schien es Léon, hatte sie mit sich in ihre Behausung schleppen und nicht herlassen wollen, und sie heulte wohl noch, weil er ihr entgangen war. Léon ging rasch hinter ihr her und trat so hart auf, als er konnte, um sie zu veranlassen, sich nach ihm umzuschauen. Aber das Mädchen lief weiter und blickte nicht zurück.

Eine Gruppe lärmender junger Leute zog den Boulevard Saint Michel herauf. Gleich wird sie stehen bleiben, auf die Meute warten, versuchen, sich ein Opfer zu angeln – es war ja ihr Geschäft, keine Gelegenheit ungenutzt zu lassen. Aber das Mädchen schlug einen Haken und floh gegen den Luxembourg hinauf.

Endlich holte Léon sie ein, er vertrat ihr den Weg. „Du machst ja feine Geschäfte, du“, sagte er.

Annemarie zuckte zusammen. Sie hatte noch immer den Muff gegen das Gesicht gedrückt und in den zottigen Pelz hineingeweint. Jetzt

ließ sie ihn sinken. Sie erkannte den Mann. „Ach – Sie sind's, Herr Bloy –"
„Ja, ich –", versetzte er düster. „Ich hab den Spektakel gehört, den du vorhin gemacht hast. Schämst du dich nicht?"
Annemarie starrte ihn an.
„Schämst du dich nicht?" wiederholte Léon und packte sie am Arm.
„Eine solche – eine solche bist du!" Und er schüttelte sie wie eine auf Abwegen ertappte Schwester.
Annemarie taumelte. Ihr Gesicht verzerrte sich, und sie begann von neuem zu weinen, lauter, wilder, hemmungsloser als zuvor.
Léon wich zurück. Er stand ratlos. Sein Zorn zerschmolz in Mitleid. Er wollte etwas sagen, aber was? Ihr Hut, der schreckliche Kokottenhut aus Federn und Schleierfetzen, glitt ihr vom Kopf und fiel in den Kot. Er hob ihn auf und wollte ihn ihr reichen, aber sie krümmte sich nur heftiger weg und weinte noch mehr. Sie hielt das Gesicht ganz in den Muff vergraben und brüllte ein leises rauhes Weinen daraus hervor.
Die Gruppe der jungen Leute näherte sich abermals, sie hielt inne – irgendeiner von ihnen war auf die Szene aufmerksam geworden und rief herüber.
Da faßte Léon das Mädchen unter und führte sie mit sich fort, und sie ging mit ihm, als *habe er sie schon gekauft.*

Gespenstische Stunde, Stunde im Morgengrauen, wenn die Leiber erkalten und erkaltend voneinander lassen, wenn nach einem – vielleicht nur Sekunden währenden Schlaf – die Lebenslandschaft wieder auftaucht, die unter der Überschwemmung der Lust untergegangen war, wieder hervorkriecht aus den weichenden Fluten, entstellt, verwüstet, ein Grauen dem neuerwachten Bewußtsein, das – es kann ja nicht anders – seine Höhle verlassen und wieder auf seinen Posten muß, wiewohl es nicht weiß, wohin es sich wenden, worauf es sich niederlassen soll, ohne in Schlamm zu versinken.
Der fremde Leib nebenan auf dem zerrütteten Bett, so nah und viel zu gegenwärtig. Die Kleider auf dem Boden verstreut, und ihr Anblick in dem grauen Licht weckt Erinnerungen, durcheinanderwogende Bilder, die in keinen Zusammenhang gebracht werden können mit dem, was jetzt ist, mit dem, was sein sollte, noch ge-

stern zu sein schien – und was in dieser einzigen Nacht wieder einmal und, so glaubt man, diesmal für immer vertan und verspielt worden ist.

Entsetzen, sich zu erinnern, was gestern war: gestern morgen um dieselbe Stunde: das Brot des Lebens in diesem Mund; die konsekrierte Oblate auf dieser – dieser Zunge; Er, der dreieinige Gott – ach, daß die Engel nicht aufschrien vor Schmerz, als sie Ihn diesem schamlosen Fleisch vermischt sahen, dahingegeben in dieses Gefäß der Verwesung, mitgeschleppt an den Ort der Sünde, in die Festung Satans, preisgegeben auf einem Lager, das von den Lüsten trunkener Böcke verdreckt ist, zwischen Wänden, deren räudiges Muster wie eine Schrift der Schande niederstarrt, zwischen Spiegeln, die davon erblindet sind, die Figuren des besiegten Ekels widerzuspiegeln –

Nicht denken, was gestern war, was morgen sein wird. Komm mir zu Hilfe, ferne Zeit, Kindheit, Vater- und Muttergesicht, Garten und Weiher von Fenestreau, verfallene Mauer und du, zarte Gestalt, die den grünen Pfad heraufkommt! Véronique.

Aber ach, was ist auch aus dir geworden, erste Liebe meiner Knabenzeit – ich habe dich wiedergesehen, Jahre später, Jahre zu spät, hab dich wiedergesehen dort in der Baracke am Bahndamm, wo du den Arbeitern kochst, Zigeunern, Kalabresen, Mulatten, zusammengefegtem Gesindel, ich sehe dich vor mir mit einem Eimer Spülicht ins Freie treten, ihn über die Böschung leeren, kaum wiederzuerkennen, die Nase platt, plattgeschlagen von dem Fausthieb eines Betrunkenen oder vielleicht von der rasenden Menge, die dich damals niederstieß im Zelt, damals im Zelt bei den Tigern, du schriest, ich hörte deinen Schrei, er blieb mir im Ohr, ich hörte ihn immer wieder im Traum und Wachtraum, und das Brüllen der Tiere und den Schlag der Tatzen gegen die Gitterstäbe. O Véronique, weißt du nicht mehr, wer ich bin? Léon, der auf dich wartete, jeden Mittag an der Mauer, der die zwei Sous für dich stahl, der dir die Eidechsen fing – sie leuchteten, wie mit Smaragdstaub bepudert. Komm doch wieder, wie du warst, Véronique, Kind, kleine Schwester, den grünen Pfad entlang, das Körbchen in der Hand, darin das heilige Brot der Armut ...

Als das Mädchen erwachte, bemerkte sie, daß der Besucher, der die ganze Nacht über bei ihr geblieben war, im Schlaf weinte. Sie erschrak, sie richtete sich auf, beugte sich über ihn, wagte ihn jedoch nicht zu wecken. Als er endlich, von ihrem Anschauen im Traum erreicht, die Augen öffnete, trocknete sie ihm, sein Gesicht mit Küssen bedeckend, mit ihrem Haar die Tränen.

Und er kam wieder – dreimal, viermal, eine ganze Woche jeden Tag.

Wenn er ging, gab sie ihm das Geleit bis ans Tor, und dort erwartete sie ihn am Abend wieder. Sobald er eintrat, fiel sie ihm um den Hals, dann lief sie ihm voran die Treppe hinauf in ihr Zimmer. Wenn er oben ankam, brannten schon Kerzen über dem weißgedeckten Tisch. Annemarie warf ihren Mantel weg, sie war geschmückt, und auf dem Platz des Gastes lag eine Blume, war ein Sträußchen in die Serviette gesteckt. Sie umarmten einander, ehe sie sich zum Essen setzten, sie tranken aus einem Glas und feierten ihr Fest. Annemarie saß zu Léons Füßen und hatte ihr Haar aufgelöst und wartete auf seine Liebkosungen. Später lag er auf ihrem Bett und sah ihr zu, wie sie den Tisch abdeckte. Dann suchte sie seine Kleider zusammen und flickte, was etwa zerrissen war, und wenn er die Hand nach ihr ausstreckte, so kam sie herbei und kauerte sich an ihn und flüsterte sanfte unverständliche Worte an seinem Ohr.

Wenn er am Morgen erwachte, war sie längst schon auf. Er fand das Frühstück bereit, und sogar seine Schuhe waren gewichst, und sie half ihm sich ankleiden, als wäre er ein kleines Kind.

„Kommst du auch wieder, Liebling?“ fragte sie. „Kommst du auch ganz bestimmt? Ich werde auf dich warten, den ganzen Tag warten und immer nur deinen Namen vor mich hin sprechen, Léon, Léon!“

Ihre Angst war groß, wenn er ging, und ihr Jubel unermeßlich, wenn er wiederkam. Sie war beglückt, wenn er sie begehrte, aber sie drängte ihm nichts auf. Ihre Liebkosungen schienen wie verwandelt, sie waren zarter und wilder, schonender dabei, erfindungsreich, wie nur Liebe sie erfinden kann.

Der Mann begriff, daß sie alles daransetzte, ihn nicht zu erinnern, wer und was sie war, und manchmal schien ihm, als läge ihr nur daran, ihn still zu umfangen und seine Nähe auszukosten.

Eine Nacht verbrachten sie damit, einander aus ihrem Leben zu erzählen. Sie saßen mit dem Rücken an das Kopfende des Bettes ge-

lehnt, Hand in Hand geflochten, Schläfe an Schläfe. Die stille Kerzenflamme schwebte vor ihnen wie eine reine weiße und goldene Blüte.
„Und wie verhielt es sich denn wirklich mit dieser schönen Dame?“ fragte Léon, „hat sie wirklich ein Kleid bei dir bestellt?“
„Ich weiß nicht“, antwortete Annemarie, „ich habe sie aber gesehen – und nicht nur diese zweimal. Sie ist mir immer erschienen, wenn ich große Angst hatte. Auch an jenem Abend, ehe du mich – ehe wir miteinander nach Hause gingen.“
„Hast du auch jetzt noch Angst?“
Annemarie bewegte verneinend den Kopf: „Denn du bist gut, noch nie war jemand so gut zu mir.“
Es war schon gegen Morgen, als sie jemand die Treppe herauftappen hörten. Annemarie fuhr hoch, als kennte sie den Schritt. „Lösch das Licht“, flüsterte sie, „lösch es, um Himmels willen.“
Da klopfte es, eine dumpfe Stimme begehrte Einlaß.
Léon erstarrte vor Entsetzen, er glaubte, die Stimme des Blatternarbigen wiederzuerkennen.
Das Mädchen kroch in sich selbst zusammen.
Die Stimme belferte ihren Namen.
Irgend etwas versuchte Léon, Annemarie zu sagen, sie solle aufstehen, hingehen und öffnen.
Zugleich dachte er: sie wird es nicht tun, nicht tun, nicht tun.
Aber sie tat es doch.
Sie kroch die Kante bis zum Fußende entlang, dann streckte sie das nackte Bein vor und trat auf den Boden. Sie nahm einen Mantel, denselben, in dem sie Léon jeden Abend am Tor erwartete. So bewegte sie sich auf die Tür zu, schob den Riegel zurück.
Léon sah, wie sie durch den Spalt hinausglitt, dann sprang er auf, stürzte an das Fenster, riß es auf – unter ihm gähnte der Hofschacht, drei Treppen tief.
In diesem Augenblick kehrte Annemarie zurück. Sie sah ihn dort stehen, und als erriete sie, was er zu tun vorgehabt, schrie sie gellend, sie warf sich mit ausgebreiteten Armen über ihn, glitt an ihm nieder, und als er sie losließ, stieß sie ihre Stirn rasend, als wollte sie ihren Schädel auf dem Estrich zerschmettern, vor seinen Füßen gegen den Boden.
Er fing sie auf. Sie hing in seinem Arm, Blut sickerte unter ihrem

Haaransatz hervor. Nun schrie auch er, trug sie auf das Bett und bedeckte ihr Gesicht, ihren Hals, ihre Hände, ihre Brust mit verzweifelten Küssen.
Dann hieß er sie aufstehen und schleppte sie vor das kleine, unter Schmutz und Fliegenkot fast unkenntlich gewordene Madonnenbild, das hinten im Zimmer im Eck über der Waschschüssel hing. Dort hieß er sie niederknien und den Schwur leisten, daß sie nie mehr – nie mehr! bei Gott und der seligsten Jungfrau Maria und bei allen Martern Christi – nie mehr ‚jenes' tun wolle: eher sterben. Eher sterben. Und sie lagen einander in den Armen, lachend, weinend, zitternd, sie überschütteten einander mit bebenden Liebkosungen, sie küßten einander die Füße, die Lider, vergruben einer die Hände in des anderen Haar, stammelnd, betend, Gott lobpreisend und von Elend zermartert.

Am folgenden Tag wagte es Léon, sich wieder seinem Beichtvater zu präsentieren, einem strengen, zur Ungeduld neigenden Herrn, Pfarrer in Notre-Dame de la Victoire.
„Sie sind ein Narr, Bloy", sagte dieser, als Léon seine Geschichte mit Annemarie vorgebracht hatte, „ein Narr, wie man keinen zweiten findet. Das hat uns noch gefehlt! Was erwarten Sie sich denn von der Person? Sie haben sie schwören lassen, ihrem Gewerbe zu entsagen –? Da haben Sie nur einen fremden Meineid auf Ihr Gewissen geladen. Aber alles kommt von Ihrem Hochmut, Bloy, Ihr gottverdammter Hochmut ist an allem schuld. Schlimm genug, daß Sie dieser Sorte von Weibern nachrennen. Jetzt wollen Sie sie auch noch retten. Ah, das ist mir eine ganze infame Art von Unkeuschheit: wenn einer die Tugend zum Haken macht, an dem er seine Verderbtheit aufhängt. Dieses Mitleid – oder wie Sie es nennen wollen – das überlassen Sie nur getrost anderen Leuten, Sie sind nicht der Mann dazu."
„Aber ich bitte Sie, hochwürdiger Herr", stammelte Léon, „dieses Mädchen – es ist so anders – es ist keine gewöhnliche –. Erniedrigt und geschändet schon als Kind – fortgejagt – was ist ihr schon übriggeblieben? Sie hätte anders verhungern müssen –"
„Nun – und?" fragte der Priester mit harter Stimme. „Hunger ist besser als Sünde – oder nicht?"
„Doch. – O ja. Aber sie war allein, schrecklich allein, so ist sie dem

Teufel in die Krallen geraten. Der Teufel ist doch wohl stärker als so ein armes törichtes Wesen, oder nicht?"
„Das wohl", sagte der Priester, „und um sie ganz zugrunde zu richten, hat er ihr dann auch noch Sie in den Weg geführt."
Léon erschrak. Mit einem Male war ihm elend zumute, so elend, daß er glaubte, es nicht ertragen zu können.
Der Beichtiger stellte mit Befriedigung fest, daß seine letzten Worte nicht ohne Eindruck geblieben waren.
„Ich werde Sie jetzt nicht lossprechen", sagte er, „weil ich nicht sicher bin, ob Sie das Sakrament würdig empfangen können. Ich stelle Ihnen nur eine Aufgabe, sie ist leicht im Verhältnis zu Ihrem Vergehen und zu dem, was ich Ihnen eigentlich pflichtgemäß aufzutragen hätte. Sie werden jetzt nach Hause gehen – haben Sie der Person Ihre Wohnung angegeben?"
„Nein – ich weiß nicht – ich glaube eher nicht – wir haben nicht davon gesprochen."
„Ein Zeichen dafür, daß Sie sich selbst fürchteten vor dem, was Sie sich eingebrockt haben. Gut also: Sie gehen nach Hause und schließen sich in Ihrer Wohnung ein – drei Tage lang, drei Tage: Sie werden sehen, daß diese drei Tage genügen werden, Ihnen die Vernunft und die Person ihren famosen Gewohnheiten zurückzugeben."
„O nein."
„Ich *weiß* es", sagte der Priester. „Sie wird heute auf Sie warten, vielleicht noch morgen. Übermorgen werden Sie sie auf Ihrem Standplatz finden. Dann sprechen wir weiter."
Léon antwortete nicht.
„Haben Sie mich verstanden, Bloy? Drei Tage. –"
„Ja, aber –"
„Nun?"
„Es ist unmöglich. Ich kann das Mädchen nicht –"
„Sich selbst überlassen, meinen Sie."
„Nicht ohne Nachricht auf mich warten lassen."
„Ach, Sie Tropf!"
„Ich versprach ihr doch zurückzukommen."
„Natürlich."
„Sie wird sich's nicht erklären können."
„Das eben soll sie ja: sich nichts erklären können. Was wäre das für eine Prüfung, wenn sie wüßte: übermorgen kommt er wieder. Sie

soll denken müssen, daß Sie sie verlassen haben. Nur so *kann* die Prüfung wirken." Der Priester schwieg einen Augenblick, dann fuhr er fort (und er bemühte sich, die Ironie in seiner Stimme zu unterdrücken, ihr im Gegenteil einen festen und beinahe feierlichen Klang zu geben – er kannte sein Beichtkind nur zu genau): „Denn – gesetzten Falles – Gott wollte Ihrer Freundin wirklich Seine Gnade verleihen, so ist es Ihre Pflicht, Bloy, diese Gnadenwirkung nicht zu stören. Überlassen Sie das Mädchen einige Tage sich selbst und ihrem Gewissen. Einsamkeit gibt die beste Gelegenheit, die Stimme Gottes zu vernehmen."
Das ist wahr, dachte Léon erschüttert (seine eigene Erfahrung). Das ist nur zu wahr. Ach, aber meine arme Véronique, was wird sie leiden!

Die folgenden Tage verbrachte Léon – er wußte nicht wie. In seinem Büro meldete er sich krank. Er schloß sich in seiner Mansarde in der Rue Rousselet ein, ihm war, als habe er alle Dämonen zu sich geladen und sich mit ihnen hier eingesperrt. Es trieb ihn um, er vermochte nicht stillzusitzen, nicht zu liegen; sein Lager, das aus ein paar auf dem Boden zusammengeschobenen Matratzen bestand, war zerwühlt von seinen Versuchen, auf ihnen ein wenig Schlaf und Ruhe zu finden. Wenn er, von den vergangenen Nächten erschöpft, für einen Augenblick eingeschlummert war, fuhr er, wie an den Haaren gerissen, empor, er sprang auf, blickte wild um sich, lief zum Fenster, zur Tür, kehrte zurück, warf sich auf die Knie, betete, versuchte zu beten – aber seine Phantasie war unfähig, sich aus der Verstrickung loszureißen: er sah nichts anderes vor sich als das Mädchen, wie sie in ihrem Zimmer umherging und auf ihn wartete, die Tür öffnete, um zu lauschen, ob sein Schritt nicht auf der Treppe zu vernehmen sei, wie sie, eine Beute des Zweifels, allmählich daran verzweifelte, daß der Mann, der Freund, der Geliebte kommen würde –
Wie sie weinte, wie sie ihr Haar zerraufte, das sie für ihn geflochten und aufgesteckt hatte, wie sie das Kleid wegwarf, das sie für ihn angezogen, wie sie alle die kleinen armseligen Vorbereitungen, die sie für seinen Besuch getroffen (den gedeckten Tisch, die bereitgestellte Mahlzeit), selbst zerstörte –
(Ach, Gnade Gottes, wie wenig vertraue ich auf Dich!)

– und wie dann, nach einer Stunde der Trostlosigkeit das noch Schlimmere eintrat, das Schreckliche, das sich Léon kaum vorzustellen wagte und das sich ihm doch immer genauer, immer wirklicher vorstellte: Die Versuchung. Die Versuchung, der die Verlassene anheim fallen *mußte* –:

Sie trocknet die Tränen, sie schaut um sich, sie glaubt sich verlassen, gefoppt, verachtet. Gut denn, wenn schon verachtet, so will sie auch mit Recht verachtet sein. So schlüpft sie wieder in ihr Kleid, kämmt sich das Haar, bindet es hoch. Sie malt sich die Lippen, und wenn es jetzt klopft, so tut sie auf, und wenn es nicht klopft, geht sie –

Nein, o Gott, halte sie fest, stoße einen Riegel vor die Tür, halte sie fest, halte sie fest.

Du bist ein Narr, Léon, der Pfarrer hatte recht, ein Narr! Eine Hure wie die! Hast du sie nicht dort oft genug gesehen am Carrefour de l'Observatoire unter ihrem Marschall Ney: „O lala, beau Monsieur!" Schamlos, frech, widerlich.

Und hast du sie nicht selbst ertappt, wie sie sich mit den anderen Weibern um den Kunden zankte? (Und er war der Teufel, dieser Kunde, ich weiß es.) Und sie weinte bittere Tränen um ihn – um ein Haar hätte sie *ihn* dort auf dem Lager empfangen, wo sie dann *dich* empfing, Léon Bloy! Und alles wäre so gewesen, wie es dann bei dir war: alles. Bis auf das letzte –

Und wer weiß, vielleicht ist längst ein Gast bei ihr und sie lacht über dich und gibt sich preis und gibt sich doppelt preis, und das kleine häßliche Marienbild hängt in der Ecke dort und blickt auf sie hin . . .

O Gott, und ich habe sie bei Deinen Martern schwören lassen, bei Deinem heiligen Haupt, bei Deinem heiligen geschundenen Leib, und ich habe durch diesen verfluchten Meineid Deine Passion vermehrt, Deine unaufhörliche Passion, die immer währt bis ans Ende der Welt.

Aber ihre Geschichte, diese Geschichte einer zerstörten Kindheit, die sie mir erzählt hat, diese jämmerliche Legende von der wunderbaren Dame und dem Handschuh, der ihr zum Pfand geblieben: nichts als Phantasterei, als Ausgeburt, und doch, wer weiß? Ein Zeichen, ein schwaches, kaum deutbares Zeichen, daß diese Seele doch irgendwie, irgendwann gerettet werden *könnte* –

O Gott, daß Du unseren Geist so erschaffen hast, auch das Mögliche zu denken, damit wir vom Gedanken der Möglichkeit zu dem der Notwendigkeit fortschreiten ...
Da nur Du – von allen Wesen nur Du notwendig bist, hast Du uns Menschen der Freiheit teilhaftig werden lassen, das Mögliche zu denken: die mögliche Rettung, die mögliche Allmacht der Gnade.
Deine Gnade: hast Du sie nicht den Sünderinnen gewährt? Hast Du nicht noch aus Deiner Agonie das Wort zum rechten Schächer gesprochen? Hast Du Dich nicht sogar dem elendesten aller Menschen, Judas, nur eine Stunde, ehe er sein Verbrechen vollendet, selbst zur Speise dargereicht?
Daran sollten wir denken, wenn wir verurteilen, wenn wir preisgeben, wenn wir versucht sind, Deiner allmächtigen Gnade mit unserem erbärmlichen Unglauben die Hände zu binden!
Die Gnade geht bettelnd durch unsere Reihen, streckt uns ihre gefesselten Hände entgegen: Bindet mich los! Laßt mich frei! Erlaubt, daß ich euch überwältige!
Tränen, Gebete, Gesichte.
Léon Bloy wirft ein paar Zeilen auf ein Blatt Papier.
Eine Stunde friedlicher Ermattung. Doch erwacht die Unruhe von neuem. Es ist nicht recht, die schwache Seele allein zu lassen in ihrem Kampf. Woher soll sie die Kraft nehmen zu widerstehen? Wie, wenn die Hauswirtin kommt und die Miete einfordert, und Annemarie kann nicht zahlen? Wenn der Bäcker sie mahnt und ihr kein Brot mehr geben will? Sie hat Schulden. Sie hat beim Nachbarn geliehen, beim Fleischer, beim Gemüsehändler. Sie hat vielleicht, um mich mit einer Flasche Wein zu erwarten, neue Schulden gemacht? Wie soll sie sich helfen, wenn die Hyänen kommen und ihren Zoll einfordern? ‚Gib Geld! Gib Geld! Und wenn du keins hast, verfluchte Hure, geh und verdien dir eins!‘
Annemarie hat schneidern gelernt und auch versucht, ihr Handwerk auszuüben. Sie hat in ihrem Zimmer, in einem Winkel, etwas wie den Rest einer Werkstatt: einen Tisch, eine alte Schachtel mit Garnrollen, ein Plätteisen, eine Probierpuppe.
Ach, die Probierpuppe, dieser mit grauem Rupfenstoff überzogene Rumpf auf einem Stock und drei gedrechselten Beinen, dieser Popanz, der etwas wie einen Menschen darstellen soll! Annemarie hat ihm, Léon, erzählt: Manches Mal, am Morgen, wenn sie allein ge-

blieben, endlich mit sich selbst allein geblieben, nach dem Grauen und der Qual der Nächte (in der er, der Böse, ihr beigewohnt) und sich etwa gar noch genug verdient hatte, daß sie wußte: jetzt darf ich ein paar Tage rasten – da hat sie sich gefreut, kindisch und närrisch gefreut und hatte doch niemand, keine Seele, die sich mit ihr hätte freuen mögen; und wenn dann ein Leiermann in dem Hof unten seine scheppernden Weisen erklingen ließ, da hat sie die Probierpuppe um die Mitte gefaßt und ist mit ihr durchs Zimmer gesprungen und hat mit ihr zu der Musik getanzt.

Léon hielt es nicht aus und verließ am vierten Tag die Rue Rousselet. Er suchte George Landry auf. Obwohl er wußte, daß dessen Chef, M. Hayem, Privatbesuche seiner Angestellten übel vermerkte, klopfte er, durch den Hinterhof in das Haus eingedrungen, an dessen Bürotür. Der Freund war verlegen, bemerkte aber sogleich Léons schlechtes Aussehen.
„Was hast du? Wie siehst du aus? Bist du krank? Ich war zweimal bei dir, die Hausfrau sagte, du seiest meist fort – sogar nachts."
„Das ist nicht wahr. Ich bin jetzt immer zu Hause gesessen."
„Setz dich nieder. M. Hayem ist für einen Augenblick weg. Aber nimm lieber diesen Sessel da – dann kann man dich vom Geschäft aus nicht sehen. Es ist sehr viel zu tun – jetzt – du verstehst, man kleidet sich für den Winter ein. Manchmal muß ich auch draußen im Laden aushelfen. Jetzt wieder – du hörst, Madame klingelt. Verzeih!"
George stürzte davon.
Léon sank auf den Schemel neben der Tür.
Er neigte den Kopf, schloß die Augen und ließ die Hände sinken. So saß er eine Weile, die Ellenbogen auf seine Knie gestützt, in einer Art Umnachtung.
Draußen schellte die Ladenglocke. Durch die gepolsterte Tür drangen die Stimmen der Kunden und der Bedienung nur gedämpft zu ihm herein. Dieser Laden – Léon kannte ihn, er hatte sich selbst hier eingekleidet. Das hübsche Hemd, das er damals gekauft hatte, war längst in einer der billigen Wäschereien, die er frequentierte, in Fetzen gegangen. Die Weste hatte er ins Pfandhaus getragen, die Krawatte besaß er noch, siehe da, er trug sie eben: doch, wie sah sie aus? Sein Haar war struppig, sein Bart wucherte, seine Kleider waren alt, an den Kanten durchgewetzt.

Hier hatte er einmal davon geträumt, ein Elegant zu werden. Wieder und wieder schellte die Ladenglocke der Chemiserie Hayem. Léon drehte den Porzellanknopf der Polstertür, er wollte sehen, wo George blieb.
Das Geschäft war hoch, vom Tageslicht hell erleuchtet. Dazu brannten noch ein paar Lampen. Die Wände waren mit hellbrauner gesteppter Seidentapete überzogen, über polierte Schränke huschten sonnige Spiegellichter, Messinggriffe leuchteten auf. In grün verkleideten Kabinen probierte die Kundschaft.
Fette behaglich sonore Stimmen scherzten, Gelächter kullerte, Papier und Stoffe raschelten. Dann schnurrte die gewichtige Lade aus dem Kassenschrank, und es klimperte hell und metallisch, als würde eine ganze Handvoll Louisdors auf den Tisch geworfen.
Léon ließ den Türknopf fahren und sank auf seinen Sitz zurück. Geld, dachte er, Geld, Gold, Blut der Armen, Sinnbild des Lebens und des lebendigen Gottes. Hingegeben, hingeworfen für ein paar Fetzen Seide. Andere verkaufen Leib und Seele für zwanzig Nickel.
George kam zurück.
„Léon, du bist noch da? Ja, es hat lange gedauert. Und gleich wird der Chef erscheinen. Verzeih, wenn ich –."
„Ist gut. Ist gut. Ich gehe schon."
„Nein. Wart einmal!" George Landry durchwühlte seine Taschen. „Du siehst aus, als hättest du wieder mal nicht gegessen. Trink wenigstens ein Glas auf mein Wohl! Es wird dir gut tun."

Novemberabend. In den drei Tagen – Tagen der Gefangenschaft in der Rue Rousselet – ist es Winter geworden. Die Bäume des Luxembourg haben ihr Laub abgeworfen, die Blumen sind vom ersten Frost gezischt, hängen mit kranker Nässe vollgesogen matt von den Stengeln. Durch die Alleen schneidet der Wind.
Dort, eiskalt unter dem Grünspan: die Kupferkuppel des Observatoire.
Geh hin und schau. Es naht die Stunde –
Die Stunde, in der die Posten aufziehen an allen Ecken der Stadt, dieses Heerlagers der Liebe, Posten auch am Denkmal des Marschall Ney –
Ich will im ‚Coin fleuris' sitzen und will dort sitzen und warten, bis ihr Schatten auftaucht.

Während sich der Himmel allmählich bestirnt und aus der kupfernen Kuppel das erste Teleskopenauge ausgefahren wird, um die Nebel im Sternbild des Hundes oder des Schwanes zu betrachten, wird Gottes lebendiges Ebenbild in die Gestalt der Verzweiflung gehüllt, um zwei Franc an die Passanten ausgeboten.

Léon hatte zum Triumph seines strengen Zuchtherrn die Waffen gestreckt. Er hatte gebeichtet, seinen Frieden gemacht und die Erlaubnis erhalten, zu kommunizieren. Die sanfte zarte Wohltat des täglichen Sakramentempfanges beschwichtigte sein wundes Herz; er hatte gelobt, die rückfällige Sünderin nicht wiederzusehen. Er hatte sie zwar nicht am Carrefour getroffen, aber, als er sie in der Rue Mirbel aufsuchte, hatte sie gestanden, daß sie nicht habe vermeiden können, einem alten Stammkunden die längst vorausbezahlten Rechte zu gewähren. Worauf Léon seine Börse zog, sie ihr vor die Füße warf und wegging.

Obwohl er glaubte, mit Annemarie fertig zu sein, war er doch von einer tiefen Traurigkeit erfüllt. Indessen war es Dezember geworden. Um sechs Uhr morgens wurden in allen Kirchen von Paris die Roraten gelesen, diese feierlichen Messen, in denen die nahe Geburt des Heilands gefeiert wird. Aber, obwohl die Orgel dazu erklang und auf den Altären die Lichter reihenweise brannten, waren die Kirchen dennoch so gut wie leer. Léon wanderte aus der Rue Rousselet nach Saint Sulpice durch die noch öden Gassen, auf deren eisigem buckligen Pflaster sich die Gasflammen spiegelten. Der Hauch wölkte vor seinem Mund, sein Schritt, weithin der einzige Laut, knirschte die Rue Sèvres entlang.

Einmal war ihm, als folgte ihm jemand von weitem. Doch als er sich umsah, war es nichts, und er setzte seinen Weg zur Rorate fort.

Als er – eine Stunde später – nach Hause zurückkehrte und die Treppe zu seiner Wohnung emporstieg, fand er Annemarie auf einer Staffel kauernd, zitternd und halberfroren.

„Was tust du hier?“ fragte er.

Sie blickte ihn an ohne sich zu erheben, er ging an ihr vorbei.

Als er eine halbe Stunde später das Haus verließ, um sich in sein Büro zu begeben, war sie verschwunden.

Er verbrachte den ganzen Tag in düsterer Stimmung.

Am nächsten Morgen wiederholte sich dasselbe. Doch diesmal ließ er sich nicht täuschen: das Mädchen folgte ihm bis vor die Kirche, und als er heimkehrte, saß sie auf dem gleichen Fleck. Er blieb stehen, betrachtete sie – diesmal sprach er kein Wort. Dann setzte er seinen Weg fort. Die Hausfrau erwartete ihn mit dem Frühstück. Er stürzte eine Tasse Kaffee hinunter, steckte die Brioche ein und lief hinab.
Annemarie war gegangen, aber er erspähte sie noch, wie sie in die Rue Oudinot einbog. Er stürzte ihr nach.
Sie verschwand in einem Haus. Er hielt inne. Entsetzliche Gedanken durchkreuzten seinen Kopf. Was sollte er tun? Hineingehen und sie suchen? Dabei näherte sich die Zeit, in der er in seinem Büro erscheinen mußte. Da öffnete sich oben ein Fenster, und Annemaries bleiches Gesicht beugte sich heraus. Es fuhr zurück, als sie ihn erblickte. Léon wollte die Hand nach der Klingel strecken, da fiel sein Blick auf eine Tafel neben der Tür, in dem Hause befand sich eine Schneiderei.

Eines Tages entdeckte Léon im Gedränge vor den Marktständen der Halles eine alte schäbige, grün und speckig glänzende Soutane: ein graues stoppelhaariges Männchen steckte in ihr. Es hatte einen großen Henkelkorb neben sich auf das Gestell eines Gemüsehändlers gestützt und war soeben dabei, einen Kranz Schalottenzwiebeln hineinzuziehen. Der Händler, ein dicker rotgesichtiger schnauzbärtiger Mensch, suchte ihn daran zu hindern.
„Aber, Josephe!“ sagte das Männchen, ohne sich beirren zu lassen, „es wird dir doch nicht auf die Zwiebelchen ankommen. Denk mal, was das für eine gute Suppe gibt – du willst auch keine Suppe ohne Zwiebel essen, oder? Na, siehst du! Und meine Armen haben auch Appetit auf was Leckeres! Und den Krautkopf gibst du sicher drauf und die Handvoll Trüffel –“
„Nein, die Trüffel nicht!“ rief der Händler ängstlich.
„Aber, Josephe, die machen dich auch nicht ärmer, mein Junge, und ich habe da so einen ganz alten Vagabunden, der für sein Leben gern noch einmal Trüffelsoße kosten will, ehe er abgeht –“
„Ach, zum Satan mit euern Vagabunden, Vater –“
„Gott wird's dir lohnen, Josephe, wer weiß, wann du Seine Barmherzigkeit nötig hast –

„Puh! Du kennst mich, Vater, ich bin ein Heide, und an deinen lieben Gott glaube ich immer noch nicht."
„Macht nichts, macht nichts. Er wird dich zu finden wissen, mein armer dummer Josephe, wenn du nur Seine Freunde ernährt hast, die Armen. So – so! Dank dir auch schön, jetzt hab ich genug, jetzt muß ich mich nur noch um ein paar Pfündchen Fleisch umsehen. Adieu, adieu."
Léon folgte dem seltsamen Heiligen und beobachtete seinen Besuch bei den Fleischern. Auch bei ihnen nahm er, was er für brauchbar hielt, und beschwichtigte sie genauso, wie er den Gemüsehändler beschwichtigt hatte. Eine Frau reichte ihm aus eigenen Stücken eine Handvoll Innereien. „Gott segne dich, meine Tochter, ich werde für dich beten. Wie geht es deinem Jungen? Ist er wieder gesund?"
Jetzt war der Korb gehäuft voll. Sein Gewicht zog die kleine hagere Gestalt krumm wie ein Fragezeichen.
Léon trat hinzu. „Darf ich Ihnen helfen, ehrwürdiger Vater? Ihr tragt zu schwer."
Dankend nahm der alte Geistliche an. „Aber ich habe weit zu gehen", sagte er, „es wird dir zu mühsam werden; bis nach Belleville..."
Sie wanderten miteinander den Boulevard Sewastopol entlang. Der Alte mußte hier im Viertel der Armen bekannt sein wie ein falscher Fünfziger. Immer wieder wurde er gegrüßt.
„'n Morgen, Abbé Tardif", rief ihm ein Gassenjunge zu. „Heute hast du ja einen Dummen gefunden, der dir tragen hilft."
„Nächstens wirst gewiß du mir helfen", antwortete der Priester lachend.
„Denkste –", sagte der Junge und machte sich davon.
Léon blickte den Priester überrascht von der Seite an. Abbé Tardif? Abbé Tardif de Moidrey! Sollte dieser wirklich der berühmte Abbé Tardif sein, von dem man sich erzählte, daß er beim Erzbischof aus und ein ging, der in Saint Eustache unter riesigem Zulauf Predigten hielt, die allerdings in kirchlichen Kreisen nicht wenig Entrüstung erregten, da sie das Volk, das sich da versammelte, in seiner eigenen Sprache anredete und sich über alle üblichen Formen der Homiletik und Exegese hinwegsetzten? Abbé Tardif, der Armenvater in den Marais, der zum Schrecken des Domkapitels, aber unter Duldung des Erzbischofs eine Garküche für die Ärmsten unterhielt, der er selbst vorstand?

„Ja, ja, ich bin es“, nickte er Léon zu, dessen erstaunte Miene er richtig gedeutet hatte, „die Menschen reden über mich, leider, sie sollten lieber selbst helfen, wo zu helfen ist. Es ist leicht, den Hunger der Mägen zu stillen, aber den Hunger der Seelen – niemand kennt ihn, niemand vermag ihn zu ermessen und am wenigsten die, die selbst an ihm leiden! Und doch, lieber Freund, dieser Hunger ist es, den ich das höchste Gut nennen möchte, die unauslöschliche Flamme der Liebe Gottes, und kein Mensch ist so gering und keiner so schlecht, daß sie nicht in ihm brennte, nur ist sie den meisten unkenntlich geworden. Schauen Sie nur um sich: all der Lärm und das Hasten und Schachern und Handeln und die ewige Sorge um das Brot, die Menschen wollen sich ein irdisches Paradies erwerben, weil sie es nicht ertragen können, das himmlische verloren zu haben. Und die kleinen hübschen Mädchen und Frauen, wie sie sich herausputzen und ihr süßestes Lächeln zur Schau tragen, als wären sie alle auf der Suche nach dem Bräutigam – ach, sie sind ja leider nur auf dem falschen Weg und haben ihre Lämpchen in das falsche Fenster gestellt.

Zwei Fenster hat die Seele, verstehen Sie, mein Freund, durch das eine blickt sie in die Welt und durch das andere könnte sie nach Gott Ausschau halten, weil aber dort der bunte Flitter winkt, der so greifbar nah scheint, obgleich er immer entweicht, sobald man ihn mit Händen greifen will, drum schauen alle durch jenes Fenster und haben kein Auge für dieses. Ich weiß nicht, wie Sie darüber denken“, fuhr der Abbé fort, „aber ich weiß, daß Sie ein guter Mensch sind, nicht nur, weil Sie mir den schweren Korb getragen haben – es steht in Ihrem Gesicht geschrieben. Vergelt es Ihnen Gott, wir werden bald da sein, ich werde Ihrer morgen in der Messe gedenken.“

Léon nahm die Mütze vom Kopf. „Ich habe eine Bitte“, sagte er beim Abschied. „Ich kenne ein Mädchen, ein sehr armes Mädchen, es hat sich – verirrt, Sie wissen, was ich meine; sie möchte ihren Frieden mit Gott machen, aber sie wagt es nicht –. Man hat sie erschreckt, als sie versuchte, die Beichte abzulegen. Dürfte ich Sie fragen, Herr Abbé, ob und wann und wo Sie vielleicht geneigt wären, das Bekenntnis dieses Mädchens anzuhören?“

„Aber gewiß doch“, sagte der Abbé, „schicken Sie sie zu mir. Sie soll mir willkommen sein als meine Tochter.“

Léon hatte Annemarie dazu bestimmt, ihre Wohnung in der Rue Mirbel zu verlassen. Es wäre ihm unerträglich gewesen, sie in demselben Zimmer, in demselben scheußlichen Loch zu wissen, wo sie so lange in Schande gehaust hatte. Sie fanden eine billige Kammer in der Rue Huchette. Nachdem Léon unter Einsatz aller seiner Hilfsquellen (George und Barbey liehen ihm fünfzig Franc, ohne zu ahnen wofür, und sein Amtsvorstand erklärte sich nach langer Weigerung bereit, ihm einen Vorschuß auszuzahlen), nachdem also Léon Annemaries Mietschulden abgetragen und auch ihre anderen kleineren oder größeren Verpflichtungen im Viertel Rue Monge und Saint Bernard beglichen hatte, war der Umzug aus der Rue Mirbel bewerkstelligt worden. Annemarie nannte nur wenige der Habseligkeiten, die ihr Zimmer ausgestattet hatten, ihr eigen. Dieses wenige wurde nun auf einen Karren geladen und weggeführt. Auch die sackleinerne Schneiderpuppe war darunter.
Annemarie war voll Freude, voll Dankbarkeit. Sie erklärte sich mit allem einverstanden, was Léon vorschlug. Sie versicherte, daß ihr die Kammer gefiele, in der sie von nun an leben sollte. Sie fand die Aussicht recht hübsch, obgleich sie nur auf einen häßlichen dunklen Hinterhof ging. Sie lobte den winzigen eisernen Ofen, obwohl er rauchte und rußte, sie behauptete, es mache ihr nichts aus, daß es in ihrem Stockwerk keine Fontäne gab und daß man zwei Treppen tief um jeden Tropfen Wasser laufen mußte.
Aber sie saß betrübt auf dem schmalen Schragen von Bett, das Léon ihr gekauft hatte, denn, auch wenn das Bett in der Rue Mirbel ihr gehört hätte, Léon hätte nie geduldet, daß sie es mit sich nähme. Sie befühlte die dürftigen Matratzen und legte die darüber ausgebreitete Decke hin und her: „Du wirst hier schlecht schlafen, Liebster“, sagte sie, „wir werden kaum Platz haben zu zweit.“
Léon küßte sie. Er wollte ihr nicht sagen, was doch für ihn feststand oder feststehen sollte, er hatte nicht den Mut ihr zu eröffnen, was er sich vorgenommen und geschworen hatte: er wollte ihr Freund sein, ihr Helfer, ihr Berater; aber er wollte nicht mit ihr leben. Nicht hier wohnen. Nicht auf diesem Bett mit ihr schlafen, nicht Tag und Nacht dieselbe Luft mit ihr atmen.
Die süße Raserei, die er in ihren Armen die ersten Male gekostet hatte, war einer verquälten Scheu gewichen. Es reizte ihn zu sehen, daß sie glaubte, durch den Umstand, daß sie eine Arbeit ange-

nommen und sich in der Schneiderei verdingt hatte, alles Vergangene aufgehoben, aufgewogen zu haben. Ach, die Ärmste, sie hielt in dieser Hinsicht mit ihrer Meinung viel zu wenig zurück. „Ich bin dein gutes Mädchen", sagte sie – sie hielt seine Hand an ihre Wange und wiegte ihren Kopf darin, „nicht wahr, dein ganz gutes Mädchen, dem du nie mehr böse sein kannst." Sie hielt eine Weile inne und schien nachzudenken. „Weißt du", begann sie dann wieder mit einem kleinen Lachen, „es ist gar nicht so selten, daß solche Fräulein, wie ich eine war, brav und ordentlich werden. Ich kenne manche – ah, zum Beispiel meine Hausfrau in der Rue Mirbel, sie soll es ganz toll getrieben haben in ihrer Jugend. Aber eines Tages war's aus damit. Sie nahm ihren Mann – hast du ihn nie gesehen, den Dicken, der immer barfuß lief, er hat uns doch einmal Bier geholt?! Und seither ist sie eine ehrbare Frau, eine wirklich ganz ehrbare Frau, der niemand etwas nachsagen kann."
Léon antwortete nicht.
„Damit will ich nicht etwa sagen, daß du mich heiraten sollst", fuhr Annemarie fort und kicherte ein wenig. „Aber es ist doch *wunderbar,* daß wir einander haben und daß wir von nun an beisammen bleiben."
Léon schob die Zärtliche leise von sich. Für wen hielt sie ihn, daß sie es wagte, so zu sprechen? Ja, er konnte sich erinnern: der Dicke, der immer barfuß lief und ihnen das Bier gebracht hatte, mit Schaudern erinnerte er sich dieses Menschen, der hatte also eine Dirne geheiratet, die, wie Annemarie sagte, eine ‚ehrbare Frau' geworden war. Was verstand sie denn wohl unter ‚ehrbar'? Welcher Art waren ihre Vorstellungen? Aus welchem Abgrund war sie zu ihm, in seine Arme getaumelt und glaubte nun, ihn mit den Maßstäben ihrer Welt messen zu können?
Léon dachte an seine Mutter, an Tante Eugenie, an die Frauen und Bräute seiner Brüder und an das Entsetzen, mit dem man in diesen seinen Kreisen den Fehltritt einer Magd kommentierte. Einmal war in der Nachbarschaft ein lediges Kind zur Welt gekommen. Als die Frauen das unerhörte Ereignis begakelten, erhob sich der Vater, der schweigend dabei gesessen, schlug die Faust auf sein Zeitungsblatt und schrie: „In meinem Hause wird über derlei nicht gesprochen!"
Annemarie beobachtete die ihr rätselhaft erscheinende Verdüsterung

ihres Freundes. Als er sich erhob, an das Fenster trat und dort, die Stirn gegen die Scheibe gelehnt, verharrte, ergriff sie ein Zittern. Sie wollte sich erheben und ihm folgen, aber irgend etwas lähmte ihre Glieder. Sie faltete ihre Hände und hob sie an ihre Lippen, so saß sie, den Blick geradeaus auf ihr Spiegelbild gerichtet, das ihr von der Wand aus der halberblindeten ovalen Scheibe schreckhaft erbleichend entgegenstarrte. Mit einem Male stieß sie einen Schrei aus und warf sich, das Gesicht in den Armen vergraben, nach vorn.
Léon drehte sich um. „Was ist?"
„Geh", flüsterte sie, „geh, ich bitte dich, Léon, geh – geh von mir weg. *Er* – er ist da."
Léon blickte sich um. „Wer? Er?"
„Geh! Geh! – Rühr mich nicht an. Du sollst nicht auch – nicht auch – verloren sein."
„Aber, Kind –"
„O Léon, mein armer Léon."
„Annemarie!"
„Nenn mich Véronique! Nenn mich Véronique! Du hast mich ein paar mal Véronique genannt! Ich will nicht Annemarie, ich will Véronique sein, deine Véronique, hörst du, Léon, nenn mich nicht mehr mit dem scheußlichen Namen, ich kann ihn nicht mehr hören, ich hasse ihn, ich hasse mich, ich hasse alles, was war, gib mir eine Strafe, gib mir eine Buße, ich will alles tun, alles, was du willst!"
„Aber ja doch, sei nur ruhig, ich bitte dich."
Das Mädchen drängte sich, am ganzen Körper bebend, an seine Brust.
„O ich weiß, daß du mich nicht lieben kannst. Ich weiß, daß du mich verabscheust. Verabscheue mich. Ich habe dich befleckt, mit diesen meinen Händen befleckt, mit diesem Mund befleckt. Du bist rein, du bist gut, du bist – ah, Léon! Glaubst du, ich wüßte nicht – du bist fromm, du gehst zur Kirche, du gehst zur Kommunion und, seit ich dein bin, seit wir uns wieder lieben, hast du nicht mehr – nicht mehr –"
„Schweig!" Léon verschloß ihr die Lippen. „Schweig! Ich kann's nicht hören." Annemarie duckte sich entsetzt, kaum atmend, eine Minute fürchterlicher Stille verrann. Dann sagte der Mann, er kehrte sein Gesicht der Wand zu, seine Stimme war dumpf. „Es ist so, wie du es sagtest."

Und jedes Wort kam mühsam, als hätte er jedes einzelne aus einer Mauer des Schweigens herausbrechen müssen. „Es ist mein Unglück", fuhr er dann nach einer Weile in schwankendem Tone fort, „mein Unglück, daß ich glaube. Für viele, ja, für die meisten ist dieser Glaube nichts. Nichts, wie für die Blinden die Farbe nichts ist, oder für die Tauben der Ton. Aber ich –", er schrie es plötzlich, „ich sehe und ich höre und mich peitscht das Licht, und mein Kopf ist voll von einem Dröhnen und es jagt mich herum und ist hinter mir her, und ich habe nicht Rast noch Ruh außer dort – *dort*, verstehst du, wo das Licht herkommt und wo das Dröhnen schweigt und eine Stimme zu mir spricht, eine Stimme – ô Véronique!"

An einem Märztag des Jahres 1877 war Léon Bloy bei Barbey d'Aurevilly eingeladen. „Ich erwarte einen Freund aus der Provinz", hatte ihm dieser geschrieben, „einen jener merkwürdigen Eremiten, die sich in ihren abgelegenen Klausen der Literatur unterziehen, welche jedoch, wie wir wissen, nur im Licht unseres so geliebten als verabscheuten Paris gedeihen kann. Trotzdem möchte ich dem Knaben die Chance geben, uns seine Visionen vorzutragen. Kommen Sie also! Und hören Sie! – Dasselbe Billett geht an Paul Bourget, unseren Poeten Dandy, an Richepin und andere. Adieu, mein kleiner Sakristan, ich rechne auf Sie. B.
P. S. Sie haben sich in letzter Zeit übrigens recht rar gemacht? Warum?"
Als Léon ankam – er war in seinem Büro aufgehalten worden – hatte die Lesung schon begonnen. Er hängte seinen Mantel in die Garderobe und legte seinen Hut zu den anderen Hüten: ein Acht-Spiegel-Zylinder – er mochte gut seine achtzehn Franc gekostet haben – stach ihm widrig in die Augen. Sicher gehörte er Bourget, dem geleckten Affen. Madame Rosette öffnete ihm leise die Tür in den großen Salon. Er war abgedunkelt, hinten brannte eine Lampe, deren Schein auf einem kleinen Tisch versammelt war. An dem Tisch saß ein Mann und las.
Zwölf oder fünfzehn Stühle waren in Halbkreisreihen aufgestellt. Die meisten leer. Vorne saß Barbey – hinter ihm Bourget mit einer Dame, Richepin und zwei Männer, die Léon unbekannt waren. Als er eintrat, wendeten sich alle außer dem Hausherrn nach ihm um. Richepin schüttelte ihm die Hand, die anderen gafften ihn an und

rückten auf ihren Sitzen, sie saßen mit weit von sich gestreckten Beinen da, hatten die Hände in ihren Taschen vergraben: ihre Haltung drückte Langeweile und Unaufmerksamkeit aus.
Der Mann neben dem Lämpchen las mit leiser Stimme.
Léon nahm Platz. Gerne hätte er sich Barbey bemerkbar gemacht, aber Barbey saß unbeweglich, mit tief geneigtem Kopf, in einer Attitude leidender Geduld.
Léon versuchte, dem Lesenden zu lauschen.
Aber es war – in der Tat – kein Vergnügen: Er las in sich hinein, als habe er die Anwesenden rein vergessen. Von Zeit zu Zeit stockte er, ergriff einen Stift, netzte ihn an den Lippen, strich ein Wort aus, schrieb ein anderes hin und begann den solcherart veränderten Satz von neuem. Der Stift mußte ein Tintenblei sein, denn seine Lippen färbten sich violett. Die Dame neben Bourget unterdrückte ein Kichern. Die Männer stießen einander an und murmelten. Bourget begann sich mit seiner Dame leise zu unterhalten. Barbey wendete verweisend den Kopf, ohne jedoch die Unruhe auf die Dauer dämpfen zu können. Endlich stand einer der Herren auf, es war Richepin, und zog sich zurück. Bald folgte ihm ein zweiter. Léon spähte ängstlich nach dem Lesenden. Merkte er denn nicht, was um ihn vorging? Er fuhr fort vor sich hin zu murmeln, mit dem Stift zu streichen, zu schreiben und die veränderten Passagen zu wiederholen.
Nun erhob sich auch die Dame und raschelte hinaus.
Am Ende saß Barbey allein noch da. Léon bemerkte, daß er schlief. So war *er* noch der letzte, einzige, und auch er horchte mehr auf die sich verstärkende Unruhe im Flur und nebenan: schließlich ließen sich ungeniert laute Stimmen vernehmen, Gelächter, Rücken von Stühlen und Gläserklirren. Léon war wütend, und der Mann vorn am Tischchen tat ihm leid.
Obgleich er jetzt nur noch fast unverständlich vor sich hin brummelte, drangen doch ein paar Sätze in Léons Bewußtsein: sie erzählten etwas über Assurs Herrlichkeit und Sturz in einem Stil, der Léon kindlich einfach anmutete, der aber doch sein Herz berührte: ihm war, als habe er schon lange nicht mehr eine solche Sprache vernommen, sie verzichtete auf jeden Glanz, sie trug sich in einfachen kurzen Perioden voran, sie breitete aus, ohne den Versuch zu machen, geistreiche Schlingen zu legen, Folgerungen zu

türmen und durch Bilder zu blenden: Es war etwas Schlicht-Wahrhaftiges in ihr, etwas Anfängliches und Einleuchtendes, und Léon fühlte sich angesprochen.
Indessen wurden die Stimmen nebenan immer lauter und Barbeys Haltung immer deutlicher die eines Schlafenden: er rutschte in seinem Stuhl nach vorn, und plötzlich schlug etwas zu Boden, es war wohl seine Tabatière – da fuhr er hoch, und auch der Lesende blickte empor und – da war er wohl auch an das Ende seiner Geschichte gelangt – er haspelte noch ein paar Worte herunter, dann legte er den fatalen Stift aus der Hand, schlug das Heft zu und erhob sich.
Waren seine Augen von dem Lampenlicht geblendet oder hatte er überhaupt das Bewußtsein verloren, daß sich das Zimmer geleert hatte und daß er nur noch vor zweien (und davon einem Schlafenden) gelesen hatte, er stand auf, zwinkerte in die Dunkelheit und verbeugte sich nach allen Seiten.
Léon begann wie rasend in die Hände zu klatschen. Auch Barbey klatschte, und – Léon erglühte vor Zorn – sogar von nebenan erhob sich ein Applaus, er klang wie Hohn, und man hörte spöttische Bravorufe.
Sofort hörte Léon auf zu klatschen, er erhob sich, stieß voll Wut die Sessel durcheinander und trat auf den Mann zu.
„Léon Bloy“, sagte er und streckte ihm die Hand entgegen. „Es war wunderbar. Kümmern Sie sich nicht um das Gesindel. Sie sind ein großer Dichter.“
Barbey räusperte sich, seine Schmorkohlenaugen erglommen vor Ärger, er faßte sich jedoch sofort und erfüllte seine Pflichten als Hausherr: er dankte, lobte und führte den Unglücklichen, ihn väterlich um die Schulter fassend, der übrigen Gesellschaft zu.
Léon blieb zurück.
Sehr viel später verließ er mit Ernest Hello das Haus.
Ernest Hello war ein großer hagerer Mensch, langgliedrig, von gekrümmter, nach vorne geneigter Haltung. Man hätte ihn für bucklig halten können: er war es nicht. Doch er hatte sein ganzes Leben damit verbracht, zu lesen, zu meditieren und zu schreiben. Er schien niemals aufzublicken, sich niemals aufzurichten, niemals auch nur die geringste körperliche Arbeit auszuführen. Er war zu ungeschickt, um einen Nagel einzuschlagen, ja, sich die Krawatte zu

binden oder auch nur einen seiner Kopierstifte zu spitzen. Er wäre vielleicht nackt gegangen oder nur wie Sanct Hieronymus mit einem Fell bekleidet, hätte sich seiner nicht Madame Zoë angenommen. Madame Zoë war seine Lebensgefährtin, eine energische Person, die sich gleich ihrem sonderbaren Freund der Literatur ergeben hatte. Sie schrieb weltschmerzlich-verliebte Romane, die, in Zeitungen abgedruckt und in kleinen Heftchen verbreitet, anspruchslose Gemüter ergötzten. Ihr Erfolg darin war unbestritten. Hellos Tiefsinn fand viel weniger Anklang; das focht weder ihn noch sie weiter an. Sie lebten bei Lorient in einem kleinen, einsam gelegenen Hause, das von Büchern überging, aber sonst nicht die geringste Bequemlichkeit bot. Er verließ es selten. Sie hielt ihn darin wie einen großen lahmgewordenen Vogel, einen Seeadler mit gebrochenen Flügeln. Sie versorgte ihn, gab ihm zu essen, zu trinken und reinigte seinen von einem Wust Papier überquellenden Käfig. Von Zeit zu Zeit entließ sie ihn nach Paris, damit er dort ‚sein Glück' mache. ‚Das Glück' bestand regelmäßig darin, daß seine Börse bis auf den letzten Centime entleert, seine Taschen aber mit neuen Büchern, Papieren und Entwürfen vollgestopft waren, wenn er nach Lorient zurückkehrte.

Barbey d'Aurevilly war einer der wenigen, die Hello ihr Ohr liehen. Dann und wann machte er auch den Versuch, ihm Wege zu ebnen, seine Schriften unterzubringen oder wohlwollende Rezensenten dafür zu finden. Meist schlugen diese Versuche fehl, nicht ohne Hellos Schuld. Doch der eitle d'Aurevilly nahm es immer wieder auf sich, den häßlichen Vogel auf dem Schwanen- und Muränenteich des literarischen Lebens auszusetzen, eine noble Marotte des alten Grandseigneurs. Sie bracht ihm nichts als Ungelegenheiten ein.

Hello, fünfzigjährig, hatte nie etwas anderes getan, als das schwarze Dominospiel seiner Gedanken zu neuen Figuren geordnet. Diese Figuren waren seine Geschichte. Er hatte unendlich viel gelesen, die Welt hatte sich ihm niemals anders als im Hohlspiegel mystischer Beziehungen gezeigt. Auch er hatte eine Zeitlang von Ruhm geträumt, aber schnell erkannt, daß es seine Sache nicht war, aus dem Innern in ein Außen zu treten. Je einsamer er lebte – denn auch mit Madame Zoë sprach er oft tagelang kein Wort – einen desto innigeren Umgang hatte er mit den Geistern: Geistern der Philosophen,

Geistern der Heiligen. Er befaßte sich mit ihren Lebensgeschichten, die – oft nebelhaft genug – in alten Traditionen erhalten sind. Er betrat diese Nebellandschaften und durchwanderte sie. Ein vergessenes Land, ein Land, das gleich einer Unterwelt dem Tagesbewußtsein der Zeit entsunken war und in das einzutauchen eine Art Hinabstieg bedeutete (in manchen Märchen erscheint dieses Bild): Hier leuchtet ein anderes Licht. Die Gestalten dieser vergessenen Welt standen gleichsam verschleiert, wie uralte Bäume, deren Kronen entlaubt und gekappt sind, Baumstümpfe, die schon erstorben scheinen. Doch dem, der sich ihnen nähert, offenbart sich, daß in den verwetterten Stämmen eine ungeahnte Lebenskraft pulst. Ernest Hello umkreiste diese Gestalten, und unter seinen Blicken begannen sie von neuem zu treiben, sich zu entfalten, sich mit dem jungen Laub ewiger Jugend zu begrünen, in Blüten hervorzubrechen, die wie Sternenaugen waren.
Die bretonische Landschaft, die tragisch und trotzig, dem mittäglichen Frankreich den Rücken kehrend, der ewigen unruhigen Nacht des Ozeans entgegendrängt und über die Brandungswogen hinweg unaufhörlich dem fernen schwesterlichen Irland in seinen Nebelburgen zu rufen scheint; das Keltische, das sich hier bewahrt hat, aber von Jahr zu Jahr zerbröckelnd, der glänzenderen, gewandteren Sprache Einlaß gewährt; das Abweisend-Grämliche der bretonischen Dörfer und Städte, die barbarische Melancholie seiner Kalvarienberge – das alles schien an Hello teilzuhaben, in seine merkwürdige Gestalt eingeflossen zu sein, wie Tau, Regen und sickerndes Schneewasser in die gekrümmte Krüppelfigur eines schwärzlichen Wacholderbusches einfließt. – –
Jetzt spazierte Léon mit dem neuen Bekannten durch die Pariser Nacht.
Hello war schweigsam. Er hielt seine Hände hinter dem Rücken verschränkt, sein Haupt mit dem langen flatternden Haar vornübergebeugt, so ging er dahin, als kämpfte er sich gegen einen Sturmwind voran, obwohl die Luft still und mild war und nur, wenn die beiden einen Boulevard überquerten oder den Quai erreichten, etwas wie einen lauen Hauch entfachte, eine sanfte Bewegung, die aus weiten Räumen heranströmte und noch weitere, vom Aufbruch des Frühlings mit Unruhe geschwängerte Räume erahnen ließ. Die Männer durchquerten den Faubourg St. Germain,

gingen ein kleines Stück die Seine entlang, dann bog Hello in den Boulevard Saint Michel ein, so daß sich Léon, der erbötig war, Hello in sein Hotel zu begleiten, schon zu wundern begann, auf welchen Umwegen dieser seine Herberge zu erreichen hoffte. Da Léon bemerkte, daß Hello auch den Boulevard Saint Michel nur aus Zufall entlangsteuerte, bog er nun seinerseits wieder zur Seine zurück: da war die kleine enge Rue Huchette, und es zog ihn hin, und er verstand es einzurichten, daß er das Haus streifte, in dem Annemarie in ihrer Kammer war. Er hatte sie heute noch nicht gesprochen, auch nicht sprechen wollen, ja, sich geschworen, sie bis zum Sonnabend nicht wieder aufzusuchen (heute war Donnerstag), um sich und sie nicht wieder in die Versuchung zu führen, der sie, wie er erfahren hatte, nur allzuoft, allzuleicht, schon in der ersten Minute ihres Wiedersehens willenlos erlagen. Dabei fühlte er sein Herz überquellen, eine schreckliche Unruhe bemächtigte sich seiner, als er sich Schritt für Schritt diesem Hause näherte, die Augen zu Boden gesenkt, über dessen dunkles Muster das todesmatte Licht einer Funzel gespensterte. Würde das Tor geschlossen sein? Ja, es war geschlossen, Gott sei Dank, und so vermochte er daran vorbei und mit Hello ans Ende der Gasse zu gehen, nicht ohne dieses Vorübergehen wie einen Verrat an dem armen Wesen zu empfinden, das da oben auf seinem einsamen Lager schlief (doch hoffentlich schlief), aber gewiß, soviel wußte er, diesen Schlummer in Kummer und ratloser Sehnsucht herangewacht hatte.

Die beiden Männer hatten sich unter stockenden Gesprächen bis hierher bewegt, jetzt gingen sie eine Weile stumm nebeneinander fort. Sie hatten die Isle Saint Louis erreicht und hielten eine Weile still, um auf den leise glucksenden Fluß hinabzublicken, der in tiefe und nur spärlich vom Spiegelglanz einzelner Lichter geflammte Finsternis gehüllt war.

Endlich spazierten sie zum nördlichen Ufer hinüber.

Es war nun die Stunde der Nacht, da sich die wie unter Schwaden der Bewußtlosigkeit begrabene Stadt belebte: durch die Zufahrtsstraßen begannen die hart ratternden Wagen der Milch- und Gemüsehändler zu rollen, in wütender Eile, die um so gespenstischer und sinnloser schien, je entleerter die Straßen von Leben waren. Wagen, Pferde und Fuhrknechte stürmten in einem Wirbel ohrenbetäubenden Lärms dahin, die Geißel knallten. Funken stoben aus

den Steinen, dann wurde es wieder für eine Weile still, bis sich von fernher das nächste Gefährt durch sein Geratter ankündigte.
Léon erinnerte sich der zahllosen, ohne Obdach verbrachten Nächte seiner ersten Pariser Jahre, von denen er zu sagen pflegte, er habe ihnen seine moralische Neugeburt zu verdanken: Nächte endlosen Umherschweifens, stumm erlittener Verzweiflung. Nächte, in denen er kaum gewagt hatte, sich irgendwo niederzulassen, um nicht das wachsame Auge des Gesetzes auf sich zu lenken, Nächte in den Ruinen der römischen Arena, Nächte in den Fosses Saint Jacques.
Die Männer hatten schon zwei Stunden lang die nächtliche Stadt durchkreuzt, und natürlich hatte Hello kein Quartier; das hatte er vergessen oder nicht gestehen wollen, kein Quartier, das hieß selbstverständlich auch kein Geld, eins zu bezahlen. Der vergangene Abend war sein letzter in Paris gewesen, und er hatte, aus dem Haus Barbeys aufbrechend, nur vorgehabt, sich so lange herumzutreiben, bis der erste Zug nach Lorient abfuhr. Als er das endlich seinem Begleiter gestand, war Léon versucht, ihn zu sich in seine Mansarde einzuladen. Aber er schämte sich, weil diese so armselig war, armseliger denn je, denn alles, was er nur hatte entbehren können, hatte er in Annemaries Wohnung geschafft. Er sah niemals Freunde bei sich außer George Landry, und ihm hatte er weismachen können, daß er seinen Lehnstuhl, seinen Schrank, seine Bilder ins Leihhaus getragen habe.
„Ich würde Sie gerne zu mir bitten, aber die Umstände verbieten es mir. Sie erlauben, daß ich diese Nacht mit Ihnen verbringe. Wir könnten zu den Halles gehen, dort sind ein paar Cafés, die immer offenstehen. Und billig sind. Ich habe noch einen Franc bei mir."
Sie schlenderten gegen die Halles hinab, aber sie traten dort nirgends ein. Der Platz um die Markthallen war hell erleuchtet, und unaufhörlich strömten aus allen hier einmündenden Straßen und Avenuen die Wagen der Händler ein. Jetzt konnten sie freilich die Pferde nicht mehr rennen lassen, mit nur um so rasenderer Ungeduld fädelten sie sich in die Kolonnen, die sich Schritt für Schritt an die Plätze schoben, wo die Wagen entladen wurden. Es schien um Minuten, um Sekunden zu gehen, wer früher hingelangte, früher seine Körbe, Kannen, Kisten herabzerren und vor die offenen Marktstände bringen konnte. Vor diesen und um diese herum wühlte eine wilde, offenkundig aufgebrachte Menschenmasse hin

und her. Sie schrie, stieß, fuchtelte mit allen Gliedern, drängte in Schüben heran, spritzte wie Wasser auseinander, umlagerte die Ausrufer und stürzte in der nächsten Minute einem anderen Punkte zu.
Es war wie ein Tribunal, auf dem sich Parteien bekämpften, frenetischer Beifall wechselte mit wütender Abwehr, und dazwischen erscholl – gräßlich und angstvoll – das Wehgeschrei der Opfer.
Denn hier war die Fleischhalle, das Zentrum des Molochs, das täglich, wie in den Zeitungen zu lesen stand, Tausende von Rindern, zehntausend Schafe, Ziegen, Kaninchen, zwanzigtausend Stück Geflügel verschlang, um sie alsbald tot und in Stücke zerlegt in den unersättlichen Magen der Großstadt zu speien.
Denn nicht alle waren schon geschlagen, viele wurden noch lebendig hineingetrieben, gezerrt, gestoßen, mit Fußtritten weiterbefördert oder, in gräßlich enge Käfige gepferdıt oder gar zu zuckenden Bündeln verschnürt, blutbeschmierten Händen überliefert.
Die beiden Männer standen da und blickten um sich wie Traumwandler und als ob das Schauspiel, das sich ihnen da bot, zu schrecklich wäre, um wirklich zu sein. Dann – in derselben Sekunde wandten sie sich einander zu.
„Ist das möglich?" murmelte Hello, „ist das alle Tage so?"
„Allerdings. So begeht diese ‚Lichtstadt Paris' ihre tägliche Morgenfeier. Ich habe ihr oft genug beigewohnt –"
„Gehen wir!" sagte Hello. „Gehen wir. Kommen Sie –" Sie flüchteten ein paar Schritte abseits, und wie überall an solchen Orten war gleich neben dem Gewühl Leere, tote Winkel. Hinter einer aufgespannten Zeltplane ein Kistenstapel, auf ihm ließen sich die Männer nieder. Hello strich sich über die Stirn. „Gewiß, der Mensch muß töten, um zu leben. Aber daß er es muß, ist furchtbar, bleibt furchtbar – doch offenbar findet niemand etwas dabei. Sie treiben ihr Handwerk mit der Unbefangenheit grausamer Kinder."
„Und was bestätigen sie damit? Nichts anderes als den eigenen tiefen Sturz, den unaufhörlichen Sturz Adams, in den er alles, was da lebt auf Erden und wer weiß vielleicht noch viel mehr, mit sich gerissen hat. Die Kreatur leidet und, wo sie leidet, leidet sie durch den Menschen. Sie fällt dort, wo der Mensch gefallen ist. Verstehen Sie mich, Hello, wenn ich sage: Da sich Adams Sturz täglich wiederholt, wiederholt sich notwendigerweise auch täglich das, was Adams Sturz bewirkte: Golgatha?"

„Das", nickte Hello, „hat wohl auch Pascal gemeint, als er sagte, Christus sei niemals von seinem Kreuz herabgestiegen, er hänge droben bis zum heutigen Tage und könne nicht herabsteigen bis zum Jüngsten Gericht."
Léon schwieg eine Weile.
„Dieses Wort verfolgt mich seit langem und in seinem Licht erhebt sich die Frage: was ist dann die Zeit?"
„Ja, was ist die Zeit? Von allen Religionen ist, soviel ich weiß, das Christentum die einzige, die ihren Gläubigen das Problem der historischen Kategorie stellt. Matthäus beginnt sein Evangelium mit dem Stammbaum Christi, und Lukas erzählt uns die Geburt des Herrn: ‚Zur Zeit des Kaisers Augustus'. Selbst in das Credo hat die Kirche den Namen des Landpflegers Pontius Pilatus aufgenommen und Christi Passion in dessen Regierungszeit fixiert. Mir war das immer rätselhaft und genauso, als wollte die Kirche damit ihre Kinder trösten, daß alles irgendwann einmal vor langem geschehen ist und nur ein *einziges* Mal. Indessen –"
„Indessen ist es ja nicht so", erwiderte Léon. „All das ist Gegenwart, ewige Gegenwart, und die Kirche weiß das, und darum wagt sie auch täglich die Messe zu feiern, in der die Zeit buchstäblich aufgehoben und zu einem ewigen Jetzt und Immerdar aufgerollt wird. Christi Stammbaum – das ist das ganze Menschengeschlecht, und Kaiser Augustus, das ist die Summe aller Mächte und Imperien, und Pontius Pilatus – das sind wir alle, Hello, alle – Verräter unseres eigenen Gewissens, alle – Zweifler, die noch im Angesicht der offenbaren Wahrheit die Frage stellen: Was ist Wahrheit? und die Feiglinge, die, wenn sie Gottes Sohn – in welcher Verkleidung auch immer – an die Henker ausgeliefert haben, ihre Hände in Unschuld waschen und sagen: Ich habe keine Schuld an ihm –"
„So wäre die Zeit eine der größten Täuschungen, in denen unsere Sinne befangen sind –?"
„Und die Flucht des Menschen nach vorne, immer nach vorne in eine Zukunft, von der er erhofft, daß sie ihn in Schutz nehmen wird vor dem Geheimnis der Offenbarung, eine Flucht immer im Kreise, immer im Kreise, denn alles, was geschieht, kann nichts anderes sein –"
„– als unentrinnbare Allgegenwart!" rief Hello. „Ja, Sie haben recht. Jahrhunderte – was sind Jahrhunderte? Ihre Wände sind

durchlässiger als Papier. Ah, ich verstehe. Der Mensch glaubt so viele Türen zwischen sich und der Erscheinung Christi hinter sich zugeworfen zu haben, er glaubt, er könne durch Jenen nicht mehr eingeholt werden, glaubt sich gesichert im Gebäude seiner Geschichte, gesichert vor dem Kreuz und vor dem ans Kreuz genagelten Gott –. Ich verstehe, ich verstehe! Und diese trügerische Sicherung gab ihm, dem Menschen, den Mut, die Lügenfabel von seiner Rettung durch sich selbst zu ersinnen. – Sehen Sie –", Hello sprang auf, „gerade hier auf diesem Boden, in dieser Stadt, zwischen und in diesen Häusern – ist an dieser Lügenfabel am eifrigsten gesponnen worden." Er ließ sich wieder nieder. „Der Mensch hat begonnen, sich selbst anzubeten. Zuerst betete er seinen Zorn an - und sein Zorn zeugte die Revolution. Dann merkte er: Der Zorn ist ein Zustand des Augenblicks, man kann ihn nicht verewigen. So verfiel er darauf, die Mäßigung anzubeten – im Liberalismus. Aber beide haben dieselbe Wurzel –"

„Und denselben Trieb", versetzte Léon.

„Ganz recht", sagte Hello, „den Trieb zur schrankenlosen Ausbreitung. Das christliche Abendland vermochte die Erde nicht christlich zu machen. Aber die Revolution und der Liberalismus werden diesen ganzen Planeten auf ihre Weise missionieren. Jede Kolonialtruppe, unter welcher Fahne sie marschiert, und jedes Handelsschiff, unter welcher Flagge immer es fährt, trägt den Samen der Revolution oder des Liberalismus in alle Erdteile, aus jeder Faktorei in Afrika oder Asien wird er hinausgeblasen über Wüsten und Urwälder – und durch jeden Kanal, durch den europäische Ware ins Innere der abgelegenen Länder geschleust wird, schiebt sich das Miozel dieser Kultur. Zorn und Mäßigung – mir ist, als sähe ich die Zeit schon kommen, da dieses Lügengewächs jede Religion ausgerottet haben wird. Der arme Wilde, der heute noch seinen Gott in Gestalt eines selbstgeschnitzten Götzen anbetet, wird ihn bald nicht mehr erkennen, auch er wird der Selbstanbetung des Menschen verfallen. Und das Erbteil, das das christliche Abendland der Welt vermachen wird, wird die universale Gottlosigkeit sein."

Léon schwieg. Dann sagte er: „Man möchte meinen, das könne Gott nicht zulassen."

„Ich weiß es nicht", antwortete Hello. „Manchmal taucht ein Bild vor mir auf – ein düsteres Bild: Die ganze Erde von Pol zu Pol mit dem Unkraut der lügenhaften Selbstverherrlichung bedeckt – aber eines Tages verdorrt es, und der nackte Boden tritt darunter hervor, das kahle Gestein, nichts als Ödenei – der nackte Boden des wahren Seins – die schreckliche Felsklippe des Berges Sinai. Denn – wenn es wahr ist, Bloy, und ich glaube daran, daß das Problem der Weltgeschichte die Erkenntnis Gottes durch den Menschen und damit die Anbetung ist, muß jeder Weg des Menschen dorthin zurückführen, wo ihm Erkenntnis und damit Anbetung gleicherweise und zugleich erlaubt und aufgetragen wurde. Sinai – dort, würde ich sagen, war alles vorweggenommen: Offenbarung, Gesetzgebung, Anbetung. Der Vater sprach zu dem Sohn, der Schöpfer zur Schöpfung. Im Grunde war damit *alles* geschehen."

„*Hätte* alles geschehen sein können", antwortete Léon. „Aber da der ungetreue Sohn hinging und sein Vermögen vergeudete, mußte ihm der andere Sohn, der eingeborene, folgen – von Sinai auf Golgatha. Darin liegt das Geheimnis, daß sich die Unendlichkeit Gottes mit einer halben Preisgabe nicht zufrieden geben kann. Sie mußte vollendet werden in der Fleischwerdung und Hinopferung des Eingeborenen, die sich ja, wir sagten es doch, täglich und immerdar wiederholt und nie aufkören *kann,* es sei denn –"

„Es sei denn?" fragte Hello.

Léon bewegte die Lippen, aber er antwortete nicht, er *wagte* nicht zu antworten. Er hatte noch nie einen Menschen gefunden, der seine geheimste innerste Sehnsucht begriffen und geteilt hätte, diese Sehnsucht, die in ihn eingedrungen war, als er – ein Kind von fünf oder sechs Jahren – vor den Schatten und Chimären der Welt vor das Portal der Kirche geflohen war und dort das Bild des Gerichts erblickte: das Gericht – das war ihm der verherrlichte und für ewig offenbare Gott, die Heraufkunft der unverstellten Wahrheit, die Zurücknahme aller Irrtümer, die Wiedervermählung der Kirche mit ihrem Stifter, der Triumph der Heiligen und die Entschlüsselung des ganzen Alphabets der Bilder und Symbole, der Geschehnisse und Geheimnisse – freilich, auch die Wiedergutmachung allen Unrechts, das den Armen dieser Welt und nicht zuletzt auch ihm selbst, Léon Bloy, widerfahren war. Aber noch niemals war er jemand begegnet, der diese Sehnsucht begriffen hätte, weder Saint-Bonnet noch einer seiner Beichtväter noch etwa Barbey d'Aurevilly, der die Offenbarung Johannis zwar gern zitierte, aber, soviel hatte Léon begriffen, in ihr doch nichts als ein besonders eindrucksvolles Stück visionärer Prosa erblickte. Sollte dieser Hello, dieser fremde Bretone, mehr begreifen können? Sollte er begreifen können, daß ihm, Léon, sein eigenes Zeitalter so oft wie der Vorabend der Apokalypse erschien?

„Sehen Sie“, fuhr er fort, ausweichend, aber zugleich von dem Wunsch bedrängt, sich dem neuen Freund anzuvertrauen und sein eigenes bedrängtes Gewissen (es war von so vielem bedrängt) aufzuschließen, „sehen Sie, wir alle, auch die wir, so darf ich wohl sagen, unseren Herrgott kennen und lieben, selbst wir verraten Ihn immer wieder. Ich möchte Ihnen etwas erzählen –. Es war vor sieben Jahren – am Anfang des Krieges und kurz nachdem – nachdem mich die Gnade getroffen hatte (sie hat mich getroffen wie ein Feuerstrahl). Da geschah es mir – ich war damals zu Hause in Périgueux, daß ich ihn fallen sah, *Ihn,* begreifen Sie – es war irgendein Mensch, ein mir Unbekannter, er stürzte vor meinen Augen, ich sah ihn fallen und wußte, da liegt er nun, und die anderen rennen über ihn weg und treten ihn nieder. Ich wollte umkehren, ich wollte – aber ich war nicht imstande dazu, obwohl ich in diesem Augenblick *wußte,* was es bedeutete, daß da ein Mensch lag und meiner Hilfe bedurft hätte, *meiner* Hilfe, verstehen Sie, und dennoch kehrte ich nicht um – und ließ ihn liegen.

Und dann wurde ich Soldat, einer dieser unzähligen armen Teufel, die im Herbst und Winter siebzig-einundsiebzig versuchten, das ohnehin besiegelte Verhängnis aufzuhalten und einen verhaßten Feind – Gott weiß, er verdiente den Haß – wenn nicht zu besiegen, so doch zu schädigen.

Und da war es fast zuletzt, kurz ehe wir schmählich nach Hause zurückgeschickt wurden, da kreuzte eine Ulanenschwadron an unserer Stellung vorbei, sie trieb eine Herde zwischen sich her, und wir schossen auf die Reiter – und ich war außer mir, daß kein einziger fiel, daß alle davonkamen und daß sie sich um unser Feuer nicht einmal sonderlich scherten. Da lief ich hinterdrein und schoß und schoß immer wieder und – habe nichts getroffen als – – ein Lamm.

Ja, ein Lamm – seltsam, nicht wahr? Damals erfuhr ich es: Wir Menschen können einander antun, was wir wollen. Wir treffen im Grunde immer nur Einen, nur diesen Einen – in der Gestalt des Lammes.

Sehen Sie, ich hob das Tier auf und folgte damit den anderen. Ich hatte das Gefühl, ich trüge in dieser Kreatur Gott selbst in meinen Armen, und sein Blut machte meine Brust naß. Und dann kam es, wie es wohl kommen mußte. Wir waren alle hungrig, am Ende unserer Kräfte – und wir feierten mit dem Fleisch dieses Lammes – eine Art unheiligen Ostermahls. Doch wie ich die Kameraden essen sah und selbst aß – und der halbgare und noch fast blutige Bissen stärkte uns, daß wir weiter konnten und nicht vor Schwäche liegen blieben und vielleicht im Schnee erfroren, da begriff ich etwas von der *Ununterscheidbarkeit* dessen, was uns geschieht, was uns umgibt und was wir tun. Wir bewegen uns wie im Dämmerlicht, in dem alles vertauschbar wird, und wissen nicht, ist diese Dämmerung die des Morgens, der der Tag, oder die Dämmerung des Abends, der die Nacht folgt, die Nacht, begreifen Sie, Hello, von der es heißt, niemand könne mehr in ihr wirken und sie komme wie ein Dieb über uns und das Unsere?!
Ich habe irgendwo einmal gelesen, die alten Juden nannten die Dämmerung des Abends die Stunde des Raben, die Dämmerung des Morgens die Stunde der Taube. Sagen Sie mir, Hello, in welcher Stunde der Weltzeit wir stehen, ist es Abend, sollte es Morgen sein? Und wenn wir von der Unruhe unserer Zeit sprechen, und wenn wir es wie Flügelschlagen über uns rauschen hören – sind es die Flügel des Raben oder die Fittiche der Taube?"
„Ja, wer das wüßte", murmelte Hello, „Aufgang oder Untergang?"
„Freiheit oder Verhängnis?" ergänzte Léon.
Sie saßen noch immer hinter der Zeltplane auf ihrem Kistenstapel, im toten Winkel des Marktgeschäfts, das sich in die Tiefe der Halle gezogen hatte, und das Hin und Her, das Anfahren und Abrollen der Wagen, das Ausschreien der Händler und selbst das Angstgebrüll der Tiere hatte sich zu einem einzigen undeutlich ineinanderwogenden Brausen vermischt. Aber jetzt kam es wieder näher und heran, vielfüßig trappelnd, plappernd und kreischend, und eine Rotte Burschen und Weiber brachen in den Winkel ein und stürzten sich über den Kistenstapel, um ihn wegzuschaffen.
Die beiden Männer, die da gesessen und geredet hatten, wurden grob verscheucht. „Los, fort mit euch! Was gibt's da rumzuhocken?"
Die Kisten waren im Nu verschwunden, statt dessen wurden Säcke herangeschleppt, und eine Händlerin, eine große rotgesichtige und

derbe Person, setzte sich oben auf sie hin, schüttelte die Ledertasche die sie am Gürtel angeriemt trug, in die Rockmulde zwischen den breitgestellten Schenkeln aus – die Münzen schepperten – ein Mann reichte ihr eine entkorkte Flasche, sie feixte ihm zu, setzte an. Ein anderer drängte von hinten heran und versuchte nach dem Geld zu greifen –

Léon und Hello wandten sich zum Gehen. „Baubo und ihre Incubi –", sagte Hello. „Machen wir uns davon!"

Aber gleich stießen sie auf einen anderen Trupp: ein Mann trug ein Bündel an den Hinterläufen zusammengefesselter Kaninchen, und ein Zwerg sprang zeternd hinter ihm her und erhob Anspruch auf die Tiere und versuchte sie jenem zu entreißen, ein dritter stand dabei, hemdärmelig, in einer über und über mit Blut besudelten Schürze und lachte aus vollem Hals, als nun der erste das Bündel hob und damit auf den Zwerg einschlug.

„Sehen Sie sich das an!" rief Hello. „Der Morgen graut – Stunde der Taube! Stunde der Taube!" Er blickte wild um sich. „Morgenfeier der Lichtstadt Paris! Nein, Bloy, ich glaube, wir haben für unsere Zeit nichts mehr zu erhoffen. Haben Sie nicht etwas von Freiheit gesagt? Freiheit! Ich glaube nicht mehr an etwas wie Freiheit, ich glaube nicht mehr an den Menschen, seit er darauf besteht, vom Tier abzustammen (das zu quälen er nichtsdestoweniger fortfährt). Sie können sagen: das hier ist niederes Volk und weiß es nicht besser. Trotzdem. Ich glaube nicht mehr an den Menschen, seit sich die Lehrer an unseren Hochschulen in der Beweisführung zu übertrumpfen suchen, daß das Gewissen nicht zu unserem Wesen gehöre, daß es nichts sei als ein Abfallprodukt, ein zufälliges Resultat zum Luxus verführender Lebensumstände, ‚Epiphänomen'? Was soll der Mensch mit Freiheit und Gewissen anfangen in einer Welt, deren ganzes Geheimnis in ein paar Formeln zerfallen ist, die im Kopf eines jeden Schuljungen Platz haben? Der unendliche ewige Gott – nichts als eine überholte Arbeitshypothese, deren sich der mit großem Gehirngewicht begabte Affe homo sapiens nur noch zu schämen hat –"

Léon blickte Hello an, bleich und atemlos. Auch er, Hello war erbleicht, in ihm schien eine Veränderung vor sich gegangen, sein Schritt, lang und ausgreifend, obwohl er hinkte, seit sie auf dem Kistenstapel gesessen hatten, überquerte den Platz, durchquerte das

noch immer dichte Gedränge mit der rücksichtslosen Energie eines Vorwärtsgetriebenen. Das scharfe Seeadlergesicht geradeausgerichtet stürmte er dahin, Léon vermochte ihm kaum zu folgen.
„Freiheit –", schrie Hello, seine Rechte erhoben, zur Faust geballt, „Freiheit zum Untergang. Ich wünschte, Gott setzte das Ende! Das Ende dieser Zeit, jeder Zeit, und es bräche *Sein* Tag an!"
Sie waren an Saint Eustache vorüber in die Rue du Pont-Neuf gelangt und bogen dort in irgendwelche kleine Gassen ab, in denen es nun still war, der Lärm des Marktes hinter ihnen verhallte, die Fenster der hohen schmalen schlafenden Häuser kaum irgendwo von einem Lämpchen erhellt; bleiches Nebelgrau des Himmels, aus dem jetzt ein karger, aber klarer Laut, das eifrig-dienstfertige Frühgeläut von Saint Denis fiel.
Unwillkürlich blieben die Männer stehen und lauschten.
Hello nahm Léons Arm und stützte sich auf ihn. „Hören Sie, hören Sie", sagte er. „Man läutet zur ersten Messe. Seit tausend Jahren rufen diese armen kleinen Glocken – jeden Morgen – viele Male. Rufen und rufen – geduldige Stimmen. Einmal werden sie verstummen dürfen, dann wird die *andere* Stimme rufen –. Wer weiß, vielleicht schon bald . . ."

Es war nun etwa ein halbes Jahr her, daß sich Annemarie in die Schneiderei verdingt hatte. Sie verdiente sehr wenig, denn die Meisterin war streng, keineswegs weniger streng als einst Madame Lachêne, und Annemarie war noch ungeschickter als zuvor. Die Meisterin ließ ihre Mädchen im Akkord arbeiten. So erhielt Annemarie zuletzt nur mehr zwölf Franc im Monat. Ihre neue Wohnung in der Rue Huchette kostete fünfzehn.
Also mußte sie alles, was sie brauchte, von Léon annehmen. Sie war zwar willens, sich von Brot und ein wenig Gemüse zu ernähren, doch unglückseligerweise hatte sie einen unüberwindlichen Hang zu Näschereien. In den langen Jahren des Elends und der Vereinsamung war eine Tüte Bonbons oft ihr einziger Trost gewesen.
Überdies hatte sie Schulden. Schulden, an die sie nicht mehr gedacht hatte (oder nicht hatte denken wollen), als sie aus der Rue Mirbel ausgezogen war. Léon hatte sich damals bereit erklärt, sie auszulösen. Sie hatte ihm ihre Verschuldung beim Bäcker, beim Spezereihändler, in der Weinboutique eingestanden. Doch hatte sie auch

an anderen Orten aufschreiben lassen; diese Orte zu nennen, hatte sie nicht den Mut besessen. Léon hätte sie nach den Dingen fragen können, die sie dort auf Borg zu kaufen pflegte.

Diese Dinge: Rotseidene Strumpfbänder, mit Pailletten benäht, ein Korsett aus schwarzen Spitzen, eine Kurpackung Mutterkorn . . ., die Liste war lang, die Preise schamlos.

Eines Tages, als Léon zu Annemarie kam, fand er sie in Tränen aufgelöst und eine Weibsperson bei ihr, eine schwarze, kraushaarige, in einer überengen Reitjacke. Ihr Gesicht unter dem Federbarett war gelb, hohl, überscharf geschnitten; die ganze Person glich einer schwarzen krokodilledernen Reitpeitsche.

Sie war gekommen, um abermals – Léon erfuhr sogleich: zum dritten und letzten Mal! – die längst fällige Rechnung zu präsentieren. Léon erstarrte, als er die Summe las. Sie überstieg alles, was er für Annemarie bezahlt hatte (unter welchen Mühen und Entbehrungen bezahlt!), um mehr als das Doppelte.

Die Reitpeitsche drohte, sie wollte sofort ihr Geld.

Léon begann damit, der Person die Tür zu weisen. Sie lachte nur und schwenkte den Schuldschein.

Jetzt wandte er sich gegen Annemarie: „Warum hast du mir nichts davon gesagt", schrie er, „warum nicht?"

Das Mädchen kroch zitternd in sich zusammen.

„Warum nicht?" schrie er noch einmal, „ich hätte –"

Was hätte er? Hätte er sie sich selbst und ihrem Dasein überlassen?

O Gott, nein. Aber –

Er fuhr sich mit den Händen durch das Haar, preßte sie gegen die Schläfen, als fürchtete er, den Verstand zu verlieren.

Dann sagte er: „Lassen Sie mich einmal sehen –"

Die Person reichte ihm die Liste.

Rotseidene Strumpfbänder, mit Pailletten benäht . . .

Léon las bis zum Ende. Ruhig, dachte er, ruhig, du hast alles gewußt, alles gewußt, hast auch das Schimpflichste im voraus ermessen, auch dieses, auch dieses – ermessen, ehe du dich ihr hingabst, ermessen, ehe du sie ans Herz nahmst, ehe du den Kampf um ihre Seele begonnen hast. Du bist in den Brunnen der Schande gestiegen und wolltest auf seinen Grund gelangen, auf seinen tiefsten, schwärzesten Grund, und wolltest ihn mit deinem Gesicht austunken.

Aber das hier – nein.
Und dieses – nein.
Nein, nein. Und nein. Ich kann nicht mehr.
„Sie werden alles bekommen", sagte er. Seine Stimme war heiser und schwankte. „Alles, was Sie rechtens zu fordern haben. Ich – ich verbürge mich." – Er griff in seine Taschen, sie waren leer bis auf ein paar kleine Münzen, und im Angesicht der Summe *wagte* er die Münzen nicht hervorzuziehen, er wagte es nicht und krümmte sich vor der Reitpeitsche und wiederholte: „Ich verbürge mich."
„Das kann jeder sagen", erwiderte jene. „Sie sehen mir nicht danach aus, als ob auf Sie zu rechnen wäre. Aber vielleicht", fuhr sie nach kurzem Besinnen fort, „haben Sie Freunde, Verwandte – gehen wir hin! Wenn einer bürgt –"
„O Herr Jesus Christ", flüsterte Annemarie im Hintergrund.
Léon bewegte sich mühsam ein paar Schritte an der Fremden vorbei, er stützte sich auf den Tisch. „Nein", sagte er, „das geht nicht."
„Ach, der Herr sind zu nobel, um Schulden bei mir zu haben, Schulden solcher Art! Aber nicht zu nobel, um einer braven Nutte das Geschäft zu verderben. Sie war nicht schlecht, nicht schlecht – es gibt bessere, aber sie machte ihr Geld, und alles war in Ordnung. Da kommt so einer wie Sie und mischt sich drein und will partout der Einzige sein."
„Nein! Nein, du Vieh, du Ludersvieh. Nicht der Einzige – sondern – ah."
„Sondern?"
„Gar keiner."
Die Weibsperson stand und schaute. Ihre wachen blanken Augen waren plötzlich starr. Sie drehte den Kopf und sah nach Annemarie zurück und dann wieder auf Léon und wieder zu Annemarie. Dann lachte sie plötzlich leise und beinahe bezähmt und sagte: „Das erklär mir mal, Kleiner!"
„Ich habe Ihnen nichts zu erklären", antwortete Léon ermattet. „Ihnen nicht."
„Ist da – ein Dritter im Spiel?"
Léon neigte den Kopf. Er dachte: Jetzt erst beginnt es. Jetzt erst beginnt der Wahnsinn seinen Tanz. Er sagte: „Ein Dritter. Ja. Ganz recht. *Ein Dritter* –"

„Ach so“, sagte die Person und zog sich einen Sessel heran. „Laß mich mal hören.“
„Ich sagte es schon“, wiederholte Léon, „daß ich Ihnen nichts zu erklären habe.“
„Na, nur mal sachte, ich bin ja kein Unmensch, ich lasse mit mir reden, und wenn sich vielleicht dieser Dritte erbötig macht, die Moneten zu blechen. Vielleicht ist er ein – vermögender Herr?“
Léon schwieg. Dann murmelte er: „*Vermögend!* Ja, das kann man wohl sagen.“
„Hm.“ Sie rückte auf ihrem Sessel. „Ich verstehe zwar nicht, was er dann an der Schneppe gefressen hat, denn gar so smart ist sie doch wirklich nicht. Na – ganz egal. Ist seine Sache. – Du hast also Annemarie für einen Dritten aus der Rue Mirbel übersiedelt.“
„Allerdings, Madame.“
„Das ist ja etwas anderes. *Wenn* es wahr ist –! Und dieser mysteriöse Herr – wird er zahlen?“
„Er wird Sie auszahlen. Darauf können Sie sich verlassen.“
„Sicher?“
„So wahr ich hier stehe, Madame.“
Die Weibsperson kniff die Lider zusammen. Sie war unsicher geworden. Der Mann, der vor ihr stand, sah nicht aus wie ein Lügner, nicht, als ob er löge. Eher, als wenn er daran wäre, den Verstand zu verlieren. Ihr war plötzlich, als sei sie unter Verrückte geraten, und ein Instinkt riet ihr, sich davonzumachen. „Noch etwas“, sagte sie und begann ihr schwarzes Jackett zuzuknöpfen. „Den Namen – den Namen dieses Herrn möchte ich kennen, dann –“
„Dann?“
„Dann würde ich unter Umständen –“, ihr Blick ging seitwärts zur Tür. Dann sprang sie auf. „Sie glauben wohl, ich habe nichts anderes zu tun – ich muß weiter. Den Namen also – dann geh ich für heute.“
Léon starrte ihr ins Gesicht. Jetzt wird alles zu Ende sein.
Da kam Annemarie aus ihrem Winkel hervor, ihr Gesicht hatte den weiß-kalten Schimmer nachtwandelnder Entrückung. Und sie sprach ein Wort –
Die Fremde zuckte zusammen. „Wie?“
Das Mädchen wiederholte, und diesmal schwang Triumph in ihrer Stimme –

„Nie gehört –"
Ein paar Sekunden blieb es still. Dann raffte die Fremde ihre Röcke zusammen, knitterte den Schuldschein in ihren Muff. „Mit dir", murmelte sie, „habe ich nichts zu schaffen. Der da –", sie streckte den Finger gegen Léon, „bleibt in meiner Schuld."

Elohim hast du genannt, Mädchen, den Namen der Namen, Elohim, Elohim, den Hohepriester und Propheten nur zitternd zu nennen wagten im Geheimnis des Heiligtums, Ihn, der von sich sagt: Ich bin, der Ich bin.
Elohim hast du genannt, Mädchen, Feuer des Himmels auf deinen Lippen. Und die Schlange entfloh.
Wer hat dich den Namen gelehrt, Mädchen, der die Schlange vertrieb, Lillith, die Feindin? Wer hat die Flammenzunge zu dir entsandt, zu dir, die nichts ist, der Abgrund, in den ich stürzte, damit ich zerschmettert werde auf seinem Grund? Aber siehe, das Unwissen hat Gewalt zu bannen, und der Verlorenheit ist Zeugnis verliehen, Zeugnis wider die Finsternis.

Als Léon nach Hause zurückkehrte, fand er ein Telegramm aus Périgueux. Tante Eugenie telegraphierte, den Vater habe der Schlag getroffen und er liege im Sterben.
Léon starrte eine Weile auf die Schrift, ehe er begriff. Dann drehte er sich um sich selbst, wie ein Mensch, der von allen Seiten bedroht ist. Nach einer Minute wirr durcheinander kreuzender Überlegungen riß er seine Reisetasche hervor, begann das Nächstliegende und Erstbeste hineinzustopfen, sprang zu seiner Hausfrau hinaus und rief ihr zu, daß er für einige Tage verreisen müsse. Dann nahm er einen Omnibus, fuhr in sein Amt und bat um Geld –
Der Inspektor zuckte die Achseln. „Mein lieber Bloy", sagte er, „Sie haben erst vor wenigen Tagen Vorschuß erhalten, ich finde es schon recht sonderbar, daß Sie heute schon wieder Geld verlangen. Ihre Leistungen haben nachgelassen. Man hat mir berichtet, daß Sie unverzeihliche Fehler begehen, und neulich, als ich unversehens bei Ihnen eintrat, haben Sie geschlafen."
„Es wird nicht wieder geschehen", stammelte Léon. „Doch sehen Sie nur dieses eine Mal – mein Vater . . ."
„Ach ja, Telegramme! Telegramme! Mein Freund, wenn alle Väter

stürben, deren nahes Abscheiden schon durch Telegramme angekündigt worden ist! Schicken Sie mir die amtliche Anzeige, dann werde ich eher geneigt sein zu glauben."
Léon fuhr zu Georges. Georges war wie immer bereit auszuhelfen. Doch zögerte auch er: „Hast du denn nichts mehr? Ich dachte doch, als du neulich – –"
„Nichts mehr, ich schwöre dir. Ich flehe dich an, in einer halben Stunde geht mein Zug."
Georges lieh, doch war es wenig: er hatte nicht mehr.
Léon versuchte Annemarie zu sprechen. Vergeblich. Er hinterließ ihr einen Zettel. ‚Mein armes Kind, ich muß fort. Schließe Dich ein. Laß niemand zu Dir. Niemand! Ich liebe Dich. Ich will nichts als Dich. O meine Schwester!'
Neun Stunden währte die qualvolle Fahrt bis Périgueux.
Als er ankam, hörte er, daß der Vater schwer darniederliege, doch daß er Zeichen gegeben habe, daß er die Seinen erkenne. Seine rechte Seite war gelähmt. Sprechen konnte er nicht. Weinend beschwor Tante Eugenie den Neffen, sich dem Vater noch fernzuhalten, er würde durch des Sohnes Erscheinen allzusehr erschreckt werden.
„Von allen seinen Söhnen hat er sich um dich die bittersten Sorgen gemacht. – Junge, Junge, was hast du ihm angetan!"
Das ganze Haus in der Rue Seguier war voll Menschen, die ganze Verwandtschaft versammelt, alle sieben Söhne, drei davon schon verheiratet, sie hatten ihre Frauen mitgebracht, Paul und Marc auch ihre Kinder. Obwohl alle bedrückt waren und nur murmelnd und flüsternd miteinander sprachen, schien es Léon doch, als sei er in eine Versammlung seliger Geister gekommen. Er hatte zwei seiner Schwägerinnen noch nie gesehen, brave kleine Frauen, die ihre Kinder auf dem Schoß hielten, sie fütterten, tätschelten und zur Ruhe ermahnten. Als sie dem noch unbekannten Schwager die Hand reichten, schlugen sie die Augen nieder, und eine errötete sogar, und dann schwiegen sie still und flüsterten nur mehr mit den Kindern und überließen ihren Männern das Gespräch mit Léon, als stünde es ihnen nicht zu, mit dem Fremden zu reden.
Gewiß waren sie alle, das konnte man ihnen ansehen, unberührt, weiß wie die Lämmer in die Ehe getreten.
Und ähnlich verhielt es sich mit den Brüdern. Sie hatten als Halb-

wüchsige vielleicht über die Stränge geschlagen. Jetzt waren sie ehrbare Männer geworden, deren ganzes Sinnen und Trachten auf die Familie gerichtet war, auf anständigen Verdienst, um diese zu ernähren, auf Ehre und Ansehen, um den Kindern einst ein unversehrtes Dasein zu gewährleisten. Und auch in den jüngeren Brüdern, die noch ledig waren, begann diese Gesinnung auszureifen: wie Léon einen nach dem anderen betrachtete, wurde es ihm klarer und klarer: nur er war wie ein nackter Schiffbrüchiger - noch bedeckt mit dem Schaum des Unterganges – vor den ahnungslosen Bewohnern eines sicheren Tales aufgetaucht. Verrieten es ihm nicht ihre Blicke: Sie witterten an ihm den Geruch einer geächteten Welt. Er stand auf und verließ die Gesellschaft.

Im ersten Stock war das Zimmer des Vaters.

Tante Eugenie folgte Léon.

„Bleib!" flüsterte sie ihm zu, als sie den Vorraum betraten. „Er darf dich nicht sehen!"

Sie schlug die Portiere zurück: dahinter wurde das Fußende des Bettes sichtbar. Dort saß auch die Mutter, tief gebückt, den grauhaarigen Kopf in die Hände vergraben.

Léon lehnte an der Wand. Sein Herz schlug schwer.

„Ist etwas gewesen?" hörte er Tante Eugenie flüstern.

Die Mutter machte eine Geste der Verneinung.

„Aber er liegt schlecht", fuhr Tante Eugenie fort. „Siehst du denn nicht, daß er ganz zur Seite hängt?!"

Die Mutter erhob sich, schwerfällig, wie Léon sie noch nie gesehen. Sie war in den letzten Jahren ganz unförmig geworden.

„Hilf mir – so kann er nicht bleiben. Ach, Marie!"

Léon hörte die Mutter ächzen.

Die beiden Frauen mühten sich, den schweren Körper des Gelähmten im Laken ein Stück zurückzurollen.

Léon lauschte mit angehaltenem Atem. Daß sich der Vater die Prozedur, ohne einen Laut von sich zu geben, gefallen ließ –? Konnte er denn wirklich kein Wort sprechen?

Da wimmerte es.

Léon zuckte zusammen. Unwillkürlich hielt er sich die Ohren zu. Dann ließ sich wieder Tante Eugenies scharfe Flüsterstimme vernehmen. (Sie sprach mit der Mutter wie mit einem Menschen, der nicht mehr ganz bei Verstand ist.) „In einer halben Stunde ist das

Essen fertig, dann komme ich wieder herauf. Du mußt Obacht geben, Marie, hörst du? Wenn du etwas bemerkst, mußt du mich rufen. Du darfst nicht wieder einschlafen, Marie! – Ach, es ist ein Jammer, wenn einer alles tun und für alle denken soll."

Léon weigerte sich, den Vorraum zu verlassen. Mit Gesten erklärte er der Tante, daß er sich vollkommen ruhig verhalten werde. Später rückte er sich einen Stuhl ans Fenster. Ein Buch auf den Knien, die Tinte auf dem Fensterbrett – so begann er zu schreiben.

‚Hochwürdigster Herr Abbé de Moidrey!

Wenn Sie diesen Brief erhalten, wird mein Werk vollendet sein, und der arme Mensch, an dessen Tod ich Schuld trage, wird ausgelitten haben. Im Nebenzimmer, von mir durch nichts als eine Mauer und einen Fetzen Vorhang getrennt, quält er sich dem Ende entgegen. Der Mann, der dort stirbt, ist mein Vater ...

Es ist zwei Uhr morgens. Da sitze ich und warte. Die alte Frau, die die Nachtwache hält, hat mich beschworen, mich fernzuhalten, und wahrlich: wie wagte ich den Augen des Sterbenden zu begegnen? Ich bin sein Mörder.

In meinem Herzen ist nichts als Verwirrung und unbestimmte Furcht vor dem, was kommen wird. Ich weiß: es wird noch heute geschehen. Und es wird unerträglich sein, grausam ... Dennoch: Ich bin unbewegt. Unmöglich zu beten, unmöglich zu weinen, alles unmöglich. Alles, was ich vermag, ist, diese zitternden Zeilen zu Papier zu bringen.

Meine einzige Gewißheit, daß dieser Todeskampf mein Werk, meine Schuld ist, die Schuld eines Verdammten, den eine unbegreifliche Schickung dazu verurteilte, sie auf sich zu laden.

Ehrwürdiger Vater, Sie wissen, daß ich einstmals in meiner Jugend das Messer gegen einen Menschen erhoben habe. Ich wollte töten –. Nun habe ich getötet, aber viel grausamer, viel schrecklicher als durch Hieb und Stoß. Ich habe meinen Vater mit dem Strick würgender Sorgen erdrosselt.

Sie haben mich gesehen – so manches Mal, wie ich zu Ihnen kam. Elend gekleidet, in einem zerlöcherten Hut, von allem entblößt – mit Ausnahme vielleicht der einen rasenden Hoffnung, einer Hoffnung wider alle Voraussicht, wider alle Vernunft, der einzigen Kraft, die *den* vorwärtstreibt, der sich in das dämonische Getümmel einer solchen Existenz gestürzt hat, wie die meine ist: Sie wissen, hochwürdiger Abbé, ich habe dem Anspruch nie zu entsagen vermocht, der Kunst zu leben.

Dieser Anspruch war es, der meinen Vater mit Entsetzen erfüllte, diese Existenz, die ihm schmachvoll erschien. In seiner Gesellschaftsordnung rangierte der Künstler gleich neben dem Bettler, und er mag es geahnt und erraten haben, daß sein Sohn nur allzuoft sein Dasein mehr durch Betteln als von den Früchten seiner Kunst gefristet hat.

Ja, es ist wahr. Ich war jahrelang einer jener zehntausend Kostgänger der Pariser Hungersnot, welche sich vom Wegwurf der Reichen ernähren, die ihr Brot mit den Düften würzen, die fremden Kochtöpfen entsteigen. Ach, dieser armen Herde ist noch kein Xenophon entstanden ...

Doch tiefer noch – womöglich – war die Wunde, die ich meinem Vater durch meine Konversion zufügte.

Wenn ich auch nicht wage zu sagen, daß er Gott gehaßt hat: die Kirche haßte er, haßte sie seit seiner Kindheit, ich weiß nicht warum.

Vielmehr: Ich weiß es nur zu genau.

Er haßte sie aus Angst vor der Wahrheit, die sie verwaltet.

Diese Wahrheit, die doch herrlicher und schrecklicher ist als alles auf der Welt, war ihm unerträglich: unerträglich der Gedanke an einen allmächtigen und ewigen Gott, unerträglich der Gedanke, daß die Seele des Menschen unsterblich ist.

So zog er sich in seinen Unglauben zurück, wie sich ein armer rebellischer Krautjunker vor der Verfolgung durch seinen rechtmäßigen Fürsten in seine armselige Burg zurückzieht, sich darin verschanzt, die Tore verrammelt, die Zinnen bestückt und nun hofft, in der traurigen Zitadelle für immer unangreifbar und Herr seiner selbst zu bleiben.

Es mußte ihm wie Felonie erscheinen, daß einer seiner Söhne zu Jenem überging, sich Jenem zu Füßen warf und Ihm seine Dienste anbot.

Schande habe ich über meinen Vater gebracht und Felonie an ihm begangen. So habe ich ihn getötet.

Denn er liebte mich, er liebte mich – trotz allem, und er hat mich, trotz allem, nicht ganz verflucht.

Das ist die Rechnung, die ich heute, neben seinem Sterbebett in einem dunklen Winkel verborgen, meiner Sohnesliebe und Kindespflicht aufzustellen habe.

Nicht genug damit, nicht genug!
Da ist noch etwas, wovon er nichts ahnt (oder doch?), wovon ich zu niemand gesprochen, was ich sogar vor meinen nächsten Freunden verschwiegen und mit Sorgfalt verborgen habe. Nur Sie, mein Herr Abbé, nur Sie kennen meine äußerste, tiefste Not.
Ich habe Ihnen das Mädchen geschickt, Sie erinnern sich doch? Sie haben sie aufgenommen und ihrer Reue die Absolution gewährt und das Wort des Erlösers zu ihr gesprochen: Geh hin und sündige nicht mehr.
Dieses Wort müßte die Kraft haben, alle Dämonen zu bannen – Aber: Hochwürdiger Abbé, wir haben uns geliebt. Und wir lieben uns noch und, wie mir scheint, mit jedem Tag mehr. Mein ganzes Wesen verlangt nach nichts anderem, als sie zu besitzen und mich für ewig an sie hinzugeben. Kann es auf andere Weise geschehen, als daß ich sie zu meiner rechtmäßigen Frau mache ...'
Léon ließ die Feder sinken. Da stand das Wort, und es war ein fürchterliches Wort, und ihm war, als hätte er sich damit etwas wie ein Todesurteil geschrieben. Carrefour de l'Observatoire, Rue Mirbel 8 – der dicke Mann, der immer barfuß ging, die ‚ehrbar' gewordene Dirne ... Adieu, George Landry, adieu, Barbey, ihr seht mich nie mehr wieder, und wenn wir uns einmal begegnen sollten und ihr hättet die Barmherzigkeit und den Großmut mich anzusprechen: Sieh da, Léon Bloy, haben wir uns nicht gekannt? so werde ich antworten: Léon Bloy ist tot, Sie müssen sich irren, ich bin es nicht ...
Mutter, Brüder, Verwandte, nichts mehr wird euch daran erinnern, daß es mich gab. Und wenn jemand auf den Gedanken kommen sollte, euch nach mir zu fragen, werdet ihr verstummen. Oder Bruder Paul wird, wie einst der Vater, mit der Faust auf den Tisch schlagen: In unserem Hause spricht man nicht von ihm ...
Nie mehr werde ich meinen Namen unter eine Dichtung setzen. Ihn nie, nie, nie auf einem Buch gedruckt sehen. Niemals wird er in einer Zeitung, und wäre es nur das allerarmseligste Blatt, erscheinen. Nie wird jemand erfahren, was ich bin oder hätte werden können.
Zieh die Schuhe aus, Léon Bloy, und geh auf bloßen Sohlen. Tritt mit bloßen Sohlen in den Dornbusch der Schande.
Aber da weckte ihn ein Geräusch von nebenan. Die Feder entfiel seiner Hand. Er lauschte.

Tante Eugenie hatte die Nachtwache übernommen. War sie eingeschlafen? Auch sie?
Léon erhob sich aus seinem Stuhl, in dem er viele Stunden gesessen, er war steif und ihn schmerzten Kreuz und Beine. Doch so leise er vermochte, auf Zehenspitzen, trat er drüben bei seinem Vater ein.
Es war, wie er vermutet hatte, Tante Eugenie war auf dem kleinen Sofa am Fußende des Krankenbettes eingenickt. Ihr grauer zerraufter Kopf lag neben dem Nachtlicht auf der Kante des Tisches.
Drüben im Halbdunkel zeichnete sich die Gestalt des Vaters unter der Decke ab.
Léon blieb stehen. Ihm stockte der Atem. War der Vater bei sich?
Dann tat er einen Schritt, einen zweiten und dritten, und jetzt gewahrte er: Die Augen des Vaters standen offen.
Jean-Baptiste hatte den Blick herübergewendet, dieser Blick begegnet dem des Sohnes.
Er konnte nicht sprechen, seine Zunge war gelähmt, seine Hände gehorchten ihm nicht mehr.
Aber der Blick, mit dem er den Sohn betrachtete, sprach.
Er kam von weither, aus der Tiefe des Daseins, aus der Tiefe der Zeiten: Adams Blick, des Mannes, der das Paradies verscherzt hatte, Abrahams Blick, der seinen eingeborenen Sohn zur Opferstätte führte, Noahs Blick, der den ungetreuen Cham verfluchte. Das Dunkel der Welt war in diesem Blick, die Einsamkeit leerer Horizonte, die bittere Dürre der Wüste und die schreckliche Wachheit, in der des Menschen Geist verurteilt ist, seine immerwährende Einsamkeit zu ermessen.
Vater, dachte Léon, aber sein Mund blieb stumm, so stumm wie jener und so, als wäre es unmöglich, mit welchem Wort auch immer durch das Schweigen zu dringen, das sein Leben von diesem schied, Abgrund, Abgrund.

Als Léon nach Paris zurückkehrte, hatte er wieder einmal den Entschluß gefaßt, sich von Annemarie loszureißen, und der einzige Ort, auf den zu flüchten ihm möglich schien, war das Kloster La Grande Trappe de Soligny. Es war nicht das erstemal, daß er eine solche Niederlassung aufsuchte. Schon zwei Jahre zuvor hatte er in einer Karthause Zuflucht gesucht. Damals war es Winter gewesen, und die Erinnerungen an das tief verschneite Hochtal, an die wunderbare Stille und Abgeschiedenheit des Klosters, an die Berge ringsum, an deren weißschimmernde Wangen sich die Wange des Himmels zu lehnen schien, an die einsamen Wege im blaufunkelnden Mittagslicht und die nächtlichen Gottesdienste in der uralten Kirche waren ihm süß, und er erhoffte sich von einem neuen Aufenthalt an einem ähnlichen Ort Herstellung und Heilung seiner durch das Verhältnis zu Annemarie zerrütteten Existenz.

Nach dem Tode seines Vaters hatte er das Mädchen veranlaßt, aus der Rue Huchette auszuziehen und in die Rue Fourneaux zu übersiedeln. Annemarie hatte hier ein Zimmer, das, im Erdgeschoß gelegen, auf die Gasse sah. Léon hatte es sich vorgenommen, ihre Wohnung nicht mehr oder doch nur selten zu betreten. Er schrieb ihr täglich und täglich nahm er den Weg an ihrem Fenster vorbei. Sie wartete auf ihn. Hinter einem Vorhang verborgen, spähte sie nach dem Schatten aus; sobald er auftauchte, öffnete sie das Fenster und lehnte sich zu ihm hinaus. Sie reichten einander die Hände, wechselten ein paar Worte, vereinbarten das nächste Wiedersehen. Er gab ihr Geld, damit sie ihre Miete bezahlen und Essen kaufen konnte. Seit dem Frühjahr ging sie nicht mehr in ihre Schneiderei. Ihre Augen waren entzündet und tränten, sobald sie sie anstrengte.

Damit Annemarie nicht den ganzen Tag allein verbringen mußte, hatte ihr Léon zwei Kätzchen mitgebracht, an deren Spielen und Possen sich das Mädchen erheitern konnte. Sie nahm die kleinen Tiere liebevoll auf. Stundenlang ergötzte sie sich daran, wie sie einen Wollknäuel über den Estrich rollten.

Sehr häufig trafen sich die Liebenden in der Kirche. Da war die hinter dem Hauptaltar gelegene Marienkapelle in Saint Sulpice, in der an jedem Morgen eine Messe gelesen wurde. Léon forderte das Mädchen auf, dahin zu kommen. Sie nahmen sich vor, einander nicht zu sprechen, ehe sie die Messe gehört hatten. Meist war Annemarie schon da, wenn er eintraf. Oder sie wartete in einem Torbogen des Boulevard Saint Germain, bis er vorüberkam. Dann folgte sie ihm, so wie sie ihm in der Adventszeit gefolgt war. In der Kirche nahmen sie auf verschiedenen Seiten Platz. Dann und wann trafen sie sich an der Kommunionbank.

Haben sie empfangen, wagen sie es, miteinander fortzugehen. Léon fleht Annemarie an, nicht den Mut zu verlieren. Manchmal ist er, wenn er sie verlassen hat, von einer schrecklichen Unruhe erfüllt. Er stellt sich vor, wie sie den ganzen Tag verbringt: untätig, in ihre vier Wände eingeschlossen, von allem getrennt, was ihr Leben bis dahin ausgefüllt hat. Ihre alten Kleider haben sie ins Pfandhaus getragen, nur zwei oder drei schlechte Kittel behalten, ihren Putz weggeworfen. Was soll sie nur anfangen, wenn ihr die Stunden unerträglich lang werden? Sie hat früher viele Stunden vor dem Spiegel vertändelt. Jetzt hat sie keinen Spiegel mehr. Lesen? Léon kann sich nicht vorstellen, welcher Art die Bücher sein sollten, die sie verstünde. Auch hat sie kaum lesen gelernt, und ihre Augen verbieten ihr, sie an kleinen Lettern zu versuchen. So leitet Léon sie an zu schreiben. Aus seinem Amt nimmt er verdorbenes Konzeptpapier mit und malt ihr das Alphabet in großen Buchstaben vor. Sie übt es ein. Sie beginnt ihm auch Briefe zu schreiben, schrecklich gesudelte Zettel in haarsträubender Orthographie. Sie schreibt, wie sie spricht, halbe Worte, halbe Sätze sind unterschlagen. Ohne Satzzeichen gehen die Perioden ineinander über. Dennoch ist jeder ihrer Briefe Léon ein unendlich teures Zeichen, Zeichen ihrer Liebe, Zeichen, daß ihr Geist, der so lange in den Verliesen der Niedrigkeit geschlafen hat, aufgewacht ist und sich – wenn auch noch traumbefangen – regt.

Léon hat bemerkt, daß alles, was Annemarie in ihrer Kindheit an religiöser Unterweisung erfahren hat, sehr rasch neu in ihr erwacht ist. Wenn Léon nun versucht, ihre Vorstellungen zu ergänzen, sie zu erweitern, überrascht sie ihn durch seltsame und, wie ihm scheint, tief eindringende Fragen. Weil sie von Geschichte nicht den geringsten Begriff hat, sind ihr die Erzählungen der Bibel der Inbegriff allen erzählbaren Geschehens. Und weil ihr Herz voll Zärtlichkeit ist, ist es auch erfinderisch, dem Geliebten dort entgegenzukommen, wo er Verzicht von ihr verlangt.

Dem Mann gelang es in jenen Jahren immer wieder, eine seiner literarischen Arbeiten in einer Zeitung unterzubringen. Er hatte auch eine größere Abhandlung über Marie-Antoinette geschrieben. Sie war nie im Druck erschienen, doch einige Freunde hatten sie gelesen und gelobt. Barbey d'Aurevilly hatte sie zwar zu düster, zu schwer, zu eintönig gefunden, doch offenkundig trotzdem auf sie hingewiesen. Barbeys Beziehungen reichten weit, und so erhielt Léon eines Tages einen Brief.

In diesem Brief wurde ihm der Antrag gemacht, die Leitung einer katholischen Zeitung in Nordamerika zu übernehmen.

Freilich, fügte der Schreiber hinzu, die Zeitung bestehe noch nicht und es seien da vielerlei Hindernisse zu überwinden.
Trotzdem war Léon überglücklich.
Endlich öffnete sich ihm eine Aussicht . . .
Der Schreiber des Briefes befand sich zur Zeit in Frankreich und reiste hier von Diözese zu Diözese, um für das Unternehmen Geld aufzutreiben. Er versprach Léon, nach Soligny zu kommen. Dort könne dann Weiteres besprochen werden.
(Schon hier mag vermerkt werden, daß sich der Plan zerschlug und daß sich keine der auf ihn gesetzten Hoffnungen verwirklichte.)

Léon an Annemarie.

Paris, im Juli 1877, Donnerstag

Meine liebe kleine Schwester,
ich will nicht bis morgen warten, um Dich wiederzusehen. Es wäre mir übrigens auch unmöglich.
Ich werde heute abend zwischen halb elf und elf unter Deinem Fenster vorübergehen.
Ich bringe Dir auch etwas zu essen.
Du siehst, mein Liebling, ich halte, was ich verspreche.

Meine liebe Annemarie! *Paris, Sonntag morgen*
Ich habe eben gebeichtet, Gott sei Dank. Es hat mich gekostet . . .
Aber endlich habe ich das Glück gehabt, die Lossprechung zu erhalten, und ich leide nicht mehr.
Ich schreibe Dir, um Dich zu bitten, heute abend halb acht nach Saint-Sulpice zu kommen.
Ich werde Dich so wie das letzte Mal erwarten. Ich schlage Dir diese Zusammenkunft vor, weil mir ausdrücklich verboten ist, zu Dir zu kommen. Ich habe versprochen zu gehorchen, und ich hoffe, daß es diesmal ernst damit wird.
Ich bitte Dich, diese Zusammenkunft nicht zu versäumen. Es würde mir großen Kummer bereiten.

Paris, 7. Juli

Ich flehe Dich an, liebes Kind, fasse Mut. Es hat mich heute morgen unsagbar betrübt, Dich weinen zu sehen. Ich muß eine Weile verreisen. Hab Vertrauen zu mir. In der Welt wartet eine schöne Zukunft auf mich. Ich würde sie gerne zum Opfer bringen, damit

Du gerettet wirst. Heute abend werde ich nach meinem Amt nach Notre-Dame de Victoire gehen und unsere Liebe Frau vom Siege bitten, Dir ihre Hilfe zu gewähren. Ich werde ihr Deinetwegen meine Tränen, mein Herz, mein Glück, ja sogar mein Leben anbieten, wenn sie es annehmen will. Ich versichere Dir, meine Vielgeliebte, daß Dich diese Mutter nicht verlassen wird und Dir Frieden und Mut schenken wird, wenn Du sie aus ganzem Herzen darum bittest.

Auf morgen früh denn, liebe kleine Schwester. Aber verlange nicht, daß ich bei Dir eintrete. Ich kann es nicht ertragen, Dich schwach zu wissen.

Paris, 12. Juli, Mittwoch

Da ich Dich vor morgen nicht sehen kann, will ich Dir wenigstens schreiben. Ich habe Sorgen um Dich, mein armes kleines Mädchen, es beunruhigt mich sehr, daß Du Dich schlecht fühlst. Wenn sich Dein Zustand nicht bessert, werde ich alle Vorsicht hintansetzen und Dir meinen Arzt schicken. Du mußt mir morgen sagen, ob es Dir nicht doch schon besser geht.

Wann ich meine Reise antrete, kann ich noch nicht sagen.

Du hast wohl nicht vergessen, daß wir morgen früh gemeinsam kommunizieren wollen. Gegen sechs werde ich Dich abholen. Vergiß nicht, was ich Dir empfohlen habe, und bereite Dich so gut vor, als du nur kannst. Ich werde darüber so glücklich sein, meine liebe Schwester, und es wird auch für Dich süß und tröstlich sein.

Ich wollte, es wäre schon morgen. Ich versichere Dir, daß ich gestern abend sehr zu kämpfen hatte, um den Wunsch zu überwinden, unter Dein Fenster zu kommen. Hör gut zu: Morgen abend werde ich Dich für diese zwei Tage des Fernseins entschädigen. Ich werde den Abend bei Dir verbringen. Da wir am Morgen den lieben Gott empfangen haben werden, bin ich sicher, daß wir tapfer sein und daß wir ruhig miteinander werden reden können wie Bruder und Schwester.

Ich bitte Dich, vergiß nicht, daß Du nach Mitternacht *nichts* mehr zu Dir nehmen darfst.

Paris, am 13. Sept.

Alles war vergeblich, und wir waren schwächer als unsere Vorsätze. So kann es nicht weitergehen. Ich habe recht gehabt: Jetzt müssen wir teuer bezahlen, was wir getan haben. Wir werden einander

nicht mehr sehen können, außer um in die Kirche zu gehen. Ich fühle, daß das nötig ist.
Du wirst mich verstehen, Annemarie, falls Du mich wirklich liebst, das heißt, falls Du mich um meiner selbst willen liebst.

Meine liebe Kleine, *Laigle, am 22. Sept.*
ich schreibe Dir in Eile. Ich bin in Laigle, einer kleinen Stadt, einige Kilometer von dem Kloster entfernt, wo ich heute abend ankommen werde. Hier soll ich den Mann erwarten, der meine und Deine Zukunft entscheiden wird. Verliere nicht den Mut. Es dauert nicht lange, dann kehre ich zurück, längstens Dienstag, den 2. Oktober. Ich umarme Dich aus ganzem Herzen. L. B.
Bete für mich und besonders für meinen Vater!
Sprich nicht mit Deiner Nachbarin über mich, es würde mich kränken.

Laigle, Montag abends

Meine liebe Annemarie!
Ich habe Dich getäuscht. Ich habe Dir nicht gesagt, wohin ich reise, weil ich Angst vor Dir habe.
Aber es wäre mir ganz unmöglich gewesen, weiter in Paris zu bleiben. Meine Lage ist unhaltbar geworden. Ich wollte Dich nicht durch die Schilderung meiner Umstände in Verzweiflung bringen. Ich habe überall Schulden. (Du weißt, wo sie herrühren.) Ich werde von allen Seiten verfolgt. Ich konnte keinen Schritt mehr tun, ohne mich den ärgsten Beschimpfungen auszusetzen. Es ist kaum mehr ein Geschäft in meinem Viertel, in dem ich nichts schuldig wäre. Meine Miete habe ich seit Juni nicht mehr bezahlt. Es ist alles so grauenhaft, daß ich es nicht mehr ertragen konnte. Ich habe keinerlei Hoffnung mehr auf Hilfe – es sei denn auf diesen Reiseplan. Das ist mein letzter Rettungsanker. Wenn der Betreffende kommt (bete zu Gott, ich flehe Dich an, daß er komme!), wird er mir doch, so glaube ich fest, Geld bringen. Bete für mich – bete viel zum heiligen Joseph, geh in die Kirche unserer Lieben Frau vom Siege, dort habe ich ihren Schutz immer am lebhaftesten gefühlt. Wenn wir erhört werden, siehst Du mich bald wieder. Daß ich Dich sehr lieb habe, weißt Du wohl. Ich habe alles für Dich getan, was ein armer Mann zu tun imstande ist. Meine Seele ist entsetzlich krank und traurig.
Unternimm keine Schritte, die mir schaden könnten. Geh nicht

zu meinen Freunden. Du weißt, sie dürfen nichts wissen. Geh sparsam mit dem bißchen Geld um, das ich Dir gelassen habe.
Ich rechne sehr auf Dich. Das größte Zeichen der Liebe, das Du mir geben kannst, ist, wenn Du zum heiligen Joseph betest. Geh beichten, um besser beten zu können.
Mein Liebling, ich mache Dich sehr unglücklich, aber wenn Du wüßtest, wie sehr ich leide, hättest Du großes Mitleid mit Deinem Léon.
Ich sage Dir auf Wiedersehen. Ein paar Tage sind bald vorbei, wenn man auf Gott vertraut.
Ich umarme Dich von ganzem Herzen. Dein Léon

Freitag, den
(Datum unleserlich)

Meine liebe Kleine, meine Vielgeliebte!
Ich will Dich nicht länger ohne Nachricht lassen. Ich habe eben einen Brief erhalten, der mir Mut gibt. Ich werde unter den günstigsten Umständen zurückkommen, und all unser Jammer wird beendet sein.
Ich versichere Dir, ich liebe Dich mehr denn je. Gewiß hast Du viel geweint, als Du meinen letzten Brief erhieltest, aber ich habe mich nicht getraut, Dir die Wahrheit zu sagen, ehe ich fortging. Ich hatte Angst, Deinen Kummer zu sehen, meinem Entschluß untreu zu werden. Ich sah voraus, daß ich Deinen flehentlichen Bitten zu bleiben nicht widerstehen könnte. Und dabei mußte ich ja unbedingt fort – wie ich Dir schon sagte: es war ganz unmöglich zu bleiben. So habe ich Dich schweren Herzens verlassen, habe meine Amtsniederlegung mit der Post eingeschickt.
Ja, es ist wahr, was Du vermutest, ich habe meine Stellung aufgegeben. Jetzt kann mir nur noch Gott helfen. Diese Angelegenheit mit Quebec muß gelingen! Ich bitte Dich, bete für mich. Ich mache im Augenblick eine Novene – habe damit vorgestern, Mittwoch, begonnen. Vereinige Dich mit mir in einer gleichen Novene. Hilf mir, mein Liebling, meine liebe, teure, einzige Schwester, hör mich an: Es ist ja Deinetwegen, aus Liebe zu Dir, daß ich in diese Lage gekommen bin. Du würdest es sehr an Großmut fehlen lassen, wenn Du Dich jetzt der Mutlosigkeit hingeben würdest.
Ich bin schrecklich besorgt um Dich. Ich fürchte, daß Du Not leidest. Dieser Gedanke bereitet mir Qualen.

Wenn Du mich liebst, tu, was ich Dir sage: Ich kann nur dann nach Paris zurückkommen, wenn der Herr, von dem ich Dir gesprochen habe und der mich nach Amerika mitnehmen will, mich ruft. Das will also heißen, daß Du mich nur mit einer hübschen Stange Geld wiedersehen wirst. Darum verkaufe meine Sachen – du wirst wenigstens ein Dutzend Franc dafür bekommen, die es Dir ermöglichen werden, eine Weile davon zu leben. Du begreifst wohl, daß der Verlust nicht groß für mich sein wird. Sobald ich Geld habe, wird es mir ein leichtes sein, mich neu zu kleiden.
Alles, was ich habe, gehört Dir, Du weißt es, ich habe es Dir längst gegeben.
Ich bin hier nicht allzu unglücklich. Die Patres haben mich gütig aufgenommen. Sorge Dich nicht um mich, ich habe alles, was ich brauche. Ich habe eine Wäscherin gefunden und kann meine drei Hemden bei ihr waschen lassen, so kann ich immer sauber sein.
Nur das Einzige ist mir nötig, Deine Gebete! Vereinige Dich mit mir in meiner Novene.
Der liebe Gott hilft mir, Geduld zu haben, und ich versichere Dir, daß mir in geistlicher Hinsicht diese Einkehr sehr nötig war.
Ich schicke Dir in diesem Brief einen vollständig vorbereiteten Briefumschlag. Darin findest Du eine Drei-Sous-Marke, um den Brief zu frankieren. Seit dem Ersten des Monats kosten Briefe in die Provinz nur mehr drei Sous. Ich hätte diese Marke auf den Briefumschlag geklebt, wenn ich Klebstoff hätte. Klebe sie nun selbst sorgfältig auf, damit ich kein Strafporto zu zahlen habe.
Schreibe mir, wie Du kannst und so bald wie möglich. Ich habe es ungeheuer nötig, Nachricht von Dir zu bekommen. *Verheimliche mir nichts, ich bitte Dich!* Du erhältst diesen Brief morgen, Samstag. Wenn Du mir am gleichen Tag schreibst, kann ich Deine Antwort Sonntag früh erhalten. Ich hole sie von der Post in Laigle.
Gott gebe, daß Deine Nachricht beruhigend ist.
Und nun – auf bald! Ich liebe Dich aus ganzem Herzen und umarme Dich mit ganzer Kraft.
Nochmals: Verkaufe meine Sachen, ohne jedwede Skrupel.

Grande Trappe, am 15. Oktober

Meine kleine Marie, meine Vielgeliebte!
Vor allem umarme ich Dich von ganzem Herzen, um Dir für das

Glück zu danken, das mir Dein Brief gebracht hat. Ich hatte ihn mit großem Bangen erwartet. Ich fürchtete, Dich in Verzweiflung gestürzt zu haben. Und nun schreibst Du mir wie eine gute mutige Christin, die ihr Vertrauen in Gott setzt und sich Seinem heiligen Willen ergibt. Du schreibst, Du willst es lernen, Gott zu lieben, wie ich Ihn liebe. O mein Kind, ich küsse Dich für dieses Wort. Du hast mir damit mehr geschenkt, als Du weißt.

Noch habe ich keine Nachricht, wann Puyjalon kommt. Aber was macht es aus? Da ich diesen Deinen Brief habe, kann mich keine Enttäuschung mehr entmutigen.

Du bist meine größte Sorge, meine arme Kleine. Ich verbringe täglich mehrere Stunden in einer kleinen Kapelle, und diese ganze Zeit verbringe ich auf den Knien im Gebet für Dich. Nach Gott gehören alle meine Gedanken, jeder Schlag meines Herzens Dir. Heute, da mein Vater tot, meine Brüder in alle Welt zerstreut sind und meine arme Mutter sich kaum mehr meiner erinnern kann, bin ich allein auf der Welt und habe nur Dich.

Ach, meine liebe Marie, meine kleine Véronique, seitdem ich hier bin, fühle ich erst, wie sehr ich Dich liebe. Ich kann Dich nicht entbehren. Du bist mein Werk, meine Eroberung, das einzige gute Werk meines Lebens. Es ist wahr, ich habe viel Böses getan und mein Leben verpfuscht. Aber Gott, der in die Tiefe der Herzen blickt und meine Schwachheit kennt, weiß auch, wie aufrichtig ich für ihn arbeiten wollte und daß ich mich Ihm ganz zum Opfer gebracht habe.

Der Brief des Herrn Puyjalon kann jeden Augenblick kommen. Vielleicht erhalte ich ihn schon heute. Was Deine Miete betrifft, bitte die Frau, noch ein wenig Geduld zu haben.

Du sagst mir in Deinem Brief, daß Du noch nicht den Mut gefunden hast, meine Kleider zu verkaufen. Tu es doch, ich bitte Dich.

Was ist das für eine Prophezeiung, von der Dir der gute Abbé Tardif gesprochen hat? Du mußt mir unbedingt davon schreiben!

Inzwischen sei versichert, daß niemand einen Menschen so sehr geliebt hat, wie ich Dich liebe. Das Herz brennt mir in der Brust, und ich weine vor Zärtlichkeit, wenn ich an Dich denke.

L. B.

Mit den Prophezeiungen, auf die Abbé Tardif hinwies, hatte es folgende Bewandtnis:
Am Samstag, dem 19. September 1846, hatten zwei savoyardische Hirtenkinder, Maxime Giraud und Melanie Mathieu, eine Erscheinung auf dem Berge La Salette.
Bei ihrer Herde sitzend, sahen sie eine Frau vom Himmel steigen. Sie näherte sich und sprach zu ihnen.
Nachdem sie verschwunden war, liefen die Kinder in ihr Dorf und erzählten, was ihnen widerfahren war.
Wie ein Lauffeuer verbreitete sich die Nachricht von der wunderbaren Dame in der Gegend.
Die Kinder sagten: Die Dame habe ihnen eine Botschaft aufgetragen, und diese Botschaft solle der ganzen Christenheit verkündet werden. Von *einem* Geheimnis aber, habe die Dame gesagt, dürften sie niemandem als dem Papst selbst Kunde geben.
In der Botschaft der Dame war davon die Rede, daß Gottes Geduld erschöpft sei und daß auch ihre, der Gottesmutter flehentliche Gebete Seinen rächenden Arm nicht mehr aufhalten könnten.
Die Kinder blieben dabei: Das letzte und größte Geheimnis wollten sie nicht preisgeben, es sei denn, man führte sie nach Rom.
Das Ereignis bewegte das ganze gläubige Volk von Frankreich. Den Kindern wurde Gelegenheit gegeben, die Botschaft, die sie empfangen hatten, an die Kurie zu bringen.
Die Kurie weigerte sich, sie zu veröffentlichen.
Am Berg La Salette wurde eine Kirche zu Ehren der Mutter Gottes erbaut und der Ort der Verehrung empfohlen.
Die Kinder wurden der Obhut der Geistlichkeit übergeben. Aber der Knabe enttäuschte alle in ihn gesetzten Erwartungen, er entzog sich seinen Erziehern, verfiel einem ungeordneten Wandel und starb 1875 nach einem ziellosen Leben.
Das Mädchen Melanie wanderte von Kloster zu Kloster, trat immer wieder mit wirren Weissagungen hervor, versetzte alle ihre Oberen in Verlegenheit und mußte schließlich fast wie eine Geisteskranke verwahrt und behandelt werden.
Indessen erschien ein Buch eines gewissen Henri Laserre über die Erscheinung der Jungfrau in Lourdes. Das Buch hatte einen ungeheuren Erfolg. Abbé Tardif de Moidrey, ein Verehrer des Geheim-

nisses von La Salette, wünschte und hoffte, einen Schriftsteller zu finden, der ein ähnliches Buch über das Wunder von La Salette schreiben wollte.
Léon Bloy erbot sich, es zu tun.

September 1879
Wir wandern nach La Salette, auf den Berg der Erscheinung. Es regnet, es regnet.
Seit gestern nachmittag sind wir unterwegs. Zwölf Stunden Bahnfahrt. Der Morgen fand uns, durch Schluchten eingeschleust, in felsiger Wildnis, im Schlund eines Tales, zu dem von allen Seiten braune Gießbäche niederstürzen. Ein winziges Felsnest klammert sich, von steilen Gassen durchfurcht, mit krummen schiefen Hütten und einem System von Stützmauern in eine Bergfalte. Von hier führt der Weg aufwärts, der Weg nach La Salette.
Vor mir geht Véronique, in meinen alten Imperméable gehüllt, eine schwarze Kapuze über das Haar gezogen, zusammengekrümmt und unter Regenböen erschauernd.
Der Pfad ist steil, mit Steinplatten bedeckt, ein Hohlweg, in ein Bachbett verwandelt. Braunschäumend blasig springt uns das Wasser entgegen, es spült das alte Vorjahrlaub mit sich, Tannennadeln, Sand und Schlamm. Da und dort ist ein Stück Hang abgerutscht, verlegt mit lehmigen Schollen den Weg.
Immer geht es aufwärts, aufwärts durch buschige Hänge, dann und wann durch ein Tor schwarzlaubiger Buchen in eine Art erzfarbener Finsternis.
Nun bleiben die Buchen zurück, die Fichten, die Tannen. Die Wegspur beißt sich, in engen Serpentinen hin und her zuckend, einen endlos scheinenden schwindelnd steilen Hang empor. Hier kann kein Baum mehr wurzeln, hier kriecht nur schwarzes Krüppelholz, rauh und borstig, wie eine Herde geduckter Krieger dahin: die zähe Nachhut des Waldes, die diesem den Rücken deckt, wenn er dem Ungestüm der Stürme, der winterlichen Schneelast, dem lidlos sengenden Glanz des kurzen Sommers talwärts entflieht.
Dort droben im brodelnden Wolkengrau: Der Ort der Gnade, Ort der Erscheinung. Wie weit noch?
Véronique war noch nie im Gebirge. Wie wird sie die Mühe dieses Aufstiegs ertragen? Wir haben uns vorgenommen, auf dem ganzen

Weg zu schweigen und nur zu beten; vierzehn Stationen: Von Gabbatha zur Schädelstätte.
Wo ein Kreuz steht – und viele Kreuze säumen diesen Weg –, kniet Véronique nieder, und ich knie mit ihr. Ich sehe ihre Lippen sich bewegen, sehe ihre klammen Hände sich falten. Sie seufzt und schließt die Augen, wie zu Tode ermattet. Nach einer Weile erhebt sie sich, leise wankend, blickt mich an (Blick des Lammes, das zur Opferbank geht), wendet sich gehorsam zum Gehen: immer drei, vier Schritte voran, schleppt sie sich weiter in dem vom Regen durchnäßten Rock, in den triefenden Knöpfelschuhen, in denen ihre Füße stolpern und deren Hacken schon zu Stümpfen abgetreten sind.
Vierzehn Stationen, vierzehn Stationen: Von Gabbatha zur Schädelstätte.

Sie kamen an. Abbé Tardif, der ihnen vorausgefahren war, empfing sie an der Pforte.
Er hatte Léon versprochen, mit den geistlichen Herren von La Salette zu sprechen und sie auf seinen Besuch, auf sein Anliegen vorzubereiten. Er wollte die Mönche bitten, ihm, Léon, alles zur Verfügung zu stellen, womit er sich notwendig vertraut machen müßte, wenn er über La Salette und die Hirtenkinder schreiben wollte. Ja, Abbé Tardif hatte geglaubt, die Patres veranlassen zu können, daß sie bei der Kurie vorstellig würden, damit Léon Bloy mit dem letzten und größten, derzeit immer noch unter Verschluß gehaltenen Geheimnis bekannt gemacht werde. Sollte nicht endlich die Weissagung der Jungfrau dem Volk verkündet werden? Und selbst wenn das nicht möglich werden sollte (aus Gott weiß welchem unbegreiflichen Grunde), wie sollte jemand ein Buch über die Erscheinung schreiben, wenn ihm die Fülle der durch die Erscheinung gegebenen Botschaft vorenthalten würde?
Abbé Tardifs niedergeschlagene Miene ließ die Ankömmlinge sofort Schlimmes ahnen. Er habe bis jetzt nicht viel ausrichten können, gab er, von Léon befragt, zu. Man sei wohl bereit, dem fremden Pilger einige Protokolle vorzulegen, ihm auch die Erinnerungsstücke zu zeigen, die das Kloster von Melanie und Maxime aufbewahrte. Zu mehr jedoch wolle man sich keinesfalls verstehen.
Léon blickte Annemarie schweigend an, als ihm der gute alte Priester diese Hiobsbotschaft vortrug.

„Und im übrigen", sagte der Abbé und näherte seinen Mund Léons Ohr, „ich kann recht gut verstehen, mein lieber Sohn, daß du diese deine Schwester mit hierher gebracht hast. Doch wäre es vielleicht besser gewesen, wenn du allein gekommen wärest. Man sieht es nicht gerne, wenn ein Pilger eine Frau mitbringt, wenn sie nicht eben seine Gattin ist. – Es war tapfer von dir, mein Kind", wandte er sich dann an das Mädchen, „tapfer, daß auch du die Beschwerde dieses weiten Weges auf dich genommen hast. Aber nun wird es Zeit, daß ihr in die Herberge geht und einen warmen Trunk zu euch nehmt."

Er wies Léon in das Haus der Pilger, während Annemarie in ein anderes Haus, das der Pilgerinnen, geführt wurde.

Nachdem sie ihre triefenden Kleider ausgeschüttelt und ein weniges zu sich genommen hatten, begaben sie sich zur Kirche.

Unfern von dieser, auf dem tiefsten Punkt des Plateaus von La Salette, das zwischen zwei steilen Buckeln gleichsam wie auf einem Kamelrücken liegt, stand in einem kleinen umzäunten Gehege eine nicht ganz lebensgroße Figur aus Bronze. Sie stellte eine weinende Frau dar: ‚Celle qui pleure.' Denn die Hirtenkinder hatten erzählt, daß die Mutter Gottes, als sie ihnen erschien, geweint habe.

Léon ließ sich hier auf die Knie nieder. Er vergrub das Gesicht in den Händen, elend, ermattet, halbtot vor Enttäuschung. Der weite Marsch, die dünne schneidend kalte Luft des Gebirges ließ ihn vor Schwäche zittern. Sein Herz blieb taub und stumm, taub und stumm wie ein Stein lag es ihm in der Brust.

Die Nacht verbrachte er auf einer Pritsche mit vielen anderen zusammen in einem großen Dormitorium.

Am Morgen beichtete er Abbé Tardif, kommunizierte und wohnte zwei Messen bei.

Danach sollte er dem Prior von La Salette vorgestellt werden.

Als die zweite Messe um war, trat er aus der Kirche und hielt nach Annemarie Ausschau.

Der Tag war grau und stürmisch, und unaufhörlich jagten dunkle Wolkenfetzen greifbar nahe, wie es schien, über die Kämme heran und vorbei. Es regnete zwar nicht mehr, und dann und wann schob sich auch eine Lücke im Himmel auf, daß eine Felszacke glimmrig aufglänzte, doch so rasch, wie man die Hand vor das Auge hebt, war der Schein erloschen, der Gipfel verhüllt, einzelne Tropfen

klatschten nieder, und der Wind schlug die aus massiven Brettern genagelten Fensterladen des Klosters auf und zu.
Léon entdeckte Annemarie auf einem Mäuerchen kauernd. Als er sich ihr näherte, merkte er an ihrem Gehaben, daß sich etwas Besonderes ereignet haben müsse.
Sie tat ihm ein paar Schritte entgegen, doch, ehe sie einander erreicht hatten, blieb sie stehen und gebot ihm mit einer Geste, ihr nicht noch näher zu kommen. Sie trug seinen Mantel, die Kapuze über das Haar gezogen, ihr Gesicht leuchtete darunter in geisterhafter Blässe.
„Was ist dir, Kind, bist du krank?“
Sie hob die Finger an die Lippen, schüttelte den Kopf.
„Ich verstehe nicht – Darf ich nicht mit dir reden?“
Wieder schüttelte sie den Kopf.
„Was hast du? Es kann dir doch niemand verboten haben, daß wir miteinander sprechen?“
Abermals die Gebärde der Verneinung, der Ungeduld.
Endlich folgte sie ihm in den Vorbau der Kirche. Dort winkte sie ihn in einen Winkel, zeigte ihm: Sie wolle schreiben.
Léon durchwühlte seine Taschen, er fand keinen Stift bei sich.
Da befeuchtete sie ihren Finger und schrieb auf einen waagerechten Balken:
„Ich einen Brief gesehen. Er schneeweiß. Er die Botschaft. Komm mit!“
„Wo ist dieser Brief?“ fragte Léon.
Annemarie fuhr fort zu schreiben: *„Du wirst sehen.“*
Léon zögerte einen Augenblick. Dann dachte er: Das Geheimnis. Ich werde das Geheimnis also doch erfahren, das noch niemand erfahren hat.
Aber wieso konnte Annemarie davon wissen? Wer konnte ihr einen Brief gezeigt, wer von der Botschaft gesprochen haben?
Er folgte ihr. Doch zu seiner Verwunderung schlug sie weder den Weg zur Herberge noch den zum Priesterhaus ein. Sie verließ die geplatteten Pfade zwischen den Gebäuden und strebte in das Gelände hinaus. Sofort versank sie bis über die Knöchel in dem sumpfigen Grund.
Viellleicht, dachte Léon, führt sie mich zu der Hütte dort –
Aber Annemarie strebte an der Hütte vorbei, den Hang empor.

Sie bewegten sich bergwärts gegen das Zentralmassiv, von dem der Doppelgipfel von La Salette nur ein ausfiedernder Vorberg ist. Ein Stück folgten sie einem Steig, der den Schafhirten dienen mochte, wenn sie ihre Herden begleiteten. Der Steig verlor sich. Annemarie ging voran, so schnell, daß ihr der Mann kaum zu folgen vermochte. Hier war der Boden nicht mehr sumpfig, er stieg schräg und hart und immer schräger empor, kurz begraster Almboden, triefend naß. Steine traten aus ihm hervor, ein Bach querte herunter, Annemarie sprang ohne zu zögern über das Rinnsal. Sie näherten sich einer schmalen Zunge Krüppelholz, der letzten, die sich hier heraufgewagt, Annemarie wich ihr nach oben aus.

Sie bewegte sich in dem Gelände, als habe sie sich nie in anderem bewegt, sie kletterte wie eine Ziege, nützte jeden Vorteil aus, sie hielt sich an Grasbüscheln und Felskanten fest, wenn sie abzurutschen drohte, sie schwang sich behende über steinige Rippen.

„Wohin willst du, Annemarie? Höre doch!"

Jetzt lag La Salette weit unter ihnen, spielzeugklein die Kirche mit ihren stumpfen Türmen, Herberge, Kloster ... Dunkel wimmelten die Menschen über Stufen und Höfe.

„Annemarie", schrie Léon, „was soll das? Wohin denn noch?"

Sie aber klomm weiter und weiter. Und er folgte ihr, um sie nicht zu verlieren.

Sie gelangten an eine Stelle, die ganz mit wilden Trümmern übersät war. Hier faßte sie der Sturm mit voller Gewalt. Einen Augenblick mußte sich Léon niederducken, er fürchtete hinabgeschleudert zu werden.

Annemarie hatte einen neuen Vorsprung gewonnen.

Sie ist wahnsinnig, dachte Léon undeutlich, wahnsinnig! Was will sie nur? Das hier kann nur in einem Unglück enden.

Er raffte alle Kraft zusammen, um sie einzuholen, zurückzureißen, endlich wieder hinab ins Tal, das heißt, nach La Salette zurückzuschleppen.

„Annemarie! Annemarie!" Er brüllte mit versagender Stimme gegen den Sturm.

Sie hatten nun einen neuen Einschnitt erreicht. Ein tiefer Riß öffnete sich vor ihnen, darin toste ein Gießbach. Einen Augenblick lang glaubte Léon das Mädchen verloren zu haben, er konnte sie nirgends erblicken. Da aber sah er, daß sie wieselschnell zwischen den

Steinen dahinglitt, auf das Wasser zu, und nun setzte sie, die Arme ausbreitend, über die tosenden Wirbel. Sie hatte Mantel und Kapuze abgerissen und schwenkte sie in der Hand, ihr Haar hatte sich gelöst und umflatterte ihr Haupt in wirren Flechten. Léon schrie auf und folgte ihr. Während er, von Todesangst getrieben, den Tobel überquerte, tauchte Annemaries flatternde Gestalt schon wieder hoch über ihm in den Felsen auf.

Nun war La Salette längst nicht mehr zu sehen. Nichts war um sie als die dumpf brausende, graue, von Felsrippen und alten Schneezungen schwarz und weiß geflammte Wildnis. Da stieg eine Felswand kerzengerade vor ihnen auf und stürzte neben ihnen, in schartige Klüfte zerrissen, in unmeßbare Tiefen ab.

Hier hatte Annemarie endlich innegehalten und, als habe sie ihr Ziel erreicht, mit beiden Armen Léon herangewinkt.

Von Schweiß triefend, mit tobendem Herzschlag kam er bei ihr an.

„Siehst du", schrie sie, den Mantel über sich schwingend, gegen den Sturm, „siehst du – dort oben?!"

„Was? Wo?"

„Dort oben – der Brief!"

Léon blickte in die Richtung, und wirklich: Da war unfern von ihnen auf einer vortretenden Kanzel etwas Helles, Weißes, ein flaches flatterndes Viereck vor dem schwarzgrau geäderten Gestein. Man konnte es, wenn man wollte, wirklich für einen Brief halten.

Aber der Weg dahin – Léon erstarrte vor Schrecken.

„Bleibe du da!" rief er. „Ich hole ihn."

Annemarie drängte ihn zurück.

„Nein, ich, ich! *Mir* hat er sich gezeigt!"

„Du kannst nicht, Annemarie, du stürzst ab!"

„Gott hat *mich* im Traum gerufen, mich, nicht dich!"

Sie rangen miteinander.

In diesem Augenblick erhob sich das Wetter mit doppelter Wut. Ein hohles Brüllen erscholl in der Höhe, eine Böe peitschte herab. Und in den grauen, von Hagel gestriemten, wankenden und platzenden Wolkenfetzen flatterte etwas Weißes hoch empor, über ihnen dahin und hinaus in den Raum.

Sie hatten sich, als das Wetter auf sie niederdrosch, unwillkürlich aneinander gekauert, sich unwillkürlich einer an den anderen geklammert. Doch nun schrien sie auf, schrien gellend – Schiff-

brüchige, die das Wrack, an das sich ihre Hoffnung heftete, vor ihren Augen untergehen sehen: Sie torkelten nach vorn, um den weißen wirbelnden Schatten zu haschen: Für eine Sekunde näherte er sich, kreiselte durch die Luft, dann stürzte er ab: Die Tiefe hatte ihn verschluckt.
Schwarz gähnte die Kluft zu ihren Füßen, tief, tief unten zog sich der Pelz eines Waldes vor und mitten drin ein kleiner verlorener lichtgrüner Fleck und das pilzbraune Dach einer menschlichen Behausung.

Als Léon, nach Paris zurückgekehrt, dieses Erlebnis Ernest Hello erzählte, schwieg der Freund lange still.
„Ja", sagte er dann, „die Botschaft, die wahre Botschaft! Sie ist euch versprochen worden, dir und Véronique."
„Versprochen? Wirklich versprochen? Ernest, kannst du es glauben?"
Hello blickte den anderen an.
„Glaubst du es denn nicht?"
„Doch – o doch, ich glaube."

März 1880:
„Denn das Ende wird kommen, wenn die Welt am wenigsten vermeint, daß es nahe."
„Wer Ohren hat, der höre, was der Geist zu der Gemeinde spricht. Wehe, wehe den Bewohnern der Erde. Denn das Tier ist aus dem Meer gestiegen, das Tier, das die Macht des Drachens hat. Die ganze Welt folgt dem Tier und betet es an. Sie sagt: Wer ist ihm gleich und wer kann ihm widerstehen? Es öffnet sein Maul, um Gott zu lästern, es ist ihm erlaubt, Reden des Abfalls und der Schmähung zu führen. Ihm wird Macht über alle Geschlechter, Stämme, Sprachen und Völker.
Wer Ohren hat, der höre, was der Geist zu der Gemeinde spricht."
Hello las aus der Offenbarung Johannis: Die Schreiben an Ephesus, Pergamus, Smyrna und Thyatira, er las von den sieben Siegeln, von Michaels Streit mit dem Drachen und der Erscheinung des Tieres. Als er für diesmal geendet hatte, ging Léon zu Annemarie in das Zimmer hinein, da stand ihr Bett hinter der offenen Tür, sie lag in Kleidern, lang ausgestreckt, den kahlgeschorenen Kopf auf der bloßen Matratze.
„Kannst du uns hören?" fragte Léon. „Kannst du uns verstehen?"

Annemarie bewegte die Lippen zu einem gehauchten: Ja.
„Soll Ernest weiterlesen?"
Wieder ein gehauchtes: Ja.
„Du hast nichts gegessen seit gestern morgen", sagte Léon, „möchtest du nicht doch einen Schluck nehmen –?"
Und er griff nach einem Becher, der auf dem strohgeflochtenen Schemel neben dem Bett stand.
„Einen Löffel wenigstens – einen einzigen Löffel Milch!"
Eine Bewegung der Abwehr, der Ungeduld: Nein.
„Meine arme Véronique", flüsterte Léon, „meine liebe kleine Schwester, es geht über deine Kraft."
Annemaries Augen öffnen sich groß wie Brunnen. Jetzt, da ihr Haar gefallen ist und die Stirn unter dem nur in kurzen Borsten sprießenden Scheitel freiliegt, ist der Glanz dieser Augen erst ganz offenbar geworden. Der Augenstern hat das graugrün gesprenkelte Braun der Iris gleichsam aufgetrunken. Durch die furchtbaren Fasten, denen sich die junge Frau unterzieht und die sie, wie es scheint, über sich verhängt hat, um ihren Hungertod herbeizuführen, haben ihr Gesicht ganz entfleischt. Das Gerüst des Schädels tritt in Joch- und Backenbeinen schrecklich hervor, die Wangen sind so tief gehöhlt, daß sich Kiefer- und Kinnlinie fast brutal entblößt. Die über der flachen Brust gekreuzten Hände sind gelb und hager, wie die einer Sterbenden.
„Liebste – meine Schwester, willst du mir sagen, ob du etwas gesehen hast?"
Da keine Antwort erfolgt, kehrt Léon zu Hello in den Vorraum zurück.
Die Männer haben sich in der Wohnung der ehemaligen Prostituierten eine Art Wachquartier eingerichtet mit einer hölzernen Pritsche, auf der sie abwechselnd ruhen, wenn Plage und Müdigkeit allzu unerträglich geworden sind. In der Mitte des fensterlosen, nur von einer trüben Lampe erhellten Raumes steht ein kleiner quadratischer Tisch, auf dem die Bibel, ein Missale, die Bücher des heiligen Augustin und die Offenbarungen der heiligen Brigitta liegen. Ein Kruzifix hängt an der Wand, vor ihm steht ein Betstuhl. Zu Füßen des Gekreuzigten hängen zwei Rosenkränze. Von Zeit zu Zeit knien die Männer nieder, nehmen die Perlenschnüre herab und beten gemeinsam.

Annemarie erhebt sich in ihrem Zimmer, sie wankt von ihrem Bett zum Tisch, auf dem ein zweites Kruzifix steht. Léon hat ihr ein Fell als Teppich hingebreitet. Dort liegt sie auf den Knien, vor Schwäche und Hinfälligkeit zitternd, und betet, wie die Männer draußen beten: Ihnen Antwort erteilend oder auch vorsprechend, und wenn die Männer einen Rosenkranz und eine Litanei beendet haben und daran denken, aufzustehen und zu ihren Plätzen zurückzukehren, hebt Annemarie einen neuen Rosenkranz, eine neue Litanei an, und sie wagen nicht, ihr ins Wort zu fallen, wagen es nicht, auch wenn sie dem zweiten Rosenkranz einen dritten und vierten folgen läßt.

Das Ende der Zeiten ist gekommen, das Ende der Welt ist nahe – noch in diesen Tagen wird es sich vollenden. Das Mädchen hat das Zeichen empfangen, untrügliches Zeichen, und das Gebäude der Erde, dem Untergang verfallen, bang erzitternd unter dem Gewicht des Letzten Gerichts, wird durch die Kette der Gebete, die diese drei Verzweifelten zum Himmel schicken, nur durch sie, die die Botschaft gestreift hat, an die Allmacht der göttlichen Liebe gekettet. Denn schon tut sich der Schlund auf, den gefallenen Sohn, den treulosen Verwalter der Erde, den Verächter und Aufwiegler für immer zu verschlingen.

„... darauf schien es der Braut, wie wenn sich ein grausiger und düsterer Ort öffnete, in dem ein Ofen erschien, der innen glühte. Und das Feuer hatte nichts zum Verbrennen als Dämonen und lebendige Seelen.

Doch über dem Ofen erschien jene Seele, deren Verurteilung schon oben vernommen wurde. Die Füße der Seele aber waren an dem Ofen befestigt, und die Seele stand aufgerichtet wie ein Mensch. Sie stand nicht oben und nicht unten, sondern in der Mitte des Ofens. Seine Form war grausig und wunderbar.

Das Feuer des Ofens schien sich hinzuziehen aufwärts unter die Füße der Seele, so wie zuweilen das Wasser aufwärtssteigt durch Röhren, und mächtig zusammengepreßt schlug es auf über dem Haupt, so sehr, daß die Knochen waren wie Adern, durchströmt von glühendem Feuer. Die Ohren aber waren wie Spindelgebläse, die das ganze Gehirn mit ständigem Blasen bewegten.

Die Augen waren herausgequolllen und eingesenkt, und sie waren gleichsam am Hinterkopf innen befestigt.

Auch der Mund war geöffnet und die Zunge, herausgezogen durch die Nasenlöcher, hing auf die Lippen herab.
Die Zähne aber waren wie eiserne Nägel am Gaumen befestigt.
Und die Arme waren so lang, daß sie bis auf die Füße reichten.
Auch schienen beide Hände eine fette Masse glühenden Pechs zu halten und zu kneten.
Die Haut aber, die über der Seele erschien, war gleichsam die Form der Haut über dem Leibe, und sie war wie ein Gewand aus Linnen, mit Flecken bespritzt. Dieses Gewand war so kalt, daß jeder, der es sah, erzitterte.
Und von ihm herab floß es wie Eiter aus einer Wunde mit verdorbenem Blut, und der Gestank war so übel, daß er auch dem übelsten Gestank auf der Welt nicht vergleichbar war.
Als nun diese Trübsal erblickt wurde, da erscholl eine Stimme dieser Seele, die sagte fünfmal: Wehe! Schreiend unter Tränen mit all ihren Kräften ...“

VI

Paris: Gare de l'Est: Der Zug fährt ein. Bronia – in modischer Jacke mit einem Streifchen Leopard am Hals und einem Hut, über dem eine Pleureuse nickt – stürzt auf einen Wagen zu, hinter dessen erstem Fenster sie der Schwester übernächtig bleiches Gesicht erspäht hat: „Das ist sie! Das ist sie! Da steigt sie schon aus. – Mein Gott, was hat sie nur für ein schreckliches Ding auf dem Kopf!"
Umarmung und Küsse der Schwestern. Manjas Augen schwimmen in Tränen. Auch Bronia tupft sich unter dem Schleier die langbewimperten Lider ab.
„Und nun – laßt euch bekannt machen. Das ist Manja, das ist Dr. Kasimir Dluski, mein Mann."
Dluski ist ein netter junger Mensch, blond, schmalköpfig, sieht eher wie ein Nordländer als wie ein Pole aus. Er kümmert sich um Manjas Gepäck, Koffer, Tasche und Schachtel, bis diese, sechs an der Zahl, einem Facteur anvertraut sind. Manja möchte widersprechen: „Ich könnte gut mindestens zwei selbst tragen."
„Nein, das ist hier nicht üblich."
Man schiebt sich durch die Sperre und tritt in den neblig-rauchigen, lärmerfüllten, nieselnd-grauen Pariser Morgen.
Manja steht auf der obersten Stufe der Bahnhofsvorhalle: „Kinder, sagt mir! Ist es wahr? Bin ich nun *wirklich* angekommen?"
Bronia und Dluski lachen über ihre trunkene Hingerissenheit.
„Das also ist Paris! *Paris*!"
„Von seiner ‚schönsten' Seite. Einen abscheulicheren Tag hättest du dir nicht aussuchen können."
„Abscheulich? Für mich ist er wunderbar!"
Erneutes Gelächter. Dluski und Bronia finden Manja goldig.
„‚Wunderbar', sagt sie! Ein echtes Kind vom Lande."
„Ja!" Manja atmet tief. – „Und das ist der Boulevard Strasbourg."
„Richtig!"

„Und drüben der Magenta –"
„Stimmt!"
„Und dort unten irgendwo fließt die Seine."
„Ja, ja!"
„Und jenseits der Seine: Die Sorbonne!"
„Du hast ja den Stadtplan schon auswendig gelernt!"
„Und ob!"
„Jetzt komm zum Autobus!"
Mit Koffern, Tasche und Schachtel klettert Manja in das obere Stockwerk des Wagens. „Ich will doch Aussicht haben."
„Um Gottes willen, Kind, du bist ja toll."
„Toll – o ja. Ich glaube, mein Herz springt entzwei."
Dann fahren sie. Ein, zwei, drei, fünf Stationen – Manja verstummt allmählich. Die grauen hohen, unabsehbar langen Häuserfronten fliegen vorbei, von anderen grauen hohen, unabsehbaren Häuserfronten gekreuzt. Die Straße verläuft auf halber Höhe, von ihr gehen unzählige andere in endlosen Linien hinab, wie eng aneinandergereihte Girlanden hängen sie in flachen Bogen in das Nebelmeer der Stadt hinab, heben sich drunten von neuem, scheinen ins ganz Grenzenlose hinauszulaufen.
Der Weg nimmt kein Ende.
„Ja, wohin fahren wir denn, um Himmels willen?"
„Nach Hause – nur eine kleine Strecke; wir sind bald da. Noch vier Stationen –"
„*Noch* vier?" Manja ist fast bestürzt. „Und wie weit ist es dann, ich bitte euch, bis zur Sorbonne?"
„Oh, das ist leider ein ganzes Stück. Eine Stunde in der Pferdebahn."
„Und zu Fuß?"
„Kein Mensch läuft hier zu Fuß. Wir sind doch nicht in Warschau."
Ach ja, Warschau, liebes kleines Warschau, du schienst mir so groß!
„Aber nun sind wir wirklich da!"
Schwager Dluski schwingt das Gepäck auf den Gehsteig. Dann trabt man, mit vereinten Kräften schleppend, ein paar Häuser weit. „Hier, unser Palazzo!"
‚Palazzo!' Das ist natürlich scherzhaft gemeint. In der fünf Stockwerk hohen Mietskaserne haben die Dluskis im dritten Stock eine kleine Wohnung, im zweiten die Ordination. Der Concierge wacht mit mißtrauischen Blicken über dem Kommen und Gehen der Miet-

parteien. Es sind nicht nur feine Herrschaften unter ihnen, und auf die Ausländer, besonders auf die von jenseits der Weichsel, hat er es scharf. Paris ist eine Weltstadt, hier kommt alles zusammen, was auf Erden kreucht, doch jedes Haus, jede Gasse ist eine kleine, eng umzirkelte Welt für sich. Hier wird gespäht, getuschelt, abgeurteilt. Nicht alle Völker genießen hier in Paris einen guten Ruf. Der Engländer ist geachtet und – seiner Ansprüche wegen – gefürchtet. Der Deutsche ist offiziell verhaßt, als einzelner nicht ungern gesehen. Für die Polen hegt man höchst öffentliche Sympathien, aber man ist auf der Hut, wo einer auftaucht. Da kursiert das schlimme Wort: Man sollte Polen wiederherstellen, um alle Polen dorthin zurückzuschicken.

Das alles schwingt in der kleinen Szene mit, die nun folgt: Kaum hat Manja mit Schwager und Schwester das Haus betreten, schießt der Concierge aus der Loge hervor: „Ah, Monsieur, Madame, wer zieht hier ein? So viel Gepäck? Wer ist die Demoiselle? Muß ich betonen: Es ist verboten, Untermieter aufzunehmen?"

„Demoiselle ist meine Schwester." Bronia faucht vor Zorn.

„So – Madames Schwester! Das kann jedermann sagen. Ich müßte mich überzeugen können. Ihren Passeport –"

Marie zieht ihre Papiere hervor.

„Laß doch, Manja, der Kerl ist bloß frech und aufsässig!"

„Er tut nur seine Pflicht!" Manja reicht den geöffneten Paß. Der Concierge wirft einen Blick hinein, salutiert sofort und zieht sich mit einer Verbeugung in die Zelle zurück.

„Na, seht ihr!"

„Ach, man darf ihn nicht flattieren. Jetzt kommt er sich großartig vor. Hier ist das niedere Volk so insolent, so unverschämt, man kann es nicht beschreiben."

Vor der Wohnungstür der Dluskis gibt es einen neuen Aufenthalt. Der junge Ehemann hat Manjas Koffer abgesetzt. „Bronia, hast du den Schlüssel?"

„Ich – Liebster?"

„Doch, du mußt ihn haben. Du bist nach mir gegangen."

„Ich habe nicht abgesperrt – nur zugeklappt."

„Bronia, Kind, ich sage immer – –"

„Natürlich: ‚Die Tür muß versperrt werden', ich weiß ... Ich war in so großer Eile!"

„Schau mal in deinem Pompadour nach!“
„Und du in deinen Taschen!“
Bronia wühlt und wühlt den Beutel durch. „Nein. Nichts.“
„Bei mir dito –“
„O Gott, was machen wir jetzt?“
Sie blicken einander, blicken Manja an. Bronia und Dluski beginnen zu lachen.
„Jetzt wäre ein erster Ehekrach fällig.“
„Mein Täubchen!“
„Meine liebe Kleine!“
Sie fallen einander in die Arme.
„Hat nicht der Concierge noch einen Schlüssel?“ fragt Manja kleinlaut. Sie ist zweimal vierundzwanzig Stunden unterwegs gewesen und davon zehn Stunden auf einem Klappstühlchen im Gang gehockt. Während das junge Paar noch damit beschäftigt ist, sich gegenseitig zu versichern, daß die Schlüsselfrage eine Lappalie sei und daß wegen solcher Lappalien ihr Friede nie gestört werden solle, stiehlt sie sich leise die Treppe hinab, um an der Loge des Widersachers anzuklopfen und höflich um seine Hilfe zu bitten. Einen Augenblick lang lehnt sie sich im Zwischenstock an das Geländer: von Schwäche umdunkelt.
Die Wohnung des Ehepaars Dluski: Ein bescheidenes, mit zusammengestoppeltem Hausrat ausgestattetes Emigrantenlogis. Die Möbel sind auf dem Flohmarkt gekauft, die Einrichtung der Küche bei einer Auktion erstanden. Das Ehepaar schläft in einem improvisierten Bett, Drahtmatratze auf vier Holzklötzchen, daneben steht ein reizender Toilettentisch, reinstes Empire. Man trinkt aus verschiedenen, bunt zusammengewürfelten Tassen Tee, aber immer ist für durstige Seelen eine mächtige Flasche Sliwowitz bereitgestellt. Man ißt zumeist ohne Tischtuch auf einer beschädigten Wachsleinwand, aber an den Wänden hängen ungerahmt, mit Zwecken aufgespießt, hübsche Zeichnungen, sogar Originale. Man ist mit dem Geld knapp, aber am Abend, wenn Freunde kommen, gibt es Wisniak, dazu Placek, echt polnischen Placek. Bronia bäckt ihn in unheimlich großen Pfannen.
„Wir müssen zusammenhalten, wir Landsleute“, erklärt sie. „Gerade hier in der Fremde, wie Pech und Schwefel. In Paris allein leben zehntausend Polen.“

Manja bezieht ihr Zimmerchen. Es ist eigentlich nur ein Kabinett, das an das eheliche Schlafzimmer anschließt und dessen Zugang bildet. „Das ist ein wenig peinlich", gibt Bronia zu. „Aber Dluski ist ein so diskreter Mensch, er wird dich niemals stören."
Ein schmales Bett, ein Eckchen im Schrank, zwei Schubfächer in Bronias Vertiko. Manja denkt an Szczuki. So war es auch dort.
„Nur – wohin soll ich mit meinen Büchern?"
„Du hast wohl einen Haufen mit?"
„Nur das Unerläßlichste."
„Das nennst du: Das Unerläßlichste? Na, Prost!" Die dreibändige Physik von Daniel, die Soziologie von Spencer, das Lehrbuch der Anatomie und Physiologie von Bers, ein deutsch-französisches Wörterbuch, drei Kilogramm schwer, ein kleineres polnisch-französisches, ausgewählte Schriften von Newton – „Schau dir das an, Täubchen, was Manja uns an Wissenschaft ins Haus schleppt!"
Der Schwager ist milde verwundert. „Hast du denn das alles schon gelesen?"
Manja lächelt ratlos. Diese Bücher sind ihr in den letzten Jahren dort zu Hause das tägliche Brot, der tägliche Trost gewesen.
„Da brauchst du doch fast nicht mehr auf die Sorbonne –"
„Ich sagte es doch, Liebster, Manja ist einfach fabelhaft. Sie steckt uns alle in die Tasche."

An der Sorbonne: In einem der düsteren hallenden Gänge ist eine Tafel angebracht, an ihr das Vorlesungsverzeichnis angeschlagen: Für Studierende der Naturwissenschaft und Mathematik. Die Professoren Painlevé – Appell – Perrin.
Manja stellt mit einem an Bestürzung streifenden Bedauern fest, daß sie nicht alle Vorlesungen hören kann, die zu hören sie doch eine brennende Lust verspürt, aus dem einfachen Grunde, weil die Zeit nicht reicht, weil die Vorlesungen kollidieren. Immerhin bringt sie einen Plan mit zweiundvierzig Wochenstunden zusammen. Sie ist voll Aufregung, da sie sich zur Quästur begibt; sie bildet sich ein, daß sie sich jedem der Professoren, bei dem sie inskribieren will, vorstellen muß. Wer weiß, vielleicht stellen sie sogar Fragen? Nichts dergleichen. Man trägt sich in einer Liste ein, man erlegt seine Gebühren. In zwei Tagen beginnt das Semester.
Man ist – niemand, niemand: ein stiller stummer grauer Schatten,

der, ein Heft unter den Arm geklemmt, einen gezückten Stift in der Hand, in den Hörsaal geschleust wird. Der große, ziemlich düstere, amphitheatralisch ansteigende Raum ist schon zur Hälfte besetzt: Viele junge Männer, wenige Mädchen. Mit Schüchternheit bittet man, sich in einer der grünen Bänke einreihen zu dürfen. Die Männer werfen ironische Blicke: Schon wieder ein Blaustrumpf. Man setzt sich, richtet sich ein: Der große Augenblick ist da.

Getrampel begrüßt den Professor: Es ist Perrin, ein glotzäugiger Untersetzter, dessen Frack über Bauch und Rücken spannt und mit Kreidespuren befleckt ist. Er tritt hinter sein Pult, setzt ein Binocle auf die Nase, wirft gläsernes Glitzern durch den Saal und beginnt zu sprechen.

Man versteht die ersten Worte. Dann – entweder ist sein Französisch zu schnell oder sein Vortrag zu schwierig, es ist nicht mehr möglich ihm zu folgen. Manja bemüht sich, der Gegenstand ist ihr ja nicht unbekannt, hat sie sich nicht gerade auf diesen so eifrig vorbereitet? Doch immer, wenn sie begriffen zu haben glaubt, findet sie sich im nächsten Satz nicht mehr zurecht. Wenn er nur etwas langsamer sprechen wollte! Unmöglich, da noch mitzuschreiben, etwas wie ein Schwindel ergreift sie: Die Unterscheidungen, auf denen Perrin besteht, sind ihr einfach unfaßlich, ihr ist, als sollte sie die einzelnen Speichen eines Rades voneinander unterscheiden, doch das Rad dreht sich schnell und immer schneller, das Bild der Speichen gerinnt zur Scheibe –

Manja begreift: Ihre Vorbildung ist mangelhaft. Das glanzvolle Abgangszeugnis vom Warschauer Lyzeum, alle ihre Bemühungen, ihre Lektüre haben sie doch nicht, wie sie glaubte, so ganz instand gesetzt, an dieser Hochschule, die für die erste und beste der Welt gilt, zu studieren. (Sie ahnt nicht, daß es allen ‚Ersten Semestern' gleich ergeht, daß der Beginn immer ein Kopfsprung ins Wasser ist, verwirrendes Hinabtauchen in ein fremdes Element.)

Krank vor Müdigkeit, niedergeschlagen, besteigt Manja nach fünf, sechs Stunden das Verdeck der Pferdebahn und läßt sich, in ein Eck gelehnt, in die Rue d'Allemagne zurückrütteln.

In dieser Nacht liegt sie lange wach. Nebenan hört sie die Schwester tuscheln, dann wieder des Schwagers tiefere Stimme, sie etwas lauter, worauf Bronias zärtliches Sst! die Flüsterlage wiederherstellt. Endlich rascheln die Kleider, die Federmatratze knarrt –

Manja richtet sich auf und reißt ein Zündholz an. Sie zieht die Kerze an den Tischrand dicht neben sich, läßt den Docht aufflammen und holt sich ein Buch vom Brett.
Alles von Anfang an! Und wenn ich mit dem Einmaleins beginnen sollte. Es muß einen Weg geben, der zum Ziel führt, einen Weg, den ich gehen kann, Schritt für Schritt, Stufe für Stufe, geradeaus, geradeaus ...

Montag: Hausmusik bei Zelinskis.
Dienstag: Après-Souper bei Rosenthals.
Mittwoch: Probe für Lebende Bilder: Aufstand und Befreiung Polens.
Donnerstag: Valewska singt für notleidende Landsleute.
Freitag: Daheim gesessen und uns sehr gemopst.
Samstag: Aufführung des Lebenden Bildes mit Manja als gekrönte Polonia. Großer Erfolg.
Sonntag: Den ganzen Tag verschlafen, abends zwei Geburten ... nach Hause gekommen: Die ganze Bude voll Gäste, großes Juchhe bis morgens um drei ...
Diese Notizen stehen in Bronias Kalenderchen. Es ist auf Manjas Arbeitstisch liegengeblieben, als Bronia hier ihren Fingerhut suchte. „Maniusi, verzeih, hast du nicht zufällig meinen Fingerhut gesehen? Ich muß ihn hier wo vergessen haben. Ich brauche ihn unbedingt! Mir kommt vor, er müßte unter deinen Heften ... Nein, da ist er nicht. Ich muß doch meinen Rocksaum heraufnähen und an Dluskis Hemden neue Bündel setzen, soviel Arbeit, es ist zum Wahnsinnigwerden! Nein, der verflixte Fingerhut, wenn ich nur wüßte, wo er sich verkrochen hat. Und jetzt klopft es draußen. – Bitte, geh du hinaus. Sag, es ist niemand zu Hause – sicher ist es wieder so ein Lieferant. Die wollen immer kassieren. – Wer war es? Oh, nur ein Bettler. Hast du ihm was gegeben? Hast kein Kleingeld? Warte, in meiner Schürzentasche müssen sich noch ein paar Centimes herumtreiben. Hier! Lauf ihm nach! Er ist schon weg? Auch gut. Aber sieh mal her: Mein Fingerhut! Das ist der Lohn der guten Tat. Ich habe den Fingerhut in der Schürzentasche gehabt."
Fünf Minuten später kommt der Schwager. „Servus, Manja, immer fleißig? Siehst ganz blaß aus! Wo ist Holubitschka? In der Küche – nein, da ist sie nicht. Aber ich habe eine große Freude für dich: Theaterkarten. Ein neuer Sardou ..."

Manja schüttelt verzweifelt den Kopf. „Laß mich, ich bitte dich! Ich *muß* endlich arbeiten."
„Ach, du bist längst gescheit genug. Sieh mich an. Ich habe so ziemlich alles wieder vergessen, was ich gelernt habe. Man kriegt ja so viel unnützes Zeug zu hören! Bin trotzdem ein ganz guter Arzt. Man muß einen Instinkt haben, eine Intuition für die Natur des Patienten, alles andere gibt sich wie von selbst."
Manja lächelt gequält. „Ach – nein! Das glaube ich eigentlich nicht!"
„Doch, es ist bestimmt so. Was hat es denn für einen Zweck, den Menschen nach wer weiß was für Theorien zu behandeln? Die Theorie zerlegt ihn in Stücke. Gesund werden will der *ganze* Mensch."
„Das ist schon möglich. Du magst recht haben – für die Medizin. Hingegen in der Physik ..."
Dluski hat sich neben Manja auf die Armlehne ihres Stuhles gesetzt und blickt sie aus seinen hellen, ein wenig flachen freundlichen Augen nachdenklich an. „Warum willst du eigentlich Physik studieren und Mathematik? Beides ist nichts für eine Frau. Eine Frau soll dem Leben dienen."
Manja schweigt.
„Siehst du, Bronia dient dem Leben. Sie hat ihr Hebammendiplom gemacht und – sie versteht ihre Sache. Du denkst vielleicht manchmal: Bronia ist ein Irrwisch und hat nur Dummheiten im Kopf. Aber wenn es ernst wird – ich hab's öfter erlebt –, da ist sie wunderbar."
„Ja, wirklich?"
„Immer ruhig, immer heiter; auch wenn sie innerlich zittert, sie läßt sich nichts anmerken! Und ihre Hände sind gesegnet."
„Schön, wie du das sagst!"
„Ja, ja, meine liebe Schwägerin, so ist es. Und du – ich finde, du solltest dir die Sache auch noch einmal überlegen. Mathematik und Physik, gut und recht, aber eine Sache für Männer. Vielleicht sattelst du um, du verlierst nicht viel, hast du doch eben erst angefangen. Könntest dir was Freundlicheres aussuchen –: –"
„Ich weiß schon: Etwas, was dem Leben dient."
„Sonst reut es dich noch einmal. C'est ça!"
Manja bleibt allein, düster gestimmt, zurück.
Das alte Thema: Wie oft schon gehört – alle diese Argumente gegen

das Studium der Frau und, wenn schon Studium, dann ‚was Freundlicheres', Literatur und Musik und Geschichte – oder Medizin! Für Medizin läßt sich noch einiges vorbringen: Kinderkrankheiten und Frauenleiden können vielleicht wirklich am besten durch Frauen behandelt werden. (‚Wann war die letzte Regel, gnädige Frau?' – ‚Mach mal das Mündchen auf, kleiner Liebling, so! So ist's schön. Nur keine Angst, es tut nicht weh!')
Manja blickt finster vor sich nieder. Sie will weder Frauenleiden behandeln noch Masern und Röteln. Sie will auch nicht Geschichte oder Literatur unterrichten – später in Polen, das können andere tun, sie werden es besser machen, sie werden es besser zuwege bringen, den Kindern dieses unglücklichen Landes eine ruhmvolle Vergangenheit vorzulügen, um ihnen Hoffnung auf eine erträgliche Zukunft zu machen. Was eine ruhmvolle Vergangenheit ist, das glaubt Manja Sklodowska erst jetzt, nach drei, vier Monaten Aufenthalt in Paris zu wissen, und ihr Herz blutet oft, wenn sie diese Stadt durchquert und wenn sie den Arc de triomphe in der Ferne erschimmern und wie ein auf die Erde geholtes Gestirn die Champs-Elysées herableuchten sieht; wenn der Geldbelag auf der Kuppel des Invalides erschimmert, wenn die Fremden die Fassaden des Louvre bestaunen, wenn am Quai d'Orsay ausländische Besuche empfangen werden und die Fahnen der Herren-Länder zwischen den Trikoloren flattern.
Polens ruhmvolle Vergangenheit: Viele Schlachtfelder dort in den Sümpfen des San und Bug, Schlachtfelder, auf denen Polen siegte und eine feindliche Übermacht schlug, doch nur, um am nächsten Tag oder nach einem Monat oder einem kurzen Jahr und manchmal auf dem gleichen noch blutigen Flecken Erde die tödlichste Niederlage zu erleiden. Und die Welt weiß nichts von diesen Plätzen, nichts von der Jugend, die sich dort geopfert hat, sie erinnerte sich an Tours und Poitiers, an Crecy, an Wagram, Jena, Waterloo; unsterblicher Lorbeer *ihren* Helden! Von jenen dort, die die Sümpfe verschlungen, die die Sanddünen zugedeckt, die die Wälder verschluckt und San und Bug und Weichsel ertränkt haben, will sie nichts wissen. Chopin gilt hier als halber Franzose und ist nicht so sehr berühmt durch seine Musik, als weil er Georges Sand zu wollüstigen Träumereien reizte.
Nein, Manja will sich weder hier noch dereinst zu Hause mit Ge-

schichte oder Literatur beschäftigen. Sie wittert Lüge und Entstellung in jeder Zeile dieser sogenannten Wissenschaften (so sehr sie sich früher einmal für sie erwärmt hat), sie wittert Entstellung in ihnen durch Haß oder Liebe, durch die ungeheuerlichen Willkürlichkeiten der Werturteile. Das sind Nebelzonen, Spiegelkabinette, Jahrmärkte der Eitelkeiten und vereitelten Hoffnungen: hohles Schellengeläut. Ah, sie nennen die Mathematik trocken, die Chemie geistlos, die Physik öde, nichts für eine Frau. Eine Frau hat, wenn sie nicht dem Leben dient, doch für ‚Erfreuliches' zu schwärmen: Große Worte, erhebende Gefühle, Bilder, Lieder, Romane, die das Herz in Bewegung setzen, die Augen befeuchten und die patriotischen Gefühle in so süße wie fruchtlose Träume lullen.
Nein. Manja vergräbt sich verbissen in die Theorie der Gleichungen vierten Grades. – Vielleicht, denkt sie vage, bin ich kein guter Mensch. Aber ganz gewiß bin ich eine gute Polin. Denn ich, ich weiß jetzt – und wenn ich *etwas* sicher weiß, so ist es das: Für uns im Osten ist der Westen uneinholbar, uneinholbar, wenn wir auf das setzen, was seine Größe ausmacht: Die Geschichte, die Literatur, die Kunst, die Vergangenheit: Glanz und Schimmer einer Welt, die zwar verworren, aber von bestrickender Schönheit ist. Doch was *uns* zusteht, auch uns!, und nicht verweigert werden kann, ist die blanke Schneide des reinen abgezogenen mathematischen Denkens, das naturwissenschaftliche Gesetz, die Handhabung der diesem Gesetz entsprechenden Mittel.
Hier ist der Vorsprung nicht tausend Jahre alt und weit; hier ist er einholbar.
Einholbar mit dem Wind im Rücken, mit dem Landwind, mit dem Sandwind, Atem einer Welt, die lange schlief und im Traum um sich schlug. Nun aber will sie erwachen.

Montag: Einladung bei Valewska.
Dienstag: Kostümprobe für den Ball der Künstler.
Mittwoch: Ausstellungseröffnung in der Galerie Rue des Saints-Pères, anschließend Tanz bei Zelinskis ...
So geht es nicht weiter, so nicht. Warum stören sie mich, stören mich immer wieder? Bronia, weil sie ihren Fingerhut sucht, Dluski, weil er gerne ins Theater möchte, Bronias und Dluskis Freunde, weil sie gerne schwatzen und stundenlang herumhocken wollen,

Zigarren und Papyrossi rauchen und sich die Finger an glühheißen Teegläsern verbrennen. Nichtiges Gerede, Tratschereien aus der polnischen Kolonie, Liebesgeschichten, Witze, die neuesten Chansons. Preisfragen: Wie entkomme ich meinem Gerichtsvollzieher, wie entkomme ich meiner Schwiegermutter? Endloses kindlich-naives Gelächter. Neuer Tee, neue Zigarren, neue Chansons. Bronia läuft hin und her, trägt Platten mit Sandwichs auf, Dluski braut Kaffee und versetzt ihn mit Rum, denn ein ‚Gloria' ist ein beliebtes Stärkungsmittel, wenn die Nacht schon halb um ist. Wenn sie jetzt gingen, hätte ich noch fünf Stunden Zeit zu schlafen. Aber sie gehen nicht Bronia bringt neue Sandwiches, Dluski braut einen neuen Gloria. Jetzt hätte ich noch vier Stunden, aber sie gehen immer noch nicht; Bronia schneidet in der Küche das letzte Restchen Käse auf – jetzt läutet es, sie wird zu einer Geburt geholt: ‚Sei so gut, Maniusi, du machst hier weiter!' ‚Aber womit denn?' ‚Ich weiß nicht, ich muß gehen, zaubere irgend etwas zusammen – im Schrank sind noch Eier! Irgend was – wir können die Leute nicht ohne sitzen lassen.' Drei Stunden, zwei Stunden: Ich komme heute wohl gar nicht mehr ins Bett.

In Manja ist alles kaltzitternde Wut.

Nein, so geht es nicht weiter.

Im Quartier latin stecken grau bedruckte Pappkartons an den Häusern: Chambre à louer.

Chambre à louer.

Manja geht vorbei, sie streift die Kartons mit einem hungrigen Blick. Manchmal bleibt sie vor einem stehen und betrachtet die schwarze grobe Aufschrift. Sie runzelt die Brauen, preßt die Lippen zusammen, schüttelt den Kopf, geht weiter. Sie rechnet: Sie hat vierzig Franc zur Verfügung, eigentlich nicht viel mehr als ein Taschengeld. Sie kann gut auskommen damit, wenn sie bei Dluskis wohnt. Wenn sie aber auszöge, ein Zimmer mietete, sich selbst verpflegte, es wäre bitter wenig.

Chambre à louer, chambre à louer.

Sie steht im zweiten Semester.

Sie hat sich allmählich an das schnelle Französisch der Professoren gewöhnt. Allmählich kann sie den Vorträgen ohne Mühe folgen. Allmählich gewinnt sie Urteil und Überblick: Sie lernt zwischen der Koryphäe und dem platten Schulmeister unterscheiden (auch an der

Sorbonne unterrichten nicht nur Leuchten). Allmählich unterscheidet sie auch die Methoden: Es gibt solche, die sich in den Bereichen der gesicherten Ergebnisse bewegen und daran ihr Genügen finden, und jene anderen, die auf immer neue Fragen zielen, diese Fragen umkreisen, Hypothesen aufstellen und die Phantasie der Studenten anregen, sich selbst an Hypothesen zu versuchen. Zu ihrer Verwunderung bemerkt Manja, daß diese Art, Wissenschaft zu betreiben, die ihr die einzig mögliche, sinnvolle erscheint, unter ihren Mitstudenten keineswegs die beliebteste ist. Die meisten wünschen runde Fakten, wünschen sie sich für die Prüfungen einzuverleiben, um nach abgelegten Examina in einen angenehmen Brotberuf einzusteigen.

Manja begreift das nicht.

Obwohl auch sie schnell vorankommen will, ist für sie ein physikalisches oder chemisches Phänomen, das sich an ein bekanntes Gesetz anschließen läßt, von geringem Reiz. Doch es gewinnt etwas Aufregendes, Faszinierendes, wenn es in irgendeinem Bezug in noch Unerklärliches hinüberreicht. Es gibt Leute, die das Unerklärliche hassen, ihm aus dem Weg gehen, sich damit begnügen, in den gemütlich verwohnten Stuben der längst klassisch gewordenen Ergebnisse zu hausen.

Manja hat sich, als sie nach Paris fuhr, einen Studienplan entworfen. Es zeigt sich, daß dieser Plan nicht viel taugt. Das Gebäude der Wissenschaften, die sie erwählt hat, erweist sich als viel weitläufiger, als sie geahnt hat, eine Art Minotaurisches Labyrinth, in dessen jedem Winkel sich geheime Gänge und Korridore auftun, die in neue Labyrinthe führen, und niemand, auch jene, die sich darin bewegen, die Erwählten, die Erleuchteten, die sie entdeckten, können sagen, ob sich ihr Grundriß nicht ins Ungemessene dehnt und welcher Art die Rückverbindungen sind, die sich vielleicht zwischen den abgelegensten, neu gegrabenen Stollen und den großen, längst abgesicherten Zentren auffinden lassen.

Immer wieder wird Manja von einem Traum heimgesucht: Sie geht einen finsteren Korridor entlang, hinten leuchtet ein Licht. Sie will dieses Licht erreichen, koste es, was es wolle. Manchmal sieht sie es ganz deutlich, obwohl sie sich noch weit entfernt davon fühlt: es ist ein kleines rundes, beinah durchsichtiges Blatt, das in einem vagen Goldschimmer schwimmt. Es ist so schön wie nichts auf der Welt, aber so hinfällig und flüchtig wie ein Blinkzeichen von ferne her aus einem zitternden, schwankenden, von unsichtbaren Händen geschaukelten Spiegel. Manchmal kommt es auf sie zu, sie streckt die Hände nach ihm aus, es ist wie ein Hunger in ihr, das Licht zu umfassen, die Lippen einzutauchen in seinen Glanz, sich ihm selbst anzuverwandeln. Da aber flieht es oder verändert sich: Und das Blatt wird grün und schwarz, und aus dem Goldschimmer drängen sich Ranken hervor, weiche, ineinander verschlungene laubige Triebe, rote Blüten, Lippenblüten, sie flüstern etwas, fremde Stimme, sie legt sich wie ein Schleier um Manjas Kopf, überflutet ihr Gesicht, dringt ihr in Mund und Augen und zieht sich rasch und erstickend um ihren Hals zusammen.

Wenn Manja mit einem Schrei auffährt und das Laken von sich schleudert, das ihr den Atem benahm, wenn sie das Herz wild klopfen fühlt, dann ist ihr jedesmal, als habe ihr dieser Traum eine Botschaft bringen wollen: Welcher Art kann diese Botschaft sein? – sie kann sie nur dahin deuten, daß sie sie auffordert, die Fesseln abzureißen, die ihr lästig sind, das Gestrüpp zu durchbrechen, in dem sie sich verfangen fühlt, auszubrechen in die Freiheit, die sie meint.

Chambre à louer, chambre à louer.

Eines Tages ist es soweit. Manja muß gestehen:

„Sei nicht böse, Bronia, ich bitte dich, versteh mich, mein Herz! Aber so *kann* ich nicht weitermachen. Die ganze letzte Woche ist mit lauter Tändeleien vergangen. Ich weiß, ihr meint es gut, ich hab es ja auch so reizend bei euch gehabt. Du und dein Mann, ihr habt mich richtig verwöhnt, aber . . .“

„Aber?“

„Aber ich kann auf die Dauer nicht bei euch bleiben. Es richtet mich zugrunde!“

„Zugrunde?“ Bronia starrt die Schwester aus entsetzten Augen an.

„Ja, zugrunde. Ich will doch meine Prüfungen ablegen. Es ist – ist auch Vaters wegen: er soll nicht so lange allein bleiben. Ich habe ihm versprochen, so bald als möglich zurückzukommen.“

„Du willst doch nicht am Ende von uns fort?“

„Schau – ich komme jeden Sonntag, das schwör ich dir, ich komme, sooft du es willst, und vor allem, wenn du mich brauchst. Ich habe ein kleines Zimmer gefunden, es liegt in der Nähe der Sorbonne –“

„Ach –"
„Es ist billig, das billigste, das ich auftreiben konnte. Es ist – ziemlich triste, kann ich dir sagen. Ich werde bestimmt Heimweh nach eurer hübschen Wohnung haben."
„Also – *das* ist es ..."
„Mein Gott, schau nicht so drein, Bronia, ich bitte dich. Wozu bin ich denn nach Paris gekommen, um zu studieren oder um ..."
Sie packen ein. Ein Dienstmann fährt Manjas Habseligkeiten auf einem Lastkarren ins Quartier latin. Schwester und Schwager leihen ihr Bettzeug, einen Spirituskocher, einen Kochtopf, eine Pfanne, zwei Tassen, eine Leselampe. Auch einen Spiegel. Darauf besteht Bronia: „Sonst kannst du dich nicht mal ordentlich frisieren und setzst noch den Hut verkehrt auf." Bronia lacht, aber sie weint dabei. Sie ist enttäuscht, daß die Schwester sie verläßt. Sie ist im vierten Monat schwanger und hat im geheimen auf Manjas Hilfe gehofft.
Nun sind sie da: Das Zimmer – es ist eine kleine Kammer im sechsten Stock – ist wirklich sehr elend: Steinfliesen; von den schrägen Wänden blättern die stockfleckigen Reste blumiger Tapeten. Dafür sind Türen und Fenster allzugroß. Das Ganze: ein zugiger Vogelbauer.
„Lieber Himmel, Manja, *hier* hast du dich einquartiert? Hier wirst du doch krank!"
„Ich werde nicht krank. Ich habe keine Zeit krank zu werden. Ich muß arbeiten."
Dann kommt der erste Abend: Manja ist allein. Sie hat ihre drei, vier Kleider neben dem Spiegel an die Wand gehängt, sie hat das geliehene Bettzeug über das Lager gebreitet, hat den Küchenhausrat in ein Eck geschoben und ihre Bücher auf dem großen Tisch aufgebaut.
Eine Petroleumlampe – grüner Kugelschirm, grüne Perlenfransen – verbreitet ein wonniges, stillstrahlendes Licht.
Manja ist glücklich.
Ihr ist, als wäre sie noch nie so glücklich gewesen, nicht einmal damals, als sie sich auf die Reise nach Paris machte.
Sie schiebt den Riegel vor, setzt sich nieder, schlägt ein Buch auf. Um sie schließt sich der elfenbeinerne Turm.

Wer über seine Natur hinauslebt, lebt auch immer gegen die Natur. Für ihn gilt die Prämisse, die der Mathematiker Appell in einer seiner Vorlesungen für die Berechnung eines idealen Gravitationssystems aufstellte: „Ich nehme den Sonnenball und schleudere ihn aus dem Kreis der Planeten –“ Dieses Wort trifft Manja wie der Ton einer geheimnisvollen Stimmgabel, als wäre gerade er der Ton, auf den ihr Wesen gestimmt ist. Das Wort klingt in ihr nach, summt in ihr fort, das Wort eines modernen, kühneren Archimedes, ein Wort, in dem das Wagnis des Denkens so weit getrieben wird, daß es den Abstoß von jeder Bedingung versucht, Abstoß aus irdischem Raum, irdischer Zeit – *‚ins Absolute‘*.

Jede Gerade ins Unendliche verlängert gedacht – Jede Figur, vom Irdischen abgehoben, nur mehr als Funktion logischer Gesetze begriffen – Jede Zahl des Sinns entkleidet, den sie von Abzählbarem empfängt –

Der Geist des Menschen tritt in den Innenraum, der zugleich ein unendliches Außer-ihm-Sein ist. Er geht in die Zone ein, die nur er gesetzt hat, in die Einsamkeit seiner Konstellationen, in den *Feuerofen* der reinen Abstraktion.

Unter den Kollegen heißt Manja nach kurzer Zeit schon ‚die Streberin‘. Dieser Name kränkt sie nicht, im Gegenteil: Es zuckt etwas wie eine düstere Befriedigung in ihr auf, wenn sie sich so genannt, so gehänselt hört. Sie hat Ehrgeiz, gewiß, und der Gedanke, daß sie bei irgendeiner Prüfung versagen oder auch nur in Verlegenheit kommen könnte, bereitet ihr Pein. Sie hat den doppelten Ehrgeiz der studierenden Frau, die, immer noch ein fremder Vogel unter den Kollegen, die Berechtigung des Frauenstudiums unter Beweis zu stellen hat. Sie hat – zum Dritten – den Ehrgeiz ihres Volkes, denn, weil dieses Volk geknechtet und gezwungen ist, um die Sympathien der Welt zu werben, will sie (und will es glühend), daß ihm nicht nur Sympathie, sondern auch Achtung zuteil werde. Sie, Manja Sklodowska, fühlt sich hier in der Fremde als Abgesandte ihres Landes, darum will sie es so vertreten, daß ihretwegen jedenfalls niemand etwas Abfälliges über Polen denken kann. Ihr Herz schlägt, wenn sie auf der Universität aufgerufen ihren Namen nennt und hinzufügen darf: „Aus Warschau.“

Sie bemüht sich peinlich, alle Verordnungen in den Instituten zu befolgen, sich nie eine Unregelmäßigkeit zuschulden kommen zu

lassen, in den Laboratorien ihren Platz stets in strengster Ordnung zu halten. Sie haßt es, für schlampig zu gelten, vielleicht gerade deshalb, weil sie in einer Schicht ihres Wesens gegen eine gewisse Nachlässigkeit zu kämpfen hat. In ihrem kleinen Zimmer herrscht, wenn sie sich sicher fühlt, daß niemand zu ihr kommt, nicht selten Unordnung. Am Ende eines langen Studiertages kann es geschehen, daß Manja in einem Meer zerknüllter Papiere sitzt, die sie weg und einfach zu Boden geworfen hat, um sich in ihren Überlegungen nicht aufzuhalten. Nie denkt sie daran, sich für ihre einsamen Mahlzeiten den Tisch zu decken. Ihr Frühstück nimmt sie im Hinundhergehen ein, nippt von ihrer Tasse Tee – während sie sich frisiert, ißt sie ihr Brot. Kommt sie zu Mittag nach Hause, kauert sie sich auf ihr Bett und leert, indem sie ihre Vorlesungsnotizen überfliegt, die Tüte Kirschen, die sie unterwegs gekauft hat.
Sie merkt, daß sie in den Belangen des praktischen Lebens ungeschickter ist als manche ihrer Kolleginnen. Die wissen immer, wo billiges Obst zu haben, wo einmal ein Posten neuer hübscher Blusen zu herabgesetzten Preisen zu ergattern ist. Auch sie zöge sich gern hübsch an. Aber wenn sie ‚Au bon marché' in der Schlange stehen und darauf warten soll, bis sie an der Reihe ist, wird sie ungeduldig, schlägt sich die verlockendsten Anpreisungen aus dem Kopf und läuft nach Hause, zurück an die Arbeit.
Und doch kommen auch für sie die Abende, an denen sie es nicht über sich bringt, ihre Bücher aufzuschlagen. Es kommen Stunden, da sie das alles satt hat: Das Lernen, das Lesen, sogar die Mathematik. Dann überfällt sie der Koller des Alleinseins, die wilde Lust, aus der Stadt auszubrechen, alle diese Gassen, Avenuen und Boulevards hinter sich zu lassen, fortzurennen ins Freie, in die Landschaft.
Aber Landschaft – Landschaft ist weit, eine Stunde Bahnfahrt, nicht daran zu denken! Dann macht sich Manja auf und wandert zu Bronia und Dluski.
Indessen ist Bronias Schwangerschaft fortgeschritten; jedesmal trifft die an der Schwester wahrgenommene neue Veränderung Manja wie ein leiser Vorwurf. Schwerfällig, mit steifem Rücken bewegt sich die junge Frau durch die Räume. Ihr breites Gesicht, das durch die bis knapp über die Augen reichenden Ponyfransen noch mehr verkürzt ist, scheint merkwürdig gedunsen. Ihr ein wenig fisch-

mäuliger Mund steht jetzt immer etwas offen, Bronias Atem geht kurz – das Mieder schnürt sie, die Brust quillt über die Fischbeinversteifung der Weste. Dennoch ist Bronia schön, schöner als je zuvor, so empfindet es Manja, von einer eigentümlich erdhaften Würdigkeit. Wenn die Schwester dann dasitzt und vor sich hin schweigt, denn Bronia ist jetzt auch schweigsamer geworden, und in sich hineinzulauschen scheint, während Manja und der Mann miteinander schwatzen, dann senken sich ihre Lider, diese großen, etwas vorstehenden Lider, langsam über die in einer Schlafanwandlung sich trübenden Augensterne. Pst! Manja weist Dluski, Dluski weist Manja darauf hin. „Sie möchte schlafen." Dann verstummen sie beide und blicken Bronia an und nicken sich, halb verlegen, halb verständnisinnig zu. Aber es währt nur Sekunden: Die eintretende Stille weckt Bronia auf, sie hebt den Kopf, ein selig-hilfloses Lächeln erscheint auf ihren Zügen, sie seufzt: „Ah, Manja! ah, Kasimir! ich bin schon wieder bei euch."

Neben dem Bett der Eltern steht das winzige, weißverkleidete des Kommenden bereit, und dort, wo Manja im vergangenen Winter ihren Schlafplatz hatte, liegt die ganze Ausstattung liebevoll ausgebreitet: Windeln, Deckchen, Hemdchen, das meiste polnischer Herkunft, von guten Schwestern, Basen, von Dluskis Mutter geschickt; auch Manja hat manches dazugespendet (bitterlich vom Mund abgespart, aber mit Freude gegeben).

Die Stunde ist nahe.

„Wenn es soweit ist, ruft ihr mich?!"

„Ja, bestimmt."

Wenn Manja dann aufbricht, um in ihr Quartier zurückzukehren, will Dluski sie begleiten. Aber Manja lehnt ab. „Es ist besser, du bleibst bei Bronia. Bronia braucht dich jetzt nötiger als ich."

Die Nacht ist schön, lau, von einem zarten Wind durchfächelt. Ob sternklar – man sieht es nicht – das Gaslicht blendet.

Manja dreht die wenigen Münzen, die sie bei sich in der Tasche hat, zwischen den Fingern: Das Kostgeld für morgen. Soll ich fahren? Nein, ich gehe zu Fuß.

Hier ist die Gegend ruhig, man muß nicht gewärtig sein, alle Augenblicke angesprochen zu werden. Doch in bestimmten Gegenden wird der Weg zur Qual. Immer wieder heftet sich ein fremder Schritt an ihre Fersen. Immer wieder dieselben Manöver, um ihm zu entgehen:

Manja geht rascher, wechselt den Gehsteig – meist vergeblich. Immer wieder dieselben töricht-werbenden Redensarten, die an ihr Ohr dringen.
Und wenn man es einmal wagt, aufzuschauen und den unliebsamen Begleiter mit einem Blick zu streifen, immer derselbe Widerwille gegen das durch niedrige Jagdgier entstellte Gesicht – ob jung, ob alt, ob hübsch, ob häßlich: Der gleiche ekelhafte Zug frecher Freibeuterei. Und immer durchfährt Manja dasselbe schmerzhafte Gefühl: Man hat ihr erzählt, daß Kasimir Z. durch – wie man vermutet – irgendeine Enttäuschung verbittert – ein hemmungsloser Schürzenjäger geworden sei. Er soll auch hier in Paris und in schlimmster Gesellschaft gesichtet worden sein – meine Schuld, denkt Manja, meine Schuld. Einmal werde ich dafür bezahlen müssen.

Pierre Curie arbeitete an der École de Physique in dem alten Gebäude des Collège Rollin in der Rue Lhomond als Leiter des Laboratoriums.
Die Familie des Dr. Curie hat im Winter 70 auf 71 die Belagerung von Paris gesund überstanden. Das Bombardement hat zwar das Viertel um den Jardin des Plantes, in dem sie damals lebte, stark mitgenommen. Ein Geschoß war in das Nebenhaus eingeschlagen und hatte es in Brand gesetzt, der Brand hatte auf den Dachstuhl des Curieschen Hauses übergegriffen. Obwohl der Schaden nicht übermäßig groß war, hatte man sich gezwungen gesehen, das Haus zu verlassen und in ein anderes Quartier zu ziehen. Dort, vor dem Rempart de la Visitation war im März während des Aufstands der Commune eine Barrikade errichtet worden. Gleich darauf begannen die Schießereien.
Dr. Curie zögerte nicht, zu den Verwundeten hinauszugehen und einige von ihnen mit Hilfe seiner beiden Söhne Jacques und Pierre in seine Ordination zu bringen.
Dort wurden die Wunden verbunden, gebrochene Arme geschient und ein zerschmettertes Bein amputiert.
Pierre und Jacques leisteten dabei einige Hilfsdienste.
Als wieder Ruhe eingekehrt war und Dr. Curie sich anschickte, in seine frühere und indessen wieder instand gesetzte Wohnung zurückzukehren, merkte er, daß er sich durch die von ihm auch den

Communarden mit Selbstverständlichkeit gewährte Betreuung einen großen Teil seiner bürgerlichen Kundschaft verschnupft hat. Man verdächtigte ihn revolutionärer Neigungen und tätiger Sympathien für ‚die verruchten Mordbrenner'.

Der Doktor war so verärgert, daß er seine Praxis in der Rue Cuvier zur Verfügung stellte und in den Verwaltungsdienst eintrat: Er übernahm die Stellung eines Inspektionsarztes in der Vereinigung zum Schutz gefährdeter Kinder. Diese Beschäftigung erlaubte ihm, die Stadt zu verlassen und sich, was immer schon sein Wunsch gewesen war, in einem noch ländlichen Vorort anzusiedeln. Er wählte Fontenay aux Roses. Von dort zog er einige Jahre später nach Sceaux in ein kleines Haus in der Rue Sablon.

Die beiden Söhne gingen in jenem Jahrzehnt ihrer Ausbildung nach: Jacques, wie üblich, durch den Besuch einer Schule; Pierre auf anderen, vielleicht schwierigeren, doch seiner Natur gemäßeren Wegen.

Mit sechzehn Jahren legte er sein Baccalaureat ès sciences ab. Dann inskribierte er an der Sorbonne und begann sich auf das Lizentiat für Physik vorzubereiten.

Er gewann Zutritt zu den Versuchswerkstätten eines Professors Leroux in der alten Pharmazeutenschule. Gleichzeitig arbeitete er mit seinem Bruder zusammen. Jacques war Präparator der chemischen Kurse bei Riche und Jungfleisch.

Schon als Achtzehnjähriger trat auch der Jüngere als wissenschaftliche Hilfskraft des tüchtigen Desains in die École Physique ein. Hier verdiente er etwas Geld und vermochte dadurch seine Eltern zu entlasten. Obwohl noch immer an der Sorbonne inskribiert, fand er bald keine Zeit mehr, die vorgeschriebenen Collegs zu besuchen. Und wieder ging es mit ihm, wie es schon auf anderer Stufe ergangen war: Er entzog sich dem allgemeinen Unterricht, um für sich allein vorzudringen, zu experimentieren und seinen Gedankengängen nachzuhängen.

Für sich allein –?

Da war doch Bruder Jacques, der durch gründliche Schulung ausgebildete, kluge und auf angenehme Weise mitteilungsbereite ältere Bruder, dessen tadellose Collegheftе Pierre immer zur Verfügung standen. Schon seit jeher bewohnten die Brüder ein Zimmer gemeinsam oder, wie hier in Fontenay, zwei nebeneinanderliegende

Mansarden, deren Verbindungstür kaum je geschlossen wurde. Hier führten die Brüder endlose Gespräche.
Das kleine Haus war leicht gebaut, und oft hörten die Eltern in ihrem im ersten Stockwerk gelegenen Schlafzimmer das nicht verstummen wollende Wechselgespräch der Brüder. Dann und wann wurde die Mutter ungeduldig, sie wollte mit dem Absatz ihres Hausschuhs an die Wand klopfen, um endlich Ruhe zu schaffen.
Der Vater aber meinte: „Laß sie! Sie brauchen das – Pierre vor allem braucht es. So gewinnt er sich seinen Anteil an der Welt."
„Ach, du bist immer so nachsichtig", murrte die Mutter.
„Nein, eher einsichtig", erwiderte der Vater. Dann, nach einer Weile: „Siehst du, Pierre war mir lange ein Rätsel – und eine Sorge. Jetzt beginne ich ihn zu begreifen. Wir haben ihn oft einen Dickkopf genannt – trotz seiner Sanftmut. Jetzt wird mir klar, daß er unter seiner Dickköpfigkeit eine sehr empfindliche, sehr verletzliche Natur verbirgt, eine Natur, die sich – wie soll ich mich ausdrücken – nur in erlesenen Verhältnissen entwickeln kann."
„Ach ja", die Mutter seufzte, „erlesene Verhältnisse: das heißt – Einsiedelei."
„Nun ja, warum nicht? Er ist wohl ein Mensch, der für kein soziales Gefüge taugt, wenn wir darunter die gewöhnliche Gesellschaft verstehen wollen. Wie oft haben wir uns darüber geärgert, daß er sich, wenn Leute zu uns kamen, so teilnahmslos zeigte. Es bereitet ihm offenbar gar keinen Spaß, sich vor anderen zu produzieren, den kleinen Eitelkeiten der anderen zu schmeicheln, um dann selbst irgendwelche Schmeicheleien einzuheimsen. (Letzten Endes läuft doch jede Art Gesellschaft auf einen solchen Austausch hinaus.) Will man ihn an diesem Spiel beteiligen, fühlt er sich nur verwirrt –"
„Angeekelt fühlt er sich", sagte die Mutter. „Mein Gott, er sitzt manchmal da, als schliefe er."
„Ja, das kränkt dich", antwortete der Vater. „Und dann bist du doch unzufrieden, wenn er mit Jacques schwatzt. Manchmal, vermute ich, bist du eifersüchtig."
„Ach –"
„Doch, doch –", in des Vaters Stimme schwebte ein leises Lachen. „Indessen: Diese Eifersucht scheint das Recht der Mütter –"
Die Pendule im Salon schlug zwölf. Die zartzirpenden Schläge waren wohl vernehmlich.

„Horch nur! Sie reden immer noch“, klagte die Mutter.
„Laß sie doch! Diese Gespräche sind im Grunde alles, was Pierre an andere Menschen bindet.“
„Ich möchte wissen, von wem er das hat!“ murrte die Frau.
„Von mir“, sagte der Mann, und jetzt lachte er. „Natürlich von mir. Das ist“, fuhr er dann fort, „ein im Grunde unfranzösischer Zug. Du hörst es nicht gern: Aber ich denke, da hat sich die elsässische Herkunft der Curies in dem Jungen durchgesetzt.“
„Du meinst wohl: Die deutsche Herkunft“, brummte die Mutter.
„Natürlich, ‚Hellenes kai barbaroi‘.“
Eines Tages ist es mit den endlosen brüderlichen Gesprächen von Kammer zu Kammer, mit den gemeinsamen Fahrten nach Paris, den weiten Wanderungen zu zweit und den köstlichen Stunden wechselseitiger Hilfe im Laboratorium zu Ende. Man hat Jacques eine Stellung als Professor der Mineralogie in Montpellier angeboten, und, wie nur natürlich, hat Jacques zugesagt. Pierre ist über des Bruders Abreise tief bestürzt. Er hat es nicht gewagt, diese Bestürzung zu zeigen, solange die Sache nicht entschieden war; denn er weiß, daß diese Berufung Jacques viel bedeutet. Auch jetzt in der Stunde des Abschieds versucht er seine Niedergeschlagenheit zu verbergen, vergeblich.
Er hat den Bruder auf den Gare d'Orléans begleitet und geht mit ihm in der rußig-rauchigen Halle, auf dem von bleichen Sonnenstrahlen übergitterten Bahnsteig auf und ab. Jacques' Gepäck ist schon im Zug verstaut, die letzten zehn Minuten wollen überstanden sein.
Die beiden jungen Männer gleichen einander, wie Brüder einander nur gleichen können, deren somatische Grundformen dieselben, deren Charaktere aber ganz verschieden sind. Jacques ist der stattlichere, hübschere, er ist eine heiter-tätige und manchen, auch derberen Genüssen nicht abgeneigte Natur. Pierre ist um etliches größer als sein Bruder, wirkt aber kleiner, zarter. Seine Haut ist blaß und zeigt auf Stirn und Wangen leichte Spuren von Vernarbungen: Er hat in den Entwicklungsjahren an Akne gelitten. Sein dichtes Haar ist glatt, ist feiner als das krause Stiergelock des Bruders. Jacques ist gut und neu gekleidet – er ist's auch, der fortfährt und eine neue Lebensstellung antritt. Pierres Anzug – dessen Schwarz nicht einmal von einer hellen Weste aufgelichtet wird – ist aus der

Mode und schlottert ein wenig um seine dünne Gestalt. Mit Mühe zwingt er sich zu ein paar gleichgültig klingenden Worten, und mit gleicher Mühe verbirgt Jacques seine durch die nahe Abreise entfachte lachlustige Laune.

„Laß nur den Kopf nicht hängen", tröstet er. „Was kannst du schon an mir verlieren? Im Gegenteil. Du wirst jetzt mehr Raum haben, kannst dich besser ausbreiten. Haben wir uns nicht oft den Platz am Schreibtisch streitig gemacht – und" – Jacques schwenkt endgültig in den Scherz ein – „das große Tintenfaß, das berühmte Geschenk von Madeleine? Ah, Madeleine! Du wirst sehen, wie sie dich jetzt verwöhnen wird, da du allein übrig bist!"

Madeleine ist die Tochter eines Nachbarn, die die beiden Brüder liebt und sich ihnen immer auf alle mögliche Art angenehm zu machen versucht, sie mit Geschenken und Einladungen überschüttet mit der Wirkung, daß sie beiden ein Greuel ist. Jacques hat sie oft durch seine nicht immer zartfühlenden Neckereien in Schach gehalten.

„Gib nur acht, daß du jetzt nicht in ihren Netzen hängen bleibst!"

Pierre verzieht den Mund und runzelt die Stirn nur noch mehr. In diesem Augenblick ist ihm, als könnte er den Bruder hassen: Er geht und ich bleibe und er weiß nicht einmal, was es mir bedeutet, ihn zu verlieren. Denkt er nicht mehr an die Wintermonate des vergangenen Jahres, als wir beide über die elektromagnetischen Eigenschaften der Kristalle arbeiteten und die Frucht dieser langwierigen und schwierigen Arbeit damit einheimsten, daß wir gemeinsam den hochempfindlichen Apparat des piezoelektrischen Quarzes konstruierten? Das Glück dieser langen mühseligen Tage, die Freude und Spannung, als es gelang, dem Gesetz der winzigen Deformationen auf die Spur zu kommen, die Strom und Magnetismus in Kristallen ohne Symmetrieebene erzeugen, der wunderbare Augenblick, da sich die in kleinsten Werten bewegenden Beobachtungen in einer verfolgbaren Kurve zusammenschlossen – alles vorbei und unwiderruflich vorüber! – Er, Pierre, hat es nur zu deutlich gefühlt, wie ihn die Zielstrebigkeit des Bruders befeuerte, wie nötig es ihm war, jedes kleinste Ergebnis dem anderen sogleich mitzuteilen und dessen Kontrolle zu unterwerfen, als traute er sich selbst zu wenig, und mehr noch, wie hilfreich ihm diese Kontrolle war, seine Phantasie zu zügeln und an das in Frage stehende Problem zu

ketten, diese Phantasie, die etwas Grenzenloses und Formloses hat, die, immer nach äußersten Konsequenzen greifend, mischend und entmischend der Arbeit vorauseilt und sie dadurch hemmt.
Diese Phantasie ist, so glaubt er jetzt, sein größter Feind, gerade weil sie ihm so oft, so oft die süßesten Stunden bereitet (o unzählige, rastlos durchwanderte Tage, einsames Schweifen), weil sie ihn in Gefahr bringt, das zu werden, was er am meisten verabscheut, ein zwar genialischer, aber ziellos umherirrender Dilettant.
Was er leisten könnte, darüber hat ihn die Gemeinsamkeit mit dem Bruder belehrt. Ohne ihn, ohne seinen zugleich antreibenden und einschränkenden Einfluß glaubt er sich verloren – und er glaubt ihn unersetzlich. Pierre hat keine Freunde (gute Bekannte in Menge, aber keine Freunde), er hat nie Kameraden gehabt, er gehört keinem Kreis an, keinem Verein gemeinsam Interessierter. Und die Frauen –?
Jacques hat ein paar leidenschaftliche Verhältnisse hinter sich gebracht, aufregende Romanzen, die ihn in der Zeit ihrer Blüte ganz in Anspruch nahmen und manchmal unter Donner und Blitz und hart am Skandal vorbei zu Ende gingen. Jacques liebte, wenn er liebte, mit Passion, er schwärmte, er war eifersüchtig, verwegen, nachher, wenn es schiefging, verzweifelt – ein Mensch, der sich dem Sog des Lebens nicht widersetzt, der sich ihm ausliefert, Leid und Freude annimmt –
Pierres Verbindungen waren anderer Natur.
Er dachte nicht gern an sie, wenn sie zu Ende waren. Er fühlte sich immer – auch auf dem Höhepunkt angekommen – in gewisser Hinsicht unbeteiligt und kalt. Er sagte sich: Ich bin kein Liebhaber. Wenn ich genossen habe, verstummt meine Natur. Ich weiß nichts mehr anzufangen mit dem Wesen, das nun mit gutem Recht meine Anhänglichkeit, meine Dankbarkeit erwartet. Was kann ich ihm geben? Höchstens Geschenke, pfui! Und selbst dazu fehlen mir die Mittel.
Die Frau entscheidet sich immer für das Leben, sie liebt das Leben um seiner selbst willen, alles andere ist ihr verschlossen, unfaßbar, nicht vorhanden. Wenn der Mann einen Weg beschreiten will, der ihn von dem entfernt, was die Frau unter Natur versteht, dann beginnt der Kampf.
Die Mutter will ihr Kind in ihrem Nest hegen (ich hab's erfahren!)

– sein Geist ist eine Sache, die sie nicht interessiert. Sie will das Kind selbst behalten und dem Leben bewahren, auch wenn es dabei verkümmern sollte. Und die Geliebte?
Auch sie will den Mann für sich selbst haben. Sie findet es selbstverständlich, daß er ihr alles opfert, alles, das heißt vor allem jeden Gedanken, jede Idee; für eine Liebesstunde soll ihm, was seine Person ausmacht, feil sein.
Der Kampf ist ungleich, sehr ungleich, denn die Frauen haben die gerechte Sache für sich. Denn ihr Kampf ist ein Kampf der Natur gegen den Geist. Und im Geist muß eine Kraft enthalten sein, die die Natur in ihrem ganzen Bestand gefährdet. Das fühlt die Frau, und selbst die törichteste, ja gerade sie hat einen genauen Instinkt für diese ferne, scheinbar hypothetische und doch wohl reale Bedrohung –.
Von solchen Gedanken bewegt konnte sich Pierre nie dazu überreden lassen, je eine echte Leidenschaft empfunden zu haben. Ihm verschattete das Empfinden, daß sein Innerstes unbewegt blieb, jede neue Begegnung. Und manchmal ertappte er sich, wenn er eine Freundin verließ oder von ihr länger als gewünscht festgehalten wurde, bei der häßlichen Frage: Was will das Wesen von mir, was hab ich gemein mit ihm? Was steckt in diesem reizenden Kopf? hinter dieser hübschen Stirn? hinter diesen wie Edelsteine schimmernden Augen? – Von Hegel hat einer seiner Feinde und Verächter gesagt: In seinem Schädel steckt kein Gehirn, in seinem Schädel steckt ein Blumenkohl . . .
Die Minuten verrinnen. Die Zeiger der Bahnhofsuhr nähern sich in kleinen plumpen Sprüngen der Abfahrtszeit.
Jacques glaubt sein munteres Geplauder fortsetzen zu müssen. „Du wirst auch jetzt mehr Ruhe haben. Hab ich dich mit meinem Geschwätz nicht oft gestört? Und Mama wird sich freuen, wenn sie nur hinter dir herlaufen, dich einwickeln, füttern und dich ganz unwidersprochen mit ihren guten Ratschlägen überschwemmen kann, du bist doch nun einmal ihr Liebling."
Pierres Gesicht wird immer finsterer.
„Im übrigen –", sagt Jacques und nähert sich seinem Coupé, „wäre es so allmählich an der Zeit, daß du dich um eine Schwiegertochter für sie umsähest, du könntest, glaube ich, den beiden Alten keine größere Freude machen, als indem du die Familie vermehrtest.

Die beiden rücken in die Jahre, da sich großelterliche Instinkte betätigen wollen. Was mich betrifft –", er setzt den Fuß auf das erste Trittbrett, „so schmiede ich soeben meine Pläne und denke, daß übers Jahr einiges reif geworden sein wird. Es kommt nur darauf an –", er schwingt sich lachend hinauf und klappt die Türe hinter sich zu, „das elektromagnetische Kraftfeld immer auf convenabler Stärke zu halten."

Pierre bewegt den Hut dreimal winkend über dem Kopf, während der Zug, gewaltige Dampfwolken von sich speiend, aus der Halle rollt. Dann bedeckt er sich, dreht sich um und wandert dem eisernen Sperrgitter zu.

Das letzte Wort des Bruders klingt in ihm nach und weckt, seines scherzhaften Doppelsinns entkleidet und an einer gestern abgebrochenen Überlegung festhakend, eine Reihe neuer, zuerst unbestimmter, dann sich verdeutlichender Vorstellungen in ihm. Am Sperrgitter muß er seine Karte zeigen – wo ist sie? in welcher Tasche seines Anzuges hat er sie verwahrt?

Der schnauzbärtige Beamte brummt ihn an.

Endlich hat Pierre das Stückchen Pappe hervorgewühlt und in die Hand des Wächters ausgeliefert.

Er betritt die Straße, deren lärmendes Gewühl ihn mehr irritiert, als die hier durch kein rußiges Glasdach gedämpfte, grell scheinende Sonne ihn blendet. Während er zwischen einem vierfach bespannten Pferdeomnibus und einer Droschke hindurchschlüpft, bemüht er sich vergeblich, den verlorenen Gedankenfaden wieder zu erhaschen. Und durch seinen sich wieder verdichtenden Mißmut tönt ihm ein Wort Victor Hugos, das, wie ihm vorkommt, treffendste dieses Dichters: ‚Etourdir de grelots l'esprit qui veut penser: Der Geist, der denken will, von Schellen betäubt –'

Eines Abends spät schlenderte Pierre durch das Universitätsviertel gegen den Boulevard Saint Michel hinab, um dort seinen Vorortszug nach Sceaux zu besteigen. Er hatte noch Zeit. Nach acht fuhren nur wenige Züge und in großen Abständen.

Die Straßen waren mit Baugerüsten zur Hälfte verstellt. Man war wieder einmal daran, einen der zahlreichen Flügel der Hochschule zu renovieren, das heißt, fast bis zu den Grundmauern abzureißen und neu aufzustellen. Die hier beheimateten Institute waren in

allen möglichen umliegenden Gebäuden verteilt. Sogar die kleine Herberge zum ‚Roman de la Rose' mußte herhalten. Unter der Tafel, die kundgab, daß Jean de Meung in diesem Haus vor sechshundert Jahren seinen berühmten Rosenroman geschrieben habe, war eine bescheidene neue Aufschrift angebracht:
Institut III für chemische Forschung an der Sorbonne.
Pierre pfiff leise vor sich hin. Er dachte: So alt ist Paris und so voll Merkwürdigkeiten, ganz vollgesogen mit dem Succus der Jahrhunderte wie ein Schwamm mit Wasser. Wo man es berührt, quillt es davon über. – Dieser Succus ist es, der die Fremden besoffen macht; nicht die Schönheit der Stadt (was soll denn schön sein an diesen grauen, krummen, schmutzigen und von altem Elend befleckten Gassen?), nicht das weiche schmeichelnde Licht, das die Maler preisen (es liegt über ganz Frankreich und über allen westlichen Küstenländern Europas), und nicht das und jenes: Sondern diese seltsame Gegenwärtigkeit des Vergangenen in allen diesen Wohnhöhlen und Höfen und verzwickten Winkeln – und so auch in dieser krummen Bude: Roman de la Rose, wo sie jetzt ein chemisches Labor einquartiert haben.
Hinter zwei Fenstern im Erdgeschoß brennt noch Licht, das scharfe harte Licht der wissenschaftlichen Werkstatt, von keinem Vorhang gedämpft. Nur die unteren Scheiben sind aus Milchglas, damit man den Laboranten nicht gerade in den Bauch sehen kann.
Und da bewegt sich auch eine Gestalt, ein junges Frauenzimmer in weißem Kittel, und holt sich eben aus einem in der Fensterlaibung eingebauten Gestell eine Eprouvette hervor.
Das junge Frauenzimmer – Pierre hält inne – sollte ich kennen. Ich habe doch erst neulich – ah, es war bei diesen Polen Kowalskis, auch sie ist eine Polin, ihr Name Wolowska oder Skodowska – und: Marie.
Pierre tritt näher, er hat ja noch Zeit zum Zug nach Sceaux und fühlt plötzlich Lust, der kleinen fremden Person (bei Kowalski hat er nur ein paar Worte mit ihr gewechselt) bei ihrer Tätigkeit zuzuschauen. Es ist ja sein Beruf, experimentierende Schüler zu überwachen, und er hat längst gelernt, aus ihrem Verhalten dabei nicht nur auf ihre Eignung, sondern auch auf ihren Charakter zu schließen. Er kann leider nicht feststellen, welcher Art der Versuch ist, den die Wolonska oder Skodowska eben durchführt, denn ihre

Hände sind ihm verborgen und auch, welche Geräte sie handhaben; nur ihr Kopf und ihre Schultern ragen in die ungetrübte Scheibe; der Tisch, über dem sie hantiert, steht knapp vor dem Fenster, die Lampe dahinter ist, für Nachtarbeit jedenfalls, schlecht postiert und zwingt die Laborantin, sich immer wieder nach ihr umzuwenden.

Das kleine breite und dabei hagere Gesicht des Mädchens zeigt den Ausdruck strenger Sammlung. Im Schatten scheint das kurzgeschnittene Haar eher dunkel, nur im Gegenlicht schimmert es blond, es ist mit zwei Kämmen nachlässig nach hinten gerafft, ganz so, als habe mehr Eile als Sorgfalt die Hand dabei geführt. Der Kittel ist schneeweiß, aus dem Kragen steigt ein Stückchen Bluse, mit einer Brosche gesteckt.

Die Laborantin bewegt sich gleichmäßig, zielstrebig, ohne aufzuschauen. Sie rührt etwas, die Bewegung ist an den leise federnden Schulterköpfen abzulesen; dann ergreift sie eine (unsichtbare) Flasche und tröpfelt eine Substanz ein, sehr vorsichtig, leise vor sich hin zählend. Doch scheint es nicht, daß sie französisch zähle (Pierre erinnert sich, daß sie gut und fließend, nur mit etwas hartem Akzent sprach), sie zählt offenbar polnisch; eine sonderbare, dem französischen Ohr wenig wohlklingende Sprache.

Eine zweite Flasche wird entstöpselt, der Tropfenzähler eingeführt – die Kleine läßt sich Zeit, sie verfährt sehr genau. Dann rührt sie wieder, und das dauert nun eine ganze Weile. Pierre tritt vom Fenster zurück, es beginnt ihm peinlich zu werden, dazustehen und hinzuschauen, doch dann zieht es ihn wieder hin, das Mädchen rührt noch immer, sie erlaubt sich kein Innehalten, nur ihre Miene wird um einen Grad angespannter, die schon leise eingeprägte Falte zwischen den Brauen vertieft sich, und ihre Zähne, hübsche weiße Zähne, schieben sich über die Unterlippe und graben sich in sie ein.

Pierre wartet in einer Art sonderbarer Spannung darauf, daß das Mädchen in seiner Ausdauer erlahme. Endlich ist sie fertig – gleich wird sie aufschauen und sich einen Moment des Ausruhens gönnen. Ist es nicht überhaupt merkwürdig, daß sie sich nicht längst beobachtet weiß? Sollte sie so vertieft sein, daß sie seinen Blick nicht fühlt?

Nein, sie fühlt nichts. In Windeseile wird ein Zündholz angerissen

– Pierre errät den elastisch ausfahrenden Griff, mit dem sie das Phosphorköpfchen über die Reibfläche führt –, die gerührte Substanz wird in eine Eprouvette geschüttet, diese über der Flamme eines Brenners geschwenkt.
Pierre denkt: Mein Zug nach Sceaux.
Dann: Ich kann auch später fahren. Und in einer mit sachlicher Neugier gemischten Rührung wohnt er dem Schauspiel weiter bei.
Das Schwenken der Eprouvette über dem Brenner dauert eine, vielleicht zwei Minuten. Der Blick des Mädchens umschweift sorglich den Vorgang – schließlich scheint es genug: Sie hebt, sich dem Licht zuwendend, das mit einer bläulichen Substanz gefüllte Röhrchen in Augenhöhe. Es zittert ein wenig in ihrer Hand.
Mariens Lider verengen sich zu einem Spalt. Ihr noch sehr junges Profil zeichnet sich klar von der weißen Decke des Raumes ab, das blonde Haar weht wie eine Aura um Stirn und Schläfen.
Endlich ist es ihr gelungen zu erspähen, was sie erspähen wollte (es muß ein winziger, dem unbewaffneten Auge schwer wahrnehmbarer Effekt sein), die Eprouvette sinkt, und über das Gesicht des Mädchens breitet sich – unendlich rein, zart und in sich selbst gestillt – ein seliges Lächeln aus.

Als ich an jenem Sonntagmorgen aus dem Haus kam, stand Pierre Curie vor mir. Er war mit einem raschen Schritt auf mich zugetreten, der etwas außerordentlich Bestimmtes an sich hatte und die Möglichkeit ausschloß, daß es sich bei dieser Begegnung um einen Zufall handelte. „Da sind Sie ja", sagte er und blickte mich aus schmalen Augen prüfend und zugleich so an, als sei er, der prüfte, des Ergebnisses von vornherein sicher. (Ich sollte ihn später ungezählte Male das Ergebnis eines Experiments mit demselben Ausdruck abnehmen sehen.) „Da wir heute einen so schönen Tag haben, dachte ich, wir könnten in den Bois fahren. Sind Sie einverstanden?"
Er fragte nicht: Was haben Sie vor? Wollen Sie mit mir kommen? Alles, wonach er fragte, war das Ziel unseres gemeinsamen Ausflugs. Ich war überrascht, denn wir hatten keine Verabredung getroffen. Doch, ehrlich gestanden, ich dachte nicht daran zu protestieren. Ich sagte nur, ja, der Bois sei recht gut und schön, aber an einem Sonntag vielleicht etwas überfüllt. Ich kannte den Bois

kaum, nur die ersten Alleen, in denen ein oft unerträgliches Gewühl herrschte, wo Fahrzeuge und Pferde ineinanderkeilten und die Spaziergänger mit Staub bepuderten.

„Ich will Ihnen den Bois zeigen, wo er still und angenehm ist", erwiderte Pierre. „Aber wenn Sie vollständige Einsamkeit vorziehen, dann –"

„Nein, nein", beeilte ich mich zu sagen und wurde rot und ärgerte mich, daß ich rot wurde, „ich bin doch kein Menschenfeind."

„Aber ich –", sagte er ganz ernsthaft, „und ich halte Einsamkeit für einen sehr schönen Zustand, ja, für den einzigen Zustand, der unsereinem ansteht, mit gewissen Einschränkungen, versteht sich." Nun lächelte er doch. „Aber darüber wollen wir später sprechen. Dort, sehen Sie! Ich habe etwas mitgebracht, um uns flügge zu machen und uns nicht dem lästigen Gedränge in den Omnibussen auszuliefern."

An der Mauer des Nachbarhauses lehnten zwei Räder.

Ich stieß einen Ruf aus –

„Sie können doch fahren? Ja!? Ich dachte es mir. Ein Mädchen wie Sie –"

Wir liefen zu den Fahrzeugen hinüber, das heißt, ich glaube, daß nur ich lief, kindisch – begierig, froh – erstaunt. Ich war schon lange nicht mehr Rad gefahren: Damals in Warschau die Versuche auf dem geliehenen der Piacezka, ich hatte so viel Spaß daran gehabt, mich auf dem scheppernden Ding dahintragen zu lassen und das Gefühl der Freiheit zu kosten, das die Beschleunigung erweckt. Nun hatte dieser Pierre Curie ein Rad für mich mitgebracht, ein gutes Rad, wenn auch nicht neu, seine Sattelhöhe stimmte, es zeigte sich, daß Pierre sie schon für mich eingestellt hatte.

„Sie haben ein gutes Augenmaß –", sagte ich.

Die ersten fünfzig Meter fuhr ich unsicher und fühlte Angst. Dann aber gewöhnte ich mich, der Rock genierte nicht sehr, und Pierre fuhr voraus und suchte mit Geschick die Stellen des Montparnassschen Rappelpflasters aus, die nicht allzu löchrig waren. Ich blieb knapp hinter ihm, wir konnten nicht sprechen, denn die schlecht gefederten Rahmen vollführten einen Heidenlärm. Doch von Zeit zu Zeit drehte sich Pierre nach mir um und nickte mir ermunternd zu. „Jetzt nach links." „Jetzt nach rechts." „Wir werden bald da sein."

Wie rasch flogen wir dahin, die endlosen Avenuen entlang, die ich sonst zumeist allein in mühseligen Märschen bezwang. Die Straßen waren sonntäglich still, da und dort Kirchgänger in festtäglichen Kleidern, sie gafften uns mißbilligend nach. Aus einem geöffneten Fenster wehten Klavierakkorde heran und an uns vorüber: Etude cis moll von Chopin.
Les Invalides, Avenue Bosquet: Ich trat, so fest ich konnte, auf meine Pedale, ich setzte meinen Ehrgeiz darein nicht zurückzubleiben. Pierre immer vor mir – ich kannte ihn kaum. Jetzt hatte ich Muße zu überlegen, worauf ich mich mit diesem unerwarteten Ausflug eingelassen hatte. Ich war überrumpelt worden, kein Zweifel. Hätte ich deshalb ablehnen sollen?
Das Schicksal des Menschen gleicht einem sehr komplizierten und nur zum kleinsten Teil offenliegenden Räderwerk. Der Mensch sieht nur wenige Wellen in Bewegung. Dann wundert er sich, daß die Maschine Unerwartetes hervorbringt. Es gehört wohl zur Ökonomie der die ganze Struktur umfassenden Bewegung, daß sie sich im Zustand der Anbahnung harmlos zu lokalisieren scheint. So dachte ich auf jener Fahrt keineswegs daran, ihr irgendeine Bedeutung zuzuerkennen. Ich schirmte ab und öffnete mein Bewußtsein nur den oberflächlichsten Erwägungen. Ich war besorgt, wie ich dem Mann meine, wie mir jetzt schien, übergroße Bereitwilligkeit plausibel machen könnte. Ich fürchtete, mich vor ihm bloßgestellt zu haben. Eine törichte Befürchtung, denn er kannte mich bereits viel besser, als ich ahnte. Woher – das hat er mir erst später gestanden.
Ich hatte eine nur sehr verschwommene Vorstellung von seiner Person, wenn auch eine hohe Meinung von seiner wissenschaftlichen Leistung. Kowalskis hatten mir von seinen kristallographischen Arbeiten erzählt, über die sich Pasteur – der große Pasteur, den wir Studenten fast für einen Halbgott hielten – mit Bewunderung geäußert habe. Ich hatte Pierre erst zwei oder dreimal flüchtig gesprochen, einmal am Abend, als ich das kleine Hilfslabor in der Rue Saint Jacques verließ –. Als ich Pierre das allererste Mal gesehen hatte, war mir durch den Kopf gefahren: Er sieht aus wie ein hübsches Mädchen.
Ein hübsches Mädchen mit Bart, ein lächerlicher Gedanke.
Viel später sagte Pierre zu mir: Deine Augen sind Jünglingsaugen.
Hermaphroditisch: Die Alten glaubten in ihm das Ur-Eine wirksam.

Vor dem Bois de Boulogne ließen wir die Räder in einem Café. Es war erst zehn Uhr, ein heller Märztag.
Die Bäume waren noch kahl, und die Sonne tat uns wohl, denn der Fahrtwind hatte uns durchkühlt. Wir beschlossen eine rasche Gangart einzuschlagen.
Nach einer Weile fragte ich Pierre, wo er zur Schule gegangen sei. Pierre lachte ein wenig, dann sagte er: „Sie stellen diese Frage, als legten Sie ihr ein besonderes Gewicht bei."
„Natürlich", erwiderte ich. „Wenn ich an meine Schulzeit denke, so halte ich sie für die wichtigste Zeit meines Lebens. Sie habe ich wirklich nutzbringend verbracht. Was danach kam – ah! In den Jahren zwischen meinem Baccalaureat und meinem Studium – es waren deren sechs – habe ich mich nur gelangweilt, gequält und geärgert."
„Wirklich?"
Ich schwieg und mir war, als sollte ich mich aus irgendeinem Grunde beschämt fühlen. Dann sagte ich: „Ich habe immer gefunden, daß uns Bücher besser unterhalten können als die meisten Menschen."
„O ja", versetzte er heiter, „aber es gibt ein Drittes, Marie: Erscheinungen."
„Erscheinungen?" fragte ich.
„Freilich." Er blieb für einen Moment stehen und beschrieb mit dem Arm einen Halbkreis um sich. „Alles, was uns umgibt, ist Erscheinung. Daß der Himmel blau und das Gras grün ist, Erscheinung. Daß uns die Sonne wärmt: Erscheinung, das heißt: Geheimnis."
„Allerdings", sagte ich.
„Und nun werde ich Ihnen auch Ihre erste Frage beantworten, Ihre Frage nämlich, wo ich zur Schule gegangen bin. Ich bin in keine Schule gegangen, wenn Sie unter einer Schule nur einen dieser Käfige verstehen, in denen widerborstige Rangen unter Hieben und Tränen ihr bißchen Einmaleins herunterplappern lernen. Ich hatte eine andere Schule, eine herrliche, eine wunderbare Schule –"
„Der Erscheinung –?" fragte ich (und ich glaube, ich blieb dabei stehen).
„Richtig." Pierre schwenkte seinen Hut durch die Luft und setzte ihn sich dann, verschmitzt lachend, schief aufs Ohr. „Erraten, meine kleine brave Studentin, eifriges kleines Schulmädchen. Ich kann mir schon denken, daß Sie immer die Prima waren, immer tod-

ernst, die tintenfleckigen Fingerchen um den Federstiel gekrümmt –"
Ich zog meine Hände zurück, als könnte man auch jetzt noch die Tintenflecken auf meinen Fingern sehen. Dann aber lachte ich laut und sagte: „So war es auch! Sie haben mich durchschaut –. Aber nun erzählen Sie mir einmal ordentlich: Von Ihrer ‚Schule der Erscheinung'!"

„Ja, sehen Sie", sagte er, „als man mich als Dreikäsehoch in eine Klasse steckte, ging es mit mir gleich schief. Der Lehrer malte Eier auf die Tafel, um uns das O beizubringen. Da fiel mir ein, daß es doch merkwürdig sei, daß die Hühner weiße und die Drossel blaue Eier legen, da hob ich die Hand und fragte, warum das so sei. Der Lehrer blickte mich verwundert an und sagte: Das gehört nicht hierher! Aber ich hob gleich wieder die Hand und sagte: Ich möchte es aber doch gern wissen. – Der Lehrer sagte: Was geht das dich jetzt an, es ist nun mal so! Schreibe lieber ein O. – Ich schrieb nichts und begann hin und her zu grübeln, warum die Hühner nur einfach weiße und warum die Drosseln so schöne blaue Eier legen. Und dann begann ich wieder damit: Herr Lehrer, ich möchte das wissen! – Da wurde der arme Mann wütend – er wußte es ja ganz sicherlich selbst auch nicht und wäre nie auf eine solche Frage verfallen, er mußte rein glauben, ich sei nur ein ungezogener Bengel, der es mit teuflischer List darauf abgesehen habe, ihn von der wichtigen Tätigkeit des O-Schreibens abzulenken, und er schrie mich an: Halt endlich dein Maul, ich kann mich nicht bei dir aufhalten, du bist doch nicht allein hier! – Da war es aus mit mir, mich erfaßte, ich möchte sagen, eine Krankheit, die Krankheit des unbefriedigten Geistes; ich war nicht mehr imstande, meine Gedanken von dieser einen Frage abzuziehen. Die Ungewißheit brach wie eine Nacht über mich herein, ich litt unter der Verfinsterung, und alles, was ich hätte an jenem Tag sonst lernen und in mich aufnehmen sollen, löste sich darin zu nichts auf."

Ich lachte über diese Erzählung, dazu hatte Pierre sie mir auch erzählt, aber mich überlief etwas dabei, eine Ahnung von der tragischen Einsamkeit, der ein solches Kind, der ein solcher Mensch ausgesetzt ist, und mir fielen dabei meine eigenen ersten Schulerlebnisse ein, und ich schämte mich beinahe meiner unerschütterlichen, alle Nötigung stets mühelos parierenden Robustheit.

„Als meine Eltern Paris verließen, war ich zwölf oder dreizehn

Jahre alt, und nun begann eine sehr glückliche Zeit für mich. In Fontenay lag neben unserem Haus ein großes verlassenes Grundstück. Die Villa darin war im Herbst siebzig niedergebrannt. Die Besitzer hatten sie verlassen und kümmerten sich nicht mehr darum. Dieses Grundstück wurde nun mein und Jacques' Reich; doch da Jacques zur Schule ging und ich beinahe unbemessene Freizeit hatte, war ich der eigentliche legitime Herrscher in dieser Wildnis. Sie war wie ein Arsenal der mannigfaltigsten Naturgegenstände für mich, und weil ich jeden von ihnen kannte und durch den Wechsel aller Jahreszeiten hindurch genau beobachten konnte, eignete ich mir reiche Kenntnisse an: Ich konnte jede Phase der Entwicklung studieren – an den Pflanzen, aber auch an den Tieren. Da war auch ein kleiner Weiher, eigentlich nicht viel mehr als ein Wasserloch, und es wimmelte von Leben aller Art. Und schließlich war die Ruine der Villa da, sie war aus Natursteinen aufgemauert worden – jetzt war sie meine Fundgrube.

Ich baute mir ein Hüttchen hinein, und da konnte ich nun klopfen und hämmern, und damals schenkte mir mein Vater ein kleines Mikroskop –

Ich war sehr erstaunt, als ich entdeckte, daß die auf den ersten Blick so formlosen Steine aus Gebilden bestehen, die nach den strengsten Gesetzen aufgebaut sind. Und ich erkannte ganz instinktiv, daß in den kristallinen Strukturen etwas ist, was den reinsten und abgezogensten Begriffen des Menschen, den mathematischen, entspricht. Ich hatte bis dahin immer gedacht, daß die Natur Eines und das rechnerische Denken des Menschen ein Anderes sei. Nun sah ich hier alles, was ich mir von Geometrie angeeignet hatte, nicht nur wiederholt, sondern großartig übertroffen. Ich stürzte mich nun mit neuem Eifer in allerlei Studien. Die Wunder der Symmetrie gingen mir auf – und ich begriff, daß das Wesen der Gleichung keinen anderen Grund hat als Symmetrie. Da ich nun einen solchen Eifer bezeigte, ließ mich mein Vater von einem ausgezeichneten Lehrer unterrichten, ihm konnte ich alle Fragen vorlegen, er nahm sie alle ernst, wenn er sie mir auch nicht alle beantworten konnte. Der schöne Freimut, mit dem er mir, wenn irgendeines meiner Probleme sein Wissen überstieg, zugab, daß ihm und der normalen mathematischen Überlegung hier Grenzen gesetzt seien, belebte mich noch mehr. Als wir eben die Determinantentheorie durchgingen, versuchte ich, sie in eine räumliche Konstruktion zu übertragen, um ihre Eigenschaften und Anwendungsmöglichkeiten im Dreidimensionalen zu ergründen. Natürlich ging das Unternehmen über meine Kräfte. Erst sehr viel später – vor drei Jahren – machte ich die Entdeckung, daß Gallois den gleichen Weg in der Gruppentheorie beschritten hat; das war ein Tag der Freude für mich. Sie verstehen das?"

Ja, ich verstand es. Aber wieso wußte er, daß ich es verstand?

„Und so ist die Kristallographie mein Steckenpferd geworden. Sie hatten noch nicht Gelegenheit, sich näher mit ihr einzulassen? Das macht nichts. Sie werden schnell begreifen, und ich bin sicher, daß Sie diese meine Vorliebe bald mit mir teilen werden."

„Ja –?" sagte ich leise, und irgend etwas überrieselte mich, denn ich fühlte, daß hier ein Anspruch an mich vorgetragen, an mich herangetragen wurde, dieser Anspruch bezog sich auf eine Zukunft. Zum ersten Male tauchte – ganz schattenhaft, aber doch schon eindeutig – die Vorstellung eines gemeinsamen Weges aus Pierres Worten auf. Zuerst reagierte ich darauf mit Genugtuung, mit ahnungsvoller, gleichsam aus großer Tiefe heraufschimmernder Freude. Dann aber stellten sich Abwehr und ein Quäntchen Mißtrauen ein: Wieso verfügt er über mich? Und ich dachte daran, daß eine eingehende Beschäftigung mit diesen delikaten Problemen nicht zu meinem abgesteckten Studiengang gehörte, der doch nur zu dem Zweck, mich als Lehrerin für polnische Kinder auszubilden, von mir beschritten worden war.

Ich wollte Pierre davon sprechen, aber es lag ihm offenkundig daran, selbst zu erzählen und, wie ich später erkannte, mich genau ins Bild seiner augenblicklichen Lage zu setzen.

„Um noch einmal auf die Schule zu sprechen zu kommen", fuhr er fort – wir bewegten uns, sofern das auf den vielgekrümmten Wegen des Bois möglich war, immer geradeaus und hatten nun wirklich schon die belebten Alleen hinter uns gelassen, drangen tiefer in das von Sonne und Tau erfunkelnde, einsam-stille Gelände voll schöner Haine und lieblicher Lichtungen ein –, „ich habe nun doch in gewisser Hinsicht bedauern gelernt, daß ich eine so eigenwillige Ausbildung genossen habe, denn es schadet meinem Fortkommen sehr, daß ich wohl Zeugnisse aufzuweisen habe, aber keinem dieser Klüngel angehöre, die sich schon in den Colleges bilden und ihren

Angehörigen dann so oft im sogenannten praktischen Leben einen Rückhalt bieten. Ich habe keine Fürsprecher, wenn ich mich um Stellen bewerbe. Und so muß ich mich vorläufig – und ich wüßte auch nicht, wie sich das ändern sollte – mit einem recht untergeordneten Posten zufrieden geben. Wie Sie ja wissen, bin ich Leiter der Experimente in der École Physique. Das ist recht wenig. Ich habe die Schüler in den Laboratorien zu überwachen und nur selten, wenn einer der Professoren erkrankt oder sonst verhindert ist, trage ich vor. Man hat mir – zu meinem Glück – einen kleinen Raum für eigene Arbeiten zur Verfügung gestellt – nun, Sie werden ihn bald selbst sehen: Er ist nichts als ein schmaler Schluff, der neben dem Stiegenhaus gelegen ist, sehr laut ist es da und leider auch feucht. Ich fahre meist mit einem der ersten Züge von Sceaux herein, da habe ich dann zwei oder drei Stunden für mich, ehe der Betrieb beginnt. Auch die Bezahlung ist nicht großartig, 300 Franc. Sie denken vielleicht: Das gehe an, denn ich kann mir vorstellen, daß Sie mit sehr viel weniger Ihr Ausreichen finden müssen –?"
„Ja, so ist es auch."
„Aber ich habe eine Leidenschaft, die mich teuer zu stehen kommt. Ich konstruiere Apparate – ich arbeite jetzt an einer Waage zur Messung kleinster Werte – und diese Apparate kosten eine Menge Geld. Wenn ich mich auch bemühe, sie so billig als möglich zu halten und, was ich allein herstellen kann, auch allein herzustellen, so endet doch ein Großteil meiner Einkünfte in der Tasche eines alten Feinmechanikers, der sich darauf versteht, höchst präzis zu arbeiten. – Sie werden diesen Mann kennenlernen, ein prächtiges Exemplar! Er hat sein Atelier in einem Hinterhaus in Petit Montrouge."
„Ach ja, Père Seraphin im Cœur-de-Vey?"
„Sie kennen ihn auch schon?"
„Ich habe einmal zwei Monate in dem Haus dort gewohnt."
„Nicht möglich?"
„Aber dann mußte ich ausziehen, weil das Dach hin war und der Regen hereinkam."
„Bei Père Seraphin?"
„Nein, nebenan. Das Haus war so baufällig, daß ich mich wunderte, wie es die Leute darin auf die Dauer aushielten. Unter mir wohnte eine Familie mit einem kleinen Kind, sehr arme Leute Ich glaube,

das erste war ihnen eben gestorben, es war ihnen an dieser schrecklichen Wohnung zugrunde gegangen. – Seltsam, ich denke noch oft an sie. Obwohl ich kaum ein Wort mit ihnen gewechselt habe."
„Ja, unser liebes Paris", sagte Pierre, „es ist wie eine große Retorte, in der alle Stoffe durcheinandergemischt sind."
„Alle –", sagte ich. „Man muß sich daran gewöhnen, an den Menschen vorüberzugehen, als wären sie Schatten. Zuerst war mir diese Fremdheit ungewohnt, und ich machte mir Gedanken über die, die Wand an Wand mit mir lebten. Aber es hat keinen Zweck, man fühlt sich nur beunruhigt, als wäre da etwas, was einen angeht. Es geht einen nichts an. – Zwar –", ich lachte auf, „die Physik lehrt, daß sich das Strahlungsfeld jedes geladenen Teilchens ins Unendliche fortpflanzt; doch im menschlichen Bereich scheint das nicht zu gelten."
„Der Gedanke ehrt Sie", sagte Pierre und blickte mich lächelnd von der Seite an. „Wollen wir uns doch dahin einigen: Im menschlichen Bereich entscheidet die gleiche Wellenlänge."
Wir waren nun weit gegangen und wanderten immer noch weiter. Ich überließ mich Pierres Führung: Er schien sich hier auf allen Wegen auszukennen. Wir kamen an riesigen Baumgruppen vorbei, an seidengrau berindeten Buchen, alten sturmzerzausten Giganten, die sich, in viele Triebe gespalten, gegen das Blau des Himmels zu stemmen schienen. Wir kamen an Tümpeln vorbei, die frühlinghaft dunstend Leben brüteten: Über die dunklen Algenteppiche huschten goldene Reflexe. Zwischen noch kahlen stachligen Schlehdornbüschen drängten sich krapplackrote, kräftig knospende Gerten hervor – mit einem Male sahen wir ins freie Land hinaus, auf geackerte Felder, und der Gesang einer Lerche trillerte hoch in der Luft.
Pierre suchte den kleinen Vogel mit den Augen, bis er ihn entdeckte. „Die Lerche ist mir von allen Vögeln der liebste", sagte er. „Hören Sie diesen Gesang, er ist wie eine einzige ungestüme Lobpreisung! Und sie steigt immer noch, immer noch, als wollte sie von der Erde fort und in der Freiheit vergehen."
„Sie singt auch noch, wenn sie sich fallen läßt", sagte ich, „und erst zuletzt, ehe sie ganz zu Boden geht, verstummt sie."
Wir kehrten um. Pierre hatte einen kleinen Mundvorrat zu sich gesteckt, wir brachen die Brioches auseinander und verzehrten sie, auf einem Rain sitzend, gemeinsam.

Später kamen wir an die Grande Cascade, und am Unteren See mietete Pierre einen Ruderkahn, und wir fuhren rund um die Inseln und zwischen ihnen hindurch. In den Buchten segelten die Schwäne an uns vorbei.
Wir hatten bisher immer gesprochen, auch gescherzt, gelacht, harmlos geplaudert. Nun aber schwiegen wir.
Während wir so über die Wassertiefe hinglitten – Pierre führte die Ruder, aber er tat es lässig und ließ sie oft ruhen, berührte mich zum erstenmal der Gedanke: Wir schweigen wie Liebende.
Wir schwiegen, wie Liebende miteinander schweigen.
Später redeten wir, wie Liebende miteinander reden.
Noch später lebten wir miteinander.
Alles, was zwischen uns war, damals lag es noch in weiter Ferne. Andere nennen es Ehe, Kind; manche auch Sakrament. Uns hieß es anders.
Alles ist eine Sache der Symmetrie, eine Sache der Achse, um die das Rad schwingt, um die das Gefüge kreist: Wo es sich öffnet, leuchtet es auf, *es*, das Strahlende.

Drei Jahre später:
Der lange Sonnentag war zu Ende.
Als ihre Räder über das Pflaster der äußeren Boulevards holperten, begann es schon zu dämmern. Draußen vor der Stadt war der Himmel klar gewesen, die sich erst spärlich beknospenden Bäume hatten sich wie ein riesenhaftes Adernsystem im übrigen unsichtbarer Lebewesen vor den Horizonten verschränkt, gewaltige Aorten, in denen das Leben pulste und darauf wartete, in Wolken von Blättern und Blüten auszubrechen. Die Landschaft schien nur auf diese Lebensoffenbarung zu warten: Wo ihr Felsgerüst aus Jurakalk zutage trat, schimmerte es bräutlich-weiß, und die Wasserläufe wühlten sich leise und wie verzückt murmelnd in die Buchten ihrer vielgewundenen Ufer.
Hier über der Stadt war der Himmel schwer, in einem violetten Grau ersoffen: Die Butte Chaumont schneidend, sahen Pierre und Marie das graue Geschiebe des Häusermeers vor sich liegen, von einer glühenden Zinke fern im Westen gesäumt. Die Gassenschluchten nahmen sie auf: Einen Augenblick lang schien es den beiden beinahe unvorstellbar, daß sie irgendwo dort drüben, dort drunten

zu Hause waren, ein Nest besaßen, ein geliebtes Heim, das ihre, einen Ort verschwiegener Glückseligkeiten. Sie beeilten sich, sie wollten heute abend noch arbeiten, wie sie es gewohnt waren, beide an einem Tisch sitzend, hier Marie, dort Pierre, hier eine Leselampe, dort eine, Stille zwischen ihnen, die Stille des Einvernehmens und tiefer Sammlung: Leise rascheln die umgeblätterten Buchseiten, eine Feder knirscht, ein Zirkel klirrt, dann und wann wandert das Büchlein mit den Logarithmentafeln von Pierre zu Marie, von Marie zu Pierre: Dann lächeln sie einander zu, ihre Züge erglänzen im Widerschein einigen Lebens.

‚Ich kenne deine Gedanken –'

‚Du kennst sie, denn du hast deine Gedanken zu meinen gemacht.'

‚Sie kommen mir entgegen –'

‚Entgegen auf einer Brücke aus Licht –'

‚Sie spannt sich von dir zu mir: Vertrau ihr, sie wird uns immer tragen.'

‚Denn ihr Stoff ist Unverweslichkeit.'

Es wurde spät, ehe sie in der Rue de la Glacière ankamen. Die Straßen der inneren Stadt waren von Wagen verstopft, einige Male hatten sie von ihren Rädern absteigen und warten müssen: Marschierende Kolonnen versperrten ihnen den Weg, ein Zug von Eisenbahnern, ein Rudel Studenten, die für Dreyfuß demonstrierten. Dann wieder mußten sie einen Umweg nehmen: Die Fahrbahn war aufgerissen: Ein neues Stück der Metro im Bau. Manja war mit einem Male unruhig, ungeduldig, nach Hause zu kommen, als würden sie, sollten sie noch einmal aufgehalten werden, etwas versäumen.

Und wirklich: Als sie ihre Räder in den Hinterhof des Hauses schoben, hörten sie Schritte die Treppe herunterknarren und eine Stimme, die ihnen nicht unbekannt klang, zum Concierge sagen: „Nein, Sie hatten recht, es ist niemand zu Hause. Schade. Wann kommen sie wohl zurück?"

„Wenn das nicht Becquerel ist –", meinte Pierre. – Und er war es. Manja folgte den Männern in das vierte Stockwerk. Als sie eintrat, saßen sie schon drinnen im Eßzimmer, das Arbeitszimmer zugleich war: Einen Salon gab es in der Wohnung Curie nicht. Nachdem Manja Becquerel begrüßt hatte, stürzte sie in die Küche. Es war Zeit zum Abendessen – unmöglich, den Gast nicht dazu einzuladen. Zuerst frischte sie die Zweige ein, die sie und Pierre mitgebracht hatten, dann riß sie das Kästchen auf, in dem sie ihre kleinen Vorräte verwahrte. Oh, es war wenig da: Ein paar Knospen Brüsseler Salat, ein wenig Schinken, ein paar Eier, eine Handvoll Petersilie, ein Tütchen Mehl. Nun, für ein paar Omeletten würde es reichen. Sonderbarer Mann, dieser Becquerel, schneit unangemeldet herein. Er wird mit einer Kleinigkeit zufrieden sein müssen. Um den Küchengeruch einzuschließen, drückt Marie die Tür zwischen Küche und Eßzimmer ins Schloß.

Nach wenigen Minuten kommt Pierre zu ihr heraus. „Nun, wie steht's? Wirst du irgend etwas für uns haben? – Tut mir leid, daß du nun Plage hast. Sicher bist du müde, armes Kind."

„Nein, es geht gut. – Was will er denn?"

„Ach – ich weiß nicht, eine komische Sache, die ihn offenbar sehr beschäftigt, so sehr, daß er mit mir darüber reden will. Laß doch die Tür offen, dann hörst du –"

Becquerel, ein schöner soignierter Fünfziger, ist Physiker, Sohn und Enkel von Physikern und Chemikern: Alte gute Gelehrtenfamilie. Obwohl er nicht viel älter ist als Pierre, trägt er sich würdig wie ein alter Herr, den silberweißen Bart penibel kurz gestutzt. In einem Haus am Jardin des Plantes unterhält er ein Laboratorium; in seiner Wohnung in Passy herrscht eine hübsche und, wie man sich erzählt, sehr mondäne junge Frau, die er erst kürzlich geheiratet hat.

Manja rührt den Omelettenteig, schnipfelt den Schinken. Sie horcht hinüber: Becquerel spricht in seiner umständlich professoralen Art, leise hüstelnd, zögernd, immer wieder um Entschuldigung bittend, daß er sich nicht kürzer fasse.

„Um Ihnen die ganze Geschichte hübsch der Reihe nach zu referieren, muß ich ein wenig ausholen. Ich kenne Sie gut genug, mein lieber Curie, daß ich hoffen darf, auf Ihre Geduld rechnen zu können. Nehmen Sie es mir nicht übel, doch in diesem Fall darf kein Detail außer acht gelassen werden, denn, nicht wahr, je unglaubwürdiger ein Phänomen, desto gewissenhafter müssen alle Akzidentien in Betracht gezogen werden."

„Aber ich bitte Sie, Professor, wir haben doch Zeit!"

„Es war vor zwei Jahren – im Winter 94 – an einem sehr düsteren Tag, Sie kennen diese Pariser Nebeltage, Curie, die uns an der Arbeit hindern, weil sie feinere Beobachtungen unmöglich machen.

Was tut man an solchen Tagen? Man räumt sein Labor auf, man prüft seine Bestände; also prüfte ich damals meinen Bestand an photographischen Platten; da hatte ich etliche unentwickelte in schwarzes Papier gepackt in einer Schublade liegen.
Ich nahm sie in die Dunkelkammer und sah sie durch. Ich hätte nicht sagen können, warum ich das tat: Eine Spielerei, eine Marotte, was bewog mich zu solchen Umständlichkeiten?
Nun – kurz und gut, ich mußte feststellen, daß eine der Platten auf merkwürdige Art belichtet war – verdorben – könnte man sagen, hmhm ... sie zeigte einen geschwärzten Fleck von unregelmäßigem Umriß.
Ich fand das, ehrlich gestanden, zuerst nur ärgerlich, dann aber merkwürdig und ich begann mir zu überlegen, wie die Belichtung zustande gekommen sein könnte. Vielleicht war das Papier undicht? Nein, das war es nicht. Und während ich so dastand und nachdachte, sah ich, daß in dem Schubfach auch ein kleines Stück hexagonaler Pechblende lag. Und plötzlich entsann ich mich: Das Stück Pechblende war auf eben dieser Platte gelegen."
Manja ist dabei, den Omelettenteig über den brutzelnden Schinken zu gießen. Jetzt aber hält sie inne, das Porzellankännchen mit dem Teig in der einen, den Rührlöffel in der anderen Hand, und horcht auf das nächste Wort.
„Sie können sich denken, wie verwundert ich war, als ich feststellte, daß der Umriß der belichteten Stelle fast genau dem Umriß des Minerals entsprach. Sollte die Bestrahlung durch die Pechblende erfolgt sein?
Unmöglich, dachte ich, ganz unmöglich. Aber der Augenschein überzeugte mich. Die Sache konnte sich kaum anders verhalten. Nun wissen wir freilich, daß Fluoreszenz ähnliche Irradationen hervorbringt. (Es handelt sich da um eine Art Lichtaufspeicherung in verschiedenen Substanzen und deren Nachwirkung im Dunkeln.) Ich habe zwar noch nie gehört, daß Pechblende fluoreszierte. Immerhin. Ich beruhigte mich mit der Annahme dieser Möglichkeit und ließ – durch andere Arbeiten in Anspruch genommen – die Sache auf sich beruhen."
Manja gießt nun den Omelettenteig über den rauchenden Schinken – er wird doch nicht zu scharf gebacken sein, denkt sie ängstlich; jetzt muß ich noch die Petersilie hacken.

„Aber ich hatte immerhin wenigstens noch eine Maßnahme ergriffen, um, wenn ich später Muße haben würde, auf die merkwürdige Erscheinung zurückzukommen. Ich wickelte das Stück Pechblende in ein opakes Papier und versenkte es in eine immer abgeschlossene dichte Lade."
Teller wärmen, Salat schneiden – die erste Omelette ist fertig.
„Und dann, mein lieber Curie, vergaß ich die ganze Geschichte – wirklich, ich vergaß sie, fast zwei Jahre lang."
Ich sehe dich ein wenig lächeln, Pierre: Vor ein und einem halben Jahr begann die Ehe dieses ältlichen Knaben mit der jungen Schönen, und so konnte es wohl geschehen, daß er es vergaß, der Sache nachzugehen.
„Und dann – vor etwa einem Monat – stieß ich durch Zufall wieder darauf. Zum Glück erinnerte ich mich sogleich, ließ das Mineral unausgewickelt, ich brachte es in die Dunkelkammer auf eine photographische Platte, und siehe da, nach kurzer Zeit war es das gleiche: Die Platte war geschwärzt, die spontane Irradiation erwiesen."
Nun wird es still, einen Augenblick lang atemlos still und, wenn das Fett nicht in der Pfanne zischte und der Wasserhahn nicht tropfte und die große dunkle Stadt draußen vor den geöffneten Fenstern nicht fern und undeutlich brauste, die Stille öffnete sich wie ein endloser Raum über den drei Menschen dort in der kleinen Wohnung Rue de la Glacière: und aus ihr zuckt der Strahl, Feuerstrahl der Empfängnis. – Es berührt Manja beinahe schmerzhaft, daß Pierre die Stille bricht und irgend etwas sagt: Merkwürdig, in der Tat! – oder: Äußerst erstaunlich! – Und dann springt er auf: „Einen Augenblick, bitte, ich muß doch sehen, ob meine Frau zurecht kommt –" Und tritt zu ihr in die Küche.
„Brauchst du etwas? Soll ich dir helfen?"
Dieses Mal hat er die Tür hinter sich geschlossen.
„Nein, ich brauche nichts. – Aber, Pierre, was war das? *Spontane Irradiation?*"
Pierre winkt mit den Augen: Laß ihn!
„Er sagte doch: *Erwiesen!*"
Pierre hebt die Hand: Man muß ihn reden lassen!
„Aber –"
Pierre geht an den Schrank und holt eine Karaffe und Gläser. In der bauchigen Flasche ist noch ein Halbliter Wein. „Gut, daß wir

ihn nicht gestern ausgetrunken haben, es reicht noch eben für einen Schluck –"

Manja kehrt zu ihren Omeletten zurück, schichtet sie auf die angewärmte Platte. Teller, Besteck, Servietten, die kleine Mahlzeit kann beginnen. Während sie den Salat vorlegt, fährt es ihr durch den Kopf: Jetzt hab ich das Thema für meine Dissertation.

Noch während des Essens bittet Manja Becquerel in seinen Berichten fortzufahren; der alte Kavalier lächelt höflich wie über eine Höflichkeit. „Nicht doch, meine Gnädigste, wie kann Sie das interessen?"

„Ich studiere Physik", sagt Manja ernst.

„Eine so hübsche Dame – und eine so strenge Wissenschaft –"

„Aber, Professor!" Manja lacht nervös. „Wofür halten Sie mich? Fragen Sie Curie – er wird es Ihnen bestätigen, daß Sie mir kein größeres Kompliment machen können, als indem Sie mir etwas vom Fach erzählen."

Der alte Herr blickt Manja ein wenig zweifelnd an. „Nun denn – wenn ich sicher bin, Sie nicht zu langweilen . . ."

Das Gespräch dauert lange, es stellt sich heraus, daß Becquerel den letzten Monat damit verbrachte, die merkwürdigen Eigenschaften der von der Pechblende gesendeten Strahlen zu untersuchen. Sie scheinen den Röntgen- oder Kathodenstrahlen verwandt, sie ionisieren die Luft, machen sie leitend; Sitz der Strahlung ist, soviel dürfte feststehen, das in der Pechblende enthaltene Uran.

Manja stellt viele Fragen, Becquerel kann nicht alle beantworten: Manche seiner Untersuchungen sind noch nicht abgeschlossen, manche scheiterten an experimentellen Schwierigkeiten, vor allem türmen sich theoretische Hindernisse auf, die unübersteiglich scheinen. Der gewiegte Gelehrte ist – man spürt es – ratlos, beunruhigt, verwirrt. Es bedrängt ihn, daß er eine Entdeckung gemacht hat, die in keiner Weise zu den Ergebnissen der Wissenschaft stimmen will, der er (wie sein Vater und Großvater) sein Leben lang gedient hat. Woher dieses rätselhaft Neue? Ein Mineral, in dem Strahlungskräfte verborgen sind? Undenkbar! Woher sollen sie rühren? Was können sie bedeuten? Wieso können sie sich in ihm entwickeln? Becquerel mißtraut sich selbst. Er grübelt Tag und Nacht darüber nach, an welche bekannte Erscheinungen sich das ihm offenbar gewordene Phänomen anschließen ließe. Hat er nicht doch geirrt? Muß er sich nicht geirrt haben? Vielleicht wünscht er es sogar, irgendeiner Täuschung erlegen zu sein. Vielleicht ist er nur deshalb heute hierher zu Pierre Curie gekommen, um von ihm zu hören, daß er sich geirrt haben müsse, um irgendeinen Hinweis zu empfangen, worin sein Irrtum gelegen haben könne. Doch wieso eigentlich Irrtum, da er doch mit eigenen Augen sah ...?

Längst ist die Mahlzeit verzehrt, der letzte Schluck Wein aus den Gläsern getrunken. Noch immer sitzt Becquerel da wie ein Mann, der sich nicht recht getraut fortzugehen. Seine Augen wandern zwischen den zwei jungen Leuten, bei denen er zu Gast ist, hin und her. Ist es nicht merkwürdig, daß er, der Ältere – bekannter Fachmann, anerkannte Kapazität – ihr Urteil sucht, herausfordert, daß er von ihnen erwartet, sie könnten ihm mit irgendeinem Einfall zu Hilfe kommen, den Widerspruch aufzulösen, in den er sich verwickelt fühlt.

Und es ist – unerwarteterweise – jetzt die Frau, an die sich seine Hoffnung heftet.

Er spürt, daß diese junge Person von dem, was er erzählt, wie behext ist. Er spürt ihr Mitleid (Mitleid mit seiner Lage), aber auch ihre eifersüchtige Neugier – dieses dem Neid ähnliche Verlangen, an einem Geheimnis teilzunehmen und es selbst schöpferisch zu durchdringen, diese an einer Frau noch nie wahrgenommene Bereitschaft, ein Problem aufzugreifen. Dagegen spürt er, daß sich der Mann zurückhält. Curie wird immer schweigsamer, je länger der Abend dauert. Wenn er das Wort nimmt, geschieht es, um das Gespräch auf ein anderes Thema zu lenken. Aber die Frau kehrt eigensinnig dazu zurück. Sie ist es, die den Gast immer wieder zu bleiben bittet, wenn er gehen will.

Es ist Mitternacht vorbei, bis er sich endlich verabschiedet.

Curie erbietet sich, ihn bis zum nächsten Droschkenstand zu begleiten.

Während die Männer die Treppe hinabsteigen, eilt Manja in die Küche, um Ordnung zu schaffen.

Einen Augenblick steht sie dort still, wie in eine Geistesabwesenheit gebannt.

Das Fenster steht offen, die Nacht ist warm, seit ein paar Tagen weht südlicher Wind. Die laue Luft hat auch schon die Grau-Geflügelten, die Nachtschwärmer, aus ihren winterlichen Verkapselungen aufgeweckt. Vom Licht der Lampe angelockt sind sie hereingekommen und erfüllen den Raum mit ihren taumeligen Flügen. Einer von ihnen hat sich an dem heißstrahlenden Zylinder gestoßen und fällt der Frau betäubt, doch immer noch mit samtigen Flügeln schwirrend auf die Brust.

Manja pflückt das Tier in ihre Hand. Wie seine Fächerfühler kreisen! Sein in ein graues Pelzvisier vermummter Kopf blinkt sie aus schwarzen Fazettenaugen unergründlich an. Sie spürt das bebende Leben in der hohlen Hand. Fremder Bote – woher?

Die Frau geht ans Fenster und entläßt das Geschöpf. Doch ehe sie die Doppelscheibe schließen konnte, ist es wieder da –

Manja hört, wie Pierre zurückkommt. Schnell macht sie sich nun daran, das Geschirr zu spülen.

Bis sie endlich fertig geworden ist und ins Schlafzimmer tritt, liegt Pierre schon im Bett.

Sie setzt sich zu ihm und empfängt wie immer, wenn sie sich zu ihm neigt, seinen Kuß.

Dann beginnt sie sich auszukleiden.

„Eins!" sagt Pierre mit einem Blick auf das Zifferblatt seiner Uhr, die neben der Kerze auf dem Nachttisch liegt. „Und wir müssen morgen früh heraus!"

Manja legt ihre Kleider über den Stuhl. Sie steht im Hemd da, leise fröstelnd.

„Löschst du das Licht?"

„Ja."

Aber sie löscht es nicht. Ihre Hände streifen über die Kleider, wieder und wieder, mechanisch läßt sie die Säume durch ihre Finger gleiten, als wüßte sie nichts von dem, was sie tut. Das Streiflicht der Lampe läßt die Augen der Frau fast schwarz erscheinen, sie blinken starr.

Pierre hebt den Kopf: „Ach, du denkst noch an Becquerel?"

Manja, ihre Nüstern sind gespannt: „Du nicht?"

Pierre gähnt verstohlen: „Ich denke, daß wir endlich schlafen sollten!"

Manja läßt das Kleiderbündel fahren, sie nähert sich langsam: „Nein, im Ernst jetzt! Sag, was du meinst!"

„Ich meine", sagt Pierre, „daß der gute Mann irgendeinem Irrtum erlegen ist."

Manja schweigt eine Weile. Dann sagt sie: „Nein."
Pierre zieht die Decke über seine Schulter. „Nein? Hast du denn nicht bemerkt, wie unsicher er ist? Er traut seinen eigenen Beobachtungen nicht. Auch, daß er hierherkam und uns erzählte: Nichts als Unsicherheit. Ich habe Becquerel immer geschätzt, diesmal – – komm, Manja, leg dich, wir müssen schlafen!"
Manja setzt sich gehorsam auf die andere Seite des breiten Bettes, doch immer noch aufrecht und ohne Miene zu machen sich niederzulegen sagt sie: „Du glaubst ihm nicht, Pierre. Aber ich – ich glaube ihm."
Nun richtet sich auch Pierre auf. „Erstaunlich!" Er schweigt eine Weile. „So, wie Becquerel das Phänomen schilderte, müßte die Strahlung vom Uran ausgehen und eine Eigenschaft des Uranatoms sein."
„Ja."
„Du mußt dir doch sagen, daß das unmöglich ist."
„Unmöglich", antwortet die Frau, „ja, aber wahr!"
Pierre runzelt die Brauen. „Ich möchte wissen, ob du dir ganz klar bist über das, was du da aussprichst. Gesetzten Falles, Becquerel hätte recht, dann müßten wir annehmen, daß das Atom, indem es strahlt, eine Veränderung erleidet."
„Und das Atom wird, seit Demokrit es definierte, als letztes unveränderliches Partikel der Materie angesehen."
„Na also", sagt Pierre, „auf dieser Definition beruht die gesamte Chemie. Und darum ist es mir klar, daß sich Becquerel geirrt haben muß."
Manja nickt vor sich hin. „Und wann hat Demokrit gelebt?"
„Ach, liebes Kind, das weißt du doch auch."
„Vor zweitausendzweihundert Jahren!"
„Eben", sagt Pierre. Er glaubt damit das Gespräch beendet.
„Eben!" erwidert Manja und verschränkt die Arme über der Brust.
Pierre schweigt eine Weile. Dann sagt er: „Wenn man dich so hört, Manja, könnte man am Ende noch an Demokrit zu zweifeln beginnen."
„Ah!" In Manjas Augen leuchtet es auf, sie schnellt sich quer über das Bett. Ihr Kinn auf Pierres Brust stützend, verschlingt sie die Hände hinter seinem Nacken. „Und ist es nicht so, daß wir erst neulich davon sprachen, daß Demokrits Definition nicht mehr aus-

zureichen scheint? Ich kenne gewisse Leute –", sie tippt mit dem Zeigefinger auf des Mannes Nase (in diesem Augenblick nichts als eine kleine Kokette, die den Geliebten mit seinen eigenen Waffen schlagen und ihm dabei noch schmeicheln will), „gewisse Leute, die mir erst vor ein oder zwei Monaten ausführlich und ziemlich mühsam erklärten, was –"
„Ionisation ist", Pierre lächelt nun auch, aber seine Augen bleiben in Nachdenklichkeit verschleiert. „Immerhin: Der Unterschied ist nicht unbeträchtlich. Ionisation erfolgt durch Elektrizität. Und Becquerel behauptet, eine spontane Strahlung entdeckt zu haben."
Manja verstummt. Sie wendet sich ab. Wie ein Kind, das eine glänzende Idee zu haben glaubte und damit abgewiesen wurde, rollt sie sich schmollend auf ihren Platz zurück. Sie zieht die Decke über die Ohren, vergräbt das Gesicht in die Nackenrolle. „Bitte, lösch das Licht!" Ihre Stimme klingt kläglich.
Im Dunkeln beugt sich Pierre über die Frau, sucht mit dem Mund ihre Wange, ihre Schläfe. „Gute Nacht, Liebste, schlafe jetzt!"
„Gute Nacht, Pierre."
Als der Mann gegen Morgen erwachte, fand er das Bett neben sich leer; er tastete über das Laken – war Manja schon aufgestanden? War es schon so spät? Die Weckeruhr hatte noch nicht geklingelt.
Pierre wartete eine Weile. Dann, beunruhigt, erhob er sich und ging hinaus.
In der Küche brannte die Lampe. Manja saß im Hemd zwischen Herd und Anrichte, ein Buch auf den Knien.
„Mein Gott, Manja, was tust du hier? Du erkältest dich!"
Das Fenster stand offen, der Tauwind der grauenden Dämmerung wehte in den Gardinen. Pierre nahm Manja das Buch (ein Werk über Fluoreszenz) ab, schloß das Fenster, führte die Frau mit sanfter Gewalt in das Bett zurück. Als er sie umarmen wollte, fühlte er, daß in ihr alles starr blieb. Ihr Gesicht lag an seiner Schulter, aber der Arm, den sie um seinen Nacken gelegt hatte, war schlaff: Sie hielt ihn, den Mann, aus, als wäre ihr nur befohlen worden, ihn zu halten. – Ach, dachte er, das ist es, sie quält sich noch immer mit dem, was wir gestern abend zu hören bekamen.
Er ließ von ihr ab, bettete aber ihren Kopf dicht an seine Achsel, wiegte sie leicht an seiner Brust. „Kleiner lieber Eigensinn, verirre dich nicht . . ."

Einige Tage vergingen, vergingen wie immer. Pierre ging in die École Physique, tat dort seinen Dienst im Labor, arbeitete in den wenigen Stunden, die ihm danach blieben, an seiner Untersuchung über die magnetischen Eigenschaften verschiedener Stoffe. Die Untersuchungen waren schwierig, nahmen alle seine Gedanken in Anspruch.
Manja fuhr nach Sèvres, sie erteilte dort in einer Mädchenschule Unterricht in Mathematik. Meist begleitete sie Pierre in die Rue Lhomond, bestieg dann den Omnibus und fuhr durch Vaugirard, Grenelle und Bilancourt bis an die Seinebrücke. Zumeist gelang es ihr, einen Platz auf dem oberen Verdeck zu erobern, dann zog sie ein Buch hervor und las. An der Seinebrücke stieg sie aus und spazierte dann zu ihrer Schule. Sie unterrichtete gern. Wenn sie eine freie Stunde hatte, suchte sie den Garten hinter der Schule auf. Er war schön, keiner dieser schrecklichen Schulgärten, wie es sie in Warschau gegeben hatte: Hier gab es gepflegten Rasen und mächtige Eschen, und abseits lag ein Pavillon: Dort konnte man wieder sitzen und lesen.
Manja suchte schon lange nach einem Thema für ihre Dissertation.
Am frühen Nachmittag kehrte Manja zurück, machte ihre Einkäufe, brachte die Wohnung in Ordnung, bereitete das Abendessen vor. Während die Suppe auf dem Gasherd kochte, vergrub sie sich wieder in ihre Bücher. Zwischen sieben und acht ertönte ein Pfeifen auf der Straße: Pierre. Er pfiff, das war ihr Zeichen, die ersten Takte eines auvergnatischen Volkslieds.
Die Frau sprang auf, lief ans Fenster und winkte ihm. Eine Minute später war er da.
Grüß dich, mein Herz –
Grüß dich, Liebste!
Über Becquerel hatten sie nicht mehr gesprochen.

Als Manja an Pierres Arbeitsraum anklopfte, erhielt sie keine Antwort. Sie drückte die Klinke nieder. Der Raum war versperrt. Sie wandte sich ab und ging den Flur entlang, enttäuscht: Wo mochte Pierre sein? und auch ein wenig erleichtert; erleichtert, ‚denn ich bin feige‘, dachte sie. Sie hatte sich vor diesem Gang gefürchtet. Hatte ihn aufgeschoben. Eigentlich lächerlich: Hätte sie denn nicht auch zu Hause mit Pierre reden können? Nein?

Sie setzte sich auf eine Fensterbank auf der Stiege. Hier wollte sie warten.
Auf ihrem Schoß hielt sie einen Beutel, hatte dessen schwarze Schnur um ihr Handgelenk gewunden. Mit der anderen Hand hielt sie den Beutel unten fest. Und wieder, wie schon seit Tagen, begannen ihre Gedanken zu kreisen: Becquerel, Henry, Troost: Sie hatte, als sie in der letzten Woche die physikalischen Bulletins durchblätterte, eine Notiz gefunden: Auch ein Engländer, auch ein Deutscher hatten bekanntgegeben, daß hexagonale Pechblende und Autunit bis dahin unbekannte Strahlen senden.
War es möglich, daß alle drei irrten? Nein.
Wo blieb Pierre? Die Glocke läutete eine Stunde ab. Manja beschloß, im Hof zu warten.
Der Hof des alten College Rollin, das nun zur École Physique umgebaut war, ein großes ödes Viereck zwischen hohen Mauern. In einem Eck stand ein Hangar.
Manja schritt davor auf und ab. Einmal trat sie hin und blickte durch die trüben, dick verstaubten und von Regentropfen fleckig gesprenkelten Scheiben in das Innere hinein. Es schien unbenutzt: Eine leere Remise.
Als sie, nach geraumer Zeit, noch einmal an Pierres Laboratorium klopfte, war er endlich da.
„Oh, du bist es. Ich glaubte dich in Sèvres."
Pierre schiebt seine Instrumente zur Seite, schafft Manja Platz auf einem Stuhl. „Mach's dir bequem!"
Doch Manja bleibt stehen. Mit einem Male greift sie in ihren Beutel, zieht etwas hervor und legt es vor Pierre auf den Tisch. Es ist ein derber zeisiggrüner Stein.
„Was ist das?" fragt sie.
Pierre nimmt den Stein in die Hand, er blickt Manja an: „Autunit."
„Autunit", sagt sie, „ja. Und morgen hoffe ich Pechblende zu bekommen."
„Also doch", sagt er.
„Also doch."
Die beiden stehen einen Moment Auge in Auge.
„Wie du willst", sagt er. „Aber –"
Sie lächelt. Ihre Lippen flattern ein wenig. Dann nimmt sie den

Stein aus des Mannes Hand, umschließt ihn mit der Faust und sagt: „Auch er strahlt."
„Wieso weißt du das?"
„Ich habe ihn geprüft."
„Wo?"
„Wo? In Becquerels Labor."
„Ach."
„An einem Elektrometer mit piezoelektrischem Quarz, konstruiert von – Pierre Curie."
Nun beginnt der Mann zu lachen. „Du bist ja ein kleiner Teufel."
„Das hab ich immer schon gesagt."
Nach einer Weile: „Wenn es nun nicht anders sein soll, wenn du dich wirklich mit dieser Sache einlassen willst, brauchst du einen Arbeitsplatz." Er blickt sich um. „Vielleicht könnte ich dir hier einen Tisch freimachen?"
„Hier? nein."
„Wo dann?"
Manja tritt ans Fenster und blickt auf das schadhafte Wellblechdach des Hangars hinab. „Wenn es möglich wäre – dort?!"
Ja, es ist möglich. Herr Schützenberger, der Direktor der École Physique, hat Manja erlaubt, in die nur als Abstellort für altes Gerümpel dienende Halle einzuziehen. „Sie werden es nicht lange darin aushalten", sagt er, „doch wenn Sie glauben, einige Versuche darin anstellen zu können – die alte Bude steht zu Ihrer Verfügung."
Manja zieht ein: Vorerst umfaßt ihr Labor nur einen Winkel des großen Raumes. Sorgfältig installiert sie ihr vorzüglichstes Werkzeug, ein Elektrometer mit piezoelektrischem Quarz. Eine kleine Batterie liefert den Strom. Die Messungsmethode, von Becquerel schon erprobt, verlangt eine sichere Hand, scheint ihr aber nicht besonders schwierig. Das fein pulverisierte Mineral wird auf einer kleinen Metallplatte verteilt, diese kann von einer Batterie aufgeladen werden. Eine zweite Metallplatte, darüber befestigt, wird mit dem Elektrometer verbunden. Das Strahlungsvermögen des pulverisierten Minerals macht die Luft zwischen den zwei Platten leitend, so geht die Ladung der ersten Platte in einer gewissen Zeit auf die zweite über. Die Ladungen sind sehr schwach, der Quarzkristall, der einem bestimmten Zug unterliegt (es sind kleine

Gewichte an ihn gehängt), hat die Wirkung, ein genau zu messendes Quantum von Elektrizität freizumachen, die in absoluten Werten abgelesen wird: Ein Vergrößerungsglas, das vor der winzigen Goldzunge angebracht ist, läßt die Ergebnisse (etwa ein Ampere zur minus elften) bis auf ein oder zwei Prozent genau erkennen.
Mit diesem Werkzeug macht sich Marie an die Arbeit.
Sie hat sich vorgenommen, kein ihr von Becquerel berichtetes Ergebnis ungeprüft zu übernehmen.
Da Becquerel glaubt, daß die Strahlung vom Uran ausgeht, untersucht sie vor allem dieses Metall in verschiedenen Verbindungen: Metallisches Uran, Oxyd des schwarzen Uran, Oxyd des grünen Uran, Uranate des Sodium, des Potassium, des Ammonium. Bald stellt sich heraus, daß auch Thorium strahlt, es strahlt etwas stärker als Uran.
Dieser Umstand veranlaßt Manja, ihre Untersuchungen auf sehr viele Elemente auszudehnen. Könnte es denn nicht sein, daß die Strahlungskraft eine allen Atomen gemeinsame Eigenschaft ist?
Zum Glück stehen ihr die Bestände der École Physique zur Verfügung; Monsieur Etard, der die Sammlung der Chemikalien betreut, ist ein gefälliger Mann: Er leiht Metall und Metalloide, Steine und Mineralien. Schwieriger wird es, wenn es sich um seltene, vielleicht sogar nur hypothetische Elemente handelt: Um Gallium, Germanium, Scandium, Erbium, Yttrium, Ytterbium. Rubidium ist nirgends aufzutreiben, bis Pierre auf die Idee kommt, daß vielleicht ein Mann namens Debierne, der irgendwo in Nogent sur Seine wohnt und über Rubidium gearbeitet hat, eine Probe davon leihen könnte. Also geht die nächste Sonntagsfahrt nach Nogent. Man hat Glück, man trifft den Mann, man kann ihm ein wenig von dem kostbaren Stoff abkaufen. Aber er ist, wie die meisten anderen dieser Art, unergiebig. Manja notiert diese Tatsache: Ihre Tabelle darf keine Lücke haben. Eine harte Nuß zu knacken gibt ihr der Phosphor auf: Er ionisiert die Luft, aber er strahlt nicht, weder der rote noch der weiße Phosphor noch irgendeine Verbindung.
Sie kehrt zu den Uran und Thorium enthaltenden Mineralien zurück. Chalkolite, Autunite, Orangite, Samarskite. Sie stellt fest: Pechblende strahlt viermal so stark als reines Uran. Wie konnte das Becquerel entgangen sein? Vor Manja steigt ein neues Rätsel auf.
Sie erlaubt sich nicht darüber zu sprechen, nicht einmal zu Pierre.

Aber Pierre ist längst im Bilde. Er braucht nur, wenn er Manja in einer Arbeitspause besucht, einen Blick in ihr offenliegendes Notizheft zu werfen. Dann erfüllt den Mann ein unbestimmtes Staunen, Staunen, in das auch ein Gran Unruhe gemischt ist. Seit die Frau diese Arbeit begonnen hat, scheint sie auf merkwürdige Art verändert.

Er hat ihren Fleiß gekannt – einen, wie ihm damals vorkam, rührenden Schulmädchenfleiß – und hie und da leise über ihn gelächelt. Er hat ihren Eifer, sich in eine Aufgabe zu stürzen, an ihr geliebt. Wie oft hatte er es an ihr erlebt, daß ihr Gesicht zu glühen begann: daß sie etwa im Gespräch mit Fachkollegen, kindlich-eifrig und ohne jede Rücksicht darauf, daß sie sich etwa eine Blöße gab, Fragen und immer wieder neue Fragen stellte. Und er hätte Lust gehabt, sie dafür zu küssen.

Aber seit sie dieser neuen Sache auf der Spur ist, hat sich etwas gewandelt. Es ist etwas wie eine Besessenheit im Spiel. Früher hat sie über jedes Problem mit ihm, dem Mann, gesprochen. Jetzt verschließt sie sich ihm. Ja, er glaubt zu bemerken, daß sie es nicht einmal gerne sieht, wenn er sie an ihrem Arbeitsplatz besucht. Wenn er sich dem Tisch nähert, auf dem sie ihre Aufzeichnungen ausgebreitet hat, beeilt sie sich, die Hefte mit einer verstohlenen Gebärde zuzuklappen. Von nun an bleibt er, wenn er den Hangar betritt, ihr fern. Ist es am Abend Zeit, nach Hause zu gehen, wartet er geduldig, bis sie geendet hat. Sie schaltet den Strom ab, löst die Versuchsanordnung auf, bedeckt die empfindlichen Apparate. Das Heft versenkt sie in ihrer Tasche. Dann ist sie schnell in Hut und Mantel geschlupft – ein flüchtiger Blick zurück, sie nimmt den Schlüssel vom Haken, schiebt ihn außen ins Schloß, dreht zweimal um, steckt den Schlüssel ein. Dann gehen sie miteinander durch den Torflur der Schule in die Rue Lhomond hinaus.

Nur zögernd entwickelt sich ein Gespräch. Es ist, als ob es der Frau schwerfiele, in das Gemeinsame zurückzukehren. Obwohl sie sich Mühe gibt – aber jenes andere scheint sich in ihr weiterzubewegen: Eine unermüdlich grabende, schürfende, bohrende Bewegung. Manchmal bemerkt der Mann, daß sie ihm nicht zuhört, wenn er spricht. Dann ruft er sie an: „Manja!“ – sie zuckt zusammen: „Ach, Liebster, verzeih!“ Sie nimmt seine Hand und lächelt ihn bittend an: „Sag es, bitte, noch einmal!“

Wenn sie auf einer Anlagebank sitzen, sieht Pierre Marie mit der Spitze ihres Schirmes verschiedene Zeichen in den Sand schreiben. Zu sich gekommen, löscht sie sie rasch mit dem Fuß aus. Selbst im dichten Menschengewühl – wenn sie einen Omnibus besteigen, wenn sie ein Caféhaus betreten –: Es ist immer wieder dasselbe. Und der Mann, der die Frau liebt, sie gerade um der Eigenschaften willen liebt, die sie jetzt von ihm entfernen, denkt: So sollte es nicht weitergehen.
Der Sommer steht vor der Tür, das ist gut so. Es ist an der Zeit, daß das hier für ein paar Wochen ein Ende nimmt. Vielleicht ist nachher alles wieder anders.
Urlaub, schönes Wort, doppelt schön, wenn es, wie diesmal, etwas wie Heimat verspricht. Manja war seit zwei Jahren nicht mehr in Warschau. Pierre hat ihr (nicht ohne Grund) vorgeschlagen, den Vater einzuladen. Zusammen mit ihm und Dluskis wollen sie ein kleines Landhaus mieten, zusammen wollen sie die Ferien verbringen. Professor Sklodowski kennt Pierre noch nicht, es wird Zeit, daß man einander begegnet.
Manja wird von Erregung erfaßt. Der Vater! Wie wird er aussehen? Er kennt Pierre noch nicht – wie wird er sich mit Pierre vertragen? Hat er es verwunden, daß sie, Manja, nicht nach Hause zurückkehrte, wie sie es ihm versprochen, ja, damals sozusagen geschworen hat? Wird er sich damit abgefunden haben, daß auch sie, die zweite Tochter, das Heimatrecht in Polen mit dem in einem fremden Land vertauschte?
Dieser Tausch hat sie nicht wenig gekostet.
Pierre weiß das.
Sie haben einander ein Jahr lang gekannt, und obwohl er sie vom ersten Augenblick an nicht im Zweifel ließ, was er von ihr wollte: sie nämlich ganz und für immer – so hatte es doch lange gedauert, ehe er ihr zum ersten Male zumutete, daß sie sich die Fragwürdigkeit ihres bis dahin verfolgten Lebensplanes eingestand. Aber er konnte es ihr nicht ersparen: Sie mußte eines Tages erkennen, daß alles, was ihr Herz bis dahin erfüllt hatte, diese schmerzlichbittere Liebe zu Polen, der gramvolle Zorn über die Erniedrigung ihres Volkes und ihr Entschluß, ihr ganzes Leben nur auf die erträumte Befreiung der Heimat zu richten, daß das alles nicht das Letzte und Höchste war, was sie ihrer Natur abverlangen konnte.

Pierre hatte erkannt, daß, was bei einer anderen Frau vollauf und leicht genügt hätte, sie zu entwurzeln und einem anderen Boden einzupflanzen, über Manja nicht genügend Macht hatte, und er sah sie im Geiste schon Abschied nehmen, sich von ihm, Pierre, losreißen, um nach Polen zurückzukehren: Blutenden Herzens, gewiß, aber ein Opfer einer, wie ihm vorkam, verkehrten Treue zu sich selbst.
Ihm war damals ein Zufall zu Hilfe gekommen, ein Zufall, den er freilich im richtigen Augenblick genutzt und in seinen Plan eingebaut hatte:
Es war am 14. Juli, dem französischen Nationalfeiertag, ganz Paris ein Meer von Fahnen, ganz Paris ein Tanzplatz, auf dem sich eine unabsehbare Volksmenge vergnügte. Musik, Gesang, Truppen, die von ihrer Parade in ihre Kasernen heimkehrten, Winke und jubelnde Zurufe, wo sie marschierten, Rudel von Gassenjungen, aber auch von jungen Mädchen, jungen Burschen, selbst bejahrteren Bürgern, die den Marschlieder schmetternden Kapellen taktweise ausschreitend folgten.
Pierre und Manja waren schon seit Stunden unterwegs, hatten Montparnasse, Vaugirard und die Marais durchstreift; Manja wurde nicht müde, dem freudigen Getümmel zuzusehen, sich dahin und dorthin treiben zu lassen, die Transparente zu lesen, die über die Gassen gespannt waren. Von einer der mit Girlanden aus Immergrün umwundenen Ehrenpforten hatte sie Zweiglein gepflückt und eins an Pierres Hut und eins an ihre Bluse gesteckt.
Vor einem Café an der Ecke der Rues Réaumur und Montmartre hatte eine Gruppe von Musikanten Tische und Stühle zusammengerückt, Tische und Stühle übereinander getürmt, und mit Geigen, Trompeten, Schifferklavieren patriotische Lieder intoniert. Sofort strömten die Menschen zusammen. Einander unterfassend bildeten sie einen Halbkreis und immer noch einen Halbkreis, schon wogten Hunderte im Takte hin und her. Fenster öffneten sich, auf Balkonen und Dachterrassen erschienen Neugierige, winkten, taktierten, feuerten Musikanten und Tänzer an. Jetzt kam aus dem Inneren des Cafés der Koch herangetanzt, in Mütze und weißem Jackett; er hatte sich einen messingenen Rührkessel vor den Bauch gehängt und drosch mit dem eisernen Schneebesen wie auf eine Pauke.
„Schau den an!“ rief Manja, „schau den nur an! Ist er nicht wunderbar?!“

Pierre und Manja waren in die Menschenmenge eingezwängt, die sich wie ein stehender Wirbel um das Getöse drehte. Manja hing an Pierres Arm und klammerte sich an ihm fest – ihr Gesicht war aufgelöst, aufgelöst vor Lachen, Hitze, Atemlosigkeit. Der Schweiß stand auf ihrer Stirn, ihr Haar hatte sich aus den Kämmen und Nadeln befreit und ringelte sich in feuchten Strähnen um ihren Nacken. Pierre fühlte Manjas Hand in der seinen zittern und er wußte, was sie bewegte: Es war nicht nur die gleichsam saturnalische Freude an dem großen festlichen Gewoge, nicht nur das Entzücken darüber, vom Rausch mit angesteckt und fortgerissen zu sein. Er wußte, was sie dachte, wußte es nur allzugenau: Dieses Fest eines freien und geeinigten Volkes (das zwar in Wahrheit in hundert hadernde Parteien zersplittert war – doch wer dachte heute daran?) war für das Mädchen etwas wie eine vorahnende, vorgenießende Feier eines irgendwo noch in grauer Zukunft schlummernden, doch eben – weil es *hier* Freiheit, Freude und Einigung gab – beinah gewiß scheinenden Tages: dann würden auch über Warschau Fahnen wehen, würde auch dort eine jubelnde Menge singen, tanzen, würde der Bruder den Bruder umarmen –
Die rasende, alle Grenzen überbordende, gleichsam weißglühende Freude mußte – Pierre wartete beinahe darauf – zuletzt und zwar bald (er spürte es mit Spannung und Bangen, doch auch mit einer tief in ihm gründenden Sicherheit) in eine Katastrophe umschlagen.
Und da geschah es auch schon –
Der fröhliche Koch mit der Rührschüsselpauke hatte einen der Tische erstiegen und sich auf das Tischgebäude geschwungen, auf dem die übrigen Musikanten standen, strampelten, ihre Instrumente mißhandelten und immer neue, immer wildere Rhythmen in die Masse hinabschleuderten. Der Koch war von den droben mit Zurufen begrüßt worden, er balancierte halsbrecherisch auf einem Stuhl, der unter seinen Beinen wankte, zuoberst, riesig, wogend, mit dem Ausdruck eines selig Rasenden.
Auf einmal hielt er inne, beugte sich vor, und sein Ausdruck veränderte sich zu einer Grimasse der Wut.
„He du“, schrie er, „du bist es ja, du Communard, du dreckiger Communard, Bluthund, Bluthund!“ und stürzte sich kopfüber, die Schüssel in seinen Armen hoch erhebend, in die zu seinen Füßen tanzende Menge. „Jetzt hab ich dich!“

Die Menschen schrien und wichen zurück.
Irgendein gelber Strohhut verschwand unter der Messingschüssel und sackte zu Boden.
Der Absprung des Kochs hatte das getürmte Tisch- und Stuhlgebäude ins Wanken gebracht. Eine Sekunde lang schien es, als würden die Musikanten, die einander umklammerten, wie auf einer Schiffsbrücke bei Sturm über den Kamm einer Woge noch höher gehoben, dann brach der Aufbau zusammen, kippte nach hinten und schüttete seine menschliche Fracht gegen die Mauer des Hauses.
Pierre hielt seine Hand vor Manjas Gesicht, aus Angst, sie könnte in dem nun ausbrechenden Gewühl gestoßen werden. Er suchte sie wegzureißen und mit sich zu ziehen, besann sich aber im nächsten Augenblick anders; es war besser, wenn sie auch das Folgende sah –.
In der Mitte knäuelte sich der weiße Koch mit seinem von dem kupfernen Kessel bedeckten Gegner hin und her. Auch eine Frauensperson war in den Knäuel verwickelt – ein Rock schlug auf und ein Paar schwarzbestrumpfter Beine zappelte wild umher.
Hinten an der Mauer erhob sich zugleich ein schreckliches Geschrei. Unter dem Wust der umgestürzten Möbel ruderten Glieder, hoben sich blutig geschlagene Köpfe. Eine Hand hielt eine zerschellte Geige empor. Ein alter Mann lag wimmernd zuunterst und konnte sich nicht mehr erheben.
Der Koch und sein Opfer rauften verbissen weiter. Das Frauenzimmer hatte sich befreien können und kroch auf allen Vieren, kläglich schreiend, weg. Dafür stürzte der Besitzer des Cafés herbei – nicht mehr der befriedigt und geschmeichelt nickende und lächelnde Patron eines Lokals, dem eine vaterländische Kundgebung zugute kommt, sondern aus Angst um sein Geschäft plötzlich in einen wütenden Schakal verwandelt, sprang er auf die Raufer zu, warf sich, um sie zu trennen, über die beiden, stieß mit Fäusten und Füßen auf sie ein, ergriff zuletzt den Kessel und schmetterte ihn blindlings, rücksichtslos auf ihre Köpfe nieder. Und jetzt begann die allgemeine Schlacht –
„Nun komm“, sagte Pierre und riß Manja weg aus dem Getümmel, „jetzt wird die Polizei gleich da sein und allem ein Ende machen.“
Und wirklich tauchten schon ein paar Berittene auf und sprengten im Karacho heran.
Pierre und Manja erreichten das gegenüberliegende Trottoir. Das

Mädchen hing halb ohnmächtig an des Mannes Arm. Das letzte, was sie sah, war ein alter Mann, der von zwei anderen weggeschleift wurde: Sein Kopf baumelte haltlos, und das eine seiner Augen war zu einer roten Beule geschwollen.
Pierre bog mit Manja in eine Seitengasse.
„Das Ende –", sagte er, „das übliche Ende. Es dürfte noch glimpflich abgelaufen sein."
„Mir langt es", murmelte Manja. Ihr war, als habe man sie selbst geschlagen.
Mit einem Male standen sie auf einem runden, hitzeflimmernden Platz vor einer offenen Kirchentür. Der dunkle, stille Raum zog sie an. Manja nickte: „Ja, gehen wir hinein. Dort ist doch Ruhe."
Hier war es nicht viel kühler als draußen, aber schon, daß die Halle leer, fast ganz leer war, empfanden sie als Wohltat. Pierre nahm den Hut vom Kopf – er folgte Marie über den aus Binsen geflochtenen Läufer bis in die Mitte der Kirche. Dort traten sie zwischen die Stühle, zu Pierres Überraschung ließ sich Marie auf die Knie nieder.
Nach einer Weile wandte sie sich nach ihm um und fragte: „Wie heißt diese Kirche?"
„Ich glaube: Notre Dame de la Victoire."
Zu ihrer Rechten war ein Altar mit dem Bild der Jungfrau, ein Gnadenbild offenbar, denn es brannten ein paar Kerzen davor auf einem dieser Leuchter, die dazu dienen, die Weihelichter der Gläubigen aufzunehmen. Zwei Gestalten, ein Mann und eine Frau, knieten daneben, beide, wie es schien, in Andacht versunken.
Manja faltete unwillkürlich ihre Hände und blickte die aus weißem Stein gehauene, ein wenig theatralisch majestätische Figur der Gottesmutter an.
Sie erinnerte sich an Jasnagora, an das Heiligtum Polens – sie hatte es seltsamerweise nie betreten und nur einmal aus der Ferne gesehen, damals, als sie mit der Piacezka zu den Oyzowsschen Höhlen und von dort der Warthe entlang in mühseligen Fußmärschen bis Tschenstochau gewandert war. Am zweiten Tag waren sie immer wieder auf Pilgergruppen gestoßen, waren von ihnen eingeholt worden, hatten sie hinter sich gelassen: Männer in grauen und blauen Sukmans, mit den viereckigen Fellmützen, Frauen in schwarzen Kleidern mit bunten Tüchern auf dem Kopf, in Schuhen

aus Lindenbast. Sie trugen ein Kreuz oder eine Fahne vor sich her und sangen und beteten –. Dann und wann trat ein Weib aus der Reihe, band sich das Kind, das sie mitschleppte, vom Rücken los, wickelte es in frische Windeln und reichte ihm die Brust.

Als Jasnagora auftauchte, der siebenfach gestaffelte Turm der Kathedrale, auf dessen Spitze drei Kugeln übereinander eine Fahne tragen und zuoberst eine Taube sitzt, das heilige Brot im Schnabel – Jasnagora, die alte Festung Polens, deren Wälle zwar geschleift sind, die aber doch für den Hort und die sicherste Bastion des polnischen Volkes gilt, Bastion seiner unentwegten blutig verteidigten Hoffnung; und als sich dann, da das Abbild der Gnadenmadonna außen an der Klostermauer sichtbar wurde, alle Pilger, wo sie gingen und standen, niederwarfen und die Erde mit ihren Stirnen berührten –: Da hatte auch ihr, Manjas, Herz gezittert – gezittert aus Liebe zu diesen Menschen, deren Demut so groß war, und vor Sehnsucht, sich mit ihnen in dieser Demut zu vereinigen. Aber da war die andere, ihre Begleiterin, ihre Lehrerin, die Piacezka, und es war unmöglich, vor dieser zuzugeben, daß da etwas Geheimnisvoll-Verehrungswürdiges war, und ein wenig hastig hatten sie die Beter umgangen und waren von der Pilgerstraße abgebogen, hatten sich beeilt, den Bahnhof zu erreichen, um dort den Zug nach Warschau zu besteigen.

„Notre Dame de la Victoire –“

Manja blickte sich nach Pierre um. Er saß da, drehte seinen Hut zwischen den Händen und wartete geduldig, bis sie sich gefaßt, bis sie sich erholt haben würde.

Die beiden Leute, die vor ihnen knieten und die außer ihnen die einzigen waren in dieser großen, von matt dämmernden Goldlichtern durchspielten Kirchenhalle, hatten ihre Andacht beendet. Sie schlugen ein Kreuz, der Mann steckte ein Buch ein, aus dem er gelesen hatte, sie standen auf, verbeugten sich tief, wandten sich gegen den Hochaltar, verbeugten sich auch vor ihm. Dann nahm die Frau den Arm des Mannes – er war ein wenig kleiner als sie und beide nicht mehr jung, sauber, aber höchst bescheiden gekleidet, und so schritten sie nebeneinander wie ein junggetrautes Paar den Mittelgang entlang, an Manja und Pierre vorbei, dem Tore zu.

Manja folgte ihnen mit den Augen. Irgend etwas berührte sie – war es eine vage Erinnerung oder war es der tiefe gesammelte tragische

Ernst, den sie in den Mienen der beiden gelesen, der blaue weitgeöffnete und gleichsam von Tränen blankgeätzte Blick des Mannes, die von Sanftmut, Trauer und Geduld geformte Maske der Frau –? Auch Pierre hatte den Kopf nach ihnen gewendet, flüchtig nur – Jetzt trat er zu Manja und fragte halblaut: „Wie ist dir jetzt? Kannst du nun gehen?"
„Wohin?"
„Wir könnten einen Wagen nehmen. Ich möchte jetzt mit dir in die Rue Lhomond."
Sie fuhren hinüber ins Quartier latin. Pierre hatte immer den Schlüssel der Schule bei sich. Er öffnete die Pforte neben dem Haupteingang und führte das Mädchen in sein Labor.
Das ganze Haus war leer, feiertäglich still, die Fenster geschlossen. Es war erstickend heiß.
„Und jetzt wollen wir uns nach all dem etwas *Schönes* ansehen", sagte der Mann. Er holte sein Mikroskop hervor, stellte die Nikols ein und schob einen Steinschnitt unter die Linse.
Manja saß da, die Handgelenke auf die Tischplatte gestützt. Sie wollte nichts sehen jetzt – sie rührte sich nicht.
„Gesteh es nur", sagte sie nach einer Weile leise, mit belegter Stimme, „du hast gewußt, daß es so kommen würde."
Pierre blickte sie an. „Was heißt: gewußt?"
„Aber gewünscht, nicht wahr?"
Sie lachte heiser.
„Und das Experiment ist gelungen –"
„Ist es das?"
Sie nahm die Hände vom Tisch, weil sie so zitterten. „Vielleicht –", murmelte sie, „hatte ich die Lektion nötig."
„Manja."
„Ach – schon gut." Zornig wischte sie sich eine Träne ab. „Ich weiß, daß du das alles verachtest, und vielleicht hast du recht. Verachtest, weil es dich nie gebrannt, weil es dich nie – nie – nie im Innersten treffen *konnte*."
„Manja, du weißt, was mich im Innersten treffen könnte: Dich zu verlieren. Bin ich deshalb grausam?"
„Ja, Pierre, das bist du." – –
„Ich habe es längst begriffen: Du hältst, was mich nach Hause zurücktreibt, für eine Art Verwirrung, für ein nicht legitimes Gefühl:

Eine Schwachheit, die mir im Grunde nicht zusteht. O Pierre, Pierre, ich habe schon einmal – viel früher – ich war fast noch ein Kind, ganz ähnliches gehört. Da betraf es den Glauben, verstehst du, in dem ich aufgewachsen war. Ich habe dir von jener Frau erzählt, Piacezka, sie meinte damals: Einem Menschen wie mir stehe es nicht zu, an einen Gott zu glauben, zu beten – zu hoffen, daß er uns helfen kann. Ich ließ mir das nicht zweimal sagen, damals. Warf alles über Bord, leichten Herzens, wie man nur in der Jugend etwas über Bord wirft. Gewiß, ich hab's nicht wieder aufgefischt. Aber ich bin heute nicht mehr so jung. Manchmal dachte ich: Mein Volk ist mein Gott – da hab' ich meine Ewigkeit. Heute hast du mir zeigen wollen: Ein falscher Gott, auch dieser –. Auch dieser, Pierre! Und keine Ewigkeit. Das ist mir fast unerträglich –
Ich war einmal ein frommes Kind, Pierre. Ja, ja, du lächelst, du *kannst* lächeln, deine Eltern haben es dir ja erspart, diesen – Umweg zu gehen. Pierre, ich habe es noch nie jemand erzählt, aber einmal – ich war noch ganz klein, fünf oder sechs Jahre alt – habe ich auf etwas wie ein Wunder gewartet. Das Wunder blieb aus, natürlich. Woher hätte es kommen sollen? Doch damals geschah mir etwas, etwas sehr Entscheidendes, verstehst du? Die Enttäuschung hat in mir etwas gleichsam verätzt. Und später, als meine Mutter so krank war und als Zosia den Typhus bekam und als die ganze Familie auf den Knien lag und die Hände rang und flehte (auch mein Vater), flehte, der Himmel möchte doch ein Einsehen haben – da kam dieses Ätzende wieder in mir hoch, und ich dachte: Betet nur, betet! Ihr werdet doch nichts erbitten. – Als dann Zosia starb und später meine Mutter, da war in mir ein Gefühl, als hätte ich recht bekommen. – – Nun willst *du* recht bekommen haben, Pierre!"
Der Mann antwortete nicht. Nach einer Weile sagte er: „Das war ein bitteres Wort, Manja. Aber ich glaube, daß ich dich besser kenne, als du dich selbst kennst. Enttäuschungen erleiden wir alle. Und in gewissen, in fast allen Bereichen des menschlichen Daseins ist die Verkehrbarkeit der Werte geradezu Regel: Was jetzt gut ist, ist im nächsten Augenblick böse. Was heute rein scheint, ist morgen trüb und gemein. – Nun, du hast eben eine Probe davon gesehen! Nur in der Wissenschaft dürfen wir sicher sein, daß wir nicht irren: Hier findet der Geist, so sehr er sonst schwankt, einen absoluten, einen

legitimen Maßstab – und ein reines Glück, das ihm niemand rauben kann. Dieses reine Glück, Manja, könnte auch das unsere sein." Der Mann zwang das Mädchen aufzustehen, er nahm sie in seine Arme; während er mit seiner Rechten ihren Nacken umfaßte, strich er ihr mit der Linken über Schläfen und Stirn, Brauen und Lider, über den noch immer bebenden Mund. „Erinnerst du dich, ich sagte dir einmal: Die Lerche sei mir der liebste Vogel. Sie steigt so hoch, nur um zu singen – immer höher, immer höher. Liebste, ich wollte, du wüßtest, wie sehr du der Lerche gleichst."

Ein Jahr später, am 26. Juli 1895, heirateten Pierre und Manja in der Mairie des neunten Arrondissements. Die Hochzeit war sehr einfach, die Braut im dunklen Kleid. Eine Zeile der Urkunde lautete: Marie Curie, hiemit französische Staatsbürgerin ...

Es ist nicht schwer, dieses Land zu lieben, la douce France, dieses Land, dessen Pflanzenwuchs genau die Mitte hält zwischen Zartheit und Üppigkeit, dessen Architekturen eine so souverän kalkulierende Vernunft und so viel träumerische, den Traum anlockende Anmut zeigen. Es ist nicht schwer, das Gefühl Wurzel schlagen zu lassen, wo sich die Horizonte in den Farbenspielen eines Himmels verlieren, der, vom Atem des Ozeans durchhaucht, so oft wie in Purpur getaucht scheint. Das reifende Korn hat hier einen Rotgoldschimmer, den es sonst nirgends hat, und die Wälder, deren Boden von der Schrift des Epheus beschrieben ist, empfangen und geleiten den Wanderer wie Säle, in denen unsichtbare Genien unaufdringlich, aber mächtig heiteren Hof halten: Du bist bei ihnen zu Gast und läßt dich königlich beschenken. Douce France, Land des Menschen, dein Land, Pierre.

Da sind wir nun in dieser kleinen Ferme eingekehrt, die nahe der Straße doch etwas wie ein abgelegenes Refugium bildet. Vorn das Haus des Pächters, rosenfarben beworfen, von Grün umrankt, aus winzigen Fenstern spähend. Dahinter ein Gartenhof, der auf der einen Seite mit einer massiven, von einem stumpfen Turm bekrönten Mauer, auf der anderen Seite von einem langgestreckten ebenerdigen Sommerhaus, unserer für zwei Monate gemieteten Bleibe, begrenzt ist. Auf der dritten geht der Hof in eine dichte Baumkulisse hinab, die aus dem unteren Garten hervorstrebt, denn hier fällt das Gelände an zwanzig Meter tief zu einem von Weiden umstandenen Bach. Auf kleinen Treppchen gelangt man hinunter, an einem Brünnchen vorüber, das die dem Grundstück entspringenden Quellen fängt, rechts und links davon Blumenrabatten, Blumenrabatten auch oben im Gartenhof, Rosen, Phlox, Azaleen in mächtigen Holzkübeln. Ein steingefaßtes Wasserbecken: Hier schwimmen die Fische, die der Herr des Hauses, der behäbige Pächter, von seinen Fischzügen heimbringt. Denn unten, nicht weiter als drei Minuten von der Ferme, schlängelt sich der Fluß, die stille Aube, reich an Leben, in breite Streifen undurchdringlichen Auwalds getaucht, von Altwässern gesäumt, von einer grünbemoosten Brücke überspannt.

Ein Kahn ist an der Mündung des Baches vertäut, wir können ihn benützen, sooft wir wollen. Dann fahren wir den Fluß entlang oder winden uns durch das von Erlenbüschen umwölkte Tor in das verzweigte System der Altwasser: Hier ist die Welt noch einmal kleiner, tiefer in sich selbst gefangen, hier steht die Strömung still oder zieht so leise, daß der sich selbst überlassene Kahn nur ganz langsam in ihre Richtung schwojt. Da sind Tümpel, deren Boden von Wassermoosen wogt, und seichte sandige Stellen, über denen der Hecht steht, starr wie ein Knüppel, doch immer auf der Lauer. Libellen, Wasserkäfer, Frösche, das myriadische Gewimmel der Quappen. Der stelzfüßige Reiher; dann und wann die fahlbraun aufleuchtende Flanke eines Rotwilds.

Mit uns sind Bronia, Dluski, ihre zwei Kinder – das jüngste noch in der Wiege, will heißen, in einem mit Tüll verhüllten Körbchen, und der Vater, seltsam verjüngt, vergnügt, zu Scherzen aufgelegt. Ganz verwandelt. Keine Rede von einem geheimen Vorwurf, keine Rede von irgendeiner Anspielung auf geänderte, aufgegebene Lebenspläne.

Pierre und ich: Die ersten auf, die letzten zu Bett, wir durchstreifen die Gegend, sind oft auf unseren Rädern unterwegs. Wir sammeln Pilze im Wald, pflücken Beeren: Herrliche Mahlzeiten unter dem Blätterdach der kleinen Laube, im Schein des Windlichts, wenn der lange Sommertag Abschied genommen hat.

Keine Zeitungen, kaum eine Post. Die Welt ist fern, hinabgesunken über die wolkengekränzten Horizonte, die Zeit ist Eh und Je, Immerdar, die Zeit steht still.

Sie stünde still und versenkte uns in einen Abgrund des Glücks!

Aber auch hier, wo das Herz Stille kostet, den Honig des Augenblicks trinkt, Sättigung trinkt, süßes Immerdar: Es erwacht zu sich selbst in der Nacht, wenn durch die Gitterstäbe des kleinen Fensters, kaum gedämpft durch die Silberstiftzeichnung des flimmernden Laubes der weiße Schein des Gegenlichts fällt.
Gegenlicht, Mondesscheibe, Ziffernblatt der sich immer verwandelnden Zeit: Heute gefüllt, morgen schon schwindend: Höre! Vom Brunnenrohr tickt der Tropfen und erinnert dich, erinnert – erinnert –
(Aufflug der Lerche aus der dunklen Furche Ohnezeit, Aufstieg und Ansatz zum Lied.)
Es knistert in den Dielen und es seufzt in den Wänden, ächzender Laut in den Balken und Brettern, letzter Nachklang des Lebens, das, zu zäh, um unter der Axt ganz hinzusterben, sich noch immer rührt, sich in den Fugen streckt, noch immer etwas von der pulsenden Erdkraft verrät, die es einmal mit Saft erfüllte.
Gestern – gestern – war es erst gestern? – lagen Pierre und ich auf einem dieser großen Steine im Dickicht, die die Flut der Aube glattgeschliffen und dann, in ein anderes Bett gelenkt, gleichsam vergessen hat: Nackt lagen wir auf ihm, von Hitze und Sonnenlicht durchströmt, jede Zelle des Leibes durchglüht vom himmlischen Feuer. Unter unseren Augen der irdische Bruder (dein Bruder, Pierre!), der Stein: Geheimnisvolle Zeichen im Kristallinen, Äderung, Einschluß: Alles Form, alles Gestalt, Schatzkammer der Gesetze. Ihrer Spur zu folgen – dein Leben, Pierre.
Ich komme aus dem sandigen Land, Land der Sümpfe, der grundlosen Wege, der hölzernen Hütten, der lastenden Schwermut; aus dem Land, wo die Bauern auf die Knie fallen, wenn Jasnagora vor ihnen auftaucht, das Bild der Großen Mutter und der Turm, auf dessen Spitze die Taube sitzt, das heilige Brot im Schnabel.
Frieden verheißt die Taube allen, die unter ihren Fittichen leben, einfaches Dasein, geduldig, demütig, sanft. (Aber über das weite Land fliegen die Raben.)
Ich weiß nichts von Frieden, von Demut, Geduld, einfachem Dasein Mich schlug das Geheimnis. Das Versprechen: Du wirst es strahlen sehen.
Schlaf du ruhig weiter, Pierre, schlafe du. Ich stehe auf aus dem gemeinsamen Bett. Mich treibt es hinaus.

Weißes Gegenlicht über der dunklen Erde, wechselndes Widerlicht, das uns lehrt, die Zeit zu messen, Verwandlung zu suchen. Der Frau entlockt es das Blut. Den Mann treibt es zum Kampf. Dem Zauberer verspricht es Macht.

Ihm wächst die Erde entgegen, dem Unermeßlichen entgegen, dem Raum.

Aufbruch aus der dunklen Furche Ohnezeit. Aufstieg und Ansatz zum Lied? Nein: Zu unendlicher Reise.

Reise nach oben, Reise nach innen: Unermeßlich Großes dort, Sternennebel und galaktische Systeme. Unabmeßbar Kleines hier, Mikrokosmos strahlender Strukturen.

Ich werde den Weg zu ihnen finden,
werde ihn finden, muß ihn finden.

Die vergangenen Tage und was mich umfing: Der rosendurchwirkte Garten, Nicken der Goldruten, heißes Dickicht, grüne Tümpeltiefe: Alles nur Vorwand, Sammlung, Atempause.

Atempause vor dem Aufbruch.

Und eine Woche später der letzte Tag:

Noch einmal Frühstück in der Laube.

Noch einmal Ausfahrt im Ruderboot.

Noch einmal das Bad in der Bucht.

Noch einmal Heimkehr in den grünen Gartenhof, in dem die Rosen indessen verblüht sind, der Phlox seine roten und weißen Kelche abgeworfen hat. Jetzt blühen Zinnien, hartfarbig, mit starren Kronen, um kühleren Winden zu trotzen.

Das letzte Abendessen: Der Pächter fing einen fünfpfündigen Hecht. Blau gesotten, in Butter schwimmend, wird er uns auf den Tisch gestellt.

Bronia bringt die Kinder zu Bett. Dluski und Pierre spielen eine Partie Schach. Vater sitzt dabei, kibitzt, gibt gutgemeinte und schlecht durchdachte Ratschläge. Pierre folgt ihnen aus Höflichkeit und verliert.

Lächelnd schiebt er das Brett zur Seite. Jetzt spielt Vater mit Dluski.

Bronia schaut ihnen, aus dem Fenster gelehnt, zu.

Dann gehen die anderen schlafen. Pierre und ich sitzen allein in der Laube.

Irgendwo weit draußen im Westen zieht ein Gewitter herauf: Die

Blitze kreuzen stumm über dem Horizont, aufblinkend wie Klingen, mit denen sich der weite schauernde Raum der Nacht einen Florettkampf liefert.
Heute zum erstenmal wagten wir – drunten im grünen Blätterzelt – das Schrankenlose, wozu uns zu entschließen wir im letzten Jahr nie den Mut hatten, heute zum erstenmal warfen wir Furcht und Beschränkung weg, öffneten die Tür dem Namenlosen, das uns umkreist, längst Geliebtem, Neuem, Ungekanntem: Ich wollte es. Nun beginnt das Warten, wann es eintritt, beglückend, fordernd, bindend: Das Schicksal Kind.
Das Schicksal Kind –
(Es wird mich nicht hindern, den Weg zu gehen, den weiten Weg in das strahlende Geheimnis.)

Pechblende strahlt viermal so stark als Uran, also muß sie einen Stoff enthalten, dessen Strahlung die des Urans bei weitem übertrifft.
Pechblende besteht zu achtzig von hundert Teilen aus Uranoxyd daneben aus Blei, Thorium, Bismuth, Ytrium, Barium ... Der fremde strahlende Stoff muß in kleinsten Spuren in dem Gestein enthalten sein. Ich will ihn suchen. Wenn ich das Mineral in seine Elemente zerlege, muß es mir gelingen, auf ihn zu stoßen. Die Methode dieser Suche kann nur auf dem Phänomen der Strahlung beruhen, denn keine andere Eigenschaft des Stoffes ist sonst bekannt.
Um ganz sicher zu gehen, unterzog ich mich zuerst der Aufgabe, eines der Gesteine künstlich herzustellen. Ich folgte den Vorschriften von Debray und ließ aus einer Lösung von Azetaturanyl und Phosphat einen Chalkolith kristallisieren. Er strahlte nicht stärker, als es seinem Gehalt an Uran entsprach.
Dann ging ich daran, Pechblende in ihre Elemente zu zerlegen. Da aber – wie gesagt – anzunehmen war, daß der neue Stoff in nur sehr geringen Partikeln darin enthalten sei, bemühte ich mich, eine größere Menge des Minerals zu erhalten. Ich operierte zuerst mit einem Pfund. Aber, nachdem ich die pulverisierte Masse mehreren Lösungen und Sublimationen unterworfen und die sorgfältig getrockneten Produkte der Probe im Elektrometer zugeführt hatte, wobei ich stets der aktiveren Fällung auf der Spur blieb, ergab sich

sehr bald, daß die an Strahlen ergiebigste Substanz so geringfügig war, daß mit ihr nicht mehr weiter operiert werden konnte: Sie hatte nur mehr die Größe eines Nadelkopfes – durch den nächsten Prozeß mußte sie zu einem mikroskopischen Nichts zusammenschmelzen.

Es würde also, sollte der strahlende Stoff gefunden werden, eine größere Masse von Pechblende nötig sein.

Pechblende ist aber ein teures Mineral.

Ich ging mit Pierre zu Schützenberger und fragte ihn, ob er jemand wüßte, der mir etwa zwanzig Kilogramm davon verkaufen könnte.

Schützenberger sah uns verwundert an. Dann lachte er und sagte: „Was sagen Sie dazu, mein lieber Curie? Ihre Frau scheint sich da eine recht kostspielige Liebhaberei zugelegt zu haben."

Ich erhielt meine zwanzig Kilogramm Pechblende. Ein Dienstmann schleppte sie mir an. Er stellte mir den Sack voll grober Brocken in den Hangar, wischte sich den Schweiß von der Stirn und murmelte etwas von Plackerei. Ich gab ihm den letzten Sous aus meiner Börse als Trinkgeld, band den Sack auf und machte mich an die Arbeit.

Ich war sicher: In diesen zwanzig Kilogramm mußte so viel von dem strahlenden Stoff stecken, daß er darstellbar war.

Indessen war es Winter geworden. Die Arbeit im Hangar begann hart zu werden. Es war kalt und feucht, und der kleine Ofen in der Mitte des Raumes gab wenig Wärme. Die Fenster waren undicht, ich verklebte die schlimmsten Fugen mit Papier; doch das schadhafte Dach konnte ich nicht abdichten. Meine Füße waren immer eiskalt, obwohl ich warmes Schuhwerk trug und einige Matten ausgebreitet hatte. Solange ich bei geschlossenen Fenstern arbeiten konnte, mochte es noch angehen. Sobald ich aber mit Schwefelsäure operierte, mußte ich zumindest ein Fenster öffnen. Jetzt hatte ich meinen zuerst auf einen Winkel beschränkten Arbeitsplatz fast über den ganzen Hangar ausgebreitet. Ich mußte mehrere Bottiche, Rühr- und Schwemmkufen anschaffen und, da es in dem Raum kein Wasser gab, das Wasser kübelweise aus der Schule holen. Pierre half mir bei dieser Arbeit, wenn er gerade des Weges kam, aber in jener Zeit war mir jede, sogar seine Hilfe unerwünscht. Tag und Nacht bohrte in mir derselbe Gedanke: Das

Strahlende, das Strahlende. Würde es mir je gelingen, es zu entdecken?
Was war es, was mich gerade in diese Arbeit trieb? Ich fing an zu begreifen, warum mich Pierre, ehe ich damit begonnen, gewarnt hatte. Nicht nur, daß er sie für unabsehbar und – für eine Frau – auch für nicht zu bewältigen hielt. Er hatte wohl auch gehofft, daß ich nach beendigtem Lizentiat in sein Arbeitsgebiet eintreten und ihm darin die oft so nötigen, so heiklen Hilfsdienste leisten würde. Sein Arbeitsgebiet: Die Erforschung der kristallinen Gestalt und ihres Aufbaus, ihrer Achsen und Symmetrien, ihrer geistreichen Gesetzlichkeiten, dieses in der Natur prästabilisierten logischen Systems, war vielleicht eine erlesenere Art der Forschung als die meine: Sie schulte den Geist an geläuterten Formen, beglückte ihn durch die Harmonie zwischen dem Geistesreich der Geometrie und dem Naturreich der Gesteine.
Wenn ich ihn in seinem Laboratorium aufsuchte und ihn bei seinen Experimenten fand, Experimenten, die nur mit den feinsten Gerätschaften unternommen und nur in einem System subtiler Folgerungen ausgewertet werden konnten, und wenn ich dann in meinen Hangar zurückkehrte und die Laugen aus den Kesseln dampfen sah, wenn ich die groben Mörser betrachtete, in denen ich die Blende zerstieß, die Riesenflaschen, aus denen ich Säuren goß, die eisernen Scharren, mit denen ich den Bodensatz in den Bottichen durchpflügte, war's mir doch manches Mal, als hätte ich eine hellere Welt verlassen, um hier, in einer gleichsam barbarischen Sudelküche ein finsteres Handwerk zu treiben.
Und ich dachte auch an das, was mir meine Mutter über die alte Salome Sklodowska erzählt hatte, die dort in Polen auf ihrem Gut in der Kellerküche die Powidla kochte: Allein und eifersüchtig darauf bedacht, die Arbeit aus eigenen Kräften zu vollbringen, unermüdlich, zäh und nicht gewillt, sich nachzugeben, wenn das Rühren stundenlang währte, die halbe Nacht, die ganze Nacht, vom Dampf umwölkt und von den Spritzern der kochenden Masse getroffen –
Aber der Prozeß der Lösung und Ausfällung, die Analyse auch der zwanzig Kilogramm Pechblende brachte mich nicht ans Ziel. Wieder zog sich der strahlende Stoff in ein winziges Quantum zurück, in ein Quantum, mit dem ich nichts weiter anfangen konnte. Die

Mühe der letzten Monate war vergeblich gewesen. Die letzte ausfällbare Probe strahlte zwar vierzigmal so stark wie metallisches Uran; aber sie war weit entfernt davon, den fremden Stoff rein darzustellen. Soviel aber konnte ich von ihm sagen: Er mußte in chemischer Hinsicht dem Barium ähneln und seine Strahlungskraft mußte ungeheuer sein.
Damals – es war Ende Jänner des Jahres 1897 – merkte ich, daß ich ein Kind erwartete.

VII

Johanne Molbech ging vor dem Friedhofstor auf und ab und wartete auf das Ende des Begräbnisses, das irgendwo da drinnen in dem unabsehbaren Gräberfeld von Batignolles stattfand. Sie hatte den Toten nicht gekannt und hatte sich nicht in die kleine Trauergemeinde eindrängen wollen, sie, die Fremde, die Dänin, die vor acht Tagen zum erstenmal nach Paris gekommen war. Die muntere Mrs. Read, bei der Johanne wohnte, hatte sie aufgefordert, mitzukommen. „Wir müssen uns heute von einem guten Freund verabschieden, von Villier de l'Isle Adam, vielleicht haben Sie schon einmal seinen Namen gehört? Nein? Einer dieser Schriftsteller, die im Gefolge unseres großen verewigten Barbey auftraten, ein armer Teufel, doch ich will wetten, sein Begräbnis wird imposant. Die Literatur wird mit glänzenden Namen vertreten sein. – Ja, so ist es! Wenn die Leute mal tot sind, sind sie ungefährlich. Man mag ihnen bei Lebzeiten alles Böse nachgesagt, man mag ihnen das Stückchen Brot zwischen den Zähnen mißgönnt haben –, die letzte Ehre will ihnen dann jeder erweisen. Der gute Villier – blaues Blut, wissen Sie – alte königliche Rasse – aber oft zu arm, um sich Tinte kaufen zu können, und seine schönsten Gedichte hat er mit abgebrannten Zündhölzchen geschrieben. Sie schütteln den Kopf, Johanne? Ah, sie haben keinen Begriff von dem Elend, das unter den Künstlern herrscht. Nun, Villier hat es überstanden, und heute werden ihn seine Feinde begraben: Mallarmé und Dierx werden erscheinen, und vielleicht Ohnet und Bourget und sogar dieser Zola, der jetzt soviel Aufsehen erregt. Es wird sehr interessant sein für Sie, diese Größen in Augenschein zu nehmen. Halten Sie sich nur ganz nah bei mir, daß ich Ihnen Erklärungen geben kann. Vielleicht läßt es sich machen, daß ich Sie einigen vorstelle; ich werde Sie als meine Nichte vorstellen, und das sind Sie ja auch, beinahe wenigstens, nicht wahr? – Und Ihr Anzug ist ja geradezu ideal für die

Gelegenheit! Ach, Verzeihung, meine Liebe, ich wollte Sie nicht erinnern." Und sie stubste Johanne einen schnellen Kuß auf die Wange – das Mädchen trug Trauer um seinen Vater.
So war die Dänin mit der redseligen, immer von tausend Plänen umgetriebenen Mrs. Read durch halb Paris bis vor das Friedhofstor von Batignolles gefahren. Aber als sie das Gräberfeld betraten und die Sargträger mit der Truhe kamen und eine ärmlich gekleidete weinende Frau, die sich auf einen kleinen Jungen stützte, dahinterherwankte, war Johanne zurückgewichen: Es ergriff sie eine Scheu, und es schien ihr mit einem Male unwürdig, nur aus Neugier dabeizusein, wie da ein Mensch der Erde übergeben wurde. So hatte sie sich von Mrs. Read gelöst und beiseite und davongemacht.
Nun ging sie hier auf und ab und zupfte an ihren schwarzen Zwirnhandschuhen, die die Finger freiließen und ihr in der Junihitze doch lästig waren. Sie drehte ihren hellgrauen schwarzgeringelten Sonnenschirm auf ihrer Schulter. Ihre Augen taten ihr weh, weniger vom Licht – sie war von zu Hause einen geräumigeren und von den Reflexen des Meeres blendend durchspiegelten Himmel gewohnt – als von dem feinen Staub, der in der Luft glitzerte und der doch nichts anderes war als Myriaden losgesplitterter und aufgewirbelter Teile dieser riesigen erschreckenden, alle Horizonte überbrandenden Stadt Paris.
Johanne seufzte. Seit ihr Vater vor einem Jahr gestorben war, hatte sie nirgends mehr Rast und Ruhe gefunden. Sie war als Erzieherin nach England gegangen, aber dort entlassen worden. Die Mutter hatte ihr geraten, nach Paris zu gehen, um ihrem Französisch einen letzten Schliff zu geben. Es bestehe Hoffnung, hatte die Mutter geschrieben, daß das Verlagshaus, in dem Vater Molbechs Schriften herauskamen, die Tochter vielleicht zu Übersetzungen aus dem Französischen und Englischen heranziehen werde. Frederik Molbech war königlicher Bibliothekar gewesen, ein in seinem Lande geachteter Mann; er hatte schon als junger Schriftsteller alle möglichen Ehren, einmal sogar eine goldene Medaille eingeheimst. Hier in Paris kannte niemand seinen Namen. Hier in Paris genügte es auch nicht – wie daheim in dem lieben kleinen Dänemark – irgendwann einmal ein paar treffliche Zeilen und einige nach strengem Versmaß gebaute Gedichte geschrieben zu haben, um sich für immer einen Platz im Parnaß zu sichern. Hier galten andere Gesetze. Die-

ses Paris verschlang die Namen, wie es sie ausspie. Das Gedächtnis für das Gute war kurz, für das Mißratene um so länger. Heute war ein Mann und sein Werk der Schrei in allen Blättern, morgen deckte beides Todesschweigen zu. Dankbarkeit war hier eine fremde Vokabel, und es reichte am Ende, nach einem Leben heißer Bemühung, zu einem Begräbnis, zu dem sich alle Verfolger, Feinde und Neider im Chapeau claque zusammenfanden.
Johanne war ein kluges Mädchen; ihr Unglück war ein häßliches Gesicht. Sie glich dem Vater, und ihre Mutter, eine zierliche und sehr adrette Person, hatte von je unter der Häßlichkeit der Tochter gelitten und durch viele Seufzer und Klagen über ‚das arme benachteiligte Kind' in der kleinen Johanne das Bewußtsein befestigt, daß man mit einem solchen Gesicht kein Glück machen könne. So war Johanne schon als Vierzehnjährige entschlossen, ihr Glück auf andere Dinge zu setzen als auf die, von denen damals (und auch heute und immer) für ein Mädchen ‚Glück' erwartet wurde.
Johanne hatte sich eng an den Vater angeschlossen, hatte ihm in der Bibliothek Hilfsdienste zu leisten gelernt, sie hatte ihn auch auf seinen Streifzügen die Küste entlang und kreuz und quer durch das Land begleitet. Er suchte, indem er mit alten Fischern, Bauern und Kätnerinnen redete, nach Sagenmotiven und Märchen; aber sein strenger Moralismus verwarf die meisten wieder als wirres Gespinst dumpfer Phantasien, die seinem Begriff von Poesie zuwiderliefen. Er hatte es sich nie einfallen lassen, auf seinen Wanderungen in einem der nach Bier, Rum und Urin riechenden Dorfkrüge einzukehren. Er suchte immer nur die Pfarrhäuser auf, dort, in den blitzblanken Stuben, am reinlich gedeckten Tisch, bei Napfkuchen, süßem Tee und höflichen Redensarten fühlte er sich wohl. Alle Unordnung, alles Schreckliche, Nackte, Gewalttätige war ihm ein Greuel.
Die Tochter bewunderte seine Sittenstrenge, sein Bedürfnis nach Rechtschaffenheit und klaren Verhältnissen. Dennoch: Etwas blieb leer in ihr. Sie hätte nicht sagen können, was es war.
Jetzt war der Vater tot. Die Mutter bezog eine kärgliche Rente. Die Hoffnung, in die Heimat zurückzukehren, belebte Johanne, aber beängstigte sie auch. Sie fürchtete der Mutter vorwurfsvolle Blicke, ihre leidende Miene: Die arme Mutter würde es nie verwinden, daß die Tochter ihrer Vorstellung von einem hübschen und deshalb begehrenswerten Mädchen so wenig entsprach.

Johanne ertrug ihr Aussehen leichter, in einer Mischung von Stolz und Demut; übrigens war sie schön gewachsen, sehr groß und schlank, mit feinen und festen Gelenken, ihre Bewegungen waren federnd und leicht. Ihre Hände waren zu groß, doch schmal und von untadeliger Form. Wenn sie am Morgen erwachte und die erquickende Kühle atmete – denn sie schlief immer bei offenem Fenster und leicht bedeckt –, wenn sie, ehe sie die Augen öffnete, das reine Licht unter ihre Lider spielen fühlte und ihren ganzen Körper, rank und gespannt, wie er dalag, empfand, jungfräulich und kraftvoll – war sie keineswegs unglücklich über sich selbst. Und die Liebe, die einen jungen Menschen zu seinem ganzen Sein erfüllt, eine unbewußte und gleichsam nur aus einzelnen Lichtfunken gewobene Liebe, durchströmte sie mit Dankbarkeit.
Johanne wartete nun schon eine ganze Weile hier vor dem Friedhof. Sie begann müde zu werden, das Pflastertreten tat ihren Füßen weh. Mrs. Read ließ es sich angelegen sein, sie immerfort durch die ganze Stadt, zu allen diesen zahllosen Sehenswürdigkeiten zu schleifen. Johanne blickte sich nach einer Bank um. Da sah sie, daß sich eine Gesellschaft dem inneren Friedhofstor näherte: Voran ein Geistlicher in weißem Chorhemd mit schwarzem Kragen, zwei Knaben in ähnlicher Tracht; der eine schwenkte ein sonderbares Metallgefäß an Ketten. Johanne dachte: Das wird eins dieser berühmten Weihrauchfässer sein, mit denen die Katholiken ihre Kirchen verqualmen. Dann kamen ein paar Herren im Frack, die verweinte Frau mit den Knaben, noch eine Gruppe Herren, sie plauderten zwar leise, aber doch ungeniert vergnügt miteinander. Endlich watschelte Mrs. Read heran; wer von diesen Männern mochte Mallarmé, wer etwa dieser Zola sein? Mrs. Read winkte Johanne, sie aber zog sich noch weiter zurück. Was ihr jene von den letzten Tagen des Toten erzählt hatte, verdoppelte ihre Scheu, ihre Neugier an den Hinterbliebenen zu weiden: Villier hatte viele Jahre mit einer Arbeiterin im Konkubinat gelebt und auch einen Sohn von ihr gehabt. Erst knapp vor seinem Ende hatte er dem Drängen seiner Freunde nachgegeben und die Frau geheiratet. Jetzt trug sie, von der Mrs. Read behauptete, sie könnte nicht einmal lesen und schreiben, den alten erlauchten Namen. Sie war, das sah Johanne, ein sehr armseliges, von Rastlosigkeit und Leidenschaft oder übermäßigen Anstrengungen wie ausgeblutetes Geschöpf.

Mrs. Read hatte sich ihr genähert und sprach ihr Trost zu.
Da kam mit einem seltsam schleppenden Gang aus dem Friedhof ein letzter Nachzügler, ein Mann in mittleren Jahren, in schwarzem Samtjackett und weiten, braunen, schlotternden Hosen, er ging allein, mit gesenktem Kopf und wie von schweren gramvollen Gedanken niedergedrückt. Er allein schien wie in eine Trombe von Trauer getaucht. Als er das Tor durchschritt, vor dem sich die anderen in kleinen Gruppen verteilten, hob er die Augen und warf einen einzigen, zugleich bitteren und hungrigen, vorwurfsvollen Blick auf sie. Er blieb eine Sekunde lang stehen, als erwartete er, angesprochen und herangezogen zu werden. Doch da sich offenkundig niemand um ihn kümmerte, setzte er seinen staubigen Schlapphut auf und wandte sich, in seine Traurigkeit zurücksinkend, dem Weg zu, der die Friedhofsmauer entlang stadtauswärts nach Clichy führte.
Mrs. Read hatte ihre Beileidsbezeigungen beendet, rief ein Droschke und schwang sich, von Johanne begleitet, in den Fond. „Ach, meine Liebe, Sie haben etwas Köstliches versäumt! Wo sind Sie nur geblieben? Nein, Zola war nicht da, aber Mallarmé und er hat sich mit einer kleinen Rede so hübsch aus der Affäre gezogen, er hat Takt, der Junge, das muß man ihm lassen. Sogar der ‚Witwe‘ und ‚dem lieben Söhnchen‘ wußte er ein paar nette Worte zu flöten. *Sie* ging vor Stolz ganz aus dem Leim, haha, die kleine Dantine aus der Rue Tiquetonne (das schwärzeste Viertel von Paris, wenn man will). Huysmans hat sie geführt, na, ihm hat sie's ja auch zu verdanken, daß sie in letzter Minute Madame wurde, um nicht zu sagen Duchesse de L'Isle Adam. Es wird Huysmans sauer genug geworden sein, aber wer A sagt, muß auch B sagen, nicht wahr? und wer sich zum Heilsarmisten berufen glaubt, muß selbst in den sauern Apfel beißen, so ist es. Immerhin –“, Mrs. Read hält inne. „Wohin wollen wir fahren? Machen wir einen kleinen Ausflug ins Freie. He – Sie!“ Mrs. Read hat sich Johannes Schirmchens bemächtigt und stößt den Kutscher mit der Spitze in den Rücken, „he, umdrehen, es gibt große Fahrt! Wir wollen an die Porte d'Asnières.“ Die Kutsche wendet. „Immerhin – es war ein hübsches Begräbnis, tränennaß, wie sich's gehört –“
Tränennaß? dachte Johanne. Ich habe fast nur vergnügte Mienen gesehen, und selbst die kleine Frau, die nun also die Frau des Toten

war, schien mehr verwirrt als betrübt, nur der Eine –. „Und wer war denn der letzte", fragte sie, „der im Samtjackett mit dem großen Schlapphut – er sah aus, als trauerte er wirklich?"

„Samtjackett? Unmöglich, zu einem Begräbnis im Samtjackett zu gehen! Ach, das wird dieser verrückte Kerl gewesen sein, dieser Léon Bloy."

„Bloy? wer ist das?"

Mrs. Read lacht. „Nicht der Rede wert. Ein Bettler!"

„Was? ein Bettler?"

„Ach ja, er schnorrt jedermann an, hat immer Schulden und nichts als Pech im Leben. Dabei hält er sich für einen großen Dichter – na, das tun alle, die auch nur einmal die Finger über dem Federstiel krumm gemacht haben. – Vor ein, zwei Jahren ist es ihm doch gelungen, ein Buch herauszubringen, ein geradezu *entsetzliches* Buch. ‚Der Verzweifelte.' Nun, Jeanne, ich bin nicht zimperlich, aber es ist wirklich eine ganz schauerliche Geschichte, seine eigene Geschichte noch dazu. Und der Held, der er selbst ist – wissen Sie, wie er den nennt: Caïn Josephe Marchenoir. Buh, zum Fürchten! – Ach, du lieber Himmel, da geht er ja!"

Wieder tupft die Schirmspitze an den Rücken des Kutschers.

„Sie – he, fahren Sie ein bißchen da rum –! aber rasch!"

Mrs. Read beugt sich aus dem Wagen und späht dem Mann, der, offenbar ganz in sich selbst versunken, am Straßenrand dahinschlurft, unter die Augen. Er scheint ihren Blick zu fühlen, schaut auf und zieht – fast erschreckt – hastig den Hut.

Mrs. Read winkt ihm mit erhobenem Arm, wobei ihr schwarzer Tüllärmel zurückgleitet und ihre weiße Haut bis über den Ellenbogen entblößt. Dann läßt sie sich lachend auf ihren Sitz zurückfallen und sagt: „Was mag er nur wieder ausbrüten, dieser Léon! Ein guter Junge, kein Zweifel, hätte er sich's nur nicht in den Kopf gesetzt, die ganze Menschheit auf dem Kraut zu fressen!"

Gelächter, Geschwätz, das zirpende Aneinanderklingen mit Portwein gefüllter Gläschen. Im Gartensaal bei Coppées hat sich eine große Gesellschaft zusammengefunden. Die steile Mittagssonne streift die Ranken des wilden Weins, der die Fenster des Gartenflügels zur Hälfte verhüllt und die lange Laube davor, die dünnen, gußeisernen Säulen und das aus leichten Latten gezimmerte

Dach mit seinem Gespinst verkleidet. Hier stehen Korbsessel und kleine Tische durcheinandergeschoben, alles gefleckt und gekringelt von dem grünen zitternden Licht. Eine Harke, ein Rechen und eine geflochtene Schwinge lehnen an der Wand, als würden sie nie von einer Hand berührt, und die mit buntem Cretonne überzogenen, aber verblichenen und zerschlissenen Sitzkissen sehen aus, als hätte sie der letzte Herbst hier vergessen.
Aus dem efeudurchsponnenen Dickicht des Gartens blinkt etwas Weißes: Die kindliche Nacktheit einer Nymphe aus glasiertem Ton, sie hält eine Taube in der hohlen Hand und bietet sie dar, aber ihr Gesicht ist beschädigt, ihre kleinen Brüste von einem Steinwurf zersplittert.
Das Stimmengesumm aus dem Innern des Hauses hängt wie ein Schleiervorhang in der Gartenstille, und das Mädchen, das sich aus der Gesellschaft hierher zurückgezogen hat, glaubt diesen Vorhang leise wallen zu sehen: Männerstimmen, Frauenstimmen, dann und wann ein Gelächter, das wie ein metallischer Faden vorschlägt: Hinter ihm atmet eine fremde, ermüdend unruhige und irgendwie wesenlose Welt.
Grüne Sonnenkringel, zitternde kleine Lichtvögel huschen über den Tisch und über den zusammengeklappten, grauen, schwarzgeringelten Sonnenschirm, den das Mädchen quer darauf gelegt hat, und über das alte karierte Tischtuch, das zur Erde niederhängt, als hätte der Wind versucht, es mit sich zu ziehen. Eben streckt das Mädchen die Hand aus, um es zurechtzurücken, da hält sie inne: Jemand kommt, jemand, der, wie sie sofort spürt, hier allein sein will wie sie selbst.
Der Schritt kommt näher, ein schlürfender, etwas vorsichtig tappender Schritt, und durch die Ranken, die sich hier durch das Dach der Laube drängen, sieht sie einen Mann, sie erkennt ihn sofort, den Mann im Samtjackett mit dem staubigen Schlapphut auf dem Kopf.
Er setzt sich nieder, nicht weit von ihr, an den nächsten Tisch, legt den Hut ab, stützt die Arme auf und wartet.
Worauf wartet er?
Im nächsten Augenblick wird es klar: Die Dienstmagd des Hauses Coppée kommt ihm nach, sie trägt ein großes Glas Wein, Rotwein, und einen Teller mit Weißbrot. Das Brot ist geschnitten und ge-

häuft: Eine hübsche Portion. „Soll es noch was sein, Herr Bloy?“ fragt die Magd.
„Es genügt“, sagt er.
„Wir hätten noch einen Teller Suppe drinnen“, sagt sie.
„Nein, danke, es genügt.“
Die Magd nickt ihm zu, nicht wie man einem Gast des Hauses zunickt, vielmehr wie man einen gut bekannten Almosenempfänger bescheidet, dem man die schon zur Gewohnheit gewordene milde Gabe vorgesetzt hat. „Na – dann: Mahlzeit!“ Und sie kehrt in das Haus zurück.
Der Mann beugt sich vor, zieht das Glas Wein und den Brotteller heran, schlägt ein Kreuz und verharrt ein paar Atemzüge mit gefalteten Händen. Dann greift er nach dem Brot, bricht ein Stückchen ab und taucht es vorsichtig ein.
Er ißt. Er ißt langsam, obwohl er offenkundig hungrig ist, mit der innigen Bedachtsamkeit eines Menschen, der weiß, daß diese Mahlzeit eine Art Gnade bedeutet und daß die Sättigung um so länger anhalten wird, je langsamer er die Speise zu sich nimmt. Wenn er eine Scheibe verzehrt hat, nimmt er einen winzigen Schluck Wein und pickt mit der befeuchteten Fingerspitze die Brosamen auf. Dann erst greift er nach der nächsten.
Irgend etwas veranlaßt Johanne, ihre Stellung zu verändern. Die geringfügige Bewegung hat genügt – der Mann blickt auf und blickt in das durch den Vorhang der Ranken halb verhüllte Mädchengesicht.
Er hält inne, seine Hand legt das Brot zurück, das er eintauchen wollte, er erhebt sich zur Hälfte, verneigt sich und murmelt seinen Namen. „Sie sehen mich hier beim Mittagessen, mein Fräulein. Sie verzeihen – ich ahnte nicht, daß jemand hier ist.“
„Wie sollten Sie auch?“ sagt Johanne. „Und ich möchte Sie nicht stören. Übrigens –“, fährt sie fort, ein wenig unsicher, denn sie fürchtet ihn durch ihre Gegenwart beschämt zu haben, „ist es klug von Ihnen, sich hierher zurückzuziehen. Dieser Garten ist ja der schönste Speisesaal und ganz gewiß viel schöner als alle Zimmer des Hauses.“
Grüne, lichtzitternde Efeuwildnis und die weiße Nymphe inmitten, den zahmen Vogel in der zärtlichen Hand.
„Ja“, sagt der Mann, „dieser Garten ist wohl eine der wenigen Oasen in diesem steinigen Paris. – Sie – sind hier fremd?“

„Aus Dänemark“, sagt das Mädchen.
„Auch ich bin nicht hier geboren. Seit fast fünfundzwanzig Jahren habe ich die Stadt zu meiner Heimat zu machen versucht. Man zahlt das Bürgerrecht in ihr mit vielen Qualen.“
„Das kann ich begreifen“, sagt Johanne. „Sie – sind Schriftsteller?“
„Was wissen Sie davon?“ fragt der Mann zurück.
Das Mädchen schweigt, von der Heftigkeit dieser Frage, von dem dunkel gewitternden Gram in ihr betroffen. Und so fährt der Mann fort: „So hat man mich gewiß schon vor Ihnen verleumdet.“
„Das nicht –“
„O doch, doch. Seien Sie nicht zu barmherzig! Ich weiß zu gut, daß ich überall, auch von denen, die meine ‚Freunde‘ sind, verleumdet werde. Alle haben sich zu Richtern über mich gemacht. Alle verurteilen mich, wenn nicht meine Werke, so mein Leben. – Nun ja, was Wunder, Sie sehen meinen Zustand: Er ist so armselig wie möglich. Ich lebe zum Teil, zum größten Teil von Almosen. Man speist mich an der Hintertür ab – soll man einen solchen Menschen nicht verurteilen?
Dennoch habe ich mich nie zu dem verstehen können, was alle anderen –“, er deutet mit dem Daumen hinter sich gegen das Haus – „die da drinnen und überhaupt alle, die etwas gelten wollen, als das Natürlichste hinnehmen, als den unumgänglichen Kaufpreis betrachten, den sie auf dem Weg zu Geld und Erfolg zu entrichten haben: sie verkaufen ihre Gesinnungen, ihre Gedanken.“
„Ist das wahr?“ fragt Johanne. „Ich dächte eher, die Menschen modulieren ihre Meinungen, je nachdem was ihnen Erfolg verspricht, und dann bereden sie sich, ihre eigene Gesinnung zu verfechten.“
„Sie haben recht, so ist es auch – und nur desto schlimmer“, versetzt der Mann, „damit treiben sie die Selbstpreisgabe auf den Gipfel!“
„Sie urteilen hart“, sagt Johanne.
„Das habe ich gelernt“, erwidert er. „Ach, sehen Sie – der Mensch wäre als das Wunderbarste, als der Gefährte Gottes in die Welt gesetzt. Ist es nicht so? Als das Reich der Engel zusammenbrach – nein, nicht zusammenbrach, aber in zwei Reiche auseinandergerissen wurde durch Luzifers Erhebung und Fall, und als durch den ganzen Kosmos der Wehruf erschallte: Hie Licht, hie Finsternis, und als es

so schien, so scheinen konnte – und selbst die heiligsten Seraphim erstarrten vor Entsetzen –, daß die Schöpfung *mißglückt* war – Sie verstehen, die Schöpfung als die erste welt-stiftende Liebestat Gottes, und als der Herr versprach, ein zweites Wesen zu rufen, ein zweites Wesen, das ihn in Freiheit anbeten, in Freiheit lieben sollte, denn Er, der unendlich Freie, wollte sich binden lassen durch die Liebe eines anderen Freien: im Menschen sollte das einige Reich wiedererstehen, in ihm die Schöpfung wieder versöhnt werden; der Mensch sollte der echte, eingeborene Sohn der unendlichen Liebe sein. Und dann –", der Mann hält inne, seine Brauen haben sich zusammengezogen, sein Blick hat sich verfinstert, und in der Muskulatur seiner Backen flattert es eigentümlich, als rührte seine Erregung auch aus einem Zustand körperlicher Schwäche, „dann *erschien* der Mensch und *wozu?* wozu?! Mein Fräulein, ich kenne Sie nicht, aber ich sage Ihnen, daß ich meine Tage damit verbringe, diese Stadt zu durchwandern. Auf der Suche nach Geld, so sagen sie, meine Freunde, meine Feinde, ja, das auch – das auch! aber verzweifelter noch als das Geld suche ich den Menschen – das *Gesicht,* von dem ich mir denken könnte, es sei das Gesicht des Menschen, wie Gott ihn erblickt hat, ehe er Adam aus Lehm und Eva aus dem Leib des Adam formte."

Johanne senkt den Kopf und schweigt.

„Sie werden mir erwidern: Es ist unmöglich, unmöglich, daß unsere durch Jahrtausende entstellte Natur ein solches Wesen hervorbringe. Aber ich denke: Ein schwacher Abglanz, ein schwaches gebrochenes Spiegelbild müßte sich doch entdecken lassen. Und so irre ich umher in dieser Stadt, durch die tausendkilometerlangen Gassen, auf den Boulevards, in den Remparts und suche – suche – – Aber was ich finde, erweckt mir Grauen und mir ist, als liefe ich in der Herde Säue dahin, von der das Evangelium erzählt, daß die Dämonen in sie eingefahren sind."

Johanne blickt auf, rasch und entsetzt.

„Oh, ich weiß, es gibt Heilige", sagt der Mann, und jetzt ist seine Stimme verändert, leise, die Stimme eines Erschöpften und Trostlosen, „und es gibt solche, die *einmal* in ihrem Leben in den Raum der Heiligkeit eintraten, um das zu werden, wozu sie von Anfang berufen gewesen wären: Einfache liebevolle Kinder Gottes. Aber dann, man kann es nicht begreifen, kann es nicht *begreifen,* wird

den Dämonen erlaubt, zurückzukehren und in zehnfacher Anzahl über sie herzufallen und in sie einzuziehen und –“ er verstummt. Johanne sieht, wie er das letzte übriggebliebene Stückchen Brot in seiner Faust zerreibt und die Krümel fallen läßt. Und als er über die nun nackte Platte des Tisches fegt, stößt er an das Glas, es fällt um, und der Rest des Weines ergießt sich auf den Boden.
Johanne springt auf. „Oh“, sagt sie, „was ist das? Nun haben Sie Ihren Wein verschüttet, und ich bin schuld daran.“
„Nein, ich – ich allein, verzeihen Sie.“
Johanne zögert einen Augenblick, vermag der Regung nicht zu widerstehen, sie ergreift das Glas und: „Warten Sie –“ So eilt sie fort und ins Haus und, weil sie schon öfter hier gewesen ist und die Dienstmagd kennt, die Léon sein Mittagessen in den Garten getragen hat, so ist es ihr auch ein leichtes, in die Küche vorzudringen und das Mädchen zu bitten, daß sie das Glas von neuem fülle. Damit kehrt sie zu Bloy zurück.
Er aber wollte nicht daraus trinken, nicht jedenfalls, wenn er allein trinken sollte, und nun bestand er darauf, seinerseits in das Haus zu gehen und ein Glas für Johanne zu bringen.
„Fürchten Sie nun, sich etwas damit zu vergeben?“ fragte er, als sie nun nebeneinander vor den gefüllten Kelchen saßen. „Wenn ich auch wenig für mich anführen kann, was mich der Ehre Ihrer Gesellschaft würdig erscheinen läßt, so wird es Sie vielleicht beruhigen zu hören, daß der große Barbey d'Aurevilly mich seiner Freundschaft gewürdigt hat.“
„Das ist mir bekannt“, antwortete Johanne und lächelte, „ich wohne bei Mrs. Read.“
„Dann allerdings –“, sagte Bloy, „Mrs. Read war Barbeys guter Engel – bis zuletzt.“
Nun plauderten sie miteinander und scherzten und lachten sogar, sie lachten über Mrs. Reads seltsame Kleidung, – denn sie trug sich wie viele Engländerinnen, die im Ausland leben, in einer äußerst ungewöhnlichen, eigenwillig zusammengestoppelten Tracht, – und darüber, daß sie in ihrer Wohnung eine siebenköpfige Katzenfamilie beherbergte.
„Sehen Sie“, sagte Johanne, „die Gute erweist mir nichts als Wohltaten, und doch ergreife ich die erste Gelegenheit, um über ihre komischen Seiten zu lachen!“

„Das ist ein künstlerischer Zug", sagte Bloy. „Ich habe mir alle meine Freunde vergrämt, indem ich sie in meinen Büchern apostrophierte."
„Nun, vielleicht erweisen Sie mir auch einmal die Ehre", sagte Johanne lächelnd.
„Wenn Sie damit sagen wollen, daß Sie mich einmal Ihrer Freundschaft für würdig erachten könnten –"
Johanne schlug die Augen nieder. „Haben Sie denn spanisches Blut? – Mein Vater, müssen Sie wissen, hat einmal ein Buch über dieses Land geschrieben. Da schrieb er: ‚Der Spanier folgert rasch und ohne langes Bedenken. Er schließt schnelle Freundschaften. Die Spanierin aber ist mißtrauisch, langsam und skrupulös in ihren Entschlüssen. Nur eine schlimme und lügenhafte Fama sagt ihr eine leidenschaftliche Natur nach.'"
Léon lachte. Dann meinte er: „So wollen wir auf den Charakter dieses edlen Volkes trinken!"
Johanne nippte an ihrem Glas. Bald darauf erhob sie sich: „Ich höre, daß man aufbricht. Es ist höchste Zeit, daß auch ich gehe."
Léon blieb allein. Er saß eine lange Weile da und sann, immer noch lächelnd, vor sich hin. Er nahm den Kelch, aus dem Johanne getrunken hatte, und drehte ihn im Licht. Er suchte mit den Augen die Stelle, die sie mit ihren Lippen umschlossen hatte, aber er wagte nicht, sie zu berühren.

Johanne Molbech schlief in Mrs. Reads Salon – da stand auch der Bücherschrank: In dem Wust von Scharteken, Zeitschriften und losen Blättern hatte sie ein schmales, gelbes Buch entdeckt: Le Désespéré. Sie nahm es an sich (das ‚entsetzliche Buch, die schauerliche Geschichte') und, als sie am Abend allein blieb, schlug sie es aufs Geratewohl auf und las:
„Jeder Mensch, der eine Tat der Freiheit tut, erweitert sein Wesen ins Endelose. Gibt er ein Almosen mit schlechtem Willen, durchbohrt die Münze die Hand des Armen, fällt zur Erde, durchbohrt die Erde, durchschlägt den Kreis der Sonnen und schändet das All. Begeht er eine unreine Tat, verdunkelt er vielleicht Tausende von Herzen, die er nicht kennt, die aber geheimnisvoll mit ihm verbunden sind und die es nötig hätten, daß dieser Mensch, gerade *dieser* rein sei, die nach seiner Reinheit dürsten wie ein verschmach-

tender Wanderer nach einem Schluck Wasser. Doch eine gute Tat, eine Tat reiner Barmherzigkeit ruft göttliche Lobpreisung über ihn, von Adam her bis ans Ende der Zeiten. Sie bringt Kranken Genesung, tröstet Verzweifelnde, besänftigt Stürme, befreit Gefangene, sie, diese gute Tat bekehrt Treulosgewordene und trägt Frucht für das ganze Menschengeschlecht.
Alles, was uns die christliche Philosophie zu sagen hat, ist in der Lehre von der Freiheit des Menschen und in der Vorstellung einer alles umfaltenden unzerstörbaren Gemeinsamkeit enthalten. Wollte Gott – was er nie wollte – einen einzigen Menschen, eine einzige als unsterblich geschaffene Seele verdammen und vernichten, ohne sie gehört und gewogen zu haben, ich glaube, die ganze Schöpfung würde erschüttert und zu Staub zerfallen.
Doch was Gott nicht kann in der strengen Fülle seiner Gerechtigkeit, das kann der schwache Mensch vollbringen kraft seines freien Entschlusses, kann es vollbringen für seine Brüder. Der Welt sterben, sich selbst sterben, ja sogar Gott sterben (wenn das zu sagen erlaubt ist), sich selbst darzubringen und der fürchterlichen Sonne Seiner Gerechtigkeit (*Irradation solaire* de sa justice) anzubieten, das, seht ihr, können die Christen tun, sie können es tun, wenn die alte Erdachse in den Naben des Himmels erzittert, weil dieser unselige Stern das Gewicht der Sünder kaum mehr ertragen kann. Und das, was der Atem der Barmherzigkeit vor sich herfegt gleich einer Staubwolke, ist die Schreckensschöpfung, die nicht von Gott ist, sondern einzig des Menschen Werk, Werk seines unerhörten Verrates, die schlimme Frucht seiner Freiheit, der schwefelflammende Höllenbogen über der unauslotbaren Tiefe der Schönheit Gottes ..."

Léon Bloy an Johanne Molbech

29. August 1889

Sehr geehrtes Fräulein!
Etwas treibt mich unwiderstehlich, Ihnen zu schreiben. Bitte, seien Sie mir nicht böse deswegen. Das Gespräch, das wir gestern miteinander hatten, hat mir unendlich wohlgetan, und ich muß Ihnen das sagen.
Ich bin von Natur ein Griesgram, ein Einsiedler, den der Trost flieht und die Ängste heimsuchen, und – denken Sie! als ich heute

morgen aufwachte, zerfloß mir das Herz in zärtlicher Freude – ich war froh wie ein Kind: Um Sie, über Sie, Ihretwegen. Ist das kein Mirakel? Es ist eines ...
Sie waren so lieb, mir zu sagen, Sie empfänden mich wie einen alten sicheren Freund, und dabei sind es erst ein paar Tage her, daß Sie mich kennenlernten. Aber mir geht es ja geradeso mit Ihnen, ich weiß wahrhaftig nicht, wie ich dieses Sonderbare erklären soll, ohne an Gott zu denken. Wir sind ja so ganz von Geheimnis umschlossen, die bewußten und die unbewußten Regungen unserer armen Seelen sind dem kritischen Verstand nicht weniger verborgen als die wunder- und geheimnisvollen Erscheinungen der Außenwelt. Doch ist es sicher, daß es Wesen gibt, die im unfehlbaren Gewebe des göttlichen Planes ihre Entsprechung ineinander haben. Mögen Erdteile und Meere, verschiedene Sprachen und Gewohnheiten, mögen alle Hindernisse zwischen ihnen liegen, sie werden sich dennoch treffen – sich treffen in dem Augenblick, den der allbestimmende Gott für diese Begegnung festgesetzt hat.
Und weil ich denke, daß es so steht mit uns zweien, darum ist meine Seele so voll Freude heute morgen.
Meine Freundin – versagen Sie mir nicht, daß ich Sie so heiße, denken Sie einfach daran, welch unglücklicher Mensch ich bin. Ich schleiche durch das Leben wie ein Besiegter, wie ein Vogelfreier, immer ferngehalten von allen Festen der Freude und bei alledem verzehrt – bis zum Siechtum verzehrt von der ungeheuren Sehnsucht, zu lieben und geliebt zu werden. Daran müssen Sie denken, dann werden Sie verstehen – Sie haben doch die Stirn und die Augen eines Menschen, der wie gemacht ist, alles zu verstehen! – Warum ich in Ihnen einen wirklichen Trost gefunden habe? Sie begegnen mir ohne Ironie, ohne Vorurteile – das allein scheint mir ein herrliches Almosen, und es wühlt mein Herz bis in seine Tiefen auf.
Sie sagten mir, daß Sie sich in Kopenhagen für mich – für meine Werke verwenden wollen. In einer spontanen Aufwallung Ihrer Großmut haben Sie mir dieses Anerbieten gemacht. Doch, meine Freundin, fürchten Sie nicht, daß es etwas merkwürdig erscheinen könnte, wenn Sie für einen im Ausland so ganz unbekannten Schriftsteller eintreten wollen? Daß es Ihnen abträglich werden könnte? Ich beschwöre Sie, sollte aus diesem Schritt auch nur der geringfügigste Nachteil für Sie entstehen, darauf verzichten zu wollen.

In jedem Falle aber bitte ich Sie, damit zu warten, bis Sie meinen Roman ‚Der Verzweifelte' ganz gelesen haben. Außerdem möchte ich, daß Sie vorher noch die zwei kleineren Werke läsen, die Ihnen zu schicken ich mir erlaube.

Ich habe Ihnen erzählt, daß ich auf dem Kriegsfuß stehe mit allen Machthabern, weil ich die Gerechtigkeit über alles liebe und unter allen Umständen für die Wahrheit eintrete, und vor allem, weil ich ganz allein auf mich selbst gestellt in Frankreich einen neuen christlichen Spiritualismus anzubahnen versuche gegen die Räuberhäuptlinge des Journalismus, die unaufhörlich an der Entehrung und Vertierung unseres edlen Volkes arbeiten. Die haben sich denn auch an mir gerächt, mir alle Türen verschlossen und, indem sie mich hindern, mein Brot durch die Feder zu verdienen, mich zum Schweigen verurteilt. So muß ich die kostbare Zeit, die ich einzig für mein schriftstellerisches Werk verwenden sollte, mit der täglichen Nahrungssuche vertrödeln.

Bin ich nicht naiv, muß ich nicht ein grenzenloses Vertrauen zu Ihnen haben, wenn ich mit einer solchen Offenheit von mir und meiner Lage zu Ihnen spreche? Und doch bin ich unbesorgt! Sie werden mir nicht falschen Stolz vorwerfen, Sie werden auch nicht zu Spott versucht sein, und ich werde nie eine jener banalen Reaktionen bürgerlicher Mittelmäßigkeit von Ihnen zu fürchten haben...

Ein langer Brief. Aber ich wiederhole es, ich mußte ihn schreiben. Behalten Sie ihn für sich – ich möchte nicht, daß Sie ins Gerede kommen. Wenn uns diese unsere Freundschaft beglückt, wollen wir diese Gnade der göttlichen Freigebigkeit – wie Geizige ihren Schatz – vor aller Augen verbergen!

Auf Wiedersehen, mein Fräulein, am Sonntag! und Gottes Segen über Sie!

Neun Jahre waren indessen seit den todesbangen Märztagen 1880 für Léon Bloy vergangen. Sein Haar war an den Schläfen und bis zum Wirbel ergraut, seine Gestalt – dem kärglichen Leben, das er führte, zum Trotz – schwerer geworden.

Er wohnte jetzt in der Rue Blomet draußen in Vaugirard, nachdem er seine Wohnung mindestens ein dutzendmal gewechselt hatte, immer aus demselben Grund: Er war die Miete schuldig geblieben, und ihm war gekündigt worden.

Er hatte auch seine Tätigkeiten gewechselt, hatte das und jenes versucht, eine literarische Zeitschrift, die aber nach drei Nummern an der Interesselosigkeit des Publikums erstarb, eine Vermittlung für Näh- und Bindfäden, die nirgends Fuß zu fassen vermochte. Er hatte ein kleines Buch über Christoph Columbus – ‚Rélévateur du Globe' – und viele Artikel geschrieben: Über die Sprache der Vulgata und über Barbey d'Aurevilly; und einige waren gedruckt worden und viele waren aus den Papierkörben der Redaktionen in die Müllkübel gewandert.

Er hatte Freunde gewonnen und verloren, hatte seine Mutter begraben und ein Mädchen, mit dem er eine Zeitlang gelebt hatte, an einer Tetanusinfektion sterben sehen. Er hatte, wenn er nicht irgendwo einen kleinen Posten bekleidete, seine Tage damit verbracht, Paris zu durchqueren (immer zu Fuß, immer zu Fuß), um irgendwo Geld aufzutreiben: Ein Darlehen von einem Bekannten, einen Vorschuß auf eine Arbeit, die er dann schrieb, wenn das Geld längst verbraucht war, denn seine Gläubiger bellten hinter ihm her wie die Hunde, und die dann, wenn er sie fertig hatte und ablieferte, den Auftraggeber nicht zufriedenstellte: Sie war in zu heftigem Ton gehalten, sie trug zu extreme Ideen vor, man fürchtete mit ihr Anstoß zu erregen, zu beleidigen, man forderte Änderungen, Léon widersetzte sich, und es entstand Streit und einige Male sogar ein Handgemenge.

Barbey, der ihn früher so oft mit Arbeit versorgt hatte, Kopier- und Korrekturarbeit, schrieb nichts mehr. Er war alt geworden, achtzig Jahre, die Klaue des Löwen abgestumpft. Er saß daheim und wartete auf Besuch, er war vereinsamt, doch immer noch eitel, immer noch begierig nach dem Applaus der vergeßlichen Weltstadt, die ihm einmal Triumphe bereitet hatte.

Aber die Weltstadt dachte nicht mehr an ihn, der ihr so oft vorgeworfen, daß sie sich falschen Götzen verschrieb, sie hatte anderes zu tun, als sich auf ihn zu besinnen. So blieb ihm nichts übrig, als seine Tage in seinen mit Büchern und verjährten Trophäen vollgestopften Zimmern zu verbringen, immer noch geputzt, im langschößigen taillierten Rock mit Moiréaufschlägen, das dichte Haupthaar schwarz gefärbt. Es störte ihn, wenn nun diese neuen Vehikel, die Automobile draußen vorüberrollten, er haßte ihr Gepuff und ihren Gestank, hielt die Fenster geschlossen und die Vorhänge zu-

gezogen und träumte in der dämmrigen Stille von den schönen Zeiten des Marquis Pouff-Piff-Peust. Oft nickte er in seinem gotischen Armlehnstuhl ein. Doch wenn es schellte, fuhr er auf: Ah, ein Besucher! Wer weiß, was er bringt!? – und er strich sich hastig mit dem stets bereitliegenden Kämmchen durch die Frisur, glättete sich die Brauen mit einem Tropfen Pomade, setzte sich in Positur –
Aber es ist niemand, keiner dieser Leute, die ihm ehemals aufwarteten und die Bude einrannten; nur diese Mrs. Read, diese lächerliche Engländerin, die sich seit einiger Zeit an seine Fersen heftet, eine Person ohne Geschmack, die sich – wie Barbey wohl weiß – alle Mühe gibt, für seine Geliebte gehalten zu werden. Puh, er möchte sie nicht anrühren, diese verwelkte Sechzigerin, in deren Kleidern Katzengeruch nistet. Freilich: sie ist ihm hilfreich, sehr hilfreich sogar, sie kümmert sich um seinen Haushalt, sie kocht ihm, wenn sein Magen streikt und nach ausgefallenen Gerichten begehrt, und ist geduldig, wenn er dann die mit Mühe bereiteten Speisen doch wieder fast unberührt vom Tische tragen läßt.
Auch Bloy erscheint dann und wann, dieser Pechvogel, mit dem es nicht vorwärts geht, weil er sich in den Kopf gesetzt hat, in seinen Schriften ernst zu machen mit dem Katholizismus, und der dann doch immer wieder gegen den Katholizismus ausschlägt wie ein ungezähmtes Roß, die Priester beschimpft, weil sie nicht heilig genug sind, weil sie das Volk durch ihre Lauheit verderben, weil sie, statt sich unter die furchtbare Wucht des Glaubens zu beugen, etwas wie ein Rosenkompott aus ihm machen wollen.
Die Wucht des Glaubens – die Wucht des Glaubens ... Barbey denkt manchmal darüber nach, was diesen sonderbaren Bloy dazu bewegte, sich darunterzustürzen, sich willentlich von ihr zermalmen zu lassen.
Ah, Barbey hat sich immer als guter Christ und treuer Sohn der Una sancta gefühlt; und die Wucht des Glaubens hat er gern bewundert, wenn er vor den Kathedralen stand oder in die Krypten hinabstieg und das edle, ernste Maßwerk der gotischen Gewölbe studierte.
Hat er nicht einstmals diesen Bloy, diesen dahergelaufenen Périgorden, der nichts im Kopf hatte als wirres Zeug und ein paar Schlagworte der Achtundvierziger (sein väterliches Erbteil), gelehrt, die schönere Vergangenheit Frankreichs, deren Würde, deren Poesie

wahrzunehmen? Eine Würde, die sich in der Krone des heiligen Ludwig so prachtvoll, so juwelenhaft realisierte?
Und Bloy verstand ihn und hat ihn, Barbey, in seiner ersten, noch ungeschickt, aber mit so viel Begeisterung und Schwung geschriebenen Arbeit (der gute Junge!) – einen Ritter Gottes in einer Welt ohne Gott und ohne Ritterlichkeit, einen Ligisten ohne Liga, einen Edelmann ohne Monarchen, einen König ohne Gefolge, einen *Blitzträger der Wahrheit* genannt.
Aber ach, das ist schon lange her.
Auch Bloy hat sich von ihm entfernt.
Nein, nicht daß er sich jemals undankbar erwiesen hätte – wie dieser Bourget etwa oder dieser Richepin, wie so viele, wie die meisten anderen.
Aber dieser Bloy war dort hinüber gegangen – *dort hinüber* – Barbey runzelt die Stirn, wenn er daran denkt, in einen Raum, der ihm selbst furchtbar, unbetretbar, von unbekannten, wenn auch vielleicht seraphischen Dämonen bevölkert scheint. Trotzdem: ‚Ritter Gottes, Blitzträger der Wahrheit', ein schönes, ein wahres Wort!
Der verjährte Lobgesang macht Barbey noch heute lächeln. Er beugt sich vor: Dort oben auf dem Kaminsims liegt der kleine silberne Spiegel. Ja, da ist er schon! Er will sich sehen darin, sich, den ‚Ritter Gottes', will ihm zunicken, dem ‚Blitzträger der Wahrheit'.
Aber der Spiegel entgleitet seiner Hand, er fällt zu Boden und zerbricht.

Dort hinüber war er gegangen, Léon Bloy: Ich, Léon Bloy, in diesen Raum, den fremden, von Dämonen bevölkerten, der dem Feuerofen gleicht, dessen Flammen nichts anderes zu verbrennen haben als Dämonen und lebendige Seelen –
hineingetrieben von den Gesichten der Braut:
‚Die Ohren waren wie Spindelgebläse, die das ganze Gehirn mit ständigem Blasen bewegten.
Die Augen gleichsam innen am Hinterkopf befestigt,
die Zähne wie eiserne Nägel in den Gaumen getrieben,
die Haut aber wie ein Gewand aus Linnen, von Flecken bespritzt, und so kalt, daß jeder, der es sah, erzitterte –':

Die Wachstube vor dem Zimmer der Braut, die in Krämpfen lag und ihre Gesichte herausschrie, die Wachstube in dem elenden Haus der Rue Fourneaux, und Hello als Dritter im Bunde; zusammengedrängt vor Entsetzen, die Erscheinung des Paraclet erwartend, das Ende der Welt.
Ein ungewohnter undeutbarer Laut, der von außen an unser Ohr drang, ließ uns erschauern und krümmte uns zitternd zur Erde nieder.
(Zwei Menschenalter später wird – von Kontinent zu Kontinent – das Schweigen der Nächte nichts sein als Lauschen, ob die metallischen Vögel in den Lüften erbrausen, die Vögel, aus deren Krallen das Verderben fällt; oder ob die Ungeflügelten, Überschnellen einbrechen, die den Schall hinter sich lassen, ihre glühenden Köpfe in den Bauch der Städte zu bohren und alles, alles in Asche zu legen. Horchgeräte, auf den entlegensten Küsten postiert, werden ihre Muscheln dem Raum entgegenspreizen, um die fernste, erst anschwingende Welle einzufangen. Andere Geräte werden ihre Zungen spielen lassen, geheimeres Unheil zu wittern: Schwarzen Wind, schwarzen Regen, schwarzen Tau. Den Fang der Fischer werden sie betasten, ob die Frucht des Meeres, der Mutter des Lebendigen, nicht tödliche Wirkung sendet. Und im Labor – heller weißstrahlender Werkstatt der sieghaften Vernunft – wird an der verseuchten Maus, an dem unter Strahlenstöße gesetzten Frettchen erforscht werden, nicht nur wie gestorben, sondern auch zu welcher Entartung die in ihren geheimsten Wirkkammern aufgestörte Natur gereizt werden kann.)
Jene Angst aber, die uns krümmte, war zugleich Erwartung äußersten Triumphes.
Denn die Braut hatte uns gerufen, mich und den Freund, und sie sagte: ‚Der Feuerofen wird sich öffnen und Jacobs Leiter an seiner Pforte lehnen.'
Und sie sagte: ‚Du wirst emporsteigen, und auch du, ihr beide, ihr Gefangenen, die ihr aus meinem Mund vernehmt, was der Geist zu der Gemeinde spricht. Wehe der Welt, die nicht hören will! Die Prophezeiung der Jungfrau ist versiegelt und wird vorenthalten. Sie aber, die weinte, obwohl ihr die seligste Seligkeit unter den zwölf Sternen beschert ist, sie, die weinte, weil sie den Arm des Sohnes erhoben sieht, sie, die nicht umsonst gesprochen haben will,

wird die Gefangenen aus dem Feuerofen befreien und Jacobs Leiter emporführen, ehe der Stern Wermut zur Erde fällt.'
Und das Mädchen sagte: ‚In sieben Tagen wird es sein.'
Dann sagte sie: ‚In drei Tagen.'
Und dann: ‚Heute wird es geschehen, ehe diese Nacht vergeht.'
Der Freund verließ uns, als die Nacht um war. Er bat uns schluchzend um Vergebung – und dann ging er.
Ich blieb.
Und da stand in der Ecke des Wachzimmers die Puppe, die Puppe aus Sackleinen, die die Nächte der Schmach bewacht hatte, die im Tanz durch das Zimmer geschleift worden war, wenn der letzte Besucher es verlassen hatte: Eine Ewigkeit schien darüber vergangen, eine Ewigkeit der Buße und der fegefeuernden Qual. Die Puppe stand immer noch da, vergessen, wie es schien, wie es schien.
Doch als die Nacht um war, die letzte Nacht der Verheißung und wieder eine Nacht und wieder eine: Da lag das Mädchen vor ihr auf den Knien und betete sie an.
Und dann: Das Messer gegen mich gezückt. Und dann: Der Kampf mit Zähnen und Nägeln. Und das furchtbare, stundenwährende Geschrei: ‚Du Mörder! Du Mörder!'
Und es klopfte draußen und rüttelte an der Klinke, und endlich donnerte der Knauf eines Säbels an unsere Tür.
Und als ich öffnete, endlich öffnen mußte, drangen sie ein und verlangten von mir: Ich solle sie ausliefern.
Aber ich sagte: Nein. Nein. Nein. Ihr müßtet mich denn töten.
Und es gelang mir, die Tür wieder zu schließen.
Und so währte das einige Wochen.
Ich wagte nicht, sie zu verlassen. Und weil uns so hungerte, schlachtete ich ihre Katzen und setzte ihr und mir die ekle Speise vor, und sie fiel darüber her und verschlang sie wie ein Hund.
Und eines Tages war es so weit, und ich ging hin und öffnete selbst die Tür – – –
Das alles geschah im Jahre des Heiles achtzehnhundertachtzig, und Gott sah zu und ließ es geschehen.
Gott ist ein harter Herr, allzuhart gegen jene, die Ihn am meisten lieben ...

Léon Bloy an Johanne Molbech

127 Blometstraße,
2. September 89

Liebe Freundin!

In aller Eile nur ein paar Worte, um Ihren Brief, der mir so viel Freude gemacht hat, nicht unbeantwortet zu lassen.

Einer meiner Brüder ist mit seiner Frau für zwei Tage nach Paris gekommen, sie haben mich um Gastfreundschaft gebeten, sie haben mich ganz und gar mit Beschlag belegt. Nicht gerade vergnüglich für mich, kann ich Ihnen sagen.

Wir haben ja schon einmal davon gesprochen, wie notwendig einem geistigen Menschen der Verkehr mit seinesgleichen ist. Nun sind die beiden herzensgute Leute, aber mäßige Köpfe.

Das schlimmste ist, daß ich durchaus an keine Arbeit komme. Ich hatte auf diese zwei Tage gezählt, sehe aber jetzt schon voraus, daß sie vorübergehen werden, ohne daß ich auch nur eine Zeile geschrieben habe. Das verdrießt mich sehr, ich möchte von Ihnen doch nicht für einen Faulpelz gehalten werden.

Übrigens ist es schon eine Zeitlang so, daß ich keinen Augenblick mehr Ruhe habe. Schrecklich für mich.

Morgen, am Dienstag, werde ich Ihnen also keine neue Arbeit bringen. Doch ich werde Sie sehen, und das wird mir eine Freude und eine Stärkung sein.

Es ist so gut wie sicher, daß ich nicht vor vier Uhr dort sein kann. Werden Sie auf mich warten? Ich bitte Sie darum. Es wäre hart für mich, Sie nicht zu treffen.

Sie müssen sich nicht wundern, daß ich mich so auf Sie freue. Ich bin ein gedrückter, geschlagener Mensch. Sie schreiben mir Dinge, über die sich, wie Sie meinen, die Welt lustig machen würde: Sehen Sie, es sind genau dieselben Dinge, die *ich* Ihnen schreiben möchte...

Morgen werden wir uns sehen, meine liebe Freundin, morgen werden wir miteinander spazieren gehen und übermorgen in die Ausstellung (hoffentlich, hoffentlich!), und das wird für uns nur eine andere Art und Weise sein, einander ganz und ungestört anzugehören für lange Stunden. Mein Herz macht Freudensprünge, wenn ich nur daran denke.

Auf morgen also, liebe liebe Freundin, und tausend Dank für alles, was Sie mir armem Menschen tun.

4. September 89

Meine liebe Freundin,
gestern konnte ich nicht kommen, wie ich wohl vorgehabt hatte. Ich erhielt den Auftrag vom ‚Gil Blas', über den Eiffelturm zu schreiben. Sie können sich wohl denken, daß mir dieser Auftrag gar nicht gelegen kam, vor allem, weil er mich abhielt, Sie aufzusuchen. Dann aber auch, weil ich wohl der letzte bin, der für dieses vielbewunderte Ungeheuer etwas wie Verständnis aufzubringen fähig wäre.

Seit ich es über unserer Stadt heraufwachsen sehe, konnte ich in ihm immer nur ein Wahrzeichen des Unheils, einen babylonischen Turm erblicken, in dessen Schatten sich schreckliche Verwirrung ausbreiten wird. Eine Zeit, die ein solches Gigantenwerk auftürmt, nur um zu beweisen, daß sie über Gigantisches verfügt, kann doch nur in einem Meer von Trübsal, Blut und Tränen enden.

Ist dieser Turm nicht wie ein Magnet, dazu bestimmt, die Erzlager der Erde in Bewegung zu setzen, daß sie sich in Form von Kanonen, Geschossen und Millionen bis an die Zähne bewaffneter Soldaten gegen ihn ergießen?

Ich habe mich bis gestern dem Monstrum nie genähert. Doch – ich muß gestehen, daß mein Erstaunen alle meine Erwartungen übertraf; nie habe ich gedacht und werde wohl noch eine Zeitlang Mühe haben zu glauben, daß das Maßlose uns nicht nur düpieren, sondern daß die materielle Gewalt, dort, wo sie, wie hier, von einer unerschütterlichen Mathematik bedient und beherrscht wird, etwas in unserer Seele bewegen kann – und zwar mit derselben Kraft wie die Kunst.

Als ich nun die endlosen Treppen erkletterte und sah, wie sich vor meinen Augen die dunklen Eingeweide eins aus dem anderen entwickelten, diese phantastische Armatur, dieses finstere Traumbild von einem so wunderlichen als folgerichtigen Gerüst-Werk einer Armee von Schlossern – ein kyplopisches Paketboot, dessen Ziel noch niemand kennt – ich muß gestehen, daß ich ergriffen, ja, daß ich außer mir war. Ich irrte zwischen seinen eisernen Takelagen herum, die in unbegreiflicher Unbeweglichkeit nur dazu aufgerichtet erscheinen, um den Stürmen zu trotzen und sie an den stählernen Rahen zu Fetzen zu zerreißen.

Als ich dann nach Hause zurückkehrte, fand ich Ihren Brief daliegen, meine liebe Jeanne – Ihre liebevollen einfachen Worte. Sie umfingen mich mit all dem Glück und all der Freude, die ich dort oben in dem eisengeknoteten Netzwerk schon für immer verloren zu haben glaubte.

Ich suchte mir die Menschen vorzustellen, die das Ungetüm erdacht und aufgestellt haben – deren Seelen es entsprang –, ich suchte sie mir als Söhne, Väter und Gatten vorzustellen, als *Liebende* – aber meine Einbildungskraft versagte, nicht so sehr deshalb, weil ich den einzelnen für unmenschlich hielte, sondern weil ich glaube, daß das übermenschliche Maß, in dem zu denken sie durch ihre Werke gezwungen sind und immer mehr gezwungen sein werden, ihr Vertrauen in den Maßstab des Menschen erschüttern muß, bis dieser in ihnen wie Rauch aufgeht.

Aber wo auf dieser Erde kann die Liebe noch weilen, wenn der Mensch beginnt, sich nicht mehr nach sich selbst zu beurteilen, sondern sein Maß an den Monstren zu nehmen, die er aufrichtet? Heimatlos wird die Liebe umherirren, nicht mehr wissend, wo sie sich niederlassen soll. Und doch glaube ich, meine Jeanne, daß all diese Armaturen, so ungeheuer und unerschütterlich sie scheinen, und es mögen ihrer so viele werden, daß ihr Schatten die ganze Erde bedeckt, nur über dem Abgrund Gottes erbaut sind, der sie tragen oder verschlingen kann, heute, morgen oder übermorgen, wie Er will ...

Sonntag, den 8. September

Ich fürchte, liebe Freundin, Sie sind traurig. Wie gerne möchte ich ein paar Worte finden, die Sie aufheitern könnten. Mir selbst ist das Herz schwer, ich hoffe es zu erleichtern, indem ich Ihnen schreibe.

Ich habe viel an Sie gedacht und habe mich mit einem wirklichen Angstgefühl gefragt, ob unsere reinen, innigen, uns so wohltuenden Beziehungen vielleicht eine ernste Gefahr in sich tragen.

Nun wohl, auf diese Frage gibt's nur ein Nein! Meine liebe Jeanne, vor mein Gewissen gestellt und vor Gott, der uns offenkundig zusammengeführt hat, kann ich nur sagen: Ich glaube an keine Gefahr. Was Gott ohne Zutun des Menschen tut, ist immer wohlgetan. Er irrt sich niemals. Er wird unsere armen Seelen nicht in die tödliche Versuchung führen. Übrigens – Sie wissen ja, es steht geschrieben, daß kein Mensch über seine Kräfte versucht werden soll.

Gestern abend haben Sie, Ärmste, Tränen in den Augen gehabt. Glauben Sie mir, auch in mir wühlten Verwirrung und Bitternis. Aber jetzt habe ich nachgedacht, und es scheint mir – nein, es ist mir vielmehr ganz klar geworden, daß wir es beide nur an Einfalt, an der Einfalt der Gotteskinder fehlen lassen. Wir haben nichts getan, haben unser Schicksal über uns kommen lassen. So können wir auch fernerhin nichts Besseres tun, als uns mit dem einfältigen Gehorsam des Kindes in unser Geschick fügen. Jener, der uns führt, weiß wunderbar gut, was uns frommt.

Haben Sie, meine Liebe, nicht schon hundertmal bemerkt, wie menschliche Klugheit und Weisheit zu lächerlichen Dingen werden und wie man regelmäßig fehlgeht, wenn man mit der Spürnase der Schlauheit die Pläne der Vorsehung zu durchschnüffeln sucht? Unser persönliches Schicksal ist, genau wie das nationale Schicksal, das große Geheimnis Gottes, Gottes allein, und was wäre von einem göttlichen Geheimnis zu halten, wenn es unsere kleinen Künste errechnen könnten?

Wie sollten wir nun wissen, was über uns bestimmt ist, da wir nicht einmal wissen, was und wer wir sind? Aber soviel ist doch gewiß: Wir sind nach dem Bild der Dreieinigkeit geschaffen, und unsere Geistseelen, für die die zweite Person Gottes hat sterben wollen, haben eine gewaltigere Bedeutung als alle Sterne des Himmels.

So müssen wir annehmen, daß unsere Begegnung ein sehr bedeutsames Ereignis darstellt, dessen Konsequenzen unendlich sein können. Ich bin felsenfest davon überzeugt, daß Sie meinen Weg kreuzen mußten, um mich aus einer großen Gefahr zu retten, die bis jetzt niemand von mir abwenden konnte – eine ungeheure, schreckliche Gefahr, schrecklicher als der Tod, und diese Gefahr beginnt jetzt allmählich von mir zu weichen.

Aus alledem schließe ich auf Richtung und Gesetz unseres Weges: Wir sollen uns in Frieden und Einfalt dem göttlichen Willen unterwerfen. Dann können wir unsere Freundschaft mit ruhigem Gewissen fortsetzen. *Ein* dunkler Schatten, eine bittere Frage schwebt allerdings zwischen uns: Wovon werden wir leben?

Aber auch das raubt mir heute nicht die Zuversicht. Niemals noch, das hab ich herausgefunden, Herzenskind, meine liebe Jeanne, niemals haben die von mir gefürchteten Ereignisse den bösen Verlauf genommen, den meine erschreckte Einbildungskraft mich voraus-

sehen ließ. Die Vorsehung pflegte in schweigendem Erbarmen ihre Pläne zu entrollen, und alles ordnete sich aufs beste, besser, als ich je gehofft hatte, besser, als ich es mir je hätte ausdenken können.
Ungeheure Hoffnung, die mir seit einiger Zeit die Seele ausfüllt und wundermächtig schwellt, o könnte ich Sie damit überfluten, überschwemmen. ‚Wenn du die Gabe Gottes kenntest ...‘, sagte Jesus zur armen Samaritanerin. Diese Gabe ist der Heilige Geist ...

Sonntag früh, fünf Uhr

Meine Jeanne!
Vielleicht sehe ich Dich heute. Dennoch will ich Dir schreiben, mein Herz läuft über von Zärtlichkeit. Ich muß von den wundervollen Dingen reden, die ich erlebe.
Weißt Du, wie es mir gestern erging? Nicht einen einzigen Augenblick habe ich arbeiten können. Warum nicht? Weil vom Aufwachen an mein erster Gedanke Dir gehörte, Vielgeliebte, die Du mich vor einigen Stunden so unendlich beglücktest, indem Du mir die Gewißheit Deiner Liebe gabst. Das war der erste Gedanke – und der zweite? Ach, war es denn möglich, einen zweiten, einen anderen Gedanken zu haben? Gott im Himmel, endlich lieben und wahrhaft geliebt werden! Grenzenlose Freude. Mir verschlug's den Atem, ich war wie vernichtet, selig vernichtet, ich meinte sterben zu müssen vor Glück ...
Ich bin wie von Sinnen in meinem Zimmer herumgerannt, hab mich auf das Bett geworfen, hab die Kissen mit meinen Tränen naßgeweint. Es waren Tränen von unsagbarer Süße.
... Du hast mir geschrieben: ‚Ich liebe Gott mehr als Sie.‘ Liebskind, was weißt Du davon? Ich könnte Dir so etwas nicht schreiben, einfach deshalb nicht, weil ich eine solche Teilung nicht vornehmen kann. Ich liebe Gott in Dir, durch Dich hindurch, wegen Deiner, ich liebe Dich vollkommen, wie ein Christ seine Ehefrau lieben soll. Die Idee, diese zweieinige Flamme der Liebe auseinanderzureißen, ist für mich eine Klügelei, die mir gar nicht in den Sinn kommt. Lieben wir uns, Kleines, mit unbedingter Einfachheit, haben wir doch keine Angst vor der Liebe, die der Name des Heiligen Geistes selbst ist. Gehen wir tapfer dem Willen Desjenigen entgegen, der uns aus dem Nichts geschaffen hat, nicht damit Er sich an unseren Qualen weide, sondern damit wir Ihn durch unsere Liebe verherrlichen.

Beten wir aus allen Kräften. Meine Jeanne, ich habe Dir so manches von mir erzählt, so manches, was Dich wohl ahnen läßt, aus welchem Abgrund ich komme. Ich sage es Dir, unsere Bitte wird erhört werden, denn ich fühle es im Tiefsten meiner Seele und meines Geistes: Dich, meine Jeanne, Dich habe ich nötig, um große Dinge zu tun.

Johanne wollte das Tor öffnen, es gab nicht nach. Erst als sie Knie und Ellenbogen dagegenstemmte, schwang es, in den Angeln ächzend, hinein, und sie trat in den Flur.
Der Boden war holprig, schlechtes Pflaster, das Pförtchen hinten offen, das Pförtchen in den Hinterhof des Hauses Rue Rousselet 16.
Da stand, zwischen hohen Brandmauern eingezwängt, ein kleines Haus mit blaß fliederfarben gestrichenen Läden: Ein paar magere Bäume, ein Streifchen Rasen hinter dem eisernen Gitter. Glockengriff und Klinke blitzten in hellem Messing.
Hätte es doch hier sein dürfen, wenigstens hier! Aber es *war* nicht hier gewesen, es war in dem grauen, häßlichen Vorderhaus, dessen jansenistische Nüchternheit das Mädchen an einen Armensarg erinnerte. Johanne wandte sich weg von dem freundlichen Häuschen, betrat den Treppenschacht und begann die schwarz verschmutzten, von unzähligen Füßen ausgehöhlten Staffeln zu ersteigen.
Ihre Hand tastete sich das blankgeschliffene Geländer hinauf. Vier Stockwerke mit je vier Türen, im Zwischenstock die scheußlichen Abtritte, die offenstanden und das ganze Haus von unten bis oben mit beißendem Gestank erfüllten.
Vier Stockwerke, und im letzten die zweite Wohnung. Johanne blieb davor stehen, sie wollte nicht anklopfen, sich nicht bemerkbar machen, wollte nur die Tür betrachten, von der die braune Farbe blätterte und die von den Dornen vieler Zwecken zerstochen war: Hier hatten die Karten der vielen Untermieter gehangen, auch *seine* Karten mit den wechselnden Aufschriften: Léon Bloy, Journalist und Schriftsteller, Léon Bloy, Angestellter der staatlichen Eisenbahn, Léon Bloy, Kopist – oder Léon Bloy allein (das war, wenn er als Arbeiter auf den Bau ging, wenn er sich mit gelegentlichen Diensten durchfrettete oder wenn er sein Leben damit fristete, die Mildtätigkeit seiner Freunde zu erproben). Hier hatte er lange gewohnt. Von hier war er in den Coin fleuris, in die Rue Mirbel, in

die Huchette und in die Rue Fourneaux gegangen. Auf dieser Treppe hatte Véronique gesessen, als sie noch Annemarie war; hinter dieser Tür hatte sich der Mann eingeschlossen, als die Tragödie der Erwartung zu Ende war – und von hier hatte er schließlich ausziehen müssen, um weiterzuwandern, nach Fontenay aux Roses, nach dahin und dorthin, in andere noch trostlosere Häuser, in Kammern, die lichtlos waren und so eng, daß er mit ausgestreckten Armen von einer Wand zur anderen reichen konnte, in Quartiere, in die er nur als Schlafbursche zukehrte, in das nackte Elend, in die tiefste Erniedrigung. (‚Ach Gott, Würde, *Würde* dieser schäbigen Mittelmäßigkeit, die nur eine Verhöhnung meines gekreuzigten Erlösers ist, ich pfeife auf sie!')

Johanne schloß die Augen.

Sie war seit dem frühen Morgen unterwegs, um die Stationen dieses Lebens zu verfolgen, das sie nun kannte, zu kennen glaubte in allen seinen labyrinthischen Irrgängen –

und um es anzunehmen, dieses fremde, schreckliche, von Feuergeißeln geschlagene Leben, um es auf die eigenen Schultern mitaufzuladen. Das wollte sie, Johanne Molbech, und wollte sich nichts dabei schenken.

Wenn sie die Stadt durchwanderte – und sie tat es nun seit Wochen, ziellos, wie es hätte erscheinen können, in Wahrheit aber immer auf *seiner* Spur; diese ungeheure Stadt, die so schön und so furchterregend war, ein Paradies und eine Hölle, ein Garten und ein Vulkan, ein Jahrmarkt der Freuden und eine Wüste der Verlassenheit: Sie glaubte ihn immer vor sich hergehen zu sehen, die endlosen Avenuen entlang, die krummen Gassen hinauf, über die Brücken und Quais, über die steilen Holperstiegen des Montmartre und durch das Winkelwerk der Marais: In allen Torfluren glaubte sie ihn auftauchen zu sehen, den ruhelosen Wanderer in dem armseligen Anzug, in Schuhen, deren Sohlen durch, mit einem Hut, dessen Filz verblichen, zerbeult und mit Mörtelstaub bedeckt war. Sie sah ihn durch die Markthallen wandern und die feilschenden Aufkäufer mit düsteren Blicken streifen. Sie sah ihn die Boulevards überqueren und gegen die geputzte Menge ankämpfen, die ihm entgegenflutete, sie sah ihn zusammenzucken beim Anblick aufgedonnerter Eleganz und den Kopf gramvoll und angeekelt wenden, wo edle Pferde anjuckten und weißbehandschuhte Livrierte hinspran-

gen, um – mit der Behendigkeit dressierter Affen – den Schlag einer Equipage aufzureißen und den Tritt herunterzuklappen.
Aber sie sah ihn auch vor den Juwelenläden der Place Vendôme stehen und in die Fenster starren, in denen auf violetten und weißen Samten kostbare Steine und erlesene Perlen lagen, Schmuckstücke, die die Pracht des Pfauenschweifs in Gold und Emaille nachahmten, und sie sah seine Augen voll Hunger nach Schönheit.
Dann sah sie ihn heimkehren in die schlechte Kammer, in das kahle Zimmer, dessen räudige Wände ihn beleidigten, dessen triste Einrichtung ihn mit Wehmut überschwemmte. Aus der Tasche zog er das fettfleckige Papier, in das ein Hering eingewickelt war, mit einem schartigen Messer schnitt er den Brotkanten ab und verzehrte stehend das armselige Mahl. Dann fegte er den Tisch und holte Tinte und Heft – und alles, was er entbehrte, wonach er sich sehnte (o Gold der Ikonen und Juwelen), floß in die Sätze ein, die er schrieb.
‚Da stellten sich wilde und zugleich kostbare Farben ein, rollten sich grausame Bilder auf, die hartnäckig wie die Winden immer wieder in sich selbst zurückkehrten, kühne Formen, die vielfältig wie eine wilde Horde und trotz schwerer Rüstung gewandt und schnell waren, ein Wortschatz, der einen Helm aus Flammen und Asche trug, goldgestreift, eingelegt, ausgezackt und mit antiken Gemmen verzahnt wie ein Märtyrerschrein; Verschränkungen und Übersteigerungen, die spitzfindig und barbarisch zugleich immer im Sprung waren, die kühnsten Folgerungen in ihre Wirbel hereinzureißen –‘
Und die schwere Hand, die nicht anders schreiben konnte, als daß sie Buchstaben für Buchstaben mit wollüstiger Ausführlichkeit hinmalte –
Schmerzhaftes Glück dieser Schöpferstunden: Gesichte, die wie in einem brennenden Haus empfangen waren und, nun zu Papier gebracht, danach verlangten, in die Welt hinauszustürzen und die Welt zu erobern.
Die Welt: Das heißt vor allem einmal Paris. Paris, das heißt vor allem einmal einen Mann oder eine Gruppe von Männern, die über eine Zeitung oder doch über eine Druckerei gebieten, über Maschinen, Papier und Geld. Das heißt: Sich wieder aufmachen, hinausgehen, endlose Wege – immer zu Fuß, immer zu Fuß, denn es fehlt

an der Münze für den Omnibus. Einer dieser Männer wohnt in Grenelle, einer am Montmartre, einer in Vincennes.
Dieser ist nicht zu Hause, jener läßt sich verleugnen, der dritte hat Gesellschaft und keine Zeit. Er erlaubt einem, das Manuskript dazulassen – man konnte ihm nicht einmal erklären, worum es sich handelt; er verspricht Nachricht zu geben, nächste Woche? Nein. Das ist zu früh. Übernächste Woche vielleicht, aber doch wohl erst in einem Monat. Er ist überlastet, gut Ding braucht Weile, wozu die Hast? Kein Geld? Lieber Freund, wir alle leiden Not, wir müssen uns daran gewöhnen, Opfer zu bringen, und wenn es so aussieht, als ob wir hier im Überfluß praßten: nichts als Täuschung! Auch unsere Kassen sind leer.
Der Monat vergeht, die Antwort bleibt aus. Und wieder der Weg nach Grenelle, nach Vincennes, auf den Montmartre.
Diesmal gibt es Zusagen. Es scheint, daß alles gut gehe. Barbey hat eine Empfehlung geschrieben, De Maistre ein wohlwollendes Wort hinzugefügt. Richepin hat eine freundliche Notiz in irgendein Blatt gebracht. Man sieht sich gerettet, man faßt Hoffnung, Hoffnung, die ebenso grenzenlos ist wie die Niedergeschlagenheit vorher, man glaubt: Jetzt endlich wird sich die Tür auftun.
Und wirklich: Das Manuskript wird gesetzt.
Die Fahnen treffen ein. In wenigen Wochen kann das Buch erscheinen, die Welt wird erfahren, welch einen Dichter Paris beherbergt! Sie wird erstaunen, erzittern, sich bekehren, wenn ‚Le Désésperé‘ zu ihr gelangt.
Doch – was ist das? Plötzlich geht nichts mehr vorwärts. Was ist los? Was ist geschehen? Müßte das Buch nicht schon fertig sein?
Auf zehn Anfragen erfährt man endlich:
Der Verleger tritt zurück. Man hat ihn beraten, ihm vorgestellt, daß dieses Buch ein Skandal sei; unmöglich, sein angesehenes Haus mit einem solchen Machwerk zu belasten. Er annullierte den Vertrag.
Nun ist alles verloren. Alles. Nun ist es entschieden, daß man Hungers sterben muß.
Gestern lag Léon von der Nachricht zerschmettert krank zu Hause – heute läuft er quer durch Paris, von einem Freund zum anderen: Was, um Gott, soll er unternehmen?
Montchal macht ihm den Vorschlag, das Buch selbst zu verlegen.

Das wäre Wahnsinn, meint Huysmans. Er will nach Belgien an Destrée schreiben.
Doch nach acht Tagen zeigt sich – dem Himmel sei Dank – ein anderer Ausweg. Da ist Soirat, dieser merkwürdige Kerl, bei dem Bloy schon einmal arbeitete, damals, als er das Blättchen Le Pal herausgab. Soirat ist immer auf der Suche nach Ausgefallenem: Er druckt Pamphlete, Skandalchroniken und die Werke der Avant-Garde. Er ist nicht Katholik, im Gegenteil, ein Feind der Kirche, der sich ins Fäustchen lacht, wenn man ‚den Pfaffen' eins auswischt. Er will das Buch drucken, weil darin Dinge stehen, ‚die sich die Herren Geistlichen nicht hinter den Spiegel stecken werden'. Diese Passagen gefallen ihm – alles andere: Schwamm drüber. Er schluckt es mit. Für Soirat ist das Buch eine antiklerikale Schrift.
Das Manuskript wird noch einmal gesetzt – und dann erscheint es.
Drei Tage später die erste Stimme in der Presse: „Dieser Roman – eine große Nichtigkeit."
Am anderen Morgen: „Vielleicht beantwortet die Öffentlichkeit dieses Buch mit Stillschweigen. Das wäre die beste Antwort auf das Werk eines flegelhaften Flagellanten, der auf dreihundert Seiten nichts vorzubringen weiß als eine Unmenge schmutziger Schmähungen."
Das ist das Echo, das aus den Redaktionsstuben von Paris dem ‚Verzweifelten' entgegenschallt.
Rette, was retten kann. Léon läuft zu Barbey. Hat er ihm nicht nach einer Vorlesung aus dem Manuskript gesagt, er, Léon, habe da ein *Meister*werk geschrieben? Aber auch Barbey ist verärgert, plötzlich wie verwandelt: „Ich habe jetzt das ganze Buch gelesen. Vieles daran – gut und recht. Aber ein Kapitel, mein Lieber, enthält allerlei Unfug, Schlimmeres als Unfug. Ich möchte nicht mehr davon sprechen –"
Nicht davon sprechen: So standen die Dinge.
Wie im Fieber irrte Léon Bloy in jenen Wochen durch Paris, von Buchladen zu Buchladen, und spähte in die Auslagen, ob sein Roman darin ausgestellt sei. Er fand ihn fast nirgends. Und wo er ihn fand, war er am nächsten Tag verschwunden, nach hinten geräumt und unter die Ladenhüter eingereiht.
Von den zweitausend Stück, die Soirat gedruckt hatte, waren nach einem halben Jahr hundertsiebzig Stück verkauft, ganze hundert-

siebzig von den zweitausend. Soirat, der als Verleger nicht eben von Erfolgen verwöhnt ist, wirft es Léon an den Kopf, so oft sie einander begegnen, er werde sich hüten, noch einmal eine solche Pleite zu riskieren.

Im Sommer des Jahres 88 macht Soirat endgültig Bankrott.

Weil er, trotz allem, ein gutmütiger Bursche ist, schreibt er seinem Autor, er möge sich, wenn er wolle, die liegengebliebenen und auch vom Gerichtsvollzieher als wertlos verschmähten Exemplare seines Werkes abholen.

Jener Sommer brachte über Paris eine afrikanische Hitze. Die ganze Stadt war ein ungeheurer Backofen. Was aus den Häusern hervorzukriechen wagte, schleppte sich müde und matt die schmalen Schattenränder entlang, die sich bleifarben in das Lichtgetöse der Boulevards einschnitten. Léon hatte sich einen zweiräderigen Kippkarren geliehen und schleppte aus Soirats Magazin hervor, was er fassen konnte.

Dann legte er sich die Zugleine des Karrens über Achsel und Brust, stemmte sich gegen das Deichselkreuz und machte sich auf den Weg.

Das Pflaster flimmerte vor seinen Augen, und der Schweiß beizte seine Lider. Die Last war schwerer, als er gedacht hatte, sie schwankte auf der Wagenbrücke. Léon lag keuchend in den Sielen, er quälte sich von Kreuzung zu Kreuzung, er wagte die Deichsel nicht auszulassen, den Karren nicht abzustellen und irgendwo im Schatten zu rasten. Von Zeit zu Zeit blieb er stehen, wischte sich das Gesicht mit dem Ärmel und überschlug die Strecke, die er gefahren war und die er noch zu fahren hatte.

Endlich erreichte er die Seine und wollte sie auf dem Pont-Neuf überqueren.

Hier war der Verkehr lebhafter, Kutschen und Lastwagen kreuzten einander, und das Gefälle von der Brücke hinab gegen die Rue Dauphine trieb die Räder des Karrens zu rascherer Bewegung an. Der erschöpfte Mann begann zu traben, er hatte nicht mehr die Kraft, das Gewicht zu bremsen, mit einemmal sah er sich eingekeilt zwischen zwei Wagen – ein Schimmel scheute gerade noch zurück, ehe er den Mann niederstieß. In diesem Augenblick kippte der Karren nach vorne ab, und die nur lose auf ihm aufgehäuften Bücher kamen ins Rutschen, sie stürzten, ein Stoß nach dem ande-

ren, Léon unter die Füße. Die Räder holperten drein, jetzt kippte die Karrenbrücke nach hinten, und fast die ganze Last lag auf dem Pflaster zerstreut.
„Junge, Junge, was treibst du da?" schrie eine rauhe Stimme irgendwoher.
Und eine andere: „Bist du verrückt geworden, du Neger?"
Und eine dritte: „Habt ihr schon so einen Idioten gesehen?"
Drei, vier, fünf Wagen, von allen Seiten stauten sie sich an – und mitten drin Léon mit seinem Karren und dem Wust der Bücher – dreihundert Bücher, in den Schmutz gefallen.
Die Kutscher sprangen von ihren Böcken und zügelten die Pferde zurück, aber ihre Kutschen und Kaleschen stießen hinten gegen andere, und ein Geschimpfe erhob sich von allen Seiten über den Blöden, der ihnen den Weg mit seinem Kram verlegte.
Léon ließ den Karren los, in Schreck und Verwirrung vergaß er ihn einzurasten, und nun fielen auch noch die letzten Bücher herunter.
Im Nu war ein Rudel Gassenjungen heran, sie hatten sich offenbar zwischen Pferdehufen und Rädern zu ihm durchgewunden, das Schauspiel lockte sie, vielleicht gab's da einen Centime zu verdienen, vielleicht konnte man auch irgend etwas mitgehen lassen – Schade, daß da nicht wenigstens Äpfel oder Kartoffeln verschüttet waren: nur Bücher? Ja, nur Bücher und seltsamerweise sahen sie alle gleich aus, und irgendeiner der Jungen kam auf den Gedanken, eines aufzuheben und aufzuschlagen und seinen Titel zu lesen: Léon Bloy, Le Désésperé. „Der Verzweifelte!" schrie der Junge und begann zu lachen. Und indem er das Buch auf den Karren zurückschmiß, hob er das nächste auf und las wieder: „Der Verzweifelte!" Und wieder und wieder und wieder: „Der Verzweifelte, Der Verzweifelte, Der Verzweifelte!" und seine Kameraden fielen ein in Geschrei und Gelächter, und indem ein Buch nach dem anderen im Bogen auf den Karren zurückflog mit flatternden Seiten, johlte die ganze Bande wie toll geworden: „Der Verzweifelte – haha – der Verzweifelte."
Léon wußte nicht, wie er dann von dem Fleck weiterkam. Auf dem Karren lag nun ein wüst gehäuftes Durcheinander – viele der Bücher waren nicht mehr zu retten gewesen, er mußte sie zurücklassen, fortgedrängt von wüst schimpfenden Kutschern, verscheucht von dem zu einem dämonischen Chor anschwellenden Hohngeschrei der

Gassenjungen – er blickte kaum zurück, als er von neuem in den Sielen liegend, keuchend, zitternd und verstört in die Rue Dauphine hinauf flüchtete. Hinter ihm blieb, von Rädern schon zerfetzt, von Pferdehufen zertrampelt, in einzelne Blätter zermalmt und bald nur mehr zu schmutzigem Unrat zerstreut ‚Le Désésperé' liegen.

Das war das Leben, das als das eigene anzunehmen Johanne Molbech sich bereit machte, indem sie den Spuren dieses Lebens folgte (diesem Weg von Gabbatha zur Schädelstätte). Sie machte sich bereit, obwohl sie noch nicht genau wußte, was sie sich unter dem vorstellen sollte, was Léon ‚die ganze Person, mit allem, was sie ist und war' nannte.

Mrs. Read hatte ihr das und jenes erzählt, schreckenerregende Bruchstücke, aus denen sich Johanne manches zusammenzureimen versuchte. Dann hatte Léon begonnen, ihr seine Geständnisse zu machen, und sie begriff und begriff auch wieder nicht und verbarg ihr Entsetzen. Sie dachte an ihren Vater, den sittenstrengen, der nicht einmal das kindliche Märchen gelten ließ, wenn sich darin der Geist der Unvernunft, des Aberglaubens und einer ausschweifenden Phantasie kundgab. Sie dachte auch an ihre Mutter, die so viel darauf hielt, immer so tadellos zu erscheinen, daß sie sogar das unhübsche Gesicht der Tochter als eine Beeinträchtigung ihrer bürgerlichen Ehre empfand; und sie dachte an ihre eigene Jugend und Kindheit, die sich wie in einem wohlumzäunten, aber mager bepflanzten Ziergärtchen abgespielt hatte: ein Theaterabend, eine Einladung, eine Geburtstagsfeier – wochenlang vorher und wochenlang nachher besprochene Ereignisse; und an die kleine, peinlich sauber gehaltene Wohnung der Eltern, in der es nach Bohnerwachs und Seife roch, in der nie ein Ding herumlag, wo es nicht liegen sollte, in der alles seinen genau abgezirkelten Platz hatte: Die Nippes der Mutter, die Bücher des Vaters, die gestickten und genetzten Deckchen, die silberne Platte mit den abgelegten Visitenkarten. Undenkbar, daß die Eltern irgendwo und irgendwann einmal auch nur einen Anflug von Unordnung geduldet, daß sie sich etwa von jemand Geld geliehen oder mit jemand Streit bekommen hätten.

Aber Léon – er hatte überall Schulden, er hatte mit tausend Leuten Händel, er war schon ein dutzendmal aus seinen Wohnungen gekündigt worden und nannte nichts sein eigen, was er nicht schon – seinen eigenen Worten nach – dreimal ins Pfandhaus getragen und wieder daher abgeholt hatte. „Weh dir, mein armes Kind, was wirst du für einen Menschen in mir finden? Manchmal mache ich mir Vorwürfe, daß ich damals, als wir uns kennenlernten, nicht die Flucht vor dir ergriffen habe. Du schüttelst den Kopf – oh, Jeanne, ich fürchte, deine Großmut ist nur eine Folge deiner grenzenlosen Unschuld. Du bist so rein, daß du dir nicht einmal ahnungsweise das Leben ausmalen kannst, das ich bis jetzt geführt habe."

„Du bist", schrieb er ihr, „eine Tochter des Nordens, in den strengsten Grundsätzen erzogen. Ich bin ein Sohn des Südens, gärend von Sinnlichkeit, gierig nach Freuden. Ich bin offenkundig dazu geschaffen, die *Frau* zu suchen, es ist der Impuls meiner Natur, ihr zu folgen und für die Liebe, in der Liebe zu leben. Und dann, meine gute arme Freundin, ich bin von Natur aus traurig, traurig, so wie man von Natur aus klein oder blond ist. Ich bin traurig geboren, und wenn ich von der wildesten Sehnsucht nach Freude besessen bin, so geschieht das kraft des Gesetzes, nach dem die Gegensätze einander anziehen. Wenn Du meine Frau bist, so wirst Du einen Kranken zu pflegen haben. Du wirst mich ohne Ursache von der ausgelassensten Heiterkeit in eine kellerdunkle Melancholie verfallen sehen. Trotz des mächtigen Zaubers, den die bloße Idee des Glückes auf mich ausübt, zieht das noch mächtigere Schwergewicht meiner Natur mich hin zum Leid, zur Traurigkeit, vielleicht zur Verzweiflung.

Ich erinnere mich, wie ich mich als Kind, als ganz kleiner Knabe, oft mit Unwillen, mit Empörung geweigert habe, an den Spielen meiner Brüder teilzunehmen, an die zu denken für mich schon ein Freudenrausch war. Aber ich wollte – wollte leiden. Das Wort Unglück berauschte mich und machte mich sich untertan. Ich denke, daß ich das von meiner Mutter habe, deren spanische Seele gleichzeitig so glühend und so düster war. Was mich am Christentum am meisten anzog, war immer die Unermeßlichkeit der Passion Christi, die grandiose Schrecklichkeit Seines Opfers. Der freiwillig auf sich genommene Schmerz erscheint mir auch heute noch die erhabenste aller menschlichen Ideen. Doch – es ist klar, daß ein Wesen von einem solchen Gefüge sich selbst zum größten Feind und zu seinem eigenen Henker werden muß.

Als ich ein Mann wurde, hielt ich grausam alle die Versprechungen

meiner kläglichen Kindheit, und die Mehrzahl der Leiden, die ich durchgemacht habe, sind sicherlich mein eigenes, gegen mich selbst verfügtes Werk gewesen.
Du siehst, meine Jeanne, was für ein Mensch ich bin. Oh, ich weiß, daß ich Dich maßlos liebe, aber ich weiß nicht, ob ich Dich nicht eines Tages zur Verzweiflung bringe, ob ich Dir nicht das Herz brechen werde – und diese Furcht ist entsetzlich. – – –
Gestern abend konnte ich diesen Brief nicht mehr zu Ende bringen. Der Gedanke, der mir auftauchte, ich sei in Dein Leben getreten, um Dich zu verderben (auch Dich), lähmte mich.
Doch gerade bringt mir der Bote Dein Schreiben. Meine Liebste, zwei Briefe hast Du mir diese Woche geschickt. Ich schäme mich, daß ich Dir erst heute antworte. Ist denn Deine Liebe größer als die meine? Du liebst mich, Jeanne, liebst mich vollkommen, welch ein Wunder geschieht an uns!

5. Oktober 89

Ein Wunder, meine Angebetete, ich dachte mir das, ich habe die Gnade so herrlich schon am Werk gesehen. Er, der erhabene Herr, der der Liebe nicht widersteht, will Dir ‚ein neues Herz' geben. Ach, Jeanne, Er wird Dich ganz umwandeln, Dich demütig und unschuldig machen wie ein kleines Kind, Dich das Opfer begreifen und ersehnen lassen. Das, mein Lieb, ist die einzige göttliche Sache in der Welt. Der Rest ist Staub.
Du hattest darunter gelitten, daß Du Gott nicht in Dir hattest. Aber Du suchst Ihn aus allen Kräften. Später wirst Du besser verstehen, was in Dir vorgeht, Du wirst hingerissen sein bis zur Verzückung über das gewitterhafte Ungestüm, mit dem Dich der Heilige Geist auf Deinem Wege vorwärts stößt.
Von jetzt an, Geliebte, sollst Du über nichts mehr staunen. Ich sage Dir, daß Du Dich auf alles gefaßt machen mußt. Du weißt nicht, wer Du bist, noch weißt Du, wen Du liebst. Aber der, dessen Licht Du begehrst, wird Dich damit überschütten, denn Er, den ich meine, kennt keinen Geiz. Du wirst in eine neue Welt eintreten. Fürchte nichts, meine Jeanne! *Du bist gelehrig der Gnade gegenüber.*"

Am 27. Mai 1890 heirateten Léon Bloy und Johanne Molbech in der Kirche Saint Lambert in Vaugirard, nachdem die Braut zwei Monate zuvor zum Katholizismus konvertiert war.

Mrs. Read, François Coppée und selbst Léons Freund Huysmans hatten Johanne bis zum letzten Augenblick bestürmt, ihren Entschluß zu ändern und sich von Bloy zu trennen. Merkwürdigerweise hatte Johannes Mutter, gleich nachdem sie von der Verlobung ihrer Tochter benachrichtigt worden war, ihre Einwilligung erteilt. Darüber konnten sich die Freunde nicht genug wundern, sogar Bloy wunderte sich, nur Johanne hatte es nicht anders erwartet.

‚Plantaverat autem Dominus Deus paradisum voluptatis a principio . . .
Aber Gott, der Herr, hatte von Anfang einen Lustgarten gepflanzt.
Oh, schöne Stunde der Hochzeit!
Ich kehre in dich ein und weiß: In dir hat Gott mir ein neues Paradies erschaffen.
Im Geschlecht der Frau steht der alte Garten Eden, den Adam aus Hochmut und Schwachheit verlor, noch immer offen.
Es ist, für alle Zeit – das geheimnisvolle Abbild der ersten verscherzten Menschenheimat.
Durch die Frau ist Gott in die Welt gekommen. Weil es Eine gegeben hat, die bereit war, den Erlöser für die ganze Menschheit zu empfangen, wurde ihr Leib der Tabernakel, in dem die unendliche Allmacht Fleisch geworden ist. Seither ist jedes Weibes Schoß geheiligt als möglicher Tabernakel eines Gottes, und wo er verunehrt und schimpflich in Sünde genossen wird, wird das Paradies noch einmal verloren, wird Gott geschändet.
Denken wir daran, was eine Frau gibt, wenn sie sich hingibt, und ermessen wir den Gottesraub, wenn sie sich verkauft.
Überall und in den schlimmsten Abgöttereien und selbst in der lästerlichen Gottlosigkeit der modernen Heiden, geistert der Kult der Unbekannten Frau, in der die Menschheit erlöst werden soll und die deshalb auf der ganzen Welt gesucht wird. Welch seltsames Zeugnis dafür, daß noch *in jedem Irrtum eine verderbte Wahrheit* steckt.
Ja, diese Unbekannte wird seit Jahrhunderten unter einem weltumirrenden Seufzen erwartet, erwartet selbst von denen, die etwas ganz anderes zu erwarten und zu suchen glauben. Diese Ersehnte der Völker wird unter allen sinnbildlichen Namen der geheimnisdunklen Begierde angerufen, unter denen die alte Menschenseele

taumelt. Im tiefen Grund der Wirklichkeit ist es immer nur sie, die wir selbst unbewußt heraufbeschwören. Der Reichtum, die Freude, der Ruhm, die Macht, die Tugend und auch das Laster, kurz alles, was vom Menschengeschlecht erstrebt werden kann, drückt symbolisch den ewig-einzigen Durst der Kreatur aus, die, wie es oft scheint, nur zum Zeugen und zum Leiden verurteilt ist.

Nicht der Mensch allein ist gefallen im Paradies, die ganze Schöpfung ist mit ihm und an derselben Stelle gefallen. Darum ersehnt alles Sein die Erlösung und ruft auf seine Weise nach dem Befreier.

In der Legende vom heiligen Kolumban, dem Apostel des grünen Irland, wird erzählt, er habe als Jüngling durch die Brandung des Atlantischen Ozeans hindurch von weither die Schreie der kleinen Kinder gehört, die ihn aus dem Mutterleib heraus in das ferne Hibernien riefen. Ich könnte weinen vor Bewunderung, so schön ist das. Diese Schreie der Ungeborenen, galten sie nicht dem Paraklet, dem großen Verwandler, der von allen unter ungestümen Seufzern herbeigesehnt wird, weil ihm die Wiederherstellung des Ganzen, die Rettung des Ganzen, die Durchlichtung des Ganzen, die Verherrlichung und Erfüllung des Ganzen obliegt?

O meine Geliebte, wie jener Heilige den geheimnisvollen Ruf hörte, so höre ich den anderen Ruf durch die Brandung meines bitteren und wilden Lebens: Die grüne Insel ist dort, wo ich mit dir Eins sein werde. In diesem Einssein, das wir einander spenden werden, wird eine Handbreit Boden dieser armen Erde für die Wiederkehr des Paradieses bereitet sein.

Oh, schöne Stunde der Hochzeit!

Aber, meine Geliebte, wenn die Geladenen des Hochzeitsfestes verschwunden sind, wenn du allein bist mit deinem Gemahl, nicht wahr, wirst du dich vielleicht auch des namenlosen Gastes erinnern, von dem das Evangelium spricht: Er hatte kein hochzeitliches Gewand und wurde in die äußerste Finsternis geworfen.

Du weißt nicht, wer dieser Mensch war, ich weiß es ebensowenig wie du, aber das Heulen und Zähneknirschen dieses Elenden war so laut, daß es durch die Mauern drang und daß es die eisenbeschlagenen Tore in den Angeln erzittern ließ.

Mir ist, als sei es das Aufschluchzen all der Gefangenen, all der Vertriebenen, all der Verlassenen: Der notwendige Widerhall der

Freude, die Münze, mit der dein Glück und meines in dieser Stunde bezahlt wird.
Bebend und bleich vor Begierde schließt dich dein Herr in die Arme. Wirf einen letzten Blick auf die Uhr, und wenn es noch in deiner Kraft steht, bitte Gott, er möge dich vergessen lassen, vergessen, was in der Minute, die jetzt abrollen wird, in der Welt geschieht: Es gibt hundert Tote und hundert Neugeborene mehr, hundert Kinderschreie und hundert Todesseufzer. Schon lange ist das vorausberechnet und vorausbestimmt. Das ist der Ausgleich im Auf- und Abgewoge der Menschheit. In einer Stunde liegen sechstausend Leichen unter unserem Bett und nahe bei uns sechstausend kleine Kinder auf der Erde.
Aber das bedeutet nichts. Da ist die unendliche Zahl derer, die noch geboren werden, die unendliche Zahl jener, die noch nicht genug gelitten haben, um zu sterben. Da sind alle, die man schindet, kreuzigt, geißelt und zertritt, die man erstickt, in Asien und Afrika, in Amerika und Australien, ganz zu schweigen von unserem ergötzlichen Europa.
In dem Augenblick, in dem du vor Wollust stöhnst, heulen Kranke und dem Tod Verfallene unter dem Biß unserer Sünden in der Hölle. Du verstehst mich, *unserer* Sünden? Denn hier liegt die Täuschung, die wir nicht kennen.
Sind wir so kostbar, daß es gerecht ist, wenn das Ausbluten von zehntausend Herzen diese Stunde der Trunkenheit für uns bezahlt? Herzen von Vätern, Herzen von Müttern, Herzen von Waisenkindern, Herzen der Bedrängten und Ausgestoßenen, die in die Verzweiflung stürzen wie Mühlsteine in einen Abgrund, all das für dich allein –?
Ohne daß du es weißt, arbeitet ein Heer von Sklaven für uns in den Finsternissen wie diese Verdammten, die tief in den schwarzen Schächten Englands, Belgiens und Deutschlands den Boden durchwühlen.
Halt an! Da ist gerade einer, der auf dem Rücken liegt – wie du in diesem Augenblick, doch nicht auf Spitzentüchern liegt er da, sondern im Schmutz. Er wühlt über seinem Kopf, um eine von diesen dunklen, nützlichen Gemmen auszugraben, die unser Schlafzimmer warm halten. Ein Steinkohlenblock ist auf ihn gefallen und siehe! seine Seele steht vor Gott. Seine arme, blinde Seele –. Wohl wahr,

schlecht wäre der Augenblick gewählt, ein De profundis für ihn zu sprechen.
O schöne Stunde, schöne Hochzeitsnacht! Vorahnung jener Hochzeit am Ende der Zeiten, wenn, da die Welten und Tage vergangen sind, das Lamm Gottes, angetan mit seinem Purpur, vor die unfaßbar herrliche Braut treten wird.
Das ist das Bild der Stunde, die vergeht; der Aufmarsch der sechzig Minuten, die so flüchtig sind. Und eine jede stampft die Erde mit ehernen Fersen!'

VIII

Und Marie fuhr fort, nach dem verborgenen Element zu fahnden. Sie ließ noch einmal zwanzig Kilogramm hexagonaler Pechblende in den Hangar schaffen und begann die mühselige Arbeit der Analyse von neuem. Sie wußte zwar, noch ehe sie begann, daß sie auch aus dieser Masse das strahlende Element nicht werde darstellen können, aber sie würde eine zweite nadelkopfgroße Partikel Bariumchlorid aus ihm gewinnen und (ihm wohnte das Strahlende inne) sich auf dieser Spur dem Geheimnis um einen weiteren Schritt nähern können.

Winzig würde dieser Schritt sein, aber, wenn er auch abermals zwei Monate schwerster Arbeit – etwa tausend chemische Operationen – kosten würde, das zählte nicht, durfte nicht zählen, auch jetzt nicht.

Es war schlimm – und es erbitterte sie –, daß sie sich gerade in dieser Zeit nicht wohl fühlte, daß ihr schlecht wurde, sobald sie bestimmte Substanzen roch. Sooft sie mit Schwefel operierte, begann es sie zu würgen, der Ammoniakdunst trieb ihr den Schweiß auf die Stirn. Dann mußte sie alles liegen lassen, aus dem Hangar laufen, um auf dem Hof draußen frische Luft zu schöpfen. Manchmal half ein Schluck Wasser, ein Bissen Brot, die empörten Magennerven beruhigten sich. Sie konnte an die Arbeit zurückkehren.

Eines Tages bekommt sie Besuch. Die leichten Räder eines Kinderwägelchens rattern durch den Hof, helle Stimmen plappern, dann Bronias schmeichelnder Alt: „Wollen doch sehen, ob wir Tante Maniusi finden –“ Und schon steckt sie den Kopf zur Tür herein. „Lieber Himmel, *da* bist du? Ich wollte es nicht glauben, als es hieß: In dem Schuppen da hinten. Was machst du denn hier? Und wie es qualmt und stinkt. Nein, Kinder, da dürft ihr mir nicht hinein. Bebe, gib auf Moumou acht, Mama kommt gleich.“

„Entschuldige, daß ich dir nicht die Hand geben kann. Hab bitte einen Augenblick Geduld. In ein paar Sekunden bin ich soweit.“

Marie dämpft das Feuer unter der siedenden Lauge, stellt eine Zentrifuge ab, rückt einen Bottich dahin, einen dorthin, gießt noch rasch einen Eimer Schwemmwasser über einen Rückstand –
Aber schon erklärt Bronia, sie könne es hier nicht mehr aushalten. „Das ist ja die Hölle –"
Marie folgt der Schwester in den Hof. Auf der Schwelle kehrt sie noch einmal um, um die Temperatur einer Lösung nachzumessen. Dabei muß sie sich über den Rand einer Rührkufe strecken – Bronia streift ihre Gestalt mit einem Blick, mit dem erfahrenen Blick der Weisen Frau. Marie errötet, sie ärgert sich, daß sie errötet, sie will nicht erraten sein, nicht hier, nicht jetzt, nicht, ehe – Aber die Schwester ist nicht zu täuschen.
„Meine liebe Kleine, wie schön! Du erwartest – wie freue ich mich mit dir!" Kuß und Umarmung.
Und dann beginnt Bronia sie auszufragen: „Wann wird es sein? Und wo willst du bleiben? Was sagt Pierre? O Gott, ich kann mir denken, wie glücklich ihr seid!"
Die Schwestern sitzen in einem Winkel des Hofes auf einer umgestürzten Kiste. Bebe schiebt das jüngere Geschwisterchen auf und ab. Die Sonne scheint, und von einer nahen Kirche schlägt es Mittag.
„Gehst du denn nicht essen? Wo ist Pierre?"
„Pierre hat Unterricht bis eins."
„Und du?"
„Dann kommt er in den Hangar herunter." „Und dann?" „Dann trinken wir eine Tasse Tee."
„Ist das alles?"
„Ich habe immer ein paar Nantaises mit. Was willst du mehr?"
„Aber Manja –"
„Er kann seine Arbeit nicht so lange unterbrechen, und ich –" Manja wendet den Kopf gegen den Hangar und sagt kurz und hart – „ich noch viel weniger."
Bronia schweigt eine Weile. „Wie lange willst du da noch weitermachen – ich meine – jetzt – da du dich schonen mußt."
Marie schweigt.
„Ich finde es einfach schrecklich", fährt die Schwester sich ereifernd fort, „schrecklich, daß du dich mit diesem Dreckzeug weiterplagst – in diesem Qualm. Sind denn die Dämpfe nicht giftig?"
„Dann und wann. Keine Angst, ich lüfte –"

„Aber du atmest sie doch ein?"
Marie hebt die Achsel. „Das ist wohl unvermeidlich."
„Aber höre, Kind, bist du verrückt?"
Marie antwortet nicht. Dann lacht sie leise und etwas heiser: „Vielleicht."
Bronia springt auf. „Du willst doch nicht damit sagen, daß du die ganze Zeit in dieser schauderhaften Bude bleiben willst. Ich weiß ja nicht, was du da treibst. Ja – ja – du hast mir schon mal was angedeutet: Ein unbekanntes Element entdecken! Meinetwegen! Aber doch nicht eben in diesem Zustand – nicht ausgerechnet jetzt!"
Marie runzelt die Brauen. Dann sagt sie: „Verstehst du denn nicht? Es ist kein gewöhnliches Element, das ich suche. Es hat Eigenschaften, die es von allen anderen grundsätzlich unterscheiden. Du hast doch gelernt, Bronia, wir haben doch alle gelernt, daß das Atom ein letzter unveränderlicher Bestandteil der Materie ist. Aber die Atome dieses Elements scheinen zu strahlen und, indem sie strahlen, zu zerfallen. Wie soll man es sich sonst erklären, daß es Energien abgibt?"
Bronia schweigt einen Augenblick düpiert. Dann sagt sie: „Ach, das gibt es doch gar nicht."
In Marie beginnt etwas zu zittern. „Nicht wahr – das sagst du auch? Das sagen alle, mit denen wir bis jetzt darüber gesprochen haben. Aber da es doch so ist – doch so sein muß –"
Sie spränge am liebsten auf, ließe die Schwester allein, liefe in ihren Hangar zurück –: Nur dort, zwischen ihren Bottichen, Schmelzöfen, Elektrometern ist ihr wohl, fühlt sie sich sicher, ist sie mit ihren Gedanken, ihren Hypothesen eins.
„Trotzdem!" Bronia gibt nicht nach. „Was geht dich das alles jetzt an? Dieses Element – ob es strahlt oder zerfällt oder explodiert – laß es vom Teufel holen! In dem Zustand kannst du nicht weitermachen!"
„Bronia –!"
„Nicht weitermachen, sag ich. Du richtest dich zugrunde. Du machst dich fertig. Die schweren Kessel, die giftigen Dämpfe. Deine Hände sind von Säuren schon ganz zerfressen."
„Laß! Was gehen mich meine Hände an."
„Du mußt aufhören. Ich werde mit Pierre reden. Ich verstehe nicht, daß er es zuläßt. Er darf es dir ganz einfach nicht gestatten."

Marie starrt an der Schwester vorbei vor sich hin. Dann beginnt sie zu lächeln: „Pierre kennt mich besser als du."
„Ach!" Bronia ist außer sich. „Und an dein Kind denkst du wohl gar nicht?"
In Maries Gesicht verändert sich etwas, es wird starr. Ihre Lider zucken ganz kurz, als habe sie eine feine Spitze berührt. „Du kannst beruhigt sein, *daß* ich daran denke", antwortet sie knapp.
Damit ist das Gespräch der Schwestern beendet. Bronia ruft Bebe zu sich und läßt das Kind der Tante die Hand reichen. Dann setzt sie ihm das Mützchen auf dem Kopf zurecht. „So – nun gehen wir wieder. Tante Maniusi hat keine Zeit für uns."
Bronia bricht auf, beleidigt. Bebe darf das Wägelchen bis ans Tor schieben, dort nimmt es ihm die Mutter ab. Marie blickt den dreien nach – ihr ist eine Sekunde lang, als sollte sie ihnen folgen, dann kehrt sie sich um und eilt in den Hangar zurück.

„Was ist dir, Liebste? kannst du nicht schlafen? ist dir die Hitze lästig?" Seit Stunden schon hört der Mann die Frau neben sich seufzen, den Kopf hin und her wenden, sich aufrichten, sich wieder niederlegen und nach einer bequemeren Lage suchen. Es ist ziemlich dunkel, obwohl das Fenster weit offen steht und das Licht des gestirnten Himmels die Laken des Bettes schwach weißlich erschimmern läßt. Über das Dach des Nachbarhauses wandert der Stab des Orion: Blinkzeichen siderischer Mächte.
„Es ist nicht die Hitze, Pierre. Wenn ich mich jetzt schon über Hitze beklagen wollte! – Wir haben doch erst April!" – einen ungewöhnlich warmen April zwar – „Was soll ich dann erst im Hochsommer sagen?"
„Oder hast du Schmerzen?"
Marie antwortet nicht: Sie hat sich von Pierre weg und zum Fenster gewendet, die Wange in die eine Hand gestützt, die andere Hand unter der Achselhöhle vergraben. Warum fragt er mich so, denkt sie, er weiß, was mich quält, aber *danach* will er nicht fragen.
„Höre, Marie", beginnt er, „ich habe nachgedacht, ob ich es weiter aufschieben kann, mit dir zu sprechen. Doch ich fürchte: Nein. Es ist nicht gut, wenn du weitermachst wie bisher. Es beginnt für dich gefährlich zu werden, wenn du dir keine Schonung gönnst. Wäre

es nicht besser, du ließest die Plage sein, ließest sie sein nur solange, bis unser Kind geboren ist?"

„Ach nein."

„Du weißt, ich will dich nicht abhalten von dieser Sache. Nachdem du sie einmal begonnen hast – Nichts ist schädlicher für unser Gewissen, als wenn wir von einem Unternehmen abstehen, ehe wir es nicht durchgeführt oder erfahren haben, daß es undurchführbar ist. Doch diese paar Monate ..."

„Und wer sagt dir", erwidert Marie, „daß ich dann, wenn das Kind geboren ist, weiterkommen werde? Wer sagt dir, daß nicht alles noch viel schwieriger sein wird? Werde ich von ihm weggehen können? Nein, im Gegenteil, mir scheint, als müßte ich diese Zeit noch nutzen."

„Marie ..."

„Laß mich ausreden, Pierre. Ich *kann* nicht aufhören, nicht jetzt, nicht, ehe ich irgend etwas erreicht habe. Ich werde es durchstehen. Ich werde –. Die Frauen bei uns zu Hause verrichten auch die schwersten Arbeiten bis zuletzt. Ich habe eine Bäuerin gekannt, die half bei der Ernte, und als sie die Wehen spürte, ging sie nach Hause. Als der Mann mit den Knechten heimkam, war das Kind da, und die Frau hatte ihnen noch ein Essen gekocht. Was so eine zuwege bringt, werde auch ich können."

„Sprich nicht so", sagt Pierre, „ich glaube, du willst deine Natur zwingen!"

„Alles ist Zwang", entgegnet Marie. „Alles – was in unserem Leben wirklich zählt. Sonst ist es nichts."

Der Mann schweigt.

Die Frau hat sich aufgerichtet. „Ich muß dir etwas sagen", fährt sie fort. „Du hast recht, wenn du meinst, ich könnte nicht weitermachen wie bisher, aber aus einem ganz anderen Grunde, als du glaubst. Und wenn du mich fragst, was mich unruhig macht und nicht schlafen läßt, so liegt es darin, daß ich nicht genug Pechblende habe. Und so habe ich immer hin und her überlegt, was da zu tun sei, und schließlich schrieb ich einen Brief."

„Einen Brief? An wen?"

„An wen?" Marie lacht kurz auf. „Du wirst dich wundern, wenn ich es dir sage: Ich schrieb an die Bergwerksverwaltung in Joachimsthal."

„Um Pechblende?“
„Ja. Aber weil ich weiß, daß wir nicht so viel kaufen können, als ich nötig hätte, so fragte ich an, ob sie mir nicht die Rückstände des verarbeiteten Minerals schicken könnten. Sie werfen sie dort weg. Ich habe gelesen, daß ganze Halden voll davon liegen.“
„Das ist eine Idee!“ sagt Pierre überrascht.
„Vielleicht ist dieser Wegwurf billig zu haben, vielleicht ist er gar umsonst. Ich frage mich nur, wie wir den Transport zahlen sollen. Bist du mir böse, Pierre, daß ich diesen Brief schrieb?“
„Nein.“
„Und jetzt warte ich von Tag zu Tag auf die Antwort.“
„Hm –“ Pierre wundert sich über sich selbst. Aber die Entschlossenheit der Frau, ihre Unbeugsamkeit in dem Entschluß, ihr Ziel zu erreichen, hat alle seine Bedenken und ersten Erwägungen gleichsam ausgelöscht. Nur daß, als er nach einer Weile fragt: „Und welche Menge, glaubst du, nötig zu haben?“ und ihre Antwort kommt, er doch erschrickt. „Tausend Kilo“, sagt Marie, „zumindest tausend.“
Am nächsten Morgen war der Brief da.
Die Bergwerksverwaltung von Joachimsthal in Böhmen versprach eine Sendung.
Schwerbeladen rollt der erste Wagen an.
Die prallen Hundertkilosäcke werden heruntergewuchtet, in den Hangar geschleppt und in einem Eck aufgestapelt. Marie steht daneben und sieht zu, wie der Schatz sich mehrt. Ihr Gesicht glüht und ihr Blick weidet sich an der Masse – (es ist der zugleich stolze und gierige Blicke einer Fürstin, der die eingebrachte Beute eines Kriegszugs abschätzt und in dem sich im voraus schon die Pläne malen, nach denen sie mit diesem Schatz verfahren wird: Sie wird ihr Volk bewaffnen, ihre Grenzen erweitern. Mit solchen und ähnlichen Blicken überwachten einstmals die Pharaonen das Einbringen des nubischen Goldes, um damit ihre Flotten gegen Kreta zu rüsten. Mit solchen und ähnlichen Blicken wachte Salomon über das Eintreffen der Karawanen, die ihm die Kupferbarren von Ophir anschleppten – dann baute er den Tempel von Jerusalem.)
Das Material, das aus Joachimsthal gekommen ist, besteht aus einer staubähnlichen braunen Masse, aus dem das Uran zum großen Teile ausgeschieden worden ist, indem man das Mineral zermahlen,

geröstet, in Wasser gelöst und mit Schwefelsäure behandelt hat. Die Lösung enthält das Uran, das den Wert der Pechblende ausmacht. Der bis jetzt für wertlos gehaltene Rest füllt die Säcke, die angekommen sind.

Die Masse besteht vor allem aus Bleisulfaten und Kalk, enthält daneben Silicium, Aluminium, Eisenoxyd und alle möglichen Metalle, wie Kupfer, Mangan, Nickel und seltene Erden. Marie beginnt der Masse, die sie in Portionen zu zwanzig Kilo abteilt, mit konzentrierter kochender Sodalauge zu Leibe zu rücken. Die Schwefelsäure mit Blei gemischt, das Aluminium mit Kalk werden in Wasser geschwemmt. Die alkalische Lösung schwemmt Blei und Silicium aus.

Der unlösliche Rest wird mit Chlorwasserstoff angegriffen. Diese Operation zersetzt die Materie und löst sie zum größten Teil auf. Der strahlende Stoff bleibt in dem unlöslichen Rest. Dieser wird wieder mit reinem Wasser gewaschen, eine scharfe Lauge zugesetzt. Damit ist das Sulfat des Barium in Karbonaten gewonnen, des Barium, von dem feststeht, daß der strahlende Stoff in seinem Gefolge ist. Abermals wird mit Wasser geschwemmt, Chlorwasserstoff beigefügt, in Schwefelsäure ausgefällt.

Das Produkt – Augenblick des Triumphes – strahlt nun bereits sechzigmal stärker als metallisches Uran. Sogleich schreitet man in der Arbeit fort, läßt die Substanz kochen, setzt Lauge zu, transformiert in Chlorüren. Man filtert, oxydiert mit Chlor, fällt aus mit purem Ammoniak. Nun, sind die Chlorüren getrocknet, werden sie von neuem in scharfen Säuren gewaschen. Das Calcium löst sich fast vollständig, das strahlende Barium bleibt ungelöst.

Diese Substanz ist nun bereit für die endgültige Zerlegung. Soweit die Fronarbeit. Sie wiederholt sich fünfzigmal. Fünfzigmal wird mit Sodalauge, Schwefelsäure, Chlorwasserstoff gelöst (jedesmal stundenlang gerührt), geschwemmt (gerührt, gerührt, gerührt), mit Ammoniak ausgefällt, fünfzigmal wird mit Chlorüren transformiert (gerührt, gerührt, gerührt), mit Chlor oxydiert, fünfzigmal der intensiv aktive Rest von einem viertel Pfund ausgeschieden – von tausend Kilogramm bleiben acht übrig.

Soweit die einsame Fronarbeit für die schwangere Frau, für die Frau vor ihrer Niederkunft, nach ihrer Niederkunft, Fronarbeit für die Stillende, für die Mutter.

Die alte Frau in Sceaux ist inzwischen schwer erkrankt. Vor etwa einem Jahr hatte sich eine Verhärtung an ihrer linken Brust gezeigt. Sogleich aufs schwerste beunruhigt, zog Doktor Curie einen Kollegen zurate. Dieser sprach von einer Operation. Die Kranke aber widersetzte sich dem Eingriff. Nach einigen Monaten traten Schwellungen in den benachbarten Drüsen auf. Während das erste Übel verhältnismäßig geringe Schmerzen verursacht hatte, zog sich nun eine bald drückende, bald brennende, bald nicht mehr näher zu beschreibende, aber äußerst qualvolle Empfindung gegen die Schulterblätter, in die Armgelenke und gegen die unteren Rippenbogen hinab. Die alte Frau verlor an Gewicht und registrierte, von Tag zu Tag niedergeschlagener, daß ihre früher so prall gespannten Mieder an ihr schlotterten, daß ihr die Röcke von den Hüften flappten, daß ihre einst rundlichen Arme zu knotigen Skeletten abmagerten.

Sie schleppte sich mühsam vom Bett zum Tisch. An schönen Tagen verlangte sie ins Freie. Der Doktor schaffte sie mit Hilfe der Magd in den Garten, bettete sie unten in einen Streckstuhl, spannte ein Sonnensegel über ihr auf. Doch nach kurzer Zeit fühlte sich die Kranke durch die Lichtflut gequält, die Hitze benahm ihr den Atem, ihre Qualen schienen sich von Sekunde zu Sekunde zu steigern, schließlich verlangte sie ungeduldig, ja, vor Beängstigung wie irr geworden, ins Haus und in ihr Bett zurück.

Jetzt erklärte sie sich bereit zu einer Operation. Aber der herbeigerufene Chirurg lehnte ab: Er könne nichts ausrichten, da man ihn viel zu spät in Anspruch genommen habe.

Im Hause Curie sprach niemand aus, was allen auf den Lippen schwebte. Die Kranke, zwar ohne Hoffnung, gab immer noch vor zu hoffen. Sie sprach ‚von dieser verdammten Gicht‘, die ihr so viele Schmerzen bereite, und erwähnte nie mehr das Gewächs, das ihre Brust verwüstete. Sie wollte sich vor niemand mehr entblößen, auch vor ihrem eigenen Mann nicht, sie duldete nur die bestellte Pflegerin, die täglich kam, um ihr die notwendigsten Handreichungen zu leisten.

An jedem freien Tag kamen Pierre und Marie nach Sceaux. Dann klagte die alte Frau, daß sie nicht imstande sei, sich um ihre Gäste, ‚die Kinder‘, zu bemühen. „Ihr hättet es beide nötig, mal ordentlich zu essen“, jammerte sie, „ernährt euch wohl nur von Stullen, wie?

Mein Gott, was schaut ihr beide elend aus! Was gäb ich drum, könnte ich euch mal richtig füttern. Doch ihr seht wohl, wie ich dran bin."
„Ist schon gut, Mutter", sagte Pierre. „Wenn diese schreckliche Sommerhitze vorbei ist, wird es dir besser gehen. Dann wirst du rasch gesunden."
Die alte Frau nickte mühsam, mit gepreßten Lippen.
„Und dann bringen wir dich ans Meer – du wolltest doch immer einmal nach Biarritz. Dort wirst du dich erholen. Nicht wahr, Marie?"
„Gewiß, gewiß!"
Die Kranke wandte sich Marie zu. Ihr Ausdruck war Angst, verzweifelte Angst. Sie tastete nach der Hand der Schwiegertochter.
„*Du!* Ah – du! Wie glücklich du bist! Ein Kind bekommen! Mitten im Leben stehen! Und – Pierre ist ein sehr guter Mensch."
„Das weiß ich, Mutter."
„Aber er sieht müde aus."
„Wir haben viel Arbeit."
„Ich habe gehört – ich habe gehört . . . Und du, Marie, arbeitest auch? Vielleicht solltest du dich mehr um den Haushalt kümmern."
Marie lächelte schmal. „Was ich tue, tu ich mit Pierres Einverständnis."
„Das will ich hoffen", murmelt die Kranke, „trotzdem –"
Die beiden Frauen sind allein geblieben. Der Vater hat Pierre nach unten gerufen.
„Trotzdem – man hat mir davon erzählt. Du bist immer in diesem Laboratorium. Was machst du dort?"
Marie versucht, der Kranken eine Erklärung zu geben, aber sie weiß, daß sie sie nicht mehr verstehen kann. Und schon schweift sie auch von dem Thema ab: „Du bist doch glücklich mit Pierre – oder?"
„Gewiß."
„Du bist durch ihn Französin geworden. Ich glaube, das ist kein kleiner Vorteil für dich. Ich habe neulich ein Buch über Polen gelesen. Ein düsteres Land. Aber – sehr fromm, nicht wahr? Sehr fromm?" Sie richtet sich ein wenig in den Kissen auf, in ihren Blick tritt eine Frage. Sie wagt sie nicht zu stellen, diese Frage. Sie weiß: Marie ist Freigeist, sie hat jedenfalls nicht Anstoß daran genommen, daß Pierre keiner Art Religionsgemeinschaft angehört, daß

ihre Ehe nur in der Mairie geschlossen worden ist. Was soll sie fragen? Wie soll sie diese fremde junge Frau, ihre Schwiegertochter, dazu bewegen, ihr eine Auskunft zu geben, von der sie selbst kaum weiß, wie sie lauten soll.

„Du bist wohl streng katholisch erzogen, Marie, oder?"

„Das bin ich – war ich – jedenfalls, solange meine Mutter lebte."

„Hm. Deine Mutter war wohl eine gläubige Frau?"

„Ja."

„Und sie ist dann auch – wie sagt man – als gute Christin gestorben?"

„O ja."

„Hat sie gebeichtet – ich meine: kam ein Priester zu ihr?"

„Freilich. Das ist in Polen eine feste Sitte. Wenn jemand schwerer erkrankt, dann holt man einen Priester, einen von diesen Patres. Es gibt ja so viele – die ganze Stadt ist voll von ihnen: Kapuziner, Franziskaner, Basilianer ... Er spendet dem Kranken die Sakramente. Und hie und da tut das dem Kranken wohl, und er erholt sich. Man sagt sogar – so im Scherz: ‚Er läßt sich die Letzte Ölung geben, weil er noch zwanzig Jahre leben will.'"

Die alte Frau lächelt mit schmerzlich verzogenen Lippen. Dann, nach einer Weile: „Ich werde ja gesund werden, ich fühle es, und an Gicht ist ja schließlich noch niemand gestorben. Doch manchmal denke ich, es wäre doch schön, einer Kirche anzugehören und etwas zu wissen von – nun ja, du weißt schon – von drüben ..."

„Ach – Mutter!" Marie fingert nervös an ihrem Taschentuch. „Glauben heißt doch nicht wissen. Es mag ja sein", fügt sie rasch hinzu, da sie die Kranke zusammenzucken sieht, „mag ja sein, daß hinter allen diesen Lehren wirklich irgendein schönes Geheimnis steckt. Aber von Wissen kann doch keine Rede sein. Und so lange die Erde so viele Geheimnisse birgt, große unermeßliche Geheimnisse – was gehen uns die himmlischen an?"

„Du sprichst wie Pierre", murmelt die Kranke mürrisch.

„Allerdings –"

„Und Pierre spricht wie sein Vater, und Vater wie Jacques!" Plötzlich flackert etwas wie Haß aus ihren Zügen. „In dieser Hinsicht seid ihr alle gleich."

Da es noch Zeit ist zum nächsten Zug von Bourg-la-Reine nach Paris, nehmen sie den Umweg durch den Park von Sceaux.

Pierre und Marie gehen Arm in Arm, tief herabgestimmt durch die letzten Stunden in der Rue de Sablon.
Der Vater hat ihnen das Geleit bis zum Parktor gegeben. Zum erstenmal ist das Unvermeidliche besprochen worden. „Es dürfte kaum noch länger als einen Monat dauern."
Einen Monat! Pierre drückt Mariens Arm leise an sich. In spätestens sechs Wochen erwartet sie ihre Niederkunft.
„Es ist besser für dich, meine Liebe", fährt der Doktor fort, „wenn du nun nicht mehr zu uns kommst. Du sollst durch den Anblick der Auflösung nicht noch mehr verstört werden. Du hast deine Kräfte nötig – deine Nerven. Ich fürchte, das Letzte wird schrecklich sein, und sie klammert sich so sehr an das Leben. Man mag es drehen und wenden, wie man will: Der Ausgang ist doch immer ganz ohne Trost."
Pierre nickt blaß vor sich hin.
Dann wechselt er mit seinem Vater noch einige Worte über die Maßnahmen, die, ‚wenn es soweit ist', ergriffen werden müssen. Jacques soll auf alle Fälle rechtzeitig benachrichtigt werden, auch die Verwandten in Puteaux. Man wird sich auf eine zahlreiche Trauergemeinde gefaßt machen müssen.
„Trotzdem – Marie! Ich bitte dich, bleib ruhig zu Hause! Schone dich für dein Kind!"
„Ja, danke, Vater! Du bist gut."
Zum Abschied küßt ihn Marie auf die graubärtige Wange, sie fühlt sein innerliches Erzittern. Armer alter Mann, es muß schrecklich sein, den Lebensgefährten zu verlieren.
Die beiden, Pierre und Marie, gehen nun allein am großen Tapis vert vorüber zum Schloß hinauf. Über den Blumenbeeten der Terrasse liegt das späte Licht, braunrot, als flammte in ihm der Widerschein ungeheurer, vom Herbst entbrannter Blutbuchenwälder. Die Fenster des kleinen Schlosses füllen sich von oben bis unten mit dem Abglanz des Abendrots – der ganze zartgefügte Bau scheint sich in einer Feuersbrunst aufzulösen. Einen Augenblick lang gleicht er einem riesigen Kristall, durchsichtig, raumgreifend, von vielfach gebrochenen Strahlen durchspiegelt.
Dann biegen Pierre und Marie in die Allee Duchesse, das Schloß bleibt hinter ihnen, sie nähern sich der südlich gelegenen Cascade. „Ich habe dich heute zum erstenmal lügen gehört", sagt Marie.

„Armer Pierre! ‚Du wirst gesund werden, wirst dich wieder erholen.‘ Sag mir, wie kommt das? Wir können unter allen Umständen die Wahrheit sagen wollen, aber wenn wir zu Sterbenden sprechen, dann lügen wir. Müssen wir das? Und hätten nicht gerade die Sterbenden ein Recht auf Wahrheit? – Deine Mutter weiß, daß sie nicht mehr gesund werden wird. Trotzdem widerspricht sie nicht und läßt euch reden, dich, den Vater, die Magd, den Arzt – jeder, der sie besucht, spricht das gleiche, von Besserung, von Genesung, obgleich jeder weiß, wie es steht. So ist sie in ihren letzten Tagen von Lüge umgeben. Nur ihr armer elender Körper sagt ihr die Wahrheit. Und so geht sie dem Ende entgegen – die ganze schreckliche Zeit ihres Todeskampfes allein gelassen von den Ihren. Ich weiß nicht, Pierre, wie ich es an ihrer Stelle ertrüge, aber ich möchte nicht wie sie an lauter verlogener Liebe ersticken müssen."
Pierre schweigt. Dann sagt er: „Würdest du das Herz haben, ihr die Wahrheit zu sagen?"
Marie schaudert. „Nein. – Aber das ist es eben, da liegt ein Fehler, *muß* ein Fehler liegen, dessen Wurzel ich nicht entdecken kann. Vielleicht war das früher anders. Die Eltern meines Vaters, hab ich mir erzählen lassen, wußten genau, wie es um sie stand, ehe sie starben. Sie redeten ganz offen darüber mit den Ihren, und niemand hätte gewagt, ihnen etwas von Gesundwerden und Sich-Erholen-Können vorzuschwatzen. Sie nahmen Abschied, so gefaßt, als gingen sie nur auf eine große Reise. Mir schiene das besser und würdiger."
„Mir auch", antwortet Pierre. „Aber es ist offenbar nicht mehr möglich. Das kommt daher, daß wir heute den Tod als etwas anderes anzunehmen haben als die Menschen früher: Als das Nicht-mehr-Sein, das für den, der stirbt, so viel ist wie das Nichts. Es mag nicht leicht sein, in das Nichts zu gehen."
„Das Nichts schreckte mich nicht", sagt die Frau, „nicht, wenn ich wüßte, daß ich wirklich gelebt habe, wenn ich sicher wäre, das bekommen zu haben, was ich wollte. Ach, Liebster, sieh mich an: In vier, fünf Wochen ist es soweit für mich, und es könnte doch sein, es *könnte,* nicht wahr, daß es dabei schiefginge –?! Nein, unterbrich mich nicht, Pierre, ich *habe* keine Angst. Doch – gesetzt den Fall – es käme so und es würde gefährlich, würdest du mich dann auch belügen, Pierre?"

Der Mann schweigt einen Augenblick. Dann sagt er: „Ich wüßte wahrhaftig nicht, was ich dir sagen sollte."
„Nein?"
„Nein."
Marie bleibt stehen. „Immerhin!" Sie sucht Pierres Blick. „Ich wüßte etwas, was du mir versprechen müßtest."
Pierre antwortet nicht sofort. „Unser Kind?" fragt er dann leise.
Marie sieht zu Boden. „Ja-ja, auch unser Kind. Es zu lieben, dafür zu sorgen, das – dächte ich – müßtest du mir nicht erst versprechen. Nein. – Aber – das andere, Pierre!" stößt sie hervor, „das andere! Ich möchte nicht davon fortgehen, ohne zu wissen, daß du statt meiner danach suchen würdest."
Der Mann zögert. Dann nimmt er ihre Hand, „So viel bedeutet es dir?"
„Mehr als mein Leben."
Sie waren an das Ende der Allee Duchesse gekommen, dorthin, wo die Quellen der Doppelkaskaden aus zwei Springsprudeln schäumen, in weißen Säulen aufsteigend, um dann die steilen Stufenrinnen hinabzustürzen, Zwillingsbahnen, die sich unten in dem großen Oktogon vereinigen, dort schäumt und wallt das Wasser, als koche es. Aber wo es nach rechts in die großgebreitete Fläche des Grand Canal abströmt, sich in den samtenen Rasen des Petit Tapis Vert schmiegt, wird es klarer, tiefer und endlich liegt es wie eine unbewegte Spiegelfläche da, und die schon zu schattenhaften Konturen verdämmernden Figuren an ihren Rändern, die biegsamen Nymphen und derben Faune tauchen schleierschwingend und auf Ammonshörnern blasend in sie ein, aus ihr hervor.
„Ich wollte dir schon längst etwas sagen", Pierre hat Marie die Stufen der Cascade hinab und im Bogen gegen das Schloß wieder hinaufgeführt, „aber ich schob es noch auf, weil ich nicht sicher war, ob ich meiner eigenen Entschlußkraft trauen sollte. Du weißt, Marie, woran ich im vergangenen Jahr arbeitete, und du weißt auch, wieviel mir an dieser Sache gelegen war. Ich ließ dich in deinem Hangar allein. Von nun an werden zwei dort arbeiten, vorausgesetzt –", er lächelt ein wenig, „vorausgesetzt, daß du mich dort als deinen Helfer aufnimmst. Von nun an wirst du nicht mehr allein sein."
Marie bleibt stehen. Sie verbirgt ihr Gesicht. Dann sagt sie: „Ich

muß mich setzen." Pierre führt sie zu einer Bank, sie sitzen nieder, Marie lehnt ihre Stirn an seine Schultern. Nach einer Weile merkt er, daß sie weint.

Indessen ist die Sonne verschwunden, das Licht ergraut – und das Schloß, das eben noch von Purpurfarben wie ein großer Kristall durchspiegelt war, steht nüchtern und steingrau zu einem Block in sich verfestigt vor ihnen. Keines der Fenster belebt sich durch einen Lampenschein. Der Wärter, der tagsüber die Fremden durch die Säle führt, tritt aus der östlichen Glastür, rasselt mit seinem Schlüsselbund, sperrt ab und entfernt sich, mit den Sohlen im Kiese schlurrend.

Pierre Curie hatte sich im letzten Jahr damit beschäftigt, Phänomene zu entdecken, deren Existenz ihm a priori nicht unmöglich schien. Von gewissen selbstgemachten Erfahrungen in der Kristallographie ausgehend, wollte er feststellen, ob der Magnetismus frei bestehen könne wie die Elektrizität. Auch bemühte er sich, stark diamagnetische Stoffe aufzufinden, denn die tiefe Analogie, die ihm zwischen der Stärke des Magnetismus und der Dichte eines Fluids aufgegangen war, schien ihm nach Ergänzungen zu verlangen. Doch er kam mit dieser Arbeit nicht weiter. Er hatte kein Glück mit ihr – alle seine Bemühungen in dieser Richtung waren wie blockiert. Blockiert, seit – das gestand er sich mit einer sein ganzes Wesen erschütternden Verwunderung ein – seit sich Marie mit den von Becquerel entdeckten Strahlen zu beschäftigen angefangen hatte.

Hier war ein seltsames, ihn verstörendes Neues aufgetaucht. Zufall? Es mußte wohl Zufall sein. Er suchte sich ihm zu entziehen, er suchte dagegen anzukämpfen. Er, dem schon in jungen Jahren, zwar ohne nennenswerten äußeren Erfolg, doch mit um so größerer innerer Beglückung manche Entdeckung, manche subtile Konstruktion (des piezoelektrischen Quarzes, der Waage zur Messung kleinster Werte) gelungen war, konnte keinen Schritt vorwärts kommen. Überall Wände. Undurchsichtigkeiten, hinter die sich die vermuteten Phänomene zurückzogen. Was stand ihm da entgegen? Eigenes Versagen? Oder – mächtiger, unausweichlicher – irgendeine gleichsam unterirdische Strömung, gegen die er nichts auszurichten vermochte, und die ihn hinabtrieb, wohin er nicht wollte, wohin sein Eigenstes ihn nicht zog, in den Sog jener anderen Kräfte, Fragen, Perspektiven? Das Strahlende...

Immer, wenn er den Hangar betrat und Marie an der Arbeit sah, unermüdlich, voll unerbittlicher Entschlossenheit, die Frau, die er liebte, die seine Gefährtin war, deren Umarmungen er genoß, deren leidenschaftliche Zärtlichkeiten ihn immer wieder beglückten, – aber hier schien sie ihm fremd, entrückt, getrieben, gleichgültig dagegen, daß sie sich schinden mußte wie ein Mann, daß die verdorbene Luft ihre Haut bleichte, daß sich ihre Züge durch die übermäßige Anstrengung schärften, daß ihre Hände durch Laugenfraß geschwärzt und rissig geworden waren. Er sah sie zwischen den Bottichen hantieren, die schwere eiserne Scharre drehen – sah sie dann an den Instrumententisch zurückeilen und den Ausschlag des Elektrometers beobachten: (seine Geräte standen da, der piezoelektrische Quarz, die feine, mit Schwingungsdämpfern und Mikroskopen montierte Curiesche Waage). Ihm war jedes Mal, als träte er in eine andere Welt ein – Welt der Vergangenheit, Welt der Zukunft, in der noch ein anderer Trieb als der nach reiner Erkenntnis am Werk war, und Pierre dachte: Dazu wäre keine Französin imstande, ich habe das nicht vorausgesehen, in ihr steckt die Kraft der östlichen Länder, Kraft der Steppe, der Völkerkammern (einer Welt, die lange schlief und im Traum um sich schlug, aber jetzt will sie erwachen).
Sie hatte geweint, als er ihr gesagt hatte: Von nun an werde ich mit dir arbeiten. Daran konnte er ermessen, was ihr sein Angebot bedeutete; doch zugleich wußte er, sie wäre bereit gewesen, auch den ganzen Weg allein zu gehen ...

Es stellte sich heraus, daß auch aus den tausend Kilo Pechblenden-Rückstand, die uns die staatliche Bergwerksverwaltung von Joachimsthal geschenkt hatte, nicht so viel Radium gewonnen werden konnte, daß wir imstande gewesen wären, auch nur ein Dezigramm davon rein darzustellen.
Dennoch erblickten wir den fremden Stoff, durften ihn erblicken, zum erstenmal im Farbband des Spektrums.
Demarçai, ein Gelehrter, der sich lange mit den spektralen Eigenschaften der elektrischen Funken beschäftigt hatte, erklärte sich bereit, uns zu Hilfe zu kommen. Mit einer Probe stark strahlender Bariumchlorüre begaben wir uns in seine Wohnung am Chateau Rouge. Ich kannte ihn nicht, und Pierre nur flüchtig. Demarçai war

ein kleiner alter Mann, wie zusammengeschnurrt von einem allzulangen Leben nur zwischen Büchern, Instrumenten, Chemikalien. Er empfing uns sehr wortkarg und führte uns in sein Labor. Seine Füße steckten in großen schlotternden Filzschuhen, er trug einen Hausrock aus farblos verschossenem, vielleicht einmal gemustert gewesenen Samt.

Pierre reichte ihm die Ampulle, sie enthielt fast die Hälfte des unendlich kostbaren Stoffes, an dessen Gewinnung ich nun schon mehr als ein Jahr gearbeitet hatte. Ich sah – beinahe zitternd – zu, wie Demarçai sie öffnete und mit einer Art Sonde, an der eine winzige Öse aus Platin befestigt war, das weißliche Pulver aufpickte.

Er brachte es in den Bunsenbrenner und nach kurzer Zeit lud er uns ein, das Spektrum zu betrachten. Neben der Linie des Bariums zeigte sich eine neue deutliche Linie im Ultraviolett.

Pierre sah als erster durch die Linse. Dann ließ er mich hinzutreten. Demarçai stand daneben in seinen Filzpantoffeln und schwieg.

Alle drei schwiegen wir.

Pierre versuchte dann Demarçai zu danken. Dieser bewegte abwehrend seinen fast kahlen hageren Vogelkopf, er begleitete uns wieder zur Tür und entließ uns.

Doch während wir die Treppe hinabstiegen, stand er die ganze Zeit oben am Geländer und bewegte feierlich winkend seine Hand.

Am 12. September 1897 schenkt Marie Curie einem Mädchen das Leben. Ein halbes Jahr darauf, am 12. April 1898, spricht sie zum erstenmal in einer Sitzung der Akademie über das neue Element. Ihre Mitteilungen sind äußerst zurückhaltend und betonen den hypothetischen Charakter ihrer Entdeckung, obwohl sie und Pierre längst von der Realität des Radiums überzeugt sind.

Es ist ihnen klar geworden, daß nicht nur Uran und Thorium und die überaus intensive Materie, der sie nachjagen, die geheimnisvollen Becquerelschen Strahlen senden, sondern daß noch ein zweites, bisher unbekanntes Element sein Wesen in der Pechblende treibt. Es hält sich in der Nachbarschaft von Bismuth, hat aber die seltsame Eigenschaft, nach einiger Zeit zu verschwinden. Marie hat ihm den Namen Polonium gegeben. Da es jedoch schwächer

strahlt als das dem Barium verwandte Radium, konzentrieren sie ihre Suche nach wie vor auf dieses.
Sie werden es darstellen, mag es in noch so infinitesimalen Mengen – und sei es 1 : 1 Million – in der Pechblende stecken, sie zweifeln nicht mehr daran, sie haben ja seine Linie im Spektrum gesehen; daran erinnern sie sich, wenn die Mühsal der weiteren und weiteren Fraktionierung sie erdrücken will.
Aber was sie tiefer beunruhigt und was sie, je näher sie sich mit dem Phänomen befassen, ein immer unfaßlicheres und gefährlicheres Geheimnis dünkt, ist die dem Radium innewohnende Strahlungskraft.
Nicht Marie, Pierre ist es, der hier die größten Schwierigkeiten sieht. Noch immer widersteht ihm die Annahme, daß die Strahlung spontan aus dem Atom erfolge. Wenn Marie davon spricht, daß es nun Zeit sei, darüber eine Theorie aufzustellen und zu veröffentlichen, wehrt Pierre ab.
„Nein, Marie, das dürfen wir noch nicht“, sagt er. „Wenn wir uns in dieser Annahme irren und werden des Irrtums überführt, ist alles für uns verloren, und wir werden niemals wieder in einer Sache Glauben finden. Wir rühren damit an Prinzipien. Siehst du, man kann methodische Irrtümer begehen, man kann in Anwendungen fehlgreifen, man kann in diesen oder jenen Teilgebieten sogar Falsches behaupten – das ist dem Forscher erlaubt und wird ihm auch vergeben. Hier aber – hier ist ein archimedischer Punkt: Wir heben wirklich eine ganze Welt aus den Angeln. Und wenn sich nun der Ansatz als falsch erwiese –? Nein. Wir sind noch nicht soweit. Wir müssen erst alle – aber auch alle nur denkbaren Möglichkeiten erschöpfen, ehe wir uns getrauen dürfen, von einem inatomaren Vorgang zu sprechen.“
In nächtelangem Grübeln kommt Pierre dahin zu vermuten, daß es bis jetzt unbekannte, aber übermächtige Raumstrahlen gebe, die jede Art von Materie durchdringen und auf irgendeine noch unvorstellbare Weise von den aktiven Elementen aufgefangen und abgegeben werden. Bis jetzt haben die Curies ihre Messungen zumeist am Tage gemacht. Jetzt gehen sie abwechselnd auch zu allen Stunden der Nacht in ihren Hangar und nehmen Messungen vor. Aber die Messungen zeigen keine anderen Werte, und sie müssen zu ihrer ersten Annahme zurückkehren.

Am Morgen, wenn die junge Mutter nach Sèvres fährt, um Unterricht zu erteilen (denn man kann es sich nicht leisten, die Stelle dort aufzugeben) oder in den Hangar eilt, um einen neuen Versuch vorzubereiten, bleibt der Säugling allein in der Hut einer Dienstmagd zurück. Die Magd schläft auswärts, denn die Wohnung ist zu klein, um auch sie zu beherbergen. Jeden Morgen erwacht Marie in der Angst, die Person könnte ausbleiben. Sie steht auf, ehe Pierre erwacht, geht zu dem Kind hinüber, legt es trocken und nimmt es sich an die Brust. Die Kleine ist zart, und eine Zeitlang wollte sie nicht zunehmen, schien matt und beinahe wie leblos. Die Mutter war verzweifelt und wollte eine Amme aufnehmen. Dann erholte sich das Kind – seit einiger Zeit ist es auch wieder ganz munter. Sobald sich jemand seinem Bettchen nähert, versucht es den Kopf zu heben, rudert mit Ärmchen und Beinchen, schnellt seinen Bauch auf, als verlangte es energisch danach, herausgehoben zu werden. Wenn die Kleine satt ist, legt Marie das Kind zurück, dann und wann auch in ihr Bett neben Pierre und läuft in die Küche, um dort das Frühstück zu bereiten und das Badewasser für Irene zu erhitzen. Während Pierre seinen Kaffee trinkt, hat Marie den kleinen Waschtrog mit Wasser gefüllt und badet den Säugling. In der ersten Zeit war ihr diese Arbeit eine einzige ängstliche Qual. Ist das Wasser nicht zu warm? Stimmt das Thermometer? Sie taucht den Ellenbogen wieder und wieder ein, um die Temperatur zu prüfen. Das Kind strampelt inzwischen auf dem Wickeltisch. Wenn es nur nicht herunterfällt! Es schreit, wenn man es einseift, dann beginnt es behaglich zu plantschen. In höchster Eile schlägt die Mutter das winzige Körperchen in ein Tuch, reibt es trocken, säubert Äuglein und Ohren mit Watte – dabei schwitzt sie vor Aufregung. Halb acht! In weniger als einer Viertelstunde sollte sie das Haus verlassen. Die Magd? Wo bleibt die Magd? – Endlich der trapsende Schritt auf der Treppe.
„Gott sei Dank, Louise, daß Sie da sind. Putzen Sie rasch unsere Schuhe. Monsieur und ich müssen sogleich fort."
Während Louise die Schuhe wichst, schlüpft Marie in ihre Kleider. „Für Irene ist ein Fläschchen bereit. Hier steht es. Aber geben Sie es ihr nicht vor zehn, außer sie schreit sehr. Ich weiß nicht, ob sie heute genug von mir bekommen hat. Lassen Sie die Kleine im Zimmer stehen, wenn Sie lüften, geben Sie aber obacht, daß es nicht

zieht. Decken Sie sie gut zu, doch nicht so, daß sie zu heiß hat. Ja, und daß Sie mir ja nicht von der Flasche kosten, ich bitte Sie, Louise, das ist höchst unhygienisch, und die Kleine kann den Tod davon haben. Sie brauchen gar nicht mehr als einen Schnupfen zu haben – das Kind kriegt eine Lungenentzündung."
Inzwischen ist Pierre fertig. Marie nimmt stehend einen Schluck Kaffee, stopft ein Stück Brioche nach. Neue Sorgen, neue Angstvisionen tauchen vor ihr auf.
„Wenn das Wetter sehr mild und sonnig sein sollte, können Sie Irene ein bißchen spazieren fahren. Doch ist es nötig, daß Sie sie vorher wickeln. Hier liegt das Wolljäckchen für den Ausgang – ob das Mützchen schon ganz trocken ist? Ja, Gott Lob – aber ich bitte Sie, tragen Sie Sorge dafür, daß das Tor geschlossen ist, wenn Sie sie unten in den Wagen legen. Zugluft ist gefährlich! Und geben Sie obacht, wenn Sie die Straße überqueren. Neulich erzählte mir jemand, ein betrunkener Kutscher habe eine Frau samt einem Kinderwagen umgefahren."
Louise nickt, dünnlippig lächelnd und doof. Sie kennt das alles schon auswendig, die tausend Ermahnungen und Bitten und Beschwörungen der Madame, als wäre ihr Kind das einzige auf der Welt und eine Prinzeß ganz aus Zucker. Wenn sie schon glaubt, daß sie, Louise, nicht genügend obacht darauf gibt, warum bleibt sie dann nicht selbst hier und läuft nur immer davon?
„Und was gibt's zu essen?"
„Ach ja, natürlich. Im Schrank liegen ein paar Beefsteaks, ich hab sie schon gestern mitgebracht. Hier ist Geld für Gemüse. Keine Butter mehr? Ich lege drei Sous dazu. Und wenn der Gasmann kassieren kommt, ich hab fünf Franc im Kästchen da drinnen."
„Ist gut, Madame, ist gut. Ich werd schon machen."
Einen letzten Blick auf die Kleine. Sie scheint vom Bad ermüdet, schon sinken ihr die Äuglein. Mit einem kleinen energischen Ruck wandert der rosige Daumen in den Mund. Marie berührt das flaumige Köpfchen. „Adieu, Liebling, adieu!"

Noch zwei Mal schickte die Joachimstaler Bergwerksverwaltung je einen Waggon Pechblende-Rückstand.
Von den auf vierundzwanzig von insgesamt dreitausendundvierzig Kilogramm zusammengeschmolzenen Produkten ausgehend konnte

die endgültige Ausfällung unternommen werden. Man folgt dabei stets den intensiver strahlenden Bestandteilen, operiert mit drei, manchmal mit sechs Portionen, deren Aktivität nach jedem Prozeß von neuem gemessen wird. Immer vereinigt man die Portionen gleicher Aktivität. So verliert man nicht die Übersicht.
Nach etlichen Fraktionierungen arbeitet man mit kleinsten Mengen. Das bringt große Ungelegenheiten mit sich: denn die Lösungen kühlen zu schnell aus, nach der Kristallisation kann das übrig gebliebene Wasser kaum mehr entfernt werden.
Überdies ist jeder Prozeß in dem stauberfüllten, feuchten, bald widerlich kalten, bald übermäßig warmen Raum sehr erschwert. Die Partikel von Eisen und Kohle, die in der Luft schweben und vor denen man sich nicht schützen kann, beeinflussen die zarten Instrumente, verunreinigen die mit so großer Mühe ausgefällten Produkte. Zu unserem Erstaunen stellt es sich heraus, daß, mit je aktiveren Stoffen wir zu tun haben, eine um so größere Streuung der Strahlen auftritt. Gegenstände, von denen wir nie angenommen hätten, daß sie aktiv seien, verursachen Ausschläge an dem Elektrometer. Das starke Strahlungsvermögen des Radiums muß auch sie ergriffen haben.
Wir nannten dieses Phänomen induzierte Radioaktivität.
Auch die anderen Umstände unseres Lebens waren nicht gerade leichter geworden. Pierre versah noch immer seinen Dienst als Leiter der wissenschaftlichen Experimente an der École physique. Seine Dienststunden richteten sich nach dem Stundenplan der Schule, und sehr oft mußte er, kaum daß er mit der Arbeit an unseren Instrumenten begonnen hatte, sie wieder unterbrechen, weil die Glocke zum Unterricht klingelte. Ich hatte viermal die Woche in Sèvres zu tun. Zum Glück konnte ich die lange Fahrzeit dazu benützen, meine Notizen durchzusehen, zu ergänzen und Überlegungen anzustellen. Die Sorge um das Wohlergehen meines Kindes beschäftigte mich sehr. Irene war lebhaft, und die Vorstellung, daß sie in einem unbewachten Augenblick verunglücken könnte, erfüllte mich oft mit Angst. Ich sah mich gezwungen, die Bonne einige Male zu wechseln, da ich immer fürchtete, daß es die Mädchen an der notwendigen Sorgfalt fehlen ließen.
Unser Gehalt war klein, zu klein geworden für unsere Bedürfnisse, denn unsere Experimente verschlangen viel Geld. Immer wieder

mußten wir neue Geräte anschaffen. Immer wieder gab es Laufereien quer durch Paris, um solche aufzufinden. Unsere Ausgaben überstiegen unsere Einnahmen. Pierres Vater half manchmal aus.
Im übrigen lebten wir ganz auf uns zurückgezogen. Wir gingen in kein Theater, kein Konzert, wir machten keinen einzigen Besuch. Selbst unsere Sonntagsausflüge wurden selten und seltener; wir waren froh, auch an den Sonntagen arbeiten zu können und volle Ruhe dafür zu haben.
Dennoch waren wir glücklich. Wir lebten wie in einem Traum befangen dahin.
Denn, obwohl Rückschläge nicht ausblieben und rätselhafte Erscheinungen, für die wir keine Erklärungen fanden, uns beunruhigten, waren wir sicher, daß wir uns unserem Ziele näherten.
Manchmal sprachen wir davon, wie das Element wohl aussehen werde, wenn es endlich unseren Augen sichtbar werden würde. Pierre meinte, er könne sich denken, daß es eine schöne Farbe haben werde (und ich verstand, daß er das vor allem meinetwegen wünschte). Wir redeten davon wie Kinder von einem Weihnachtsgeschenk reden, das sie von einem gütigen Vater erwarten. Aber eines Tages fanden wir unsere kühnsten Erwartungen übertroffen.
Es war spät am Abend und wir löschten das Licht, um aus unserem Hangar nach Hause zu gehen. Die Nacht war finster – es drang kein Lichtstrahl von außen herein. Ich hatte mich schon der Tür genähert – da rief mich Pierre zurück.
„Sieh dir das an“, sagte er.
Er nahm mich an der Hand.
„Dort –“
Über dem Tisch, auf dem das Elektrometer montiert war, schwebte ein schwacher, weißlicher Glanz.
Er rührte von einer Ampulle, in die wir einige Gramm mit Radium angereicherte Substanz eingeschlossen hatten.
Wir standen still, dann näherten wir uns – wir traten auf den Zehenspitzen auf, als fürchteten wir, den zarten Schimmer durch unsere Schritte zu verscheuchen. Aber er blieb, ließ sich aufnehmen – er leuchtete in Pierres hohler Hand. Dann glitt er in die meine. Wir standen und schauten. Als ich die Augen schloß, sah ich ihn immer noch vor mir. Ich dachte: Was ist das? Ein Nachbild? Nein, der Strahl durchdrang meine Lider.

(Später erfuhren wir, daß er auch Blinden sichtbar werden kann.)
Nie gesehenes Licht, aus sich selbst geboren, wie kein anderes irdisches Licht, Licht, geheimnisvoll, mächtig, alles durchdringend.
Wir, wir haben es hervorgelockt aus der Verborgenheit. Uns hat es sich geoffenbart, daß wir es erkennten. In das dunkle Labyrinth der Welt ist es eingetreten, um vor uns herzugehen und den Weg zu weisen.
Der Weg wird in die Tiefe der Welt führen, in das Unbekannte, das Sein heißt, in das Unbekannte der Strukturen, in denen Welt ist, in denen wir Welt erkennen und, weil auch wir selbst Welt sind, Ganzes als Ganzes ergreifen wollen.
Unter uns das Meer, das uns ausgeworfen hat, tief unter uns der Strand, auf dem das Leben seine dumpfen Spiele spielt, Geburt und Tod, Glück und Qual – die Welle rollt an und bringt es; die Welle rollt an und verschlingt es.
Unser der Weg, den die Welle nicht mehr erreicht.
Unser die Brücke aus Unverweslichkeit.
‚Du bist sie mir vorausgegangen.'
‚Du hast sie mir vorausgedacht. Du hast mich beflügelt.'
‚Du hast deinen Willen in meinen geflochten.'
‚Du hast meine Kraft auf die fernsten Ziele gespannt.'
‚Du hast mich gelehrt, der Fliehkraft zu vertrauen, die immer den äußersten Bogen sucht.'
‚Unsere Brücke –
deine – meine Brücke
von nie gesehenem Licht beglänzt.'
Am 23. Juli 1900 notiert Marie Curie zum erstenmal in ihrem Arbeitsbuch:
„Radium pure dans la capsule."

IX

Nicht ohne Grund hatten die Freunde Johanne Molbech, jetzt Jeanne Bloy, gewarnt, diesen Unglücksmenschen, diesen Mißgeschickten zu heiraten. Sie hatte sich damit auf ein Abenteuer eingelassen, das, so schien es, ihr nichts als Sorge, Entbehrungen und Unruhe eintrug.
Die Chronik ihrer jungen Ehe erwähnt zehn Übersiedlungen in acht Jahren: Aus der Rue Blomet 127 in die Rue Dombasle; hier wohnten sie einen Monat. Nach einem Aufenthalt in Dänemark von der Rue Dombasle in die hinterste Blomet 155; neun Monate. Danach ein halbes Jahr am Place du Carrousel in Anthony. Zehn Monate in der Rue Orléans, ebenfalls Anthony. Vom Januar bis Juli 95 Impasse Coeur-de-Vey. Drei Jahre waren ihnen in der Cité Rondelet vergönnt. Dann Hôtel de Blois, Avenue d'Orléans und schließlich neuer Auszug nach Dänemark.
Johanne hatte von ihrer Mutter aus dem Erbteil des Vaters eine hübsche und solid gearbeitete Einrichtung erhalten: Zwei Empire-Schränkchen aus Kirschholz, eine hartlehnige Chaiselongue mit dunkelolivefarbenem Überzug, einen großen Schreibtisch aus Buchsbaumholz, einen Satz mit hellem Damast überzogener Stühle. Diese Stücke waren dreißig Jahre lang in der Kopenhagener Wohnung der Molbechs am gleichen Platz, in derselben minutiösen Ordnung gestanden, fleckenlos, geschont, allwöchentlich mit Polituren aufgeglänzt. Jetzt wanderten sie in Paris von Wohnung zu Wohnung. Auf rüttelnden Wagen gefahren, von groben Händen enge Treppen emporgewuchtet, durch winkelige Korridore geschleift, standen sie in immer anderen Räumen vor grauen und rissigen Wänden, beschädigt, zerschrammt, heruntergekommen.
Einmal lagen sie eine Nacht im Regen, weil es der neue Hauswirt ablehnte, die Familie ohne Mietanzahlung aufzunehmen, und der alte, zu dem sie zurückflüchten wollten, sich weigerte, sie wieder einzulassen.

Mehrere Male waren die Möbel daran, gepfändet zu werden; einmal wanderten sie ins Leihhaus und wurden am Tag, ehe der Schein verfiel, mit geborgtem Geld wieder ausgelöst.
Trotzdem: Johanne Bloy war es nicht leid um sie.
Es war ihr nicht leid, das eigene Leben an das des Mißgeschickten gebunden zu haben.
Ihr Dasein bewegte sich zwischen Elend und Überfluß. Das Elend war sichtbar, und ihre Freunde fanden, es schrie zum Himmel.
Der Überfluß war geheim, unsichtbar, das Mysterium, das sie mit ihrem Mann teilte. Sie teilte sein inneres Leben, so gut ein Mensch das innere Leben eines anderen teilen kann, dessen Sprache nicht ursprünglich die seine, dessen Herkunft eine ganz andere und dessen Anlage in vielen Stücken der eigenen entgegengesetzt ist. Aber Johanne war hellhörig, zäh und kühn. Sie hatte die Natur eines Albatros. Diese Vögel wagen sich weiter als alle andere hinaus über die offene See. Sie schweben im Sturm und lassen sich von ihm tragen. Ihre Schwingen erlahmen nie, sie tauchen zwischen den Wellenbergen auf und ab, und kein Tropfen benetzt ihr Gefieder. Sie sind wild und meist zu stolz, sich auf einem Schiff niederzulassen, das ihnen begegnet.
Johanne war in einem Land aufgewachsen, das ihr eine nur beschränkte Existenz anwies. Des Vaters Strenge und der Mutter Engherzigkeit regierten nach einem Sittenkodex, der wenig abforderte, um desto mehr zu verbieten. Wäre sie als Junge geboren worden, hätte sie vielleicht die Welt umsegelt, hätte versucht, mit Nansen gegen den Nordpol zu ziehen.
So war sie Léons Frau geworden.
Léon hatte, als sie heirateten, zu ihr gesagt: Die Ehe ist das Sakrament, in dem die Einigkeit Gottes auf Erden nachgeahmt wird. Johanne nahm dieses Wort an. Es kam – wie kein zweites – ihrem Gefühl für Weite, Gefahr und stürmische Herrlichkeit entgegen.
So ertrug sie alles: Léons ewige Verschuldung, die dauernde Unsicherheit seiner Einkünfte, die demütigenden Auseinandersetzungen mit den Hauswirten, das Herumziehen von Wohnung zu Wohnung, das karge Essen und die schäbige Kleidung; endlich das Bitterste: daß auch die Kinder entbehren mußten.
Ein Jahr nach ihrer Heirat hatte Johanne eine Tochter geboren. Léon hatte sie Jeanne Véronique taufen lassen. Die Freunde schüt-

telten die Köpfe. Warum diesen unheilvollen Namen an diesem Kind wieder aufleben lassen? Die Frau verstand den Mann besser, sie stimmte zu. Sie wußte, was ihm die Erinnerung an jene Zeit bedeutete, und sie begriff, daß er noch lange nicht aufgehört hatte, sie zu Ende zu leben. Und wenn diese Zeit, im Namen dieses ihres ersten Kindes, in die Gegenwart hereingenommen und in ihre Zukunft eingeflochten werden sollte, so konnte das nichts weiter heißen, als daß Léon nichts von dem aufgab, was ihm einmal alles gewesen war, daß ihn kein Stein getroffen und keiner zermalmt hatte, von dem er nicht hoffte, daß sich irgendwann einmal, irgendwie Feuer des Lebens aus ihm würde schlagen lassen.

Johanne litt, aber sie war nicht unglücklich.

Léon hatte in den ersten Jahren ihrer Ehe ein Buch geschrieben: ‚Die arme Frau.' Er nannte es eine zeitgenössische Episode und es war, seinen eigenen Worten zufolge, nichts als ein großer Exkurs über das höllische Mißgeschick des christlichen Menschen, der gezwungen ist, in einer gottlosen Gesellschaft zu leben. Johanne liebte dieses Buch, aber nicht so sehr, weil es dieses Elend exemplifizierte, und die weiten Strecken, in denen es sich ‚in Spiralen von Sarkasmen, Wutausbrüchen und Beschimpfungen' bewegte, überschlug sie gern. Aber da war die Geschichte eines Paares erzählt, Leopold und Clothilde, von denen Johanne wußte, daß Léon in ihnen etwas wie ein Spiegelbild ihrer eigenen Gemeinschaft aufgerichtet hatte.

‚Die ersten drei Jahre ihrer Ehe waren von einem solchen Glück erfüllt, daß es niemand mit den gewöhnlichen Mitteln der Sprache oder der Musik darstellen könnte.

Leopold und Clothilde waren ineinander aufgegangen, wie wenn sie nur noch ein Wesen wären.

Jeder Tag brachte ihnen aus einem unbekannten Land eine schwermütige, übernatürlich sanfte und stille Freude. Sie brachte ihnen den frischen Tau der Wälder und Wiesen, den Duft der fernen Berge und weckte sie ernst zur Arbeit und zur Last des Tages.

Dann erzitterten ihrer beider Seelen, leuchtend im gegenseitigen Anschauen, so wie eine Mücke im goldenen Strahl des Lichtes zittert. Eine stille, gleichsam klösterliche Seligkeit in der Tiefe des Herzens. Was sollten sie sich auch sagen – und wozu sollten sie reden?

Der Mann war in die Ehe getreten wie ein Seeräuber mit seiner Beute in den Laden eines Wechslers. Dort hatte er seinen Geldsack, voll mit fremden und verschiedenen Münzen, ausgeschüttet. Die einen hatten Rostflecke, die anderen waren mit Blut bespritzt, und siehe, er hatte dafür die entsprechende Menge Gold bekommen, einen Strom *reinen* Goldes, der nur *ein* Bild zurückstrahlte ...'

Mit solchen Gleichnissen beschenkt, konnte eine Frau wie Johanne nicht unglücklich sein.

Freilich: Der Dichter Bloy ertrug es nicht lange, seine Geschöpfe ‚im goldenen Strahl des Lichtes' erglänzen zu lassen. Kaum hatte er ihnen nach langen Leiden diese süße Rast gegönnt, als er auch schon wieder Ungemach über sie hereinbrechen ließ:

Leopold, der Maler, wird von Blindheit bedroht.

‚Was sollte er jetzt anfangen? Seit mehreren Jahren lebte er nur von seiner Kunst und hatte auch nicht eine Minute lang daran gedacht, Ersparnisse zu machen. Ach ja, Ersparnisse! Die banalen schmutzigen Mächte, auf die sich die Niedrigkeit der Masse etwas einbildet, sind unbarmherzig. Sie verfügen über tödliche Repressalien. Als Leopold aufgehört hatte zu malen, stürzte sich das Elend auf ihn.

Es begann eine grauenhafte Arbeitssuche. Keine Andacht mehr, kein Friede in der Abgeschiedenheit. Es war aus mit dem Zelt aus blaßblauem Samt, auf der stillen Lichtung, wo sich die smaragdgrünen und korallenroten Pflanzen aus einem Stundenbuch in schwermütiger Lieblichkeit vor einem goldenen Himmel abhoben. All das war für immer vorbei. Die Seele mußte in den schmutzigen Geldsorgen, in den Eiterbeulen der gereizten Ichsucht, in den Abwässern der sogenannten Freundschaften ersticken. – Es hatte sich um ihn, Leopold, wie um die meisten berühmten Menschen so etwas wie eine Legende gebildet – eine Art Radierung, die vom Neid so tief geätzt war, daß keine Umformung des Originals daran etwas ändern konnte.

Und gleich lernten sie die äußerste Not kennen mit all der Sorge und all den Tränen: Allmählicher Verkauf geliebter Dinge, von denen man niemals geglaubt hätte sich trennen zu können, Verzicht auf bestimmte Gewohnheiten, die ein Teil unserer Seele zu sein scheinen. Und das schlimmste – man mußte umziehen.

Der hübsche, ruhige und helle Bienenkorb in der Nähe des Luxembourg war für Leopold und Clothilde der einzige Ort, der liebste Platz, die einzige Anschrift, die sie dem Glück gegeben hatten. Sie

hatten sich dort eingerichtet mit all der Liebe, mit all der Hoffnung, mit ihren Träumen und mit ihren Gebeten. Nicht einmal die düsteren Erinnerungen hatten sie von ihrem Heim ferngehalten. Sie waren in dem späteren Glück verblaßt, und die Traurigkeiten von einst mischten sich mit den neuen Freuden wie Traumgestalten, die sich in erloschenen Farben auf einem Wandteppich bewegen.
Und dann war ihr Kind dort geboren. Elf Monate lang hatten sie mit ihm dort gelebt, und sein Gnadenbild hing für sie in allen Ecken.'
Dein Gnadenbild, dein Gnadenbild, mein armer kleiner Junge... Denn nach dem Mädchen Jeanne Véronique bist du uns geschenkt worden, André-Josephe, ach, aber nur für eine so kleine Weile.
,Die langerwartete Geburt eines Sohnes war für die beiden ein größeres Ereignis als die endgültige Abschaffung der Zeit. Sie kamen sich vor, als wären sie erst ein paar Stunden verheiratet, und wunderten sich, daß sie bis dahin von der Liebe nichts gewußt hatten. Ein neuer Abgrund öffnete sich ihnen in der Tiefe ihrer Herzen – atemlos und bleich vor Sorge beugten sie sich über die Wiege eines Kindes.
Als die Unglücklichen nun ihren Zufluchtsort verlassen mußten, war diese Trennung um so grausamer, als die neue Wohnung, in welche die Not sie trieb, ihnen unheilvoll vorkam. Sie hatten sie an einem sonnigen Spätherbsttag angesehen und glaubten, in ihr wohnen zu können. Aber der kalte Regen und der düstere Himmel am Tag ihres Einzugs verwandelte sie in ihren erschreckten Augen in ein feuchtes, düsteres, giftiges Loch, das sie mit Abscheu erfüllte.
Schon auf der Schwelle des Hauses wurden sie von Angst gepackt. Die zitternde und eingeschüchterte Clothilde wickelte ihren kleinen Jungen sofort in einen Haufen Decken und Tücher ein, hatte nur den einzigen Gedanken, ihn vor der seltsam eisigen Feuchtigkeit zu schützen, und wartete darauf, daß die Packer fertig würden.
Das Unglück hockt wie ein Gespenst an feuchten Orten.
Aus dem kleinen häßlichen Keller schienen zu Beginn der Nacht schwarze Gestalten aufzusteigen, Ameisen der Finsternis, die den Fugen und Ritzen eines Parketts entlangkrochen, das mit seinen großen Dreckflecken wie eine Landkarte aussah. Das Abscheulichste aber war ein widerlicher Geruch, der in den engen Räumen schwebte und sich wie ein Rauchband entrollte. Er bildete Ovale, Spiralen

und Knoten, zog von einem Zimmer ins andere und ließ überall eine Wolke von Verwesung zurück.
Der Gestank ist ein Quartiermacher, der grausamen Gespenstern voraneilt, wenn sie aus ihren Verließen heraufsteigen dürfen, und kalte Angst begleitet ihn. Clothilde und ihr Mann mußten erkennen, daß sie an einen verfluchten Ort geraten waren, an einen dieser Schreckensorte, die in keinem amtlichen Grundbuch verzeichnet sind und wo der Feind des Menschen Karussell fährt.
Der kleine Junge, der sich seit dem Durcheinander des Umzugs nicht mehr wohl fühlte, schlief bei seiner Mutter allein in einem Zimmer des Erdgeschosses, das nicht ganz so düster aussah wie die anderen. Leopold hatte eine kleine scheußliche Kammer im Oberstock für sich. Clothilde wurde schon in der zweiten Nacht aus dem Schlaf gerissen durch heftige Schläge an die Haustür, als ob jemand versucht hätte, sie einzuschlagen. Das Kind schlief, und auch der Vater hatte offenbar nichts gehört. Der Lärm galt also nur ihr, Clothilde, allein. Starr vor Schrecken wagte sie sich nicht zu rühren. Auch am nächsten Tag sprach sie nicht darüber, aber von dieser ersten Heimsuchung blieb ihr eine tiefe Verstörtheit, die ihr das Herz verkrampfte.
Ähnliche Warnungen wurden ihr in den folgenden Nächten zuteil. Sie hörte unheimliche Stimmen; geheimnisvolle Stöße voller Ungeduld und Zorn ließen ihr Bett erzittern. Sie hatte das Gefühl, als würde sie an den Haaren gezerrt. Aber sie scheute sich, diesen Vorgeschmack eines Todeskampfes mit ihrem unglücklichen Mann zu teilen, und sie ließ einen Priester ihrer Pfarrei kommen, damit er das Haus aussegne.
Besprenge mich, o Herr, mit Ysop, und ich werde rein sein, wasche mich, und ich werde weißer als der Schnee.
Die Nacht, die dieser Segnung folgte, war ruhig, aber in der nächsten Nacht ließ ein unmenschlicher Schrei die arme Frau in ihrem Bett hochfahren, ihre Augen waren aufgerissen, ihre Zähne klapperten, ihr Herz schlug wie der Klöppel einer Alarmglocke gegen die Wände dieses Leibes, der ein Kind Gottes getragen hatte. Sie stürzte zur Wiege ihres Sohnes. Das unschuldige Kind schlief weiter, aber im bleichen Licht des Nachtlämpchens sah es so totenblaß aus, daß sie auf seinen Atem lauschte.
Plötzlich kam es ihr zu Bewußtsein, daß das Kind seit einer Woche viel zu viel schlief, daß es fast immer schlief und dabei kalte Füße

hatte. Sie unterdrückte das aufsteigende Schluchzen, nahm es sanft in die Arme und trug es zum Ofen.

Wie spät mochte es sein? Sie hat es nie erfahren. Ein ungeheures Schweigen regnete herab, eine Stille, in der man das Geräusch des Pulsschlags vernahm.

Das Kind wimmerte leise. Die Mutter hat vergeblich versucht, ihm zu trinken zu geben, es bewegt sich, scheint plötzlich ganz erschreckt, es stößt mit seinen kleinen Ärmchen gegen ein Unsichtbares, und das Röcheln seines Todeskampfes beginnt.

Clothilde wird von Entsetzen gepackt, aber sie begreift nicht, daß dies das Ende ist, sie legt den Kopf des Kindes auf ihre Schulter, eine Lage, in der es sich schon oft hat beruhigen lassen, und geht lange weinend mit ihm auf und ab. Sie fleht es an, sie nicht zu verlassen, ruft die Hilfe der jungen Märtyrer an, deren Eingeweide Löwen und Krokodile gefressen haben zur Belustigung des Pöbels. Sie hätte gerne ihren Gatten bei sich gehabt, aber sie wagt nicht laut zu rufen. Plötzlich fällt ihr das Kind vom Hals auf die Brust – und sie begreift.

Leopold, schreit sie, Leopold. Sie schreit mit furchtbarer Stimme. Unser Kind stirbt!

Später erzählte er, daß dieser Schrei ihn im Schlaf getroffen habe wie ein Steinblock einen Taucher in der Tiefe. Er kam geflogen und konnte nur noch das letzte Zittern dieses beginnenden Lebens, den letzten glanzlosen Blick dieser schönen Augen auffangen, deren reines Blau sich trübte, sich überzog wie mit milchigem Glas – und erlosch.

Im Angesicht des Todes eines kleinen Kindes erscheinen Kunst und Dichtung in Wahrheit wie große Erbärmlichkeiten.

Es ist nicht eigentlich die Begegnung mit dem Tod, die ein solches Leiden verursacht, da dieser Schlag geheiligt ist von Dem, der sich selbst das Leben genannt hat. Es ist die ganze vergangene Freude, die sich erhebt und brüllt wie ein Tiger, wie ein Orkan. Deutlicher gesagt, es ist die herrliche und trostlose Erinnerung an die Schau Gottes im Paradies, denn wir alle sind Götzendiener, o Herr, Du hast es oft gesagt. Denn Deine armseligen Ebenbilder können nur anbeten, was sie zu sehen glauben. Doch da sie Dich schon lange nicht mehr sehen, sind ihre Kinder für sie das Paradies der Lust. Alle Betrübnis des Leibes und der Seele ist ein Übel der Verban-

nung, und das herzzerreißende Leid, das sich über die kleinen Särge beugt, bedeutet nichts anderes, als daß sich die schuldige Menschheit nie über die Vertreibung hat trösten können.
Sie zogen das Kind mit ihren Händen an und legten es zum letzten Schlummer in die Wiege, die das Wort Gottes leise wiegt zwischen Sternenbildern. Dann saßen Mann und Frau einander gegenüber und warteten auf den Tag – als Waisenkinder ihres eigenen Sohnes.'
Das war eines der Kapitel aus dem Buch ihrer Ehe. Und wirklich: als ,Waisenkinder ihres eigenen Sohnes' waren sie, Léon und Johanne, eines Tages dem Särglein ihres Kindes aus dem Impasse Coeur-de-Vey zu einem Armengrab des Friedhofs Montparnasse gefolgt. Wenn es auch nicht so war, daß ihr kleiner André in einer solchen stinkenden Wohnung und nach so furchtbaren, gleichsam höllischen Warnungen gestorben war, so begriff Johanne nur zu gut, was ihr Mann gemeint hatte, als er diesen Ort des Schreckens beschrieb, der, ,in keinem amtlichen Grundbuch verzeichnet', ihm doch jene Art der Welt bedeutete, in die sich Léon mit den Seinen eingeschlossen fühlte. Leopolds Erblindung: Das Gleichnis dafür, daß er selbst für das Glück erblindet war, vielmehr, daß das Glück ihn immer übersah und daß er immer noch nicht erreichen konnte, was er doch seit mehr als zwanzig Jahren aus allen Kräften zu erreichen versuchte, so viel Erfolg nämlich, daß er hätte von seinen Büchern und Schriften leben können. Welche Anstrengungen hatte er darauf verwendet und – o Gott – mit welchen Mitteln hatte er es erzwingen wollen.
Aber es war wirklich, als gäbe es für ihn keine Brücke hinüber zum Erfolg. Er mochte anstellen, was er wollte – noch immer der kleine Bub von einst, der über die Isle zu dem alten Gardisten, dem Fischer, gelangen wollte, der Purzelbäume schlug und den Boden peitschte, endlich Steine warf, nur um jenen auf sich aufmerksam zu machen – auch jetzt schlug er Kapriolen, peitschte um sich und warf die Steine seiner maßlosen Schmähreden jedem, der ihm nur den geringsten Grund dafür gab, ins Gesicht.
Aber das Gespenst Erfolg stand am jenseitigen Ufer und rührte sich nicht.
Schlimmer: Es rührte sich wohl und feierte mit anderen seine Feste, immer mit anderen, und lud die traurigsten Strauchritter der Literatur dazu ein.

Johanne sah, wie das an ihrem Mann nagte, wie ihn der Gram vergiftete, wie es ihm den Morgen vergällte, wenn er die Zeitung aufschlug und darin Leute hinaufgelobt fand, die ihm nicht einmal das Wasser reichen konnten; wie es ihn aufbrachte, daß jede Saison neue Nichtigkeiten und idiotische Machwerke (so sagte er) mit Schwung auf den Markt warf, wenn er sie ausgestellt, zu Tausenden verkauft, mit Preisen ausgezeichnet sah.
Es war richtig: Immer wieder fand er einen Verleger, der es mit ihm wagte, ihn druckte, und seine Geschichten aus dem Krieg ‚Sueur du sang', Blutschweiß, im ‚Gil Blas' abgedruckt, wurden gerne gelesen. Aber was bedeutete das? Wenn ein Buch erschien, wurden nie mehr als zwei- oder dreihundert Stück von ihm verkauft. Sie waren rasch abgesetzt – so mußte es doch irgendwelche Leute geben, die auf Léons Werke warteten und sie, sobald sie ihnen greifbar waren, erwarben. Aber die Gemeinde vermehrte sich nicht und sie war offenbar so zerstreut, bestand aus Einzelgängern, Eigenbrötlern, so daß sie niemals eine jener Phalangen bilden konnten, deren Beifallsgetöse das Werk eines Schriftstellers ‚machen'; Léons Werk, es mochte mit welcher Lautstärke auch immer vorgetragen sein, verhallte und verlor sich im Raum. Der dicke Filz des Unverständnisses erstickte es, erstickte seinen Widerhall.
Doch wo sich einmal Beifall einstellte, dort war der sonst so mißtrauische und verbitterte Mann bis zur Schwäche gerührt.
Dann schloß er Freundschaften, überstürzte seltsame Freundschaften, schleppte die Leute an, immer wieder. „Heute abend haben wir einen Gast, Jeanne: Endlich ein *Mensch!* Du wirst sehen! Ich habe mich sogleich mit ihm verstanden, er kennt meine Bücher. Er bewundert sie. Wer weiß? Vielleicht ist das der Wendepunkt. Vielleicht haben wir nur diesen Mann nötig gehabt, um endlich aus der Misère zu kommen. Ich möchte wetten, er wird viel für uns tun."
Johanne wagte ihren Mann daran zu erinnern, daß es ihr schwerfallen werde, ein ordentliches Abendessen auf den Tisch zu stellen. Aber Léon ermunterte sie: „Nein, Liebste, diesmal dürfen wir nicht knausern. Geh doch zum anderen Metzger, ich glaube, dort sind wir nicht mehr als zehn Franc schuldig. Was sind zehn Franc? Der Mann hat hunderttausend auf der Bank. Er soll dir einen richtigen Braten geben. Und versprich dem Weinhändler, daß wir nächste

Woche zahlen werden. Nächste Woche – bis dahin kann sich manches ändern. Bring wenigstens einen Postillon blanc auf den Tisch! Hab nur Mut, Jeanne, der neue Freund ..."

Der neue Freund erschien, erschien aber meistens kein zweites Mal. Seine Versprechungen stellten sich nur zu oft als leere Redensarten heraus, manchmal war er auch gar nichts weiter als ein armer verwirrter Teufel.

Da war etwa dieser Tscheche Florian. Er hat gesagt, daß er Léons Werke in seine Sprache übersetzen wolle. Das tschechische Volk, ein frommes katholisches Volk, es werde sich um die ‚Femme pauvre', um den ‚Désésperé' reißen. Aber der Mann selbst ist merkwürdig. Er ist auch des Französischen gar nicht ganz mächtig. Unvorstellbar, wie er Léons schwierige, von kühnen Wendungen wimmelnde Sprache in dieses slawische Idiom übersetzen will, das doch, so viel weiß Johanne, derzeit noch gar nicht fähig ist, derartig Gewagt-Vielschichtiges auszudrücken. Auf Johannes Frage, ob er sich jemals schon einer derartigen Arbeit unterzogen habe, gibt er zu: Nein. Und die Frau entlockt ihm das Geständnis, daß er schon einmal in einer Heilanstalt gewesen sei.

Ein anderes Mal kommt ein Provençale, der für Léon begeistert zu sein vorgibt. Doch, da man ihm auf den Zahn fühlt, stellt es sich heraus, daß er nichts von ihm gelesen hat. Er möchte ihm nur ein Romanmotiv verkaufen, irgendeine Räubergeschichte, die er angeblich selbst erlebt hat. Und bald erfährt Bloy, daß der Bursche ganz Paris nach einem Schriftsteller abklappert, der sich seine Legende andrehen läßt; schlägt sie ein, will er dann den Rahm abschöpfen.

Dagegen ist dieser arme flämische Klosterbruder Dacien ein wahres Labsal. Er hat von seinem Prior die Erlaubnis erhalten, nach Paris zu fahren, um Léon Bloy zu sehen. Alles, was bis jetzt von ihm erschienen ist, hat der gute Mensch abgeschrieben, Wort für Wort – er zeigt das dicke Bündel Papiere her, das er in seinem weiten Kuttenärmel verwahrt hat und das seinen größten Schatz darstellt. Zum Teil bestehen die Blätter aus abgeschnittenen Zeitungsrändern, die sorgfältig aneinandergeklebt und mit einer zittrigen Krakelschrift bedeckt sind.

Der Klosterbruder wagt es kaum, neben Bloy am Tische Platz zu nehmen, er will ihm die Hand küssen und küßt jedes Stück Brot, das Madame Bloy ihm reicht. Um keinen Preis nimmt er einen

Bissen Fleisch und beim Abschied bittet er kniend, wie vor einem Heiligen, um des Hausvaters Segen.
Dann taucht dieser Maler Henry de Groux auf.
Von ihm behauptet Léon, daß er Hello gleiche, seinem lieben und unvergeßlichen Freund Hello.
Immer, wenn Léon von Hello spricht, ist er tief bewegt. Da kommt sie wieder auf ihn zu, jene Zeit der verzweifelten und grandiosen Erwartung, die sein Wesen um und um gekehrt hat und von der er einmal sagte, er sei in sie hinabgestürzt wie in einen Abgrund (,die Seele aus dem Leib gerissen, die Knochen gebrochen, zu einem Brei zermalmt, den dann ein Töpfer, *sanft wie das Licht,* umknetete und neu erschuf').
Johanne hat Hello nie kennengelernt. Vier Jahre, ehe sie Léon begegnete, war er gestorben. Doch war ihr die Rolle bekannt, die der mysteriöse Mann aus der Bretagne in der Tragödie des Jahres achtzig gespielt hatte und die vielleicht ohne ihn, ohne seine Mitwirkung niemals zu jenem furchtbaren Gipfel emporgeklettert wäre: *Er* war es gewesen, der in Léon die Gewißheit befestigt hatte, daß die Rasereien des Mädchens echte Gesichte und daß ihre Visionen echte Prophetien waren.
Hellos Bild als des dritten im Bunde der Heimgesuchten gehörte unauslöschlich mit zu den Erinnerungen, die sich Léon so tief eingeätzt hatten.
Und doch war auch diese Freundschaft schmählich zerbrochen – wie so viele andere. Als nämlich Léon, mit Annemarie alleingeblieben und an ihrem Zustand verzweifelnd, Hello gebeten hatte, ihn samt der Kranken aufzunehmen, um sie damit vor dem Irrenhaus zu retten, hatte sich Madame Zoë eingeschaltet und ebenso höflich wie bestimmt abgelehnt.
Das hatte Léon maßlos erbittert. Doch seine Empörung schwand im Nu, als er einige Zeit später hörte, der Freund liege schwer krank darnieder. Sofort schrieb er; freilich – die Antworten, die er erhielt, waren dürftig, und mit Recht nahm Léon an, daß an ihrer Dürftigkeit niemand anderer Schuld trug als diese scheußliche Zoë. Als dann Hello starb, ohne Gelegenheit gefunden zu haben, sich mit dem Freund zu versöhnen, bohrte sich in Léon der Verdacht fest, daß jener an seiner Einsamkeit zugrunde gegangen, ja, daß ihn seine Lebensgefährtin gleichsam zu Tode gequält habe.

Nun aber kreuzte dieser De Groux seinen Weg. „Er ist wie Ernest", beteuerte Léon, „genau wie Ernest. Dieselbe hohe Statur, dieselben Züge – eines Seeadlers Züge – derselbe schleppende Gang mit vorgeneigtem Oberleib, ja, dieselbe lächerliche Gewohnheit, sich immer mit dem Mittelfinger zwischen Hals und Kragen zu fahren; nur jünger ist er, viel jünger und könnte fast sein Sohn sein. Da ist nicht nur Ähnlichkeit im Spiel, da ist so etwas wie Identität. Wissen wir denn überhaupt, wer wir sind? Wissen wir denn, ob nicht jeder von uns schon einmal dem Grab entrissen ist? Bist du denn sicher, Jeanne, ob du in dir und nicht in einer ganz anderen lebst und in welcher Person das, was du wirklich bist, wirklich inkarniert ist?"

Die Frau war durch ein solches Reden betroffen und sie meinte abwehrend, sie könne nicht glauben, daß Gott eine solche Unordnung in seiner Schöpfung zuließe.

Aber der Mann war in diesem Augenblick von seiner Idee besessen. „Und die Erbsünde –?" fragte er, „könnte nicht *sie* bewirkt haben, daß wir um unser eigenes Selbst kamen?"

Die Frau schwieg, irgend etwas überlief sie. Sie hatte Angst, als es hieß, sie solle nun mit Léon zu De Groux gehen, damit auch sie ihn kennen lernte.

De Groux war Belgier, in Brüssel geboren, Sohn eines Malers aus der Milletschen Schule. Die Familie leitete ihren Ursprung aus der Bretagne her (‚Aus der Bretagne, merk auf!'). De Groux' Vater war gestorben, und der Sohn hatte sich entschlossen, nach Paris zu ziehen. Sein Hauptgepäck bestand in einem riesigen Gemälde, das er noch in Brüssel gemalt hatte, eine Marterung Christi.

Er hatte das Bild fürs erste in einem Schupfen untergebracht und bemühte sich nun, verschiedene Leute dafür zu interessieren, von denen er hoffte, sie würden ihm vielleicht weiterhelfen können.

In der Redaktionsstube der ‚La Plume' hatte er Léons Bekanntschaft gemacht und ihm sogleich, aus wer weiß welchem Grund, aus einer Aufwallung heraus, einen kostbaren Ring, einen schönen Amethyst, den er am Finger trug und den Léon mit bewunderndem Blick betrachtet hatte, schenken wollen. Léon hatte abgelehnt, aber die fürstliche Unbekümmertheit, mit der ihm dieser junge Mann das Juwel angeboten, beglückte und begeisterte ihn.

Nicht weniger begeisterte ihn das Bild, zu dem De Groux ihn führte.

„Welch ein Werk! Welch ein Maler!"
Und obgleich die Marterung Christi in Wirklichkeit ein zwar anspruchsvoll figurenreiches, aber um so mittelmäßigeres Bild war, glaubte Léon ihm die höchsten Lobsprüche zu schulden.
De Groux hatte seinen Rembrandt studiert, aber das Gedränge der Gestalten, in denen er komponierte, war eher ein pausenloses Auf-die-Pauke-Schlagen – als daß es die stillen Wunder des Lichts, in denen die Bilder des Meisters erblühen, wiederholt oder nur ahnungsweise heraufbeschworen hätte.
Zwar: Léon verfiel nicht wie so viele Literaten in den Fehler, daß er die innere Anteilnahme, die er dem Thema zollte, einfach mit den malerischen Qualitäten verwechselte, denn er gab zu: „Die Syntax des Malens, ihre Vorschriften und Methoden, ihre Gesetze, ihre Überlieferungen – ich finde nichts von alledem in diesem Bild." Aber: „Dennoch – dieser Mann ist ein Maler, so wie man ein Löwe oder Haifisch, ein Erdbeben oder eine Sintflut ist. Wie sollte er sich bei der Ausführung seiner Bilder an strenge Genauigkeit halten können, selbst wenn sie unerläßlich wäre? Man wirft ihm wie Delacroix die Mangelhaftigkeit seiner Zeichnung, die Wildheit seiner Farben vor. Man wirft ihm vor, da zu sein – und er ist da, er ist nur zu sehr, zu elementar da. Merkt man denn nicht, daß, verführe er wie die anderen Maler, deren Phantasie bloß ein Leimhafen ist, er Gefahr laufen würde, seine Seele, die wie eine Stute ohne Zügel vor ihm her galoppiert, niemals wieder einzuholen? – Denn er hat wirklich nur sie, seine Seele, seine hochherzige und fürstliche Seele. Er packt sie, er badet sie, er taucht sie ein in einen Gegenstand, der ihrer würdig ist, und wirft sie triefend auf eine Leinwand. Das ist sein ganzes Verfahren – sein ganzer Kunstgriff! Aber das ist gewaltig! Gewaltig diese blitzschnelle Intuition für die Pracht des Schmerzes, eine wildströmende Empörung über die Dummheit – und all das in Buchstaben, die groß sind wie Türme."
Groß wie Türme: Da stand nun Johanne vor dem Bild, und irgend etwas zog sich in ihr zusammen: Sie sah nur einen riesigen Fleck Leinwand, der mit einem Getümmel unausgeklärter Figuren bedeckt war – oh, weit entfernt von Delacroix! Und sie begriff, daß die dithyrambischen Lobpreisungen Léons nichts anderes waren als eine leidenschaftliche Werbung um den verlorenen und, wie er nun glaubte, wiedergefundenen Freund.

Als nun De Groux selbst kam, ein junger Mann, der aber viel älter wirkte, als er war, und als sie nun erfuhr, daß Léon ihn eingeladen hatte, nicht nur bei ihnen etwa zum Abend zu essen, sondern gleich bei ihnen zu wohnen, schickte sie sich nur mit einem ungut zwiespältigen Gefühl in das Unvermeidliche. Sie gönnte ihrem Mann die Freude dieser neuen Freundschaft, aber sie ahnte auch, daß sie ihnen allerlei Ungelegenheiten und vielleicht sogar Unheil einbringen würde.

De Groux entpuppte sich alsbald auch als recht unbequemer Hausgenosse. War er Maler wie man Löwe oder Haifisch ist –? Nun, jedenfalls brachte er eine Unmenge Malerkram in die Bloysche Wohnung. Das ihm zugewiesene Zimmer sah bald wie ein Trödelladen aus. Er rückte mit vielen Dutzenden Mappen an, in denen sich lose Blätter befanden, die bald über Bett und Tische und sogar über den Boden verstreut lagen. Er richtete etliche Staffeleien auf und borgte sich bei Madame Bloy, ohne groß um Erlaubnis zu fragen, die letzte und hübscheste Vase aus Kopenhagener Porzellan, die Johanne mit List und Tücke bis jetzt vor dem Flohmarkt gerettet hatte; in der kostbaren Vase wusch er seine Pinsel. Er bekleckerte den Boden mit zäher Ölfarbe und nahm sich nicht die Mühe, wenn er sich eine Jause mitgebracht hatte, die Reste in den Eimer zu tragen, sondern warf sie einfach samt den fettigen Papieren in einen Winkel.

Bei Tisch benahm er sich wie es ihm paßte, er schaukelte auf den Stühlen – auf den damastbezogenen hübschen Stühlen, an denen Johannes Herz hing (trotz allem!), und mit Mißvergnügen hörte sie die Fugen unter dem Gewicht des gutgenährten Belgiers knacken.

Was aber Johanne am wenigsten gefiel, war der Umstand, daß De Groux keineswegs gesonnen schien, sich mit der Syntax der Malerei, wie sie in Paris getrieben wurde, in langen und vielleicht mühseligen Studien einzulassen, – d. h. brav vor seinen Staffeleien zu stehen und sein Handwerk einzuüben, sondern daß er sich vielmehr lieber in Léons Arbeitszimmer herumtrieb und keine Ruhe gab.

Damals – 1894 – hatte Léon einen Vertrag mit dem ‚Gil Blas'. Wöchentlich einmal mußte er der Redaktion einen Artikel liefern. Er wurde nicht gut bezahlt, dennoch war diese Einnahme etwas

Sicheres, sozusagen Sicheres. Léon stöhnte zwar über die Verpflichtung, die ihm höchst lästig war: Die Suche nach einem Wochenthema, von dem er hoffen konnte, daß es den Herausgebern angenehm sein würde, beunruhigte ihn. Wie oft war er schon wach, wenn Johanne am Morgen die Augen aufmachte, und klagte, er könne seit Stunden nicht schlafen, weil ihn diese Frage quäle. Nach der Messe und dem Frühstück setzte er sich an seinen Schreibtisch und begann zu schreiben. Doch wie oft zerriß er das Geschriebene, warf es in den Papierkorb, lief in der Wohnung umher, dann wieder an seinen Schreibtisch zurück, wühlte in seinen alten Manuskripten, um vielleicht aus ihnen irgendeine Idee herauszuziehen, schlug Bücher auf, durchblätterte neue Publikationen. Endlich ein Geistesblitz. Jetzt geht die Sache zügig voran, die Feder fliegt, der Streusand knistert – nach vier-, fünfstündiger Arbeit ist der Artikel fertig. Eingesteckt und fort! Nichts als fort damit zur Redaktion. Für einen Tag fühlt man sich erlöst. Doch wenn der Artikel erscheint, ja, ehe er noch erschienen ist, fängt die Frage, die Suche, das rastlose Hin- und Herüberlegen von neuem an.

Immerhin: Es ist Arbeit, es ist Brot. Alles, worauf sich ihre Existenz gründet.

Jetzt aber hat sich dieser De Groux bei ihnen eingenistet und macht sich breit. Könnte er's nicht genug daran sein lassen, daß er sein Zimmer verwüstet und die kostbaren Sessel der Hausfrau ruiniert – (ihm nimmt sie das übel, nur Léon dürfte alles krumm und klein schlagen, von ihm ertrüge sie es und hätte höchstens Angst, daß er sich dabei weh tun könnte; aber Léon ist ja zu Hause wie ein Lamm)? Nein, er muß auch den Hausherrn bei der Arbeit stören, ihn am Schreibtisch besuchen, stundenlang schwatzen, immer in Gazetten und Zeitschriften kramen und Léons verwundetes und leicht reizbares Selbstgefühl durch endlose Debatten über literarische und politische Intrigen noch mehr aufreizen. Von allem will dieser Belgier wissen, über alles gibt er seine Ansicht kund, und Léon hört auf ihn, so wie er vor Jahren auf Hello gehört hat.

Eines Tages geschieht es dann ...

Überall in der Welt lassen die Anarchisten ihre Bomben losgehen. Bomben gegen den Zaren, Bomben gegen Gouverneure und Präsidenten, Pistolenschüsse gegen den Kaiser von Österreich. Am 9. Dezember 1893 ist in der Deputiertenkammen eine Höllenma-

schine explodiert. Alle Welt ist empört, nur der Schriftsteller Laurent Tailhade, ein guter Bekannter der Bloys, der auch manchmal bei ihnen aufkreuzt, ergreift in einem Interview die Partei der Anarchisten. Er findet es imponierend, daß sie ihren radikalen Standpunkt mit radikalen Mitteln verfechten. Er bewundert ihre Methoden, ihren Mut, ihre Unbedingtheit.
Léon ärgert sich über diese Koketterie mit dem Verbrechen, er nimmt sich vor, Tailhade bei der nächsten Gelegenheit gründlich den Kopf zu waschen.
Aber am 4. April 1894 – noch hat sich der Eclat über Tailhades sonderbare Sympathien nicht beruhigt – passiert etwas Groteskes. Tailhade sitzt mit einer Dame friedlich beim Souper im Restaurant Foyot, da platzt auch hier eine Bombe, und ausgerechnet Tailhade ist das Opfer. Mit schweren Verletzungen wird er vom Platz getragen.
Am nächsten Tag ist die Presse voll schadenfroher Kommentare, vor allem tut sich Edmond Lepelletier, Redakteur des ‚Echo de Paris' unter der Schlagzeile: ‚Eine kluge Bombe', hervor.
De Groux kommt mit dem Blatt gelaufen. „Sieh dir das an! Das ist eine Schande! Der arme Kerl liegt auf den Tod, und dies Gesindel heult Hohn und Spott!"
Léon stutzt. Im ersten Augenblick möchte er selbst über das komische Mißgeschick des Anarchistenfreundes lachen, aber dann dringt ihm dessen Unglück zu Herzen. Ist es recht, einen Schwerverwundeten zu verhöhnen, nur weil ihm ein paar Monate zuvor eine Dummheit unterlief?
„Das kannst du nicht dulden, Léon", stachelt ihn De Groux auf. „Tailhade ist ein guter Mann, hat er sich nicht neulich erst lobend über dich geäußert? Ich finde, du mußt ihm zu Hilfe kommen, du mußt seine Partei ergreifen. Ja, niemand anderer als du. Nur du kannst das, nur du kannst den Schweinen die Faust unter die Rüssel halten, wie sie's verdienen."
Léon liest Lepelletiers satirische Auslassung wieder und wieder.
„Da hast du deinen nächsten Artikel für den Gil Blas! Du kannst keinen besseren finden. O, es wird herrlich sein, die schmutzigen Bestien von ihrem Fressen zu scheuchen!"
Und De Groux läuft vor Léon hin und her und läßt ‚seine Seele wie eine Stute ohne Zügel galoppieren'. (Da war sie wieder – diese

blitzschnelle Intuition für die Pracht des Schmerzes – die wildströmende Empörung über die Dummheit!) Johanne hörte De Groux' Tiraden nebenan in der Küche, wo sie eben die Suppe für das Mittagessen (eine Handvoll Knochen und Lauch) aufs Feuer setzte, und es überfiel sie Angst, sie wußte, daß Lepelletier ein mächtiger Mann war, wußte, daß Léon, wenn er, erst einmal in Harnisch gebracht, ausholte –

Eilig trat sie bei dem Gatten ein.

Aber sie erkannte sofort, daß sie schon zu spät kam. De Groux hatte Léons Großmut bereits in Wallung versetzt.

Diese Großmut, die so schnell aufzureizen war wie der Kampfinstinkt eines Tieres, das sein Nest verteidigt; dieser Zorn, dessen Wurzel in einem alten Ekel ankerte, in Ekel und Abscheu; irgendwo hatte Léon niemals aufgehört, der Trüffeljagd der Schweine bei Fenestreau beizuwohnen und sich vor den Grunzern zu ängstigen und zu ekeln . . .

Und wie er sich damals schreiend und johlend daran beteiligt hatte, die ihm widerlichen Tiere fortzujagen und heim in den Pferch zu hetzen, so war er auch jetzt schnell bereit:

„Du sollst nicht umsonst gebeten haben, Henry, ich werde es tun!"

Und schon stürzt an seinen Schreibtisch.

Er nennt seine Invective das ‚Halali der Poeten' – und Lepelletier, freilich ohne seinen Namen zu erwähnen, aber für jedermann unverkennbar, einen schmutzigen Küster, der seit zwanzig Jahren durch allen Unrat watet.

Im Nu hat Léon das Manuskript fertig.

Ihm ist mit einem Male doch mulmig zumute, er hat das plötzliche Gefühl, eine Unvorsichtigkeit zu begehen, ‚das Gefühl, sich auf einen allzulangen, allzudürren Ast vorgewagt zu haben, unter ihm ein Abgrund, und er selbst legt Hand an das Holz'. Er will die Arbeit noch Johanne vorlesen, aber Johanne ist nicht zu Hause. Dafür De Groux. Und mit ihm zusammen trägt er das Manuskript zum Gil Blas.

Abends:

„Der kleine Albiot nahm meinen Ingwer entgegen. Er krauste die Stirn beim Lesen, die Sache kam ihm wohl gefährlich vor. Doch schließlich versprach er mir seine Hilfe, er wolle seinen Schnabel schon dafür wetzen – Ah, ich fühle mich erleichtert."

Wie ein satter vergnügter Elefant tanzt De Groux um ihn herum.
Am Abend des 10. April bleibt Léon von acht bis gegen Mitternacht in der Nähe des Gil Blas. Er vermutet eine Machenschaft der Redaktion gegen seinen Artikel. Wird man es wohl wagen ihn zu bringen? Gegen Mitternacht tritt er in die Schriftleitung ein. Da steht alles Kopf: „Was haben Sie da verbrochen, Bloy? das schlägt ja wohl jedem Faß den Boden aus!“ Guérin, der Direktor des Gil Blas, möchte sich aus dem Handel ziehen, den Artikel unterdrücken, aber Bloy erwidert plötzlich starrsinnig, er habe das Recht darauf, daß der Artikel erscheine. Cleemann, der Korrektor, bläst in sein Horn. Bloy bleibt bis zur letzten Minute, um sich zu vergewissern, daß die Arbeit nur ja bestimmt in Satz geht. Dann kehrt er befriedigt nach Anthony zurück.
‚Das Halali der Poeten‘ erscheint am 12. April.
Am 13., um zehn Uhr, läutet der Telegrammbote. Guérin telegraphiert: „Lepelletier schickt Ihnen seine Zeugen. Bleiben Sie zu Hause und geben Sie mir Antwort. Grüße Guérin.“
Zwei Stunden später die Antwort. „Bei mir niemand erschienen. Denke nicht daran, Zeugen eines Erstbesten zur Verfügung zu stehen. Duell, lächerliche Erfindung von Hanswursten, ersetze es gern durch Tritt in den Hintern. Herzlich Bloy.“
Totenblaß sitzt die Familie – De Groux miteingeschlossen – bei Tisch. Niemand spricht ein Wort. Es ist sicher: Léon kann sich nicht schlagen, er kann es nicht, ohne seine Welt, die Gesetze der katholischen Kirche, preiszugeben. Er ist nicht feig, das hat er wohl hundertmal bewiesen. Aber – wer wird ihm glauben? Ein Mann, der eine Forderung ausschlägt, muß wissen, daß er sozialen Selbstmord begeht, selbst in christlicheren Ländern als diesem gottlos gewordenen Frankreich. Hat nicht erst neulich der Tscheche erzählt, daß ein junger Offizier der österreichischen Armee, der sich aus Gründen der Überzeugung weigerte, ein Duell auszutragen, auf ausdrücklichen Befehl seines Kaisers, zum gemeinen Soldaten degradiert wurde, dieses Kaisers, der sich die ‚Apostolische Majestät‘ nennt, täglich die Messe hört und an Fronleichnam als erster hinter dem Allerheiligsten einhergeht?
Auch er, Bloy, wird degradiert werden; alle werden ihn fallen lassen.
Bis jetzt sind die angekündigten Zeugen nicht erschienen. Es wird

zwei, drei, vier Uhr des Nachmittags. Johanne hält es nicht mehr aus. Sie zieht die kleine Véronique an. „Komm, Léon", sagt sie, „gehen wir, bist du denn verpflichtet, den ganzen Tag auf diese Leute zu warten?"

Zuerst mit De Groux zusammen, dann allein, treiben sie sich in den abgelegenen Gassen von Anthony herum, verstecken sich beim Dunkelwerden in einem Café, bis das übermüdete Kind zu weinen beginnt und nach Hause ins Bett verlangt.

Es ist zehn Uhr – jetzt endlich wagen sie sich in die Wohnung zurück. Die Hausmeisterin berichtet vom Besuch zweier Herren, die darauf bestanden, daß ihnen nach vergeblichem Klopfen und Läuten die Wohnung geöffnet wurde. „Sie haben getobt", berichtet die Frau, „und immer gesagt: Er versteckt sich, er versteckt sich! Wir müssen ihn haben."

Léon notiert am 15. April:

Lacour besucht mich und läßt mich wissen, daß man – was ich schon geahnt habe – im Gil Blas über meine Weigerung empört ist. Nun müßte Albiot mich schützen und die Rechtsfolgen auf sich nehmen, daran denkt natürlich kein Mensch.

Also –? sagt Lacour und hebt die Achseln. Also!?

Es wird still im Zimmer, ich höre, wie Jeanne nebenan den Atem anhält.

Ich sage: Man hat Sie zu mir geschickt, nicht wahr?

Ja, Léon Bloy, man hat mich geschickt. – Und – ich an Ihrer Stelle würde es mir doch überlegen.

Mich zu duellieren? Nein.

Lacour seufzt und zieht einen Zettel hervor. Aha, man besteht auf einer schriftlichen Erklärung von mir. Apathisch und angeekelt schreibe ich also, daß ich unmöglich heute oder morgen tun könne, was ich gestern zu tun abgelehnt. Möge Herr Lepelletier fordern, was er wolle – er genießt auf jeden Fall den Schutz meiner Verachtung.

16. April. Glückseliger, heilbringender Tag. Von heute habe ich aufgehört, Mitglied der Redaktion des Gil Blas zu sein. Wieder einmal wendet man mir den Rücken, zynisch und gemein.

Die beispiellose Niedertracht Albiots übertrifft bei weitem meine geheimen Befürchtungen. Er hat meine Abschlachtung übernommen. Alle sind voll Angst vor Lepelletiers Ohrfeigen, also lassen

sie mich fallen, ja, man wagt mir sogar zu sagen, christliche Nächstenliebe hätte mich daran hindern sollen, ausfällig zu werden. Hätte ich wohl, nachdem ich nun einmal zum Heile meiner Seele einen so schmutzigen Broterwerb verlieren mußte, einen besseren Trost erhoffen können als das Schauspiel einer solchen Niedertracht?
17. April. Jubelrufe, Wonnetaumel – Glockengeläut des Herzens. Juhei! Man rüste die Tafel zum frommen Festschmaus des *Jammers*. Auch Cleemann verläßt mich, auch Lacour, denn nun wird es mit mir aus sein, ein und für allemal aus.
21. Unflätiges Gebelfer aus Lepelletiers Anhang. Sie wissen, wie wehrlos ich bin, und bewerfen mich aus vollen Händen mit Unrat. Nun wird sich – an meiner Statt – Guérin schlagen. Verzeih Ihnen, Herr, sie wissen nicht, was sie tun.
27. morgens. Heute soll im Journal ein Interview Jules Hurets mit Lauret Teilhade erscheinen. O Gott, du verläßt die Deinen nicht. Teilhade wird leben, Teilhade, für den ich mich aus dem Gil Blas werfen ließ, er wird gerettet, es geht ihm besser, er wird auch mich retten. Er wird mein Freund sein, muß mein Freund jetzt sein – ich kann es kaum erwarten, das Journal zu bekommen. Endlich wird mir etwas wie Genugtuung zuteil.
27. Nachmittag. Was ist das? Ich bin verwirrt. Ich kann es nicht fassen. Das Interview ist erschienen, aber ich bin darin nicht einmal erwähnt.
Brief an Teilhade, Krankenhaus der Charité.
‚Mein lieber Teilhade! Soeben das Journal gelesen, meine Bestürzung ist unsagbar. War dieser Kerl von einem Huret, dieser Journalist, ungenau in seiner Wiedergabe? Wie? Oder stimmt es, was er schreibt? Wäre es möglich, daß Sie mich unerwähnt ließen, mich den einzigen, der sich vor Sie gestellt hat – und um welchen Preis? Ich habe Ihnen mich, mein Brot und die Meinen geopfert. Und nun Ihr Schweigen in einem Augenblick, wo ich Ihretwillen in einer Flut von Kot und Dreck ersticke, entfesselt durch die gleiche Presse, die Sie verunglimpft hat? Das wäre fürchterlich. Nein, Teilhade, das ist doch ganz undenkbar. Huret ist ein gottverdammter Fälscher, so muß es doch sein, muß doch – nicht wahr? – und ganz bestimmt entdecke ich morgen im Journal eine geharnischte Richtigstellung.‘
Die geharnischte Richtigstellung blieb aus, dafür kam ein Brief

aus der Charité, in dem Teilhade schrieb, er habe wirklich vergessen, Bloy zu erwähnen, aber sein Herz habe keinen Anteil an diesem Versehen.
‚O Gott, diese Antwort ist schlimmer zu ertragen als die Hölle.'
Am 30. April findet der Waffengang Guérin-Lepelletier statt. Es passiert nicht viel. Guérin kriegt eine Schramme zwischen Daumen und Zeigefinger ab, worauf die Säbel niedergelegt werden.
Am 1. Mai ein neuer, noch armseligerer Brief von Teilhade. Er bittet Bloy – vielleicht um ihn zu versöhnen – um eine Vignette, ‚eine Ihrer wunderschönen, kalligraphischen Zeichnungen. Es würde mir eine Ehre sein, sie als Exlibris zu verwenden.'
‚Die traurige Abgeschmacktheit dieser Bitte', schreibt Léon in sein Tagebuch, ‚macht mich weich. Der arme Junge – der Tod wäre zweifellos besser für ihn gewesen.'
Am 3. Mai bringt De Groux 30 Franc, die er sich, wie er sagt, durch einen *Mord* verschafft hat. Dazu Léon: ‚Ich will es ihm glauben.' Henry verläßt uns morgen. Es bleiben uns jetzt nur noch etwa 20 Franc, um den Jüngsten Tag zu erwarten.
12. Mai. Wirrer Traum. Ich sehe mich inmitten von Toten, erfüllt vor Ergriffenheit für ihre unendliche Zahl. Und es bleibt mir das Gefühl zurück, daß ich meine endliche Rettung einem Toten, den ich nie gekannt habe, zu verdanken haben werde.
13. Mai. Das Herz des Armen ist eine düstere Festung.
Jeanne (auf dem Heimweg von der Frühmesse): Wir empfangen unsere Nahrung aus Gott, wie das Kind seine Nahrung aus der Brust der Mutter saugt. Wir hängen so gierig an der Quelle – im Dunkeln – und sind uns nicht bewußt, wie nahe uns das Antlitz ist, das uns anschaut; nur manchmal dringt etwas wie ein Leuchten durch unsere geschlossenen Augenlider. – Ja, es ist wahr, meine Jeanne, ‚dieses Leuchten durch unsere geschlossenen Lider' ist alles, was wir auf dieser Welt zu erhoffen haben, und alles, was auf dieser Welt erhofft werden kann.
18. Unser Leben ist so kärglich geworden, daß ich für Jeannes und des Kindes Gesundheit fürchten muß. Was geht in der Kleinen vor? Sie spricht, wenn sie sich allein glaubt, mit unsichtbaren, unbekannten Personen, streckt ihnen liebevoll die Ärmchen entgegen. Laut ruft sie oft: Maria, Maria! Der Ruf fährt mir wie ein Schwert durchs Herz.

Das Übernatürliche war immer so mächtig in meinem Leben, und ich trage so tiefe Wunden davon, daß es vielleicht gar nicht so verwunderlich wäre, wenn sich in dem kleinen Kind die Lichtspuren meiner vergangenen Jahre wiederfänden . . .
27. Mai. Fürst Urusow hat mir etwas Geld geschickt – Leider wandert es sofort in die Taschen unseres Fleischhauers, Gemüsehändlers, unseres Hauswirtes. Wieder stehen wir vor dem blanken Nichts.
30. Mai. Gedanken über die Prägung der Zeit. In der Genesis ist von den Tagen die Rede, in denen Gott die Welt erschuf. Jeder dieser Tage ist geprägt durch das in ihm gesetzte Werk. So müßten alle Jahrhunderte, Jahre, Tage und Stunden Prägung erfahren durch Gottes Wirken in ihnen. Wir wissen nichts davon. Der große Kosmos der Zeit bleibt uns verborgen. Wir sehen nur, wie Paulus sagt: Per speculum in aenigmate. (Wie in Spiegeln geheimnisvoll.)
6. Juni. Gott steht allein gegen alle, und so hat ein Mensch – und wäre er selbst der armseligste Sünder –, wenn er alle Menschen gegen sich hat und ganz allein steht, etwas Göttliches.
26. Juni. Kein Hemd mehr, keine Schuhe, keinen Hut, die Not wächst mit jedem Tag. Warum zeigt Gott nicht seine Hand denen, die ihn lieben? seine gütige, seine strahlende Hand?
31. Juli. Ein Unbekannter, Julien Leclercq, hat sich meiner angenommen. Er schreibt: Es lebe Bloy.
Ja, seid unbesorgt. Er lebt. Er wird leben, was man auch immer gegen ihn anstellen mag. Er wird leben, wie er gelebt hat, für seine Freunde, gegen seine Feinde. Man hat es fertiggebracht, ihn beinah Hungers sterben zu lassen. Aber was hat man erreicht? Man konnte ihn nie, auch nicht ein einziges Mal dazu bringen, daß er dem entsagte, was auszusprechen und zu verkündigen ihm auferlegt ist.
Worüber soll ich mich also beklagen? Hätte ich jemals ‚Der Verzweifelte' oder ‚Das Heil durch die Juden' schreiben können, wenn ich nicht dieses Leben, dieses dämonische Leben gelebt hätte?
– – So vergeht der Sommer.
Die alte furchtbare Drangsal der Lauferei quer durch Paris beginnt von neuem mit der ganzen unsäglichen Bürde düsterer Bilder und zermürbender Gedanken, die ich wie ein Sträfling seit ungezählten Jahren mit mir herumschleppe.
Ich stehe vor einem Buchladen in der Rue des Saint Pères, darin erblicke ich den neuesten Roman Ohnets, die ‚Ténébreuse', auf dem

Einband des Buches eine phantastische Auflagenziffer. Eben will ich mich davonmachen, da stürzen zwei junge Bourgeois herbei, einer tritt mir auf die Zehen, entschuldigt sich kaum, weist auf die ,Ténébreuse' und ruft dem andern zu: Da ist es, ein herrliches Buch! Und schon verschwinden die beiden, die Börsen zückend, in dem Laden. Ich setze meinen Weg fort, gleich einem jener Unglücklichen, die in aller Stille hingehen, um sich zu ertränken.
Ich bin fünfzig Jahre alt und weiß nicht, an welche Tür ich in meiner Bedrängnis anklopfen soll.
Geplagte Geister wandern auf dem Feld ihrer Gedanken hin und her, auf und ab –, sagte einst Hello.
Und so wandre auch ich in dieser Stadt herum, ein Gespenst meiner selbst.
Ich glaube, kein Mensch hat auf den Straßen von Paris so viel gebetet wie ich. ,Tristis incedens –' Nach einem fürchterlichen Tag finde ich mich zum Schluß vor der Pforte des Leihhauses, meiner letzten Rettung.
Seit vergangenem Sonnabend ernähren wir uns nur noch von Salat.
Ich schlafe vor Elend.
Mich verfolgt der Schatten eines Unbekannten. Ich sehe ihn im Traum auf mich zukommen, höre ihn rufen.
Wer ist es?
Ich denke, da müßte einer sein, ein Großer – Mann oder Frau – er lebt, er ist nahe, wir kreuzen seinen Weg und erkennen ihn nicht. Er bedürfte unser, wir bedürfen seiner. Wir gehen aneinander vorbei und wissen nichts davon.
Heute fuhr ich im Omnibus – selten genug kann ich mir diesen Luxus leisten. Mir gegenüber saß ein Mädchen oder eine junge Frau, ein kleines schwarzes Buch in der Hand, sie las darin, ich sah, wie sich ihre Lippen leise bewegten. Ihr Ausdruck rührte mich, er war so ernst und gesammelt wie der einer jungen Nonne beim Gebet.
Wir fuhren eine weite Strecke. Ein widerlicher Kerl hatte sich neben mich gesetzt und fixierte sie mit zudringlichen Blicken. Diese Blicke ärgerten mich so, daß ich meinen Platz verließ, mich zwischen ihn und sie stellte – wie ein Schild. Sie nahm nichts davon wahr, scheinbar ganz Andacht, ganz Hingegebensein.
Endlich schlug sie das Buch zu und erhob sich. Als sie es in die

Tasche schob, erhaschte ich etwas von seinem Titel. Es war kein Gebetbuch, keine Bibel, nur ein wissenschaftliches Handbuch.
Das Mädchen verließ den Omnibus und eilte mit langen Schritten die Rue des Écoles gegen die Sorbonne hinüber. Eine Studentin, meine Heilige, eine Laborantin, meine junge Nonne.
Ich stürzte in meine Traurigkeit hinab wie in einen tiefen Brunnenschacht.
‚Abermals Meditation über die Zeit. Hat nicht erst die Fleischwerdung des Ewigen Wortes den Schöpfungsakt vollendet? Aber da die Welt ein System unsichtbarer, sich erst allmählich der Sichtbarkeit enthüllender Dinge ist, so kann man auch sagen, daß sich die Schöpfung jedesmal dann erneuert, wenn unser Auge auf eine solche neue deutlich wahrnehmbare Tatsache fällt. Unser Hunger nach Erkenntnis, nach neuen Sichten und Perspektiven wäre also nur ein Hunger nach Vollendung der Schöpfung? Im Anfang der Genesis steht das Wort: Es werde Licht. Im Licht und durch das Licht ist die Welt geworden. Die materielle Welt ist wie eine große Faust, in der sich ein ungeheurer Schatz verbirgt. Mit allen Mitteln bemüht sich die Wissenschaft diese Faust aufzubrechen, um des Schatzes teilhaftig zu werden – des Schatzes, das auch ihr zweifellos unter der Gestalt des Lichtes erscheint. Jeanne sagt: Die Zeit ist eine Inkarnation der Ewigkeit. So ist auch jedes Licht, das uns sichtbar wird oder werden kann, eine Inkarnation unseres eigenen Durstes nach Licht.
Die erschreckende Weite der Himmelsräume über uns – was kann sie sonst sein als eine Art Spiegelung? Wir erblicken die Milchstraße, weil sie tatsächlich in der Tiefe unseres Herzens existiert, und so bliebe uns nichts übrig, als in der Unendlichkeit unserer inneren Existenz so etwas wie eine umgekehrte erhabene Astronomie zu treiben.
Aber in der modernen Wissenschaft ist dieser Zug, sich so ganz von Gott zu trennen, den ewigen Ursprung des Lichtes zu leugnen – oh, es erfüllt mich schwarzes Entsetzen, wenn ich an den Phosphorglanz der Laboratorien denke, und er scheint mir giftiger als der fahle Schimmer verwesender Substanzen auf den Schindangern. Schwarzes Entsetzen erfüllt mich, wenn ich, wie das heute geschah, davon höre, daß man Roboter baut – künstliche Menschen, die gehen, einen Autobus besteigen, grüßen und zahlen können – der Mann, der

mir davon erzählte, wälzte sich vor Lachen darüber und fand das einen herrlichen Spaß – aber mich überkam die Vision, und sie legte sich wie ein schwarzer Schleier vor meine Augen, die Vision einer ganzen Stadt, die nur von solchen Wesen bevölkert ist. Sie promenieren in den Straßen, sie treiben Handel, sie rechnen, sie ‚denken' sogar – und jede ihrer Bewegungen und jede Reaktion ihrer erstaunlichen Apparaturen wird von einem eisigen einsamen und zugleich blinden Willen regiert, der das Ende der gotterschaffenen Welt sinnt.'

X

Das Jahrhundert geht zu Ende (Zeit des Raben, Zeit der Taube). Zeitalter der Herrlichkeit!
Europa ist in eine Art Wachstum eingetreten, das an die schaumige Aufblähung eines mit zuviel Hefe versetzten Teiges denken läßt. Die dekorativen Künste, die Architektur, das Theater, die Ideen, die Politik, Projekte, Skandale: Alles wächst, quillt auf, quillt über; jeder Maßstab verschwindet unter sich tausendhaft vervielfältigendem Detail. Die offizielle Baukunst gibt den Ton an. Zweck und Grundriß werden von bombastischen Schmuckkaskaden überbordet. Das Selbstgefühl des Europäers, mit dem Blut- und Goldzoll aller Kontinente aufgekescht, tritt an zu einer einzigen, alles umfassenden Parade.
Das Straßenbild wird bunt und bunter. Die Frauen tragen sich in rauschenden, wogenden, in die Taille geschnürten Kostümen. Von ihren Hüten nicken Früchte, Blumen und die Schwingen gelber Paradiesvögel. Die Männer spazieren im Frack, mit Monokel und in Pomade dressierten Schnurrbärten. Kaffeehäuser und Restaurants, aber auch Läden und Wohnungen machen im Stil des Grand Palais. An allen Ecken werden Denkmäler aufgestellt: Bronzene Musen, marmorne Nymphen reichen in korrekte Redingots gekleideten Herren Lorbeer- und Palmenzweige.
Die Droschenkutscher tragen Zylinder aus Pappmaschee, die Soldaten stolzieren in roten Hosen, die Waffenröcke der Offiziere bedecken sich mit Goldlamé.
Die Welt beginnt dem Nervenkitzel zu leben. Die Droge und das Weib regieren. In einer Person wie Sarah Bernard findet das Zeitalter sein Idol. In einer Gestalt wie Nana wird das Geschlechtliche zur Göttin erhoben. Die Reize einer Soubrette, der Duft eines Boudoirs, der Rosenschimmer eines Dessous, die Schnellkraft eines schwarzbestrumpften Beines erregen eine Stadt, eine Welt zu wol-

lüstigen Träumen. Die Schwüle der Dampfbäder nährt serailische Illusionen. Die Lust an verbotenen Freuden flammt auf (immer flammt sie auf, ehe Blut zu fließen beginnt). Der Verbrecher schickt sich an, den Platz des Helden einzunehmen, das Mitleid mit ihm verbirgt auf unanstößige Weise die Vergötzung der Untat. Der Roman, das Chanson, die Chronik haben in ihr das große Thema gefunden. Man karessiert die Früchte des Elends, aber man hütet sich, das Elend zu lindern. Auch die Republik gewährt dem Armen nur widerwillig das erste Menschenrecht, das, sich satt zu essen. Wo man der Form nach noch an der Kirche festhält, ist der Glaube auf die Handhabung einiger alter Bräuche schmählich zusammengeschrumpft: Man fährt fort, den Dreikönigstag einzuschießen, am Aschermittwoch Stockfisch, zu Johanni Krapfen zu essen. Im weihnachtlichen Schweinebraten kulminiert das Kirchenjahr. Dem solcherart faul und satt gewordenen Formelchristentum schlägt der entschlossene Atheismus offenen Hohn ins Gesicht. Da gibt es manche Gesellschaft, die den Stolz darein setzt, ausgerechnet am Karfreitag Bälle mit großem Büffet abzuhalten: Um Mitternacht – heißt es in der Einladung – wird sich ‚das authentische Wunder' ereignen und das Signal zur Sacré-Cœur-Polka gegeben werden.

‚Oh, es ist noch lange nicht weit genug mit uns gekommen', schreibt dazu ein gewisser Léon Bloy, ‚es bleibt uns noch viel zu tun übrig, bis wir die letzte Spur des Glaubens ausradiert haben.

Ich habe noch nicht gehört, daß man alle Kreuze heruntergeschlagen und daß man die Zeremonien des Kultes durch Spektakel der Prostitution ersetzt hat.

Ich habe noch nicht bemerkt, daß man aus unseren Pfarrkirchen Ställe und Bedürfnisanstalten, aus unseren Kathedralen Konzert-Cafés gemacht hat.

Nicht früh genug liefern wir die Kindheit der Verderbnis aus, nicht gründlich genug wird der Arme beraubt, und des Vaters Gesicht wird noch nicht genug bespien.

Aber die Welt – so wie sie ist – wird uns das alles bescheren, und der ungeheuerlichste Despotismus und eine Zerstörung, die man noch nie erlebt hat, werden den Glauben und die Religion in Europa ersetzen, ich höre den Lärm schon anschwellen, mit dem sich uns diese Dinge nahen.

Schlimme Zeit des Babylonischen Weibes, das geritten kommt auf dem Großen Tier: Siehe, dein Reich bricht an.
Du schamlose Jungfrau,
du unbarmherzige Jungfrau,
du ungetreue Jungfrau –
du Spiegel des Unrechts,
du Thron der Narrheit,
du stoffliches Gefäß,
du schändliches Gefäß,
du Gefäß himmelschreiender Lästerung,
du Rose der Todesqualen,
du Turm des Hungers,
du Festung der Tränen und der verzweifelten Gelächter,
du Pforte der Unterwelt,
du Todesstern,
du Angst der Ängstlichen,
du Qual der Gequälten,
du Trösterin derer, die nicht betrübt sind:
Du Königin der Finsternisse und Traurigkeiten,
du Königin des letzten Niederganges . . .
Le siècle de la charogne. Wundert ihr euch, daß ich dieses Jahrhundert verfluche?
Wir sind so weit gediehen, daß wir nicht mehr Menschen, nicht einmal mehr Bestien sind.
Unser Geschlecht ist so entartet, daß es nur mehr ‚anständige Leute' hervorbringen kann, weiches, molluskisches Gewimmel, gleicherweise unfähig zum Bösen wie zum Guten.
Ich werde nicht aufhören, mein Wehe über euch zu rufen, und: Gebt acht. Die Stimme des Propheten ist immer die Stimme, die das göttliche Strafgericht herabruft.
Denn – ach, ich sterbe vor Hunger nach Gerechtigkeit!'

Aber:
Mitten in Paris, im Zentrum der Unruhe, das andere: Zwei Menschen in mönchischer Einsamkeit. Für sie spielt sich das Drama der Welt in der Blechkapsel eines Kondensators, zwischen den Polen eines Elektrometers, hinter der Linse eines Ocularmikroskops ab. Hier öffnen sich ihnen geisterhafte Türen.

Sie treten ein und lassen alles draußen, was sie sind. Hier treten sie ein und nehmen alles mit, was sie sind: Wo ‚nichts' geschieht, geschieht alles. Der winzige Ausschlag eines Zeigers, die flüchtige Verfärbung eines Glases: Hier ist die Welt in ihrem Kern getroffen. Unsichtbare Felder tun sich auf, über die sich unsichtbare Armeen bewegen, von unsichtbaren Kräften wunderbar formiert.
Noch verfließen die Ränder im Schatten, Kontinente, deren Umrisse sich im noch Unerreichbaren verlieren.
Aber wie damals, als die Erde noch nicht entdeckt war, der Gedanke die fernsten Küsten schon erreicht hatte, ehe ein Schiff in See stach, so ist auch hier der Gedanke dem Sichtbaren voraus.
Die gedachte Konstellation zieht das Phänomen hinter sich her wie die Flaggensignale vom Mast des Admiralsschiffes die Flotte hinter sich herzieht und die ungeschieden wogende Fläche des Ozeans mit den Figuren gezielter Bewegungen durchschneidet.

Vom Jahr 1899 an tauchen Pierre und Marie Curies Namen immer wieder in der Zeitungen auf. Der Gewinn des sagenhaften Stoffes Radium wird von Berufenen und Unberufenen kommentiert.
‚Das mysteriöse Element' heißt es, ‚hat Eigenschaften, die mit den Grundsätzen der geltenden Physik nicht zu vereinbaren sind. Wenn es wahr ist, was einige Gelehrte behaupten, daß in jedem Gramm Materie etliche Billionen Kalorien enthalten sind, so ist jedenfalls die von dem Ehepaar Curie entdeckte Substanz die erste, die diese ungeheure Annahme zu rechtfertigen scheint. Wir werden uns auf Überraschungen gefaßt machen müssen.
Schon einmal hat Curie, damals noch ein junger Mann, durch die Formulierung der Gesetze der Symmetrie so weitgespannte Folgerungen herausgefordert, daß sich Pasteur zu dem Satz berechtigt fühlte: Curies Ergebnissen zufolge muß das ganze Universum als unsymmetrisches Ganzes begriffen werden; ich neige zu dem Glauben, daß das Leben, wie es sich uns darstellt, eine Funktion der Dissymmetrie des Universums ist, oder der Konsequenzen, die sie mit sich bringt. – Soweit Pasteur.
Die neuen Ergebnisse aber, die Curie mit seiner Frau zusammen vorlegt, scheinen den gesamten Aufbau der Wissenschaften zu verschieben. Sie verändern die grundlegenden Prinzipien der Mechanik. In der Chemie führen sie zu kühnen Hypothesen über das

Wesen und den Aufbau der Atome. In der Geologie bieten sie Schlüssel zu bisher unaufgeklärten Erscheinungen. Die Entdeckung des Radiums führt zu neuen umstürzenden Begriffen von der Materie, der Energie, der Elektrizität, ja, selbst des Raumes und der Zeit.
Die praktischen Konsequenzen sind noch nicht abzusehen.
Werden sie der Menschheit zum Segen oder zum Fluch gereichen? Wir fragten Herrn Curie, ob das Radium, durch irgendwelche Zufälle in verbrecherische Hände gefallen, nicht gefährlich werden könne? Er antwortete mit der Überlegenheit des Gelehrten: Hier stelle sich die grundsätzliche Frage, ob es für den Menschen vorteilhaft sei, die Geheimnisse der Natur zu kennen, ob er reif genug sei, sich diese Geheimnisse nutzbar zu machen. Herr Curie ist der Meinung, daß die Menschheit mehr Gutes als Böses aus den neuen Entdeckungen gewinnen kann.
Wir stimmen dieser optimistischen Auffassung von Herzen zu.‘

Das Feuerwerk der Großen Jahrhundertfeier wird auf dem Marsfeld, über der Cité, am Bastillenplatz und auf der Place de la Concorde abgebrannt. Ganz Paris erwartet die Stunde, da das alte Jahrhundert endgültig abtritt und das neue seine Regentschaft beginnt. Die Zeiger rücken der Mitternacht entgegen, und jedes Herz schlägt im Takt der verrinnenden Sekunden. Jeder glaubt sich beteiligt an dem Vollzug der Zeit, jeder hängt sich mit Bangen und Hoffen an das Gewicht der Stunde, das mit dem Zwölfuhrschlag zu einem neuen Anfang, einer neuen Weltzeit emporschnellen wird.
Betrunken, taumelnd, von einer dunklen, süßen und dabei angstvollen Raserei erfüllt, wankt die Menge auf Straßen und Plätzen. Männer, Frauen, Kinder, Greise – sie tanzen, singen, schreien – sie fassen einander an den Händen, reißen einander fort und umkreisen ein körperloses Etwas, das wie eine sterbende Flamme sich duckende, zuckende, im Funken eines letzten Atemzuges verglimmende Jahrhundert.
Schlagt, ihr Glocken, flammt, ihr Feuerwerke, hoch und höher, heller, immer heller – berstet in Garben, knallt und knattert! Tausend Sonnen, fallet über uns, Millionen Sterne, überschüttet uns! Die nächsten Dinge werden besser als die letzten sein!
Am Boulevard Kellermann, in der neuen Wohnung der Curies ist

es sehr still. Pierre und Marie verbringen den Abend allein. Sie haben wie gewöhnlich gelesen, gearbeitet, gerechnet. Erst um zehn Bücher und Hefte geschlossen. Pierre hat eine Flasche Wein geöffnet und einen Champagner kalt gestellt.

Marie ist zu der kleinen Irene hinübergegangen und hat sich vergewissert, daß das Kind fest schläft.

Beide sind wenig gelaunt zu feiern und unterziehen sich beinahe nur aus Pflichtgefühl einer künstlichen Mußestunde.

Sie wissen, die ganze Stadt, die ganze Welt fiebert dem Eintritt des neuen Jahrhunderts entgegen, und es käme ihnen beinahe unanständig vor, nicht mitzufeiern, sich der Erwartung zu entziehen. Aber ihre Nerven, an Erwartungen ganz anderer Art gewöhnt, erzittern kaum. Wäre der Vater doch hier, der alte Doktor Curie, der jetzt so oft bei ihnen zukehrt, manchmal drei Tage der Woche bei ihnen wohnt – ihm ist das Haus in Sceaux seit dem Tod der Frau zu leer geworden –! Aber Doktor Curie ist zu Jacques nach Montpellier gefahren. Freunde – vielleicht hätten sie Freunde einladen sollen. Doch Bronia und Dluski wohnen nicht mehr in Paris. Und mit Bémont, Debierne und Sagnac und wie sie alle heißen, mit denen sie in letzter Zeit häufig zusammentrafen, verbindet sie nichts als gemeinsame wissenschaftliche Interessen. Das ist sehr viel, aber, wie es scheint, doch zu wenig, um diese Nacht gemeinsam zu begehen. Zum erstenmal fühlen sie ihre Einsamkeit als Leere.

Sie haben das Licht gelöscht. Eine Weile sitzen sie nebeneinander auf dem Sofa im Dunkeln. Aus dem in den Kamin eingebauten eisernen Ofen fällt ein schwacher rötlicher Flackerschein auf das Parkett. Pierre legt den Arm leise um Marie. Er möchte sie küssen, doch er weiß im voraus, ihre Lippen werden spröd und kühl bleiben und, wenn er sie an sich zieht, wird sie leise aufstöhnen: In ihren Gelenken zuckt es von rätselhaften Schmerzen. Nicht einmal ihre Hände wagt er mehr ohne Scheu in die seinen zu schließen: Ihre Fingerkuppen sind sonderbar verhärtet, die Haut löst sich von ihnen, die Nagelbetten sind entzündet. Immer wieder geschieht es, daß die Frau bei einer unvorsichtigen Berührung zusammenzuckt, nur mit Mühe ein Ächzen verbeißt – ihre Hände verkrampfen sich – was ist mit ihren Händen geschehen? Sind es die Wirkungen der Säuren, mit denen sie operiert, oder liegt hier etwas ganz anderes vor?

Im letzten Jahr war Marie sehr krank. Sie hat ein Kind erwartet – und sie schien glücklich darüber, obgleich es gewiß die Last des täglichen Lebens, die auf ihr liegt, um ein neues Gewicht vermehrt hätte. Aber im Vertrauen darauf, daß ihre erste Schwangerschaft trotz der schweren Arbeit, der sie sich damals unterzogen hatte, gut verlaufen war, hat sie wie damals auf jede Schonung verzichtet. Eines Tages ging alles in einem Blutsturz zu Ende. Das Kind, im fünften Monat schon, ein Mädchen, atmete nicht einen Augenblick. Marie bestand darauf – sie wollte es sehen. Als man ihr die arme Frucht reichte, erstarrte ihr Gesicht. Sie schloß die Augen und drehte sich stumm zur Wand.
Sie weinte nicht, auch später nicht. Dem Mann war das unheimlich, und er konnte das Gefühl nicht loswerden, daß Marie in diesem Augenblick etwas Unergründliches zugestoßen war. Eines Tages sagte sie zu ihm: „Ich weiß, wer es getötet hat." Aber auf Pierres entsetzte Frage: „Getötet? Wer sollte es denn getötet haben?" gab sie keine Antwort.
Manchmal stellte er mit einer gewissen Verwunderung fest, daß sich auch ihr eigenes Verhältnis geändert hatte. Seit sie zusammen arbeiteten, sprachen sie kaum mehr miteinander wie früher. Damals waren sie nicht müde geworden, einander gemeinsame glückliche Erinnerungen wachzurufen: Wie sie einander gefunden hatten – ihr erster Kuß – ihre ersten Umarmungen – kleine heitere Szenen aus der Zeit, da sie ihre Wohnung eingerichtet hatten; jetzt zehrte die Arbeit sie auf, zehrte jedes andere Gespräch zwischen ihnen auf. Das Kind! Ja, das Kind war da; in seiner Gegenwart konnte es vorkommen, daß sie, wenn sie sein Spiel beobachteten, wenn sie seinem kauderwelschenden Geplapper lauschten, einen Augenblick vergaßen. Aber gleich war das andere wieder da, und es war oft, als hätte sich ihre Gemeinschaft – dieses einst so selige Ineinander von Du und Du – in das unentwegte Kreisen um die Rätsel der strahlenden Substanzen aufgelöst. Dieses Kreisen riß sie fort, umschloß sie wie mit Ketten. Sie konnten ihm nicht mehr entfliehen. Es schirmte sie wie Wände gegen außen ab. Was Menschen Leben und Welt nennen: Lust, Glück, Spiel – es blieb draußen, immer weiter draußen und versank ihnen wie hinter einer Nebelwand.
Manchmal empörte sich ihre Natur gegen die Tyrannis dieser Arbeit: Wenn sie sich krank fühlten und keine Zeit hatten krank zu

sein, weil ein Experiment, das sie begonnen hatten, unbedingt zu Ende geführt werden mußte, wenn sie ausgehöhlt und erschöpft nach Hause kamen und sogleich wieder aufbrechen mußten, um in das Labor zu eilen – da geschah es dann, daß Pierre sagte: Was haben wir uns für ein erbärmliches Leben ausgesucht! – Daß Marie ausrief: Ach, daß ich doch nie an dieses Radium gekommen wäre! – Doch in der nächsten Minute schon waren ihre Schwäche, ihre Schmerzen, ihr Überdruß vergessen oder vielmehr aufgezehrt, aufgezehrt von dem unersättlichen unverwandten Trieb, die Probleme weiter zu denken, weiter zu treiben und die in ihnen verschlossenen Geheimnisse trotz allem, allem, allem zu durchdringen.
Aber in dieser Stunde, der letzten des Jahrhunderts, möchte Pierre doch, daß es anders wäre: Ein Besinnen, ein Hinausblicken auf die Lebenslandschaften der vergangenen Jahrzehnte – er fühlt durch das Schweigen der Frau hindurch ihre Gedanken in die immer gleichen Geleise einschwenken: Atomgewicht, Zerfallszeit, Sättigungsstrom ... Marie, wir sollten uns doch heute erinnern, an anderes erinnern, dankbar, wunschlos! „Denkst du noch an die Aube? An den kleinen Gartenhof, an unsere Fahrten ins Altwasserdickicht? Das war vielleicht unser schönster Sommer. Damals schien die Zeit stillzustehen."
„Ach ja."
„Oder damals, als wir an der Truyère waren, du und ich ..."
Es war vor vier Jahren, kurz nachdem sie geheiratet hatten – jener Sommer – wie weit liegt er hinter ihnen. Sie waren den ganzen Tag auf ihren Rädern unterwegs gewesen, glücklich wie Kinder, trunken von der Schönheit der Landschaft. Nun wurde es Abend, und das Dorf, in dem sie zu nächtigen vorhatten, war noch weit. Sie kamen an einen Kreuzweg, er war unbezeichnet, sie wählten auf gut Glück, aber der Weg, den sie nahmen, zuerst ein Sträßchen, dann ein Saumpfad, konnte der rechte nicht sein, er führte in eine Schlucht hinab.
Es kümmerte sie wenig, ob sie ihr Ziel erreichten. Es war so schön hier! Sie sahen ein goldenbraun schimmerndes Wasser unter sich, das Flüßchen Truyère, Felsblöcke traten aus dem Wald hervor, in dem seit undenklicher Zeit keine menschliche Hand gerodet zu haben schien, Moospolster schimmerten wie mit goldenem Staub bepudert, über ein Felsband stäubte ein Bach und verlor sich unter den Fiederschirmen der Farne.

Es war ganz still um sie, und sie vernahmen nichts als ihre eigenen Schritte und das metallische Klinkern der Räder, von denen sie abgestiegen waren.
Auf einmal sagte Pierre: „Horch – ich höre etwas!"
Sie blieben stehen und lauschten.
Zuerst war nichts, und Pierre glaubte schon, sich getäuscht zu haben, aber dann begann es wieder: Ein ferner melodischer Ton, der aus der Schlucht hervordrang, von weit oben zu kommen schien und sich langsam näherte.
Sie standen und horchten, und unwillkürlich legten sie die Räder ins Gebüsch und blickten hinab auf das Wasser, das den Ton herantrug.
Jetzt hörten sie deutlich, was es war: Ein Lied, von vielen gesungen, Männern und Mädchen – eine vierstimmige Melodie.
Hinter der Biegung des vielfach gewundenen Flusses tauchte ein langes Boot hervor, Ruder bewegten sich im Takt. Die weißen hohen Hauben der auvergnatischen Bauernmädchen leuchteten herauf, ihre lavendelblauen Schultertücher. Dazwischen saßen die Männer, in dunklen Röcken, die breitkrempigen Hüte aus den Stirnen geschoben. Sie sangen ein altes Volkslied. Die Bässe hielten die Melodie, um die sich die hellen Stimmen der Mädchen in immer gleichen, zärtlich lockenden Figuren rankten.
„Aï, boules pas na claouré, lo-lo-belo.
Ai, ah, lo belo!
Ai boules pas claouré?
Lo lo lo.
Passo pel prat, poulotto.
Yeu passorai pel bouos.
Quon soras o le cledo,
M'esporas se vos –
Lo-lo-belo!"
Dieser weithinschallende Ruf, in dem das Lied schloß, stieg von einem einzelnen Sopran hoch und höher getragen empor und endete in einem langen, vogelhaft entzückten Jubelruf.
Da war das Boot vorüber und hinabgeglitten und verschwand hinter der Laubwolke, in dem sich der Wald gegen den Wasserspiegel hinabneigte.
Pierre und Marie lauschten ihm nach. Aber das Boot entfernte sich

rasch, und als das Singen wieder begann, wehte der Ton nur wie ein zitternder Widerhall über das Wasser her.
„Hast du das Lied verstanden?" fragte Pierre. „Es ist eins dieser alten Hirtenlieder, die nur noch in der Auvergne gesungen werden. Mit ihnen rufen die Hirten einander von Berg zu Berg.
Es lautet:
‚Hast du deine Herde heimgetrieben?
Ich gehe durch die Wiese, geh du durch den Wald.
Wenn du zur Hürde kommst, warte meiner!
Warte meiner, wenn du willst.'
– Danach waren sie noch lange unterwegs. Als sie das Dorf erreichten, in dem zu nächtigen sie gedacht hatten, war es so spät, daß sie nicht mehr wagten anzuklopfen. Sie verließen die schlafende Siedlung und wanderten weiter. Die Nacht verging. Der Mond erhob sich über die Hochfläche und überflutete sie mit seinem unwirklichen Licht.
Gegen Morgen begegneten sie ein paar Bauernfuhrwerken – sie mochten zu sehr entlegenen Äckern unterwegs sein. Die Pferde, die offenbar noch niemals Fahrräder gesehen hatten, scheuten vor ihnen.
Pierre und Marie verließen den gebahnten Weg und wichen querfeldein aus. Langsam ausschreitend schoben sie ihre Fahrzeuge durch das tiefe, vom Tau schon nasse Gras.
Sie kamen an ein offenes Gehege, da weideten Kühe. Als die Wanderer sich näherten, kamen die Tiere heran. Sie standen da, groß, wie aus Urzeit, silberner Dunst umfloß sie, sie drängten ihre Köpfe über den weidengeflochtenen Zaun und betrachteten die Fremden ruhig und ernst aus nachtdunklen Augen. –
Die Pendule schlug elf. Ihr dünner zitternder Ton durchschlug die Stille. Letzte Stunde des alten Jahres, letzte Stunde vergangener Weltzeit.
Pierre und Marie saßen immer noch nebeneinander. Die Glut hinter den Ritzen des kleinen Ofens sank zusammen. Die Frau beugte sich seufzend vor. Sie hatte das Glas, das vor ihr stand, mit Wein gefüllt, noch kaum berührt.
Der Mann empfand, welche Unruhe sich in ihr regte.
Er wartet eine Weile. Dann sagte er: „Errate ich, Marie, was du jetzt möchtest?"

Sie bewegte sich. Sie antwortete nicht sofort und dann mit einer Frage: „Und du?"
Der Mann ließ ein paar Sekunden verstreichen. Dann erhob er sich und sagte: „Also wollen wir gehen."
Sie nahmen die Mäntel. Marie schlug sich einen Shawl um den Kopf.
Auf einmal hatten sie es eilig.
Die Nacht war mild. Ein leichter Frost legte einen dünnen Eishauch über das feuchte Pflaster. Sie bogen sogleich nach Norden ein, in die Richtung, die sie immer nahmen, wenn sie zu Fuß zur Arbeit gingen. Die Strecke war beträchtlich, und sie mußten sich sputen, wenn sie um Mitternacht in der Rue Lhomond sein wollten.
Im Hangar schlugen sie kein Licht. Schon von der Tür aus sahen sie die Ampullen leuchten – nebeneinander aufgereiht, geisterhaft, weißliche Elmsfeuer. Sie traten hin und ließen ihre Blicke wandern: Es war zwölf.
Ihr Hort, ihr Reichtum, ihre Beute! Beute aus der geschlossenen Faust des Seins.
Über der ganzen Stadt erhob sich Geläut, Geschrei, erhob sich in tausend Garben berstend das Große Feuerwerk. Ein Widerschein davon auch über dem Hof, dem Hangar. Der Himmel rötete sich, und das Flackern wie einer riesigen Feuersbrunst ließ das Licht aus den Ampullen für einen Augenblick erbleichen.

In einem kleinen Haus der dänischen Stadt Kolding, nahe der Meeresküste, an die ein schwarzer Wind die bleich schäumenden Wogen der See antrieb, wachte Léon Bloy mit Johanne die Mitternacht heran.
Er hatte sich entschlossen, nicht in die kleine traurige Kirche zu gehen, in der um zwölf Uhr für die wenigen Katholiken, die hier wohnten, eine Messe gelesen werden sollte. Er hatte das Empfinden, in dieser Stunde allein bleiben zu müssen, allein mit Johanne, allein mit seinem Gott und seiner tiefen, ihn wie ein Brunnenschacht verschlingenden Schwermut.
Er dachte an seine Eltern, an seine Freunde, an seine toten Kinder: Er hatte alle verloren, die Lebenden mehr als die Verstorbenen. Lebt wohl, alle ihr mir Entrückten, ihr in Gottes Frieden und Barmherzigkeit, ihr anderen in der Welt und in dem Elend dieser Welt.

Auch du, Annemarie, Véronique dort, wo du immer noch lebst, armer Schatten im Schattenreich, ohne Bewußtsein, erinnerungslos –, graues Gespenst, von dem die Oberin nur zu berichten hat, daß es sehr sanft und immer voll Traurigkeit ist.
Lebt wohl, ihr bitteren Jahre der Gefangenschaft, der Verfolgung, des Hungers und der Verzweiflung. Lebt wohl, ihr süßen Stunden der Entzückung und Erleuchtung, lebt wohl ihr ungezählten Augenblicke übernatürlicher Tröstung! Ich weiß, daß ihr die Ketten zerbrecht, mit denen ihr wie Galeerensträflinge in das finstere Unterdeck dieses elenden Jahrhunderts geschmiedet gewesen seid, daß ihr droben, wo keine Stunde schlägt und kein irdisches Maß mehr mißt, in seliger Freiheit ewig währt, ewig. Ewig.
Gottes Zeit: Allezeit. Und wenn die Sonne verglüht und dieser Stern zu Staub zerfallen sein wird, wird das Auge wachen, das uns erweckt hat, das uns berief, Seinem Blick zu begegnen und in Ihm zu bestehen.

XI

Im Jahr 1900 findet in Paris ein physikalischer Kongreß statt. Die Curies können zum erstenmal vor großem Publikum, von einer internationalen Elite von Fachgelehrten über die gefundenen aktiven Substanzen berichten.

Von nun an ändert sich ihr Leben.

So einsiedlerisch-introvertiert es bis jetzt gewesen ist, so sehr wird es jetzt von Öffentlichkeit überflutet. Mit etwas wie dumpfem Erstaunen nehmen Pierre und Marie wahr, daß sie fast über Nacht berühmte Leute geworden sind. Jeder neue Tag beweist ihnen das von neuem. Berühmtsein: das heißt (schon am Morgen geht es damit an), daß statt eines Briefes zehn oder mehr im Kasten stecken. Sie stammen von Physikern, Chemikern, Instituten; aus aller Herren Ländern regnen Zuschriften: Anfragen, Bitten um Radium, ergänzende Berichte. Die eigene Arbeit, in der sie sich bis jetzt verschlossen gehalten hatten wie in einer von innen erhellten, aber nach außen hermetisch abgeschlossenen Zelle, ist plötzlich die Sache Unzähliger geworden. Aus der Zelle wird offenes Feld, und es erstreckt sich weit über Paris, über Frankreich, ja, über den Kontinent hinaus; an allen Ecken wird daran gearbeitet, in allen großen Zentren sitzen Leute, die irgend etwas dazuzusteuern haben: Gleichartige Beobachtungen werden gemeldet, Fragen gestellt, die neue Fragen aufrollen; Gesichtspunkte zur Diskussion empfohlen, die aus anderen Zusammenhängen die radiologischen Phänomene beleuchten – ein erregender Vorgang: Zusammenschluß, Kreuzung, These, Antithese. Das alles muß durchdacht, gesondert, geprüft, verarbeitet werden.

Das Feld erweitert sich ins kaum Überblickbare. Die Arbeit überbordet alle Grenzen, sie steigt wie der Horizont eines gebirgigen Landes vor ihren Augen auf, auf sie zu.

Aber die Briefe, die die Post bringt, stammen beileibe nicht nur von Fachgelehrten. Glückwunschbriefe früherer Freunde, weitentfernter Verwandter (Ach, Himmel, der lebt auch noch!); Erinnerung an längst vergessene Bekanntschaften (Wenn ich nur wüßte, wer das ist!); Bettelbriefe, mit öden Lobhudeleien verbrämt. (Arme Menschen! Wenn sie ihre Bitten nur nicht mit so viel Unsinn vorbringen wollten!) Zahllose Zuschriften verhinderter Erfinder, aber auch Warnungen, ja sogar Drohungen und schließlich ganz verrücktes Zeug. (Hör dir das an! Ein Mann in Texas will ein Rennpferd nach dir benennen!) Natürlich auch die unausbleiblichen Bitten um Autogramme.

Anfangs sind Pierre und Marie zu schüchtern und zu gutmütig, um diese Briefflut unbeantwortet zu lassen. Bald stumpfen sie ab. Sie sondern das Wichtige vom Unwichtigen, lassen dieses in den Papierkorb wandern. Woher sollten sie auch Zeit und Ruhe nehmen, jeden einzelnen dieser Vielzuvielen anzusprechen?

In ihrem Hangar, in dem sie so lange unbehelligt arbeiten konnten, geht es jetzt lebhaft zu. Alle Augenblicke erscheinen Neugierige, stellen Fragen, bestaunen die Geräte, von deren Zweck und Anwendung sie nicht den leisesten Schimmer haben. Ihre Neugier sammelt sich vor allem auf Marie. Eine Frau, die freiwillig so schwere Arbeit leistet – sich abschindet – in häßlichen, von tausend Flecken besudelten Kleidern, die Hände von Säuren zerfressen, ohne Rücksicht darauf, daß ihr Teint Schaden nimmt! Wer kann so etwas verstehen? Eine Heldin? Mag sein. Aber selbst die Jungfrau von Orléans dürfte sich um einen kleidsamen Harnisch bemüht haben, ehe sie ihren Heeren voranritt ...

Fast täglich bringt man den Curies Zeitungen, die ihren Namen erwähnen, über ihre Entdeckungen berichten. Doch diese Berichte sind meist so verkehrt, daß sie sich daran gewöhnen, die Publikationen überhaupt nicht zu beachten.

Sie könnten nun alle Tage Gäste bei sich empfangen, alle Tage haben sie irgendwelche Einladungen zu beantworten. Sie gelangen bald dahin, die meisten abzulehnen. Nicht immer können sie absagen. Etwas liegt ihnen am Herzen: Sie hoffen, von einflußreichen Leuten Hilfe zu erlangen. Der Hangar ist eine gar zu schlechte Arbeitsstätte. Was sie brauchen, wäre ein Labor mit allen notwendigen Hilfsmitteln, ein Raum – oder mehrere – in dem sie nicht winters frieren und sommers vor Hitze fast verschmachten, in dem

vor allem – das wäre ihnen das Dringendste – die heiklen Apparaturen vor Staub und Feuchtigkeit geschützt werden könnten.
Doch es scheint schwer, ja unmöglich zu sein, vom Staat oder von irgend einer Körperschaft dieses, was ihnen doch das Erste und Einfachste erschiene, zu erreichen.
Man bietet Pierre Auszeichnungen an, er verzichtet darauf; er braucht keine Orden, was er braucht, ist ein Labor.
Die Erzeugung des Radiums wird nun auch industriell betrieben. Ein unternehmungslustiger Mann, Armand de Lisle, hat seinen Betrieb in Nogent sur Seine dafür zur Verfügung gestellt. Hier wird die Pechblende massenweise verarbeitet, den Curies obliegt lediglich die feinere Fraktionierung. Jetzt steht ihnen auch ein größerer Mitarbeiterstab zur Verfügung. Der junge Debierne hat schon 1899 eine neue radioaktive Substanz, Aktinium, entdeckt. Dieser Entdeckung folgt die des Thoriums – nun sind es schon fünf: Uran, Polonium, Radium, Thorium, die Mendelejewsche Tafel der Elemente füllt sich, die strahlenden Substanzen bilden in ihr eine eigene Familie, eine Art Dynastie, in der das Radium durch seine einzigartige Strahlungsstärke den hervorragendsten Platz einnimmt.
Sie setzt sich aus verschiedenen Strahlengruppen zusammen, die als Alfa-, Beta- und Gammastrahlen bezeichnet werden. Die positiven Gammastrahlen pflanzen sich geradlinig fort, sie sind durch kein magnetisches oder elektrostatisches Feld abzulenken, ihre Durchdringungskraft ist ungeheuer. Man muß sie durch sieben Zentimeter dickes Blei, durch neunzehn Zentimeter dickes Eisen und durch eine anderthalb Meter tiefe Wassermasse hindurchschicken, ehe sie nur ein Prozent ihrer Wirksamkeit einbüßen. Die Betastrahlen haben als negativ geladene Elektronen zu gelten, die von den aktiven Substanzen mit einer Geschwindigkeit ausgeschleudert werden, die fast neun Zehntel der Lichtgeschwindigkeit erreicht. Doch die wunderlichste Beschaffenheit weist die Alfastrahlung auf. Eines Tages gibt der englische Gelehrte Rutherford Nachricht, daß es ihm gelungen sei, diese Strahlung in einer Art Falle aufzufangen, in der Falle fing sich Helium. Helium, dieses nach der Sonne benannte Element, das im Spektrum des Gestirns in so ungeheuren Mengen erscheint – bei diesem eingefangenen Helium kann es sich um nichts anderes handeln als um ein Spaltprodukt des Radiumatoms. Was Pierre und

Marie schon geahnt haben, als sie begannen, das von Becquerel entdeckte Phänomen zu untersuchen: hier findet die Umwandlung des Atoms in ein anderes statt; hier zeigt es sich, daß auch die letzten unveränderlichen Bausteine, für die man die Elemente gehalten, nicht in Ruhe, sondern in Verwandlung begriffen sind. Die scheinbar unangreifbare, jedem Zugriff trotzende Materie – die Bastion, hinter der sich die materielle Welt bis jetzt in Undurchdringlichkeit verschanzt hat, entpuppt sich als Bewegungsspiel, das mit der Geschwindigkeit von tausenden Kilometern in der Sekunde Partikel aussprengt, aus Strukturen hervorschießt, die Strukturen selbst verändert und das alles spontan, unbeeinflußbar, unaufhaltsam, ein endloser, irgendwann einmal in Gang gesetzter Prozeß. In einem Milligramm Radium zerfallen in der Sekunde siebenunddreißig Millionen Atome, in der gleichen Menge Uran nicht einmal eines, darum strahlt Radium millionenmal stärker als Uran, und jedes andere der strahlenden Elemente strahlt stärker als dieses, aber weniger als jenes, und es ist sicher: eines ist aus dem anderen hervorgegangen. Bei dem letzten Zerfallsprodukt, Blei, hat sich die Strahlung erschöpft, wie sich die Lebenskraft einer alten, unendlich alten Familie erschöpft hat, es gibt nichts mehr ab, ist erloschen, ist tot.

Aus den verschiedenen Strahlungsrhythmen der aktiven Substanzen gewinnt der menschliche Geist zum erstenmal etwas wie eine Uhr, an der sich das Alter der Erde, vielleicht des ganzen Kosmos ablesen läßt.

In einem einzigen Stück Gestein, in dem sich Uran und Blei nebeneinander befinden, ist diese Uhr enthalten, das geheimnisvolle Räderwerk, das irgend einmal in Gang gesetzt wurde: Mehrere Milliarden Jahre schon läuft es ab, wird deren noch mehrere laufen.

Der menschliche Geist erschaudert vor diesen Begriffen, ihn schwindelt, doch nur einen Augenblick lang. Denn schon stellt sich ihm – dem Unersättlichen – die Frage: Und was war vorher? was wird nachher sein? Nachher, wenn die gleichmäßige Verteilung aller Energie etwas wie einen absolut ereignislosen Zustand heraufgeführt hat?

Hier tut sich ein Abgrund auf, den kein Gedanke überbrücken kann und in den alles Denken versinkt.

Denn dahin, da die Weltenuhr noch nicht in Gang gesetzt war, und dahin, wo ihr Räderwerk nichts mehr zu messen finden wird, reicht Nichts, auch das Naturgesetz nicht mehr, nicht einmal das der Gravitation, nicht einmal das von der Erhaltung der Energie, nicht Zeit, nicht Raum, nicht einmal mehr die Mathematik, die doch auch in ihren kühnsten Konfigurationen noch immer auf dem Begriff der Identität bestehen muß.

Die vergöttlichte Natur (sie *war* unsere Göttin) – läßt uns im Stich.

Milliarden Weltzeitjahre – aber sie trösten nicht über die Unausdenkbarkeit des Vorher, noch weniger über die Unvorstellbarkeit des Danach, und, wie genau wir auch wußten, daß nichts von uns bleibt als Staub, erfüllt uns jetzt Entsetzen über das große Umsonst.

Nicht, daß wir darüber reden. Diese Dinge sind noch nicht reif, wissenschaftlich formuliert, rechnerischen Beweisverfahren unterworfen zu werden. Nicht einmal im kleinsten Kreis, nicht einmal zwischen uns, Pierre und mir, wird dieses Umsonst mit einem Wort berührt. Es ginge gegen die Ehre, Vages auszusprechen. Aber immer wieder geschieht es, daß Stille einbricht in unsere Gespräche, jene Stille, die die Ahnung anzeigt, in die sich nichts mehr vorwagt, vor der der Geist zurückschaudert –

aus der aber die mit Witterung begabte Vernunft etwas wie einen fernen Lärm heraufschwellen fühlt, das Heranrauschen unwägbarer Schrecknisse.

Schrecknisse, die sich als Triumphe einführen: Rutherford, Soddy und ein Däne namens Bohr arbeiten an einem Atommodell. Rutherford gelingt es, in einer Nebelkammer die Bahn eines Atompartikels zu photographieren. Mit Strahlen beschossen, ist es zerfallen und hat seine Lichtbahn der photographischen Platte preisgegeben.

Inzwischen geht das, was man Leben nennt, weiter. Es bringt Gutes und Schlimmes. Zum Guten gehört die neue Wohnung am Boulevard Kellermann, ein hübsches neues Haus. Der Garten bedeutet eine Wohltat, ein ruhiges Plätzchen, in dem man sich abschließen kann. Man ruht in der Sonne, man legt ein paar Blumenbeete an und erfreut sich am Wachstum der Pflanzen.

Kommen Gäste – es sind junge Leute dabei, junge Physiker, Pierres

Schüler – braucht man nicht die ganze Zeit mit ihnen im Hause zu sitzen. Man nimmt den Tee im Freien und läßt sie eine Partie Boccia spielen, die kleine Irene tut schon mit.
Unter der Woche geht man wie früher der Arbeit nach. Die Frau hat ihre Stelle in Sèvres behalten, Pierre unterrichtet an der École Physique. Man ist noch immer nicht auf Rosen gebettet. Gewiß: aus der Entdeckung des Radiums ließe sich Geld herausschlagen. Indessen ist man überein gekommen, kein Patent darauf zu nehmen, alle Ergebnisse ohne Einschränkung zu veröffentlichen, um den Fortschritt der Radiologie in keiner Weise zu hemmen.
Eine Berufung Pierres nach Genf mußte mit Rücksicht auf den Fortgang der Arbeit abgelehnt werden. Unmöglich, die ganze Apparatur so weit zu übersiedeln.
Im Spätherbst 1903 wird dem Ehepaar Curie, mit Becquerel zusammen, der höchste Preis, der für eine wissenschaftliche Tat vergeben werden kann, der Nobelpreis, zuerkannt.
Dieser Schwede Nobel, dessen Fabrikationsmethoden hochbrisanter Stoffe – vor allem des Dynamit – ein riesiges Vermögen aufgehäuft haben, hat eine bedeutende Stiftung geschaffen, aus der Wissenschaftler und Dichter jährlich dotiert werden sollen. Auch ein Friedenspreis ist dabei für solche, die für den Frieden der Welt am meisten geleistet haben.
Pierre und Marie reisen nicht nach Schweden, um dem Gepränge der Preisübergabe beizuwohnen. Ihre Gesundheit ist angegriffen, sie fühlen sich den Strapazen einer so langen Reise nicht gewachsen, sie verschieben sie auf später. Marie leidet seit einiger Zeit unter Anfällen von Schwermut. Die neuen Ehren, der Ansturm von Journalisten, der Photographen, die Überschwemmung mit Medaillen, Einladungen und neuen Preisen ermüdet sie und stimmt sie nur noch mehr herab. Sie schreibt ihren Verwandten in Polen: Am liebsten verkröche ich mich in die Erde, um Ruhe zu haben. Von überallher regnet es Aufforderungen, Vorträge zu halten. Man bittet die Curies, die Summen nennen zu wollen, die sie dafür verlangen. Welche Bedingungen man auch bietet, die beiden schlagen ab, wo das nur möglich ist. Mit Mühe vermeiden sie die Bankette, die man ihnen veranstalten will, sie lehnen ab, lehnen ab – mit dem Mut der Verzweiflung.
Pierre leidet unter der Unruhe noch mehr als die Frau. Sie ist es

seit Jahren gewohnt, ihre Aufmerksamkeit auf viele Dinge zu verteilen: Schule, Kind und Haushalt, Arbeit im Labor. Aber Pierres Natur wird durch das Tausenderlei ihrer neuen Lage noch tiefer verstört. Er, der es immer qualvoll fand, wenn ihn ein Nichts in seinen Überlegungen störte, fühlt sich, seit er ein berühmter Mann geworden ist, in keiner Sekunde sicher, nicht von irgendwem aus seinen Gedankengängen gescheucht zu werden. ‚Der Geist, der denken will, durch Schellen betäubt –' Ihm dröhnt der Kopf von dem unablässigen Geläut, das ihm sein junger Ruhm in die Ohren gellt.
‚Der Wirbel dauert jetzt ein Jahr. Wir sind beschäftigt, ohne was Rechtes zu tun. Wir haben keinen Augenblick mehr für uns. Und das Schönste: In ein paar Jahren werden sich gerade diejenigen, die uns am meisten stören, am meisten darüber wundern, daß wir nichts gearbeitet haben. Welche Ironie, daß wir einmal geträumt haben, fern von allen Menschen in der Wildnis zu leben!'
Im Jahr 1904 erwartet Marie wieder ein Kind. Ihre Schwermut verdichtet sich. Sie umhüllt sie wie eine Wolke. Sie hat sich dieses Kind nicht gewünscht. Mit Mühe erinnert sie sich daran zurück, daß sie einmal von einer Kinder*schar* geträumt hat, ihr ganzes Wesen hat sich damals dem Leben entgegengebreitet, eine Pflanze, die sich mit allen ihren Blättern, allen ihren Zellen dem allmächtigen Kuß des Lichtes auffalten will. Dieses einfache selige Ja zum Leben hat ihr der Kuß eines anderen Lichts von den Lippen, aus dem Herzen, gezehrt. Irgend etwas in ihr möchte nicht mehr sein, sich nicht mehr in einem neuen Sein entfalten. Sie fühlt sich krank. Ein Anblick hat sich in sie eingebrannt: Das arme fremde Geschöpf, das damals von einem Blutsturz aus ihrem Körper weggeschwemmt, fast noch gallertig, kaum als Mensch zu erkennen – sie weiß nicht einmal, wo man es in die Erde versenkt hat. Diese Totgeburt hat eine tiefe Spur in sie eingeschürft, und eine Ahnung, die ihr unerträglich ist, um so unerträglicher, als sie sie kaum in Worte fassen kann, quält ihren Instinkt.
Daß die aktiven Substanzen physiologische Wirkungen haben, hat sich längst an ihr, dann an Pierre und schließlich auch an Becquerel gezeigt. Ihre und Pierres Hände sind durch den Umgang mit den strahlenden Substanzen verwüstet. Ihre Gelenke sind schmerzhaft, manchmal glauben sie eiserne Kugeln in ihren Gliedern wandern zu fühlen. Dann geschah das mit Becquerel. Becquerel hat eine Glas-

phiole mit einem Milligramm Radiumchlorid in seine Brusttasche gesteckt. Obwohl die Phiole in einer dünnen Metallhülse eingeschlossen war, beginnt seine Brust in der Herzgegend aufzubrechen. Pierre ist sofort entschlossen, den Vorgang an sich selbst zu wiederholen. Er legt eine Ampulle auf seinen Arm – auch dieser zeigt alsbald häßliche Brandmale. Sie heilen glücklicherweise rasch; bis auf einen graufarbenen nässenden Fleck, der anzeigt, daß an dieser Stelle schwere Schäden entstanden sind –. Becquerel laboriert immer noch an seinen Verbrennungen.

Wäre es möglich, daß die Strahlen tiefer reichen, bis in das Innere des Körpers – bis in den Aufbau des erst wachsenden Lebens? Natürlich tun sie es. Niemand weiß es genauer als Marie.

Doch was nützte es, sich jetzt vor der unmittelbaren Annäherung an das Radium zu schützen?

Pierre und Marie haben längst festgestellt, daß alles, was in ihren Umkreis gerät, zu strahlen beginnt. Der Hangar ist mit Spuren der aktiven Substanzen wie imprägniert: Unsichtbar, unhörbar, aber mit der vielfachen Gewalt tödlicher Geschosse kreuzen sich die Strahlungen im ganzen Raum. Auch der Hof der École Physique ist verseucht. Weder Regen noch Schnee noch Wind können dem etwas anhaben. Und jeder Gegenstand in ihrer Wohnung zeigt, in ein Elektrometer gebracht, einen Ausschlag.

Selbst in den abgelegenen Räumen des College Rollin, Räumen, die Pierre und Marie nie betreten haben, entladen sich Leidener Flaschen von selbst.

Jetzt beginnt sich auch die Medizin für das Radium zu interessieren. Den Zerstörungen an ihren Händen, an Pierres Arm und Becquerels Brust wird die Ehre eines neuen Namens zuteil: Radiodermatit. Die Ärzte glauben, die strahlenden Substanzen auch zur Heilung einsetzen zu können; da unter ihrem Einfluß Gewebe zerstört werden, könnten sie krankhafte Wucherungen abtragen. Wie, wenn man dem Krebs damit zuleibe rückte?

Diese Vorstellung erfüllt Marie mit Freude. Sie denkt an den schmerzlichen Tod der alten Madame Curie zurück, ihrer Schwiegermutter – heute gelänge es vielleicht, ihr Leiden zu bekämpfen, ihr Genesung zu bringen, nach der sich die Unglückliche damals so sehr gesehnt, auf die sie bis zuletzt so verzweifelt gehofft hat. Jetzt müßte man sie nicht mehr belügen, wenn man ihr Hoffnungen

machte – Zu denken, daß sie, Marie, damals schon daran war, das Radium zu entdecken! Sonderbarer und tragischer Zusammenhang! Doch: was dem kranken zerfallenden Leben nützt, wie wirkt es auf das kommende?
Bronia ist auf Besuch aus Zakopanje eingetroffen. Dluskys leben nun dort, im österreichischen Galizien, weil sie sich im russisch besetzten Polen immer noch nicht zeigen dürfen. Bronia hat ihren kleinen Jungen verloren, sie weint, wenn sie von ihm spricht, sonst ist sie immer noch die alte: Lebhaft, fröhlich, sprunghaft, ein Kind von bald vierzig Jahren, entzückt, wieder in Paris zu sein, freut sie sich an allem, was ihr Paris zu bieten hat, sie streift in der Stadt herum, macht Einkäufe, schwärmt von der Mode, dem Chic, den hübschen eleganten Restaurants, von den glanzvollen Aufführungen in der Comédie, in der Opera. Marie weiß von all dem nichts, gar nichts. Bronia findet das unmöglich. Bronia findet so viel unmöglich, Mariens altmodische Kleidung, ihre Frisur, daß sie nichts für ihren Teint tut, daß sie die Möglichkeiten, in feiner Gesellschaft zu verkehren, nicht nützt.
In den Cabarets am Montmartre spielt man eine Burleske ‚Die Radiologen': Szenen, die Pierre und Marie in ihrem Hangar zeigen, Pierre als windige Gelehrtengestalt, Marie als Mannweib, das immer nur in schwarzen Kesseln wühlt. Bronia kann ihre Neugier nicht bezähmen, geht hin, ist empört, möchte am liebsten pfeifen und einen Skandal schlagen. Pierre lacht über die Entrüstung der Schwägerin, Marie zuckt die Achseln: „Was geht mich das an? Sie sollen sich amüsieren. Ich habe andere Sorgen."
Von dunklen Angstträumen geplagt, sieht sie ihrer Entbindung im Dezember entgegen. Endlich ist es soweit: Man reicht ihr ein gesundes, dickes Mädchen – staunend blickt die Mutter auf den munter krähenden Säugling.
Kaum genesen, kehrt sie zu ihrer Arbeit zurück.

Irene war ein lebhaftes, trotziges, zuweilen ungebärdiges Kind.
Auf allen Bildern, die sie zeigen, ist ihre Miene düster, ihr Ausdruck hat etwas Wildes.
Sie war unter der Obhut wechselnder Bonnen aufgewachsen. Ihre Eltern sah sie unter der Woche nur abends und morgens und oft auch da nicht.

Die Eltern hatten es immer eilig. Die Mutter lief sich, um Irenes Gesundheit besorgt, die Füße ab, um für die Kleinen auch im Winter frisches Obst aufzutreiben. Nachts, wenn das Kind schlief, nähte sie ihm Kleider. Sie plagte die Bonnen mit unzähligen Ermahnungen, ja nur recht sorgsam zu sein. Sie prüfte nach, ob das Kind gut gewaschen, sorgfältig gekämmt, ob seine Zähne geputzt und seine Nägel geschnitten waren.

Aber sie hatte ihm nie ein Lied vorgesungen. Sie erzählte ihm selten ein Märchen. Sie brachte ihm Puppen, Bilderbücher, Bausteinkasten. Doch sie hatte kaum jemals Zeit, mit dem Kind zu spielen.

Sie bereitete am Morgen sein Frühstück – nach neuen Vorschriften, die Nüsse, Obstsäfte und Hafermark empfahlen. Aber wenn Irene erwachte, war die Mutter meist schon fort.

Irene haßte die Bonnen. Das Kind fühlte frühzeitig, daß die Personen, denen man es anvertraute, dumm und primitiv waren. Nun sollte es ihnen gehorchen. Es rächte sich an den Mädchen durch Widersetzlichkeit. Die Mädchen verklagten es, dann gab es Strafen und Schelte.

Am meisten hing die kleine Irene an dem alten Großpapa. Doktor Curie, der nun alle Ämter niedergelegt hatte, kam oft. Er liebte seine Enkelkinder, vor allem Irene. Er fand es nicht mühsam, mit ihnen zu spielen. Er schleppte sie herum, solange sie klein waren, er führte sie spazieren. Er saß bei ihnen, wenn sie krank waren.

Schlimm war es, wenn er ausblieb.

Dann kauerte Irene manchmal stundenlang vor dem Haus auf der Treppe und wartete, ob der Großvater nicht doch noch käme. Sie vertrieb sich die Zeit damit, nach den Tulpen oder Irisblüten, nach den ‚Brennenden Herzen' in den nahen Beeten Steine zu werfen. Wenn dann die roten oder weißen oder mattblauen Kelche, von ihren Würfen getroffen, erzitterten, blitzte eine rachsüchtige Freude in ihr auf.

Manchmal trat sie auch an den eisernen Zaun, der den Garten umfriedete – die Straße zu betreten, war ihr verboten – blickte auf die Vorübergehenden hinaus und bleckte ihnen die Zunge.

Eines Tages, nachdem sie wieder einmal sehr lange und vergeblich auf den Großvater gewartet hatte, lief sie davon.

Sie wußte nicht, wohin sie wollte. Zuerst dachte sie wohl daran, die Rue Lhomond zu suchen, sie war ja manches Mal dort gewesen, wo Vater und Mutter mit so seltsamen Apparaten hantierten oder an eine große schwarze Schultafel mit Kreide unverständliche Zeichen schrieben. Aber sie wußte, dort würde sie mit Vorwürfen empfangen werden, daß sie von daheim fortgegangen war. Es würde ihr auch nicht erlaubt werden, dort zu bleiben. ‚Nein, du mußt heim. Rühr das nicht an! Das ist giftig. Das ist gefährlich. Das ist alles nichts für kleine Kinder.‘

Irene rannte einfach darauf los.

Vielleicht hätte sie auch gar nicht durch das Gassengewirr in die Rue Lhomond gefunden. Irgendwo sah sie die Kuppel des Observatoriums aufleuchten. Sie hielt darauf zu.

Schon nach dem ersten Wegstück wurde sie ängstlich und ging, in langsameren Schritt fallend, knapp an den Häusern dahin. Sie war nur im Kleidchen und trug eine Schürze – würden die Menschen nicht daran erkennen, daß sie unrechtmäßigerweise von daheim fortgelaufen war? Besonders die Schürze wies darauf hin – Irene nahm ihren unteren Saum so weit herauf, daß der ganze Vorderteil zu einem Würstchen auf ihrer Brust zusammengerollt war, das verbarg sie dann unter den verschränkten Armen. Daß die Schulterflügel und Trägerbänder sichtbar blieben, daran dachte sie nicht.

Sie ging und ging. Die grüne Kuppel vor ihr war verschwunden. Sie kannte die Gegend nicht mehr. Wo sie Kinder auf der Straße spielen sah, schaute sie hin und gleich wieder weg. Sie fürchtete sich, von ihnen angesprochen zu werden.

Da, mit einem Male hielt ein riesiger rumpelnder Kasten, ein Omnibus, vor ihr. Irene glaubte ihn zu kennen. Fuhr er nicht zu der großen Allee in Ivry hinaus, in der Großpapa gern spazieren ging? Die Hoffnung, ihn dort anzutreffen, stieß das Kind auf den Wagen zu. Freilich: Gleich regte sich auch wieder die Scheu, das Gefährt zu besteigen. Doch war Irene schon in den Sog derer geraten, die an der Station gewartet hatten und nun hineindrängten, jemand gab ihr sogar einen freundlichen Schubs von hinten, sie war drinnen. Der Omnibus war überfüllt. Irene hatte kein Geld bei sich, aber sie wußte, Kinder fahren umsonst, wenn sie sich in der Begleitung von Erwachsenen befinden. So machte sie sich an zwei dicke Frauen heran, die eifrig miteinander schwatzten und es nicht beachteten, daß sich ein kleines Mädchen zwischen ihren ausladenden Hüften versteckte. Der Wagen fuhr los und rüttelte, und die Frauen schau-

kelten hin und her und klammerten sich an den Lederschlaufen fest, die oben von der Decke hingen.
Wenn der Schaffner Ivry ausrief, wollte Irene aussteigen.
Aber er rief nicht Ivry aus.
Die Fahrt dauerte länger als Irene gerechnet hatte. Jetzt stiegen die dicken Frauen aus, und Irene gewann einen Blick durch das Fenster ins Freie.
Das war nicht die Straße nach Ivry. Das war ein Boulevard, den sie noch nie gesehen hatte, und nun dauerte es nicht lange, bis Irene begriff, daß der Omnibus in die verkehrte Richtung fuhr.
Er überquerte ein Wasser: Die Seine. In silbernem Dunst tauchten die zwei Turmblöcke der Notre Dame auf. Irene drückte das Gesicht gegen die Scheibe: Schreck, heiß quellend und schwarz, preßte ihr das Herz zusammen. Wohin war sie unterwegs?
Der Omnibus arbeitete sich durch das enge Gassengewirr der Marais. Nichts mehr, was Irene an Bekanntes erinnert hätte. Sie ängstigte sich weiterzufahren, aber sie scheute sich auch auszusteigen. Vielleicht, dachte sie, macht der Wagen eine Schleife und fährt später den gleichen Weg zurück. (Die Linie nach Ivry machte auch eine Schleife.) Diese vage Hoffnung hielt sie aufrecht. Bei jeder Kreuzung dachte Irene: Jetzt wird er wenden. Aber er fuhr immer noch geradeaus.
Da tauchte ein hohes weißes Gebäude vor ihr auf, es stand hoch oben über einem dichten Häusergeschiebe und glich einem riesigen Gugelhupf mit Schlagsahne. (Tante Bronia hatte einen Gugelhupf aus Zakopanje mitgebracht.) Gleich war es wieder weg – und als der Omnibus das nächste Mal hielt, war er an den Berg heran, und der Schaffner rief: Place Pigalle, alles aussteigen.
Irene stolperte ins Freie.
Da war eine breite Straße, die den Hügel querte, und etliche kleine Gassen, die ihn hinankletterten. Irgendwo leuchtete eine rote Aufschrift: Moulin rouge, eine komische Windmühle, die aber gar nicht so aussah wie die hübschen Mühlen draußen auf dem Land, spreizte ihre gläsern funkelnden Flügel. Irene begriff, das war der Ort, wo Tante Bronia das Stück gesehen hatte, in dem Papa und Mémé verspottet wurden, ein schlimmer häßlicher Ort, und Irene ballte die Fäuste vor ihrer Brust, vor der zusammengerollten Schürze, sie hatte das Gefühl, in einen bösen Zaubergarten geraten zu sein.

Sie bog in eine der schmalen Gassen, die bergwärts führten. Auch hier kam ihr alles häßlich vor, die kleinen Läden, in denen schäbige Ware ausgeboten wurde, das dreckige Pflaster –, magere Hunde mit räudigen Fellen trieben sich herum. An vielen Häusern waren, jetzt am hellichten Nachmittag, die Rollbalken heruntergelassen, Bettler lehnten in den Türen und wüste Männer in grünen Schürzen. Das Kind hastete weiter. Die Gassen wurden immer enger und steiler und schließlich gingen sie in Treppen über, Treppen, die kein Ende zu nehmen schienen, sie waren gewinkelt, teilten sich, vereinigten sich wieder, und die Häuser dazwischen, alte krumme baufällige Mauern blickten aus düsteren Fensterlöchern auf die Staffeln und die eisernen zerbeulten Geländerstangen heraus –

Hier war es nach dem Getriebe unten still und leer. Aber die wenigen Menschen, die Irene erblickte, schienen ihr merkwürdig verwildert. Eine halbnackte alte Frau saß auf einem Balkon und kämmte sich das lange offene weiße Haar. Ein Mann lag in einer Ecke und schlief, und über sein Gesicht wimmelte es von Fliegen. Dann war wieder ein junger Mensch, der auf einer Kiste saß und ein Bild malte, doch als sich Irene von hinten nähern und einen Blick auf die Tafel werfen wollte, drehte er sich unwirsch um und schwang seinen Pinsel, als wollte er sie damit beklecksen. Irene wich zurück, am liebsten hätte sie geweint, aber die Mutter sagte immer: ‚Weinen gehört sich nicht, weinen ist unanständig. Ein gescheites Kind sollte sich zu gut dazu sein zu weinen.'

Jetzt hörten die Staffeln auf, und die Straßen begannen wieder abwärts zu gehen. Irene war müde, so daß sie sich auf ein Mäuerchen kauerte. Die Sonne beschien es, und die Steine, aus denen das Mäuerchen geschichtet war, fühlten sich warm an. Hinter dem Mäuerchen war etwas wie ein Garten, ein paar Bäume standen da, eine Bank. Auf ihr saß eine Frau und hatte zwei kleine Mädchen bei sich.

Die größere von den beiden, sie ging sicher schon längst zur Schule, strickte an einem Strumpf. Die kleinere hatte ein hölzernes Pferdchen und führte es an einem Bindfaden hinter sich her, immer auf und ab.

Irene steckte einen Finger in den Mund – zum erstenmal vergaß sie ihre Schürze, so saß sie da und starrte auf die drei hinüber.

Sie hörte, daß die Frau mit den Kindern redete. Irene rutschte das

Mäuerchen entlang, daß sie den dreien näher kam. Die Ältere der Mädchen, die mit dem Strickstrumpf, wollte nun auch das Holzpferd fahren. Die Frau nahm ihr den Strumpf ab und strickte selbst.

Irene war ihnen nun ganz nah gekommen.

„Schaut euch das kleine Mädchen an", sagte die Frau, „es steht da, als wollte es mit euch spielen."

Sofort zog sich Irene zurück. Auf der Straße standen ein paar Bäume – sie fand einen, hinter dem sie sich verstecken konnte. Aber sie gab genau acht darauf, was jene taten, sie spähte immer wieder hinüber, zu gerne hätte sie sich wieder auf das Mäuerchen gesetzt.

Die Zeit verging. Jetzt hatte die Ältere genug davon mit dem Pferd zu spielen und kehrte zu ihrem Strumpf zurück. Die Frau fuhr fort zu den Kindern zu reden. Jetzt wußte Irene schon, wie die Größere hieß: Sie hieß Véronique.

Wenn sie den Kopf wegwandte von den dreien, sah sie die große Stadt vor sich liegen. Zuerst konnte sie gar nichts ausmachen als ein unendliches graublaues Gewoge, über dem ein stumpfes Glitzern schelferte. Aber plötzlich begriff sie: Das war Paris. Der Atem stand ihr vor Schrecken beinahe still: Es war so grauenhaft groß. Es war gar nicht Paris, das sie kannte, nicht die Stadt, in der ihre Eltern wohnten und Großpapa – ach, wo war er nur? – vielleicht irgendwo spazieren. Es war etwas ganz anderes. Es war wie ein riesiger flacher See, dessen ganzer Grund mit einem einzigen ineinandergeringelten Ungeheuer bedeckt war, es schimmerte bläulich, grün und silbern, wie die großen Schlangen im Jardin des Plantes, die mit ihren gräßlich blicklosen Augen gegen die Gläser ihres Käfigs starrten und nur manchmal ihre Zungen spielen ließen, ihre Zungen, hinter denen die Giftzähne scharf und spitzig lauerten. Rauch kräuselte aus dem Dächergeschiebe hervor, das sich wie ein Schuppenpanzer hinauszog, so, als bliesen Nüstern braunen, violetten und kupferbraunen Dampf empor, und das jähe Aufzucken eines Glanzlichts fern irgendwo, wo sich das Ungeheuer verknotete, ließ eine gefährliche Bereitschaft vermuten, daß sich das Ganze schnellend in Bewegung setzte ...

Irene wußte, daß ihre Eltern ihre Furcht vor den Tieren nicht gelten ließen; immer redeten sie ihr zu, nur couragiert zu sein, wenn

sie im Jardin des Plantes vor den Zwingern standen. ‚Die Schlangen können dir nichts tun, ein gescheites Kind fürchtet sich nicht, ein gescheites Kind weiß, daß ihm nichts geschehen kann.'
Die drei dort unter den Bäumen waren noch immer da. Aber jetzt – was taten sie jetzt? Sie rollten den Strickstrumpf zusammen und versenkten ihn in der Mutter Pompadour. Die Mutter hob das Pferdchen auf und klemmte es sich unter den Arm. Die beiden Mädchen faßten einander an den Händen und hüpften auf die Straße hinaus, an Irene vorbei. Die Frau folgte ihnen.
Auch Irene folgte ihnen. Sie hielt einen Abstand, der so groß war, daß sie bangte, die drei zu verlieren. Wenn sich eines von ihnen umkehrte, blieb sie gleich stehen und tat so, als schaute sie irgendwo anders hin – auf den Boden, in einen Garten oder, als sie nun wieder zwischen Häuser kamen, in eins der Fenster, wo allerlei Kram zum Verkauf herumlag.
Sie kamen an dem großen Sahnegugelhupf vorbei, dem weißen Bahnhof – oder was es war, das Riesending hier oben auf dem Hügel. Vor dem Tor blieben die Frau und die Mädchen stehen, machten eine Verbeugung und eine sonderbare Bewegung über das Gesicht und die Brust. So etwas hatte Irene noch nie gesehen. Dann gingen sie weiter.
In einer kleinen Gasse verschwanden sie in einem Haus. Das Tor fiel hinter ihnen zu, doch zum Glück kam gleich darauf jemand heraus, und Irene konnte gerade noch durch den Spalt hineinschlüpfen.
Da war ein Hof und drinnen ein Garten, ein sehr kleiner Garten, aber es blühten doch ein paar Blumen, zwar: keine Tulpen, auch keine Iris, nicht einmal ‚Brennende Herzen', sondern nur ein Schopf von den kleinen weißen Glöckchen, von denen Tante Bronia sagte, daß sie sich wie Unkraut vermehrten. Ein sehr krummer schwarzer und narbiger Baum stand hinten in einem Winkel und mühte sich, seine zackigen Äste ins Licht zu strecken.
Die Frau und die beiden Mädchen waren nicht mehr zu sehen. Irene stand da und wandte den Kopf suchend hin und her. Da war ihr, als hörte sie ihre Stimmen, sie ging auf das Haus zu, durch dessen Tor sie in den Hof gekommen war; jetzt konnte sie nicht mehr anders: Sie klinkte die Tür auf und stand drinnen.
Die Frau, die Mutter der beiden Mädchen, war eben daran, irgend-

welche Kleider an die Garderobe zu hängen. Sie kehrte sich um, erblickte Irene und fragte: „Suchst du jemand?"
Gleich trippelten auch die Kinder herbei, auch sie fragten: „Suchst du jemand?"
„Das ist doch das kleine Mädchen, das euch beim Spielen zugesehen hat!"
Irene senkte den Kopf.
„Kennt ihr die Kleine?" fragte die Mutter.
Nein, die Kinder kannten sie nicht.
„Wie heißt du denn? Wo wohnst du? Wo bist du her?"
Irene gab keine Antwort.
„Na, komm nach oben!" sagte die Frau und faßte sie an der Hand, sehr sanft, wie es Irene schien. Sie stiegen eine steile Spindeltreppe hinauf.
Oben durchquerten sie eine Kammer, in der vier Betten eng nebeneinander standen. Dann traten sie in einen großen Raum, der ein einziges riesiges Fenster hatte. Dort saß ein alter Mann auf einem Podium an einem Schreibtisch und schrieb. Die kleinen Mädchen liefen auf ihn zu und riefen: „Papa, wir haben Besuch."
Der Mann erhob sich. Als er das kleine fremde Kind sah, lächelte er: „Ah, wer ist das?"
„Wir wissen es nicht, und sie sagt es auch nicht, sie hat uns noch kein einziges Wort gesagt."
Der alte Mann kam die drei Staffeln von seinem Schreibtisch herunter – und wie er sich nun langsam und ein wenig schlurfend auf Irene zu bewegte, sah sie, daß er schwarze bestickte Pantoffel an den Füßen trug – ganz ähnliche Pantoffel wie Großpapa sie anhatte, wenn er zu Hause in Sceaux war. Irene heftete die Augen auf diese Pantoffel, sie waren schon alt und sehr schäbig, aber unwillkürlich tat sie einen Schritt, einen kleinen schnellen Schritt auf die Pantoffel zu.
Da fühlte sie die Hand des Mannes auf ihrem Scheitel, und seine gütige Stimme sprach zu ihr: „Du mußt uns doch sagen, wem du gehörst."
In Irene stieg etwas auf. Ohne den Blick von des Mannes Füßen zu lösen, flüsterte sie: „Ich gehöre niemand. – Mein Großpapa ist heute nicht gekommen."
„Jetzt spricht sie doch", rief die Frau.

Die ganze Familie führte das Kind zu einer Sitzbank – sie war mit olivenfarbenem Rips überzogen, der aber so verblaßt und fleckig war, daß seine ursprüngliche Farbe nur aus den Falten guckte. Irene mußte sich niedersetzen und wurde nun weiter ausgefragt.

Da sie immer noch nicht antworten und nicht ihren Namen nennen wollte, gebot der Mann seinen Töchtern, ihr Spielzeug, und der Frau, ihr etwas zum Essen zu bringen. „Laßt sie erst nur mal heimisch werden, Kinderchen, sie wird uns vielleicht später von selbst etwas erzählen."

Die kleinen Mädchen schleppten nun allerlei Zeug heran, eine kahle Puppe ohne Nase, ein Bilderbuch, auch das hölzerne Pferdchen, das sie auf ihrem Spaziergang mitgeführt hatten. Irene rührte die Dinge kaum an. Doch als die Frau ein Glas Milch und eine Brioche brachte, fühlte sie plötzlich Hunger und begann hastig zu essen.

Das ältere Mädchen starrte sie einen Augenblick verwundert an, dann schlang sie den Arm um des Vaters Hals, und Irene hörte sie an dessen Ohr flüstern: „Papa, sie betet nicht, ehe sie ißt."

„Laß gut sein, vielleicht hat sie es nicht gelernt", antwortete der Mann traurig.

Irene legte die Brioche sofort aus der Hand. Sie fühlte sich getadelt, und jetzt begann sie zu weinen.

„Iß nur weiter. Unsere Véronique ist noch recht dumm, wie mir scheint."

„Sie muß aus guter Familie stammen", sagte die Frau. „Sieh dir ihre Kleider an – ein gepflegtes Kind. Vielleicht wird sie daheim längst gesucht –"

„Ja, Gott bewahre, wer weiß, welche Angst ihre Eltern jetzt schon ausstehen."

Diese Worte klangen Irene schrecklich, sie nahm ihren ganzen Trotz zusammen und sagte: „Ich wäre nicht weggelaufen, wenn mein Großvater gekommen wäre."

Der Mann rückte näher. Er hielt seine Ältere auf dem Schoß und die kleine Madeleine, die sich an sein Knie lehnte, rückte mit ihm auf Irene zu. Diese blickte wieder auf die Pantoffel – und als würde sie von ihnen als von etwas Lieb-Vertrautem angezogen, schob sie sich von ihrem Sitz herab und lehnte sich gleichfalls an den Mann: „Er hat genau dieselben Schuhe wie du."

Der Mann ließ seine Véronique los und griff Irene sanft unter das Kinn. „Möchtest du uns nicht doch sagen, wie dein Großvater heißt?"
„Doktor Eugène Curie", antwortete Irene schnell. „Ich dachte, er werde in der Allee von Ivry-sur-Seine sein."
„Ivry? Du willst doch nicht sagen, daß du von Ivry hierhergelaufen bist?" rief der Mann entsetzt.
Irene schüttelte den Kopf. Sie wollte etwas von dem Omnibus erzählen, der in die verkehrte Richtung gefahren war, aber das alles schien so schwierig zu erklären, und sie gab es auf und wollte wieder weinen.
„Es nützt nichts", sagte die Frau leise, „man muß melden, daß sich ein Kind hierher verlaufen hat. Wenn ich an die Sorge denke, die ihre Mutter vielleicht aussteht –"
„Ja, ja", sagte der Mann, „ich muß mich nur ankleiden."
Aber Irene wollte nicht, daß er ginge – sie hatte auch Angst, daß die Pantoffel mit ihm verschwinden würden, und sie umklammerte seinen Arm und stieß hervor: „Ich will nicht fort, nein, ich will hier bleiben."
„Aber hast du denn keine Mutter?" fragte die Frau.
„Ich habe keine Mutter", antwortete Irene heftig. „Meine Mutter ist Mémé, aber sie ist nie zu Hause, nie zu Hause, weil sie das Radium macht."
„Das Radium?"
„Was ist das wieder?"
Und nach einer Weile kam die Frage: „Wie – sagst du, heißt dein Großvater?"
Irene schüttelte den Kopf. Sie merkte, daß sie sich nun doch verraten hatte.
„Courly oder so ähnlich", ließ sich das ältere der beiden Mädchen vernehmen. „Courly – nicht wahr, so hast du doch gesagt?"
„Curie! – Darum also: Das Radium. – Sollte das möglich sein?"
Alle vier betrachteten Irene aus ungläubig-erschreckten Augen.
„Sag, bist du wirklich das Kind von – von Pierre und Marie Curie? Die dort in einem Hangar arbeiten, wo war denn das nur – es stand doch neulich erst in der Zeitung – Rue – rue –"
„Lhomond", ergänzte Irene unwillkürlich.
„Richtig. Rue Lhomond. – Sie ist es: Das Kind der Curies."

Irene schweigt, von Jammer überwältigt.
„Deine Eltern – es sind doch die, die den Nobelpreis bekommen haben?"
Der Blick des Kindes verdüstert sich noch mehr. Es nickt kurz, abweisend, als gebe es das ungern zu.
„Ach, du mein Himmel!"
Das ist zuviel für Irene. Das aufgestaute Gefühl ihrer einsamen und düsteren Kindheit bricht in einem wilden langen leidenschaftlichen Weinen hervor.
Nun nimmt die Frau sie in die Arme, zieht sie auf ihren Schoß, wiegt den schmächtigen, von krampfhaftem Beben geschüttelten Kinderkörper hin und her. Irenes Tränen laufen ihr über den Hals, nässen ihr Kragen und Kleid. „Sei still, Kleine, still, still, arme Kleine. Wir werden dich zu deinen Eltern bringen, wir werden deine Eltern holen, sei nur still, es wird alles gut."
Als Irene wieder aufzublicken imstande ist, hat sich der Mann angekleidet. Statt der Hausjacke hat er nun einen Samtrock an, hat schon den Hut in der Hand. Auch die Schuhe hat er gewechselt, die abgelegten Pantoffel stehen unter dem Stuhl, auf dem er gesessen hat.
Das Kind beginnt von neuem zu schluchzen.
„Es ist vielleicht besser, du gehst allein", sagt die Frau. „Wer weiß, ob du die Eltern gleich findest. Und in diesem Zustand kannst du die Kleine doch nicht mitschleppen. Hauptsache, sie erfahren, wo sie ist und daß ihr kein Leid mehr zustoßen kann. Sie können sie dann holen."
Irene weint immer mehr.
„Aber ich sollte doch einen Omnibus nehmen", sagt der Mann, „damit ich schneller drüben bin – hast du noch ein paar Sous?"
„Soviel ist noch da. Drüben im Schrank – du weißt, im Körbchen. Und sicher", flüstert die Frau ermunternd, „werden dir die Leute die Auslagen ersetzen."
Der Mann geht. Irene schielt nach den Pantoffeln hinüber. Sie noch zu sehen, ist ihr ein großer Trost. Nach einer Weile beugt sie sich vor und angelt sie zu sich herauf. Jetzt ist sie's zufrieden, daß die Frau aufsteht und sie auf die Sitzbank bettet. Sie läßt sich auch zudecken. Sie ist jetzt so müde, so müde, daß sie meint, niemals müder gewesen zu sein. Die fremde Frau hält ihr noch das Glas

an den Mund, Irene trinkt den Rest der Milch aus, die stark gezuckert ist und sie noch mehr beruhigt. Sie hört noch, daß die Frau die kleinen Mädchen anweist, den Raum zu verlassen. Es wird still. Die Frau hat eine Näharbeit genommen, leise raschelt der Faden durch das Gewebe...

Léon hat angeklopft, aber niemand hat ‚Herein' gesagt.
Er wartet eine Weile, dann öffnet er die Tür.
Der Raum ist groß, eine Art ausgebauter Scheune. Der Boden aus Beton; viele Fenster. Die Wände mit gelben Sperrholzplatten verkleidet.
Die Tische sind mit Apparaten vollgestellt. Zwischen ihnen, unter ihnen und auf vielfächrigen Regalen stehen Gefäße aus Metall, aus Glas, aus Porzellan. Irgendwo schnurrt eine Zentrifuge. Kabel hängen kreuz und quer. Auf einem Ofen in der Mitte des Raumes – das Rohr führt senkrecht in das Dach hinauf – dampft es aus einem Topf. In einem Eck steht eine große schwarze Tafel, mit Zeichen und Zahlen bedeckt. Ein Mann davor, der mit einer Kreide darauf schreibt: Ein langer hagerer Mensch, sein gelbliches Gesicht von einem rundgeschnittenen Bart umgeben. Es ist so eingefallen, daß die flachen Backenknochen wie Stege unter den Schläfen hervortreten. Er sagt, indem er die Kreide ansetzt: „Hast du das Ergebnis, Marie?"
Hinten im Raum kauert eine Frau in schwarzem Laboratoriumskittel vor einem Gerät. Sie blickt in ein schwarzes Rohr. Mit der Linken stützt sie sich auf die Tischkante, in der Rechten hält sie einen prismatisch gespaltenen, kristallisch schimmernden Stein, der an einem Faden von einem Gerät herabhängt. Diesen Stein läßt sie vorsichtig sinken. Das eine Auge immer noch an der Linse, die Lippen vor Anstrengung verzerrt, murmelt sie: „Nein, noch nicht – noch nicht – aber gleich –. Jetzt!" Und sie nennt irgendeine Zahl.
Der Mann an der Tafel setzt die Zahl in eine Gleichung ein. Dann beginnt er zu rechnen.
Die Frau kauert noch immer vor dem Gerät. Sie nennt eine zweite Zahl. Der Mann setzt auch diese ein. Eine Weile ist nichts. Die Zentrifuge schnurrt. Der Topf auf dem Ofen strömt einen scharfen beißenden Dunst aus.

Léon hat sich dem Ofen genähert und wartet, daß ihn die beiden endlich bemerken.
Die Frau ist es, die zuerst aufschaut. Sie hat ihr Gerät verlassen, kommt heran, auf ihn zu, aber nicht eigentlich auf ihn zu, und nicht, als sähe sie ihn. Sie tritt an den Ofen, wirft einen Blick auf die kochende Masse und indem sie einen eisernen Kolben durch den Sudel hindurchzieht: „Was wünschen Sie? Sie dürfen sich hier nicht aufhalten. Der Dampf ist giftig."
Léon tritt einen Schritt zurück.
Ihm ist, als kenne er die Frau – als habe er sie schon gesehen, irgendwann, irgendwo – er will sich besinnen, doch seine Besinnung wird durchkreuzt durch etwas wie ein Erschrecken: Er sieht jetzt ihre aschgrauen Augen auf sich gerichtet, aber ganz unerreichbar, ganz leer, mit dem Ausdruck vollkommener Abwesenheit.
„Suchen Sie etwas? Sie stören uns!"
Léon greift flüchtig an seinen Hut. Er murmelt seinen Namen. Er fragt: „Sind Sie Madame Curie?"
„Ja", antwortet die Frau. „Aber leider habe ich gar keine Zeit, im Augenblick nicht, entschuldigen Sie."
Dann geht sie weg, tritt hinter den Mann an der Tafel, er reicht ihr die Kreide. Sie setzt die Rechnung fort, die er begonnen hat. Nun begibt sich der Mann, an Léon vorbei und ohne ihn zu beachten, an das Gerät nach hinten. Auch er beugt sich gegen das schwarze Rohr, bringt das Auge an die Linse, so bleibt er ...
Die Zentrifuge schnurrt.
Die dampfende Masse gluckst.
Die Kreide scherrt über die Tafel.
Sonst ist es totenstill, totenstill.
Sie wissen von nichts – soviel begreift Léon, nichts davon, daß ihr Kind von zu Hause fortgelaufen ist. Niemand hat ihnen etwas davon gesagt, niemand hat es für nötig befunden, ihnen das Verschwinden der Tochter zu melden. (In Wahrheit sucht die Bonne ängstlich bei allen Bekannten der Eltern herum, zu denen Irene gelaufen sein könnte.)
Léon fragt sich: Was soll ich hier?
Ich werde ihnen das Kind bringen, zur Tür hereinschieben. Der Rest ist ihre Sache.
Aber das Geld? Das Geld für den Omnibus hierher, für die Droschke

– ich kann das übermüdete, weinende Kind nicht im Omnibus durch Paris schleppen –
Er sagt: „Mein Herr –“
Curie blickt auf.
„Mein Herr, ich möchte Sie bitten –“
Léon hebt die Hand (er weiß nicht, wie sehr seine Geste die Bitte um Geld ausdrückt).
Curie zieht die Börse. Er öffnet sie, durchsucht ihre Fächer, nach einer kleinen Münze offenbar, aber dann nimmt er, weil er nichts anderes findet, einen Franc und legt ihn in Léons Hand.
Der Bettler, ‚der undankbare Bettler‘, der er ist, hat sein Almosen.
Léon lüftet den Hut.
Jetzt kann er gehen.
An der Tür schaut er noch einmal zurück. Der ganze Raum scheint ihm wie ein Ort auf einem anderen Stern.
Die Frau hat jetzt ihre Tafel verlassen, beide stehen nun nebeneinander und blicken in den dampfenden Topf. ‚Der Dampf ist giftig. Ich habe keine Zeit. Sie stören uns.‘
Léon zieht die Tür hinter sich ins Schloß.
Eine gute Stunde später hält ein Einspänner vor der École Physique. Léon führt das Kind an der Hand durch den Hof vor den Hangar. Einen Augenblick zuvor ist die Bonne bei den Eltern eingetroffen und hat unter Geheul und tausend gestotterten Entschuldigungen begonnen, von Irenes Verschwinden zu erzählen.
Ehe Pierre und Marie recht begriffen haben, wird das kleine Mädchen zur Tür hereingeschoben.
Die Bonne stürzt schreiend auf sie zu. „Da bist du ja – wo, um Himmels willen, hast du gesteckt? Du schreckliches Kind, du unglückseliges, du bringst mich noch ins Grab!“

Früher als sonst bricht Marie die Arbeit ab und kehrt aus dem Labor nach Hause zurück.
Obwohl ihr der Schreck über Irenes Verschwinden und die Angst um das Kind erspart geblieben sind, ist doch etwas wie ein Schaudern in ihr, das Gefühl, von einer dunklen Gefahr gestreift, von einer drohenden Macht berührt worden zu sein, ein wenn auch durch den glimpflichen Ausgang des Abenteuers herabgedämpftes Entsetzen über Irenes unbegreifliche Flucht.

Pierre möchte sie trösten. „Jedes Kind läuft einmal von zu Hause fort. Bist nicht auch du mal abgefahren? Ah, bei mir war das geradezu Tagesordnung. Seien wir doch froh, daß Irene so viel Instinkt hatte, sich gewissenhaften Leuten anzuschließen."
Die Mutter schüttelt den Kopf. Sie kann es nicht so leicht nehmen – wer gibt ihr die Gewähr, daß Irene diese Flucht nicht wiederholen wird?
„Du mußt mir versprechen, Kind, daß du das nie mehr tun wirst, Irene, versprichst du mir das?"
Irene hat sich wieder in ihren Trotz zurückgezogen. „Wenn aber doch Großpapa nicht gekommen ist."
„Aber schau, Großpapa kann doch nicht *immer* da sein."
Unter Irenes dunklen Brauen geht ein düsterer Blick zur Mutter empor. „Und *du* bist *nie* da."
„Irene, du wirst mich später verstehen, viel später, wenn du groß geworden bist." Dann: „Du weißt doch, Papa und ich haben jetzt eine Menge Geld bekommen für unsere Arbeit. Das ist doch hübsch, nicht wahr? Und so werden wir bald eine große Reise miteinander machen – alle zusammen, wird das nicht herrlich?"
„Hm – ja."
„Eine Reise ans Meer und darnach in die Berge. Irene, du bist doch meine vernünftige Tochter!"
„Hm."
„Weißt du nicht, wie die Leute hießen, die dich aufgenommen und wieder gebracht haben?"
„Nein."
„Und die Gasse, in der sie wohnten?"
„Nein."
„Aber du weißt ja gar nichts, Irene!"
„Der Mann hatte die gleichen Pantoffel wie Großpapa."
Marie muß – wider Willen – lachen. „Das ist ja freilich eine ganze Menge!" So kindisch ist also dieses kleine Mädchen! – „Und nun rasch ins Bett. Ich bleibe heute bei dir sitzen, bis du schläfst."
Der kurze tiefe Schlummer bei den fremden Freunden hat Irene nach ihren Aufregungen und Anstrengungen so gestärkt, daß sie jetzt noch lange nicht zur Ruhe kommt. Marie sitzt neben ihr, hält ihr die Hand und hofft, daß das Kind einschläft. Aber es redet immerfort, immerfort will es etwas Neues wissen: Über die Reise

im Sommer und wie lange sie in der Eisenbahn fahren werden und ob Papa und Mémé dort am Meer ganz bestimmt in kein Laboratorium gehen werden.
Marie antwortet geduldig – sie zwingt sich zur Geduld, obwohl sie im Grunde längst wieder drüben an ihrem Schreibtisch sitzen und eine neue Zuschrift Lord Kelvins durcharbeiten möchte.
„Leg dich zu mir, Mémé. Schlaf heute hier. Schau, ich hab Platz genug!"
„Ach nein!"
„Willst du denn wieder fort?"
„Nein. Nur nebenan. Ich hab noch zu tun."
„Auch heute?"
Der Mond scheint durch das Fenster, die runde helle Scheibe, dann und wann von bläulichen Flocken überflossen.
Die Mutter erinnert sich: Einmal, oh, es ist lange her, so lange, daß ihr ist, als sei es vor hundert Jahren gewesen, hat ihr jemand den Mond mit einem alten polnischen Kutscher verglichen, der sich in einem Wollballen verkriecht, um seinen fröhlichen Rausch auszuschlafen. (Dieser Jemand, damals war er ihr lieb, lieb wie das eigene Leben, und war doch auch nicht viel mehr als ein Kind, ein Kind, das sich mit ihr, Manja, in einer ihm ewig fremden Welt verlaufen hatte.) Die Erinnerung daran berührt Marie wie ein zarter, ungewohnt süßer Hauch, Duft wie von welkendem Laub und Friedhofsblumen.
Sie schließt ihre beiden Hände um die der Kleinen und sagt: „Schau den Mond, wie er zu dir hereinscheint, ist er nicht wie ein alter lustiger Mann, der sich die Wolkendecke übers Gesicht zieht – er möchte schlafen. Und so sollst auch du schlafen, meine Süße, und die Decke über die Augen ziehen –"
Aber dieser Versuch der Mutter geht fehl. Wieder ist in Irene die alte Widerspenstigkeit erwacht, sie entzieht sich brüsk und rollt sich über das ganze Bett zurück, bis sie hinten an der Wand liegt, und von dorther erwidert sie böse:
„Ach, geh doch mit deinem Mond, Mémé. Du erzählst mir das nur, weil du mich für dumm hältst. Der Mond ist kein Mann und kann auch nicht schlafen. Der Mond ist eine Kugel, genauso wie die Erde – und gar nichts, gar nichts sonst."
Marie antwortet nicht sogleich. Sie sitzt da, ihre beiden zerstörten

Hände leer im Schoß – und blickt auf das Kind hin, dessen Züge sie kaum wahrnehmen kann in der schummrigen Dunkelheit. Dann sagt sie leise und traurig: „Ja, dann eben nicht – wenn du es besser weißt, Irene."
Nach einer Weile steht sie auf, zieht die Vorhänge zu und geht mit einem leisen: „Gute Nacht!" hinaus.

„Und du hast nicht mit ihnen gesprochen?" fragte Johanne, als Léon zum zweitenmal aus der Rue Lhomond zurückkehrte.
„Nein."
Johanne blickte vor sich nieder. „Eigentlich", sagte sie nach einer Weile, „kann ich das von dir nicht begreifen."
„Nein, Jeanne, wirklich nicht?"
„Glaubst du denn, daß sie – schlechte Menschen sind?"
„O nein, das nicht. Nur: Mir war, als könnte ich sie mit meiner Sprache nicht erreichen. Ich fühlte einen Abgrund zwischen ihnen und mir, einen tausend Meter tiefen Abgrund, einen Abgrund bis in die Mitte der Welt. Ich hatte auf einmal Angst, sie würden mich nicht einmal verstehen, wenn ich ihnen sagte: Euer Kind ist bei uns, es ist zu uns gekommen, weil ihr es immer allein gelassen habt."
„Aber ich denke", sagte Johanne, „*das* müßte doch jeder verstehen."
„Sie nicht", erwiderte Léon, „nicht, wenn *ich* es ihnen sage. Denn du weißt, Jeanne, ich kann nichts sagen, ohne zugleich *alles* zu sagen."
„Das ist wahr, mein guter Alter, das ist wahr."
„Und darum wollen die Menschen auch nicht auf mich hören", fuhr der Mann fort, „und darum habe ich auch so viel Verfolgung auf mich nehmen müssen. Worte – Worte sind nichts, wenn nicht *das Wort* hinter ihnen steht; und vor ihm fürchten sich alle."
„Aber doch nicht *alle*", versetzte Johanne. „Und deine Worte haben doch schon manchem *das* Wort gebracht. Oder – ist es nicht so?"
Der Mann senkte den weißstruppigen Kopf und nickte besänftigt. „Doch –"
„Denk an unseren guten Martineau oder an Jacques und Raïssa, an die Walcheren und Vera – eine ganz kleine Herde hast du schon um dich versammelt, von mir und den Kindern ganz zu schweigen. Du kannst nicht sagen: Dein Stall sei leer."
Nach einer Zeit ergriff der Mann die Feder und schlug ein Heft auf.

„Willst du heute noch arbeiten?"
„Ja, vielleicht – ein paar Zeilen. Eine kleine Änderung."
Johanne hatte ihre Hand auf seine Schulter gelegt, seine Schläfe mit ihrer Wange gestreift. Auch daran erkannte sie, daß ihr Mann älter wurde: er arbeitete bedächtiger, überging das Geschriebene oft, strich aus, fügte ein, suchte neue Wendungen. Früher hatte er das nie getan, hatte seine Schriften unbesehen, gleichsam noch in weißglühendem Zustand hinausgeschickt, nicht selten einen Brand entfachend, den der widrige Wind des Schicksals auf ihn selbst zurückwälzte. Der rasende Zorn, der ihn so oft entfacht und seine Blicke geblendet hatte, hatte sich gemildert. Wenn dieser Zorn auch noch für Augenblicke aufbrauste, pflegte er doch bald in Mitleid umzuschlagen. Seine Verachtung für die Schwächen der Menschen hatte an ätzender Bitterkeit verloren.
Johanne löschte das große Licht – die Kinder schliefen schon. Eine kleine billige Lampe warf ihren kreisrunden Lichtfleck auf die Platte des Schreibtischs. Hinter dem hohen, vom Boden bis zur Decke reichenden Fenster des Raumes schwamm die Mondnacht in silberner Klarheit. Die gegenüberliegenden Dächer schimmerten, als läge frischgefallener Schnee auf ihnen. Die Frau ging umher, nahm die Decke vom Tisch und faltete sie zusammen. Sie rückte die Stühle in die Reihe, jetzt fand sie nichts mehr zu tun übrig. Sie sah, daß ihr Mann immer noch unbeweglich über seinem Heft verharrte und daß es vielleicht noch lange dauern würde, bis er die Stelle geändert hatte, die zu ändern er sich vorgenommen.
Sie wandte sich ab und verließ den Raum.
Léon las die Zeilen wieder und wieder (Zeilen aus seinem Entwurf ‚Die Seele Napoleons').
‚Ich habe es gesagt: Jeder Mensch ist auf Erden, um etwas zu bedeuten, was er nicht kennt, und auf diese Weise eine Parzelle oder einen Berg unsichtbarer Materialien zu schaffen, aus denen der Ort des Verhängnisses gebaut wird.'
Nach einer langen Zeit tauchte er die Feder in das alte fleckige Tintenfaß und strich ‚Der Ort des Verhängnisses' aus. Statt dessen schrieb er: „Aus denen die Stadt Gottes errichtet wird."

Acht Tage später im Haus Curie am Boulevard Kellermann: Man sitzt beim Nachtisch, der alte Doktor tupft sich den Mund mit der

Serviette ab: „Nun, Irene, lauf doch mal schnell in den Garten und sieh nach, ob das Finkenweibchen immer noch brütet. Ich denke, die Jungen müßten heute geschlüpft sein. Ich komme gleich nach."

Irene springt auf, nach dem obligaten „Danke und Mahlzeit!" stürzt sie hinaus.

Pierre will sich gleichfalls erheben. „Einen Augenblick, bitte", sagt der Vater. „Ich wollte euch nur berichten: War gestern mit der Kleinen drüben auf dem Montmartre und ließ mir von ihr das Haus zeigen, in dem sie gewesen ist. Sie fand es auch gleich – ein gescheites Kind!"

„Nun, sie hat ihre Gescheitheit mit dieser Escapade nicht gerade unter Beweis gestellt", antwortete Pierre.

„Laß das doch. Geschehen ist geschehen, und ich glaube, daß sie es nicht wieder tut. – Ich habe mich dort nach den Leuten erkundigt, die sie aufgenommen haben."

„Und?" Die Frage kommt von Marie.

„Der Mann soll irgend so ein Schriftsteller sein, ein komischer Kauz, sehr arm."

„So?"

„Und äußerst bigott. In der Gegend nennt man ihn nur die ‚Schwarze Kathedrale'."

„Ach."

„Er hat zwei Kinder –"

„Irene erzählte von ihnen."

„Ich fände es nur billig, wenn ihr hinginget und euch bedanktet."

„Vater, das hättest du doch an unserer Stelle tun können."

Doktor Curie zuckt schmunzelnd die Achseln. „Das wäre doch nicht das gleiche gewesen. Ihr seid nun mal die großen Wundertiere."

„Na, wenn schon –"

„Ich wollte euch nur erinnern. Die Adresse: Rue Cortot 12."

Wieder vergehen ein paar Tage. Die Curies sind so beschäftigt, daß sie, trotz guter Vorsätze, nicht dazu kommen, auf den Montmartre zu fahren.

Endlich, an einem Juni-Vormittag machen sie sich auf, diesen Besuch zu erledigen.

Die kleine abschüssige, mit grobem Haustein gepflasterte Gasse ist bald gefunden.

„Hier, Nummer zwölf. Ganz malerisch. Läuten wir."
Eine Weile bleibt es still drinnen. Dann nähert sich ein eilig-humpelnder Schritt und eine sehr alte Frau – von schwerer Arbeit oder Gicht ganz verkrümmt – öffnet die Tür.
„Eh, was beliebt?"
Die Curies fragen artig, ob die Herrschaften zu Hause sind.
„Herrschaften? Sie meinen wohl meinen Neffen, Herrn Bloy und Jeanne. Leider. Kann Ihnen nicht dienen. Es ist niemand da, nur ich, die Tante Eugenie aus Périgueux. Wir feiern nämlich heute ein Fest, da muß ich kochen. Raïssa und Vera werden getauft, gleich nebenan in Saint Pierre. Da sind alle dabei, nur ich – na ja, ein Mensch muß ja auch auf das leibliche Wohl sehen, Frömmigkeit ist schon recht, aber wenn die Mägen leer bleiben –"
„Wir wußten gar nicht, daß Herr Bloy noch so kleine Kinder hat."
„Ah, Sie meinen, wegen der Taufe. Ach nein, Raïssa und Vera sind keine kleinen Kinder und sie gehören auch gar nicht zur Familie – nicht zur richtigen Familie – verstehen Sie?" Die Alte wischt sich mit dem Ärmel schnell unter der Nase durch. „Raïssa und Vera sind zwei junge Damen, Raïssa sogar schon verheiratet, ein kluges Wesen, so was Kluges ist mir noch nie über den Weg gelaufen, sag ich Ihnen –"
„Und die werden heute getauft?"
„Ja, ja, Gottes Wege sind wunderbar. Sie haben meines Neffen Bücher gelesen, da haben sie sich bekehrt. Auch der junge Herr Maritain hat sich bekehrt und viele andere, alles nur, weil sie Léons Bücher lasen. Sie haben sich – je nachdem – taufen oder firmen oder kirchlich trauen lassen (wie sich's ja auch gehört) und sind jetzt fromme Christenmenschen und tun den Armen Gutes."
„Hm. Soso." Pierre und Marie wissen nicht recht, was sie antworten sollen, die alte Frau spricht ein barbarisches Périgordisch, sie redet und redet, wie viele Greise, die froh sind, wenn sie jemand gefunden haben, der ihnen zuhört. Sie hat sich aus ihrer gebückten Haltung aufgerichtet und blickt die fremden Besucher aus ihrem von tausend Falten zerkerbten Pferdegesicht mit freundlicher Energie an. Keinesfalls will sie sie so schnell wieder gehen lassen.
„Warten Sie nur ein Momentchen, ich muß mal nach dem Essen sehen!" Sie schuffelt in ein finsteres Türloch davon.

Aus dem Loch dampft es, es riecht nach bratendem Fleisch und billigen Fetten.

Doch gleich kommt sie wieder hervor. „Kann nichts mehr passieren, hab die Flamme auf klein gestellt. Ist ja ein Teufelszeug, dieses Pariser Gas – da lob ich mir mein Herdchen zu Hause, in Périgeux kocht man noch auf offenem Feuer, aber ihr Pariser seid ja alle schon zu fein, euch rußig zu machen, nicht? – Ja, der Léon, mein Neffe, meine ich – was wollte ich nur sagen? 's ist ja doch allerhand aus ihm geworden, aus dem Jungen, bald hat er auch schon seine Sechzig auf dem Buckel. Das war 'ne Plage damals in Fenestreau, sieben Buben, jedes Jahr kam einer dazu, und einer war schlimmer als der andere. Die Schwägerin konnte ja nicht mehr zu Rande kommen damit, da mußte halt ich herhalten, hab's gern getan, hab sie rumgeschleppt, die Rangen. Ich war's dann auch, die gesagt hat, der Léon muß nach Paris, in unserem Kaff kann ja nichts Rechtes aus ihm werden, der braucht die große Welt! Und hab ich nicht recht gehabt? Mein Gott, ich möchte nicht sagen, daß er ein *berühmter* Mann geworden ist – Aber, mein Gott, was ist schon Berühmtheit? Er hat ein paar Leute bekehrt, sie sind jetzt glücklich, das sagen sie selbst, und mir kommt vor, das ist schon allerhand."

„Ja – sicherlich –", äußert Marie kleinlaut.

„Kommen Sie doch hinauf – Sie sollen doch wenigstens die Festtafel sehen!"

Pierre und Marie würden sich nicht so willig die Treppe hinaufbugsieren lassen, wenn sie nicht neugierig wären, den Raum in Augenschein zu nehmen, in den Irenes gefährlicher Ausflug geführt hat. Da steht nun der Tisch, den die Alte die Festtafel nennt, mit einem uralten geflickten Damasttuch bedeckt, Teller aus billigstem Porzellan, Besteck aus Alpaka und Blech. Blumen – ja, auch Blumen sind da, und vor dem Kruzifix brennt ein Kerzchen.

Die Alte blickt – mit gekreuzten Armen – stolz darüber hin.

„Sieht doch gut aus, nicht? Sechs Gänge gibt es heut. Herr Maritain spendiert sie – ist ein guter Herr, und klug, genauso klug wie seine Frau, die Raïssa, macht nur nicht so viel her aus seiner Gelehrtheit. Haben beide an der Sorbonne studiert, aber die Weisheit, die man ihnen dort beigebracht hat, hat sie nicht glücklich gemacht. Und ich will's ihnen glauben. Hab's an meinem Bruder erlebt, der hat auch immer nur gelesen und gelesen und ist dabei immer grantiger geworden, der Herr geb ihm die ewige Ruh. – Was die jungen Maritains angeht, die haben sich gar umbringen wollen, alle beide – Ja, da schauen Sie, ich hätte es nicht geglaubt, aber das gibt es: Sie sagten sich, wenn sie nicht wüßten, wozu sie auf der Welt sind, und es nirgends erfahren könnten, so wollen sie lieber ein Ende mit sich machen. Zum Glück sind sie doch noch an meinen Neffen gekommen. Gottes Wege sind wunderbar.“

Nun schien die Alte selbst gerührt, ihre Augen röteten sich.

„Dieser Tag macht vieles gut, was der Léon auszustehen gehabt hat all die Jahre, und auch die Jeanne, seine Frau, eine brave Person, – eine Ausländerin zwar – immerhin! Es ging ihnen erbärmlich genug. So erbärmlich, daß sie schließlich nach Dänemark übersiedelten, weil sie hofften, dort könnte der Léon eher ein bißchen zu Geld kommen. Aber auch dort war's Essig. So kamen sie wieder zurück. Zwei Kinder sind ihnen gestorben, die armen Würmer, zwei Buben – sie haben das Elend nicht ausgehalten. Die Mädchen, Gott behüte sie, haben es überstanden – sind freilich dünn genug und so blaß, als hätten sie statt Blut nur Wasser und Milch in den Adern. – Aber jetzt, dem Himmel sei Dank, geht es doch besser. Die Maritains sind nicht kleinlich, und noch so ein paar Herrschaften, die ihnen unter die Arme greifen, wenn die Bredulje mal gar zu schlimm wird. Was will man mehr?

Ich weiß ja gar nicht, wer Sie sind, aber Sie sehen aus, als verstünden Sie etwas von der Sache! Schauen Sie doch mal her: Alle diese Bücher hat mein Neffe geschrieben – da staunen Sie – wie? Und alle nur zum Lob Gottes, Sie werden es nicht glauben. Ach, wissen Sie: Die Leute haben sich wenig aus Léons Büchern gemacht, die Leute lesen lieber leichtfertiges Zeug – Doch – wie ich Ihnen schon sagte: Ein paar Leute haben ihr Leben durch diese Bücher verändert, und das ist viel, nicht wahr, das ist doch eigentlich das meiste, was ein Mensch erreichen kann.

Da: Lesen Sie, was mein Neffe neulich geschrieben hat – ich finde es wunderschön, er hat es uns vorgelesen, und jetzt liegt das Blatt immer auf seinem Schreibtisch:

‚Endlich hat mein Werk eine Approbation empfangen, nicht durch die Öffentlichkeit, nicht durch die Kirche, sondern durch den Heiligen Geist selbst.‘

Denn – wissen Sie, das ist Gnade."
Von der Alten bis vor das Tor begleitet, verlassen die Curies das Haus. Sie sind gar nicht dazu gekommen, den Zweck ihres Besuches zu erklären, und als sie hörten, daß die Bloys mit ihren Gästen wahrscheinlich erst knapp vor dem Mittagessen nach Hause kommen würden, sagten sie, daß sie nicht stören wollten und vielleicht ein anderes Mal kämen. In Wahrheit hatten sie keine Lust, in die Gesellschaft zu geraten, die von einer so sonderbaren Zeremonie zurückkehrte, wie es die Taufe von Erwachsenen ist, und sie hatten eine Scheu, sich unter die Feiernden zu mischen.
„Allerhand", sagt Pierre, „hast du das gehört: Approbation durch den ‚Heiligen Geist'. Ich muß sagen: Der Mann ist seiner Sache sicher."
Die Frau lacht. „Ein glücklicher Mensch." Sie ist heiter, sie beide sind heiter gestimmt – in dieser Art, in der Rührung und Wehmut mitschwingen und die sich in der Schwebe hält zwischen Lachlust und einer flüchtig-zarten uneingestandenen, weil scheinbar ganz unbegründeten, Anwandlung, eine verstohlene Träne zu zerdrükken. „Glaubst du, Pierre, daß auch unser Werk vom ‚Heiligen Geist' approbiert würde, vorausgesetzt, daß es ihn gäbe?"
„Hm. Ich kann mir ein bißchen zu wenig vorstellen unter ihm. Aber –", Pierre schiebt den Hut schief ins Genick und krault sich hinter dem Ohr, „wenn sein Name hielte, was er verspricht – *Heiliger* Geist – so möchte ich doch mindestens hoffen, daß er gegen unsere Methode nichts einzuwenden hätte."
„Und mit unserer *Sache*?" fragt Marie. „Wie steht es da?"
„Sache?!" Pierre zieht in verschmitzt gespielter Entrüstung die Brauen hoch. „Ich höre: Sache! Als ob Madame Nobelpreis nicht pflichtschuldigst wüßten, daß es höchst unwissenschaftlich ist, von Sache zu reden, wo sich's nur um Methode handeln kann. Pfui, wie laienhaft –"
Marie geht auf Pierres Ton ein. „Oh, bitte um Pardon! Immerhin: – Mögen Herr Professor in Erwägung ziehen, daß Methoden Folgen haben können, die für den ‚laienhaften' Menschenverstand sehr wohl den Charakter von ‚Sachen' annehmen können, Sachen –", und nun verschattet sich ihr Lächeln, „von denen wir nicht absehen können, zu welchem Ende sie führen."
Darauf antwortet Pierre nicht. Sie haben die Place du Tertre erreicht, dieses kleine anmutige Geviert auf dem Berg der Märtyrer,

wo die Narrenfreiheit der Künstler ihre bunten Zelte aufgeschlagen hat. Hier herrscht die Stimmung eines ewigen Volksfestes, und flanierende Touristen genießen das Schauspiel, das wohl für ihre Augen berechnet ist, aber doch in voller Unbekümmertheit um Tadel oder Applaus dargeboten wird. Pierre und Marie streifen leicht durch das Gedränge hin.

„Wollen wir die Funiculaire nehmen?" meint Pierre. „Nein – ich denke, wir gehen zu Fuß." Und Marie stimmt sogleich und gerne zu.

Merkwürdig: Sie denken jetzt nicht an die Zeit, die sie versäumen (mit der sie sonst so geizig sind). Es lockt sie, hier zu verweilen, auf der Höhe unter der seidigen Himmelsglocke, die hier so viel leichter und heller scheint als drunten in der unter Qualmschwaden brütenden, lärmvollen Stadt. Die Giebellinien der grotesk ineinandergestockten Häuschen, die komischen Physiognomien der Kamine, das verrückte Buckelpflaster der Straßen, der Klang der durcheinanderbimmelnden Mittagsglocken – alles das lädt zum Bleiben ein, zu einem Augenblick genießender Muße. Die leise Wehmut, die ihre Heiterkeit tönte, als sie das Haus Bloy verließen, verfliegt, nicht aber die Heiterkeit selbst, der sie sich lange schon entfremdet fühlten: So schlendern sie dahin wie einst vor Jahr und Tag als junges Paar, die Frau hat ihren kleinen Finger in den des Mannes gehakt, und lauschen dem eigenen leicht klappernden Schritt, der sie ein paar Stufen hinab und ein krummes Gäßchen entlang trägt – könnten sie nicht hier irgendwo einkehren und essen?

„Wie ist das nun?" sagt Pierre. „Jetzt sind wir bei diesen Leuten gewesen und haben uns bei ihnen doch nicht richtig bedankt."

„Ach, weißt du, es wird das beste sein, wir gehen in irgendein Estaminet und schicken ihnen ein paar Flaschen Wein. Dann haben die armen Schlucker auch ihr Wunder von Kana."

„Kana?" fragt Pierre. „Was ist das wieder?"

„Ah, da weiß mein Heide nicht Bescheid –" Sie sind an eine der langen Treppen gelangt, die den Berg hinabführen: Eigentlich blieben sie gerne oben, andernteils zieht sie die Flucht der Staffeln hinab, und sie beginnen zu laufen: Es gewährt eine eigene kindische Lust, den schnellen, fast allzuschnell federnden Schritt hinuntertrappeln zu hören. „Kana: – Das ist irgend so ein biblisches Märchen, es erzählt vom ersten Wunder, das Jesus Christus gewirkt

haben soll – eben zu Kana, bei einer Hochzeit. Die Brautleute waren arm, und es ging ihnen der Wein aus, sie hatten nichts mehr zu trinken. Da ließ Jesus die Krüge mit Wasser füllen und verwandelte das Wasser zu Wein.“ – „Ein praktisches Verfahren –“
„Ja, nicht wahr? – Sonderbar: Ich habe nie mehr daran gedacht. Aber dieses erste Wunder: Es war doch auch so etwas wie eine Substanzverwandlung.“
„Ein alter Traum der Menschheit: Substanzverwandlung. Sehr begreiflich, denn sie bedeutet: Macht.“
Marie bleibt stehen. „Macht? Haben denn auch wir Macht gewollt?“
Pierre blickt die Frau aus schmalen Augen an. „In gewisser Weise, ja.“
Sie waren unten angekommen und bogen in die breiteren Straßen ein: Hier ratterte es wieder von Wagenrädern. Die Frau nahm des Mannes Arm. „Du machst mir Angst, Pierre.“
„Die du längst hast, Marie.“ „Ja, das ist wahr.“ Sie schwiegen eine Weile.
„Aber –“ fragte der Mann, „hättest du je anders gekonnt?“
„Nein. Nie.“
„Nun siehst du: Nicht-anders-können –“
„Heißt wohl auch: Nicht-anders-dürfen –“
„Das – hab ich nicht behauptet.“
„Sondern?“
Der Mann schüttelte den Kopf. „Ein weites Feld, das du da betrittst, Marie, ein so verdammt weites Feld, daß es, glaube ich, in diesem Leben nie ausgeschritten werden kann.“
„Nie in diesem Leben?“ rief die Frau, „aber dann –“ ist ja alles unmöglich, wollte sie sagen, abgründig, unerträglich –
„In ferner Zukunft, wenn vielleicht niemand mehr etwas von uns weiß, wird unbekannten Augen sichtbar werden –“
„Was wir gedurft hätten, als wir nicht anders konnten?“
„Ja, ganz recht: was wir gedurft hätten, als wir – nicht anders konnten.“
„Oh – Pierre – das ist –. Da hast du etwas Schreckliches gesagt.“

Was ist dir geschehen, Pierre, was ist dir geschehen?! Acht Hufe, vier Räder und das Pflaster aus Granit, das dichtverfugte Granitpflaster auf der Kreuzung Pont Neuf – Rue Dauphine.

Es hat dich niedergestoßen – Es, was war es? in den Wirbel der Hufe, in die Bahn der Räder, ah, Pierre!
Dein Kopf, Pierre, deine Schläfen, dein Nacken, und das Licht – das Licht deiner Stirn –
Ach, Pierre, Pierre.
Wärst du zu Tode erkrankt, ich hätte dich pflegen können; wärst du von Krebs befallen worden, unser Radium hätte dich geheilt. Wärst du gestorben, wie meine Mutter starb, von jahrelangen Fiebern ausgebrannt, ich hätte bei dir aushalten – ich hätte deinen letzten Atem in mich einsaugen können.
Aber du warst schon kalt, als sie dich brachten, Pierre, gräßlich entfremdet durch die Starre des Todes, und das Furchtbare, tödlich Furchtbare verborgen unter einer Haube aus Mull.
Es hat dich erreicht, Pierre, dort, wo du weit weg warst von allem, von allem, was dich umgab. (Hufe, Räder und Pflaster.) In deiner Abwesenheit, die ich so gut an dir kannte, einsam in ihr, in der Zelle, wo du nur Umgang hattest mit dir selbst. Und mit mir.
Ahnungslos.
Weltzeit hast du errechnet, Pierre, die verborgene Strahlenuhr enträtselt. Deine Zeit hast du nicht gewußt, und das Tödliche traf dich
das Licht deiner Stirn
das Licht
das Licht erloschen.
Wo ist sie, die Brücke aus Unverweslichkeit,
die du mir entgegendachtest
hoch über dem grünen Land der Menschen?
Der Gedanke, der denken will, vom Nichts überstürzt
ins Nichts gestürzt,
in den Abgrund Nimmermehr,
Nimmermehr, ach und Wie-nie-gewesen.
Aus dem Raum,
aus der Zeit,
aus der Bahn der geliebten Gesetze –
schreckliche Fliehkraft dem äußersten Bogen zu . . .
Ich noch angeschmiedet
an den Amboß Leben,
an den Pfahl Einsamkeit.
Wie lange?

XII

Der Wagen schoddert die Straße entlang, ein grauer Renault mit Rotem Kreuz und französischem Hoheitszeichen – seit dem frühen Morgen unterwegs. Immer wieder gibt es Aufenthalte: Alle Zufahrten nach Verdun sind durch den Aufmarsch zur Defensive verstopft.

Die Frau sitzt neben dem Fahrer. Die Windschutzscheibe ist geborsten und das eine Fenster eingedrückt. Das ist gestern nachts passiert, als sie in das Lazarett von Bar-le Duc unterwegs waren. Ein Munitionswagen hat beim Reversieren das Auto gerammt. Zum Glück ist an den Apparaturen kein Schaden entstanden, sie funktionierten tadellos, als man sie in der Operationsbaracke aufstellte. Nicht einmal der auf das Trittbrett montierte Dynamo hat etwas abbekommen. In einer halben Stunde war alles wieder bereit. Der Fahrer und die zwei Manipulanten sind gut geschult. Es klappt jeder Griff, und wenn man sich mit nichts aufhält und keine Kräfte, weder die eigenen noch die der Helfer, schont, kann vierzig Minuten nach Ankunft der fliegenden Röntgenstation der erste Verwundete auf den Tisch geschoben werden.

Die Crookessche Ampulle, unter die Platte montiert und mit Strom von hohen Frequenzen beschickt, schießt ihre Strahlen durch die Platte und den über ihr ausgestreckten menschlichen Leib auf den Schirm. Skelett und Geschosse zeichnen sich deutlich ab. Der Arzt sieht, was er sehen will: Frakturen, Splitter, Projektile.

Er kann sich schlüssig werden, ob und wie operiert werden soll. Manchmal muß der Körper gedreht und eine zweite und dritte Durchleuchtung vorgenommen werden. Es ist entsetzlich, daß man den armen gepeinigten Menschen weitere Pein zufügen muß. Viele fallen beim Hin- und Herwenden in Ohnmacht. Unzulässig ist es, wenn die Chirurgen im Angesicht des Röntgenbildes die Methode diskutieren wollen, nach der die Operation vorzunehmen ist. Die

Irradation ist gefährlich und aus Rücksicht auf das helfende Personal auf ein Mindestmaß einzuschränken. Marie Curie treibt zur Eile an.
Abgesehen von der perniziösen Wirkung der leuchtenden Materie (wie Crookes sie nannte) – Marie hat wenig Zeit. Sie muß zusehen, möglichst viele Verwundete in möglichst kurzer Zeit unter den Schirm zu bekommen. Sie muß weiter, sie wird in einem anderen Lazarett erwartet. Der Bogen der Front erstreckt sich von der Schweizer Grenze bis zum Kanal, und ihr Einsatz erfolgt, je nach Bedarf, bald hier, bald dort.
Nur wenn es sich herausstellt, daß unter dem Röntgenschirm operiert werden muß, wird der Aufbruch hinausgeschoben. In fliegender Eile werden die notwendigen Vorbereitungen getroffen, dann das Licht gelöscht, der Strom durch die Ampulle gejagt: der Augenblick ist da, wo sich Skalpell und Sonde in den von der leuchtenden Materie durchsiebten Körper einsenken. Der Schatten der Pinzette nähert sich dem Fremdkörper, ergreift ihn, lotst ihn heraus.
Der Splitter klirrt in das Becken.
Licht an, Strom aus.
Während der Operateur die Wunde verklammert, arbeiten flinke Hände schon an der Zerlegung der Armaturen. Die heiklen Teile verpackt Marie selbst. Die Kisten werden zugeklappt und hinausgeschleppt. Das ganze Gepäck, Gesamtgewicht etwa zweihundertfünfzig Kilogramm, in den Kastenaufbau des Renault geschoben. Eine kurze Labung, der Fahrer kurbelt den Motor an. Es geht weiter.
Oft fürchten sich die Verwundeten vor der Prozedur der Durchleuchtung. Wenn sie, aus ihren Betten geholt, in den verdunkelten Raum geschoben und den Apparaturen genähert werden, erheben sich die grünlich bleichen verfallenen Gesichter von den Bahren – spähend in tödlicher Angst. Vielleicht sind die Männer ohne zu zittern ins Feuer gegangen. Jetzt entsetzen sie sich vor dem Unbekannten, was da mit ihnen geschehen soll. Da steht eine Frau, barhäuptig, ohne Schwesterntracht – an sie klammert sich ihr verzweifelter Blick. „Was haben Sie da vor? Was tun Sie mit mir?"
Tausendmal schon hat Marie solchen Gesichtern zugelächelt – ein armes, stereotypes Lächeln, das sie selbst nur mehr als eine Art mühseliger Verzerrung empfindet: „Es tut nicht weh. Sie sind doch sicher schon photographiert worden. So ist es – genau so –"

Schlimm, wenn das Bild auf dem Schirm das Todesurteil aufweist und wenn dann, bei aufflammender Beleuchtung, der Blick des Arztes die gewisse Stumpfheit zeigt, die verrät, daß er nur Unabänderliches zu registrieren hatte. Verlorene Mühe. Geliefert. „Der Nächste."
„Der Nächste."
„Der Nächste."

Lazarette in Paris, in Saint Omer, in Abbéville, Poperinghe, Amiens. Große Spitäler, ganze Städte von Spitälern. Kleine Notspitäler in Schulen, Baracken, Bauernhöfen und Schlössern, in Kirchen, Klöstern. Lazarette in ehemaligen Ziegeleien, in Fabriken, in aufgelassenen Weinkellern.
Lazarette mit allen nötigen Einrichtungen und Hilfsmitteln – und solche, in denen es keine Elektrizität und kein Gas gibt, in denen beim Schein von Petroleumfunzeln oder stinkenden Karbidlampen gelitten, operiert und gestorben wird. Speziallazarette für Lungenschüsse, Rückenmarkverletzungen, für Tuberkulose. Lazarette für Cholera, für Ruhr- und Typhuskranke, für Syphilisverseuchte – auch unter ihnen Verwundete, die operiert werden müssen, auch sie werden unter den Schirm geschoben und durchleuchtet.
Da gibt es die Stillen, die alles mit sich geschehen lassen und jeden Schmerz stumm ertragen. Da gibt es solche, die aufschreien, ehe man sie berührt, solche, die fieberhaft vor sich hin plappern und jeden ansprechen, der in ihre Nähe kommt; solche, die unentwegt immer dasselbe murmeln, einen Namen, ein Gebet, einen Fluch. Alte Männer, junge Männer, Knaben, von denen man nicht begreift, wie sie schon in die Feuerlinie geschickt werden konnten, Franzosen, Briten, Kanadier, Neuseeländer, die um den halben Erdball gefahren sind, um sich hier im Artois oder in Flandern eine Kugel in den Leib jagen zu lassen. Braune Burschen aus den Atlasländern, wollige Senegalneger, sommersprossige Schotten, auch Polen. Auch Polen ...
Ein Aufmarsch aus aller Herren Ländern, eine nicht endenwollende Prozession blutiger Opfer: das Spukbild ihrer Skelette – immer dasselbe –
Nur ihre Verwundungen unterscheiden sich voneinander.
Es streift an das Groteske, kaum mehr Faßbare, auf wie verschie-

dene Weise diese Körper zerschlagen, durchbohrt, zersiebt und verstümmelt sind, als wäre ein aus nie versiegender Phatasie genährter teuflisch klügelnder Verstand ununterbrochen dabei, die Möglichkeiten des Verderbens in allen nur denkbaren Variationen durchzuproben, abzuwandeln, umzukehren, zu verkoppeln und miteinander zu potenzieren. Nun freilich: es sind auch die mannigfaltigsten Mittel zur Verfügung gestellt, eine Armee von Mitteln, die sich täglich noch vermehren und deren Bösartigkeit täglich neue Finten hervortreibt. Die Erfindungsgabe des Menschen arbeitet unausgesetzt daran, die ausgesäte Vernichtung noch vernichtender zu machen, genauer zu lenken und das ihm in den Weg geworfene Leben desto sicherer ins Mark zu treffen. Aus allen Gebieten der Naturwissenschaft strömen Hilfskräfte herbei, um die einstmals im Namen des Fortschritts und der Beglückung entwickelten Ergebnisse in Impulse der Zerstörung zu verwandeln (Nobels Erfindungen nicht zu vergessen, des Friedenspreisstifters).

Marie hat sich längst an alle Schrecknisse der Lazarette gewöhnt. Blut, Eiter, Gestank machen sie nicht mehr erzittern. Sie ist auf alles gefaßt, wenn der Schirm aufleuchtet und ihr in immer wechselnden Bildern die immer gleichen Entsetzlichkeiten zeigt: zermalmte Knochen, gräßlich gezackte Metallfetzen in Nieren, Lungen, Blasen, Hoden.

Sie hat auch verschluckte Nadeln, Nägel und Löffelstiele gesehen – aus Angst verschluckt, in der vagen verzweifelten Hoffnung, dadurch dem Grauen der Front zu entkommen.

Sie hat auch kleine Kinder unter dem Schirm gehabt – und eine Hochschwangere mit durchschossenem Rückenmark.

Auch ein Mädchen aus einem Frontbordell, die Beckenknochen von einer Fliegerbombe zersplittert –, als sie Maria erblickte, versuchte sie sich aufzurichten und rief mit greller Stimme: „Sehen Sie mich an, Madame, auch ich habe gekämpft.“

Auch ihr nickte Marie zu, das Gespenst eines Lächelns auf den ausgemergelten Zügen.

Nur, wenn man Kopfverletzte bringt, Männer mit Frakturen der Hirnschale und Schädelbasis, muß sich die Frau abwenden, sie vermag nicht hinzuschauen, das Herz von immer demselben Entsetzen durcheist.

Sie ist nun schon fast zwei Jahre unterwegs. Kurz nach Ausbruch

des Krieges hat sie die Einrichtung dieser fliegenden Röntgenstation erreicht, die übrigens längst nicht mehr die einzige ihrer Art ist. Das anfängliche Mißtrauen gegen das neue Hilfsmittel ist der nun nahezu allgemeinen Erkenntnis seiner Unentbehrlichkeit gewichen. Die Hospitäler der großen Städte sind mit festen Stationen versehen. In wenigen Wochen soll in Paris ein Kurs zur Ausbildung des benötigten Röntgenpersonals begonnen werden. Marie soll ihn leiten. Damit wird dieses Wanderleben hinter der Front von Lazarett zu Lazarett wohl ein Ende haben. Noch kann sich Marie kaum vorstellen, wie sie wieder seßhaft werden soll.
Die Kinder leben in Paris bei Jacques und dessen Frau. Es geht ihnen gut. Irene – ein schon erwachsenes Mädchen – legt demnächst ihre Pflegerinnenprüfung ab. Ihre unbestechliche Intelligenz erregt manchmal der Mutter Staunen. Es ist, als hätten sich in diesem Mädchen Kräfte der Vernunft vorweg geschult und geschärft, die bei anderen erst durch die Übungen des Studiums hervortreten. Irene hat ihre Widerspenstigkeit abgelegt, seit die Mutter sie als Erwachsene behandelt. Trotzdem ist sie verschlossen und vermeidet in den Gesprächen mit der Mutter alles, was auf Gefühle und Herzensangelegenheiten hinweist.
Die Kleine – Ève – ist ganz anders. Ein Wesen voll Anmut und Musikalität, voll Spieltrieb und kleiner weiblicher Eitelkeiten – in ihr scheint Bronias Natur aufzublitzen. Ihr größter Kummer, daß die Mutter nie so elegante Kleider trägt wie die anderen Damen. Die kleinen Geschenke, mit denen sie Marie zu bestimmten Feiertagen überrascht, drücken ihre Wünsche in dieser Hinsicht aus, und dann ist ihre Enttäuschung groß, wenn die Mutter den Schleier wegsteckt, statt ihn an den Hut zu heften, wenn sie den Spitzenhandschuh in die Schublade legt und es strikte ablehnt, das Parfüm ‚Amour' zu verwenden, für das Eve ihr lange gespartes Taschengeld verwendet hat.
Gewiß fehlt beiden Kindern der Vater. Marie hat selten von ihm gesprochen. In ihren wissenschaftlichen Arbeiten erwähnt sie ihn um so öfter. Mit minutiöser Genauigkeit registriert sie jeden Anteil, den Pierre am Fortgang der Forschung hatte. Sein Bild soll – auch für die Kinder – in Methoden und Ergebnissen sublimiert sein. Die Kontur seiner persönlichen Existenz ist in diesen Ergebnissen aufgegangen.

Kommt Marie nach Paris – sie ist vom Boulevard Kellermann in eine andere Wohnung auf der Insel Saint Louis übersiedelt – verfällt sie meist zuerst in einen totenähnlichen Schlaf. Kaum hat sie sich notdürftig erholt, heißt es von neuem aufbrechen: endlose Wege von Behörde zu Behörde. Die Belange der fliegenden Röntgenstationen müssen vorangetrieben werden. Darüber hinaus: das radiologische Institut soll weiter ausgebaut und vervollkommnet werden; obwohl die Arbeit seit Kriegsbeginn ruht – einmal wird dieser Krieg enden, dann muß sie von neuem aufgenommen werden. Dieser Neubeginn kann nur gelingen, wenn er vorbereitet ist.
Der Krieg hat eine große Zäsur in Marie Curies Lebenswerk gelegt. Aber – was auch geschehen mag, nichts wird es auf die Dauer hemmen können. Ob sie selbst es erlebt oder nicht: die Kugel, einmal ins Rollen gebracht, wird ihren Weg nehmen. Das eigene Dasein: eine schwache zitternde Spur, die sich im Dunkel verlieren kann, was liegt daran? Dort aber *das andere* – und es hat sich schon wie mit Feuerbahnen in das Bild der Zeit gegraben.
Der Tag ist schwül, und je mehr sie sich dem Bereich von Verdun nähern, desto mehr verdichtet sich die Luft in einer unter der drükkenden Hitze träge schleichenden Staubwolke. Von allen Straßen wölkt sie auf: von Millionen Schritten, Millionen Radumdrehungen, vom Gewicht der schweren Kaliber aus dem Schotterbelag herausgemalmt. Aus jedem Tal wälzt sich ein Strom heran auf die Hauptstraße zu, die entlang der Meuse dem Schlund der Schlacht entgegenkriecht: La voie sacrée – die Heilige Straße, auf der die Nation alles, was sie aufzubieten hat, der Verteidigung von Verdun zuführt.
Seit dem Sommer vierzehn hat der Feind gegen das Meusetal gedrückt. Ein erster Vorstoß auf Saint Mihiel konnte abgefangen werden. Aber seit dem Februar, seit mehr als vier Monaten also, ist er zum Großangriff vom Norden her angetreten. Noch hat er das Zentrum nicht erreicht. Unter unaufhörlichen wechselnden Kämpfen ist er auf dem linken Ufer über Forges und Cumières und die kleine kahle Kuppe des Toten Mannes vorgedrungen. Am rechten Ufer hat er Fort Douaumont, Vaux und zuletzt auch das Dorf Fleury genommen. Jetzt erreichen seine Geschütze schon die Stadt und schießen sie allmählich in Trümmer. Die Verluste der Deutschen sollen ungeheuer sein. Über die der Franzosen wird nichts

Amtliches bekanntgegeben; aber neulich fiel ein Wort in der Nationalversammlung, und es ließ Entsetzliches ahnen: durch die Kämpfe vor Verdun seien bisher mehr als einundeinehalbe Million französischer Kinder Waisen geworden.
Alles, was zur Verfügung steht oder zur Verfügung gestellt werden kann, wird in die Schlacht hineingepumpt. Alle Rüstungsfabriken arbeiten auf Hochtouren. Immer wieder durchkämmen neue Aushebungen die menschlichen Reserven. In größter Eile werden Straßen, Eisenbahnen und Brücken gebaut. Die Zahl der Übergänge über die Meuse hat sich in den letzten Monaten allein zwischen Verdun und Saint Mihiel von neun auf zweiundvierzig erhöht. Straßen, Eisenbahnen, Brücken – nichts als Kanäle, durch die Menschen und Material – täglich dreitausend Mann und zweitausend Tonnen Stahl und Sprengstoff – in den Feuerofen gepumpt werden.
Marie ist auf dem Weg in das Lazarett von Nixéville, die kleine Ortschaft soll von Schwerstverwundeten überquellen.
Längst erheben sich Stimmen, die davor warnen, die ganze nationale Kraft auf die Verteidigung eines Geländes zu verbrauchen, das kaum fünfzehn Kilometer im Geviert hat. Warum gerade hier einen Widerstand leisten, der mehr kostet als der elastische Widerstand an allen übrigen Fronten? Warum gerade um den Besitz dieses Fleckchens Land – ein paar Wälder, vier oder fünf elende Dörfer, ein Steinbruch und drei Forts – ganz Frankreich ausbluten lassen? Warum gerade da?
Aber der monomane Eigensinn, der die Deutschen alles gerade auf diesen einen Durchbruch setzen läßt, hat denselben monomanen Widerstand hier hervorgerufen. Weit über das Urteil der Experten hinaus und darüber hinweg, hat sich hier ein Einsatz entwickelt, ist hier ein *anderes* ausgebrochen, etwas Grandioses und zugleich Wahnsinniges, eine Art Besessenheit, die alles zu opfern, alles aufs Spiel zu setzen entschlossen ist, nur um diese Kraftprobe zu bestehen.

Wie oft schon hat sich Marie in den vergangenen Jahren in der Eisenbahn oder in ihrem Wagen einer Front genähert.
Jedesmal zeigt sich, ehe die eigentliche Vernichtungszone beginnt, deren Ausstrahlung ins Hinterland.
Etwas zunächst Unwägbares verändert die Dinge und gibt allem

einen Anschein von Verderblichkeit, Fragwürdigkeit, Vorläufigkeit.
Genau genommen beginnt es schon in der Bannmeile von Paris. Obstbäume und Hecken sind nicht mehr beschnitten, die Gärten kaum bestellt. Kleinere Schäden an den Häusern werden nicht mehr ausgebessert. Niedergebrochene Zäune bleiben liegen.
Noch bestellen die Bauern ihre Felder, aber sie tun es nachlässiger als sonst. Das Gestrüpp greift von den Rainen aus. Die kleinen Villen, die, den Dörfern zugesellt, diesen so oft ein freundlich-urbanes Aussehen verleihen, stehen auch jetzt im Sommer leer, ein deutliches Zeichen, daß man dem Stillstand der Front nicht traut.
Dann beginnt die zweite Zone. – In der ersten war es ein Nachlassen der auf Ordnung und Bewahrung gerichteten Kräfte; hier treten Unordnung und ein von der Gleichgültigkeit der Desperation angeheizter Verschleiß unheilvoll hervor. Längs der Straße und des Bahndamms ziehen sich breite Streifen gänzlicher Verlotterung dahin. Wegwurf fleckt den Boden kilometerweise mit Papieren, fleddernden Fetzen, zerbrochenen Kisten; in Brüche gegangene Fahrzeuge weggestellt, eine Böschung hinabgestürzt. Dazwischen Brandflecken von Kochplätzen, nicht selten zu Rasen-, ja selbst zu Waldbränden ausgebreitet. Mit Stacheldrahtzäunen umgitterte Grundstücke, in denen Gefangene in Laubhütten kampieren, andere, in denen sich Barackenreihen unter Camouflagen ducken. Alle Ortschaften mit Soldaten überfüllt und von ihnen verwüstet.
Obwohl die Straßen von Menschen und Fahrzeugen überquellen, scheinen sie doch seltsam verlassen, die Häuser ausgestorben, wenn auch aus allen Fenstern Gesichter blicken. Dichtes Gewühl vor den Estaminets. Fremdartig anzusehen, hocken braune Männer in sonnigen Winkeln, sie scheinen immer zu frieren. Noch fremdartiger die schwarzen Gestalten, die die Türme der Kirchen an den Blitzableitern erklettern oder sich aus den Schallöchern der Glockenstuben halsbrecherisch hinabschaukeln lassen.
Das erste zerstörte Haus. Eine geplatzte Fassade, die das Innere mit allen seinen Eingeweiden bloßlegt. Aus Fensterluken und von den Dächern herab wird mit scharfer Munition Scheibenschießen veranstaltet. Möbelstücke stehen im Freien, Betten, auf denen man sich sonnt, Spiegel, vor denen man sich rasiert. Ein paar junge Burschen vergnügen sich damit, vom Balkon eines Hauses auf-

geschlitzte Federpolster auf die Köpfe der Vorübergehenden auszuschütteln.
Von hier an liegen die Felder brach. Junges Buschwerk hat sich, schnell aufschießend, darauf angesiedelt. Geilwuchernde Wildnis breitet sich aus, als würde diese Zone schon darauf vorbereitet, daß auch sie, wie die nächste wenige Kilometer weiter, von Granaten zerpflügt und zur Mondlandschaft der Schlachtfelder zerstampft werde.
Ein Feldflugplatz, von den großen Schmetterlingen der Doppeldecker überkrochen. Am Horizont Fesselballone, unförmige Würste oder kleine runde stumpffarbene Monde, und abends, wenn die Dunkelheit einfällt, ein fernes Blitzen, ein dumpfes Rollen und das dunstige Karmin unsichtbarer Brände.
Dann wieder mitten in der um sich greifenden Wüstenei das Wunder unversehrten Lebens: ein Häuschen, das seine Einwohner nicht verließen, ein Garten, in dem es blüht, Kinder hinter dem Zaun, eine junge Mutter, die, ihr Jüngstes an die Brust gedrückt, vor der Tür steht und mit nichts begreifenden Augen dem Zug der Wagen und Geschütze nachblickt.
Alle diese Bilder hier vor Verdun, rechts und links der Voie sacrée wiederholt, konzentriert, pausenlos aufgereiht und wie ineinander kopiert ...
Seit Stunden kommt der kleine Renault mit dem Roten Kreuz, dem auf dem Trittbrett aufmontierten Dynamo und dem französischen Hoheitszeichen nur in kleinen Etappen vorwärts. Schrittweise schiebt sich die Raupe der Truppen und Munitionskolonnen dahin. Es soll keinen Aufenthalt geben, und doch gibt es alle Augenblicke eine Stockung. Wo die Straße eine Siedlung durchquert, wird das Durcheinander unübersehbar. Pferde, Menschen, Fahrzeuge sind zwischen den Häusern wie eingekeilt. Die schlimmsten Engpässe sind weggesprengt. Die Truppen klettern über die Trümmer. Chargen stehen an den Kreuzwegen, fuchteln mit weißen Stäben und brüllen in das Tohuwabohu hinein. Offiziersautomobile suchen sich durch wilde Hupensignale einen Weg zu bahnen. Doch wer kann ausweichen? Pferde scheuen und bäumen sich – eben hat sich eines auf einer Deichsel aufgespießt, es muß losgemacht und weggeschleift werden: neuer Aufenthalt, verstärktes Durcheinander. Nach hundert Schritten ein neues Hindernis. Die Straße von Geleisen gequert,

der Wärter kurbelt schon an den Schranken. Der Fahrer gibt Gas und prescht – fünf Meter vor der Lokomotive – eben noch durch.
„Sie sollten das nicht tun", sagt Marie. „Denken Sie: die Apparate."
In der nächsten Minute ist sie froh auf offener Straße zu sein. Motorengeräusch von oben, über die östlichen Hügelkuppen sticht eine deutsche Staffel vor, Schlachtflugzeuge, und setzt zum Bombenwurf auf die durchfahrene Ortschaft an. Ein flatterndes Pfeifen geht hinter ihnen nieder, ein trockenes Aufkrachen – dann der dumpfere Ton stürzender Erdschollen, Steine und Balken. Marie reißt die Tür auf und blickt nach hinten. Die Pilze setzen sich dicht hintereinander flußaufwärts den Dorfrand entlang. Die Abwehr schießt aus allen Rohren – hat sie getroffen? Die Staffel schwenkt, eine Rauchfahne hinter sich herziehend, ab. Eine Weile später tauchen zwei Nieuports auf, der Luftkampf zieht nach links weg. Später zeichnet sich eine einzelne schlanke Rauchsäule in den Himmel.
Vorn an der Straße ein Richtungsschild: nach Verdun über Dugny – 15 Kilometer.
Ein Posten hält den Wagen an. Marie zeigt ihre Papiere.
„Nach Nixéville? Da müßten Sie ja über Verdun fahren."
„Aber wieso?"
„Die Straße von Dugny nach Nixéville ist in dieser Richtung gesperrt."
„Dann fahren wir über Verdun."
„Da kommen Sie nicht durch. Kehren Sie um!"
Der Fahrer brüllt: „Umkehren? Nein."
Marie sagt: „Seien Sie ruhig – lassen Sie mich machen. Ich fahre ins Hauptquartier."
In Dugny liegt das Hauptquartier für den Abschnitt Verdun.
„Da kommen Sie erst recht nicht rein."
„Das werden wir sehen."
Der Posten zuckt die Achsel. Der Wagen ruckt an. Die Erfahrung hat Marie gelehrt, daß es zwecklos ist, sich an untergeordnete Stellen zu wenden, wenn man etwas Außerordentliches erreichen will. So ist sie entschlossen, auch diesmal, wenn nötig, bis zum Armeekommando selbst vorzudringen, um die Durchfahrt nach Nixéville durchzusetzen. Sie ist es gewohnt, daß sich alle Türen vor ihr öffnen, sobald sie ihren Namen nennt. Und sie hat vor, diesen Umstand auch hier auszunützen.

Nixéville, denkt sie, heute noch. Und wenn wir die Nacht durcharbeiten, kann ich morgen weiter.
Marie ist müde. Es ist keine Müdigkeit von heute, gestern oder vorgestern. Diese Müdigkeit staut sich seit Wochen, seit Monaten, seit Jahren in ihr an. Sie ist ganz ausgehöhlt vom Mangel an Schlaf. Sie hat es gelernt, überall zu schlafen, in jedem Bett, das man ihr anweist, in der Eisenbahn, in Wartesälen. Aber der Schlaf ist immer viel zu kurz. Es ist lächerlich, aber der seit so langer Zeit um seine Rechte gebrachte Körper hat die Fähigkeit entwickelt, sich unter allen Voraussetzungen eine winzige Portion Ruhe und Entspannung zu ergattern. In den Frontberichten wird immer wieder als Kuriosum erwähnt, daß der Soldat, ist er nur einmal tief genug erschöpft, sogar im Trommelfeuer schlafen kann. Marie findet das nur zu begreiflich. Längst ist der Platz hier neben dem Fahrer ihr eigentlicher Ruheplatz geworden. Der Wagen schwankt und rumpelt, der Motor tuckert: es stört sie nicht. Sie schließt die Augen – ja, selbst mit offenen Augen kommt jene Schlafumnachtung über sie, die sich durch das Auftauchen eidetischer Bilder anzeigt. Die gezielte Überlegung wird – manchmal nur für Sekundenbruchteile – durch ein Ungeordnet-Unwillkürliches überblendet. Traumfragmente. Es sind nicht die in langen Ketten ablaufenden Träume des Tiefschlafs, die unabhängig von der Umgebung des Schläfers abrollen. Selbst wenn ihre Sinne gespannt sind wie jetzt – es kann geschehen, daß chimärische Konturen auftauchen; in den Anblick der französischen Kriegsstraßen schreiben sich andere Bilder ein: die Lecznogasse in Warschau, die Weichselbrücke nach Praga, polnische Lehm- und Sandwege, von Kiefernwäldern und Weiden gesäumt. (Auch über sie rollt nun der Krieg.) Die fern auftauchende Silhouette einer nordfranzösischen Stadt zur Silhouette von Krakau, Lemberg, Jasnagora verdoppelt. Die schön gestuften Weingärten der Champagne in flachgefurchte graue Ackererde verwandelt (ach, auch sie mit Blut getränkt!).
Und dann: die Stimmen, die Stimmen.
Im Norden immer deutlicher das Wummern der Schlacht.
Oft denkt Marie an die Partikel Radium, die – da und dort über die ganze Erde verstreut – aus ihrer Hand hervorgegangen sind: in zwanzig Kilogramm schwere Bleikassetten eingeschlossen, ein Gramm, deponiert bei der Banque nationale, ein Dezigramm im

physikalischen Institut New York, eine andere Partikel im Depot der radiologischen Forschungsstation Curie.
Als der Krieg begann, reiste sie mit einem solchen Gepäck aus dem damals für gefährdet gehaltenen Paris nach Bordeaux, um das Strahlende sicherzustellen. Es sind zwanzig Jahre her, daß sie die Suche danach begann. Sie trug ihr Weltruhm ein. Zweimal Nobelpreis und, nach Pierres Tod, Berufung auf seinen Lehrstuhl an der Sorbonne.
Aber im Grunde wundert sie sich, daß zwischen jener Marie, die im Hangar der Rue Lhomond mit der Zerlegung eines Pfundes Pechblende begann, und der, die jetzt hier in diesem zerschrammten Renault sitzt und von Lazarett zu Lazarett fährt, die Barriere so vieler anderer Lebensstationen liegen soll, Jahre, wie ihr nun vorkommt, der Selbstentfremdung, der Reisen hin und her, der Ehrungen und nie angestrebter und manchmal aufgedrängter Würden. Ihr will scheinen, da war eine fremde Person im Spiel, etwas Entleert-Marionettenhaftes, das auf eine Bühne gestellt, angestrahlt und vom Licht der Scheinwerfer hin und her geschoben wurde. Ihr will scheinen, das war nicht sie selbst, nicht so sehr sie selbst wie jene Marie im Hangar, die die schweren Scharren durch die Rührbottiche zog, die, über das Okularmikroskop geneigt, die zarten Zuckungen der Elektrometernadeln bespähte – jene Marie, ganz und gar sie selbst –, und ihr ist, als wäre sie geradenwegs von dort hierher vor Verdun, auf die Voie sacrée, in den Aufmarsch der Todgeweihten geraten. Oder noch weiter zurück, aber in diesen Stunden so merkwürdig gegenwärtig: die kleine Manja Sklodowska, die, nichtsahnend, von Julka (dem Leben selbst) in Versuchung geführt, die nächtliche Straße nach Krasiniec eilt, ängstlich einem Fremden zu begegnen – oder noch einmal weiter zurück das junge Mädchen, das den Zug der Wildgänse über die Stadt hin rauschen und in ihm den Aufbruch unermeßlichen Frühlings hört, eines Frühlings, der ihr kleines hartpochendes Herz mit Ahnung, Erwartung und Ungeduld erfüllt. Dann – o Kinderzeit! – Maniusi, die im Bett der Mutter liegt, weil die Mutter fern und in einem unwirklich schönen Land ist; Maniusi, die mit der Lupe spielt und den Globus kreisen läßt, die bunte schöne Erdkugel, deren Pole sie abschmelzen will, und die sich so weit in das Spiel verliert, in das süße Spiel, Paradiese zu erdenken, daß der Brennglasstrahl die tückische Flamme

auflodern läßt und Nippon versengt (dort vorn brennt Verdun). Und das Mädelchen im Korridor vor Vaters Tür und vor den Türen der Pensionäre, hinter denen die Litaneien von fremden Vokabeln, Zahlen und Formeln erschallen, und es weiß, all das wird es selbst einmal lernen und wird es wissen, dem lieben Land zuliebe, dem es angehört. Und endlich: ganz klein und unwirklich geworden – das blasse, ein wenig fröstelnde unausgeschlafene Kind, das, im schiefgeknöpften Jäckchen, eine zerknitterte Zopfschleife im ungekämmten Haar, die Stufen eines Altars hinaufsteigt, um dort ‚das Strahlende' zu empfangen –

Es wird Abend; endlos diese Fahrt über Dugny nach Verdun-Nixéville, und ungewiß dazu, ob es überhaupt möglich sein wird, an dieses Ziel zu kommen. Eng wie ein Flaschenhals zieht sich die Straße in die einbrechende Nacht, abgestellte, zu Bruch gegangene Fahrzeuge rechts und links, unaufhörlicher Gegenverkehr: Munitionsfahrzeuge mit Verwundeten beladen, weiße Verbände leuchten schemenhaft aus dem Gewirr der Uniformen, aus dem Knäuel der Leiber – hie und da ein Gesicht, starräugig, bleich – wie vom Wahnsinn gezeichnet.

Vor dem Renault eine marschierende Truppe. Hier muß mit abgedunkelten Scheinwerfern gefahren werden – der schmale, nur ein paar Meter weit reichende Lichtkeil schiebt sich hinter den Marschierenden her, leuchtet Kniekehlen, Gamaschen, Stiefel an, immer im Schritt, immer im Schritt – darüber, schon ins Halbdunkel getaucht, die unter überschweres Gepäck geduckten Rücken, querüber die Schrägen der gerollten Zeltbahnen, das ölige Schwarz der Gewehrläufe, das stumpfe Aufblinken eines Schanzzeugs. Keiner blickt sich um, keiner bleibt stehen –

Nur hie und da, wenn ein Verwundetentransport vorüberrumpelt und die dumpfen Schmerzenslaute von einem gellenden Schrei überstiegen werden, drehen sich die Köpfe danach, flüchtig nur: das rasche ängstliche Wittern bedrohten Lebens, ein kurzes Zögern, gleich wieder aufgeholt: hastendes Vorwärts dem Feuer entgegen.

Julkas Traum: die mit weißer Leinwand bedeckte Straße von Szczuki – weiße Bahn zwischen blütenumschäumten Zäunen, Bahn aus lauter Glanz und Licht, und alle der Menschen Füße, die darüber schreiten, nackte Kinderfüße, klobige Juchtenstiefel, weiche Schuhe aus Lindenbast – und das Linnen bleibt weiß, glänzend

weiß und rein, als könnte es niemals schmutzig werden – Oh, mein Volk, oh, deine Demut, oh, meine Liebe!
Rechts und links der Fahrbahn schwere Geschütze, lange drohende Rohre, Kaliber 405.
An jeder Kurve des vielgewundenen Tales: das Rollen dort wird deutlicher, dichter. Der rötliche Schein zieht sich hinan, vertieft sich. Jetzt ist er von einzelnen noch ganz schwachen Blitzen durchzuckt.
Endlich Dugny. Gelb und schwarzgemalte Schilder, eines davon: Zum Hauptquartier der II. Armee.
Dem Fahrer gelingt es, geschickt manövrierend, hinter dem Auto eines Stabsoffiziers einzuschwenken.
Kontrolle durch eine Postenkette.
Da Mariens Papiere von einem Ministerium ausgestellt sind, läßt man sie passieren.
Der Wagen parkt abseits in einer Wiese.
Hinter einem Gittertor taucht das hohe Mansardendach eines Schlößchens auf. Im Bosquett vor der Auffahrt ist eine Fliegerabwehrkanone postiert, wahrscheinlich sind auch die Türmchen, ist die ganze Umgebung vielfach bestückt.
Barrikaden aus Sandsäcken polstern die Fassade bis zum ersten Stockwerk.
Schilderhäuschen vor dem Portal und neue Kontrollen.
Eine Ordonnanz führt Marie in das Haus.
Die leere gleichmäßige Helle, die hier jeden Winkel durchstrahlt, ist nach dem nur von flüchtigen, ängstlich flackernden Lichtern durchstreiften und von durcheinander arbeitenden Massen durchwühlten Dunkel draußen überraschend und ernüchternd. Die mit Goldlisenen und imitierten Rocailleornamenten überzogenen Wände schieben sich kulissenhaft zu einem großen Treppenhaus auseinander. Obgleich es vom Hin und Her eilender Uniformen durchkreuzt wird, ist es still: das Geräusch der Schritte von Teppichen verschluckt.
Marie überreicht einem Leutnant ihre Ausweise. Nachdem er sich kurz mit ihnen befaßt hat, springt er eilfertig auf und verschwindet. Gleich darauf erscheint ein Oberst, der Madame Curie nach ihren Wünschen fragt und sie bittet, sich eine Weile zu gedulden.
In diesem Haus – es mag der Sommersitz eines Aristokraten oder

Bankiers gewesen sein – herrscht das – Marie von Paris bekannte – Zeremoniell hoher militärischer Verwaltungsstellen.
Das Ein und Aus zwischen den Türen, das Hin und Her über Treppen und Korridore vollzieht sich in Formen, die Eile und Wichtigkeit betonen. Obgleich sich niemand überhastet, scheint jedermann pressiert. Wo sich eine Tür schließt, schließt sie sich mit Nachdruck, als schlösse sie den Zugang zu einem Geheimnis ab. Wo sich eine öffnet, geschieht das rasch, mit Bestimmtheit, als würde eine unaufschiebbare Aktion aus ihr gestartet. Hohe Ränge erscheinen, hinter ihnen Ordonnanzen, die ihre Mappen tragen. Wo Goldepauletten beisammenstehen und ein paar Worte miteinander wechseln, stellt sich sofort der Eindruck schicksalhaft wirkender Kontakte ein. Erhascht man aber ein Wort der Unterhaltung, ist man erstaunt, daß sie sich offenbar nur um Belanglosigkeiten dreht.
Der Oberst teilt Marie mit, daß ihr Erscheinen dem General gemeldet werden wird.
„Könnten Sie mir nicht selbst die Durchfahrt nach Verdun verschaffen, Colonel? Ich bin in Eile."
„Nur einige Augenblicke, Madame. Ich vermute, Seine Exzellenz legen, Wert darauf, Sie selbst zu sprechen." Er beugt sich zu ihrem Ohr. „Wir haben allen Anlaß, anzunehmen, daß von drüben" – Geste nach Norden – „wieder einmal eine größere Aktion in Bewegung gesetzt wird. – Wie Sie wissen, liegt die Stadt Verdun unter Feuer. Es dürfte nicht zu verantworten sein, Sie weiterfahren zu lassen. Aber Seine Exzellenz wird sich bemühen, Ihren Wünschen zu entsprechen."
„Von Wünschen kann keine Rede sein", erwidert Marie. „Es handelt sich um eine dringende Notwendigkeit."
„Gewiß, gewiß – doch, wie gesagt –."
Der Oberst führt Marie in einen Raum, der als Wartezimmer dient. Hier sitzen etliche Generalstäbler im Gespräch beisammen. Man serviert Kaffee, bietet Zigaretten an. Gleich hinter Marie betritt ein junger Hauptmann das Zimmer: seine Uniform ist schmutzig und blutbefleckt, eine Schulter bandagiert und der geschiente Arm in eine Schlinge gehängt. „Eben aus Fleury gekommen", läßt der Oberst Marie im Flüsterton wissen, „dort ist wieder mal der Teufel los."
Das finstere Schweigen des Verwundeten erstickt das Geplauder der

Generalstäbler. Man bietet ihm Platz an, rückt aber zugleich von ihm weg. Kurz darauf lichtet sich die Runde. Eine Weile bleibt Marie mit dem Verwundeten allein.
Die Luft ist dicht und heiß, aus den Verbänden strömt ein durchdringender Gestank nach Lysol. Die Ordonnanz, die Kaffee serviert hat, stellt einen Ventilator an.
Marie blickt unruhig um sich. Ich hätte auf eigene Faust weiterfahren sollen, denkt sie. Hier sitze ich herum. In Nixéville warten sie auf mich. In Nixéville braucht man mich. In Nixéville sterben Menschen, weil ich hier nicht wegkomme.
Eine Tür geht auf – Marie wirft einen Blick in den saalartigen Raum dahinter. Er erinnert sie an etwas Bekanntes, eine Schule oder ein Labor oder die Fernmeldezentrale eines großen Postamts. Die Wände mit Karten bespannt, reihenweise aufgestellte Tische mit Morse- und Telephonapparaten. Die Melder, Muschel an den Ohren, hören und schreiben zugleich. Das Geschriebene wird eingesammelt, zur Auswertung weitergegeben, hinten klappern ein paar Schreibmaschinen. Eine Stimme wiederholt in gleichförmigem Tonfall Zahlen und Namen.
Endlich ist es so weit. Der Oberst führt Marie zu General Nivelle.
Nivelle hat am 2. Mai den Oberbefehl über den Abschnitt Verdun übernommen, nachdem Pétain nach Chantilly zurückgekehrt ist. Nivelle hat sich, wie man erzählt, eine neue Methode ausgedacht, die verlorengegangenen Positonen wieder einzunehmen. Er läßt sie unaufhörlich einüben, er wird mit ihr versuchen, Douaumont und Vaux zurückzuerobern. Nivelle ist einer der Männer, die sich auf die Vorteile einer lang durchdachten und der Truppe eingedrillten Systematik verstehen. Man sagt, daß er das preußische Reglement bewundere, das darin unübertroffen sei, alle Modalitäten in Betracht zu ziehen. Er wird ‚der Rechner' genannt.
Marie ist nicht erstaunt, auch in seinem Zimmer eher ein technisches Büro als einen mit elegantem Komfort ausgestatteten Raum zu betreten: Auch hier die Wände mit Karten bespannt. Aus einem Projektionsapparat wird eine Marie nicht verständliche Skizze gegen eine Leinwand gestrahlt. Etliche Telephonapparate, dahinter eine Schalttafel, die von der Vielfältigkeit der hier knüpfbaren direkten Verbindungen einen Begriff gibt.

Nivelle kommt auf Marie zu. Sein bleiches und hohläugiges Gesicht scheint unter dem galanten Lächeln, mit dem er sie begrüßt, nur noch bleicher und hohläugiger zu werden.
Sie bringt ihr Anliegen vor und betont auch hier, sie sei in Eile.
Ungeachtet ihrer Einsprache, bittet er sie nach nebenan zu einem Imbiß.
Der kleine ovale Salon, in Rosa und Lindengrün, scheint, im alten Zustand belassen, ehedem als Zimmer der Dame gedient zu haben; Spiegelwände und zerbrechliches Mobiliar. Von Ungeduld verzehrt wartet Marie, bis ihr die von ihr genehmigte Tasse Tee mit einem Aufwand an Zeremonien vorgesetzt wird, die einem Restaurant am Boulevard des Italiens zur Ehre gereicht haben würde.
Der General leert indessen etliche Mokkaschalen und Gläser spanischen Kognaks.
Marie erwähnt den Verwundeten im Wartezimmer: es sei ihr peinlich, vor ihm vorgelassen worden zu sein.
Nivelle antwortet mit einer vagen Gebärde. „Ich bin im Bilde. Die Leute wollen immer dasselbe. Schnellere Ablösung ihrer Truppe, gründlichere Retablierungen. Sie bedenken nicht, daß wir hier nicht anders als nach gewissen Grundsätzen verfahren müssen. Da der Nachschub kaum beschleunigt werden kann, muß eine bestimmte Anspannung vorne in Kauf genommen werden. Überdies ist es nicht opportun, in zu rascher Folge abzulösen, da die jeweils neue Anpassung des Materials Nachteile mit sich bringt. Wir müssen uns damit abfinden, daß gerade in diesem Abschnitt nur ein rücksichtsloser Einsatz etwas wie einen Erfolg zeitigen kann."
Höflich hört Nivelle zu, was ihm Marie über die fliegenden Röntgenstationen berichtet. Sie fühlt, daß er an dieser Art Arbeit keinen Anteil nimmt, ein Mann, der es sich nicht leisten kann, nach den Schicksalen der Opfer zu fragen, die seine Operationen zur Folge haben.
Alle Augenblicke erscheint ein Adjutant, legt eine Meldung vor – Nivelle überfliegt sie, versieht sie mit einer Notiz, dann greift er wieder nach der Mokkaschale, nach dem Kognakglas. Marie begreift, daß dieser Mensch unter einer Nervenanspannung arbeitet, der er durch den Genuß von Giften Herr zu werden sucht.
Er lehnt es ab, Marie Curie nach Verdun weiterfahren zu lassen.
„Wir haben noch einen anderen Weg, Madame. Ich werde Ihnen

Begleitung mitgeben: über Fort Regret. Die Straße ist neu, kartographisch noch nicht erfaßt, vielleicht auch etwas schwierig. Doch nehme ich an, Ihr Wagen ist gut?"
„Ja, er ist gut."
Marie bedankt sich, sie möchte endlich gehen.
Noch einmal zieht sich das Gespräch in die Länge. Nivelle behauptet chevaleresk, er wolle sich die Gelegenheit nicht verkürzen, mit der berühmten Frau, ‚der berühmtesten der Welt', etwas zu plaudern.
Er läßt sie wissen, daß sein Bruder Physiker sei und daß er selbst, ehe er nach Saint Cyr kam, damit geliebäugelt habe, sich der gleichen Wissenschaft zuzuwenden.
Wieder kehrt er sich ab, eine Meldung entgegenzunehmen. Dann fährt er fort: „In gewisser Weise ist, was wir hier betreiben, ja doch auch nichts weiter als eine Kette großangelegter Experimente. Die Herren auf der anderen Seite haben uns bis jetzt die Bedingungen diktiert, die wir unsererseits aufzufangen hatten. Es soll, hoffe ich, bald anders werden. Das Ganze: ein ausgedehntes Unternehmen, dessen Voraussetzungen recht verzweigt scheinen – die Frage ist, wie es hier auf wenigen Quadratkilometern zum Austrag kommt; wie der Einsatz stärkster Kräfte und radikalster Mittel auf kleinem Raum entwickelt werden kann. Gerade Sie, Madame, werden mich verstehen, wenn ich sage: der Vorgang entspricht in der Tat dem Vorgang eines Experiments – in – in einem Kondensator etwa, oder in einer Nebelkammer. Der gewünschte Effekt kann nur dann erreicht werden, wenn die Versuchsanordnung im voraus berechnet und auf Biegen oder Brechen eingehalten wurde."

Die Uhr geht auf elf, da Marie das Hauptquartier verläßt und sich, jetzt von einem Sergeanten begleitet, auf den bezeichneten Weg über Fort Regret nach Nixéville macht.
Fort Regret, südwestlich von Verdun, noch außerhalb des deutschen Feuergürtels, auf einer Hügelkuppe links der Meuse gelegen, gilt, seit sich die Lage im nördlichen Abschnitt bedrohlich verschlimmert hat, für einen der nächsten festen Plätze, von denen aus das Meusetal verteidigt und gesperrt werden könnte.
Dementsprechend wird an seinem Ausbau gearbeitet, werden auch neue Zufahrtwege angelegt, Verbindungen zwischen Dugny und dem Tal des Séance, wo Nixéville liegt.

Die neue Straße setzt steil an – Nivelle hatte recht, sich nach der Tüchtigkeit des Curie-Wagens zu erkundigen, als er Marie die Aussicht eröffnete, diesen Weg benützen zu können – die frisch gesprengte Piste klimmt eine Bachrinne entlang hinan, dann quert sie nach rechts in einen mit lockerem Wald bestandenen Hang.
Und hier gewinnen sie zum erstenmal freie Sicht gegen Norden.
Schon ehe sich die Böschung senkt, brandet ihnen ein berstendes Rollen entgegen. Hinter schwankenden Baumwipfeln steigen weiße Feuer auf, denen ein bald giftgrünes, bald dunkelrotes Aufglühen folgt. Eine gewaltige Nebelwand, die von unten her erleuchtet ist, zieht sich hoch in den Nachthimmel empor. Ein riesiger Fetzen hat sich losgelöst und streckt sich wie ein Arm über das Meusetal herüber. Er ist aus der Tiefe gelbrot bestrahlt, dort duckt sich ein Flammenherd, die Stadt Verdun.
Die Erscheinung ist so gewaltig, daß der Fahrer den Wagen stoppt und schreiend aus der Kabine springt. Marie folgt und läuft ein Stück voraus, um am Rand eines Abhangs innezuhalten. Bald folgen auch die Manipulanten – nur der Sergeant bleibt zurück. Ihm mag der Anblick nichts Neues mehr sein.
Die vier Menschen stehen nebeneinander, unwillkürlich eng zusammengedrängt. Ebenso unwillkürlich spähen sie nach der Feuerwolke, die sich hoch im Raum gegen sie heranwälzt, ein brandiger Geruch schlägt aus ihr hervor, ein breites Rauschen, als käme eine Meereswoge über klippiges Gestein, von rasch aufeinanderfolgenden schweren Schlägen überholt und für Sekunden unter ihnen begraben.
Das feurige Gebilde wankt und zerteilt sich. Schwarze Schwaden fließen von der Nebelwand hernieder, das weiße Zucken und irre grüne Geflacker erlischt, der Wind drückt den Rauch ins Tal, daß selbst das Flammennest Verdun zu einem wattig trübroten Bausch zerfließt, nur das Rauschen und Krachen bleibt und der wühlende Wind, der dorther kommt, als trüge nicht er das Getöse heran, sondern als triebe es ihn vor sich her.

Nachdem sie unter den Redouten von Regret die Höhe passiert haben, steigt der Sergeant aus: die Straße in das Tal des Séance sei nicht mehr zu verfehlen.
Die Straße ist – wie die andere aus Dugny herauf – sehr schlecht,

teilweise noch im Bau, der Wagen schüttert gefährlich, so daß Marie daran denkt, halten und die Kisten mit den empfindlichen Ampullen hinuntertragen zu lassen.
Der Fahrer flucht und läßt sich dahin vernehmen, daß es ihn wundern sollte, wenn der Motor nicht noch heute zum Teufel ginge.
Bei einer Gegensteigung geschieht es dann. Der Wagen hält mit einem Ruck und springt nicht mehr an.
Vergeblich drehen der Fahrer und die Manipulanten abwechselnd an der Kurbel.
„Aus. Da haben wir den Dreck. Nicht einmal abschleppen lassen können wir uns hier."
„Sehen Sie doch nach", bittet Marie. „Wir müssen weiter."
Der Fahrer klappt die Motorhaube auf und leuchtet mit der Taschenlampe hinein. Aber Marie spürt: er will nicht mehr. Auch die beiden anderen wollen nicht mehr. Sie beharren darauf, der Schaden sei nicht zu finden und, wenn zu finden, nicht zu beheben. Es ist Mitternacht, und sie sind seit fünf Uhr früh unterwegs, sind auch die vorletzte Nacht durchgefahren. Sie haben es satt.
Sie halten vor einem Gemäuer, zwei oder drei Häusern, die sich hier am Nordwesthang des Regret hinaufstaffeln, einer dieser uralten Weiler, die sich in ein mittelalterliches Vorwerk oder eine längst aufgelassene Zollstation eingenistet haben und von Bauern bewohnt werden. Marie bringt die Männer dazu, den Wagen in den Hof hineinzuschieben, sie will die Hoffnung immer noch nicht aufgeben, noch diese Nacht nach Nixéville zu gelangen.
„Ich will wetten, es ist Kolbenfraß", sagt der Fahrer. „Kolbenfraß, ich kenne das."
„Lassen Sie das Öl ab, ich will es wissen."
Der Fahrer schiebt die Ölwanne unter den Wagen. Marie leuchtet ihm dabei. Aus dem Haus, in dessen Hof sie halten, kommt ein alter Mann hervorgeschlurrt. „Was ist hier los?"
Der Fahrer fährt mit dem Finger durch die schwarze Schmiere. „Ich hab's ja gewußt – da! Sehen Sie selbst! Aus ist's mit Nixéville heute nacht, Madame."
Marie setzt sich auf das Trittbrett des Wagens. Sie sagt kein Wort mehr. Sie kämpft gegen einen Anfall von Schwäche.
Der alte Mann nähert sich ihr. „Kommen Sie rein, Madame. Ich bin allein im Haus, Sie können sich ausruhen."

Marie schüttelt den Kopf.
Jetzt stehen alle vier um sie herum.
„Was hätte es denn noch für einen Zweck weiterzumachen, Madame? Und selbst wenn wir hinunterkämen in dieses verdammte Nixéville – könnten Sie *jetzt* noch arbeiten?"
Marie hebt die Achseln. Sie weiß nicht, was sie kann. Sie hat immer noch gekonnt, wenn es sein mußte. Und es hat immer sein müssen.
Das Malmen der Schlacht ist näher denn je.
Der alte Mann beginnt von neuem: „Seien Sie vernünftig, Madame. Hier können Sie doch nicht bleiben. Kommen Sie rauf zu mir. Es ist nicht gerade schön, aber besser als da im Hof. Und Ihre Leute finden schon wo einen Platz –"
Marie blickt auf. Es ist ihr mit einemmal alles gleich. Gut, sie wird in das Haus hineingehen. Sie wird sich irgendwo hinlegen, vielleicht sogar schlafen. Der alte Mann hält ihr die Hand entgegen, um ihr aufzuhelfen. Ich muß sehr elend aussehen, denkt sie flüchtig, sehr elend, daß er mir sogar aufstehen hilft.
Der Fahrer und die Manipulanten trollen sich. Sie sind sicher froh, sie loszuhaben. Taumelnd folgt Marie dem Bauern in das Haus.
Es ist ein hohes Gemäuer, ein zum Wohnhaus ausgebauter Turm, alles sehr ärmlich, krumme Gewölbe aus nacktem Haustein, viele Staffeln rund um die Spindel einer Wendeltreppe. Der alte Mann leuchtet ihr mit ihrer eigenen Taschenlampe voran. Droben eine Küche, Wohn- und Schlafstube zugleich. Ein zerwühltes Bett, Reste einer Mahlzeit auf dem Herd, und im Rahmen des kleinen Fensters die brandige Nebelsäule über Verdun.
„Legen Sie sich nieder, Madame. Es ist doch ein Bett. Ich habe nichts Besseres. Ich bin allein. Die anderen sind fortgegangen, alle, alle aus der Gegend. Das ist mal so. Was soll ich fortgehen? Ich bleibe. Angst? Was heißt da: Angst? Wer das sieht da drüben, alle Tage – alle Tage – wie ich – der denkt nicht mehr: Hab ich Angst? Fortgehen? Nein. Ich nicht. – Sie sollten sich wirklich legen, Madame.
– – Bleiben Sie doch liegen Madame – fürchten Sie sich nicht! Das sind nur die Schiffsgeschütze hinter La Plume, weit weg von hier. Weil das Haus zittert? Das macht nichts. Das tut's immerfort. Das ist es schon gewohnt – Ah, was glauben Sie, was da vorn manchmal niedergeht?!

Wenn das Große Trommeln losgeht aus allen Rohren zugleich. Wenn es taghell wird mitten in der Nacht und dann, wenn der Tag kommt, es finster bleibt, und das Trommeln hört nicht auf ... hört nicht auf, dann fragt man sich: was kann denn dort noch trommeln, vielleicht bin ich taub und der Lärm ist nur in meinem Kopf, wo geh ich hin, daß er aufhört?
Es gab auch ruhigere Zeiten, o ja. Das sind die Zeiten, in denen sie was Neues aushecken. Sie hecken ja immer was Neues aus. Das weiß man schon zuvor, das liegt in der Luft. Und wenn dann nichts ist, beinah nichts – dann kann man das auch nicht aushalten, dann denkt man: Wann? *Wann?* und: Fangt schon an, damit es ein Ende nimmt! Aber es nimmt kein Ende. Es geht immer so weiter, wie lang? Das weiß Gott.
Ich hab ein Glas, ein gutes Glas. Hat mir ein Flieger dagelassen, der brachte seinen Vogel grad noch runter, dort hinten im Wald. Ich ging zu ihm hin, hab ihn gefunden. Er war schon fertig, als ich ankam, so gut wie fertig. Junge, hab ich ihm gesagt, ich weiß was, ich begrab dich bei mir im Garten, dort liegst du gut, dort liegen schon etliche. Da hat er mir das Glas gegeben. Ein gutes Glas.
Ich kann weit damit sehen – wenn der Wind den Dreck wegtreibt, seh ich jeden Baum bis Fleury – ja, wenn da noch Bäume stünden. Alles weg. Alles weg bis Damloup und Vaux, von Douaumont schon nicht zu reden. Alles weg, alles nackt und bloß, kein grünes Blatt. Nehmen Sie das Glas, Madame! Sehen Sie dort drüben! Dort steigen Leuchtkugeln. Das ist die Tavanneschlucht. Dort schießen beide hinein. Dort schießen sie die Toten noch einmal tot. Dort kann keine Maus mehr lebendig sein. Haben Sie gehört: die Mörser von Chauffour. Und das sind die Kugelminen über 304, Granaten und Minen, tausend mal tausend auf jedes Stückchen Graben, auf jedes kleine dreckige Stückchen Erde, auf jedes bißchen Kuhle, in das sich einer hineinwühlen und in dem er sich dünn machen möchte.
Sich dünn machen, Madame, ja, darum geht's da drüben. Aber es nützt ja nichts, nicht hüben, nicht drüben. Da kommt keiner durch. Da kommt keiner raus. Und kommt er raus, so kommt er wieder rein, da nutzt ihm nichts. Da braucht keiner denken: vielleicht hab' ich Glück.
Nun will ich Ihnen sagen, warum ich noch hier bin, will Ihnen sagen, warum ich nicht weggehe und auch nicht weggehen werde,

da komme was mag. Ich hab zwei Jungen drüben – beide beim 20. Corps, im Regiment 72. Das haben sie erst neulich wieder gegen Caillette gejagt, und ich stand hier und sah dem zu –.

Aber wenn Sie nun denken, Madame, ich warte auf Nachricht und *hoffe*, hoffe, vielleicht ist doch *einer* übriggeblieben, dann sage ich Ihnen: nein.

Dort *kann* keiner übrigbleiben, dort kann es keiner fertigbringen, übrigzubleiben. Sie sind alle verurteilt.

Alle verurteilt.

Weiß nicht: von wem, und noch weniger: weshalb. Einfach verurteilt. Es gibt niemand, der erklären kann, wieso.

Sehen Sie, Madame, ich bin schon manche Nacht hier gestanden und hab hinübergeschaut, wie Sie jetzt hinüberschauen –.

Und wenn es dann losging mit den Großangriffen, da hab ich manchmal noch etwas *anderes* gesehen.

Etwas anderes, ich kann es Ihnen schlecht beschreiben und ich möchte auch nicht, daß Sie mich für verrückt halten, Madame, ich habe einen *Menschen* gesehen.

Etwas, was wie ein Mensch aussieht.

Er steht dort über Douaumont und Vaux und Damloup, riesengroß, er hängt gleichsam am Himmel über der Erde, nicht oben und nicht unten, sondern mitten drin wie in einem großen Ofen, und der Ofen ist voll Feuer, und das Feuer hat nichts zu verbrennen als *Ihn*.

Der Mensch ist wie festgebunden an etwas, was ich nicht sehen kann, die Arme hängen ihm lang herab und halten einen Klumpen aus glühendem Pech, und er kann ihn nicht fahren lassen und knetet ihn hin und her.

Seine Knochen liegen frei, und sie sind wie Röhren, durch die das Feuer bläst.

Das Feuer schlägt ihm aus den Ohren, und ich sehe sein Gehirn im Kopf, und es kocht drin wie in einer Esse und es siedet drin von lauter Blasen.

Es ist der Verdammte, Madame, verstehen Sie, der Verurteilte, ich weiß nicht, von wem verurteilt, und schon gar nicht, weshalb – und alle die Geschosse und Minen und Granaten und alle Qualen der Welt gehen durch ihn hindurch, durch ihn hindurch wie *Strahlen*."

XIII

1917.
Léon Bloy ist seit einigen Jahren nicht mehr in Paris.
Er ist nach Bourg-la-Reine gezogen, einem kleinen Marktflecken neben der Gemeinde Sceaux. Bourg-la-Reine grenzt an den Schloßpark von Sceaux – der alte Mann liebt es, in ihm spazieren zu gehen. Der Park ist jetzt ziemlich verwildert, die Kaskaden sind abgestellt, der große Oktogon liegt leer, und auf den Tapis verts wuchern Gras und Klee.
Léon Bloy ist immer noch ein armer Mann. Aber er leidet nicht mehr gerade Not. Seine Bücher lassen sich zwar immer noch nicht gut verkaufen, doch die kleine Gemeinde, die sich um ihn geschart hat, hält treu zu ihm.
Auch hier in Bourg-la-Reine ist die Familie noch einmal übersiedelt, zuletzt in diese kleine Villa an der Rue Theuriet. Hier hat vor Léon ein anderer Schriftsteller gewohnt, Charles Péguy; dieser hat ein paar schöne Bücher geschrieben, das schönste davon ‚Der Gesang an die Hoffnung', die zweite der göttlichen Tugenden. Diesen Gesang schrieb er kurz vor dem Krieg, kurz ehe er selbst hinauszog und – schon am 5. September 1914 – fiel. Léon hat Péguy nicht gekannt, jetzt ist er in sein verlassenes Haus eingezogen, in dieselben Räume, in denselben Garten, unter dessen dichtem Laubdach jener vielleicht zum erstenmal den Anruf der Hoffnung empfangen hat.

„Es genügt nicht, daß wir geschaffen, daß wir geboren, daß wir zu Gläubigen wurden –
Von uns hängt es ab,
daß es dem Ewigen nicht an dem Zeitlichen fehle,
von uns hängt es ab,
daß die Hoffnung nicht lügt in der Welt.
Gott hat auf uns gehofft –

Seltsames Geheimnis, geheimnisvollstes:
Gott hat auf uns gehofft.
Soll das heißen, wir jedoch hofften nicht auf Ihn?
So hat Er sich ausgeliefert.
Es hängt von uns ab
daß dem Schöpfer
sein Geschöpf nicht fehle.
Er, der alles tut, wendet sich an uns.
Er, der alles tut – bedarf unser.
Unfaßbare Hoffnung, niemals erhoffte Hoffnung.
Einer jeden geretteten Seele
läutet Gott mit vollen Glocken
ewige Ostern ein
und spricht: Siehe da, ich täuschte mich nicht ..."

Léon Bloy fühlt sich durch den Krieg tief bedrückt. Mancher Freund ist ihm draußen geblieben, mancher schwer verwundet und vom Tod gezeichnet zurückgekehrt. Anfangs stimmte Léon einen wilden Haßgesang gegen Deutschland an. Jetzt ist der wilde Haß einer tiefen duldenden Traurigkeit gewichen. Er ist ein alter Mann geworden, er ist müde, sein Herz geschädigt. An schwülen Tagen leidet er an qualvollen Beklemmungen. Nachts muß Johanne oft aufstehen, muß ihm Tropfen reichen, kalte Kompressen auflegen, sie wieder und wieder erneuern.

Am Morgen schleppt er sich doch zur Kirche.

Viele Jahre lang hat er täglich drei Messen gehört. Jetzt ist er froh, wenn er eine durchhalten kann. Der kleine Weg vom Gotteshaus in die Wohnung zurück kostet ihn manchmal eine Stunde.

Dann sitzt er zu Hause, unfähig eine Arbeit zu beginnen oder fortzusetzen. Er blickt aus dem Fenster, er liest ein wenig, er verbringt Stunden damit, auf einen Besuch zu warten, der dann vielleicht nicht kommt. Seit einiger Zeit leidet er an Übelkeiten, Schwindel und Kopfschmerzen. Der Arzt spricht von einer schleichenden Urämie.

Die Tochter Jeanne Véronique hat sich verlobt, die kleine Madeleine, das Ebenbild der Mutter, beschäftigt sich mit Musik. Der Vater erfreut sich an ihrem Klavierspiel. Wenn sie singt – ihre Stimme ist klein und etwas spröde, aber sicher im Ton und innig im Ausdruck – kann sie ihn zu Tränen rühren.

Wer als Gast in das Haus Bloy kommt, wird mit Güte aufgenommen. Manchmal findet sich eine größere Gesellschaft zusammen. Es sind zum größten Teil Menschen, die unter Bloys Einfluß zum Glauben zurückkehrten und ihr weiteres Leben auf den Glauben zu gründen entschlossen sind. Man ist heiter beisamen, man plaudert, man ißt, man trinkt. Wenn es die Jahreszeit erlaubt, sitzt man im Garten zwischen den dichtbelaubten Hecken, hinter denen die Bahngeleise der Vorortlinie liegen, die kleinen Züge fahren mit munteren Pfiffen vorbei.

Léon fährt selten und seltener nach Paris. Jetzt war er schon ein halbes Jahr nicht mehr in der Stadt. Sein Zustand hat sich verschlechtert. Der Arzt dringt auf strenge Schonung.

Léon verzichtet sogar darauf, täglich zur Messe zu gehen. Am Freitag bringt ihm der Pfarrer das Sakrament. Johanne und die Töchter empfangen mit ihm. Es ist dann jedes Mal, als sollte es ein letztes Mal gewesen sein.

Alte Bekannte, die man jahrelang nicht mehr gesehen hat, tauchen wieder auf. Es hat sich wohl herumgesprochen, daß es um Léon nicht zum besten steht. Und so sagt sich eines Tages auch Henry de Groux an.

Diese Freundschaft, einst so freudig geschlossen und dann so rasch zu einem Desastre ausgeartet, hat Léon und den Seinen auch später nichts als Schmerzen und Ungelegenheiten eingebracht.

Da war diese Geschichte kurz nach der Rückkunft aus Dänemark, als man sich – auf de Groux' Einladung hin – bei ihm einquartiert hatte, um in Ruhe eine Wohnung suchen zu können. De Groux hatte ein paar Jahre zuvor geheiratet und eine kleine Tochter bekommen. Das Kind bettelte am Tisch der Gäste, und Léon fütterte es mit einer Wurst, die er aus Dänemark mitgebracht hatte. Die Wurst war wohl zu fett, die Kleine vertrug sie nicht und übergab sich.

Eine halbe Stunde darauf waren die de Groux' aus ihrer Wohnung verschwunden.

Die Bloys warteten. Wohin konnten die Gastfreunde gegangen sein? Die Stunden verstrichen. Man konnte sich nicht erklären, daß die de Groux' noch immer nicht heimkehrten. Die Nacht brach herein. Man blickte aus den Fenstern nach ihnen aus, man lief vor die Tür ...

Ein gemeinsam Bekannter kommt die Straße herauf. „Haben Sie vielleicht die de Groux' gesehen?"

„Ei freilich.“
„Wo bleiben sie denn?“
„Sie sitzen auf einer Parkbank und wollen dort übernachten.“
„Ja, um Himmels willen, wieso?“
Johanne läuft hin und sucht die Auszügler auf, kann aber keine Erklärung bekommen. Sie kehrt zurück, packt ihre Sachen und die der Familie. Überstürzter Auszug mitten in der Nacht, Umzug in ein Hotel. Nach Wochen erfährt man auf Umwegen, de Groux sei von der fixen Idee besessen, Léon Bloy habe das Kind vergiften wollen.
„Oh, Gott! Die Wurst aus Dänemark. Aber wir haben doch *alle* von ihr gegessen.“
Von da an blieben die Freunde siebzehn Jahre getrennt.
Léon hat sich über das schmähliche Ende dieser Freundschaft nie trösten können. Für ihn war de Groux immer noch der Revenant seines geliebten Hello (Hello radieux). Jetzt, so spät, zu spät fast, ist de Groux wieder da, auch er ein alter Mann geworden, viel älter, als er seinen Jahren nach sein müßte. Er hat ein zerrüttetes Leben hinter sich, hat zeitweise von seiner Frau getrennt gelebt, sich dann wieder mit ihr versöhnt. Eine junge Verwandte hat in dieser Ehe eine schlimme Rolle gespielt. Das ist nun alles vorbei.
Wortkarg und schüchtern sitzt er da, schwerfällig, aufgedunsen, und wagt es kaum, dem einst so erbärmlich verdächtigten Freund in die Augen zu schauen.
Léon spricht ihm Mut zu: „Was hat das alles zu bedeuten? Unsere Wege haben sich gekreuzt, weil Gott es so wollte. Du bist für mich die Wiederkehr meiner Jugend gewesen. Und der größte Maler dazu –. Nein, ich weiß, du bist nicht geworden, wovon ich damals dachte, daß du es schon seist. Aber vielleicht ist auch mein Weg nicht der gewesen, der er hätte sein können. Gott hat aus mir einen Bekennner und Propheten machen wollen, und was bin ich geworden? Nichts als ein Literat.“
„Immerhin –“
„Ach, mein Guter, laß das. Ich beklage mich nicht mehr, daß ich keinen Erfolg hatte. Ich bin nicht mehr traurig darüber. Das Einzige, worüber zu trauern Sinn hat, ist, kein Heiliger zu sein.“
Am Morgen nach diesem Besuch erwachte Johanne davon, daß sie den Gatten zu früher Stunde schon nebenan herumgehen hörte.

Beunruhigt erhob sie sich rasch: sie fand Léon angekleidet, zu einem Ausgang bereit.
„Was ist das? Du willst heute doch nicht etwa zur Kirche?"
„Auch das, meine Liebe."
„Aber du solltest nicht, Léon, der Arzt hat gesagt –"
„Laß ihn reden! – Nein, Jeanne, ich habe noch etwas anderes vor. – Ich bin so lange nicht mehr in Paris gewesen. Ich möchte heute mit dir hineinfahren. Ich möchte Paris noch einmal wiedersehen. Es war doch die Landschaft meines Lebens –"
„Aber, Lieber, das kannst du doch nicht!"
„Doch! O doch, ich kann. Ich will die alten Wege gehen. Ich will die alten Plätze sehen, wo ich so unglücklich gewesen bin – und so glücklich, mit dir zusammen, Jeanne."
„Aber, mein Gott, wie willst du das aushalten?"
„Ich werde schon – ich werde –. Mach dich fertig, Jeanne, zum nächsten Zug."
Die Frau kleidete sich hastig an und gab ihren Töchtern Bescheid. Sie steckte alle Medikamente ein, die sie in der Eile auffinden konnte, um für jeden Fall gewappnet zu sein. Ihre Sorge war groß, und das Entsetzen der Töchter über den unvorhergesehenen und kaum für möglich gehaltenen Aufbruch des Vaters verstärkte ihre Aufregung.
Véronique und Madeleine wollten die Eltern begleiten. Aber der Vater wehrte ab.
„Nein, nein. Bleibt ihr nur zu Hause. Diesen Weg will ich allein mit eurer Mutter machen. Sie hat ein Recht darauf."
Die Mädchen brachten die Eltern ans Gartentor. Der große ruhige Hund, der seit einigen Jahren bei ihnen lebte, folgte ihnen bis zum Bahnhof. Er winselte kurz und schmerzlich auf, als Jeanne ihn zurückschickte. Während sie den Zug bestiegen, stand das Tier immer noch dicht hinter dem Gitter und blickte seinem Herrn aus traurigen Augen nach.
Der Zug fuhr in den kleinen unterirdischen Vorstadtbahnhof am Boulevard Saint Michel ein. Jeanne führte ihren Mann die Stufen hinauf. Er war schweigsam, offenbar darauf bedacht, mit seinen Kräften hauszuhalten.
Fürs erste verlangte er nach Saint Sulpice, um dort eine Messe zu hören.

Da sie nicht gefrühstückt hatten, konnten sie beide kommunizieren.
Nach dem Gottesdienst stärkten sie sich in einem kleinen Bistro mit einer Tasse Kaffee, dann traten sie ihre Wanderung an.
Boulevard Saint Germain – Rue Rousselet.
Das Haus Nummer sechzehn auf der Westseite der Straße, in dem Léon so viele Jahre gewohnt hatte, das gegenüberliegende, aus dem Barbey d'Aurevilly vor einem Vierteljahrhundert herausgestorben war. Léon lüftete den Hut unter den Fenstern des Meisters: Marquis de Preust, Piff oder Pouff – er hat ihm doch einst die Tür ins Freie aufgestoßen!
Rue Oudinot, das Haus der Coppées – längst wohnten andere Leute darin, und der Garten war ausgeräumt und zu einem Hof ausgepflastert, aber für sie beide, Léon und Jeanne, hing immer noch grünes Gerank von leichten Laubengittern, von zarten zitternden Sonnenkringeln umspielt – der Ort ihrer ersten Begegnung.
Hinaus in die Blomet – zu weit für den kranken Mann. Sie nehmen einen Omnibus in der Rue Sèvres. Die Blomet ist – wie einst – ein stiller schattiger Altwasserarm hinter den von Licht und Lärm durchfluteten Hauptverkehrsstraßen Vaugirards. Dort die Kirche von Saint Lambert, wo sie einander das Sakrament der Ehe spendeten –
Zurück zur Fourneaux. Schmerzensweg unter dem Fenster vorbei, hinter dem Annemarie zu warten pflegte.
Kurze Rast in der Rue des Saints Pères.
„Ist es nicht schon genug, mein lieber Alter?"
O nein, noch nicht. Noch lange nicht. So viele Stationen, so viele Kreuzwege, Ölberge, Richtstätten, Gärten und Schluchten der Lebenslandschaft Paris.
Fosses de Saint Jacques: hier ist kein Kanal mehr, zugeschüttet die dunkle verseuchte Wasserbahn, die Stufen, die in das lecke Boot hinabführten, abgetragen der bemooste Brückenbogen, unter dem der Verzweifelte sein Bett fand.
Fahrt nach Notre-Dame de la Victoire, der Kirche, in der er seine glühendsten Gebete trug. Weiterfahrt hinauf zum Montmartre, wo wir beide im Chateau de Brouillard, in der Rue Cortot und Chevalier de la Barre wohnten, leidvolle Jahre, so oft von Angst überschattet, dennoch: Jahre der Morgendämmerung, in der, un-

endlich süß, das Licht der Gewißheit aufbrach, daß das Leben nicht vergeblich gelebt, der Kampf nicht umsonst gefochten worden war, und daß sich Licht sammelte, zartes Licht der anderen Seelen, und daß sich ein Kranz flocht, schütter zwar, aber schon unzerreißbar, Kranz der Freundschaft und Gefolgschaft, Ernte der zu Gott Erlesenen, Söhne und Töchter.
Und dann wieder hinab: es bleibt uns nicht erspart. Der Beginn ist nicht wegzuleugnen, nicht wegzulügen: Rue Huchette, Rue Mirbel, Coin fleuris.
Hundertmal, tausendmal bin ich diese Wege gegangen, hinauf – hinab – umhergetrieben von der Not des Alltags, von Kummer, Zorn, Erbitterung. Pfand- und Leihhaus, vergebliche Bittgänge, Flucht von Quartier zu Quartier. Aus dem Cœur-de-Vey haben sie unseren kleinen André weggetragen und dem Millionenheer der Toten zugesellt, die auf den Friedhöfen und in den Katakomben dieser Stadt vereinigt sind, eine Armee zu Staub zerfallener Leiber, eine unterirdische Stadt abgelebter und in Gottes Hand oder in Gottes Gericht eingegangener Leben, myriadenfältiger Schlummer dem letzten Erwachen entgegen, wenn *Er* erscheint.
Alle ihr Toten, mit denen ich lebte. Alle ihr Toten, die mir vorausgingen. Alle auch ihr, die ihr jetzt in dieser Stunde und seit drei Jahren in unaufhörlichem Opfergang die Grenzen Frankreichs besämt –
Freunde, Feinde, Vielgeliebte, oft Geschmähte –
(Ich bin durch das Tor der Demut getreten)
Ich klopfe an eure Häuser, an eure Türen, Gerichtete, Verurteilte, Verherrlichte. Eure Antwort – Schweigen.
Schweigen. Aber aus eurer Menge wird Einer aufstehen, ein ganz Unbekannter, und *er* wird das Wort sprechen, das mir zu sagen versagt war. Sein Wort wird das Wort sein, auf das die Welt wartet, das Wort, das mein Stammeln aufnehmen wird, dort, wo es abbrach, dort, wo es in Schluchzen erstickte, dort, wo es sich an den Kerkerwänden meines Lebens brach.
Denn es kommt eine Weltzeit herauf, in der alles gesagt werden muß.

Jeanne hat Léon von Station zu Station begleitet. Es ist ihr unbegreiflich, wie der kranke Mann vorwärtskommt, wie er den mühsam schlurfenden Schritt immer noch weiter und weiter trägt, unaufhaltsam fortgetrieben, als wollte er alle die Leidenswege der vergangenen Jahre an *einem* Tag wiederholen.

Ihr besorgter Blick forscht in seinen Zügen, sie fürchtet, daß er sich längst überanstrengt hat, sie hofft, daß er endlich aufgibt, daß er endlich verlangt, heimgeführt zu werden oder einen Bekannten aufzusuchen, wo er sich ausruhen kann.

„Léon, du kannst nicht mehr. Willst du nicht endlich ein Ende machen?"

„Nein, Jeanne, es ist zum letztenmal, zum letztenmal, du wirst sehen. Ich habe noch viel vor mir – und ich habe dir auch noch viel zu sagen."

„Kannst du mir das nicht zu Hause sagen, Léon?"

„Nein, nicht zu Hause. Nein. – Wenn es dich beruhigt, setzen wir uns hierher. Ja, hier können wir sitzen und warten. Ich möchte noch einmal sehen, wie es über Paris Abend wird.

Abend über der Cité, über Notre-Dame, hier am Pont-Neuf. Ich habe dir noch viel zu sagen, Jeanne, Dinge zu sagen, die ich dir noch nie gesagt habe. Vergönne mir die paar Stunden, es sind ihrer noch so wenige."

– – „Siehst du, es dauert nicht mehr lange, es dämmert schon, es wird allmählich dunkel, dunkel über Paris – über dieser Stadt, die an ihren Fluß gebunden ist, an den Lebensstamm dieses Flusses, an ihn wie an ein Kreuz geschlagen. Sie breitet ihre Arme weit aus, ihre gepeitschten gepeinigten Glieder – aber hier neigt sie das Haupt, sie lehnt es an den Stamm, ihr herrliches königliches Haupt, Notre-Dame ihre Krone, die Saint Chapelle die kostbare Perle mitten auf ihrer Stirn. Die Brücken binden sie an den Fluß, die vielen Brücken hinauf und hinab, nichts als Fesseln, die sich die Stadt freiwillig angelegt hat, um sich nur fest und fester an ihr Schicksal, an ihr Kreuz, an das Leben zu binden.

Vielleicht wartet auch diese Stadt auf die Stunde, in der sie sagen kann: Es ist vollbracht."

Die beiden sitzen auf einer Bank am Pont-Neuf, einer der Bänke, die da an der Ufermauer unter den Bäumen des Grands Augustins stehen, hinter ihnen eine andere Bank, Lehne an Lehne mit der ihren. Die beiden sitzen allein und beachten es nicht, wenn sich hinter ihnen andere Menschen niederlassen, die einen zu kurzer Rast, andere zu längerem gedankenvollen Aufenthalt: zuletzt eine Frau – sie kam allein, bleibt allein – eine dunkel gekleidete Fünfzigerin, barhäuptig, das angegraute Haar straff aus den Schläfen gekämmt. Sie ließ sich nieder wie ein Mensch, der einen altbekannten Platz aufsucht, auf dem er oft weilt, nicht weil er sich hier so behaglich fühlte, sondern weil ihm der Ort ein Ort der Erinnerung ist, schwerer, schmerzlich zehrender Erinnerung, der nachzuhängen er doch nicht unterlassen kann. Ihr Blick geht schräg hinüber zu der Kreuzung der Brücke mit dem Quai und zu den trüb und grämlich brennenden Gaslaternen, die den Eingang zur Rue Dauphine flankieren. Räder rollen über das Pflaster, Räder wie eh und je – Pferdehufe in raschem Wirbel, eilende Füße. Das grünlich-grämliche Licht, von tausend Schatten durchwimmelt, dann und wann ein stumpfes Aufspiegeln über dem Fugenmuster des schwarzen Granits. Und im Ohr die Stimmen:

Aï boules pas na claouré
lo – lo – belo –
passo pel prat, puolotto,
Yeu passoraï pel bouos –
Hast du deine Herde heimgetrieben?
lo – lo – belo, lo – lo – belo –
Ich geh durch die Wiese,
geh du durch den Wald.
Wenn du zur Hürde kommst, warte meiner, wenn du willst.

Wenn du willst,
wenn du kannst –
an welcher Hürde – Pierre,
könntest du meiner warten?
An welchem Ufer?
Zu welchem Ufer
reicht deine Brücke, meine Brücke,
Brücken aus Unverweslichkeit, wie wir dachten,
wie wir dachten.
Dein Weg, mein Weg
ohne Ankunft,
im Dunkel.

Aber auf der anderen Bank (sie sitzen Rücken an Rücken) spricht der alte Mann zu seiner Gefährtin:

„Und nun, Jeanne, ist es so weit. Was ich dir jetzt zu sagen habe, hab ich nie einem anderen Menschen gesagt, noch habe ich es irgendwo aufgeschrieben. Nur du sollst davon erfahren.

Ehe Véronique in die Umnachtung fiel, rief sie mich noch einmal zu sich, und das waren die letzten Worte, die ich von ihr vernahm: ‚Du wirst der begegnen, die der Erde das letzte und schrecklichste Geheimnis entrissen haben wird, ein Geheimnis, das bis dahin unter den sieben Siegeln der Barmherzigkeit Gottes ruhte. Bald wird es allen Völkern offenbar sein, es wird seinen Weg um die Erde antreten, in den Palästen der Reichen werden sie davon reden und in den letzten verstecktesten Hütten der Armut mit bleichen Lippen murmeln.

In diesem Geheimnis wird eine Macht liegen, eine Macht, die so groß ist, daß niemand sie ohne die Todsünde der Verzweiflung ausdenken kann.

Die Tiere werden sie spüren, die großen Tiere der Wüste und des Dschungels werden ihre Verstecke aufsuchen und sich zum Sterben niederlegen. Die Flüsse werden vergiftet sein vom Auswurf der Macht und werden keine Fische mehr hervorbringen. Die kleinen Vögel werden in ihren Nestern sitzen und nicht wissen, warum die bebrüteten Eier taub sind, und selbst die unendlichen Meere werden nicht tief genug sein, um das zu verschlucken, was die Macht in sie versenkt.

Aber die Menschen werden, vom Krebsgeschwür der Angst zerfressen, weiter ihr Handwerk der großen Mache treiben.

Es wird eine Versuchung in ihnen sein, gegen die alle Versuchungen bis jetzt nur wie kindliche Spiele erscheinen. Judas hat den Sohn um dreißig Silberlinge verraten. Dann aber wird der Vater verraten sein, der die Welt schuf, und die Milchstraßen werden vor Schreck in die Himmel entfliehen, und der Mensch wird sagen: diese Flucht ist von Anfang, aber in Wahrheit wird sie nur ein Spiegelbild seiner eigenen Flucht sein.

Freiheit wird sein in der Welt, die Freiheit des äußersten Schreckens, aber sie, von der ich dir sagte, daß sie das Geheimnis entsiegelt hat, wird wenig davon wissen und wird weinend über die Brücke gehen. Sie wird strahlen, ihr Weg wird von Strahlen gekränzt sein. Was

sie berührt, wird strahlen – immer strahlt die Versuchung. Und doch werden auch diese Strahlen nur ein Abbild sein des Heiligen Geistes.
Der Heilige Geist, der das Kreuz ist, an das der Sohn geschlagen wurde – Er wird seine Arme ausstrecken über das Neue Zeitalter, Er allmächtig, da Sohn und Vater für die Silberlinge der Macht verraten wurden. *Er* wird die Arche aussetzen – Er, um des Vaters und des Sohnes willen – Er oder niemand.
Aber wenn du ihr an der Brücke begegnest, der Einen – dann wird deine Stunde nahe sein –'"
Marie hatte sich erhoben (sie, die von sich wußte, daß sie strahlte – an ihren Kleidern haftete die Strahlung, in ihrem Haar nistete sie, und was ihre armen zerstörten Hände berührte, war davon angesteckt –), sie tat einen raschen Schritt, so, als wollte sie hingehen und vor jene treten und sehen, wer so gesprochen hatte. Aber dann zögerte sie doch –
Der Mann schwieg jetzt, und als er wieder begann, war seine Stimme matt, die eines tief Erschöpften:
„Meine Stunde nahe – das ist sie nun. Und ich frage mich, wann – wenn nicht jetzt – werde ich *sie* sehen?"
Die beiden standen auf, und nun waren sie es selbst, die sich an Marie vorbei und der Brücke zu bewegten, und Marie hörte die Frau noch sagen (leise sagte sie es und so, als streichelte sie dabei des Alten Hand): „Nun siehst du, Léon, es ist niemand da, auf den das paßte, was Véronique gesagt hat, niemand – wie hieß es doch –,dessen Weg mit Strahlen umkränzt ist'. Komm jetzt, wir wollen nach Hause, es wird schon kühl, und du bist müde und viel zu lange unterwegs. Vielleicht geht es dir bald besser, und wenn dieser Herbst überstanden ist, wirst du wieder gesund."
Marie folgte ihnen, aber nur einige Schritte, denn jene blieben am Brückengeländer stehen und schauten hinab auf den Fluß, ehe sie sich abkehrten, um gegen den Boulevard Saint Michel hinüberzuwandern.
Marie scheute sich, an ihnen vorbeizugehen, aber dann tat sie es doch und machte sich, wie sie es vorgehabt, auf den Heimweg über die Brücke, über sich selbst erschrocken, weil sie die Tränen nicht zurückzuhalten vermochte, über sich selbst erstaunt, daß sie es nicht einmal versuchte.
Léon schwieg, solange sie, er und die Gefährtin, nebeneinanderher

das Stück Weg hinaufgingen (er auf Jeannes Arm gestützt und mehr von ihr geschleppt als geführt), am Michaelsbrunnen mit seinen Engeln, Greifen und Chimären vorbei, vorbei an den Thermen und dem alten Stadthaus der Äbte von Cluny. Doch als die Lampen des kleinen unterirdischen Vorstadtbahnhofs vor ihnen auftauchten, von dem aus sie nach Bourg-la-Reine zurückkehren wollten, blieb er noch einmal stehen.

„Siehst du, Jeanne, ich habe immer mit Ungeduld auf das Ende dieser Welt gewartet, ich dachte immer, Gott *müsse* kommen und sie zu sich zurücknehmen. Aber vielleicht ist ihr doch noch eine Zeit gegeben, eine längere Zeit, als ich für möglich hielt –

Als die Sintflut kam und Noë in sein kleines Schiff stieg und das Getier – von jedem ein Paar – mitnahm und es so rettete für die Neue Erde, da ist er wohl damit auch in eine neue Mündigkeit eingetreten, in eine neue Mitverantwortung für alles Lebendige.

Und Gott gewährte ihm einen Bund.

Könnte es nicht so sein, Jeanne, *könnte* es nicht, daß Gott uns nochmals einen Neuen Bund gewährte, zum andernmal und zu einer noch höheren verantwortlicheren und gleichsam übermenschlichen Mündigkeit?

Hoffnung, Jeanne, Hoffnung, ‚unerwartete, nie erhoffte Hoffnung' –

Denke an unsere Kinder, Jeanne, an unsere Enkel – ihretwillen!

Ach, ein Tropfen Demut könnte *alles* retten."

„Ja, ja – so ist es", sagte Jeanne, „so glaube auch ich."

Aber in Wirklichkeit dachte sie nur voll Angst darüber nach, wie sie den zitternden und vor Schwäche wankenden Mann über die Treppe des Bahnhofs hinab in den Zug und von ihm nach Hause bringen werde.